别

（上册）

梁稚禾 —— 著

江苏凤凰文艺出版社
JIANGSU PHOENIX LITERATURE AND
ART PUBLISHING

目录
C O N T E N T S

Chapter 01

阿音

"让哥，咱帮帮她？"

夜晚，42路公交上没有多少人。灯光很暗，霍音坐在靠车门最近的位子，借着车窗外微弱的光，勉强看清玻璃上大团大团的冰花。

首都的冬天冷得不像话。霍音下车，跟着手机上的导航，独自步行到后海酒吧街。

她推开林珩常去的那家酒吧的大门时，狡黠的北风跟着灌进室内，红砖壁炉里的火焰噼里啪啦地放肆摇曳。

不少人的目光齐齐朝她打来。霍音压低帽檐，小心地扫视一周，连林珩的影儿都没见着。

她所在的校刊编辑部受到医学院的邀请，拍摄一期医学院宣传视频，男主角是林珩。拍摄日期就是后天，加上后期剪辑的时间，最迟她今天就要动工。

这家酒吧已经是霍音所知道的最后一个林珩常光顾的地方，她还没死心，试图再仔细找一遍。万一呢？

不远处，一伙衣着鲜亮的年轻人围坐在壁炉旁的桌子前，各自握着几张扑克牌，在打"五十K（一种扑克游戏）"。

喧闹声从他们那边传来："一对K！哈哈哈，没想到吧？哥留了一手！得了，这些分都归我。"

"行啊，你小子，这把连让哥都堵了。"

在场形形色色的人中，这伙最为惹眼。这大约是因为，里面坐着最惹眼的人——A大风云人物，"二世祖"圈子里人人都要喊一声"让哥"

的程嘉让。

霍音第一次见他，也是在夜场。那晚，众目睽睽之下，林珩让她给程嘉让点烟。

她便弯着腰，在程嘉让淡漠的眼神下，替他点燃了那根未着的烟。

与程嘉让同桌的几位都跟林珩是朋友。霍音抿着唇角，目光继续扫过这伙人。

程嘉让始终未抬眼，长指一伸，将手中的六张牌掷在桌上——六张牌点数相同，还都是 K。

这六张 K 放一起，是五十 K 玩法中最大的牌。旁边几个捏着牌的明显都傻了眼。

"让哥，你剩这么大的牌，前面一直过、过、过，是在逗哥们儿呢？"

"你玩了这么多把，还不知道我让哥吗？他是老奸巨猾的典范。"

程嘉让似乎并不上心，狭长的双眼微垂，浓密的眼睫在眼下投下一小片阴影。他薄唇间叼了一根烟，身侧的人驾轻就熟地替他点上。

打火机燃起蓝色的火焰。火光映在他高挺的鼻梁上，一颗褐色的小痣在跳动的火焰下显现，为他增添了一丝冷淡与桀骜的气息。

霍音终于收回不知不觉变得迟缓的视线。她后知后觉，林珩好像不在这里。或许她可以上前，问一问这里面她最眼熟的那位。

酒吧里人虽不少，却算不上喧闹。霍音犹豫着往后退一步，将自己藏进黑暗里。

程嘉让浓黑的断眉微挑，开口是散漫的京腔："哪儿那么多废话？喝！"

霍音最终收回了目光，转身走到吧台的另一边。

刚刚输牌的江子安端起杯子，干了半杯酒，招呼程嘉让看他："让哥你看，我这回真干了。"

程嘉让没看江子安。

红砖壁炉里小火燃烧，将靠近的人的肌肤映得发红。

吧台边，穿奶白色羽绒服的女孩儿下巴冻得发白，鼻尖却微微发红。

程嘉让手上的香烟，猩红色的一点，在壁炉边静静地燃着。

兴许是霍音那副乖乖女的打扮实在与这里太违和，很快，有人注意到她。

"哎，看那边，那不是林珩的对象吗？"

"她怎么自己来这儿，找林珩的？"

"废话，不然是找你的？"

江子安问程嘉让的意思："让哥，咱帮帮她？"他又想到程嘉让从来不是喜欢多管闲事的人，立刻改口，"我带她去找林珩，你们先打着。"

江子安还没动身，就见程嘉让最后抽了一口，灭了手中的烟，随手扔进壁炉里。

炉火剧烈燃烧的声音中，他似乎听见程嘉让很低地"嗯"了一声。

酒吧里的成年男女，打牌斗酒，尽享各自的欢愉。

霍音最后拨一次林珩的电话，又是一阵忙音。恍惚间，她好像听到有人叫林珩的名字，抬头看去，"林珩"已经上了二楼，从她的视线中消失。

霍音跟上二楼，楼梯口的保安冷着脸拦下她："不好意思这位小姐，二楼是 VIP 包厢，请您出示一下会员卡，或者由会员朋友带您上楼。"

霍音看着楼梯的方向，语速不自觉快了些："我的朋友刚刚上去。"

保安的表情不变："那也不可以，小姐，您可以打电话让您的朋友下来接。"

霍音握着冰冷的金属扶手，没再跟保安纠缠。

"霍……音是吧？你来找林珩？"

吊儿郎当的声音，有点耳熟，霍音循声转过头，就看见江子安。

头顶的灯打向别处，她借着昏暗的灯光，不动声色地打量起江子安身后的人。

他们人倒是来得很齐，只少了那一个。

霍音一边走下阶梯，一边点点头："嗯，我是霍音，来找林珩。"她说话时，轻轻压了压雪白的下巴，长睫毛跟着落下来，格外温柔乖巧。

"哎，让一让，让一让！麻烦各位让个路！"

酒吧的工作人员推着装酒的手推车，往这边走来。霍音现在站的位置恰好靠近手推车前进的方向。

手推车上的酒箱摆得比工作人员还高，完全遮挡了他的视线。车轮打滑，手推车突然间朝她的方向撞过去。

人群四散，几声尖叫传来。

霍音避开推车，不知道被人群挤到了哪里，惊魂未定时耳边突然传来一道很低的男声，是京腔："发什么呆？"

霍音猛然转过头，发现自己正靠在一个男人的怀里。她不经意地对上男人的眼睛，那是很好看的一双眼，狭长，正凝视着她。他身上有淡淡的烟草气。

程嘉让抬眼，淡淡地问："你还要靠多久？"

霍音连忙站稳，退开几步，柔声道歉："不好意思。"

她来这边念书三年，说话口音也染上些京味，不过还混着吴侬细语的调子，而且她讲话慢吞吞的，所以听起来不伦不类，不如他的声音好听。

程嘉让斜倚在墙边，漫不经心地打量她。

霍音硬着头皮补上一句："我来找林珩，请问您有没有见过他？"

一个跟在江子安身后的她不大眼熟的人开了口："林珩啊，他今晚没跟我们一起。"他看向程嘉让，换了个话题："让哥，三楼新来了一妹子，听说跳舞不错，咱瞧瞧去？"

霍音没听清程嘉让应没应声，只是见他从自己身边走过，当先上了楼，后面还跟着好几个人。

霍音站在原地，仰起头，又往上看了一眼。他们去的是二楼。须臾，她收回目光，转身离开。

二楼，江子安和另外几个人站在楼梯的栏杆边，招呼她："霍妹妹，上来吧，林珩就在二楼。"

霍音转身抬起头，刚好看见程嘉让踏进二楼楼道的修长身影。

02

酒吧二楼延续楼下的北欧式装潢，墙壁漆成深褐色，地板是浅色原木，人踩上去的时候咯吱作响。最后一声轻响落下，霍音推门进了包厢。

她随手解开羽绒服压到颈口的暗扣，环顾四周。包厢里音乐震耳欲聋，几个人随着乐声摇晃，全是她半生不熟的脸孔。霍音跟他们不熟，只知道他们是林珩的朋友。他们放肆热舞，没有要理霍音的意思。

一个一身大牌的年轻女人闯入霍音的视线，对方抱臂睨她，语气有些不耐烦："都说了阿珩今天没来，你怎么还是跟进来了？"

她们刚刚在门外见过。对方坚称林珩今天没来，可霍音刚刚分明看见他上楼了。

霍音无心与她争辩，"嗯"了一声，见包厢里没有她要找的人，就转身出门，打算到门外守着。

年轻女人瞥她一眼，冷哼一声走开，掏出手机给林珩发消息。除此之外，大多数人只是扫了霍音一眼，随后继续做自己的事。

这是他们圈子的传统。他们这些人，各自的终点站早已定好，就算沿途的风景再动人，也没有停滞不前、驻足观看的必要。更何况，林珩身边多的是红颜知己，他自己都关心不过来，他们更懒得说什么。

霍音在门外等了五分钟还是不见人，转身欲走。

她现在没有时间再顾及林珩的异常举动，暂时找不到他，她就去找备选人。未料在走之前，她在走廊的原木地板上发现了一条小巧精致的钥匙链。

这是一台等比缩放五十倍的黑色哈雷摩托，后轮胎的内侧，很隐秘的位置上刻着两个字母——"L&H"。

林珩 & 霍音。

这是去年林珩过生日，她送的礼物。霍音还记得林珩收到礼物时，在大庭广众之下抱起她转了好几圈。

霍音顿了顿，伸出手，不动声色地将钥匙链塞进羽绒服的口袋里，指节因为过于用力而隐隐发白。

她没有惊动任何人，径直出了酒吧大门，只身踏上风雪交加的回程路。

次日，温度逼近零下。

霍音清早踏出宿舍，天阴沉得像是随时要塌下来，将大地吞噬。

医学院和新闻传播学院（新传学院）离得并不近，霍音步行了半个小时才赶到医学院。

宣传片的开拍时间延后了一天，但上线日期未曾推后，只不过压缩了后期制作的时间。

时间紧迫，霍音不再联系林珩，和校刊编辑部、医学院两边都报备之后，紧急启动备用计划。

备用计划的拍摄人选是医学院的一位学姐，叫岑月，她答应得十分痛快。霍音在医学院教学楼的连廊里见到岑月不过五分钟，二人就敲定了明天上午准时开拍的事。

"不过还有一个问题。"岑月面露难色，"我今天白天要见导师，晚上和院里的几个朋友约好了一起吃饭，似乎没有时间跟你对拍摄流程。"

拍摄中有不少地方是特意设计的，不是三两句话说得清的。

霍音正想着怎么挤出时间，岑月突然笑了起来，拔高了声音道："我知道了，学妹，晚上你跟着我过去不就好了？"

浓黑的睫毛忽闪忽闪，霍音愣了愣："啊？"

岑月抬手一拍她的肩膀，道："就这么定了！晚上我打电话给你。"说完，岑月转身离开，很快从霍音的视线里消失了。

岑月去见导师了，霍音也没闲着，抱着摄影机在医学院里拍了一些空镜素材。没办法，临近期末，校刊编辑部人手告急，这次医学院宣传片的摄制组其实只有她一个人。

A大医学院是A大最早设立的院系之一，是国内顶尖的医学殿堂，和新传学院并称A大的两块金字招牌。只不过近几年来，愿意报考医学院的学生越来越少，院领导连拍宣传片的招儿都想出来了。

霍音站在楼梯口，镜头从长廊左移到楼道——水泥压花地板，楼梯扶手被漆成水绿色，医学院还保持着二十世纪九十年代的装修风格，像是欲望都市中独善其身的一隅，有种不染世俗的书香气。

她全神贯注，小心地调整摄影机，寻找合适的拍摄角度，目光却不自觉地被取景框左上角转瞬即逝的身影吸引了——一个很高大的男人，穿一身黑衣，很眼熟。

镜头拍到他的时候，他刚好在楼上的最后一级台阶上，所以转眼便不见了。

霍音停顿须臾，正欲继续拍摄，手机铃声却响了起来——竟然是一个多星期没露面的林珩打来的。

"阿音。"对方的声音有些陌生，语气跟以往一样温和。

"嗯？"霍音暂停拍摄。

"这两天，我被调去急诊科了，跟着几位老师日夜颠倒出诊，太忙了，所以疏忽了你，你没生气吧？"

霍音穿的还是昨晚那件奶白色的羽绒服，此时手放回口袋里，一下就摸到了那个钥匙链。她沉默了半秒，低声回答："没有。你忙你的。"

"那就好，我一忙完就去找你。宣传片的事情我可能赶不及，要不帮你问问别人？"

"我已经找到人了。"

"那好吧，老师叫我了，晚上我还有夜班，先挂了。"

挂断之前，霍音叫住对方："阿珩。"

"怎么了？"

霍音垂眸，摸着手里的小哈雷摩托车，想了想，还是道："没事。"

她蹙起眉，暗自出神。

他一直在医院，钥匙链怎么会落在八条街外的后海？

霍音跟着岑月一起打车去西郊悦龙山庄，没有想到半路上出租车会出问题。

这是一个多雪的冬季。双峰拉尼娜现象作用下，整个冬天气温低得不可思议。

天色渐暗，山路一眼望不到头。暖色的路灯照亮蜿蜒曲折的盘山道的一小段，积雪还未完全融化，今晚就又覆了一层薄薄的新雪。

她们的目的地是建在山腰上的悦龙山庄，而这是上山唯一的路。

这本就是上坡路，加上有积雪，出租车行驶得异常缓慢。好几次，霍音感觉车子控制不住地打滑。司机再三强调不会有问题，霍音才将信将疑地不再多言。

车程近一个半小时，霍音起先还强打精神看窗外缓慢闪过的风景，后来就陷入了半梦半醒中。

霍音是被岑月和司机的争吵声弄醒的。

"师傅，车一直在往后滑啊，您这车怎么开的？"

"我踩着油门呢，小姑娘你别说话了。"

"停车！我要下车！"

霍音迷糊地跟着岑月下了车。出租车上少了两个人的重量，下滑得比刚刚更加厉害。

后面是一望无际的下坡路，旁边是深不见底的悬崖，这么由着出租车下滑要出大问题。

岑月急得在路边打了好几个电话，还不忘骂江子安找了个破地方聚餐。天寒地冻，她冷得说话时唇齿都在打战。

霍音收回目光。她自己也没好到哪儿去，被冷风一吹，露在外面的脖颈和耳朵都冻得像是结了一层淡红色的霜。

北风呼啸，压过天地之间的其余声响。霍音听到其他车的声音时，那车已经开近了，车牌号有些熟悉，京牌，尾号 8887。她想不起来在哪儿见过。

没等她们两个招手，"8887"竟然主动停到她们面前。

霍音突然有了印象，昨晚，在后海那家酒吧的停车坪上，她见过这个车牌。

霍音看向前车门，目光定在一处。

江子安开门下了车，问她们是什么情况。

迎上对方的目光，霍音礼貌地颔首笑了一下，旋即移开视线。突然，山下的方向传来一束光，她瞬间眼前一白，什么也瞧不见了。

她本能地用手挡住强光，恍惚之中，看见一辆黑色的越野车疾驰而来。

被黑暗吞没尾巴的盘山公路上，越野车车前的光像是五万米深井下的一盏黄色的矿灯。

开车的男人绷着脸，脖子与下颌的交界线分明。他猛打方向盘，轮胎在雪地上落下炭黑的痕迹，越野车摆尾，带着震颤山野的巨响，干净利落地往道中央一横。远光灯后的人满脸无畏。

然后是砰的一声，下滑的出租车车尾撞上黑色的越野车，终于停了下来。

所有人始料未及。那个人却仿佛一切尽在意料之中。

霍音唇齿微张，愕然看着刚刚撞上的两辆车。

程嘉让开了越野车的车门，短靴踏上覆雪的公路。车门被他随手一关，在这寂静的山岭间，道旁的积雪扑簌簌从树枝上落下。

越野车的远光灯还开着，打在陡峭的山壁上，年轻男人逆着光，影子被拉得很长。

霍音垂头看着他的影子步步逼近，到了眼前。

江子安和岑月赞叹的声音不绝于耳——

"让哥牛啊，这么轻松就搞定了。"

"嘉让学弟真行啊，上个星期提的新车……你有钱也不能这么浪费吧？"

"学姐，你这就不懂了，我让哥这是赶来江湖救急的，救急怎么能叫浪费钱呢？"

"……"

另一边，出租车司机控制住车，干脆掉了个头，车费也不要了，直接开下山。

程嘉让停下脚步，一手插进裤袋里，冲江子安道："上山，别扯了。"

程嘉让的语气漫不经心的。或许真如 A 大那些人所说，程嘉让是最胆大妄为、离经叛道的浪子。

霍音看着地上他被拉长的影子，他们的声音在她的耳边格外清晰。

"江子安，谁让你挑这个破地方吃饭的？现在出租车跑了，我得坐你的车上去。"

"学姐，这可不行，我这车就两个座位，我要带霍妹妹！"

"你小子少动贼心，学妹还是坐嘉让的车吧，我放心些。"

岑月说着向霍音看过来，道："学妹，你就坐这位的车。"说完不等霍音说话，又小声补上一句，"千万记得系好安全带。"

霍音脑子宕机，对岑月的嘱咐有些不明所以。

她发蒙的时候圆眼失神，像天真的小孩儿。岑月走之前还忍不住捏了一把她皮肤细嫩的脸颊。

超跑开走，转瞬间，空旷的盘山公路上就只剩下两人一车。程嘉让已迈着懒散的步子，先一步往他那辆黑色越野车的方向走去。荒郊野岭，霍音不敢多想，连忙跟上去。

及至车前，霍音抬手捂捂冻得发僵的脸颊，轻轻吸了一口气，倏然开口："程……"她站在两座路灯交界的暗处。程嘉让先她几步，似乎是因为听见她在说话，突然回过头来。

背后路灯暖黄色的光打在男人的侧脸上，他鼻梁上的那颗褐色小痣若隐若现。

霍音收回自己不自觉停顿的目光："谢谢！"

冬夜的山郊，眼前的车是她唯一能搭的车。她说完，似乎觉得不够，双手合十，傻气地鞠了一躬，抬起头。

对方大约因为正对着风口，双眼半阖，神情冷淡，刚刚横车救急时眼底无所畏惧的桀骜已经被妥善地收起。

"我会付车费的。"

"上车。"

程嘉让言简意赅，头也不回开了驾驶座的门。

上车前扫到他的车牌，京 E，尾号四个 8，霍音才想起，她昨晚在酒吧的停车坪上看到的车牌其实是这个。

本着礼貌，霍音坐上副驾驶座，全程目不斜视。虽然不明所以，她还是按岑月的话，仔细系好了安全带。

直到无意间瞥见中控台上随意放置的半指赛车手套，她才弄明白岑月的意思——A 大的人都说，程嘉让飙起车来，是不要命的疯子。

车刚刚起步，开得并不算快，饶是如此，霍音还是紧紧攥着安全带，身体绷得僵直。

驾驶座上的人一只手打着方向盘，另一只手调试车载电台。

他连换几个台，都是些没什么营养的广告。男人修长的无名指干脆一按，关掉了电台。

车外冰天雪地，车窗上结满雾气，让整个封闭空间更显晦暗。

"去找林珩？"

"什么？"

对方突然开口，霍音收回思绪，道："不，不是。我要和岑学姐对拍摄流程。"她眼睫下垂，语速一贯慢吞吞的，觉得不够，又低声补充一句，"林珩在医院加班，我来这里也找不到他。"

"……"

对方大约没有再理她的意思，半晌没再出声。车厢里又陷入沉默。

霍音悄悄抬眼，却在后视镜里跟程嘉让的目光撞了个正着。

男人眉头微蹙，若有所思。二人视线相撞的一刻，他锐利的眸光立刻移开。

霍音礼貌地笑了一下，旋即移开眼。明明车速不快，她攥着安全带的手却握得更紧了。

好久，她才听对方淡淡地"嗯"了一声，算是回应。

接下来，二人一路无话，霍音始终看着窗外。

车速没起来，她自然而然放松了警惕，斜斜地倚着靠背坐着。连日繁忙，她确实有些累。

二十分钟后，车进入悦龙山庄地界，周遭的景致开始变得繁复。

霍音正迷糊着，突然听左边传来程嘉让低沉的声音："你右边有矿泉水。"

霍音闻言，摆了摆手，颇为客气地道："谢谢，我不喝了。"

"我喝。"男人的声音在她的耳边骤然放大。

霍音还没反应过来，男人打着方向盘转弯，由着惯性凑过来。她本能地后缩，也未躲过侵袭而来的浅浅的烟草味。

不过两秒钟，程嘉让从她旁边抽了一瓶水，重新坐好，利落地开了盖。

"我渴了。"

他的目光从她的脸上扫过，须臾，又漫不经心地移开。

悦龙山庄大门边，一群人远远地看着他们，虽没看清姑娘的脸，却将程嘉让的动作看了个七七八八，你一言我一语地哄笑起来。

"让哥就是能招蜂引蝶啊。"

"让哥刚才离那么近都不亲对方，想什么呢？"

"你懂什么，没看让哥给人拧瓶盖呢？学着点儿。"

林珩正好出来，看着程嘉让的车逐渐开近，也在旁边调侃道："让哥带了什么妹子过来？我都想看看了。"

悦龙山庄内，道路逐渐平缓，车速也加快了。

越野车黑色的车头寸寸轧过雪地，车轮下陷又翻起。

霍音紧攥着炭灰色的安全带，低下头，另一只手轻颤着从随身包里翻现金。

问对方要微信收款码有些突兀，她不如直接给现金。她的注意力全在翻包上，没注意车外的情形。

越野车骤然减速，形成一个向前的冲力，霍音未设防，细白的脖颈上被安全带勒出一道浅浅的红痕。

她看着包里的钢圈笔记本、百乐东京塔按动水笔、浅蓝色一次性口罩、钝掉的砍刀眉笔，还有一些杂七杂八的东西接二连三散落在地。

她正捂着心口惊魂未定，就听到车外传来一阵讨论声——

"我赌一块表，让哥带的是播音系的'系花'。"

"怎么可能？那就不是让哥的菜！我猜是那个博士姐姐，追了让哥三年的那位。"

有人不屑地笑一声，打断他们的对话："你们也太低估让哥了，他能看上她们吗？"

最后这个声音……霍音倏然抬起头，循声望去。

说话的那个人着白衬衫，外面是一件浅驼色的翻领大衣，白净的脸上戴着一副细边框眼镜，看着斯文又温和。

霍音的目光越过车前的挡风玻璃和对方薄薄的近视镜片，与他的目光相接。她眉头一蹙，目光微颤。

她没想到会在这儿见到一个多星期没露面的林珩。对方几个小时前跟她通电话，说自己连日来跟导师待在一起，忙得脚不沾地。

林珩表情错愕。有人之前见过霍音，问："阿珩，这……这不是你女朋友吗？她怎么和让哥一起来？"

两句话落下，场面变得尴尬。

林珩很快收好脸上愕然的神情，朝霍音的方向看过去，用一种颇为自然的语气说："霍音，你怎么还不下来？"

霍音来不及回答，程嘉让漫不经心的声音突然在她耳边响起："要下车吗？"

霍音偏头看过去，包里的指甲钳和口红也跟着落了地。满地狼藉，她捏紧手里空荡荡的包，触及男人认真的目光，沉默了。

程嘉让的目光掠过她前颈上的红痕。

他的嗓音有种天然的蛊惑力，像是带着远山之巅层层递进的混响。

"坐稳了。"

霍音本能地跟着这声音稳稳坐好，一只手握上侧边的把手。

她耳边突然响起一道长且刺耳的汽笛声——程嘉让单手搭着方向

盘，另一只手拍上喇叭的按钮。

他在众人反应过来之前开车冲向林珩所在的方向，迎上林珩错愕和震惊的目光，又在千钧一发之际，猛地调转车头。车身与林珩擦过，林珩的衣角扬起。

越野车风驰电掣而去。

霍音被刚刚那一幕吓到，不敢置信地看向驾驶座上的男人。对方单手打着方向盘，眼角眉梢的桀骜之气尽敛，似乎刚才只是无意之举。

他没有对此做解释的意思。

他现在这副样子让霍音不自觉地想起刚刚在盘山道上发生的事。很危险的事，他却做得很淡定。

车穿过庄园长满中华常春藤的长长甬道，一路开进了宽敞的地下停车场。

霍音的手放在羽绒服的口袋里，来回捏着小哈雷摩托的轮胎。她惊魂未定，声音有些不稳："我好像给你添了麻烦。"

程嘉让浓黑的断眉皱了一下，不置可否地看过来。

霍音顿了一下，用糯糯的声音郑重其事地保证："您放心，我会去和他们解释的。"

"没必要。"对方似乎一向惜字如金。

他话音未落，长指已经伸过去，随手将车钥匙一拔，利落地开门下车。

霍音跟在程嘉让身后，刚出停车场的大门，就见岑月和江子安迎了上来。

他们医学院的人似乎都是行动派，岑月二话没说就拉着霍音进了山庄大堂。

悦龙山庄是京郊有名的度假山庄，坐落于西郊。从长天俯瞰，北风掠过层叠的山峦，远山腰上的木质建筑与成年的落地松交相掩映，仿若浩渺烟海中一叶雕梁画栋的画舫。

霍音跟着岑月从大堂穿过弯弯绕绕的连廊，进了一间玻璃房。

晚餐是室内烧烤，大家亲自动手。霍音进门的时候，众人已经准备就绪。

玻璃房内有三面落地窗，其他东西一应采用红松木，让人不由得担心窗边的壁炉偶尔溅出的火星会点燃整个房间。

霍音垂眼，被岑月拉着坐到窗边的矮脚沙发上。她不耽误时间，直接拿出包里的笔记本，快速进入工作状态。

她还是软糯的调子，语速却快了一倍："明天我们整个的流程都会跟着学姐您的行程来，不需要额外去其他地方取景，主要在 A 大附院的科室内，或者您平时活动的地方。医院里如果有什么不可以拍摄的内容，学姐都可以跟我沟通。"

"没问题。"

"那我们现在开始对具体的流程。"

玻璃房的另外一头，林珩坐在木质板凳上，一只手烤火，另一只手忙碌地打字回复微信消息。

冷不防地，有人在他的肩上拍了一把，林珩看过去，对方顺势在他身边落了座。

那个人是林珩的朋友，此时，扬手指了指矮脚沙发的方向，语气中不无调侃："女朋友在那儿，你不管人家，在这儿回哪个美女的微信呢？"

林珩拍了对方一下，解释道："是明璇，人家找我有正经事。"

"哦？"好友睨过去，笑得暧昧。

大家都在一个圈子里，知道林珩的"小青梅"今年也考进了 A 大，他们正打得火热。

"别瞎想，我一直拿明璇当妹妹。"

"好家伙，你有这么个好妹妹，你女朋友不介意？"

林珩顺着好友的目光看向霍音，她将笔记本搁在腿上，正一丝不苟地记录着什么。

林珩又低头回了一条消息，随口说道："她很懂事，不是那种会随便吃醋的人。"

"那你昨晚在酒吧看见她，躲那么快干吗？"

"我那叫多一事不如少一事。"林珩一边打字，一边不甚在意地辩解。

"行了"，好友冲他挑挑眉，"我懂。不过，你女朋友今天怎么坐让哥的车来，她跟让哥这么熟？"

闻言，林珩顿了顿。他旋即反应过来，笑了一下，提高嗓门道："你说说我这脑袋，昨晚被明璇在酒吧灌蒙了。明明是我自己麻烦让哥接霍音过来的，却忘了，还站在旁边看热闹，搞得大家都很尴尬。"

"这么回事啊！"

"对，就这么简单。"

好友笑着看向林珩，道："行啊兄弟，面子这么大，连让哥都差遣得起。"

林珩干笑两声，看了看周围，声音不自觉地低了下去："这不是关系铁吗？"

暖咖色的矮脚沙发被放置在窗边，霍音和岑月并排坐着。她们正对着暖炉，背后是纤尘不染的落地玻璃。

这窗子虽安得严丝合缝，但依旧难免被室外的冷空气影响。坐在这儿一个多小时后，霍音背后发凉。

她正说着最后一点细节，放在一旁的手机亮了，有短信进来。

"好的，这些都没问题。"岑月说完，看向霍音道，"来了一晚上的短信，你赶紧看看吧！"

霍音抬起头，扬了扬唇角，露出两颗小虎牙："最近一直收到些莫名其妙的垃圾短信。"

她扫了一眼内容，将这个陌生的号码放进黑名单。

"岑月、霍妹妹，快来吃肉。"

江子安不知道什么时候走过来，给岑月和霍音一人手上塞了一串羊肉，招呼她们上桌吃饭。

看着岑月一边骂江子安连学姐都不叫，一边三口吃完一串羊肉又使唤对方去拿，霍音忙不迭地跟上去。

玻璃房中央放了一张长得足够十几个人用餐的桌子，众人都各自找好了位子。

林珩在靠墙那边的位置上坐好了，正低头打字。

霍音则紧跟着岑月和江子安，在他们依次落座后，坐到岑月的左边——长桌靠窗最左的位子。这也是仅剩的空位。

"啊，这……"几乎是在她坐下的一瞬间，周围响起了不自然的抽气声。

江子安率先开口："呃，霍妹妹，要不你坐我这儿？那是让哥的位……"

话还没说完，其他人齐齐看向门口，接二连三地开口打招呼。

"让哥。"

"让哥这是去哪儿了？"

"让哥快坐……"

霍音坐在留给程嘉让的位子上，如芒刺在背。

她准备起身，刚踏进门的年轻男人长臂一伸，从旁拎起一把椅子，"啪"的一声，放在了霍音的左边。随后，程嘉让稳稳落座，鬓边的碎发有些乱，未有只言片语。

随他而来的雪气盖过桌上烤肉灼人的热气，不知是炭火的烟味还是他身上的烟味迅猛侵袭而来。

暖黄色的灯光照入酒水中，酒筵拉开大幕。

不过，似乎因为有人情绪不佳，今晚的聚会像反复弹奏的重低音，没有喧哗，大家都一杯接着一杯地喝着酒。

都说喝闷酒易醉，酒过三巡，长桌前就没什么人了，众人都在房间里另找了位置，或坐或躺。

霍音拨了拨额前细碎的刘海，环顾四周，见没有空着的位子了，便继续在长桌前乖巧地坐好。

矮脚沙发上，程嘉让跷着二郎腿，倚着落地玻璃，抬起的手腕一扣，手里的空烟盒就落进了不远处的垃圾桶里。

他双眼眯着，睨了眼身旁的江子安。

"还有烟没？"

江子安掏出一包刚拆封的，递到他面前："有是有，不过我是钓鱼台的，你不是不爱抽这个吗？"

程嘉让没仔细听，从中抽了一根，转头在左边的桌上找打火机。

他的目光越过大理石方桌，落到不远处面对面站着的年轻男女身上。

男的身子不稳，细边眼镜在摇晃间掉到了地上。

穿奶白色羽绒服的女孩儿背对着程嘉让，不慌不忙地捡起眼镜，用衣袖轻轻擦拭干净，动作轻柔地重新给对方戴上。她抬手的时候，白皙的手臂露出一小节，纤细得像是一折就会断。

"吧嗒——"火光亮起，程嘉让由着江子安点燃手里的烟，火光落进他眼中，如梦似幻。

"哟，十点了，烟花该来了。"

"让哥，出去看烟花？"

"学妹，今晚有烟花，出去看看？"

霍音被岑月拉着，跟着大部队一齐穿过连廊，来到山庄后院的大片空地上。

雪仍在下，冬日枯萎的青草地上被覆上一层雪。

霍音对烟花没有什么特别的感觉，其他人在前头站了一排，她则站在岑月和林珩后面。

她仰头看着天空，呼出的气顷刻间化为白色的水雾。

霍音无聊地搓搓手，甚至开始猜测今晚的烟花是大是小，什么颜色的。

烟花没等来，她却率先听到震耳欲聋的嘭嘭两声，树上的积雪都被震得抖落下来。

霍音后知后觉，这是北方喜欢的一种爆竹，俗名"二踢脚"，两响。

顿了一瞬间，有四五发"二踢脚"齐发，霍音仰望着天，右手捂着耳朵，左手下意识地去拉林珩的手。

前排的年轻男人们站在原地，扬声笑闹。

霍音握着男人的手。他手指发凉，她攥在手里，凉气就从他的指间传入她的掌心。

男人的骨节和虎口处的薄茧磨得她掌心发疼。

林珩的声音从她的右前方传来："阿音，烟花要来了。"

霍音倏然顿住，似乎听见有什么东西扑通一声坠入水中。

她蓦地转头看向左边那个与她握着手的男人。然后，她从程嘉让的眼睛里看见了夜空中粲然炸开的烟花，还有正紧攥着他的手的她。

霍音第二天起了个大早，独自坐悦龙山庄的大巴回到市区。

路上，她给校刊编辑部的顾师姐打了个电话，等到 A 大附院的时候，顾师姐已经把摄影器材寄放在了导诊台。

A 大附院一楼大厅东侧的墙上，镶嵌式的巨大白色时钟指针你追我赶。霍音拿好摄影器材看过去的时候，它刚好指向数字七——上午七点。

在岑月打卡上班之前，霍音拍好了医院的远景及空镜素材。

八点，霍音已经站在胸外科住院部的门廊边，安静地看着行色匆匆的人们。

一切都按照她的计划有条不紊地进行着，直到电梯停在胸外科所在的十三楼。

霍音还没来得及跟刚下电梯的岑月打招呼，便猝不及防地被紧跟着岑月的男人拉到一旁。

医院里来人往，他这样的动作有些突兀，引得管门禁的护士姐姐频频相看。

霍音礼貌地冲护士笑了一下，示意自己没事，然后才转头看向林珩，压低声音道："怎么了，突然拉我过来？岑月学姐来了，我还要去拍摄。"

她声音一贯软糯，却充满紧迫感。不过，对方牢牢地拉着她的手腕，丝毫没有要放开的意思。

林珩推推眼镜，脸上挂着淡笑，维持着一贯的温和儒雅。

"阿音，你昨天跟程嘉让是怎么回事？"

"什么？"冷不防听到对方这么问，霍音嘴唇微张。

她眼前立刻浮现热烈的火光。越过火光，她看见男人的断眉下，漂亮的眼中冷漠且疏离。

那晚，林珩让她给程嘉让点烟；昨晚，岑月麻烦程嘉让捎她上悦龙山庄……他们仅仅是这样的交情。至于昨夜烟花秀下的乌龙，霍音攥紧相机包……

她正要开口，被林珩抢了先："你怎么坐他的车上山？"

霍音据实相告："我和岑学姐上山对拍摄流程，出租车中途出问题了，他们路过，我借了岑学姐的光，搭的顺风车。"

话音落下，她注意到林珩面色稍霁，不过语气还没变，继续盘问她："这样啊，好好谢过人家了没？今晚组个局……"

"谢过了。"霍音打断对方的话。

岑月已经进去两三分钟了，再晚她要拍不到查房的素材了。

"我还付过车费。我真的来不及了，拍摄结束我们再聊好吗？"

"急什么？有一整天的时间给你拍，就差这么一会儿？"林珩把霍音的身体扳过来，面对他，"那在山庄门口的时候呢，他是什么意思？不管怎么样，你离程嘉让远点儿，他这个人危险得很。"

霍音已经把摄影机从包里取出来了，闻言，擦拭的动作顿了一下。

林珩这是在怀疑她？

她伸手去探外衣的口袋，里面空空如也，没有钥匙链。她想起来了，自己来之前换了一件鹅黄色的羊毛大衣。

霍音走开之前，温声问了一句："八点零三分了，你跟你导师那么忙，迟到真的没关系吗？"还是说，其实他根本没有那么忙，所以可以随时出现在八条街外的后海，或是离这里车程两个小时的悦龙山庄。

霍音亮明校刊记者的身份，顺利通过门禁，进了胸外科住院部的走廊。

这里很嘈杂，几个医生、护士站在护士站外面，齐齐看着病房内部电梯的方向。好几个病房门口有病人或家属不明所以地张望。年长的护士低声嘱咐年轻的护士把围观的人请回病房。

岑月和另外几个刚进来的医生正在听另一个护士解释什么。

霍音的目光落在说话的护士身上。

"小程医生那个肺气肿的病人昨晚就不行了。楼下那边早上才上班，刚刚才来人，把病人接走了。"

"啊？"岑月不可置信，"四十二床？嘉让休班的时候，四十二床的情况不是已经平稳了吗？"

"就是说啊！"说话的护士叹了一口气，"这么看是回光返照。唉，前几天你们导师不在，都是小程医生没日没夜地守着。昨晚要不是李姐死命拦着，下着雪，又是半夜，他还要开车回来。谁不知道，他开车疯得很！"

霍音用袖口一下一下无意识地擦拭着镜头，目光停留在医院不染纤尘的白色地板上。地板上好像反着光，映出山庄玻璃房门口的垃圾桶里那十几个烟头。

她被消毒水的味道呛得咳了几声，莫名觉得这味道里夹杂着山腰上裹挟着寒意的薄雪味。

病人和家属被请回病房，护士们忙碌起来，医生们不约而同往办公室走去。

霍音跟着医生过去的时候，林珩似乎缓过劲儿了，特意凑到她身边嘱咐她不要在医院里乱跑，免得给其他人添麻烦。

A 大医学院已经和附院沟通过，附院为宣传片的拍摄一路开绿灯。

霍音今天扛着摄影机，跟着岑月和胸外科的医生体验了一把医生的日常。

查房、看诊、写病历、和病人或家属沟通，安抚对方的情绪……一上午的流程下来，大家看起来都有些疲惫。

中午，医院统一从食堂订餐，将午餐送到住院部。

岑月分给霍音一瓣橙子，凑过去同她说话："学妹，今天怎么样，累不累？看你这细胳膊细腿，抱那么重的摄影机，我还真是佩服你。"

霍音将自己午餐里的红心蜜柚分给岑月，笑起来时两颗小虎牙格外显眼："之前一直跟着系里的师姐到处跑，带着这个都习惯了。"

她和同学相处不大愉快，大学这三年半，不是在图书馆，就是泡在校刊编辑部。校刊的负责人顾师姐家里有人是做传媒业的，她路子多，出去跑新闻时经常带着霍音。一来二去，霍音也习惯了背着重重的摄影机出门。

霍音抬眼看向岑月："倒是学姐，你们当医生的可真辛苦，你吃完东西后赶紧去休息一下吧！"

"辛苦倒是还好，像你说的，习惯了！不过我一上午嘴不得闲，说得口干舌燥。"岑月指指自己的嗓子，又指指不远处霍音手边的几个保温杯，"学妹帮我递一下杯子，我喝口水。"

霍音想也没想便应下来，伸手去够放在一旁的保温杯。

"灰色的那个。"

"好。"

霍音碰到最近的一个灰色保温杯，正要拿起来，又被岑月阻止："不是那个，学妹拿错了，那个是嘉让学弟的。"

空空的保温杯被手指一扫，哐当落到椅子上，又滚了几圈掉到地上，发出一阵刺耳的响声。

杯子没停下，反而顺着大理石地板一路往外滚。

霍音把正确的杯子递给岑月后，忙不迭地顺着杯子滚走的方向追过去。

地板砖一块接一块地被她的脚踏过，霍音的视线紧跟着滚动的保温杯，终于在它将要滚出门之前，伸手将其截获。

只是，这个保温杯的触感……像男人微凉的手。

霍音蓦地抬起头，一瞬间就撞进一双眼底有漫天烟花绽放的眼睛里。

须臾，头上中央空调的暖风吹来，烟花消散，霍音收回手，低头道歉。

她今天出门没看皇历，弄掉别人的东西没来得及补救，东西还恰好被主人捡到。

她偷偷抬头去看对方的反应，与他视线相对的一瞬间，突然想起昨晚她攥着他的手，放肆地摩挲。

触及对方目光淡漠的眼，她蓦地觉得，他好像也想起了这个。

办公室里，岑月接起电话，应了两声之后便挂断，转头跟一旁的科主任说："主任，急诊来了个车祸患者，胸部贯穿伤，叫胸外科会诊。"

"我去吧！"科主任按了一下桌上的酒精洗手液，点人，"岑月、嘉让，你们跟我走。"

霍音正欲跟上，一直待在一旁做手术准备的林珩叮嘱道："好好在这儿待着，别去急诊给人添乱。"他说完便跟着导师进了手术室。

她抬起摄影机的手顿住了，一时间进退两难。

偌大的办公室里，霍音跟着岑月走到了门边，随后停下脚步。她百无聊赖地摆弄手里的摄影机，消毒水味熏得人头脑发昏。

"不走？"她正出神，耳边突然传来一道男声，是略显慵懒的嗓音，听起来漫不经心。

程嘉让随手摘下墙上的听诊器挂在胸前，越过她，出了办公室。他今天穿了白大褂，板正的装束似乎让他的桀骜之气收了一些，看起来与之前不大相同。

听说急诊部是整个医院最忙的地方，刚刚又有车祸伤员送进来，场面估计不太平静。

下楼的时候，霍音一路紧跟着程嘉让，半步不敢远离。

急诊部确实比其他科室嘈杂，他们刚下电梯，迎面就撞见推着转运床跑过来的医护人员，病床上沾满鲜血。

霍音还埋首在摄影机后拍摄，"吧嗒"一声，镜头被不知名物体挡住了。

她抬起头一看，与程嘉让望过来的视线相撞。

不远处护士站的台子上养了两株野蛮生长的绿萝，被来往疾行带过的风一吹，碧叶轻扇。

程嘉让将手指搭在镜头前，说："这不能拍。"

冬日里昼短夜长，晚上八点钟，天已经黑透，透过窗子往外看，黑黢黢的一片。

Ａ大校刊编辑部，略显老旧的房间里，黑暗之中，只有角落座位上笔记本电脑的屏幕散发着荧荧的光。

霍音坐在电脑前，戴着一副很文气的玫瑰金眼镜，一手操控鼠标，一手敲键盘，不停地调整电脑里的视频，连腿上盖着的毯子落在地上半截也浑然未觉。

宣传片的结尾部分刚刚开始动工，再加上后期调色，她少说也要再熬个大夜。

她揉揉眼睛，正预备继续奋战，陡然听见空旷的教学楼里传来一阵带着回响的轻哼。

"爱情来得太快就像龙卷风……"对方似乎对这首歌不太熟，也可能是过于高兴，来来回回只哼这一句。

霍音一开始有点害怕，等声音近了才听出是顾师姐。

顾姝彤进来，霍音暂时放下手中的工作，看到零下五摄氏度还穿了碎花小裙子、羊毛大衣的顾姝彤，还没开口招呼，对方先被她吓了一跳。

"爱情来得太快——嚯，小音，你怎么还在这儿，这都几点啦？"

霍音轻声笑笑，指了一下笔记本电脑，声音一贯温和："剪宣传片，只差个收尾，我想着干脆一次把它剪完好了。"

"一次全搞定？"顾姝彤拉开一个抽屉翻找，惊讶地顿了一下，"你昨天早上就来了，别告诉我你在这儿待两天了。"

这栋楼比较老旧，不少暖气片坏了，白天待着都有些冷，更不用说晚上了。

霍音明白师姐担心，反过来开解对方："我待在这里更舒服，宣传片马上就剪完了，明天我就回宿舍去啦！"

"行吧，不过你这次怎么一个宣传片剪这么久？这不像你的风格啊！"

顾姝彤走过来，将自己椅子上备用的厚外套拿过来，给霍音又盖一层，又摸摸她露在外面的手，方才回去继续找东西。

"谢谢师姐。"霍音继续手上的操作，下意识地照实回答，"换了主角，之前的一些宣传语和小设计都不太行，要重新弄，所以就慢了一点儿。"

她说完就后悔了，张了张口，试图补救："不过都是小问题，很容易解决。"

顾姝彤一想起这件事就气不打一处来，说："不是我说，林珩到底是怎么想的啊？当初医学院没定人选，他自己跟你说他想拍这个宣传片，你所有的稿子都是给他量身定制的。但是人家呢，好家伙，拍摄前玩失联。"

"拍摄时间到了他倒是出来了，平时看着挺靠谱，怎么关键时刻出幺蛾子啊？

"搞到现在，只能你在这儿不睡觉给他善后，你就是脾气太好了。"

顾师姐似乎有重要的约会，找到了要找的东西，抱怨了林珩几句，就匆匆下楼去了。

霍音听着楼下骤然驶离的车声，刚好剪到倒数第二个场景。

逼仄的电梯里，年轻的男医生被左上角的取景框框进半个背影，只看得见清晰的下颌线。

"叮——"电梯应声开门。

略显混乱的急诊室走廊上，医护人员与血色填满整个画面。不过，仅仅两三帧后，画面就被男人的手遮挡住。

霍音那时没有反应过来，镜头却将程嘉让抬手遮镜头的动作完完整整地记录下来——骨节分明的手指随意地抬起，手心细致描绘的掌纹寸寸放大。

"吧嗒"一声，电脑屏幕一黑，与校刊编辑部这昏暗的房间融为一体。

电脑扬声器里的声音在这种时候就格外明显。

"这不能拍。"男人低沉的声音传来，带着点原本不明显的磁性。

"这不能拍……"声音第五遍播放后，霍音将下电梯时不小心拍到的带血的画面删除。

校刊编辑部所在的教学楼是整个 A 大年代最久远的楼之一，与相隔不远的医学院大楼是同一批建的。校刊的这间教室前两天有扇窗子坏了，北风偶尔穿过窗缝，窸窸窣窣地闯进屋子里来。

霍音被陡然而来的一阵风吹得微微发抖，白皙的手指逐渐发红。目光还停留在屏幕上，她顿了一下，收回按删除键的手，放在唇边轻柔地哈气。

收尾部分霍音效率极高。两三个小时处理完毕，她把文件打包发给医学院的领导审核，赶在凌晨一点回宿舍睡觉。

为宣传片准备了小半个月，又连熬两个通宵剪片子，霍音的精神已经极度疲乏。

霍音回到宿舍，拉好床帘，一睡就是十几个小时，再醒来的时候，已经是第二天下午。

她昏昏沉沉地摸过手机，一拿到眼前，就发觉情况有些不对。

手机里有几十条来自不同好友的微信消息，还有几通未接来电。粗略地翻开过后，霍音发现这些未接来电和未读消息主要来自三个人——顾师姐、辅导员，还有医学院负责宣传片审核的领导。

霍音打开最顶部的对话框，是医学院的领导。

昨晚她将宣传片发过去后，对方从早上开始，于不同的时段给她发来不少条消息。

上午七点三十五分——

片子我看过了，没问题。

辛苦你了小霍，这片子我看质量很好，暂时不用修改，我拿去给其他领导审核一下。

上午九点二十二分——

小霍，各位领导一致觉得拍得不错，我们已经上传到咱们学校和医学院的官方微博账号上去了。

这次辛苦你了。你和你们校刊的顾同学什么时候有空？我代表医学院请你们吃饭。

下午两点十分——

宣传片反响很好，网上讨论得很激烈。

小霍，你片尾拍摄的最后挡住镜头的是哪位医生，或者说是哪位同学？

霍音脑袋发蒙，看了两遍才弄懂这位领导的意思，回复后就关掉微信，打开了 A 大的官方微博。

置顶微博就是霍音这次拍摄的宣传片，还上了热门，早上发出去，现在已经有九千多条评论了。

霍音拉紧床帘，打开评论区。

网友众说纷纭，关注点不尽相同——

哈哈哈哈，A 大医学部已经没落到要这样招生了吗？

朋友们清醒一点儿，A 大医学院招不到生不等于没人报考，就是人家要求高罢了。

这片拍得不错，感觉好专业，运镜、取景都很舒服。

除此之外，有一条评论因为点赞数量一骑绝尘，现在是热评第一。

姐妹们，片尾的帅哥医生，一分钟之内，我要亲到他！

霍音坐起来的动作一顿，旋即捞起抱枕放在床头，薄背靠上去，整个人看起来安静又温和。

点开这条评论的"楼中楼"，网友的回复更是五花八门。

全国人民都看着呢。

姐妹，穿件衣服吧！（谁有联系方式麻烦推给我，谢谢。）

我是 A 大的，这是我们学校的"校草"。他本人比这帅得多！

救命，这声音也好好听，姐妹们，我要无法呼吸了，他那几个字我听了十遍！

别想了。A 大人现身说法，这位少爷眼光高得很，播音系"系花"追了他一年多，人愣是看都没多看一眼。不过大家都说少爷平时冷淡傲气得很，原来他还能这么温和地说话呢？

霍音正要往下滑，便接到了顾师姐的电话。

电话接通，对方的声音传进霍音的耳中："我的好师妹，你终于肯接电话了。你再不接，你辅导员就要杀到宿舍去找你了。"

霍音知道她的辅导员是顾师姐的本科同学，辅导员大概是联系不上她，所以拜托顾师姐帮忙。

"师姐不好意思，我刚刚睡醒，辅导员找我是有什么急事吗？"她的声音依旧温柔。

顾姝彤忍不住关心道："你这是太累了？怎么样，还好吗？"

"现在已经休息好了，师姐不用担心。"

"休息好了就好。"顾姝彤将话题转到正事上，"是这样，我的研究生导师不是之前就挺看好你的吗？这次看了你拍的宣传片，觉得不错，而且你的成绩保研没问题，导师就跟你的辅导员提了这事。"

霍音没想到这个宣传片会带来这样意外的效果。

顾师姐的导师是新传学院资历最老的教授，A 大新传学院没有人不想拜到他老人家门下。

霍音有些不敢置信："真的吗，师姐？"她说着话，另一只手在自己细白的胳膊上狠狠掐了一把。

"当然是真的！行了，快去跟你的辅导员联系吧，今晚咱们下馆子撮一顿，庆祝你进一步成为我的嫡系师妹。

"对了，你辅导员刚刚联系不上你，给你打了好多个电话，据说还发了微信、短信，你醒了就赶紧看一看。"

挂断顾师姐的电话，霍音翻出辅导员的电话，正欲拨过去。这时手机突然一振，霍音收到了一条短信。

短信是一个陌生号码发来的。

最近，霍音连续收到不少条莫名其妙的短信。她忙得很，一开始就随便扫一眼，后来干脆看也不看，直接忽视。今天她鬼使神差地点进去，一时间惊讶得反应不过来。

06

临近考试周，学生们不是在图书馆就是在自习室，宿舍里反而没什么人。

安宁的午后，霍音一个人坐在藕粉色的床帐里，看着手机里的匿名短信，有些蒙。

她打从这学期起，就隔三岔五收到一些令人不明所以的短信。不过她前阵子忙得很，根本无从顾及，今天陡然打开，才发现对方已经发了上百条骚扰短信来。

霍音从最底往上翻。

开始的时候，是一些从网络上抄来的句子。

掌控不住的人，如果强行留着，只会让对方厌恶你。

男人都不会喜欢死缠烂打的女人。

似乎因为没有收到回应，后来对方就换成了一些夸张的新闻截图，标题一应是《某某豪门强强联合，灰姑娘女友豪门梦碎》。

霍音皱着眉看下去。林珩这时发来了问候的消息，她顿了一下，没管，也顾不上擦手心微微沁出的汗，咬着下唇，继续看。

接近现在的部分，对方换了一个手机号码，语气也变得不同。

阿珩哥哥，我的微信被封号了，你帮我验证一下好吗？

哥哥，你怎么不回我的消息？

……

这些消息看起来像发错了人，跟前面的骚扰短信似乎没什么关系，可谁也不是傻子。

这种方式很粗糙，如果不是始作俑者太愚钝，那一定是有恃无恐。

霍音一只手握着手机，另一只手紧握着床栏，大脑反应过来的时候，手已经先一步将最后两条带着林珩名字的短信截图发给了林珩。

她常给人温畹可欺的印象，也确实是柔和的性子，可从来都不是忍气吞声的人。

霍音字斟句酌，隔了半分钟，才又发了消息给林珩：你的哪个妹妹，把短信错发到了我这儿。

林珩今天倒是回得很快：明璇吧，估计弄错了。

她就是马虎，你不用理她。

看着他的回复，霍音将手按在心口，深吸一口气，打字回复：可我和你的号码除了开头都是1，没有什么相同之处。我也没有给过夏明璇我的电话号码。

师姐催促的微信又发来。

霍音干脆将所有短信的截图发给林珩，匆忙下床去洗漱。

今天又有雪。

霍音出门的时候，天空灰蒙蒙的，小拇指肚大的雪花扑簌簌落着，很快就在地上铺了白皑皑的一层，雪地靴一踩上去，咯吱作响。

霍音踏着雪，一路小跑去了六号办公楼，辅导员的办公室。

辅导员要说的正是保研的事，只是更细致，辅以正式流程。辅导员说她的成绩常年名列前茅，又利用课余时间参加社会实践，有几篇很不错的稿子登上过国内的知名纸媒，学分早就修够了，个人能力也很出色，保研算是十拿九稳。现在她得到 A 大新传学院泰斗级别教授兼国内权威纸媒《首都日报》创始人徐老的青睐，前途大好。毕竟徐老要求很高，五年来只收了顾姝彤一个研究生。霍音是近五年来，第二个徐老颇为看好的学生。

从办公楼出来，霍音一眼就看见迎面走来的顾姝彤。

顾师姐不像昨晚那样盛装打扮，和霍音一样，穿着一件长长的浅色毛领羽绒服，配厚厚的雪地靴，看起来是特意来找霍音的。

她一开口就问："怎么样，你辅导员都跟你说了？"

霍音点点头："都说了，师姐是特意过来找我的？"

"那当然了。"顾姝彤走过来挽住她的胳膊，往学校南门的方向走去，"打今儿起，咱就真的师出同门了，你可是我唯一的师妹。"

表演、导演、播音、传媒这些专业承袭旧例，讲究一个同门。在学校里，对于本专业的校友，他们大多喊对方师兄弟、师姐妹，面对其他专业的校友才会喊学长、学姐。

霍音以前叫顾姝彤"师姐"正是因为这个惯例。事实上，她们本科的专业老师完全不同，若霍音研究生跟着徐老读，她们才算真正师出同门。

"谢谢师姐。"

"客气什么？今天咱们就两件事。"

"什么？"

"第一件有关你未来的导师徐老，你见过的。老爷子雷厉风行，保不齐今天收你做弟子，明天就喊你去一线跑新闻。老爷子说了，他不看过程，只看结果。锻炼的机会给你，你办不成他就换人做。”

霍音以前出去给顾师姐打下手的时候，偶然见过徐老几次，他是很严肃的老教授，做起事来确如师姐所说，十分严格。她也知道，徐老动不动一个电话把师姐叫出去跑新闻。

她摸了摸额头，光是听着就开始紧张。

“不过你也别太紧张，这不，老爷子把你师姐我派来，跟你讲讲以后的工作流程，让你熟悉一下。”

霍音笑起来，双眼弯弯，像打了十级柔光的月牙：“辛苦师姐了。”

“不辛苦不辛苦，以后有人跟我一起受苦受难，我可是要轻松了。”

“师姐刚刚说有两件事，那第二件呢？”

霍音刚问完就被顾姝彤搂住肩膀，按进了道旁的出租车里。

“第二件当然是跟我师妹一起吃一顿庆祝的大餐了！”

与此同时，某别墅区内，一场有些隆重的家宴正在进行。

林珩搁下手中的杯子，看了一圈桌上的长辈，起身道：“夏叔、赵姨、爸妈，我吃好了，去客厅坐一下。”

“就在这儿坐着聊聊天多好，自己去客厅干吗？”

“对呀，就坐这儿吧！”

林珩闻言，给坐在自己旁边的夏明璇使了个眼色，旋即又冲长辈们解释：“明璇说有专业知识想问我，不适合在饭桌上说，你们继续聊，我跟明璇去客厅。”

“行，去吧去吧。”

“本来还担心明璇学不好医，这么一看，有小珩在，完全没问题。”

林珩先一步到了客厅。

他刚在沙发上坐下，就听见夏明璇问他：“阿珩哥哥，怎么啦？还打暗语，有事要跟我说吗？”

林珩看着霍音不久前发来的短信截图，指指对面的沙发，道：“坐下吧。”

"阿珩哥哥，你怎么这么严肃？"

"没什么，就是我的微信号突然被投诉了，需要验证，你知道怎么验证吗？"

林珩把手机搁在一边，并没有像长辈在时那么端端正正地坐着。

夏明璇答得很快："验证？不会，我没被投诉过，不过我同学前两天也遇到了，阿珩哥哥你等等，我帮你问问。"

夏明璇说着坐了过去，伸手要拿他的手机。

"不用了。"林珩侧身避开，看向对方问，"明璇，你没事招惹霍音干什么？"

听见他的话，夏明璇愣住了，半晌才笑了笑，问："阿珩哥哥，你这是什么意思？我不认识霍音。"

"明璇，你是我妹妹，霍音是我女朋友，你们两个闹矛盾，你觉得谁最为难？"林珩特别强调了"妹妹"二字，委婉地提醒她。

"你女朋友……"夏明璇连连点头，眼眶开始发红，"可是阿珩哥哥，她只是个乡下来的……"

"明璇！你不能这么说我女朋友。"

大约是他这几句话说得重了，夏明璇听完就转过头去抹泪。

林珩想了想，态度温和了些，用惯常的语气说："好了，别哭了，我也不是怪你，你以后别再这样就可以了。"

他一向温和、有耐心，遇到事也会用温柔的方式化解，这一次也一样，三言两语就哄好了夏明璇。

不过，夏明璇虽不哭了，还是缠着他问："那阿珩哥哥，明天你是不是也会这样哄她？"

夏明璇说的"她"当然是霍音。

林珩点头："当然了。"

"如果她不像我这么好哄呢？"

"阿音脾气好，好哄得很，这个你就不用担心了。"

"那你准备怎么哄？"

林珩随口道："送礼物。"

"什么礼物？阿珩哥哥，我陪你去选吧。"

林珩抬起头，本想拒绝，耐不住夏明璇死缠烂打，最后还是答应下来。

A 大位于三环的繁华地段，即便是雪夜，路上的车辆依旧往来不绝。

学校附近有一家高档西餐厅，叫 Ardoris，这是拉丁文，老板说译为"热烈"。

餐厅里的装潢看起来倒并不热烈，是以墨绿色和深原木色为主色调的轻哥特风，氤氲着幽暗的情调。

这边消费水平偏高，A 大许多学生逢年过节或过生日才跟好朋友来一次，吃一顿大餐，还不敢多点。正如今天，霍音跟顾姝彤进来后，一人点了一份性价比最高的意大利通心粉。

霍音家在江南水乡的小城镇，家境不差，但也不算富裕。顾师姐家条件好些。霍音知道，师姐是照顾她，才肯跟她一起丢这个脸，只点一份通心粉。她们连饮品都是从街边买了带进来的，是十块钱一杯的速溶咖啡。

她们坐在落地窗边，看着窗外经过的形形色色的人，谈着之后跟随徐老读研的事。单是注意事项，顾师姐就列了十七八条，她们根本没注意到实木餐桌上只有两杯热气将尽的咖啡，通心粉一直没上来。

顾师姐说了太多话，口干舌燥，将咖啡尽数喝完，又去找服务员点饮料。

霍音见服务员过来，这才想起半个小时过去了，她们的通心粉还没上来。

她催了服务员。

服务员走后，顾师姐说："小音，我要去洗手间，你等我一下。"

人在独自待着的时候，就会不由自主地观望四周。正如此时，霍音百无聊赖，两手捧着咖啡杯浅啜着，双眼越过墨绿色落地窗，闲闲地看着窗外华灯初上的步行街。

有人三五成群，有人成双成对，有人形单影只。

还有人穿着黑色棒球服，硬挺的短靴踏过步行街的石灰地板。满条街的女孩子都为他侧目。霍音稍稍抬眼，恰好看到男人的断眉，捕捉到他鼻梁上的小痣。

撞上对方目光的前一秒，霍音被服务员叫住："小姐，您好，不好意思，通心粉没有了，这边给您换成意大利肉酱面可以吗？"

顾师姐刚好回来，利落地答应了。霍音再转过头去看窗外，男人已经不见了。她刚刚……可能是眼花了。

霍音收回目光。

餐厅的正门被打开，冷空气钻进来，吹得她膝盖隐隐作痛。她本能地看过去，程嘉让恰好看过来。

二人四目相撞，对方看起来依旧淡漠疏离，像吸一口烟后，漫不经心地跟她说"谢了"的那天。

顾师姐问她："小音，你在看什么？"

霍音还没回答，就见到不远处，程嘉让身后一个跟他有两分相像的西装革履、年纪略长一些的男人叫他："阿让，看什么呢？包厢在楼上。"

程嘉让离开之前，似乎很轻地颔了一下首，跟她打招呼。

不过，等霍音想到应该回应的时候，程嘉让已经上楼了。他不扶扶手，双手插进裤袋里，像是永远有目空一切的底气。

"没看什么。"霍音后知后觉地回答师姐，却发现师姐不知什么时候已经站起身，看起来有些魂不守舍。

顾师姐起身向楼梯走去，只撂下一句："还有点事，小音你先吃，不用等我。"

霍音在座位上等了将近二十分钟，顾师姐依旧没回来。

服务员来上菜，五六个人各自端着托盘而来：普切塔、西冷牛排、黑松露蘑菇汤、海明威煎蘑菇、美式焗大虾、香煎鹅肝配焦糖苹果、巧克力熔岩蛋糕……单是咖啡就上了五杯。

霍音看傻了眼："你们好像上错了。我没点过这些。"她说完还咬着下唇，傻气地嘟囔了一句，"这够我在你们这儿洗一个月的盘子了。"

"没有上错哦，女士。"服务员露出标准的笑容，解释道，"这是您的朋友为您点的，已经买过单了，请您放心用餐。"

"我……朋友？"霍音愣了愣，"姓顾？"

师姐为什么点了这么多，自己还走了？

服务员没应，卖了个关子："不好意思女士，您的朋友交代过，我们不方便透露他的身份。"

二楼包厢，光线暗淡。

程嘉让出去一趟，再回来时发现角落里除了程霖，多了一个女人。

他将手机随手往桌上一撂。

程霖随口问他："你刚干什么去了？"

"没事。"程嘉让端起咖啡杯，懒散地道。

手机振动。他瞥了一眼，是手机银行的付款短信，又移开眼。

他注意到程霖身边坐着的女人，微不可察地拧起眉。那是她的朋友，怎么到这儿来了？

程霖没介绍女人是谁，只是临出门时，大概以为程嘉让听不见，搂着人咬耳朵："喝了点儿酒，今晚你开车吧，去我那儿。"

程嘉让走在他们前头，下楼梯，迈着懒散的步伐，目光落在落地窗边的女孩儿身上。

年轻的女孩儿穿一件天蓝色的粗线毛衣，长长的袖子盖过手背，正单手拄着下颌，没规律地一下下轻点着头，看起来昏昏欲睡。

程嘉让扯了扯自己毛衣的领口，没来由地有些躁，没看程霖，却冲他说："喝多了就别乱来了。"

程霖听他这么说，也没恼，走在后头无奈地笑骂："程三，你可以装没听到，别管你哥的私生活。"

"谁稀罕管你？"程嘉让伸手在手机屏幕上按了几下后，目光淡漠地扫过落地窗，"周叔到门口了，送你们仨各回各家。"

周叔是程家老宅的人，是他们家程老爷子的御用司机。

程霖没词了，只好道："行吧。不过，我们仨？"

"啊！"一旁的顾姝彤突然反应过来，"差点儿把我师妹忘了。"

他们说话的工夫，程嘉让已经三步并作两步走到门口，伞骨一样匀称的长指撑住门，不顾门外铺天盖地的寒气，头也不回地推门出去。

程霖看向顾姝彤所看的方向，问："你师妹跟阿让认识？"

"不知道。

"不过，他和我师妹的男朋友好像认识。"

寒冬腊月，食堂阿姨养的公鸡还在尽职尽责地每天准点从凌晨三点打鸣到七点。

霍音被公鸡嘹亮的叫声唤醒，在床上辗转反侧，困意荡然无存。

昨晚莫名其妙吃到一桌子菜，又跟着师姐上了陌生的车，霍音在路上时没机会问，等到了现在，终于拨了电话过去。

顾师姐似乎还没醒。

霍音有些不好意思："师姐，你还在睡吗？"

"醒啦，小音有什么事？"

"师姐，昨天那一顿太贵了，我等下把钱转到你支付宝上好吗？"霍音咬咬下唇，语气温软，虽是询问，听起来却很坚定。

"太贵？支付宝？"电话那头，顾姝彤带着鼻音的声音里充满了迷惑，"小音，你是没睡醒吗？"

"啊？"这下霍音也愣了，沉默了半分钟，才开口解释，"就是昨晚，在 Ardoris，师姐出去之后没多久，服务员突然过来上了整整一桌子菜，还说是我朋友点的，已经买过单了，叫我放心吃。"

"除了师姐你，我没有这么阔绰的朋友了。"霍音捏着被角，将其肆意揉成一小团，攥在掌心中。

她昨天看过账单，那顿花了好几千元。还好她平时省吃俭用，上学期发的奖学金还存在卡里，可以还给顾师姐。

"不是我。你吃就吃了，不用还呀。"

"不是师姐，那……？"霍音无意识地看着冬被上细密的花纹，眼前蓦地浮现一张淡漠疏离的脸。她很快又摇了摇头，坐起身，静静地等着顾师姐回答。

"应该是……应该是我……朋友吧。"顾师姐声音渐低，听起来快要再度进入睡眠，饶是如此，还在强撑着"警告"霍音，"请你你就吃，不要想着给我转账，听到没有？谁给我转账，我跟谁绝交。继续睡，挂了。"

师姐的朋友，是昨晚送她们回学校的年轻男人？那样的话，她还是回请师姐比较好。

霍音赶在顾师姐挂电话之前表达自己会请回来的，等电话挂了后，认真地在手机备忘录上记下这件事，才下床洗漱。

早餐是昨晚打包回来的意大利面，霍音用微波炉简单一热，配了一杯热气腾腾的牛奶。

她食量很小，咋晚的食物只吃了一点儿就饱了，本着不浪费的原则，全给打包回来了。

现在是冬天，她将食物放在宿舍的冰箱里冷藏也不容易坏掉。那么多东西，足够当她三五天的口粮。

霍音吃过早餐，准备出门去图书馆复习，没想到会在宿舍楼下撞见踱步的林珩。

对方手里拎一个看起来颇为精致的小袋子，手上露出的皮肤有些发红，看起来来了有一会儿。

她停下脚步，对方很快发现了她："阿音。"林珩笑着走到她跟前。

"你怎么来啦？"她仰着头，毫不躲闪地看过去。

林珩文质彬彬，看人的时候总带着笑。他在各种圈子里这么吃得开，大约跟他身上令人如沐春风的感觉分不开。

不过，霍音现在并不觉得如沐春风。她想起了昨天看到的那些短信。

他们站在风口，西北风打来，将她额前的几缕碎发吹飞，让她看起来有些狼狈。

她今天又穿了那件奶白色的短款羽绒服，手指放进口袋，随手一摸，就摸到了小哈雷摩托车钥匙链。她眼里的审视多了一些，在等对方主动开口。

林珩对上霍音明媚的双眼，她被温柔裹挟的目光深处，是不容忽略的理智与审视。

他将先前准备好的一肚子话咽了回去，换了新的方式开口："前几天实在太忙了，在悦龙山庄见面那天我也是被他们拉过去的，没提前告诉你，是我做得不好。"

霍音没管碎发，安安静静地仰头听着。

对方的声音如同十月的秋雨般温和。他们刚刚在一起的时候，顾师姐还说过他们两个都温文尔雅，讲话慢吞吞的，除了没什么火花，看起来登对得很。

她被钥匙链的棱角戳到了，从纷乱的思绪中回过神，才恍然发觉，顾师姐那么说已经是很久之前的事了。

很久没有人说过那样的话了。

"我今天一休班就来了，想将功补过。"林珩上前一步，拉近两人之间的距离，"这里太冷了，不是说话的地方，阿音，我带你去咱们第一次见面的餐厅好不好？"

对方抬手想要揽住她，霍音本能地往后一退。

他一出现，那些短信的内容就好像被智能转化成语音，在她脑海里循环播放。

这里的风好像太大了，吹得她脑仁疼。

"我刚刚吃过饭了。"她咬咬下唇，直奔主题，"你不说短信的事吗？那我走了。"

"我就是要说短信的事。可这里太冷了，阿音你就当陪我去吃点儿东西。"林珩又凑上来，在霍音反应过来之前，用她拒绝不了的力度拉住她的手，"那家店的老板好久没见到你，上次我过去，他还问我怎么没跟你一起。老板一直觉得他是我们的红娘，你那时候在他们店里打工，打碎个盘子，吓得小脸煞白，我要是没给你解围，你都要吓哭了。"

每隔一段时间就要回忆一遍的片段再度浮现，霍音蹙起眉，闭了闭眼。

记得，她当然记得。

霍音跟着林珩去了那家餐厅。

林珩依旧用"我真的只当夏明璇是妹妹"这样的理由来搪塞她，她本想跟他辩一下，没想到徐老打电话过来，喊她马上去一个事故现场做一手报道。

霍音没办法，只得让林珩开车，送她去两公里外的事故现场。二人一路无话。

事故现场一片混乱，救护车和警车的鸣笛笛声刺耳。警戒线还没有拉起来，群众被仅有的几个警察费力地拦住。

不远处，有医护人员正在原地抢救伤者。

一道道人影不断从霍音眼前闪过，隔着几米远的距离仿佛都能嗅见血气。

黑白红灰交织，争先恐后地闯入人眼中，仿佛一锅半生不熟冒着热气的大杂烩。

手拿"长枪短炮"的媒体蜂拥而至。霍音收回目光，一下车就狂奔过去，却在即将靠近之前倏然被人拉住手臂，挣脱不得。

林珩强硬地把手里的纸袋塞进霍音的手里，不急不缓地说："阿音，礼物回去再打开，一定要戴，记住了吗？"

霍音欲把纸袋塞回去，未料被对方拉得更紧。一向好脾气的她语气也急躁起来："无功不受禄。我要来不及了，快放开我！"

"好好拿着礼物，你不拿，我就不放你去。"

情急之下，霍音只得接下。她正欲去现场，倏然听见身旁有人问："程医生，患者的血止不住，怎么办啊？"

霍音转头看过去，程嘉让就在人群中，穿一件染血的白衣半蹲在地。他镇定地单手握着止血钳，利落地夹着纱布按在伤员的伤口处。

林珩的声音听起来有些惊讶："让哥，你也来了？"

Chapter 02

尾声

故事总要有结束的时候，
但不是每个人都有尾声的。

这是一场七车相撞连环追尾的交通事故,地点在北三环闹市区。

下班晚高峰时期,车流如潮,加上雪天路滑,第一辆车的司机兼车主在行车过程中与坐副驾驶座的人抢夺方向盘,以致车子不受控制追尾前车。

结果正是霍音现在所看到的。雪天,几辆车相距又近,不过须臾之间,七辆车连环相撞。

街边驻足观看者不少,议论的声音从不远处传来。

"这救护车怎么还不来啊?这么半天就来了一辆。"

"你没听见警察打电话?那几辆救护车都从北边来,堵在路上了。"

"刚出事那会儿,A大附院的两辆救护车正好经过,看这边出事了才留下一辆,没看只留了个年轻医生吗?"

"不过这年轻医生看着有两把刷子,对着这么多伤员,临危不乱。"

……

霍音先是怔了一下,旋即挣开林珩,拍摄现场照片。

她刚放下相机,就看见三五位手持"长枪短炮"的同行突然齐齐朝程嘉让的方向跑去,快门声疯狂响起。

霍音远远看着,没挤上去。

程嘉让正抢救的伤患是本市的一位著名企业家,徐老来电话的时候特意说过。

林珩被旁边的护士叫去帮忙。霍音顿了一下,干脆将相机挂到脖子上，也跟着跑过去帮忙。

她不是学医的，但父亲在镇上开小诊所，她从小耳濡目染，多少懂一点儿，帮帮忙还算可以。

霍音过去的时候林珩刚戴上一次性手套，见她过来，说道："现在情况严重，不适合采访。"

霍音摇摇头，蹲下身，解释道："不采访，我过来帮忙。我在家的时候经常……"

"现在跟你在家的时候能一样？"林珩低头处理伤口，拒绝得坚定且直白，"阿音，大家都很忙，你别在这里添乱好不好？"

霍音伸出去的手未来得及收回，尴尬地僵在原地。

就在这时，旁边突然吵了起来。相机的闪光灯晃得人眼花缭乱，记者们不停问着问题，杂乱无章的事故现场好像一下子成了记者招待会，救治工作几乎被迫中断。

"李总，您现在出了车祸，会不会影响跟明和集团的合作？据我所知，您今天正准备去往签约现场。"

"请问李总对贵司上一季度的营业额大幅下跌有什么看法？"

"李总……"

"李总，这里是《燕北晚报》，麻烦您看一下镜头。"

"……"

"别拍了！"人群中突然传来一道不属于"记者招待会"的声音，是年轻的男声，清冽、严肃、不容置喙。

其他人因为这一声安静了三秒，很快，再度开始提问。

"我说别拍了，听不懂？"程嘉让提高音量，一字一顿。

即便他是蹲在地上仰头看人，依旧像身居高位者发号施令，给人一种压迫感。

霍音看过去的时候，年轻男人手背抵着一台几乎要靠到企业家伤口的摄影机，下一瞬倏然发力，将摄影机重重地推回记者怀中。

那位记者殊为不满："你这医生……"他与程嘉让冷漠的目光对上，又悻悻地吞下后面的话。

陆续有其他救护车赶到，抬着担架的医护人员赶来，众人合力将伤患转移到担架上。

程嘉让一边利落地给伤患上药包扎，一边对刚来的医生说明伤患情况。

"患者车祸致头部、右胸、左肩疼痛，伴头晕，左肩肿胀明显，左侧肩胛冈、锁骨肩峰、肩胛骨喙突压痛阳性，肩关节活动受限。右胸有异物刺破，无贯穿伤。右食指关节背侧见直径约 1.5 厘米皮肤擦伤，掌指关节略肿，屈伸活动良好。患者患有先天心源性哮喘，现已呼吸不畅，需要尽快进一步诊疗。"

由于还有一部分救护车堵在路上，现场医疗资源有限，他们只能优先照顾伤情重者，轻伤者则在一旁等待医生逐个进行伤口处理。

企业家患有心源性哮喘，情况颇为危险，第一个被送上救护车。一部分记者匆忙跟上去，还有几位先机已失，颓丧地跟在后头，不小心挡住了在后面排队的伤患。

程嘉让有些不耐烦，斜睨那人一眼，冷声提醒："麻烦靠边站。"

霍音收回目光，注意到从旁经过的护士抱着重重的箱子，下意识地上前，帮忙接过箱子，送到程嘉让旁边。

对方低着头，戴了口罩，露出紧绷的下颌线。他手指被冻得发红，仍稳稳地扣着止血钳，夹着碘酊棉球快速消毒。

霍音将箱子放到地上，重新站起身的时候，挂在胸前的相机晃了几下，兴许落进了程嘉让的余光里。男人头也未抬，语气很冷："不拍摄，谢谢合作。"

"我……我是来帮忙的。"霍音忙不迭低声解释，"我爸爸在镇上当大夫，我以前经常帮我爸爸打下手。"

对方正驾轻就熟地给伤患上药，闻言并未应声。

霍音站在原地，脸颊被冷风吹得微微泛红。她有些后悔自己鲁莽了一次，又鲁莽第二次。

她正欲走开，突然，一包绷带被扔到她手上。她瞪大了眼，跟程嘉让的目光对上。下一瞬，男人睨了一眼搁在一旁的酒精洗手液，很淡漠地开口："还愣着干什么？"

霍音就这么成了程医生身边打下手的工具人，主要负责递东西、消毒、做简单的包扎。

他们莫名很有默契，每回程嘉让将手伸过来的时候，她都能精准地将对方需要的东西递上去。到后来，伤患还以为她真的是护士。

程嘉让始终绷着脸，利落地诊断、处理伤口，全程没跟霍音说过一句话。

轮到最后一个伤员了。霍音将无齿镊子递到程嘉让手上时，手指不小心擦过对方的手掌，猛地将手收回。

霍音抿抿发干的嘴唇，试着转移注意力："刚刚那些记者大概是为了报道太心急了，但他们上头都有领导压着，也……也挺不容易的。"

她讲得慢吞吞的，声音听起来格外腼腆。

没等到对方的回应，霍音顿了一秒，突然鬼使神差地补了一句："也不是所有记者都那样的。"说完，她恨不得咬断舌头，自个儿都觉得这话怪怪的。

她尚且在懊恼之中，恍惚间好像听见程嘉让不咸不淡地"嗯"了一声。

最后一个伤员的伤口被顺利包扎好。兴许是因为双手在寒风中冻了太久，收拾东西时，程嘉让被自己手里的镊子扎破了指腹，瞬间见了血。

他略一皱眉，扯过一片纱布就要按上去。

霍音突然握住对方冰块一样凉的手，不知道从哪儿来的勇气，道："还没消毒。"

程嘉让往回抽了抽手，不大上心："小问题，不用麻烦。"

　　"那怎么行？"霍音拧起眉，不由分说地拉过对方的手，小心翼翼地从他的另一只手里拿过镊子。

　　她消毒、上药、包扎，一气呵成，还不忘数落人家："你不是医生吗？刚刚给其他人消毒时那么认真，怎么自己就说是小问题？"她声音很小，近似嘟囔，说完才后知后觉自己说多了，有些局促地偷偷看他一眼，正好撞进对方波澜不惊的眸子里。

　　须臾，她听见他低声说："也不是每个医生都这样。"

　　谁也没注意到后面有记者举起相机，咔嚓一声，记录下了这一幕。

　　北京北三环冰天雪地的街边，穿奶白色棉衣、胸前挂着相机的年轻女记者单脚跪在街边，白皙的手伸出去，小心地给穿着白大褂的英气医生包扎。

　　他们一个温柔，一个冷峻，霜雪寒天，人潮汹涌，他们是惹眼的一对。

　　包扎到最后，霍音在程嘉让的绷带上系上一个小小的蝴蝶结。蝴蝶结被风吹得轻轻摇晃，与他线条冷硬的手格格不入，却又诡异地和谐。

　　林珩就是在这个时候过来的。

　　霍音注意到他的时候，林珩已经走到她身边："让哥这么信得过她？我们阿音不是学医的，弄不好这个，拆了我帮你重新处理一下吧。"

　　他说话的时候，重音似乎刻意落在了"我们阿音"这几个字上。

　　霍音没抬头，视线所及，林珩已经伸过手来，马上就要扯到蝴蝶结的一角了，却被程嘉让躲开了。

　　"不用麻烦。"他说完，起身离开。

　　林珩的不悦看起来有些压不住，霍音被他从地上拉起来，只听对方道："我不是跟你说过……"他顿了顿，"算了，反正过了年你就见不着他了。我这边有点急事，你自己打车回去，行不行？"

　　他说完，从上衣口袋里掏出钱夹，正欲抽钱出来，就被霍音拦下：

"不用，我自己有钱。"

"在北京打车贵得很，你那点儿钱……"

"真的不用。"

"行吧，那你路上小心，到宿舍后给我发微信。阿音，我是真的有事，跟你不顺路，不然一定送你回去。"

"好。"霍音下颌轻压，"你能送我过来，我已经很感谢了。"

"说的什么傻话？那我走了。"

"好，拜拜。"

她从事故现场离开的时候，天色已经完全暗下来，人在其中，仿若置身海底。

徐老之前叮嘱过霍音，拿到资料后，尽快送到他家。霍音看着相机里零散的几张现场照片，知道自己搞砸了，忍痛打了个车，去徐老家请罪。

近日首都天气不算友好，风雪遮天蔽日。

霍音的雪地靴在纤尘不染的道路上踏出一个个浅浅的脚印。

她之前跟着顾师姐来过徐老的家，所以即便是在迷蒙的月色下，还是能将路认个七七八八。

徐老家在市区一片寸土寸金的别墅区，是联排别墅，距离小区门口不算近，霍音足足走了五分钟才到。

她叩响了徐老家的大门，开门的是管家赵姨，见过霍音几次。

霍音说明来意，便被赵姨请进门。赵姨说徐老有事出门了，让她先在楼下等着。

别墅一层只开着地灯，光线昏暗，除了窗外偶尔闯入的风声，听不到其余声响。

赵姨说徐老年纪大了，眼睛有旧疾，家里不能开太亮的灯。

赵姨上楼之后，一楼就只剩下霍音。她坐在编织竹椅上，百无聊赖地翻看着相机里仅存的几张照片。

各家媒体都去抢与企业家相关的新闻了，她却连人影儿都没拍到，实在不知道一会儿要怎么交代。说她去给医生帮忙了？可那也不是她一个记者该做的事。

最后一张照片看完，霍音后知后觉，静谧的空间里不知什么时候传出一些奇怪的声响。

声音并非出自这间别墅，似乎是从隔壁传过来的。似有若无的女声，拖着细细的尾音，听起来好像很痛苦。

霍音站起身，试图往声音传来的方向走去，兀自小声道："这是怎么啦？"

靠近窗边，她冷不防听见有人很低地嗤笑了一声。

窗子半开着，白色的真丝窗帘被窗外涌入的风吹起来，从霍音眼前拂过，又猝然落下。窗帘移出视线的一瞬间，她看见了斜倚着墙，坐在一架砖红色旧钢琴前的程嘉让。他已经换掉了白大褂，穿着一件黑色的粗针毛衣，戴耳机，跷着二郎腿，好整以暇地坐着。

冷不防看见个人，霍音本能地退后一步，后脑不慎撞上冷硬的窗棂。她细细地嘶了一声，再抬眼的时候，看见两步外的男人摘下耳机，漫不经心地看着她。

"小姑娘。"他的声音听起来有些轻佻，却并不冒犯，"大人的事少打听。"

大人的事，霍音轻轻咀嚼这几个字，突然反应过来，脸一瞬红了。她现在不用猜也晓得那边发生什么了。

她羞窘万分之际，程嘉让不知何时走了过来，随手关上窗，却并未将那些旖旎的声音尽数隔绝在外。直到两只耳机落进耳中，淙淙的钢琴音盖住放肆的狂响，世界才回归安宁。

　　耳机里放的曲子霍音没有听过，她也没能仔细分辨，因为注意力全被突然靠近的陌生又熟悉的气息占据。

　　程嘉让站在她身边。霍音仰着头，大约因为尴尬，半晌才磕磕巴巴地道了谢。说完，为表关怀，她又问了一句："那你怎么办？"

　　她问完就后悔了。

　　这算什么问题？

　　她果然没有得到回应。

　　霍音垂下头，看着自己的脚尖，余光瞥见程嘉让从裤子口袋里掏出一盒烟，看上去价格不菲。

　　程嘉让随手捻起一根烟叼在唇边，金属打火机滑了几下，露出幽蓝色的火焰。

　　他和她第一次见面时，就隔着这样的火光。

　　他们对视一眼，男人取下香烟，问了一句："介意吗？"

　　霍音从他的口形中分辨出他的意思，很温和地摇摇头："不介意。"

　　"嗯。"

　　霍音没想到今天的意外事件接二连三。如果提前知道今晚来徐老家会遇上这么尴尬的事，她宁愿挨骂，也不会匆匆从事故现场赶过来。

　　没多久，蓝牙耳机电量告罄。他应该也知道——他的手机屏幕忽然亮了。

　　疯狂的声音再度闯入耳中，霍音一时尴尬难安。

　　年轻的男人见状，三两步回到钢琴前，坐下，掀开盖子，弹奏起来。

　　他弹的正是刚刚耳机中放的那首曲子。不过，尽管她后面被对方叫到钢琴前并排坐下了，她还是不知道这首曲子的名字。

琴凳颇长，足够两个成年人并排而坐，只是空间到底有限，他们的衣服还是无法避免地有所摩擦。

霍音坐在程嘉让身边，看着男人将烟叼在口中，修长的指节滑过琴键，食指上还缠着绷带。白色蝴蝶结随着他手上的动作，轻轻摇着。

流畅的琴声偶尔盖过隔壁放纵的声音，偶尔与那声音纠缠，有种说不出的暧昧。

霍音无意间扫过琴盖上被随意放着的只剩一章的琴谱，上面写了这首曲子的法文名字——《Ballade pour Adeline》，中文译作《水边的阿狄丽娜》。

最后一个琴键落下的时候，隔壁的声音不知什么时候消失了，霍音有些恍惚。

他们是否真的听到了那些声音？

程嘉让看过来的时候，她后知后觉地鼓掌，水红色的唇瓣轻启，夸赞道："很好听。"

对方未置可否，只是掐灭烟，重新点了一支。

霍音移开目光。刚刚他在弹琴，她顾着听，没感受到压迫力，现在琴声停下，他们这么近的距离，她总觉得自己的一举一动都在对方的视线范围之中。

霍音垂下头，将蓝牙耳机递上去，声音更小了："还有这个，谢谢。"

耳机被对方随手拿走，绷带和指甲刮过她的掌心。

这时，林珩打了电话过来，霍音将手机拿到一旁去接。

程嘉让坐在旧钢琴前，指间夹着香烟，神情疏离冷淡，吐了口烟圈。

他看向不远处，年轻的女孩儿正在讲电话。

"阿珩。"

"我在徐教授家。"

"对……只有我和徐教授。"

霍音挂断电话，回过头，恰好看到程嘉让抽完烟。

霍音想起刚刚林珩打来的那通电话。林珩问她和谁在一起的时候，她鬼使神差就撒了谎，没提程嘉让。

房间里安静得有些可怕，重重树影被关在窗外，枝杈摩挲玻璃的声响仿佛又穿过厚厚的钢化玻璃，传到耳边。

霍音站在原地，思考半晌，还是慢吞吞张口问道："好像忘了问，你怎么也在这里？"她说完，似乎是为了表现自己的友善，还缓缓将自己来这儿的原因介绍了一遍，"今天，你看见了……徐教授交代的采访企业家的任务，我搞砸了，所以，我特意过来负荆请罪。"

不远处，程嘉让还在低头摆弄钢琴，骨节分明的手指不时碰到钢琴，发出清亮或空洞的响声。

半晌，他随手合上钢琴的盖子，淡声道："这房子的主人说身体不舒服，叫我来给瞧瞧。"

"所以你是徐教授的医生吗？"霍音问完便觉得自己有点傻。A大的人都说，医学院高才生程嘉让家世显赫，是浪荡不羁的豪门阔少。他怎么会给人做私人医生？

未料程嘉让真的点了点头："是。"

霍音没细想这个问题，听到对方这么说，自然就信了。

话题就此终止，她又坐到竹编椅上，垂头想了一会儿该怎么跟徐老交代。

她想得还挺投入，以至于徐老回到家，她听到程嘉让喊他"三姥爷"的时候，实实在在地蒙了一下。

徐老没忙着说新闻的事，招呼过霍音，就坐到一旁的沙发上，皱着眉，看了一眼程嘉让，须臾，伸手点了点他的烟："又在这儿抽烟，也不知道二十来岁的人怎么瘾这么大。"

"您老不是不舒服吗？可歇歇吧！"程嘉让一挑眉，一口京腔，语气散漫。他似乎对徐老的说法不以为意，随口答了一句，又从烟盒里抽了根烟，和打火机一起递上去。

霍音坐在不远处，静静地看着祖孙俩。

程嘉让从茶几上的小药箱里掏出听诊器，神情淡淡的。

徐老点上烟，抽了一口，皱着眉，摇了摇头。霍音也不自觉地跟着很轻地皱起眉。

下一秒，老爷子突然说："这烟还不错，在哪儿买的？"

程嘉让没回答，收好听诊器，放回小药箱里。

他夺过徐老手里的烟，不紧不慢地在烟灰缸里灭了，然后拍了拍手，往沙发上一倚，二郎腿跷得老高："买不着。专供。"

"喊。"

"我劝您啊，下回再熬夜不用叫我了。"程嘉让睨了徐老一眼，没好气地说，"我这儿没药给您吃。"

徐老也不恼，反而乐呵呵地扯开了话题。后面的话霍音没听。

程嘉让的目光扫过垂下头的年轻女孩儿，又不动声色地移开。

下一瞬，他那位不大听话的三姥爷突然神秘兮兮地凑过来，小声问他："刚才我不在，你跟人小姑娘说什么呢？"

霍音正低头琢磨一会儿怎么跟徐老道歉才能看起来更诚恳，突然听到这么一句话。紧接着，她见年轻男人很轻地嗤笑一声，吐出两个字："秘密。"

北京是个多雪的城市。

窗子甫一打开，雪花便迫不及待地闯进屋子里，纷纷扬扬地往人脸上飞。

霍音搞砸了采访的事，破天荒地没被徐老骂。她从二楼下来的时候，刚好看见管家赵姨打开一楼玄关旁的窗子，感叹道："下雪了，这么大的雪，也不知道什么时候才能停。"

许是听见她下楼的脚步声，赵姨注意到霍音，笑着问："这雪这么大，这个点肯定打不到车，小霍，你跟阿让要不今晚就住下来，等天亮了再走，老爷子也放心。"

霍音这才注意到，原来程嘉让还没走。

从她的角度往下看，刚好看见他坐在沙发上，单手玩手机。

霍音的背包放在沙发前的茶几上，她咬咬下唇，放轻了脚步走过去。

她想起今天在事故现场录了音，想拿给徐老听。

她记得自己将录音笔放在了包里，但翻遍背包，连录音笔的影儿都没找到。

她正愁眉不展之时，倏然听见坐在对面的男人漫不经心地出声，似乎是在问她："找什么呢？"

霍音咬咬下唇："录音笔不见了。"

"你还没翻这个。"

霍音顺着男人手指的方向看过去，那是一个精致的包装袋，里面是林珩今天送她的礼物。

她摇了摇头，笃定地道："不在里面。"

不过，他倒是提醒了她。她给林珩拨去电话，彩铃响了很久，电话才被对方接起，熟悉的声音传来："阿音，怎么啦？这么晚了，回宿舍了没？"

"就要回了。"霍音一只手拿着手机，另一只手无意识地轻轻摩挲手腕，压低声音问道，"阿珩，你有没有看到我的录音笔？"

"录音笔？没有啊。怎么了？别急，一支录音笔而已，找不到明儿我给你买新的。"

"谢谢，不过不用了。我的录音笔里有好多之前的采访记录，找不到就糟了。"

霍音摇了摇头，意识到对方看不见，又停下来。

录音笔没在包里，林珩也没看到，会不会落在事故现场了？

赵姨刚刚说这边现在打不到车，可她又很想过去看看，便有些不好意思地问林珩："你现在还在忙吗？"

她记得他走之前说是有事要回去办。

"不忙，回家了。"

"那……"霍音咬咬唇，她不大喜欢给别人添麻烦，现在也是没有办法，"你可不可以来接我一下？那个录音笔真的有点重要，我……"

"阿音。"她话刚说了一半就被他打断，"今天太晚了，我们明天去找，好吗？"

"可是……"霍音知道自己有点强人所难，可是，明天还来得及吗？

"这么晚了，你就别想这事儿了。"林珩继续说道，"陈阳家就在北三环，明天一大早，我就让他出去帮你找。我给你叫个车，你先回学校，好不好？"

霍音没说好，也没说不好，含糊地挂断电话后，先上楼跟徐老解释一番，又向程嘉让和赵姨道了别，随后迎着风雪出了徐老家别墅的大门。

徐老家在市中心，距离北三环也不是特别远，她走过去，运气好的话或许可以打到车。

霍音昨晚看过天气预报，隐约记得今天有中到大雪，不过，出门的时候看到满地银霜，一脚踩下去整个鞋面陷进去，还是不免惊讶。

今年是她从皖南小镇来到首都读书的第四年。北京往年冬季也常常下雪，不过今年的雪格外大，让她这个从小没见过雪的南方人分外惊喜。

街道上，包裹严实的年轻女孩儿踏过雪地，留下成串的脚印，不消两分钟，落地的雪花又将脚印填平。

接近晚上十点钟，街上除了偶尔缓慢行驶过的私家车，见不着一个行人。

霍音看了一眼手机上的打车软件，迟迟没有动静，默默加快了步子。

雪天路滑，她的注意力全在脚下，生怕自己一不小心摔在雪地里，连身后有轰隆的摩托车响也没听到，以至于程嘉让横车在她眼前，掀起头盔看向她时，霍音比听见他喊徐老"三姥爷"的时候还要蒙。

"上车。"

她听见他的声音。

他今天骑的摩托车身量庞大，看起来比林珩的那辆还要大一圈。霍音将手藏在羽绒服厚厚的袖子下，暗暗扯了扯自己的棕色格纹及踝百褶裙的裙摆，本能地想侧坐着，却在靠近之前，被男人扬声制止："跨上来。"

程嘉让一把扣下护目镜，不知从哪儿拿出个头盔，递到霍音的眼前。

她觉得有些窘迫，迟疑了一下，还是没有耽误时间，老老实实地跨坐上去。

霍音坐上车，由于车子的重心在前面，不受控制地往前滑，慢慢贴近了前面的男人。

摩托车开始打火，车身轰隆隆颤动起来。霍音没坐过这样的车，心跳加快，身体紧绷，一动也不敢动。

"拉紧我。"控制摩托车的男人在车子发动之前突然回过头来道。

霍音隔着头盔上两层厚厚的挡风镜，撞进对方深邃的双眼中。她像是被人施法蛊惑，双手不受控地伸向前，拉住男人黑色棒球服的衣摆。

对方转过头去，淡漠地补充道："摔下去我救不活你。"

霍音第一次觉得，从市中心到北三环的这段路，很短，又很长。

这条开车要一个小时的路，他们只花了四十分钟。

而这一路上，她足足有三次因为他突然刹车而猛地冲向前，紧紧贴到男人硬朗的背上。

最后这次，她没抓牢他的衣服，情急之下从背后紧紧环住程嘉让的腰，才没有从摩托车上摔下去。

反应过来以后，她飞速收回手，还是尴尬得手足无措，下车的时候也不知道是因为害怕还是尴尬，白皙的额角汗涔涔的，连双腿都有些发软。还是程嘉让拉了她一把，她才顺利下了车。

他们从这里离开少说也有四个小时了。这四个小时，风雪不断，四周都被覆上了一件白色的外衣，找一支录音笔，其实如大海捞针。

霍音在地上找了二十分钟，一无所获，开始觉得自己是不是不应该来。

就在这时，程嘉让突然伸了手过来。

他戴着黑色的皮手套，手里躺着一支小小的录音笔。

霍音惊喜地伸出手，手中原本拎着的林珩送她的那袋礼物却一不小心掉落在地，袋子里的东西散落一地。

宝蓝色的丝绒包装盒敞开，里面是绿翡翠镯，地上还有一张写了几行字的白色卡片。

在雪色下，卡片上的字格外清晰。

"宝贝，不要闹脾气了。我以这张卡片为凭证，等雪停了，带你去雁栖湖。"

卡片上的落款是"你的爱人阿珩"。

霍音在原地僵了两秒钟，目光掠过冷眼旁观的程嘉让，迅速低下头，将翡翠镯和丝绒盒子囫囵装进袋子里。

回学校的路上，霍音脑海里不停响起程嘉让的声音。

刚才，他捏起卡片随手丢进她的袋子里，态度疏离地说："把东西收好。"

从那天回到宿舍以后，霍音便没再见过程嘉让。

她有条不紊地继续生活，每天第一个起床，轻手轻脚洗漱完毕，在宿管阿姨开宿舍门的时候出门。

她的背包里除了课本、卷子、资料，还有满满一保温杯的热水，以及好几块软软的草莓夹心面包。

她到自习室或者图书馆，一待就是一整天，渴了就喝热水，饿了就啃面包，每天就干复习这么一件事。

她有时候觉得这样的日子过得很快，几百页的专业课本翻过去，日历就跳了好几格；有时候又觉得时间过得很慢很慢，书本放在眼前，脑子里空空的，十几分钟翻不了一页。

好在霍音仅剩两门课要考了。

考《马克思主义新闻观》的时候，霍音下笔如有神，半个小时就写完了，交卷出门。

压力减半，霍音回到宿舍，觉得有些无聊，又不想复习。

她在床边坐了几分钟，想起床下的书柜里放了一本她不大喜欢的小说《额尔古纳河右岸》。

她不喜欢用鲜活的文字诉说悲凉，却时不时将这本书拿出来看几页，以至于深蓝色的封皮不知何时被摩挲成了浅蓝色的。刚刚她突然想起书里的一句话，便迫不及待下床去翻。

书里说："故事总要有结束的时候，但不是每个人都有尾声的。"

霍音在心里念着这句话，突然明白了什么。

是的，生活不是舞台剧，散场时，并非每个人要彼此鞠躬道别的。

在书柜旁愣了一会儿，霍音又看到了规规矩矩地躺在柜子上的宝蓝色的丝绒小盒子。

霍音踮起脚，把盒子拿下来，轻轻打开盖子。

绿翡翠镯安安静静地躺在盒子里，里面还有那张写了两行字的卡片。

她从床上扯过一条毯子披上，像是突然置身那个风雪交加的寒夜。月光和着鹅毛大雪纷纷扬扬地落下来，卡片上的黑字有些扎眼。

林珩的礼物看起来价格不菲，霍音没打算收。这几天忙于准备考试，她一直忘了还给他，琢磨着怎么还给林珩才不会让对方觉得难堪。

傍晚，林珩打来电话。

大约最近是考试周，大家都忙得很，霍音和林珩也没怎么通电话，只是在微信上有一搭没一搭地聊两句。难怪顾师姐常说，他们两个平淡到不像二十一世纪的情侣。

霍音接起电话，林珩的声音很快传来："阿音。"

"嗯？"

"忙什么呢，还在啃专业书？"

"刚刚考完一门，在休息。"霍音抿了抿嘴，语气柔柔的，"你在忙什么？"

"刚开完会，也在歇着。"

随后，两个人莫名其妙开始沉默，下一秒，又突然一起开了口。

"那个……"

"那个……"

听到对方的声音，他们又同时开了口——

"阿音。"

"阿珩。"

"你先说。"

"你先说吧！"

霍音看着静静地摆在桌上的盒子，温和地道："还是你先说吧！"

电话那头顿了一下，很快道："我是想说，上次送你的礼物，我好像一时马虎拿错了。"

"什么？"

"盒子里面是翡翠手镯对不对？我当时比较着急，不小心拿错了。"林珩笑了声，声音似乎有点干涩，"哪有人送小女孩儿翡翠手镯的？"

"那盒子里的卡片……"

"卡片是对的。"

"好。"霍音从柜子里找到那个精致的包装袋，不急不缓地问道，"你什么时候有空？我给你拿过去。"

"我正好下午休班，你在宿舍吗？我回学校找你。"

"在。什么时候？"

"我到了给你打电话。"

"好。"

电话挂断之前，林珩又叫住她："阿音。"

"怎么了？"

"你是不是生气了？"林珩的声音比以往更轻，像在哄小孩儿，"宝贝，我原本给你准备的礼物，你一定会更喜欢的。"

A 大附近的一家咖啡馆。

林珩挂断电话，看向坐在对面的夏明璇，稍稍皱起眉："可以了，我等一下就去阿音那儿取。"

"谢谢阿珩哥哥，早知道会让你为难，那天我就不建议你选那个镯子了。"

"没事，你奶奶的遗物丢了，好不容易有个相似的，你拿回去当个念想也好。"

"唉，真是麻烦你了。阿珩哥哥，今晚就到我家吃饭吧。"

"这没什么。我改天去，今天要跟阿音吃饭。"

"可是我要把镯子的钱转给你，你不收；我要你去家里吃饭，你也不肯……你是不是在怨我？"

林珩闻言顿了顿，道："怎么会？这镯子对阿音来说只是一份普通的礼物，对你却更有意义，我怨你做什么？"

"那你就跟我回家吃饭。"

几个回合下来，林珩果然答应了跟她回家吃饭。夏明璇不得不在心里感叹，自己那些小姐妹没白交，花招多得很。

上回她的小姐妹知道她给霍音发了很多骚扰短信，都很无语，骂她蠢，听说她要陪林珩去给霍音挑礼物，就出了这么个招儿。

夏明璇跟林珩去挑礼物的时候，特意挑了一个看起来老气又没有替代品的镯子，说是跟她奶奶的遗物很相似，看着亲切。等林珩把东西送出去几天了，她又过来跟他讲奶奶的遗物丢了，想高价买那个镯子回去。

一来一回，她肯定霍音会起疑心。

夏明璇心想，反正阿珩哥哥说霍音最大的优点是乖巧听话，陪在他身边不会走，这些她也做得到，还可以比霍音做得更好。

霍音在宿舍楼下见到林珩的时候是下午三点半。

今天天气不大好，层云密布，像是要压下来。

霍音一出门就见林珩拎着大包小包站在宿舍楼下，来往的人纷纷转头去看他，还有人低声议论他。

"这是谁家的二十四孝好男友啊？买了这么多礼物来等女朋友。羡慕死了。"

"你没看出来？这是医学院的学生会主席林珩，咱们学校著名的帅哥。他女朋友是新传系的'系花'。"

"他女朋友我倒是有点印象，看着特别乖，这个主席我没啥印象。主要是他们学院那个程学长太帅了，谁在他面前都光芒泯灭好吗？"

程学长……

霍音眨眨眼，加快步子向林珩走去。看对方的意思，他今天拎过来的大包小包都是给她的补偿礼——零食、包包、衣服、首饰，一应俱全。

林珩对她一向很大方。

不过霍音没有太多物质上的欲望，又知道林珩送的东西大多很贵，除了生日、年节，她一般不会收他的礼物。就算收了，她也要攒很久的钱给他回礼。

她原本就想把镯子还回去，自然没想收对方的其他礼物。

她将镯子还了回去。

林珩接过，又想把礼物给霍音，她却连连摆手，低声拒绝道："阿珩，我真的没有生气，你不用这么破费。"

林珩突然拉住她的手，她下意识地想挣脱。

他们正拉扯之时，有人从后面叫了林珩一声，又道："阿珩，你们小情侣还没诉完衷肠啊？"

霍音循声看过去，来的人叫陈阳，是林珩最好的朋友。

陈阳继续说："让哥都被保送到西国交流学习了，你还在这儿女情长呢？"

05

次日一大早，天蒙蒙亮，远处的青山还被罩在浓重的晨雾里。霍音透过窗子看出去，视线范围仅在 A 大这方寸之地。

霍音一大早就接到了两通电话。

一通来自医学院之前和霍音对接宣传片的领导，对方打电话来说是宣传片的效果远超预料，医学院那边要请几位院里的领导和宣传片的所有主创今晚一齐吃一顿晚饭，让她务必过去。

另一通则来自徐老，徐老说有新的工作交给她去跟进，希望能尽快见到她。

霍音接到徐老的电话以后，就匆匆起床洗漱，简单打扮，预备去学校西门搭乘56路公交车。

她这个学期的理论课程只有两门，《马克思主义新闻观》昨天考完了，一个星期后考最后一门，考完试就可以放假了。

她没有其他要紧事，所以随叫随到。

霍音快步从东区的女生宿舍绕过篮球场，走到学校南门，在公交站牌前站定。她回头看了一眼路边早餐店里墙上的挂钟，刚刚六点半。

大约因为连日来天气不好，天寒地冻，现在又是大清早，霍音在冷风中站了许久，周围还是只有两三个人。

她没等到公交车，倒是先等到了其他的车，一辆银灰色的迈巴赫。

车刚刚从学校里开出来，连按几声喇叭。

霍音一开始没注意这辆车，反应过来对方可能是在提醒她以后，才迟疑着看过去，以为有人拿她取乐。

读大学这几年，她常遇见人开着豪车冲她鸣笛。她看过去，那人便会冲她吹口哨，问她要联系方式。

车窗不疾不徐地降下来，一个西装革履的男人坐在后座上。

霍音愣了愣，脑海里原本模糊的眉眼变得清晰……会是他吗？

霍音愣神的工夫，见到顾师姐从那个男人身边探出头，扬着手，热情地道："小音，你一大早要去哪儿啊？我们送你吧。"

顾师姐说话的时候，男人跟着转头看来，霍音停顿片刻，眼前云雾消散。

这是那晚送她和顾师姐回学校的男人。

他们只是眉眼有些相像而已，她一开始有些恍惚，不过很快便分清

了。他们一个眉眼冷峻，看起来沉稳，另一个……霍音缓缓眨眨眼，有
些模糊的轮廓顺理成章地清晰起来。另一个，浓眉间断开一小截，少年
意气，桀骜不驯。

　　她很快收回思绪，面上浮现两个浅浅的酒窝，也挥起手，扬声回
道："教授说有新的工作交给我，师姐你们忙吧，我坐 56 路公交车可以
直接到教授家。"

　　"公交还不知道什么时候来，你上来更方便啊！"

　　"师姐，真的不用啦！"霍音摇摇头，笑容柔和，眼底闪过一丝慧
黠，"不打扰师姐和师姐夫二人世界。"

　　"你这小丫头。"顾姝彤嗔怪地白了霍音一眼，"行吧，不坐就不
坐，你自己路上小心。"她说完，又带着笑意揶揄道，"这个徐老爷子也
真是的，有了新人忘旧人，现在都不找我，改找你干活了。"

　　霍音温声应对："可能是小事需要菜鸟，不用劳烦师姐。"

　　"还是师妹这小嘴甜，"后面有车按了两声喇叭，顾姝彤不得不匆忙
道，"行啦，我们先走了，老爷子交代的活儿，回头说给我听听。"

　　"好，师姐拜拜。"

　　霍音从徐老那儿领来的新工作与京圈一位赫赫有名的豪门千金，誉
合制药的长女何方怡有关。

　　何方怡近期要与一位家事显赫的少爷订婚，他们背后的两大集团想
以订婚为由，为接下来的合作造势。

　　而徐老这边要做的，就是派出专业人士与两个集团的公关部门商讨
方案，确定最优的宣传方式并控制好舆论的走向，扩大两大集团联姻事
件的影响力。

　　这确实有悖于霍音做新闻人的初衷，但绝对是锻炼她能力的好机会。

　　这件事看似简单，内里却颇为复杂。两家集团、两位新人，哪方的
意见都要顾及，协调起来颇有难度。

听说这位准新郎是个玩世不恭的花花公子，身边莺莺燕燕数不胜数。何方怡则是绝不肯吃亏的性子，最近料理了不少准新郎的红颜知己，动静颇大，已经有些影响到订婚宴。

总的来说，这是个苦差。

霍音虽然不知道徐老为什么要把这么个烫手山芋交到她这个菜鸟的手上，但接到任务后，还是老老实实地应下来，表示自己一定会尽力而为。

好在他们的订婚时间大概是明年年中，不急于现在造势，霍音暂时不用着急，甚至能回家过个好年。

后来，顾师姐问起这件事，对跟这事有关的两个人的际遇感到唏嘘——一个是遇上花花公子的何方怡，另一个就是初出茅庐便被委以重任的霍音。

从徐老家出来，霍音看了一眼手上的细皮革带女士腕表，刚刚下午两点钟。

距离晚上和医学院领导的饭局还有一段时间，于是她干脆坐 56 路公交车原路返回，到宿舍换了一身看起来更为正式的衣服，妆也化浓了一点儿。

出门的时候，霍音穿了一件及膝的燕麦色牛角扣羊毛大衣，内搭高领毛衣，配英伦风格纹半身裙，看着温柔乖巧，带着浓重的学生气。

吃饭的地点是 A 大旁一家小有名气的粤菜馆。餐厅装潢考究且风格沉稳，学院领导的饭局常常安排在这里。霍音人在校刊，和领导打交道的机会比较多，来过这里几次，算是熟客。

餐厅的大门是玻璃旋转门，门上贴着褪色的"囍"字，看起来略有年代感。

霍音进门之后跟前台的服务员报了医学院李主任的名字，被带到三楼最里面的一间包厢内。

她今天来得不算早，进门的时候，圆桌旁已经有一大半位置上坐了人。靠窗的几位年长男士大约是医学院的领导，霍音对他们不太熟悉。剩下的就是她熟悉的面孔了——岑月、陈阳，还有几个拍摄当日在附院胸外科的年轻医生，其中包括林珩在医学院的好朋友。仔细一看，岑月的旁边坐着江子安。

霍音走到门口，听见岑月一边摆手一边说："不敢当不敢当，真把咱的宣传片带火的是嘉让学弟。"

有人注意到霍音，说起了玩笑话："呀，来了，咱们整个摄制组来齐了！"

"哈哈，现在进来的是本次宣传片的导演、编剧、后期剪辑兼制片人，霍学妹。"

众人笑作一团。霍音也笑着同大家打招呼。

说来尴尬，人家医学院上上下下来了这么多人，她这边，宣传片制作组还真就只有她一个人。

好在今晚来的几位领导都没什么架子，又有很会调节气氛的人，至少从霍音进门起，气氛一直颇为轻松。

圆桌还没坐满，众人喝着餐厅特调的港式奶茶，天南海北地聊着。

霍音喝奶茶的时候，注意到对面的江子安一边拿手机打字一边跟岑月说话。

"我出去一趟啊，接人。"

接人……霍音细细咀嚼这两个字，没来得及收回目光，恰好撞上江子安的视线。

对方愣了一下，冲她扬扬下颌，道："霍妹妹今天真漂亮。"

霍音笑了笑，旋即略带尴尬地收回目光。

包厢里只有两三个空位了，在宣传片中出镜的人，除了林珩和程嘉让，都来了。

"霍学妹，霍学妹？"

听到有人在叫自己，霍音猛地回神，发觉其他人都在看自己。

坐在她旁边叫不上名的医学院学长指指李主任的方向，小声提醒："霍学妹，李主任在问你话呢！"

李主任又问了她一遍："我听说小霍跟我们医学院的林珩同学是男女朋友，你们怎么没一起过来呢？"

霍音礼貌地笑道："主任问得真巧，我也在想这个问题。他和我一起来的话，现在大概已经开席了。"

在众人的笑声中，江子安大大咧咧地走了回来，扬声调侃道："我就出去这么一会儿，大家伙突然这么高兴？人我给接回来了，开席！"

大家的注意力自然被吸引了过去。

霍音莫名又想起《额尔古纳河右岸》里的那句话："故事总要有结束的时候，但不是每个人都有尾声的。"

她慢了半拍地循声看过去，林珩出现在她的视线里，旁边跟着穿阔袖大衣的夏明璇。

进门时，夏明璇朝她的方向抬手拨头发，刚好露出那个在霍音的书柜上躺了几天的绿翡翠镯子。

包厢里突然静了下来。

霍音在想，是不是有人的故事，其实已经到了尾声？

06

粤菜馆三楼有一个宽敞的露台，原先空着，今年夏天老板突然在上面摆了各式各样的盆栽，一眼看过去，绿意盎然，看起来像一个精心布置的花房。秋末，老板给露台安了一个大大的玻璃罩子，将盆栽保护得严严实实的。

霍音秀气的眉头浅浅皱着，低头看着脚下，跟在林珩后面走到了露台上。

她停下脚步，深吸一口气，才仰头用尽量平稳的语气轻声问："你想说什么？现在没有其他人，可以说了。"

"我……阿音，昨晚明璇听说今晚的饭局上会有我们学院的几位领导，当着家里长辈的面说她刚上大一，想跟领导搞好关系，让我带她过来。你说我能拒绝吗？"

"林珩。"霍音咬咬下唇，久违地叫了对方的全名，声音照旧温和，却有种不容忽视的力量，"你是不是一直把我当成傻瓜？"

对方也许没想到她会这样想，愣了愣，才说："阿音，你说的是什么话？"

"很多事情我不计较，不代表我不记得。我在说什么，你不清楚吗？"霍音不急不缓地反问，一针见血地道，"还是……你只是在装糊涂？"

"宝贝，你听我说，镯子的事情是个误会。"林珩沉默片刻解释道，整个人上前一步，伸出手，试图将她揽过去。

霍音本能地退后一步，后背靠上露台边上的玻璃。

露台下方就是车水马龙的街道，她只需要稍稍转头，就可以饱览整条街上的夜景。霍音心中一凛，下意识看向楼下的街边。

灯火煌煌，步行街上行人如织，一派人间烟火气。

楼下，穿黑色机摩托车服的年轻男人单手插在裤袋里，正在讲电话，在人群中分外惹眼。

霍音的目光在男人身上定住，身子却冷不防地被林珩按住。

"那只是一个镯子而已，她喜欢就给她，反正我人在你这儿，也跑不了。"

霍音听着他的话，很轻地笑了一声："可你拿回去的时候，说的是你一不小心拿错了礼物，没有说是因为她喜欢，才要收回去转送给她。

林珩，说一句真话有那么难吗？"

"阿音，我……"

"停。"霍音从对方的桎梏中挣脱出来，语气少有地凝重，"从现在开始，我问什么，你说什么。"

"好，你尽管问。"

"十一月十六日，你在哪里？"

十一月十六日，她只身一人踏过风雪，跑到后海的酒吧街到处找他。

"我在医院跟着导师值班。"

"中途有没有外出过？"

"没有，我那几天忙得要命。"

"下一个问题，十一月十七日，你为什么出现在悦龙山庄？"

"朋友叫我，我就去了，那天你不是也在吗？程嘉让提前半个月就通知大伙了，我只是跟着凑热闹。"他顿了一下，又补了一句，"我忙活俩星期，就为了那天好请假。"

"第三个问题，为什么主动跟我想当宣传片的男主角，却在开拍之前放鸽子？"

"我真的不是有意的。我刚刚说了，那段时间忙得昏天黑地，除了查房、写病历、上手术，脑子里什么也装不下。"

霍音前天洗衣服的时候从她那件短款的奶白色羽绒服里掏出了那个她花了三个月的生活费定制的小摩托钥匙链，将其随手装进了一个平时常背的白色斜挎包里。

今天出门的时候，她刚好又背了那个斜挎包。两分钟前，林珩叫她出包厢，她鬼使神差地把那个钥匙链装进了大衣口袋里。

此时此刻，钥匙链正被她攥在手里，在她的掌心印出红色的痕迹。

"最后一个问题。关于我的一切，你真的有珍视、爱护吗？"

"有，我当然有！你连这个也要质疑？关于你的一切，我比什么都珍视、爱护，你送我的东西，哪一样我不是随身……"

她将钥匙链拎起来，放到对方眼前，问："那这个呢？"

林珩的脸色变得不大好看。

霍音说话依旧不疾不徐，却让对方哑口无言："你到现在还在对我撒谎。要我来帮你回答这些问题吗？

"十一月十六日，你在后海那家名叫 Muse 的酒吧。因为看见我，你落荒而逃，落下了这个。

"十一月十七日下午，我们通过电话，你说导师又找你，你无暇分身，晚上却在悦龙山庄逍遥快活。

"第三个问题。夏明璇知道你是医学院宣传片的男主角以后，缠着你，要求换她来拍。你或许觉得没法对我说，所以干脆半个月不理我，装作没有这件事、没我这个女朋友。"

林珩听到这里，突然问："你怎么知道的，是谁和你说的？"

霍音闭了闭眼，再睁开的时候眼底更为清澈。这个时候，他还在关心这些无关紧要的问题。

"世上没有不透风的墙。况且，夏明璇发了几百条骚扰短信过来，我想不知道都难。"

霍音也不知道自己哪句话戳中了林珩，他反唇相讥："你也知道世上没有不透风的墙？十一月十七日那天晚上，你为什么坐程嘉让的车上山？你们是背着我干了什么见不得人的事吗？"

"……"

最终，霍音当着林珩的面把摩托车钥匙链丢进垃圾桶里，转身离开。

露台上发生激烈争吵的同时，步行街上，年轻男人握着手机，语气淡漠如常："来不及了，我不过去了。"

霍音和林珩在露台上不欢而散之后，很长一段时间处于冷战。

某天，因暖气管跑水，霍音所在的那栋宿舍楼被迫停了暖，冷空气透过墙壁渗进屋子里。

天气预报称，预计十二月八日白天至十二日夜间，首都市区及周边各区县、河北省北部等地的局部区域有暴雪……

林珩的电话打过来的时候，霍音正恹恹地躺在宿舍的床上，将厚厚的被子盖到下巴处，额上冒着细密的虚汗，四肢提不起半点儿力气。

对方邀请她出去吃东西，霍音推说身体不舒服，他又改口说要来照顾她。

或许，他们不该这样没头没尾地冷战。

霍音挣扎着从床上坐起来，不再拒绝。

晚上六点，天已黑透。

雪是从下午两三点钟开始下的，短短几个小时，就不由分说地在大地上铺上厚厚的一层。霍音和林珩约定的时间是下午六点半，她拖着高热的身体换好了衣服，坐在床下的书桌前，安安静静地等对方的电话。

她没想到，林珩还没来，几个室友却突然在一旁阴阳怪气起来。

"哇，姐妹们，快来看看这是啥！"

"哟，这不医学院的林学长吗？他搂着的妹妹是谁啊？好家伙，林学长换女朋友啦？"

"我早就说了，这种大少爷哪有那么容易拿捏？总有人以为自己能让浪子收心，其实……哼！"

霍音坐在原地，一言不发地听着。

兴许是她无动于衷的态度激怒了她们，她们说得越发难听："最近不是有人搭上程嘉让了吗？这是攀上高枝了，男朋友'劈腿'也不在乎了？"

"我真是笑死。骗骗林学长就算了，她不会真以为程嘉让能看上她吧？"

她们看到的照片，霍音也在手机上看到了——雪地上，林珩揽着夏明璇的肩膀，两个人并肩走着，看起来格外合拍。

不消片刻，八卦消息就传得沸沸扬扬。

霍音站起身，出门之前，忍住咳嗽，不疾不徐地冲那几个人道："是，看不起我的人很多……"

有人回道："你自己知道就好，算你有……"

霍音抬起手，擦拭额前的薄汗："可那些人……连看都看不到你们。"

几个室友的脸色瞬间变得难看起来。

从宿舍出去以后，霍音扶着墙壁，到一楼的公共座椅上坐下。

座椅就在大门边，她可以看见被门口昏黄的路灯灯光照亮的雪花。

也许是这里真的太冷了，她昏昏沉沉地抱紧自己，口很渴，很想喝妈妈做的冰镇桂花汤。她想起妈妈一辈子生活在南方，从来没有看过雪，便想拨个视频电话给妈妈。

可妈妈的电话她怎么都打不通。

林珩的电话，她也打不通。

风雪交加的夜晚，她拿起手机，用被冻得僵硬的双手发去了分手的信息。

Chapter 03

浔镇

"别再给我时常打电话。"

01

首都暴雪那夜，满城雪色之下，出了不少事。

西二环，华盛西庭壹号楼顶层的复式公寓，客厅枪灰色的窗帘大敞，将整面落地窗展现无余。

窗西边靠墙横放着两架原木书柜，上面摆着一眼望不尽的各式书籍，琳琅满目。

房间里没有开顶灯，只有书柜不远处的灰色长桌上亮着一盏台灯。

手机铃声响起时，穿一身黑色居家服的年轻男人坐在长桌前，正低头翻看桌子上略显凌乱的资料。

目光扫到屏幕上的"江子安"三个字，男人右手继续翻资料，左手慢条斯理地接起电话，问："什么事？"

电话那头传来对方模糊不清的声音，夹杂着女人刺耳的尖叫声。

程嘉让微不可察地皱了一下眉："又泡酒吧。"

对方似乎没听清他说什么，径自出声："让哥，快来风华，出大事了。"

风华是西二环规模最大的酒吧，江子安是那边的常客。

程嘉让不大在意，仍看着桌上的文件。他戴了一副黑色的细边镜框，身上的桀骜之气被压了几分："不去，没别的事我挂了。"

江子安的大事，无非是哪家纨绔又捅了娄子，哪个酒吧来了漂亮姑娘。

男人推了一下眼镜，翻过一页，另一只手已移到挂断键前。

"让哥别挂。"江子安语速很快,"这回的事跟你有关系。"

"我?"

"是你哥的事!让哥,这回这事可不小,何家……"

"我哥?"

"就你堂哥啊!"

程嘉让略显不耐烦地开口:"那你去找程霖,他那烂摊子,全家都收拾不完。"

"但我死活联系不上他啊,何大小姐还不依不饶的。让哥,我看你还是来一趟吧。"江子安继续道,"而且程霖找的那姑娘是咱们学校的,她找了个师妹过来接她,可是何大小姐那边没有要放人的意思。你们两家下半年不是还有合作?这也不好闹得太难看。"

程嘉让沉默了两秒,随手摘下了眼镜。

不知是不是因为这边沉默了,江子安再说话时话锋一转,道:"让哥,如果你忙着去西国交流的事,这件事就交给我处理,你先别过来了。"

江子安挂断电话前,听见程嘉让淡淡地道:"跟何方怡说,等着,这事交给我。"

这一夜的首都风号雪舞,寒风肆虐。门外的凛凛风声像是足以将人在须臾之间吞没。

霍音给林珩发了分手的微信,没有接到他的来电,反而接到了顾姝彤的电话。

她将身上的羽绒服裹紧,清清嗓子,轻颤着伸出手,接起了电话:"喂,师姐……"

电话那头却不是顾师姐的声音:"霍小姐是吗?"

霍音听着,秀气的眉毛微微蹙起,语气中多了几分警惕:"是。请问我朋友的手机为什么在您那里?"

"霍小姐，我们这里是北京风华酒吧，您的朋友似乎和其他客人闹了矛盾，现在遇到了些麻烦，可以麻烦您到我们这里接一下您的朋友吗？"

弄清对方的意思之后，霍音腾地从长椅上站起身。她还生着病，这样突然站起来，纤弱的身子猛一摇晃，扶着身旁冷冰冰的墙才堪堪站稳。

"您刚刚说的风华酒吧是西二环那边的那家吗？或者您可以说一下具体地址吗？"

西二环的风华酒吧颇有名气。霍音知道这个，是因为林珩以前带她去过一次。那晚，当着众人的面，林珩让她给程嘉让点烟。

"是的，详细地址是……"

"我知道了……"霍音打断道，鼻音很重，"我知道怎么走了。"

确定地点以后，她戴上羽绒服的帽子，冒着风雪，往学校西门走去。

霍音刚出校门就打到了车，半个小时后赶到风华酒吧。

风华没有包厢，大家都在外面。她进门后抬眼看过去，便可以瞧见半开放式的二楼，视力好一些的话，连楼上人的眉眼都能看清。

霍音双眼近视都在三百度左右，今天出门着急，不管是隐形眼镜还是框架眼镜都忘了戴，以至于现在抬眼看过去，只能看到他们的轮廓，很难辨清面容。

没人告诉她顾师姐现在在哪儿，霍音只能凭直觉，没有头绪地乱找。

一楼没人，霍音抬头看向二楼。

酒吧二楼，楼梯口东侧的豪华卡座旁围了几个衣着光鲜的男女。正中央的沙发上，年轻的男女远远坐着，有一搭没一搭地说着话。

霍音没有看清这些人的长相，也没看见顾师姐，可是不知为什么，就是觉得顾师姐在那儿。

霍音只身上楼，扶住扶手，难捱地喘了几口气，才稍稍舒服一些。

她咬着下唇，抬起手探了探额头，不知是她的手太凉，还是刚刚被外面泼天的冷风吹到，她似乎烧得更严重了。

酒吧二楼的灯光比楼下还要暗。霍音站在楼梯口，看着上上下下的侍者、宾客，只觉得头晕目眩。她放缓步子，谨慎地走向她刚刚认定的那拨人。

她穿着米白色的雪地靴，走起路来还算稳。

她刚刚走到卡座边，就听见了男人散漫的京腔。那声音不大，慵懒自若，淡漠疏离，听起来熟悉，又好似与她隔着千重沟壑，陌生又遥远。

他说："程霖来不了的意思，就是你今天见不着程霖。"

接话的是一个年轻女人，声音听起来略显强势："见不着？我不信！我向来喜欢强扭的瓜，见不着，我就偏要见。"

霍音看见程嘉让吸了一口烟，烟雾飘过他鼻梁上褐色的小痣。男人双目微阖，语气略显不耐烦："这人留下，其他你随意。"

"留下人？你当我傻？那我还能见着程霖吗？"

程嘉让探身往前，在烟灰缸里弹了两下烟灰。

"你见不见得着，跟我有什么关系？"

"你什么意思？怎么，莫非你们兄弟俩都跟她有关系，怕我把她怎么样？"

霍音顺着女人所指的方向看去，看清沙发角落里瘫着的人后，手立马一紧。顾师姐闭眼瘫在沙发上，衣衫凌乱，人事不省，仔细看，脸颊上隐隐有红色的指痕。

霍音咬着唇，拖着沉重的步子抬步冲过去，又听见程嘉让冷声道："何家那么大不够你闹，跑外头撒什么野？放人。"

"你！"女人恼羞成怒，站起身来指着程嘉让道，"程嘉让！旁的小辈见了我，还要喊一声姐，你不仅不喊，还爬到我头上来了是吧？"

穿黑色摩托车服的年轻男人皱着眉，将手里的烟灭了："是又怎么样？"

紧接着，霍音听到江子安劝道："行了，让哥、方怡姐，咱们都认识这么多年了，各退一步，行不行？"

霍音没往下听，穿过卡座，到了顾师姐跟前。

卡座里除了程嘉让、江子安和那个女人，还有五六个人，他们都被那三个人吸引了目光，没有注意到霍音。

"师姐，师姐。"霍音蹲下身，摇醒顾姝彤。

立刻有人过来拦她："你谁啊？离这里远点儿。"

霍音浑身发冷，额头却烧得生疼。她不知哪来的力气，一把甩开上前拉她的手。

因为生病，她声音发哑："你们把她怎么了？"

对方反问："你是谁啊？哪儿来的？不就灌了她几杯酒吗？别说得好像我们做了什么天大的坏事。"

顾师姐似乎醒了，虚虚地拉着霍音的袖子。

这边的动静吸引了其他人的目光。江子安看了一眼霍音，又转头看着程嘉让，惊讶道："霍妹妹不会就是那个师妹吧？"

程嘉让没什么反应，靠着沙发，皱眉看着霍音。

"谁灌的酒？"霍音杏眼圆睁，瞪向说话的人，声音严肃，一字一顿，"我在问你，是谁灌的？"

"我灌的！怎么，你想帮她出头？小丫头，掂量掂量自己有几斤几两。"这是刚刚和程嘉让起争执的女人。

"你最好祈祷我师姐没事。现在是法治社会，不管你们是什么人，我师姐都有权追究你们的责任。"说完这些话，也不管对方是什么反应，她转头去搀扶顾姝彤，低声道："师姐，我们回去了。"

她态度温柔，仿佛刚刚放狠话的不是她。

霍音搀着顾姝彤从卡座内离开的时候，场面一度混乱。

何方怡含着金汤匙长大，心高气傲，哪里受过这种气？她不敢对程嘉让怎么样，但面对霍音，当即招呼旁边的人上前，道："拦着她！她们今天别想出这扇门。"

霍音刚刚看了师姐的样子，怒火中烧，跟对方放了狠话，但到底没见过这种场面，站在原地，不知所措。

就这么一会儿，对方的人已经拥了过来。

千钧一发之际，程嘉让坐直了，漆皮的短靴猛地踹了一脚身前的茶几，茶几上的玻璃杯碎了一地。

他淡漠的声音中有着不容置喙的威慑力："拦一下试试。"

"小姐，就是这间房。还需要我们帮忙吗？"穿暗红色制服的男服务员放开扶着顾姝彤的手，将她交给霍音，随后礼貌地问。

酒店楼道里，霍音一只手扶住顾姝彤，让她靠在自己身上，另一只手从口袋里掏出房卡。

开门之前，她冲服务员笑了笑，声音有些虚弱："谢谢，不用啦。"

"好的，那您和您的朋友如果有其他需要，再打电话到前台。"

"好，谢谢。"

霍音将房卡贴到感应器上，打开房门。

霍音抬手，手背抹了一把额上的汗，深吸一口气，搀扶着顾姝彤进了房间。

霍音虽然四肢发冷、浑身无力，却还是坚持着将顾师姐扶到床上躺下，又给她脱掉鞋袜，盖上被子。

随后，她总算坐到了床尾的灰蓝色沙发上，用累得发颤的手拉开羽绒服的拉链，整个人散了架似的靠在沙发上，一口接一口地重重吐息。

"小音……"

霍音还没缓过来，就听见躺在床上的学姐带着哭腔喊她的名字。她咬咬牙，站起身，到床边坐下，小声问："师姐，怎么了？"

从她的角度看过去，顾师姐还闭着眼。

师姐这个样子，霍音有点害怕，忙伸手去摇晃对方："师姐、师姐，先别睡，你有没有哪里不舒服？我去给你买点儿葡萄糖来吧？"

"小音，你怎么来了？"顾姝彤一直半梦半醒，此时睁开眼，语气虚弱地冒出这么一个问题。

"是那个酒吧的服务员，拿你的手机给我打了电话。"

顾姝彤平日里那么在意形象，今天却被欺负成这样，霍音单是看着，心里就很不是滋味。霍音问："师姐，这是怎么回事？他们为什么要把你弄成这样？"

顾姝彤酒后迷蒙的眼中不知何时蓄满了泪水，声音哽咽："难怪徐老把那件事交给你……原来老爷子早成了人精，什么都知道了。"

闻言，霍音咬咬唇，突然想起刚刚程嘉让说的那句话"何家那么大不够你闹，跑外头撒什么野"……

原来那个要订婚的豪门千金何方怡就是她今天见到的那位。那何方怡的未婚夫程霖，就是师姐的男朋友……

前几天师姐还为了何方怡的事唏嘘不已，今天就成了戏中人。这个世界还真是有趣。

霍音凝眉看着心如死灰的顾师姐，她继续哽咽道："我没想过这种事情会发生在我头上，他说他没有女朋友的……"

"那他人呢？"

顾师姐摇摇头，并没有回答她的问题，沉默良久，反而问："刚刚那个程……程……"

"程嘉让？"霍音试探着开口，声音不由得变小。

这个名字霍音听过千百回，可是这样说出口，还是头一回。

"对，程嘉让。小音，上回在学校旁边的西餐厅，你问我为什么请你吃那么多菜，当时我说可能……可能是程霖请你的。"顾师姐语速很慢，提到"程霖"的时候明显顿了顿，咬咬牙，将下面的话说完，"今天看到程嘉让，我突然想起来，请你的那个人好像是他。"

"什么？"霍音听得云里雾里，眉心微蹙，脱口问。

"饭吃到一半，他下了一趟楼，我当时没想到这些。可是刚刚在酒吧，我看到他帮你……"顾姝彤压低声音问，"小音，你有没有想过，或许他对你不一样？小音？"

霍音听到顾师姐的声音，回过神，慌忙否认："怎么会？师姐想多了。"

"怎么不可能？小音，你不要妄自菲薄。"

"不是的，师姐。"霍音垂下眼，"他好像很讨厌我。"

"讨厌你，怎么说？"

"好久之前，有一次我和……林珩吵架了，林珩跟他抱怨，然后，"霍音舔舔唇，忽然觉得嘴里干，"然后他说，还不如趁早分手。"

良久的沉默。

"这样最好。"顾姝彤突然开口，声音坚定，"小音，我好后悔。他们这样的人，不会动真感情的。"

……

"小音，我好后悔。他们这样的人，不会动真感情的。"

"她不会真以为程嘉让能看上她吧？"

霍音下楼去给顾姝彤买葡萄糖，脑海里一直浮现顾师姐和室友的话。这些话穿过狂风，冲进霍音的耳中。

夜里，她只身一人，沿着路上不知谁踏过的脚印，步履蹒跚地前行。

狂风肆虐，她纤细的身子每往前一步，都险些被风吹着后退几步。

今晚发生的事情太多了，以至于她连这磨人的高烧，都能咬牙忍着。

几小时前尚且灯火辉煌的街道上，如今行人无几。连某团的骑手也不接单送药了。

霍音在地图上定位了附近最近的一家药店，走过去时会经过那个酒吧。

她在酒吧门口的露天停车位上再次遇见了程嘉让。

那时风号雪舞，男人穿着那件看起来不大厚的炭黑色摩托车服。天幕深深压下，他就站在他那辆越野车边，身量高大。

霍音路过的时候，男人扬起下巴，很轻地"喂"了一声，连她的名字也没叫。

隔着两三步路的距离，她的视线不大清楚，只觉得对方神色轻佻。

他意味不明地问她："分手了？"

03

"分手了？"

男人声音淡漠，让人摸不透情绪。

霍音抹掉眼睫上的雪花，脑海里回荡起今天听过的种种言语。

"她不会真以为程嘉让能看上她吧？"

"小音，我好后悔，他们这种人是不会动真感情的。"

其实哪里用师姐提醒，她和林珩已经是最好的例子。他高兴了就见见她，不高兴了，她连他的人影儿也找不到。他们之间牢牢掌握主动权的人是他，而她没有说不的权利。

可她现在厌倦了，不想玩了，也玩不起。

所以听到程嘉让的话以后，霍音冻僵的手在口袋里攥成拳，小小的指甲像是随时可以嵌进掌心的皮肉里。

她在想，是不是她看起来太乖了，所以才屡屡被他们当成猎物？

霍音咬了一下唇，下定决心后，收回目光，一言不发地从他面前走过。

她心里有几分侥幸，觉得兴许正如她的那些室友所说，他觉得没意思了，就不会理她了。只是没想到，她发着高烧，本就头昏脑涨，从他身边走过去的时候陡然加快了步子，一不小心就脚底一滑，身体失衡，直直向前摔去。

眼前是厚厚一层雪，给人一种摔上去不会很疼的错觉，霍音本能地闭上眼，知道自己下一刻就会在程嘉让面前摔得很难看。或许，这会直接打消他以她为乐的想法。

她不知道自己该不该庆幸。

3……2……1……

她心里有台秒表在倒数。

想象之中的疼痛和狼狈没有到来，霍音只觉得腰上一紧，下一瞬，被男人勾着腰捞回来，身体直直撞上他的。

年轻男人被撞得退后半步，背撞在越野车冷硬的外壳上。砰的一声响起时，她看到他浓黑的眉毛一皱。

他们的距离如此近，她能感受到他的手臂还揽在她的腰上。

她抬眼就能看到对方那双慵懒桀骜的眼，男人灼热的呼吸从上方倾倒而来。辽阔的天幕地席好像瞬间缩成一个方方正正的狭小空间，里面只有她与他。

烈风吹来，树冠上的雪花落到他的发间、眼睫上，一切暧昧得不可思议。

好久，霍音听到对方用淡漠的声音低声问："为什么不说话？"

他是在问她刚刚为什么不回答她分没分手的问题。

霍音吸了两口气，平复好心情，垂眸避开对方的目光，低声道谢："谢谢。还有，在酒吧的时候，也要谢谢你。"

她声音低柔，他一不小心就要听漏。

话音落地，她觉得腰上的力道紧了紧，这才想起自己还被他紧紧搂着腰。她挣了两下没有挣脱，被对方轻而易举地钳住。

她看过去的时候，对方也在看她，声音中似有蛊惑人心的魔力："谢我，所以呢？"

"什么？"她声如蚊蚋。

"你跟林珩。"男人直接问，"你分手了吗？"

霍音的脸上是困窘的潮红，一发不可收拾。男人说话的语气、态度像是正好印证了她之前的想法，他把她当成枯燥生活的调剂品。他刚刚的话就仿佛在说：林珩走了，下面接手你的猎人是我。

可她是人，不是猎物，也不是任人摆弄的物件。

这个想法冒出的瞬间，她本能地抗拒起这种令她觉得屈辱的感觉。她想，她应该把他列为不可接触的危险人物。

不知哪来的力气，霍音从程嘉让的桎梏中挣脱出来，温和的声音异常坚定："我分没分手好像和你没有关系。"她已经尽量委婉了。

这回换男人拧起眉，不明所以地问她："什么意思？"

霍音退后两步，尽量和对方保持安全的社交距离。

她攥紧拳，努力让自己的声音听起来平静无波："也许对你们这种玩世不恭的人来说，全世界都不过是枯燥生活的调剂品，可我只是平凡到不能再平凡的人，好像并不是很能玩得起。"

她再说下去显得多余，所以在对方再度开口之前，又道了声谢，先一步离开了。

她买好葡萄糖，折返时程嘉让连人带车都没了踪迹。

所以她就没有看到，暴雪夜里，年轻的男人倚在车边，浓眉紧皱，神色不明地看着手机里林珩和夏明璇的亲密照。

他顿了顿，利落地将照片删掉，手里猩红的烟很快就兀自烧掉一大截，落下灰烬。

她说得对，她知不知道这件事，和他没什么关系，算他多此一举。

男人掐灭烟，上了车。

第二天，霍音在酒店房间醒来的时候，身上的被子盖得严严实实的，掖好了边角，师姐已经不见踪影。

霍音摸了摸床的另一侧，没有什么温度，看来师姐已经走了一段时间。

昨夜就未退烧，她醒来的时候整个人还是昏昏沉沉的，头重脚轻。

她掀开被子，倚着软软的靠枕坐在床头，揉着眼睛失神了好一会儿，转头在床头柜上发现了一份早餐和一张便笺纸。

牛皮纸袋里装了还冒有热气的玉米糁粥和糖油饼，这是北方人喜欢的早餐之一，前者是把玉米碎成渣煮成粥，远看像小米粥，实则颜色比小米粥艳些，喝起来带着淡淡的玉米香；后者则是在普通的油条上加一层糖皮，吃起来甜味和油香一齐在口中迸发，给人一种说不上来的幸福感。

一开始来北京的时候，霍音很不习惯吃这些，后来跟着顾师姐四处跑新闻，吃多了，觉得离不了这口了。

她将装了玉米糁粥的塑料碗端在手里焐着，没一会儿，手心就被焐得沁出一层薄汗。

便笺纸显然是师姐留下来的，上面只有两句话，没有落款："我没事，自己静静。你照顾好自己。"

霍音不知道师姐说的"照顾好自己"是指哪方面，怔怔地看着塑料碗里的玉米糁粥，心想：自己昨天和程嘉让说的那些话，应该足以令他打消那危险的念头了。

接下来的日子过得很快。

林珩的电话、微信、微博、支付宝，所有能想到的联络软件，就连钉钉账号，都被霍音"拉黑"。对方换号码给她打电话，她一律不接，后来又收到对方发来的匿名短信，说他被困在城郊老宅里，家里长辈都说天气恶劣，他不能出门。然后他便隔段时间来几个电话或是发几条短信，并没有去找霍音。对此，霍音没有任何回应。

或许他到现在都不知道，她一向是忍到忍无可忍的时候，就结束得彻彻底底。

很快到了最后一门课的考试时间，霍音复习得足够充分，三十分钟答完试卷，就跑回宿舍利索地收拾东西坐高铁回了皖南。

"软软，软软？"中年女人的声音响起，霍音坐在床边，一抬眼就看见了探头进来的李美兰。

对方嗔怪道："霍软软，你做什么呢？叫你好几遍了。"

软软是霍音的乳名，目前只有她爸爸、妈妈、爷爷、奶奶和外公、外婆还坚持用这个名字来叫她这个二十二岁的大姑娘。

霍音闻言，将手中的书倒扣在床边的粉红色书桌上，翻身下了床，糯糯地应道："哎呀，来了来了。"

李美兰冲她招手："吃饭了，你爸都等你好久了。"

"我洗一下手，这就来。"

李美兰瞥了一眼她扣在书桌上的《系统解剖学》，白了她一眼，拉着她往饭厅走："又在这儿看医科的书？当时让你学医你又不肯，这一回家反而整天看，怎么，现在想改行？"

霍俊滔在旁边一边摆盘，一边搭话："我小囡像我，天生就该学医，当初你非得由着她，让她选什么新闻。软软啊，你现在才二十多岁，改行还来得及。"

霍音闻言，谁的话也没接，给两位都盛了汤放在跟前，这才随口搪塞道："爸爸总让我去诊所帮忙，那我也不好什么都不懂。学医就算了，我这脑袋不大行。"单看个《系统解剖学》，她头都大了。

霍俊滔应了他这个名儿，滔滔不绝道："你要是只过来帮我的忙，就不用看那么深，学点儿实操的就行，过来帮我打吊针、换个药、包扎……"

包扎？这两个字好像连接着什么开关，一提起来，她的大脑中就自动浮现藏在脑海深处的画面。

北京的三环道上，白大褂上染了血迹的年轻男医生半蹲在马路牙子旁，干脆利落、一刻不停地给人包扎，包扎得漂亮美观，像是精心雕琢的艺术品。

不过，被雕琢得最漂亮的，大概是他的那双手。

即便他被她列为头号危险分子，她还是不得不打心眼儿里承认，他那双手生得真的很漂亮。

"软软？软软？"霍俊滔的手在霍音面前晃了两下，将她从遥远的记忆中拉回现实。

霍俊见她愣神，含笑凑过来问："想什么呢？爸爸跟你说这么多话，你在这里发愣。"

"没……没想什么。"霍音忙摇摇头，随手给霍俊滔夹了一筷子菜，"爸爸快吃吧。"

"别以为这么容易就能打发你爸，回来十多天了，成天一副魂不守舍的样子，动不动就在一边愣着，"霍俊滔满脸探究，"软软，如实交代，是不是谈恋爱了没告诉我们？"

"爸爸，您就别瞎想了，我的真没有。我在想刚刚的书。"她已经和林珩分手，现在没什么说的必要，霍音低头扒了两口白米饭，试图蒙混过关。

似乎因为面对爸爸的问题有些紧张，霍音扒饭的时候动作大了些，被米饭噎着，又顺手拿起旁边的水。

"别整天憋在屋里看医书，霍软软，你不会找了个学医的吧？"

"喀喀喀……"霍音这口水刚喝到一半，听到霍俊滔这话，猛然呛住了。

"哎呀，慢点儿喝，你这孩子，急什么呀？"李美兰伸手拍霍音的背，嗔怪道。

霍音把最后两口饭吃完，连忙摆摆手，起身道："爸爸、妈妈，我先去换衣服啊，下午陪爸爸上班。"

霍家夫妇俩坐在自家的小饭厅里面面相觑。

"这孩子怎么看着这么不正常？"

"我看也是。"

"我看她说不定有情况。"

"下午上班，你探探口风。"

霍音爸爸上班的诊所在城西。

这里是皖南水乡一座静谧的小镇。与车水马龙、灯火辉煌，睁眼是熙来攘往红尘过客的首都不同，这里平淡、安静，路过的十个人中有五个人认识。一路从家里的小院走到爸爸上班的诊所，霍音要跟不少乡亲打招呼。

她喜欢把自己那台用攒了好久的钱买的相机挂在脖子上，遇到有意思的人和事物就随手拍下来。

今天是工作日，霍俊滔的小诊所没什么人来，一下午冷冷清清的，霍音几乎一直歇着。

父女俩有一搭没一搭地聊着天。

"软软，现在妈妈不在，你偷偷跟爸爸说，是不是在学校里谈恋爱啦？那小男孩儿怎么样啊？"

"哎呀，爸，真的没有。"

"我们家软软现在大了，有主意了，什么也不跟爸爸说了。"

霍音摆弄着手里的相机，大言不惭地使唤人道："爸爸，你要是不累就把上回王奶奶订的药给煎了。"

"行了，知道你在这儿没事做，出去玩会儿吧。"霍俊滔摆手赶人，"你三舅家的表姐三十八岁了，还不谈恋爱，你去采访采访她。"

霍音得了机会出去，点点头应下来："没问题，我这就去跟表姐学习一点儿先进经验。"

这话把霍俊滔气得在后面"你你你你……"半天，却说不出个所以然来。

出了诊所的大门，入眼就是隔开两条街道，横亘整个小镇的河，霍音自然没理爸爸的玩笑话，去烦三舅家的表姐，只是自己沿着岸边走着。

她越过小镇最古老的一家银饰店，与岸边相识的船家打过招呼，一路举相机拍着，踏上了横穿河流的大理石桥。

她拍了石桥上精心雕琢的扶栏，拍了小舟的一隅，镜头从北岸移到南岸，最终落到一个穿黑色羊毛大衣的高瘦男人身上。

日光平和的午后，明亮的光线将男人耳后冷白的皮肤照得发亮。对方背对着她，半蹲在青石板地上。他一只手插在裤袋里，另一只手拿一根棒棒糖，正漫不经心地跟路边一个六七岁的小孩儿说话。

"咔嚓——"快门按下的瞬间，男人倏然转过头来。相机窄小的取景框里，对方的短发、断眉、疏离的眼，还有冷白的鼻梁上惹眼的褐色小痣，在一瞬间一览无余。

像是有什么东西在眼前轰然炸开，霍音忽觉眼前一白。

她举着相机的手缓缓下移，隔着石桥，看到了单手插着裤袋，正淡漠地偏头看她的程嘉让。

午后日光忽盛，斜斜打过来，刚好打在对方棱角分明的侧脸上，他的下颌、长颈，每一根线条都像是成熟老练的画家精描细琢而成的。

男人皱着眉，目光冰冷，不多时，色泽浅淡的薄唇敛起，无言地紧绷着。将近二十天没有见过，男人的头发似乎修剪过，短了一些，衬得眉宇间英气更盛。

可是，霍音往下探的目光止住了。这里是皖南偏远的小镇，不是首都，他为什么会出现？

一时半刻，她没有深究这个问题。比起对方为什么会在这里，霍音更清楚的是，他现在在她这里是头号危险人物，一打照面便要退避三舍的那一种。

霍音来不及收起相机，转头就走。

这里不是那个暴雪夜的北京，地上没有雪，她不但不会狼狈地滑倒，反而轻而易举下了石桥，一口气走出好远。

等回过神来，她在原地站定片刻，忽地转头，极目眺望河对岸的街。

隔着一条清凌凌的河，对面的长街上熙熙攘攘的，有数不清的或熟悉或陌生的脸孔，却没有他。

霍音站在原地，目光远远地落在男人消失的一隅，好久才收回来。

如果不是相机里有照片，她大约要以为刚刚那一幕只是她因烦闷无聊而产生的错觉。

皖南小镇的夜来得很早，不单是天黑得早，更主要的是人歇下来得早，晚上九点钟，街上就没什么行人了。

这天，霍音回到家，吃过晚饭就回到自己的屋子里，坐到那张她七岁起就用的粉红色书桌前。

皖南的冬天与北方比起来算不得冷，很少有人在家里装暖气，到了晚上，屋里不可避免地发凉。

桌上的台灯被调成暖黄色调的，似乎这样可以为阴冷的屋子增加几分热气。霍音套了一件海蓝色的毛绒睡袍，大大的帽子戴在头上，缩着手翻起资料。

虽然碰上了师姐、何方怡还有程霖这桩事，可徐老没说这工作作罢，霍音就还要继续为这件事做准备。老爷子发过来的相关资料打印出来足足有一拃厚，霍音忘掉其他，坐在书桌前花了三个多小时理清了何家人内部的关系。

何家人的关系实在算得上是错综复杂。不过对整个工作的开展来说，这还只是一小部分。

今晚的工作效率还算高，霍音有心将程家人的内部关系资料也翻看一下。

资料翻了两页，已经冻得有些发红的手指却怎么也翻不下去了，她的工作被迫中止。她盯着有些老旧的台灯上自带的小闹钟，开始走神。放在桌边的相机不知什么时候被她打开，或者是根本就没有关机，一直散发着幽幽的光。

霍音轻按开关键，相机屏幕重新亮起，露出取景框里相貌英俊的男人。

霍音别过眼，将手边的资料收起来，搁在一旁摆好，另一只手挪到了相机的删除键上。

按下之前，她却接到了徐老的电话。

她从北京回皖南以后，工作没有中断，徐老爷子经常打电话过来交代一些工作。开始的时候霍音接到老爷子的电话还会紧张，现在已经好多了。

只不过，今天接到这个电话，她莫名其妙地觉得与她的家乡有关，大概是因为白天碰到了程嘉让。

徐老是他的三姥爷，他们或许是一起来皖南的？

她也不知道自己为什么会这样想，可总觉得这样顺理成章。

霍音接起电话，徐老爷子的声音很快透过听筒传来。

"小霍，我听小顾说过，你家乡是在皖南水乡对吧？我知道你们那边有个小镇叫浔镇，你是在那儿吗？"

皖南水乡因为一直保持着传统的建筑风格，近几年吸引了全国乃至全世界游客的目光。霍音的家乡浔镇更是因为风景独好，人工开发痕迹又少，成为皖南旅游业的一枝独秀，所以外地人会知道浔镇也不足为奇。

"对的，怎么了，教授？"

"是这样，我们准备到这里做一期关于'小镇失独家庭'的采访，不过我行动不太便利，我的助手又不熟悉这边的环境，你看你最近有没有空？"

失独家庭的这个选题很有社会意义，这件事又是未来的导师亲自开口的，霍音没有拒绝的理由。所以她第二天起了个大早，提前到达徐老爷子说的地方。

这是小镇长街最北的一条窄巷子，想从大路进里面的人家，需要经过一个略陡的长坡。

皖南冬日的清晨有些冷，灰白色调的建筑增加了空气中的凉意。

霍音穿着一件长长的白色大衣，颈边的毛领衬得人清新脱俗。她从口袋里抽出又开始发僵的手，放在唇边，一口一口地哈气取暖。

霍音就是在这个时候看见推着电动三轮车艰难地从大道口往坡上走的老夫妇的，两位老人家看起来用尽了力气，可电动三轮车几乎是往上两步，就要往下滑一步。再往上，坡更陡，老人家若想把车子推上去，恐怕要费上不少力气。见此情形，霍音最后往手心哈了一口气，小跑过去，温声道："阿嬷、阿公，我来帮你们吧。"

她帮忙抵住三轮车的底部，车子终于不再下滑，可也仅仅是这样了。这种体力活，霍音这个纤腰细骨的小姑娘实在无能为力。

三个人推着车艰难地往上走了几步，到更陡的坡时，变得举步维艰。

"阿公、阿嬷，我数三二一，我们一起用力好吗？"她还在想办法，"三……二……"

还没数到一，霍音突然听见阿嬷"哎哟"了一声，阿嬷似乎是崴到了脚，手倏然松开了。

霍音跟阿公一时之间撑不起这车的重量，整个车子瞬间开始下滑，还将霍音带着直直地撞向一旁的墙。

她的双腿被车推着，不受控制地往后退。后背距离墙壁不过一米，她几乎可以预见就这样撞上去会是怎样的惨状。

霍音紧攥三轮车栏杆的手开始出汗，一口气卡在喉口，上不去也下不来。

前面的阿公急得面色绛红："小闺女，你小心……小心啊——"

千钧一发之际，霍音的后背撞上墙壁。三轮车到了她跟前，片刻就要压到她，却突然之间停了下来。

周身最后一点儿凉意被驱散，取而代之是背后涔涔的冷汗，霍音目光向下，瞥着男人扶住三轮车栏杆的手臂。三轮车被人死死地卡住，就停在他们身前。

霍音看向他，正对上男人如画的眉眼。

他们被挤到墙边，隔着不到一拳的距离。他们谁也没说话。男人伸手过来，灼热的手掌猛地拉住她的手腕往外一扯，不待她反应，他将长腿抬起来压住车，每个动作看起来都不大费力。

"交给我。"她听见他这么说。

劫后余生。

男人扶住车跨上去，利落地打火上坡，开进长坡尽头的院子里。她站在原地，看着自己被弄脏的白色大衣，无意识地用手拍打着。

她已不知这是他第几次救她了。

她看着不远处阿公阿嬷家敞开的铁门，咬咬唇，终于决定追上前去道谢。

黑色的大铁门，两个人一进一出，刚好撞上。

霍音深吸一口气，一个"谢"字刚刚出口，又立马止住。

对方神情冷淡，抽了张纸巾擦手，目不斜视地从她眼前走过，跟没看见她一样。

浔镇的冬天没有狂风暴雪，有的是透进骨子里的湿冷空气。

镇上的人大多喜欢喝茶，不论在室内还是室外，双手捧起色泽浅淡的白瓷茶碗，随手往茶碗里撒一些碎茶叶，再拎起烧水壶，用尚且烫着的水一浇，只消一小口一小口抿着喝，便能把身子暖过来。

今天是徐老来浔镇的第八天，也是老爷子做"小镇失独家庭"专题采访的第八天。

霍音今天跟着徐老来的这家同样是失独家庭。十年前，夫妇俩的独生女因车祸离世，他们伤心欲绝，虽还可生育，却没再生孩子。徐老爷子跟夫妇俩颇为投缘，往常采访最多花两个小时，今天竟然跟人家从下午四点一直聊到晚上八点。

天已经黑了，据说今晚九点有大熊座流星雨。霍音有些疲惫地举着相机，提不起兴致。

他们今天来得巧，听说男主人从其大哥家过继了侄子，这位"侄子"今天恰好也在家里。

男孩儿十七八岁，高高瘦瘦的，不怕生，一见到霍音就凑上来跟她搭话："姐姐，你的手冻红了，也来杯茶吧？姐姐喜欢喝什么茶？"

霍音将相机从面前移开，抬起眼。还没等她答话，对方已经将一个白瓷茶碗塞进她的手里，提起一个有些笨重的不锈钢烧水壶要给她沏茶。

盛情难却，霍音没拒绝，只是连连道了好几声谢。

她原本负责拍摄采访过程中的照片，现在手里被塞了热茶，没法继续拍摄，只好将相机搁到一旁的老式柜子上。

坐在旁边浅啜了两口热茶，霍音赶忙放下，预备重新拿起相机工作。就在这时，男孩儿又端着一个装了花生、瓜子和各种糖果的盘子，径直向霍音走去。

"姐姐，家里只有这些，你不嫌弃，就吃点儿吧！"这个男孩儿说话的声音不大不小，刚好让在场的所有人都能听到。他有些不好意思，红着脸，伸手挠头，让他们这边看起来分外可疑。

霍音还没想好该说什么，不远处聚坐在桌边的徐老和这家的两夫妻先笑出了声。

三个人你一言我一语地调侃起来。

"瞧瞧我们家这孩子，一看见漂亮姐姐，恨不得把家都搬空了。"

"这也不怪孩子，这小囡长得真是水灵。"

"徐教授，这俩孩子长得都这么俊，是您家的小孩儿？"

阿姨说完最后一句话，看向霍音和她左边的年轻男人。

就在此时，咔嚓一声响，众人欢声笑语的这一刻被相机记录下来。

快门声响起的时候，霍音本能朝声音传来的方向看过去。她转头的一瞬，程嘉让利落地一按快门，又是咔嚓一声，她成了镜中人。

霍音顿住目光，不知道他是什么时候将相机拿走的。男人慢条斯理地将相机从他的眼前挪开，却没抬眼看她。他越过她，一个字也没说。

霍音之前没有猜错，程嘉让来皖南，是和徐老一起。这几天来，他除了照顾老爷子的身体，还帮一些工作上的忙。而老爷子嘴里的"助手"就是程嘉让。

年关将至，他为什么在医院工作正忙的时候陪徐老来南方，一待就是一个多星期，一直到现在还没有要回北京的意思？之前林珩提过，程嘉让要去西国交流，为什么现在看起来完全没有这个意思？他们帮阿公、阿嬷将电动三轮车开回家的那天，霍音想上去跟他道谢，却被他忽略，现在他们似乎更接近陌生人的状态。

程嘉让跟徐老爷子来浔镇八天，霍音每天都和他们见面，她和程嘉除了简短地交流公事，没多说一个字。似乎她在那个暴雪夜里说的话，在二十几天后的皖南水乡间奏了效。

"不是不是。我这么大的年纪，哪能有这么正青春的小孩儿？"徐老爷子格外和蔼，笑着回答女主人的问题，"这小子是我大哥家的小外孙，小姑娘嘛，是老头子我的关门弟子。"

霍音的思绪被徐老爷子的话拉回来，看向程嘉让。他倚靠着木柜，一只手随意地拿着相机，另一只手虚握，食指无意识地摩挲着下唇，不知在想什么。

刚刚给霍音倒茶、送零食的男孩儿不知什么时候走到了程嘉让跟前，看着程嘉让手里的相机，似乎对相机有些兴趣。

程嘉让看了一眼跟前的男孩儿，轻巧地握着相机，一口京腔态度散漫："想玩？"他是指相机。

霍音被他的话吸引了注意力，看了过去。

男孩儿不假思索地点点头。

程嘉让将相机在掌心颠了颠，扬扬下颌，拖着漫不经心的调子低声道："小孩儿，给你玩了，我有什么好处？"

似乎没想到有这么明目张胆地讨要好处的人，小男孩儿愣着，没想出答案。

程嘉让再度开口："我也挺渴的。"

他话音落地，目光扫向女孩儿。霍音没想到对方会突然看过来，来不及收回目光，被抓了个正着。

霍音匆匆低下头，看着地上浅黄色地板砖的纹理。

一阵哗啦啦的水声响起，不远处飘来茶香，跟霍音刚刚那碗茶的香味几乎一样。

那两个人的对话声传入她的耳中。

"还行。"程嘉让中肯地评价。

"哥，现在能让我看一看了吗？"

"那个，拿来给我尝尝。"

"哪个啊，哥？"

"你问我？"

"哦，我知道了。"男孩儿绕过霍音，将刚刚那一盘零食拿走，搁到程嘉让的面前，"哥，你吃。"

霍音稍稍抬起头，试图让自己看起来自然一些。她重新看向徐老爷子，视线从那三张脸上一一扫过，最后落在三人身后的玻璃窗上。

天彻底黑了，她一眼看过去，看不穿玻璃窗外的黑夜，反倒看见玻璃窗上映着的程嘉让。

男人把相机向男孩儿一递，对方刚刚碰到相机，他已经松开了手。

男孩儿大惊失色，程嘉让又轻巧地将相机捞了回来，在男孩儿眼前一晃，旋即把相机丢给对方，低嗤一声道："注意些，别给人整出问题，小崽子。"

晚上九点了，隔着厚厚的窗玻璃，霍音没见到大熊座流星雨，好在采访终于结束了。

霍音从这户人家的院子里走出去时，整片天空尽数转暗，不用说大熊座流星雨，就连星子亦不见几颗。他们之前的下班时间都是下午五点钟左右，今晚情况特殊。

晚上九点钟的浔镇和晚上九点钟的北京不一样。前者九点时，街上只剩下零星的行人、摊贩；而后者九点时，夜生活还没正式开始。霍音他们从弯弯绕绕、灰白相间的旧巷出来，夜风掠过平静的河面，裹挟着寒气打到人身上。浔镇那条略显空荡的大街上，静得有些吓人。

走到要分别的地方了，霍音紧了紧脖子上的格子围巾，正预备挥手告别，没想到徐老爷子突然开口发了话："这天这么黑，小姑娘一个人回去我不放心，你去送送小霍。"

霍音后知后觉徐老是在跟程嘉让说话，要他送她回家，慌忙摆手："不用不用，镇子不大，我走几分钟就到家了，教授您和……你们不用管我。"

"那怎么行？他来了几天，路也熟了，就让他送你。"徐老说完，不给他们两个说话的机会，拄着拐杖转头就走。

这个巷子口是风口，霍音穿得不多，被风吹得牙齿打战。好在她所站的地方是路灯光线的死角，他应该看不到她因为太冷而狼狈的样子。

她没抬眼，手指隔着衣服口袋中央的薄衬来回绞动，莹白的指背上有了浅淡的痕迹。霍音低声说："其实真的不用送我，你……你可以去忙你的。"

这是他们八天以来，单独说的第一句话。好像她在遇到他的时候，总会一不小心处于弱势。他总被别人拜托来帮助她。这回是，她去悦龙山庄那回也是。

男人的身影稍移，他说话一如既往地直白："有废话的工夫，早到了。"

"我……你……"霍音咬着下唇，斟酌半晌，才憋出一句，"谢谢你！"

不知道是不是因为他说话了，她的注意力都放到了他那儿，这会儿反倒没有刚刚那么冷了，似乎连风也小了一些。

"行了……"他突然开口。

霍音猛地抬头，撞上程嘉让漫不经心睨过来的一眼，手指猛地一紧，掐住另一只手的指尖，瞬间落下红色的印痕。下一秒，她听见他轻描淡写地撂下一个"走"字，就想也没想，乖顺地跟上。

一路上，霍音和程嘉让隔着一定的距离并排走着，都没有说话。

他们是在快到霍音家附近的时候拉开距离的。那时霍音正想着该如何跟对方道别，程嘉让接了个电话，停在原地，冲霍音抬抬下颌，大概是示意她先走。

霍音默默应了，低声道谢，走出去十几步，回头一看，程嘉让依旧站在刚刚的地方，单手拈着一根烟，还在讲电话。

她转过头，看见两米外有个卖糖葫芦的车，蓦地生出一些亲切感。以前，皖南这边很少有人卖糖葫芦，或者即使有卖的，她也没太注意。去北方读书之前，她对这些北方过来的零食不大感兴趣，可才从北京回家十几天，又觉得甚是想念。

北京有北京的好，不论是人、事、物，总有些值得贪恋的。

不远处，冰糖葫芦安安静静地待在小推车洁净的玻璃罩里，霍音咽了咽口水。她一向对酸的甜的没什么抵抗力，腿先大脑一步，走了过去。

这个时间点，除了零星的行人，三五个性子野还在街上玩闹的小孩儿，还有不远处的一家小超市，几乎没有什么摊贩了。

摊主见她有买的意思，热情地招呼道："小姑娘，来根糖葫芦吧！我要收摊了，三块钱一根。"

"好。"霍音礼貌地笑了一下，点点头，伸手从大衣口袋里翻找零钱。

她今天换过外套，又没背包，找了半天只摸出一个一元的硬币。霍音顿了顿，想起来了，这个硬币是白天徐老让她和程嘉让去给大家买饮料，他付钱后找的零钱。那时程嘉让走得急，老板娘看他们是一起来的，就将钱给了她。她忘记还给他了。霍音将硬币攥在手里，转头看身后的方向。

隔着七八米远，程嘉让还站在刚刚的位置上。他已经讲完电话了，手机随手拿着。男人独自站在静谧的古镇长街上，身前是三五个嬉闹的孩童，背后是平静无波的旧河。他抽着烟，隔着吞吐的烟雾，隔着数米，慵懒静默地看她。

"小姑娘，小姑娘？糖葫芦还要不要了？"

霍音这才回过神，收回目光，将硬币放回口袋，一边掏手机一边道："要的要的，我要一个山楂去籽的，谢谢。"

摊主从车里拔下最大最红的一串，包上糯米纸，递给霍音。

霍音却突然发现了一件非常尴尬的事——她的手机没电了。她没办法用手机支付，只有一个硬币，还是程嘉让的。还好她家离这里就两三分钟路程，她跟摊主说一下，现在回去取零钱，应该还来得及。

她尴尬得心头一紧，在摊主将糖葫芦递出来之前诚恳地开了口："实在抱歉，我……我的手机没电了，也没有带零钱。您在这里等我一下，我家就在前面，我回家拿零钱过来……"

"你男朋友就在那边，找他买一下不就好了？"摊主看向程嘉让的方向，有些疑惑地道，"他一直在看你，你叫他过来就好了。"

大概是因为刚刚见到她转头看他了，摊主误会了他们的关系。霍音张了张口，原本想解释，又觉得似乎没有什么必要，便摇了摇头，说："真的很抱歉，还是麻烦您在这里等我一下。"

她说完，又转头看了一眼，然后匆忙收回目光。随后她急忙迈步，跑往家的方向。

这个镇子真的很小，她平时从家里散步到这个位置只用三分钟。可是现在她着急回家取零钱，突然就觉得这路长得像怎么也走不完。她感觉像花了好几个小时，才堪堪走到自家所在的巷子口。

她迈步进去之前，被身后传来的声音叫住。

"姐姐、姐姐！"

"姐姐，等等！"

"姐姐，等等我们呀！"

霍音刚刚一直在想如何快点儿到家这件事，没注意到孩子们叫喊的声音，此时家门就在眼前，稍稍放松，才注意到这些小孩儿好像是在喊她。

几个小孩子踩着轻快的脚步跑到她面前，她一个都不认识。每个小孩儿手里都拿着一串山楂糖葫芦，看起来像年画里的小娃娃。

"姐姐、姐姐，这个给你！"

"姐姐给你！"

"姐姐，这个糖糖快拿着，手酸了！"

霍音愣住了，隐约想起来这些小孩儿好像是刚刚在街边嬉闹的那些。她不难想到这些小孩儿为什么来给她送糖葫芦。

霍音蹲下身，伸手揉了揉小孩儿柔软的头发，声音比糖葫芦外面包的糯米纸还要糯："谢谢你们呀，可以告诉姐姐糖葫芦是哪儿来的吗？"

"是那个哥哥给的！"有个胖乎乎的小女孩儿抢先回答道，"那边有个好漂亮的哥哥！"

其他小孩儿跟着应和。

"对！漂亮哥哥说，只要我们把这个送过来，他就给我们每个人都买一个糖葫芦！"

"姐姐，你快拿着！"

听孩子们这样说，霍音温声道："姐姐现在拿不下那么多，你们先帮姐姐拿一下好不好？"

"好！姐姐！"

孩子们异口同声，声音中满是童真和热情。

霍音忍不住笑了起来，又问："那带姐姐去找刚刚的哥哥好吗？"

孩子们热情地应下，拉着她往巷口走。

他们从巷子口出去的时候，霍音看到整条长街上，行人驻足抬头，不约而同地看向头顶的夜空。明明不远处的那盏路灯不久前坏了，这里却好像没有刚刚那么暗，空中反而亮起了星星点点的光。

霍音瞥向那条在家乡主街的中央不急不缓、不骄不躁地流淌了几千年的河，河上仿佛有漫天星辰降落。

她转头看向糖葫芦摊子的方向，一眼就看见了站在摊前单手插兜的程嘉让，斑斓的星辉照在他的脸上。

满街行人抬头看的，正是大熊座流星雨。

她不知道从哪儿来的勇气，双手做喇叭状放在唇边，冲不远处的年轻男人喊道："你怎么买这么多冰糖葫芦？"

这话听起来好傻，连旁边围成一圈的小孩儿们也忍不住一齐笑出声。

程嘉让就站在那儿，依旧是那副淡漠的模样："不为什么，爷就是钱多得没处花。"

05

"本台消息，大熊座流星雨夜半降临，我市多地观赏位置极佳……"

客厅的液晶电视里正在播放一档皖南本地的晨间新闻，女主播清脆大方的声音传入霍音的耳中，她只记得几个字——大熊座流星雨。

霍音握着菜刀的手顿住，脑海顷刻间被昨晚的星光占据。

那是她第一次看流星雨，在地上静静流淌的河被热烈的星辉点燃，整个古镇散发着不似人间的光。程嘉让就站在万顷星河下看着她，碎发被流星雨染成流动的月蓝色，在夜风中被吹散。流星雨足以令天地万物失色，可他好整以暇地一站，便不会被夺去光彩。当然，如果他不说那句话，可能会更好。

"软软？"李美兰睡眼惺忪，探头看进厨房，惊讶地问霍音，"今天怎么这么早就起来啦？"

霍音被李美兰的声音拉回现实，手中的刀落下，将生菜方方正正地切好，搁到吐司片上。她放下刀，抬手将在旁边放着的一碗温水递过去，温和地回应："反正我也没什么事，而且，今天不想睡懒觉。"

"行。"李美兰点点头，走进厨房，接住霍音递来的水，看着案板上的食材问，"这是做什么呢？"

"三明治，我只会做这个。"

"看着不错，今天就尝尝我们软软的手艺。"李美兰喝完水，放下碗，"不过会不会太多了，九个？咱们三个人也吃不完呀！"

"嗯……爸爸两个，妈妈两个，我只要一个，"霍音边边说话边打开旁边的微波炉，"剩下的给徐教授和……和程学长。"

"这样啊……"

霍音将给爸爸、妈妈和自己的三明治放进微波炉里加热。

李美兰点头应下，转身往外走，没有多问什么。霍音咬咬下唇，暗暗松了一口气。

"哎呀，这是什么？"李美兰突然高声问，霍音稍微放下的心瞬间提到了嗓子眼儿。

李美兰又说："哪来这么多糖葫芦？软软，这是你买的？"

霍音转头看过去，果不其然，李美兰打开了冰箱的门。冷藏柜里，入眼就是满满一排冰糖葫芦,特别显眼。

又看到这些冰糖葫芦,霍音突然发觉,最近的记忆好像在她平静的记忆长河中,显得格外浓墨重彩。

"软软,为什么买这么多糖葫芦?"

她脑海里闪过男人昨天说的话,"不为什么,爷就是钱多得没处花"。

昨晚霍音回来已经九点多,霍俊滔和李美兰都睡了。她把这些实在吃不完的冰糖葫芦偷偷放进了冰箱里。

霍音不擅长撒谎,只好硬着头皮说:"那个,我……我朋友听摊主爷爷说想赶紧收摊回去,就把所有糖葫芦都买了。"她说到后面,连声音都小了,"他一个人吃不完,就让我带回来了,妈妈,你吃完早饭也吃点儿吧!"

"你这是什么朋友啊?"李美兰皱皱眉,从冰箱里拿了一串出来,"真是有钱没地方花。"

霍音有些尴尬地笑了笑,心想:他……他也说他有钱没处花。

六点五十分,霍音和父母一起吃过早餐。她想到北方人口味略重,又在三明治里加了蛋黄酱,重新用保鲜膜和塑纸包装好,将三明治和装了热牛奶的小保温桶放进牛皮纸手提袋里,这才换了鞋子出门。

徐老已经连续采访八天了,昨晚特意发了微信,让霍音今天不用去受访者家里,而是去酒店找他,他需要她协助整理资料。

听说这个选题他不是第一次做,数年前就做过类似的,所以这次对之前采访过的一些家庭做了回访计划。今天他们要整理的资料包括之前的采访记录,还有之后具体的回访计划。

徐老年纪大了,身体不太好,住不惯浔镇的民宿,下榻的酒店在距离浔镇五公里的县城里。

所以霍音今天起了个大早,到镇口等早晨去往县城的班车。

知道一大早出门会比较冷，她今天特意穿了一件中长款的白色羽绒服。在镇口等车的时候，晨风略盛，霍音担心三明治和牛奶被风吹冷，干脆拉开拉链，将牛皮纸袋焐进衣服里。

从浔镇到县城，即使是时走时停、速度缓慢的班车，也只需要二十多分钟。霍音坐在车上，偏头看着车外匆匆闪过的冬日风景，口袋里的手机响了好几声。

她打开手机一看，顾师姐给她发了几条微信消息，还有一个陌生号码给她发了几条短信，她不用看内容，也能猜到短信是谁发来的。霍音本想忽略，未承想今天坐在大巴车窗口旁，手被吹得发僵，一不小心就点进了短信界面。消息果然是林珩发的。

阿音，这么多天了，还没有消气吗？

你什么时候回北京，到时候我好好哄哄你，好不好？

阿音，你把我的微信从黑名单里放出来好吗？我现在想跟你说说话都好难。

我最近太忙了，等我忙完这阵子，如果你还没回北京，我就到安徽去接你回来。

他还发了很多消息，霍音没往下看，直接删掉记录，顺便将这个号码加入黑名单。

接着，她打开顾师姐发来的消息。

霍音读大一那年就认识顾师姐了，现在已经大四，见师姐谈过几回恋爱，都是平平淡淡的。师姐性子沉稳，不是张扬的人，只有这一回不同。这回，就连她这个局外人都感受到师姐爱得有多热烈、投入。谁也没想到结局会是这样的，霍音低低地叹了一口气。

顾师姐失恋了，一时半会儿很难走出来。霍音时不时会收到师姐发来的很受伤的倾诉消息，今天也一样。

小音，我今天见到学校的人才听说，原来你和林珩分手了。

你最近心情还好吗？

我最近想了好多，突然发现，原来出身真的可以决定很多东西。

原本我以为我家境还不错，中产，从小到大吃喝不愁，爸爸、妈妈都很爱我，我喜欢什么，他们哪怕是拼尽全力也会给我。这让我有种错觉，以为自己想要什么都可以毫不费力。可我现在才发现，原来我和他那样的天之骄子，距离很远。

你的事情我听说了，我也明白了，不管是程霖还是林珩，好像都不会对我们有多真心。虽然他一直对我很好，会花很多心思给我惊喜，会买很多东西哄我开心，但原来我以为的好，于他而言，不过是轻而易举的事。

很对不起，之前我一直没有对你讲实话，其实程霖不是我的男朋友。我们的关系，准确来说，应该是玩玩而已。

最后一句话，即使隔着屏幕，霍音好像也读到了发信人的痛苦与难堪。

她不会去评价师姐和程霖的关系，只是看到这些话的时候，她所坐的车子正在下坡，整个车厢像是被晨风裹挟，一点点地往下沉。

好半响，指尖被从玻璃缝隙里钻进来的风吹得发红了，她也没想出回复的话来。

顾师姐的话像是被刻进了老式磁带里，单曲循环般一遍遍在她的脑海里播放，直到她在徐老下榻的酒店里遇见正在一楼抽烟的程嘉让。

对方坐在靠窗的位置上，远远看着窗外，在她匆匆进门的时候瞥了她一眼。长指在桌上的烟灰缸里掸了掸，他看起来没有要搭理她的意思。

师姐的话再次在霍音的脑中浮现——"原来我和他那样的天之骄子，距离很远。"

天之骄子吗？师姐说的是程霖和林珩。

霍音远远地看向程嘉让，年轻男人双腿交叠，斜倚着沙发背，姿态放松。他的一举一动间是浑然天成的贵气。天之骄子，那怎么可能少了他？她该清楚地记得顾师姐的话，老老实实地将他设定为头号危险人物。

不过现在，她有一个问题。

她深吸了一口气，走上前，不卑不亢地问："那天在学校旁边的西餐厅，是你帮我买单的吗？"

男人吐了口烟，睨了一眼她拿在手里的牛皮纸袋，散漫地开口："所以，你准备用这个还？"

清早，酒店大堂的饭厅里，不时有客人和服务员经过。霍音、程嘉让这两个人一站一坐，一人紧张一人放松，又都是顶顶打眼的长相，来往的人都要多看上两眼。

纸袋里的热牛奶和三明治原本就是给他和徐老准备的，对方问起来，霍音便温声道："这个确实是给你的。"

她话音落地，男人的目光轻佻地上移，落到霍音的脸上。他没出声，动作和神情却仿佛在慢条斯理地说："嗯？"

他的座位就在窗边，身旁摆了一盆的绿萝，叶子被屋顶的空调不时吹过的暖风弄得一颤一颤的。

霍音蓦地收回和对方接触的目光，顿了一下，低着头将纸袋放在桌上，双手轻轻推到对方面前。这时她又觉得这些跟他那一车糖葫芦比起来有些拿不出手，所以讲话慢吞吞的："里面是我做的三明治，还有热牛奶，给你和教授当早餐……不是还你请我的西餐的。"

霍音虽然不好意思，但也实诚，边说边朝对方摆摆手。她是做什么事都不骄不躁、温和沉静的小姑娘，摆手的时候头也跟着轻轻摇。

鬓边有几缕发丝因为摇头的动作垂落，她没有注意到，自顾自地小声道："本来是想用来还你的糖葫芦，但想了一下又觉得不够。"

察觉他的目光此时正落在自己的身上，霍音没抬头，始终看着黑曜石纹理的桌面，一副要将桌上有多少条纹路清楚的架势。周遭嘈杂的声音好像成了无意义的白噪音，突然，她听见对方轻笑了一声。

如果不是她一抬眼恰好看到对方没来得及收回去的酒窝，霍音大概不会信是他在笑。

霍音顿在原地，看见男人浓黑的断眉很轻地一挑。他睨过来，目光在她的脸上扫过，良久，低声说："是吗？我尝尝。"

牛皮纸袋被打开，他先看到了那个粉红色的小保温桶。

霍音忙答道："那个是热牛奶，我不知道你的口味，就没有加糖。"

"站着干吗？"

听对方换了话题，霍音一时发蒙："啊？"

"坐。"

她这才傻气地落座。

霍音本以为凭她粗糙的手艺，程嘉让会像昨天在受访者家喝那碗茶似的，就很中肯、很淡地评价一句"还行"，未承想对方吃了一口三明治，又慢条斯理地从保温桶里倒了小半杯牛奶出来喝，这才淡淡地道："挺好。"

"谢谢。"霍音稍稍松了一口气，想起那顿西餐，道，"那顿西餐，我问服务员要了账单，一共是 2144 元，我会还你的。"

"不用。"

"那怎么行？"

"怎么不行？"

"当然不行了，我怎么可以就这么欠你的钱？"霍音语气温柔，却异常坚定。他在她的危险名单里，他们之间总要两不相欠，才好分清界限。

她忽略对方淡漠的目光，自顾自地说："我现在还没有这么多钱，等过了年，我一定会还你的。我先给你写一张欠条。"

霍音说完，打开随身带的小包，取出一支中性笔。她没带纸，瞥了一眼桌上放着的餐巾纸盒，从中抽了一张出来，让中性笔硬硬的笔尖落到餐巾纸上。

她边写字边念叨："今乙方欠甲方一顿西餐，折合人民币 2144元……"

"等等。"

她还没写完，猝不及防地被对方打断。只见男人大手一伸，食指和中指的指尖按在餐巾纸上，他道："这不行。"

"什么？"

"我付的是饭钱，是请你吃饭，你想还个钱就解决问题？这可不行。"他大言不惭，"我吃亏了。"

"那……那你说要怎么写？"

"当然是欠一顿饭就还一顿饭。"

"啊？"

"不过呢，我这人嘴刁……"程嘉让将烟蒂在桌上的烟灰缸里灭了，"什么西餐、私厨，不论多贵，爷不爱吃也白扯。你要还我一顿饭，"他扬了扬手里的三明治，道，"就拿出点儿诚意来。"

徐老爷子下楼过来的时候，霍音和程嘉让正在就偿还标准的问题进行深入讨论。

老爷子将厚厚一摞文件往桌子上一摞，坐到程嘉让旁边，在两个人之间来回看，当即调侃道："两位今儿有话说啦？"

这一个多星期以来，霍音和程嘉让每次见面都不怎么说话，徐老没说出来，但也看在眼里。这时见到他们单独说话，徐老问道："在这儿聊什么呢？"

事实上，在徐老出现在他们的视线中后，两人就默契地闭了嘴。

这时老爷子一问起，霍音和程嘉让异口同声道："没什么。"

这话一出，三个人都愣了一下。他们真的没在聊什么了不得的话题，可是被徐老问起的时候敷衍得这么明显，也实在有些奇怪，像是欲盖弥彰。

霍音再次感受到徐老爷子的目光在自己和程嘉让的脸上逡巡，他显然对他们的回答并不满意："没什么还聊这么久？我在楼梯那儿看你们半天了。"

老爷子似乎注意到程嘉让放在手边的"字据"，还未说什么，霍音就见程嘉让将那张餐巾纸收起来。程嘉让当着徐老的面扯了扯外套的拉链，将餐巾纸放进了衬衫的口袋里。

霍音暗暗松了一口气，转移话题道："教授，这些是您几年前采访过，现在准备回访的家庭的相关资料吗？"

老爷子很快接起话："对，还有我这几天整理的采访记录。你也可以复印一份拿回去看，看一下我平时采访抓的一些点。"

徐老的指点千金难求，霍音当然不会拒绝，笑着应下来："好，谢谢教授。"

霍音和徐老今天的工作就是整理这些资料，重新确认采访计划并初步撰写新闻稿。

程嘉让不知从哪儿掏出一台笔记本电脑，敲了几个字，停下来将刚刚霍音装三明治的袋子拿过来，将里面给他的都拿出来，然后随手把袋子往老爷子面前一搁，淡声道："人家小姑娘特意给你做的早饭。"

"哎呀，幸亏我还没吃。"徐老爷子乐呵呵地冲霍音道，"小霍有心了。"

也不知是她做的三明治颇合这两位北方人的口味，还是他们给她面子，三明治和牛奶一扫而空。徐老还称赞霍音很有做饭的天赋。

今天的工作看起来不多，但他们真正做起来颇为烦琐。

霍音和徐老一边整理一边讨论，一直忙到黄昏时分才算是大概完成。霍音和徐老收工了，才发现程嘉让还坐在电脑前，眉头微皱，冷白的脸紧绷着，模样前所未有地认真。

霍音和徐老默契地坐在一边，谁也没敢出声打扰他。半个小时后，饭厅里有大批客人拥入，程嘉让才在喧闹声中合上电脑，睨了过来。

霍音一接触到对方的目光，便下意识地移开了自己的目光。

好在他的目光只是在她脸上停留了一瞬，下一瞬就转到徐老那边去了。他声音沙哑，低声问："弄好啦？"

"差不多了，多亏小霍动作麻利。"

霍音反问："你呢，怎么看起来不太顺利？"

"是新课题，现在遇到些麻烦。"男人问，"晚上吃什么？"

晚饭是三个人一起吃的。他们都是怕麻烦的人，一拍即合，没有去外面找餐厅，就在酒店的餐厅里点了几个菜，糊弄一顿。

大约因为今天都比较累，三个人吃饭时只是有一搭没一搭地随便说两句，其余时间都在闷头吃饭。

霍音的饭量小，即使她之前只吃了早饭，晚饭也没吃多少就撂下了筷子，随后端起手边的热茶一口一口浅浅地抿着。忙的时候她没想那么多，现在稍微闲下来了，目光就不经意地瞥向程嘉让。

顾师姐早上发来的微信消息在霍音的脑海里闪过，霍音移开目光，尽量避免看到他，却不经意间看到地上躺着一张印满了字的A4纸。她早上过来的时候那里似乎没有，那张纸大概率是他们整理资料的时候不小心从文件夹里掉出来的。

霍音弯腰捡起纸，随手掸了掸上头的灰尘，才拿到眼前来，扫过纸上的内容，冲徐老说道："教授，地上掉了一张，好像是我们刚刚落下的。"

徐老还在吃饭，随口问："是吗，上头写的什么？"

"我看一下，写的是一九八四年三月，刘氏咏琴因难产离世，父母失独⋯⋯"这应该是徐老之前的采访记录，没想到徐老一九八四年就来过浔镇。霍音扫到后面标注的住址和一些不大清晰的照片，镇子就这么大，有什么事镇上的人很容易知晓，这个刘咏琴的父亲她约莫有些印象，不禁开口问："教授，这户人家还要去吗？这个刘咏琴的父亲年纪很大了，好像是去年过年走亲戚时，酒后回家摔进了河里⋯⋯"

话说到一半，霍音倏然听到"吧嗒"一声，像有东西掉了。霍音循声望去，徐老手中的筷子掉到了桌上，又弹起来，最终掉到酒店一楼的大理石地板上。徐老满是皱纹的脸上露出一种难以描述的神情，像懊悔，像无措，更像茫然。

气氛瞬间变了。霍音的第一反应是自己说错了话，她无所适从地咬着下唇，本能地偏头看向坐在徐老旁边的程嘉让。

对方也已经放下筷子，安抚地看了霍音一眼，从她手里拿过那张纸，沉默地放进文件夹里，又从旁边抽了一双干净的筷子拆封，递到徐老手边，温声道："来，再吃点儿。"

老爷子没说话，始终保持着刚刚的动作。霍音吓得大气都不敢出。

程嘉让把筷子放到徐老的手里，身子也凑过去一些，低声问："来之前是怎么跟我说的，你都忘啦？过去的事，再懊恼也没什么用了，这话是不是你说的？"

他的话让徐老的神情淡了些，徐老还回应似的点了点头。

程嘉让端过徐老爷子的碗，盛了一碗莜面鱼子汤放在他跟前，继续道："再吃点儿，明天早上我带你去给咏琴姥姥上坟。"

霍音第一次见到程嘉让这副样子，不急不躁，温柔地哄人。

徐老听了，态度开始松动，握紧筷子扒拉了一口碗里的莜面，然后才抬起头问程嘉让："真的？小子，你不能骗我。"

"我肯定不骗您。"

"确定？"老爷子又确认了一遍。

"千真万确。"

"那我肯定不告诉你妈，不能让你替我挨骂。"

"行了。"程嘉让笑了一声，朝霍音的方向抬抬下颌，"看你给人家小姑娘吓得，你自己吃，我把人送回去。"

与此同时，三里屯的一家酒吧里，林珩一行人显然已经喝醉了，在躁动的酒吧里都吵闹得十分引人注目。

陈阳又倒了满满一杯威士忌进林珩的杯子里，凑到他耳边恨铁不成钢地说："来，喝！你说你这一天天的，为个女人愁眉不展，不至于啊，咱不至于！"

他声音可不小，其他人也听到了。他们都知道林珩最近跟女朋友出了点儿问题，不过先前看他那个样子，没人敢说。现在酒过三巡，陈阳开了个头，众人便你一言我一语，打开了话匣子。

"就是，你那个对象那么乖，多没意思，也就是漂亮点儿。这世上漂亮的多了去了，赶明儿哥们在艺校给你找一堆。"

"要不我一会儿给你介绍一个'辣'的女朋友？抚慰抚慰咱们阿珩这受伤的心。"

"不对啊，你跟你那个小学妹不正在兴头上吗，这会儿分手不是正合适？咋了，你还想左拥右抱呢？"

"别瞎说。"

林珩坐在卡座上，瞪了那几个人一眼，没管略微从鼻梁上滑下来的细边眼镜，猛地灌了一口手里的威士忌，道："我真的只把明璇当妹妹，为什么阿音不信，你们也不信？"

"废话，你跟你那个好妹妹那么腻歪，傻子才信你俩没一腿。"

"你要是实在受不了，就给人家打电话啊，别自己在这儿颓废。你不是最会哄小姑娘吗？"

"对啊，快打，你被拉黑了，就拿我的手机打。"

兴许是酒意上头，见朋友们闹起来了，林珩接过对方的手机，拨通了霍音的号码。

皖南。

从县城回浔镇，霍音赶上了末班车。天完全黑了，全靠街边次第亮起的路灯照明。

程嘉让坚持跟霍音一起坐车，送她回镇上。

刚刚徐老的状态一下子变得那么差，霍音心有余悸。和程嘉让并排坐在老旧的大巴车上时，她也低着头，沉默不语。

程嘉让似乎安慰了她一句，大概是说刚刚的事不怪她，让她别有心理负担。

霍音一如往常，乖巧地点点头，一时半会儿却没办法摆脱这种自责又茫然的复杂情绪。

班车停在镇口，剩下的路她要步行回去。

冬天昼短夜长，尽管现在天已经全黑了，可她看了一眼时间，才七点多钟，街上人流如织。

霍音本想跟程嘉让说接下来的路她自己走就可以，还未来得及开口，先被突然响起的手机铃声打断。

她心不在焉，想也没想就接了电话。

电话那头一片喧闹，起哄声瞬间传来。

"快说啊，阿珩。"

"好好哄哄人家，怎么哄女孩子，你可比我们清楚。"

"约人出来，送送礼物，吃吃饭，看看电影。"

"你别磨叽了，哥们儿帮你说？"

那群人七嘴八舌，说什么的都有，再加上疯狂的鼓点与音乐，霍音不用想也知道林珩是在酒吧，并且喝了不少。

霍音秀眉紧锁，将手机拿远了些。可那些人好像自带扬声器，在皖南静谧的夜里，她即便是将手机拿远，也能将他们的话听得一清二楚。

她深吸一口气，出声问："林珩，你非要隔三岔五来骚扰我吗？分手了就是分手了，这样真的很难看。"

"阿音，我不同意！我不同意分手。"

"林珩，你不要再……"

"要我帮忙吗？"程嘉让陡然开口，打断了霍音的话。

霍音循声看过去，男人不知什么时候点了一根烟，一双淡漠的眼睛正看着她。

林珩的声音传来："谁在说话？阿音，你身边怎么有男人？"

霍音略一迟疑，手机就被对方拿了过去。

"听好了，"程嘉让将霍音的手机放到耳边，不疾不徐地说着最桀骜的话，"再给我对象打电话，老子现在飞过去干你。"

Chapter 04

误会

"今晚要不要到我家吃饭？还你的西餐。"

01

  静谧的皖南古街旁，夹杂着冬日冷气的风拂面而来，带来沁凉的潮湿感。穿着黑色夹克的男人站在大理石石墩边，夹着烟的手指从唇边移开，带出袅袅的烟。

  程嘉让就这么放浪不羁地冲电话那头的林珩说出了那句话。

  他刚刚问霍音要不要他帮忙。原来，这就是他帮忙的方式。

  电话那头的人沉默了几秒，似乎在酝酿一场大战。

  霍音微张嘴唇，转头看向程嘉让。他当然感受得到气氛有多紧张，只是冷眼静待。他现在这样，让她想起了雪夜的盘山道上，他开着黑色的越野车，勇敢而无畏的样子。

  她不知道哪来的勇气，在一场闹剧一触即发之前，倏然踮起脚，一把从程嘉让的手里夺回手机，挂断电话，关机，最后将手机丢进外套的口袋里。

  在对方看过来时，霍音深吸一口气，慌忙开口："真的很感谢你！"接触到对方疏离冷淡的眼神，霍音顿了顿，硬着头皮继续说道，"但是你真的不用这样。你不用因为我和别人产生一些没必要的冲突，也不要说一些会令人误会的话。我不知道你的想法到底……到底是什么样的，但我真的不想再成为你们这些公子哥召之即来挥之即去的人。我想，我可能更喜欢我本来平淡的生活。"

  霍音话说到一半时便感受到对方投来的冷冷的眼神，可还是咬着牙，将自己想说的话说完了。

她说的每一句话都是在心里想了很久的。

她知道她可能不会像学姐那样，受到欺瞒或伤害，可是一个林珩已经是最好的前车之鉴。

她不想再做那个不被珍惜的可怜人，也不会再重蹈覆辙。

那些公子哥，她就应该如看漫天星辰，远远地看一眼，然后敬而远之。

霍音说完没敢看程嘉让，目光落在一旁的河上。

没有听到对方的回应，她咬着下唇退后两步，十分傻气地给他连鞠了两个躬："还是很感谢你。"姿态一如她最开始同他讲话的时候。

说完这些，她直起身，径直往家的方向走去。

皖南的夜，夜色浅淡，与数千年前别无二致。

霍音同程嘉让分别以后，便一路目不斜视地快步往家的方向走去。

耳边似有急躁的鼓点轰隆隆地敲着，不肯停歇，她就在催命似的鼓点中头也不敢回地往前走，没有注意到前方不远处的广场舞阵形被打乱，人群奔向同一个方向。

霍音路过时被一个叫不上名的阿姨拉住，对方嗓门不小，很快吸引了其他人的注意："这不是霍大夫家的小囡吗？这里有人晕倒，你快过来给看看！"

霍音瞬间被拉回现实，顺着她指的方向看过去，只见每天晚上在这里跳广场舞的阿姨们此时混乱地聚在一起，人群中央是一个晕倒在地的老阿嬷。

现场一片混乱，无人注意到几米之外的小商铺门前，穿黑色夹克的年轻男人单手插兜，神情淡漠地同店主道："九五，有吗？"

"不好意思，没有那个，所有的都在这儿了，您看看。"

"行，来盒中华吧！"

霍音的爸爸在镇上开了近二十年的诊所，一般的病都能看，镇上的人自然认得他。霍音自小被父亲喊去帮忙，干些拿药、包扎的活儿，镇上有人认得她再正常不过。

不过霍音只会给爸爸打打下手，有人晕倒了，她根本搞不定，也不敢乱来。

阿姨们却像是抓住了救命稻草，你一言我一语地喊她帮忙。

"霍大夫家小囡，你快来给看看吧，这阿嬷跟着跳舞，突然昏过去了，她的家人也没在这儿，可怎么办啊？"

"这个点，打电话叫救护车过来也要一会儿，可别耽误了病情，小囡你快给看看。"

"对呀对呀，快给看看吧！"

众人说话间，霍音已被推到人群中央，来到老阿嬷跟前。

大家都在等着她做治疗。面对众人的请求，霍音连忙摆手解释："不好意思，我只是给爸爸帮过忙，没有学过医，这种情况，我也处理不来。"

可面对众人失落的眼神和躺在地上的老阿嬷，霍音没有办法直接不管，只能尽可能地帮忙想办法，安抚众人的情绪。她道："有没有人认识阿嬷？可不可以帮忙联系一下她的家人，或者看一下阿嬷的手机？"

阿嬷当街昏倒，众人刚刚都在慌乱之中，一心想着找懂医术的人来，没想到这点。镇子原本就不大，街上总有人得阿嬷，在霍音的提醒下，很快有人开始联系阿嬷的家人。

霍音将手伸进口袋里，预备掏出手机给爸爸打电话，倏然顿住了。

刚刚程嘉让在电话里那样说话，林珩肯定不会善罢甘休，现在她打开手机少不得惹上麻烦。是以，她问刚刚拉她过来的阿姨借了手机，给爸爸打电话之前，还不忘提醒在场的其他人："我家就在附近，我先打电话让我爸爸过来看看，麻烦各位打个电话去县医院叫救护车。"

霍音拨打爸爸的电话，机械女声一遍遍重复："您好，欢迎使用中国联通，北京 2022 冬奥会唯一合作伙伴……"

她拨了两遍，愣是没有接通。旁边的人变得躁动不安。

"打不通电话就先急救一下吧？"

"急救总会吧？"

突发昏厥的原因不尽相同，现在没有判断出是什么原因引发的昏厥，霍音不敢轻举妄动。

可是周围的人不停地催促，她像是被架在火上，不得不伸出颤抖的手，试图去掐一下阿嬷的人中。

她与阿嬷只隔了半米，霍音却觉得异常远。于她而言，每一秒都是煎熬。

手指已经碰到阿嬷的人中了，还没按下，她倏然感觉手腕一凉。有人握住她的手腕，轻巧地将她从阿嬷跟前拉开。

霍音被人拉起身，站稳后看向阿嬷的方向。程嘉让此时正背对着她，骨节分明的手指探过阿嬷的颈动脉，冲站在旁边的人问："各位，有人刚刚在患者身边吗？"

很快有人回答："我，我们是一起跳广场舞的，我刚刚就在她旁边。"

程嘉让一面低头检查阿嬷的情况，一面问道："患者晕倒之前，有没有表现出不适症状？或者，她有没有向您表达过身体不适？"

"我想想啊，好像还真有。我刚刚看她的腿好像在抖，就让她先歇歇，她说没事儿，是老毛病……"

"脸色呢？"

"好像……好像有些白？"

"好的。"

程嘉让说完凑到老阿嬷身前，一边扶住她的后脑和腰，一边转头看过来，对霍音道："愣着干什么？来搭把手。"

霍音起初没反应过来他是在叫她，直到对方直接点了她的名："霍音。"

这似乎是她第一次从他口中听到她的名字。从小到大,她无数次听人喊过她的名字,可从他口中喊出来的似乎特别不同,像五月份清冽的泉水。

霍音愣了愣,下意识地小声询问:"啊,什么?"

"来帮忙。"

"好。"

扶着老阿嬷坐起身以后,程嘉让又开口疏散人群,让周围尽量空旷些。

做完这些,他再次看向霍音,冷峻的脸上看不出情绪,低声问:"有糖吗?"

老阿嬷可能患有低血糖。

程嘉让将热心人送来热糖水给阿嬷喂下去后,阿嬷的状态明显好了很多。

县医院的救护车来了,程嘉让跟医生说了患者的基本情况。

老阿嬷被顺利送上救护车之后,霍音便打算回家了。未承想,她在地上蹲了太久,甫一起身,只觉一阵头晕目眩,踉跄了几下,险些摔倒。千钧一发之际,她被一只有力的臂膀一把揽住,直接撞到对方坚硬的胸膛上。

皖南的天气湿冷,男人的夹克衫像刚刚从冰窖里取出来的,凉得不可思议。霍音的脸贴在程嘉让的黑色夹克衫上,耳朵刚好落在对方的左胸前,隔着层层衣料,恍惚间,她好像听见了对方潮水般奔涌的心跳声。

她被吓到了,本能地拉住对方的衣摆,抬眼看过去,一眼就撞进男人的眸子里。

那时昏灯残照,树影摇曳,一下下晃进腊月冰冷的河里。霍音看不懂眼前男人的目光,觉得像是时间的漩涡,简直要将人生生地卷进去。

还好这奇怪的氛围很快就被其他人的声音打破。刚刚慌乱地跳广场舞的阿姨已经回过神了,在一旁看热闹,还满脸暧昧地道:"霍家小囡,你在哪儿找的这么好的对象，长得这么帅，还这么厉害？他现在也是医生？这回好了，你爸爸后继有人。"

"瞧瞧，这年轻的小姑娘、小伙子在一起，就是般配。这俩孩子都长得这么好，我都想多看几眼。"

"真是不错啊，霍大夫要是看到了他的未来女婿，估计满意得不行。"

霍音蹙着秀眉，沉默了，看来所有人都以为程嘉让是她的男朋友。虽然觉得跟陌生人解释没有太多的必要，可她今晚刚刚对程嘉让说了那些话，这个时候不解释实在说不过去。

重新站稳后，她先跟身侧的男人低声道过谢，随后开口解释道："各位阿姨，不是你们想的那样……"她没看程嘉让，只是抬手指了指他的方向，斟酌片刻后道，"这位是我们学校医学院一位很优秀的学长，不是我的男朋友，你们误会了。"

旁边的阿姨看热闹不嫌事大，说："这有什么？男未婚，女未嫁，你们好好发展发展。"

"学长学妹是多好的关系啊，看好你们……"

……

霍音感觉自己身旁的空气都冷了几分，场面一度十分尴尬。

阿姨们聊得热火朝天，说着跟他们两个相关的话题，霍音难以抽身。而程嘉让直接越过人群，头也未回地大步离开。

人群倏然安静下来，众人面面相觑。霍音几乎是落荒而逃。

霍音回到家，一关上房门便倚在门后，伸手按住起伏的胸口。

她的耳边是刚刚路过小商铺时，那两个人平淡的对话。

"小伙子，这盒烟还要不要啦？"

"要。"

"一包是吗？六十五块钱。"

"嗯。"

腊月二十四，小年，镇上年味渐浓，街上的各个商铺都已经挂起红红的灯笼，为常年灰白两调的小镇增添了一些色彩。

街边的一家小超市里，店主看着穿居家服的漂亮小姑娘，扶着额头提醒："哎，这小囡，你不是要生抽吗？你手里拿的是香油。"

店主痛惜地摇了摇头。霍大夫家的小囡漂亮是漂亮，就是脑子好像不大好使。她这两天来了好几回，不是付完钱没找零就匆匆走了，就是说要买咖啡却拿回去两盒牛奶，看起来总是心不在焉的。这不，她今天又把生抽拿成了香油。

霍音听到店主的话，这才反应过来，连忙把香油放回货架上，买了一瓶生抽回家。

上回她不小心在徐老面前提及刘咏琴的父亲去世的消息，徐老第二天特地打电话来，同她说最近几天他们的工作暂停，她可以先休息几天。一连数日，她都没再见到徐老和程嘉让。

而且自从那天之后，霍音频繁地接到林珩用不同号码打来的电话，干脆把电话卡拔了，手机只能借助 WiFi 收微信消息。

这几天，她一直没收到有关徐老、林珩、程嘉让等人的消息。

她每天闲散地生活在皖南小镇上，像是与遥远的首都隔绝。

收到顾师姐的微信时，霍音正在厨房帮妈妈切藕片。略重的小瓷刀割破藕片乳白色的表皮，咔嗒咔嗒，清脆的声响落下，藕断成片，丝还缕缕连着。

藕还有半个没有切，手机就放在案板旁边，陡然响了两声，消息提示区浮现师姐的名字。霍音停下手中的动作，打开微信，将师姐的语音外放，自己则继续切藕。

师姐的声音很快传来，话里的情绪叫人难以分辨。

"小音，虽然我告诫过自己无数次，不要听程霖的任何消息。可是消息传到我这边，我还是会忍不住去听。

"我听说他被家里人罚得很重，长辈下了狠手打人，好像连在公司的职务也岌岌可危。他家人似乎要安排他去分公司做事。"

霍音还在切莲藕，没想到师姐的下一句话直接让刀落到了她的手指上。指背被刀划破了皮，温热的血液汩汩地顺着皮肤上的裂口争先恐后地往外流。

"听说就连他的堂弟，咱们 A 大声名在外、放浪形骸的'校草'程嘉让，都对他的行为不敢苟同，明里暗里说过他不少次。"

霍音嘶了一声，倒抽一口凉气，急忙用凉水冲洗手指。

她伤到的是左手的中指和无名指。后来，李美兰给她上了止痛药粉，又取了绷带包扎。她的两根细细的指头被绷带缠在一起。包扎完毕，李美兰还用剩余的半截绷带在她的手上系了一个长长的蝴蝶结。

白色的绷带随着手指飘舞，霍音看着，总觉得在哪儿见过。

今天这顿炸藕合，他们最终还是没吃上，毕竟霍音切藕片的时候伤了手，这些藕上沾了她的血。而且，伤了手后，她突然接到了徐老打来的微信电话……

徐老在微信上发来一个地址，是镇上比较老的区域。霍音看着那精准到门牌号的地址，总觉得很熟悉，却怎么也想不起来到底在哪儿见过。

霍音出门前，李美兰再三叮嘱她今天降温，有三四级的西北风，霍音里里外外穿了三层，才被李美兰放出门去。

她最近一直闷在家里，没心思打扮，每天穿着厚厚的居家服或者卫衣配紧身裤，需要出门的时候就在外面套一件羽绒服，慵懒又随意。

今天突然被徐老叫出去工作，霍音没有精心打扮，但还是化了个淡妆，将一头黑色的长发扎成蓬松的高马尾，额前留了几绺细碎的刘海，穿着一身藏青色的学院风牛角扣大衣。

高马尾配上她淡然又素净的小脸，让她看起来很温柔。

霍音和徐老约好上午十点见面，她从家过去，需要步行二十分钟。霍音九点十分出发，硬是在路上磨蹭了五十分钟。十点到了，她踩点进门。

霍音原本想不通自己为什么会觉得这个地址很熟悉，直到来到这户人家门口，瞥见门牌号下方那个小小的"刘"字，才被打开了记忆的闸门。

这是已故的刘咏琴女士的家。霍音之所以觉得熟悉，是因为之前在那张纸上看到过这个地址以及这栋房子的照片。浔镇千年不变，照片虽是一九八五年拍的，和现在的样子却所差无几。

刘咏琴女士早在一九八五年就红颜早逝，她的父亲去年意外落水身亡的事也闹得沸沸扬扬的，霍音对此略有了解。如果她没有记错，这家现在就只有刘咏琴年逾八十的老母亲。那么，徐老上次……

霍音站在老屋前踟蹰了一会儿，才抬步进门。

略显空荡的老屋里，空气中散发着淡淡的潮湿发霉的气息，还是二十世纪八九十年代的装潢风格。屋里统共有三个房间，她穿过外间，进入东侧里屋，便看见徐老和刘家老太太面对面地坐在床对面的沙发上。

霍音下意识地环顾房间，发现屋里除了他们三个人，没有其他人。她垂下眼睑，看向徐老爷子和刘家老太太，礼貌地打招呼："教授、阿嬷，早上好。不好意思，我好像来晚了。"

刘家老太太向她看过来，从头到脚细细打量她，这才重新看向徐老，问道："这是你的小孙女？这日子过得可真快，连你都是有孙女的人了。老太婆我孤家寡人一个，按年龄算，是不是都该有重孙了？"

"小姑娘是我带的学生。"徐老爷子笑着摇了摇头。

他分明在笑，霍音却似乎从老爷子的眼里看出几分落寞无奈，还有颓丧不甘。她听见老爷子继续说："我这一支没有后人，不过小姑娘按年纪说，确实能做我孙女了。"

　　"没有后人了？你的意思是，你后来没有再……"

　　"没有了。"

　　徐老在和刘家老太太聊天的空当嘱咐霍音简单做一下采访记录就可以，不用全程录影，今天的内容也不会写进新闻稿里。两位老人家都上了年纪，说话语速慢，确实不像采访。

　　霍音就坐在东侧里屋门口的小板凳上，将本子放在腿上，时不时简单地记上几笔。

　　她一不小心就出了神，想起了好几年前发生的一件事。

　　京郊的西山下有一段盘山道，蜿蜒曲折，号称比秋名山还考验车手的技术。

　　有趣的是，从山脚开到山顶，能见到的只有一座香火不大旺的寺庙。

　　三年前的十月上旬，她刚刚考到 A 大一个多月，北京的秋老虎犹在。她听说京郊的西山上有座寺庙，特意从学校坐了十站地铁，又坐了三十几站公交到了西山脚下。

　　她那个时候是个单纯得不能再单纯的小姑娘，讲话有口音，又因为长相好看，总被男生搭讪，很不受室友的待见。

　　她们喜欢在背后给她起外号，还说她表面清纯背地里浪荡。

　　霍音备受困扰，跟其他人解释过很多次，无果，后来便想到了求神拜佛这一出。她怕被人看到后会传出更奇怪的谣言，在网上找了好久，终于决定去西山上的那家寺庙。

　　记忆中，她坐了一上午的车，下午两三点钟，日头正毒的时候，才到了西山脚下。她那条鹅黄色的碎花小裙子被身边突然闯过的风吹起，吓得她站在原地不敢动。

当时，她在学校里跟谁都不熟。很多事在旁人那里传得沸沸扬扬的，霍音却一无所知。好久之后，她偶然看到学校论坛里的帖子，才了解一二。所以她根本不知道那天 A 大的摩托车社团会跟一个业余摩托车赛车队在这里比赛，还很不巧地出了事故——有人赛车时太激动，车没停稳便摔了出去，双手当即动弹不得。

十月天气燥热，在场的车手、观众少说有几十号人。所有人分成两拨，一拨围在受伤的人身边询问情况，另一拨围在一个年轻男人的身边，慌乱地问该怎么办。

霍音站在盘山道的另一侧，距离伤者不过两米，看着这混乱的情形，吓得站在原地不敢动。

其他人都很慌，唯有那个比赛获胜的年轻男人倚在栏杆边，摘了头盔抱在手上，点起一根烟，淡漠地看着眼前的一切。

这种情况，很难让人不注意到他。更何况，他那烟抽了一半，干脆叼在嘴里，手里的头盔扔给一旁的兄弟，他则大步上前，下手又重又狠，三两下将伤者脱臼的骨头正了回来。

末了，他叼着烟，把沾了血的赛车手套摘下来，随手扔给伤者，整套动作慵懒随意。

兴许是察觉霍音一直在旁边看着，男人半蹲在地上，抬头睨她一眼，唇边噙着似有若无的笑，跟那受伤的人调侃道："瞧瞧，给人小姑娘吓得。"

即使过去了好久，那天的场景，霍音总是记忆犹新，连他那天穿的黑色赛车夹克上有几块贴标都记得很清楚。

过了很长一段时间，霍音才知道那天在山下临危不乱的男人叫程嘉让，是 A 大医学院的高才生，也是全 A 大赫赫有名的公子哥儿。

他的传闻有很多，比如他轻描淡写地给对手正骨，比如他参加校运会时，操场足以容纳几千人的大看台上一多半上拿着手幅给他加油的女孩儿。

其实他们早就见过。

但或许是因为时间比较久远，又或许是因为他们第二次见面的场景让她很难堪，她对他的记忆总是从她在众目睽睽下被迫给他点烟而起。

今天或许是太无聊了，霍音不知怎么就想到了这一段。

徐老的声音将她拉回现实。

徐老还是在跟刘家老太太说话，态度十分客气："您这么大年纪，一个人生活很不方便，周围人是能帮衬一些，但估计也没办法总在您身边。我买了一些您生活中能用到的东西，还有些方便操作的机器，这会儿都送过来了，就在门口。

"东西有些重，我叫人给您搬进来，您再看看该怎么归置。"

霍音听后，下意识地环顾房间，果然还是只有他们三个人。徐老刚刚说送来的东西有点儿重，只能由她去搬了。

霍音忙开口："已经到门外了吗？教授，那我去搬进来，两位在这里等就好了。"

她说完，傻气地冲老爷子和老太太笑了一下，想也没想就往外跑，连老爷子接下来的话都只听了一半。

"哎，小霍等等，你是小姑娘，搬不……"

院门外停着一辆小货车，霍音走过去一看，上面是各种箱子。

她站在原地，咽了一口唾沫，下定决心上去搬，却在手指即将碰到箱子的时候，被一道低沉淡漠的声音叫住："别挡路。"

03

男人疏离的声音在她耳边响起，霍音的目光越过纸箱，落到箱子后面高瘦的人身上。记忆中的人和眼前的人缓缓重合，霍音有一瞬间觉得自己还在那段记忆中，没有回到现实。

不过听到对方的话之后，她还是本能地后退了一步，让出路，静静地站在一边看着。

男人搬了纸箱放进屋里，又折回来，准备搬另外一箱看起来很重的东西。霍音的身体比大脑先一步反应过来，她当即上前，试图搭把手。未料她将手伸过去，刚刚接触到纸箱，纸箱就被对方移到另一边，直接搬走。

对方动作迅速，从始至终都没多看她一眼。这时的程嘉让似乎更接近霍音印象中的他——淡漠疏离。

气象台说今天有三到四级的西北风，可现在树一丝不苟地站着，连一丝风也没有。

霍音尴尬地收回手，无措地站在原地，直到听见徐老慈祥的声音。

老爷子不知道什么时候从屋子里出来了，看见了刚刚那一幕。此时程嘉让一走，老爷子便从旁打圆场，招手叫霍音过去："小霍，快来，到我这边站着。"

老屋子的隔音效果不好，他们在院子里站着，都能听清程嘉让在屋里搬运及摆放重物的声音。

霍音听话地走到老爷子身边站好。徐老特意跟她解释："你不用管他，这小子力气大着呢，那些东西重得很，你去帮忙他还要担心会弄伤你。来，咱就在这儿看着就行了。"

徐老似乎和刘家老太太是故交，至于具体是什么交情，霍音刚刚没认真听他们的对话，无从知晓。

徐老出手阔绰，送来的东西看起来都颇有分量。程嘉让动作利落，来来回回搬了不到十分钟，就全送进了刘老太太的房里。

之后他们得按照刘老太太的意思，将这些东西分门别类地拆开摆放好。这回程嘉让没再拒绝霍音帮忙，两个人背对背，面前都放了一堆箱子，各做各的事。

霍音整理的大多是小型家电，如电饭煲、微波炉、扫地机器人。拆箱简单，她也不用组装。不过，不知道是老爷子下单时着急，还是卖家那边出了纰漏，这些箱子里拆出了两个一模一样的电饭煲。

拆出第二个电饭煲的时候，霍音犹豫半晌，还是先将箱子放到一边，打算之后再说。

她很快将面前的一大摞箱子拆开，取出东西，检查完毕。暗暗偏头看向一旁的时候，她才发觉有人速度更快。他旁边一开始堆了比她这边多一倍的东西，还有很多需要拆开组装，现在都完工了。

他仍背对着她，随手将几个拆完的纸箱扔到一起，看着有些乱。

霍音爸爸的诊所会定期补一些药品，同样有数量不少的纸箱。她看过爸爸将那些用的空纸箱由大到小一个个套进去，实在装不下的就压扁、折叠，放进大箱子里。最后数量不少的纸箱子被收得整整齐齐的。

她一向喜欢将东西收拾整齐，此时也学着爸爸的样子将自己这边的空纸箱收好。随后，霍音想问对方需不需要帮忙，嘴巴已经张开，还没出声，却又止住。

她想起了刚刚放在手边的那个电饭煲，想了想，硬着头皮开口："那个……"

"咚——"又一个空纸箱被他随手扔了出去，那随意地摞起来的纸箱快有半墙高了。

霍音继续道："这里有两个一模一样的电饭煲，不知道是教授下错单了，还是商家送错了，咱们怎么处理？"

"什么？"程嘉让似乎没听清，停顿了一秒钟，才漫不经心地转头看过来，问。

霍音垂下眼，伸手指了指多余的电饭煲。

电饭煲是浅蓝色的，衬得她手上的白色蝴蝶结分外显眼。

房间里安静了两秒，随后，霍音听见男人随口道："搁那儿吧！"

和她说完这两句话，他似乎将手上的事情做完了，没多久就出去了。

她再见到程嘉让的时候，是晚饭时间。

和小镇上的很多老人一样，刘老太太每天没什么事要做，一天只吃两顿饭，早饭在上午八九点钟吃，晚饭则在下午三四点钟吃，太阳还没落山，晚饭就已经准备得差不多了。老太太说什么也不要其他人帮忙，坚持自己动手做了具有皖南特色的三菜一汤。

霍音帮老太太把刚出锅的饭菜端上桌，招呼徐老爷子上桌吃饭。等她和两位老人已经在餐桌前坐好了，程嘉让才一边随手玩着手机，一边走了过来。

刘家吃饭的桌子是一张红木纹圆桌，三个人在位子上坐好，只有霍音对面还留了一把椅子。

程嘉让打进门起就一直皱着眉，直到落了座，跟刘老太太打完招呼，才面色稍霁。

刘老太太热情地招呼："别愣着呀，快吃吧。我现在年纪大了，腿脚不利索，脑袋也不太灵光，手艺大不如前了，你们尝尝，看能不能凑合吃……"

老太太给她夹了鱼肉，她忙拿起筷子吃进口中，随后温声评价道："阿嬷也太会做鱼了，这个味道和我妈妈做的一模一样，很好吃。"

刘老太太听了喜笑颜开，拉着霍音的手连拍了好几下，由衷地感叹："这小囡不仅长得好看，还这么会说话，这要是我家小囡该多好啊！"

徐老爷子和程嘉让也夸了老太太的手艺一番，哄得老太太脸上的笑容就没收回去过。

霍音用调羹盛了一勺汤，放到唇边轻轻地吹，突然听见徐老问程嘉让："你刚才出去是给谁打电话？你以前不是说两三句话就挂的吗，怎么今天打了快十分钟?"徐老调侃道,"怎么,又招惹小姑娘啦?什么样的小姑娘能把咱们家的大少爷搞定啊?"

刘老太太跟着搭话:"我说你怎么出去了那么久,原来是给女朋友打电话去了。我还以为你跟小霍是一对呢!"

霍音始终低着头,看着自己手中的那勺热汤,思绪逐渐飘走了……她原本吹气的动作停止了,手无意识地将汤直放入口中。

她没注意到汤里放了胡椒粉,咽下去之后,猛地被胡椒粉的味道呛住,慌忙别过头,捂住口鼻。她为了憋住咳意,一张白皙的脸涨得通红。

两位老人又是递水,又是拍背,好一会儿她才堪堪平静下来。连道了几声谢后,她准备装鹌鹑,却在不经意间看到程嘉让冷峻的面容。他似乎很不高兴,皱着眉。她没想太多,慌忙垂下眼。

刚刚被她打断的话题重新接上了,程嘉让答得很简单:"是程霖给我打的。"

"程霖?"徐老不由得提高声音,"你那个堂哥?你们兄弟俩又好啦?"

"什么叫又好了?本来就这样。"

"啧,还本来就这样……你以为我不知道?那小子做了那些事,不是你大义灭亲,亲自把他拉去你们家老太太那儿挨罚的?"

霍音捏住筷子的手不自觉地用力,指头阵阵泛白。她有些弄不明白徐老的意思。

程嘉让不以为意:"他做错了事,就得承担后果,别说是堂哥,就算是我亲爹,也得认错。不过我只对事,不对人。"

"你这小子,跟那浑小子不像兄弟。你妈跟我说没见你谈过对象,怕你跟你的大摩托过一辈子。"徐老爷子拍了拍程嘉让的肩,赞许道,"你好好保持,别跟你那堂哥一样成天玩弄人家的感情,成什么样子?等回了北京,小顾那件事儿,我还得找他好好聊聊。"

桌上，几个人有一搭没一搭地闲聊。霍音嘴上应着，脑子里却全是刚刚徐老跟程嘉让说的话，还有那天他送她从县城回来，她在镇口说的那些话。

一直以来，她先入为主地认为他跟那些纨绔，比如玩弄人感情的程霖、不将人放在心上的林珩一样。可是今天，她发现事情好像并不是那样的。

她之前避他如洪水猛兽，还在他帮她之后指责他，好像真的太过分了。

下午五点多钟，徐老让她下班回家。

天已经黑了，徐老之前会让程嘉让送她回家，可今天，在徐老开口之前，程嘉让先出了门。

他在这个节骨眼儿抢先出门，摆明了就是不想跟她有多余的接触。

霍音低着头，沮丧地出了门。路灯照孤影，她落寞地走着，路过巷口的时候，竟然撞见了站在路边抽烟的程嘉让。

透过香烟燃烧散发出的白色烟雾，她恍惚瞧见他远远地看了她一眼，然后转头，迈步下了台阶。

霍音不知从哪儿来的勇气，慌乱地追上前，拉住男人夹克衫的袖口。

"程嘉让。"着急之下，她第一次叫出他的名字，即使这三个字她默念过许多次，但真正叫出口的时候，还是显得很陌生。

借着路灯昏黄的光线，霍音看到程嘉让回过头来。他刚刚下了一级台阶，她则站在他上面，她的眼睛几乎要对上男人高挺的鼻梁上那颗褐色的小痣。

霍音吸了一口气，鼓足勇气看着对方，真挚地低声道歉："我之前……误会你了，对不起！"

气象台昨晚播报的三至四级西北风姗姗来迟，从他们身旁刮过。

霍音迟迟没等到程嘉让的回应，咬着牙，攥住对方袖口的手快要没力气了。

突然，男人垂下眼，用只有两个人听得见的声音轻轻地问："还疼吗？"

霍音不明所以："什么？"

"手是怎么弄的？"他看过去，声音微哑，"还疼不疼？"

西北风吹拂着流淌了千年的长河，这座古老的小镇被深蓝色笼罩，像极了写意的水墨画，而他们无疑是画中人。

霍音顺着男人的目光看见手指上被风吹得摇摇晃晃的蝴蝶结，轻轻摇头："不……不疼了。"

下一瞬，他往她的手里塞了一盒已经被他焐热的药，撂下两个字："拿好。"

傍晚的冷风从河面上张牙舞爪地掠过，带着河水的潮湿气息，朝四面八方刮去。

霍音借着路灯昏黄的光线艰难地看清药盒上面的字，这是一盒普通的伤药。她咬咬下唇，略带疑惑地低声说："谢谢……不过，你是什么时候买的？"

男人移开目光，慵懒地道："刚刚。"

"刚刚？"霍音认真地想了想，晚饭前他出去接过电话，他们拆完纸箱他也出去过……她恍然大悟，捂着嘴巴小声道："所以你那个时候出去是去买这个了？"

"我出去办事，路过药店，便顺手买了。"

"这样啊！"

"嗯。"程嘉让的目光从被她搂住的袖口掠过,"你还走不走啊?"

回去的路上狂风大作,路灯的光、榆树的影、河面的水波,还有天边的两三颗星子似乎都被这风吹得连连颤抖。

霍音戴上大衣的帽子,整个人瑟缩着,鼻尖、下颌都冻得发红。她有些艰难地转过头去,瞥了一眼走在身边身量高大的男人。

他穿得比她还要少。不过,他好像一直很抗冻,温度零下的时候也只穿一件棉外套,不像她,总是用毛衣、围巾、帽子、手套把自己裹得严严实实的。

程嘉让突然转头跟她说了什么。霍音的耳朵被帽子遮住了,她没听清他的话,问:"什么?我刚刚没有听清。"

"我是说,刘家的人和教授的事,你都听说了吧?"

"啊?没有啊。"

"他们不是聊了很久吗?"程嘉让挑了一下眉,疑惑地问,"你没听?"

霍音想了一下,摇了摇头:"我听了,不过没听全。"

男人收回目光,用一口京腔散漫地道,"你那会儿在想什么呢?"

霍音闭了一下眼,试图将白天脑海中浮现的那些画面压下去,可惜没奏效。

男人声音低沉,缓缓地道:"刘老太太有个独生女刘咏琴,咏琴姥姥在一九八五年的时候才二十五岁。"

霍音的呼吸蓦地一室。她想到那天看到的资料,下意识地道:"资料显示,一九八五年教授来浔镇采访失独家庭,来过刘家,所以……"

"一九八五年,刘咏琴去世,三姥爷坐绿皮火车从北京赶去安徽,到的时候,人都已经下了葬。三姥爷不是在一九八五年来浔镇做采访时才认识刘咏琴的,他是刘咏琴在结婚前谈了三年的恋人。"

男人的声音一贯淡漠、疏离,他似乎永远和人有种看不见、摸不着却可感知的隔膜。可是这一回,她莫名其妙地觉得,他这冷淡、漠然的嗓音讲出的故事动人心弦。

呼号的北风恍若被屏蔽了，她顺着他的声音，踏过蜿蜒曲折的时光回廊，到了一九八五年梅雨时节的皖南，那些她略显陌生的名字、从未见过的面孔以及无从经历的画面，似乎在眼前闪过。即便知道故事会有波折，在听到"他是刘咏琴在结婚前谈了三年的恋人"这句话的时候，她还是蓦地红了眼眶，不敢置信地低呼："什么？"

"我小时候，三姥爷经常买醉，有时候喝多了，就说一些。他们大概在刘咏琴考上北京的大学之前就认识了，是笔友。三姥爷在信里鼓励她走出小镇，到北京读书。两年后，他们所愿得偿，在 A 大成了校友，跟我们一样。"

他的声音有一瞬间发涩，如果不是全神贯注地听着，她大概根本不会注意到。

男人低笑一声，将刚刚微微露出来的涩意收回，继续用淡漠、舒缓的语气往下说。

"我经常被三姥爷叫去帮他整理早前的一些稿件，有一回翻到了他很早之前写的一摞手稿，很厚，上面记录了他们共同生活的经历。八十年代初，他们一起在 A 大新传学院一号教学楼的天台上看过月亮，因为对一本书有不同的看法，虽然一整个星期一起吃饭，都打对方最喜欢吃的菜，却没说过一句话。他们一起做采访、写稿子，一起吃饭、上课，就跟每一对志同道合的情侣一样。遇见对方的生日，如果当天不是节假日，他们便会从宿舍翻墙出去见面，一起喝一整晚的酒。"

不论是浔镇还是 A 大，处处都有他们的影子。

霍音没见过一九八五年浔镇的太阳，也没吹过一九八五年的北京的晚风，可是浔镇是她从小长大的地方，A 大是她四年来日日夜夜读书生活的地方。

刘咏琴下葬时经过的大街她走过，刘咏琴和教授一起看月亮的新传学院一号教学楼她也去过。故事里的每个地点，她都知道且见过、待过，所以她很难不被这个故事打动。

讲故事的人停住了，霍音吸了吸鼻子，扭过头，哽咽道："然后呢？"

"然后……"程嘉让低嗤了一声，"然后刘咏琴死了。"

"啊？"

这么热烈浪漫的故事如此草率地收场，霍音有些反应不过来。

"很虎头蛇尾吧？"程嘉让摸出一盒烟，感受到疾驰而过的风，又随手将烟扔回口袋，道，"这就是个虎头蛇尾的故事。"

这回没等霍音再发问，他继续说道："他们读大三的时候，刘咏琴她爸喝醉了，和镇上老屠户的儿子发生口角，借着酒劲儿把人打了个半死。老屠户的儿子脑袋不太灵光，三十来岁，打光棍。老屠户要报警，刘咏琴她爸要么进去蹲局子，要么赔钱。不知道是谁出了个缺德的主意，两家私了，刘家既不用赔钱，也不用蹲局子，条件是让刘咏琴给老屠户的傻儿子当媳妇。"

"刘咏琴她爸找了个由头把她骗回浔镇，让他们结了婚。"

霍音想到这是个悲剧，却没想到会这样，声音都有些发颤："那……那教授呢？"

旁观者都肝肠寸断，当事人面对这样的事情究竟要如何面对？

"三姥爷还以为刘咏琴只是回家探亲，过不了几天就会回去上课。等了一阵没等到人，他便找来浔镇，可一切已成定数。"

霍音没想那么多，脱口而出："可就算结婚了，也可以离婚。"

"刘咏琴如果想走，屠户家不会善罢甘休。三姥爷甚至回北京筹了很大一笔钱送来，可是他来的时候，刘咏琴已经怀孕了，说什么也不肯让他用这笔钱跟屠户家做交易。"

"那后来呢？"

"后来三姥爷就回北京了。他虽然一直想着这件事，却无计可施。那时候山高路远，音信难托，他们很长一段时间联络不上。他再得到消息时，就是刘咏琴死了，难产，大出血。大人与孩子先后死亡。"

一九八五年，刘咏琴去世，徐晖坐绿皮火车从北京赶到安徽，到的时候，河西荒草地，人已草草下了葬。

男人话音落下，霍音已泣不成声。她很感性，看动物落单、亲人离散都会哭，更何况是知道了身边人不为人知的沉痛往事。

她想起今天在刘家，听到刘老太太和徐老聊天的只言片语。

徐老没有后人了……

霍音到现在才弄懂徐老的意思。或许于他而言，他的一生，早在下了绿皮火车，听到她下葬的消息时，就终结了一半。

霍音被冻得两手发僵，依旧不断地擦着脸上落下的泪，这泪水却好像怎么也止不住。她几乎是涕泗横流。

她今天出门没背包，窘迫地翻过身上所有的口袋，都没有找到一张纸巾。更窘迫的是，她陡然被程嘉让点到名，脸上的眼泪还没擦干净便下意识地抬起头，一脸窘态被他看了个彻底。

"霍音。"他似乎被她的样子逗笑了，摇摇头，"怎么还能哭成这样？"

"我……我就是听了很难过。"她别过头，干脆咬着牙问，"你有没有纸巾？"

"没有。"对方回得干脆利落，显然没有要帮她的意思。

霍音困窘之时，却见对方突然将胳膊伸到她眼前，拖着不羁的调子道："擦这儿吧！"

转眼就到了腊月二十九，次日便是阖家团聚的除夕夜。

浔镇风俗传统，每年春节，外出工作的人会从全国各地纷纷回乡，格外热闹。春节期间，家家户户都会煮腊八粥、汤圆、水饺，贴对联、贴福字，街头巷尾张灯结彩。

整个小镇都沉浸在辞旧迎新的喜悦当中。

霍音最喜欢的日子就是过年，只不过，今年不大一样。今年从小年到腊月二十九，霍音一直闷在屋子里。她从程嘉让那儿听了徐老的旧事后，好几天没缓过劲儿，觉得自己如果见到徐老，恐怕会绷不住，干脆跟老爷子请了假，窝在自己的小房间里看各种治愈系的电影、电视剧、小说。

今天一大早被李美兰从被窝里拽出来，才知道已经是腊月二十九了，她坐在床上愣了十几秒钟，突然想起这些天手机一直关机，没看消息。她在床上找了半天，才从枕头底下摸出手机，插上电开了机。

她收到了两个人发来的消息。

林珩照常发来的骚扰信息，霍音粗略地扫了几眼，发现和之前发来的相差无几。

阿音，你是铁了心要跟我分手吗？到底是因为夏明璇，还是因为那个男人？

你告诉我他到底是谁。

如果你说是因为夏明璇，阿音，我跟你保证，我以后一定会跟她保持距离。虽然我真的只把她当成妹妹，但也一定会跟她保持距离。

阿音，你不告诉我那个男人是谁，是觉得我会把他怎么样吗？

对方说了这些以后，不知为何停了两天，没有给她发短信。最近的一条消息是昨天发来的，看得霍音心里一惊。

是不是程嘉让？

还有两条消息是徐老发来的。

小霍，这段日子辛苦你了，你工作做得很好，加班费和奖金下个月财务会跟工资一起打过去。

我先回北京了，你回京后的具体工作安排，咱们之后再说。

霍音蒙了，缓了好久才反应过来——徐老回北京了。

消息是前天发来的，现在徐老应该早就到家了。所以，她从现在一直到寒假结束都不用再见徐老，不用考虑见到他会绷不住，也不用再加班了。

她本该庆幸的，现在却觉得心里空落落的。

写字台上，粉红色台灯上自带的时钟像是经年不曾上油的自行车链条，秒针每走一下就发出咔嚓咔嚓的响声。

霍音突然想到了程嘉让。

几天前，北风怒号的深夜，他送她回家，在路上跟她讲了徐老爷子和刘咏琴的事，让她用他的袖子擦眼泪，还倚在路灯旁漫不经心地跟她挥手告别。

程嘉让是跟着老爷子来皖南的，现在老爷子回了北京，他好像也没道理再留在这儿。

程嘉让还在皖南吗？她没有他的联系方式。

手机屏幕还停留在与徐老的聊天界面，霍音艰难地在对话框里打了一行字，最后又一口气删掉。

她只是回了一句：**这两天没看手机，教授一路顺风。**

她正对着手机出神，李美兰出现在她的卧室门口，笑着往里探头，问道："今天你隔壁阿姨要开车去县城，那边年前还有最后一个集市，你还有什么要买的吗？去不去？

"听说有好几个人要去，你要去就快点儿，不然去不了了，你姨那车装不了多少人。

"霍软软？你有没有在听妈妈讲话？"

霍音没将李美兰的话听全，只是下意识地捕捉了两个关键词：去县城，今天。

身体比大脑先一步有反应，她一边下床一边说"去"。

　　阿姨开的是一辆有些年头的国产面包车。霍音洗漱好，换了衣服准备上车的时候，车里几乎坐满了人，霍音差点儿挤不上去。到最后，她只能像小时候那样，窝着身子坐到李美兰的腿上。

　　面包车停在县城最繁华的一条街边，周围是一排排的小吃车，人声鼎沸，热闹非凡。

　　大家下了车，各做各的事情。李美兰要去买东西，嘱咐霍音别乱跑后，径自离开了。

　　很快，面包车旁就只剩下霍音。她看着路上行色匆匆的人，将手揣到羽绒服口袋里，指甲无意识地刮着掌心，思绪飘远。

　　县城发展较晚，面积也不大，主要的街道只有几条，大家叫得出名字的商场、酒店、餐厅都在这条长街上。

　　霍音随意地朝四周看了看，不经意间看到了街对面的酒店。

　　她前几天还去过那儿——徐老和程嘉让下榻的酒店。

　　霍音不知道哪儿来的勇气，跑去那家酒店拉着前台道："您好，我……我是这位老先生的学生……"她灵机一动，点开了徐老的微信头像，手机屏幕上出现了徐老的照片。

　　前台一听，当即说道："这位我有印象，退房好几天了。"

　　"不是。"霍音又道，"我……我是想说，和我老师一起来的是我学长，请问您有没有注意到他？"

　　"他们是一起来的吗？那他应该也早就走了吧？我查一下啊。"前台还没查到，刚好有人来办理入住，这件事自然被搁置。

　　霍音等了一会儿，前台才抽出空跟霍音说："我记得他们那天一起走了。你那个学长长得很帅是不是？我对帅哥有印象，他是推着两个行李箱出去的。"

　　"哦……这样啊，很感谢您！"

　　明明知道他不会在，她还是脑子一热去了酒店，白跑一趟。她一定是太闲了。

从酒店里出来，霍音有那么一瞬间想起了刚从首都回皖南的那几天。那时她觉得，皖南和北京的距离，比北极与赤道的距离还要长。

她重新回到面包车旁，里面重新塞满了人——他们都回来了。

阿姨正在清点人数，霍音刚回去，就听见李美兰对她道："软软，妈妈不是让你在这儿等我吗？你又跑到哪儿去了？快快快，上车，咱们要回镇上了。"

李美兰话音刚落，阿姨便数到了霍音。阿姨口中默念"十一"，顿了一下，又扬声跟霍音说："软软啊，来，上车，咱们回家。"

县城的街道上，行人、车辆、熙熙攘攘。面包车里的老老少少正等着她上车一起回家。市井红尘，俗事一桩，霍音就是在这种情形下看见程嘉让的。

他从马路对面经过，手上拎着一个很小的塑料袋，里面似乎装了几个小盒子。是他先发现她的。他隔着宽阔的马路看过来，目光蓦地一顿，显然是发现了她。不过他很快便收回了视线，兀自往前走。

大家都在招呼霍音上车。而霍音不知道哪儿来的勇气，破天荒地加快了语速，冲面包车的方向说了声"等一等"。然后她迅速转过头，双手合在嘴边做喇叭状，在男人的身影消失前，大声地喊住了他。

"程……嘉……让。"

对方重新转过头来。霍音双手举过头顶，冲着对面的人打招呼："我在这儿。"

然后，他们隔着街道，隔着车水马龙，交流起来。

"你怎么没回北京？"

"只有一张票，我给了三姥爷，留下来帮他收尾。"

"今晚要不要到我家吃饭？还你的西餐。"

"可以。"

"软软，你不会是骗我的吧？刚刚那个小伙子到底是谁？"回家后，李美兰这已经是第三遍盘问霍音了。

霍音想到自己在大街上当着往来行人的面叫住程嘉让，现在还心有余悸。

她赶紧低头玩手机，随口解释道："哎呀，妈妈，我不是跟你说了吗？他……他只是我的学长。我们两个不是很熟，真的不是你想象的那种关系。"

"什么不是很熟？什么学长？你俩背着我说什么呢？"母女俩的对话中突然插进来一道中年男声。

霍音看过去，霍俊滔进了门。他刚刚在门口将她们的话听了个大概。

霍音一个头两个大，这样下去，即使他们真的没什么，恐怕也要被问得有什么了。

思及此，霍音试图转移话题："没什么。爸爸，你下午还去诊所吗？今天中午妈妈亲手擀了面，我们吃阳春面！"

"霍软软，我告诉你，你不要扯开话题。"

李美兰压根儿没接霍音的话，强势地将话题拉回来，直接跟霍俊滔说："我跟你说，今天你小囡可出息了，在县城遇到一个可帅的男生，隔着一条街跟人家说话。我看着都不好意思，她还跟我说人家只是学长。"

"妈妈，可是他真的只是我的学长。"霍音算是体会到了什么叫百口莫辩。

"那你还邀请人家到家里来吃饭？"

"那是因为……他一个人从北京过来，人生地不熟……"霍音跟母亲不一样，李美兰快人快语，霍音说话永远慢悠悠的，为这事，霍音从小到大不知被李美兰吐槽过多少回，今天她竟然被逼得语速都加快了不少，"我们好歹是一个学校的，我让他一个人在这边过年，感觉很不好。"

"哦？"李美兰暧昧地拖长尾音，没打算就此放过她，"你这么关心人家？"

"怎么能叫关心？我那是出于做人的基本礼貌。这不是妈妈您教给我的吗？"

"嘿，霍软软！"霍俊滔连外套都没来得及脱就从旁听着，一直听到这里，才听明白了她们两个的意思，当即板起脸、背起手，问正坐在沙发上玩手机的霍音，"霍软软，你这个男朋友都从北京追到家里来啦？"

霍音猛地抬头，对上霍俊滔疑问的眼神，十分无语。

不过，霍俊滔虽然板着脸，但是以霍音对他的了解，他大概只是不好意思暴露自己的好奇心。

"爸爸，我都解释好几遍了，他不是我的男朋友。"霍音干脆放下手机，将事情的始末说了一遍，"他只是我的学长，而且不是追着我过来的。我前几天不是跟着教授做项目吗？学长是教授的亲戚兼助手。"

霍俊滔显然不信事情会这么简单，摇摇头，换了个问法："你叫人家来家里吃饭了？"

"对啊，就是吃个饭而已。"

"行，"霍俊滔表面上板着脸，嘴里却问，"你学长喜欢吃什么？有没有什么忌口的？"

霍家都是热情好客的人。霍俊滔下午挂了牌子不去诊所，给自己放了一个为期五天的年假。吃完午饭，霍俊滔跟李美兰便开始准备晚餐，又是处理鱼，又是和面、醒面。霍俊滔还特地把家中小窖里珍藏好久的自酿酒打了足足一暖壶上来，阵仗搞得跟吃年夜饭似的。

爸爸、妈妈都在厨房忙前忙后，霍音自然不能闲着，也来到厨房，帮着做些力所能及的事情。程嘉让请她的那顿西餐花了两千多元，他那么轻易就答应她在家里回请，她总要在程嘉让过来之前，把饭菜准备得差不多，表现出足够的诚意。

上午在县城见面的时候，他说还有工作没处理完，要弄完才能过来。他们只说好了吃晚饭，没说具体的时间。不过，她先准备好总是没错的。

霍音蹲在垃圾桶前剥好蒜，将蒜瓣搁到案板上。爸妈正干劲十足地准备饭菜，他们这么热情，显然还是误会了她和程嘉让的关系，以为她否认是因为不好意思。霍音不再解释，只闷头剥蒜。整两头蒜全被剥完，她又去帮李美兰掐芹菜叶子，一整个下午都在忙碌中度过。

时间似乎过得格外快，一眨眼，快六点了。鲈鱼已经下锅蒸上了，从小窖打上来的酒也被倒进自制的醒酒器里。酒香和鲈鱼的鲜香交错，一阵阵飘来。

霍音主动出门买了一次醋、两次饮料、三次零食，始终没见程嘉让的影儿。

霍音坐在窗边，捏起袖口擦了擦玻璃，突然听到霍俊滔从后面问她："软软，你男……你学长怎么还没来？"

"他……"她如果知道，就不会坐在这里擦玻璃了。

"快打电话催催，饭马上就好了。"隔着玻璃门，霍俊滔一边关火一边催促道，"他是不是不认识来咱们家的路？要不你出去迎迎？"

"他应该知道路吧。"霍音秀气的眉毛轻轻皱起，认真想了想有没这种可能。

他送她回家好几次了。

但万一他真的不认路呢？

可是不认路的话，他还能当摩托车手吗？

厨房那边，霍俊滔又催促了一遍："软软，别磨蹭了，赶紧打个电话过去问问，这鱼得趁热吃。"

打电话？霍音紧握手机，食指在手机上摩挲。她不好意思说，其实她没有他的电话。而且这话说出去，霍俊滔和李美兰也不会信。霍音干脆应下来，拿着手机跑回自己的房间里。

她虽然没有程嘉让的联系方式，但可以从徐老、岑月甚至林珩那边联系到他。

她打开微信，点进徐老的聊天界面，心想：问徐老应该是最快的方式。如果她说有些工作上的事情要找程嘉让，应该不是很突兀吧？

她正犹豫时，手机突然一阵震动，徐老竟然先给她发了消息。那是一张微信聊天界面的截屏。

老爷子年纪大了，手机字号非常大，一张截图里只能看见三条消息。

前两条是别人发给徐老的。

你有霍音的微信。

帮我跟她说一下，我手上的事还没做完，先不过去了。

老爷子给对方的备注是"嘉让"。

其实她只看头像就知道这个人是谁了。她在林珩的手机上看到过一次，他用纯白色的头像，简洁得不能再简洁。

似乎因为她过了好几分钟还没有回复，徐老很快又发来消息问她。

小霍，你看到消息了没？你在等那小子啊？他一向不靠谱。

霍音回消息给徐老，让他别在意。

当天晚上，霍音只依稀记得她被李美兰忽悠着喝了小半杯酒，再醒来的时候已经是大年三十的清晨。

霍音决定去一趟县城。

大年三十，镇上没有去县城的车。她脑子里灵光一闪，想起阿嬷家有一辆运东西用的小型电动三轮车。

小镇里，上了年纪的老人家大多有一辆这样的车，平日里运送东西、外出都很方便一些。

霍音今天是第一次开这辆车。她胆子小，油门只拧了一点儿，车速非常慢。一般人骑这辆车去县城要花四十分钟，她硬是开了一个半小时。好在路上车少，她有惊无险地到了县城。

将车停到程嘉让所在的那间酒店的门口时，霍音已经冻得脸颊和双手发红了。

她记得徐老之前住的房间号码，就到那个房间附近挨个儿敲门，直到眉头紧锁的年轻男人打开门。

看见他，她脱口而出："你昨天为什么没来？"

07

上午十点，整个酒店依旧在沉睡，幽深的长廊上寂静无声——除了霍音的敲门声。

程嘉让一大早就被江子安打来的电话吵醒，随后外面传来一声接着一声的敲门声。他头晕目眩，点燃一根烟吸了一口，认命地下床，准备开门。

手机那头的人滔滔不绝："您不待在大北京，哥几个吃喝玩乐都找不着您，敢情您自个儿跑到那谁也不认识的地方待着啦？"

程嘉让的声音带着病中特有的沙哑，他没什么好气地说："少扯淡。"

"咱也是关心一下病号。"电话那头，江子安继续道，"让哥，确定不要兄弟找一私人飞机接您回来？"

保险扣"吧嗒"一声砸在门上，连打几个旋。程嘉让眉头紧皱，拉开门看过去。

鼻尖、下颌都被冻得通红的傻姑娘站在门外，抢先开口："你昨天为什么没来？"

她的手还保持着敲门的动作，袖口处露出一截手腕，很细，像是一折就会断。

走廊上安静得恍如他是最后的住客，连一丝风也没有，他夹在手中的香烟无声且热烈地燃烧着。

电话那头的人久未得到他的回应，叫了他好几声："让哥，咋不说话？"

程嘉让说了一句"挂了"，直接挂断电话。

霍音站在门外发呆，后悔刚刚的鲁莽行径。男人长臂一伸，拉住她的手腕，在她反应过来前将她拉进房间，随后用脚关上门。

霍音的手腕上传来对方的体温。男人穿着黑色的绸质长袖睡衣，衣摆随着走路上下起伏，冷白的手腕在睡衣下忽隐忽现。

她被拉着坐到窗边的沙发上，不自在地小声问："你怎么……怎么拉我进来啦？"

封闭的空间，双人床，房间里有他常用的沐浴露的茶树香，还有淡淡的烟草味。她和程嘉让单独在这里，这感觉好奇怪。

年轻男人居高临下，站在她面前。他将手机扔到床上，整张脸倏然凑到她眼前。

房间里好像多了背景音，"怦怦怦……"，那是她的心跳声，一下接一下，速度越来越快。

直到她几乎快要隔空感受到他身上散发出的温度，视线落在男人紧绷的下颌线无法移开时，他将手里抽了一半的烟摁灭在一旁的玻璃烟灰缸里。

"外面冷。"程嘉让打开空调开关，退了两步坐到大床边，倚着床头。

"啊？"霍音起先没反应过来，疑惑的声音出口，才弄懂他是在回答她的上个问题。

她偏头朝程嘉让的方向看去，见他皱着眉，双目微阖，咬着下唇问："你怎么了，哪儿不舒服吗？"

"小病。"对方似乎真的状态不好，说到后边，就只剩了气声。

她突然有点儿庆幸她今天头脑一热就开了好几公里的电动三轮车来了县城。

在这一年的最后一天，家家户户张灯结彩，而冷清的酒店里，他一个人在异乡生了病。

霍音将两手放在唇边轻轻地哈了几下，凑上前去，嘴里嘟囔："都这样了还叫小病？你昨天就病了吗？因为病了所以没去我家？"

他没回答这个问题。不过霍音突然想起一件事，昨天他们在街上相遇时，他正拎着一包东西，那难道是药？霍音后知后觉，他应该那时候就病了。

她用手背探了探对方额上的温度，很烫。他好像发烧了，至于原因，她不敢确定。

霍音在判断病情方面是个半吊子，不过她眼前的病号可是国内顶尖医学院重点培养的高才生。她想了想，小声问他："程……嘉让，你知道你的病是怎么回事吗？"

半晌没得到回音，她想将手移开，手腕却突然被他握住。霍音吓了一跳，讶异地看过去，恰好对上程嘉让稍显迷离的眼。

"好热。"他倚在床头，脸红红的，燥热在呼吸间显露无遗。

他哑着声音，听起来没什么力气，道："借我冰一下。"

他是想借她的手为他的额头降温。霍音一时无语。

他们之间距离很近，她可以无比清晰地看见男人冷白的面容。她在刻意避开这种因为太靠近而产生的不自然感，余光瞥见他放在床头柜上的药。

霍音根据他买的药反向推断他的病情，应该是风寒引起的感冒、发热。不过因为他拖了一阵，病情恶化，所以现在烧得这么厉害。

或许，他最后一次送她回家的那个晚上，刺骨的寒风让他得了风寒。她回去后，李美兰给她煮了姜汤，但他什么也没有。

霍音不由得想起那个冬天的傍晚，在北三环，程嘉让顶着寒风给在场的伤员处理伤口，动作仔细。而他自己不小心弄伤了手，却随意地一包，当什么也没发生。

她从来没见过对自己这么不负责任的人，他还是医生。她能够想到，他意识到自己病了的时候，一定毫不在意，等身体很不舒服了，才想着吃药了事。

"你今天吃药了没？"

他这样子，不像是吃了药的。

"没。"又是很轻的一声回应。

"那我去烧点儿水过来。"霍音说完，对方好像没有听懂她的话，依旧按着她的手。

她只能直接提醒他："我去烧水，你……你把手放开。"

对方没动。

"程嘉让……"

他终于松开手，"嗯"了一声，没睁眼。

霍音走到桌旁，将矿泉水倒进烧水壶。

"这个冲剂你要趁热喝，没那么难喝。白色的药片很苦，你要配冲剂还是白开水吃下去呢？对了，你还没吃早饭吧？你等一下，我买些清淡的早饭过来，你吃了再吃药。"女孩儿声音温柔，说话慢吞吞的。

程嘉让睁眼，看见了霍音清澈的眼睛。她用一只手握着玻璃杯，里面装着感冒冲剂，另一只手里放着一些药片。

她好像很会照顾人。

"程嘉让，你在听吗？"她试图将手里的药放到床头柜上，出去帮他买早饭。

程嘉让倏然伸出手，从她手里接过药片，直接倒入口中。他又将她手里的玻璃杯取来，面无表情地一饮而尽。

霍音被男人的一系列动作搞得愣住了。

吃完药的程嘉让声音嘶哑地道："我在听。"

他这么爽快地吃了药，霍音一时不知道自己要做什么了。

想了片刻，霍音灵光一闪，重拾刚刚的话题："你这样胃会不舒服吧？我下楼给你买早餐。"

"不用。"

"那怎么行？"

"我没有吃早餐的习惯。"

场面重新陷入尴尬。

好在程嘉让主动开口打破僵局:"今天谢谢了。"他低声说。还好他们距离足够近,她才听得清。

"举手之劳。"

"我没什么事了,你回去吧!"

"可你不能没人照顾。"霍音糯糯地开口,态度温柔,语气却坚定,"我不会吵到你的。"

"不用,你回去跟家人一起过年吧!"

"可你自己在这里……没有家人跟你一起过年。"他在这里只认识她,又帮过她很多忙,现在生了病,她觉得自己责无旁贷。

"我最讨厌过年。"

"可是……"

"回去吧!"

"不行。"霍音没办法把对方丢在这里,又说不过他,干脆站起身,诚挚地邀请道,"程嘉让,今年你去我家过年吧!"

程嘉让竟然真的答应跟霍音一起回家过年了。

霍音想到自己来的时候骑的那辆敞篷电动三轮车,开过来的一路,狂风吹得她都冻僵了。程嘉让现在是病号,不适合坐她的三轮车。她想了想,说:"县城去镇上的大巴车停运了,一会儿你打车回镇上吧?"

男人的视线从她的脸上掠过,下一秒,她听见他问:"你是怎么来的?"

"来的时候没有车,我开阿嬷家的三轮车过来的。"霍音温声解释,"阿嬷年后还要用车,我得把车开回去。你打车过去,县城的司机师傅都知道去我们镇上的路。"

"所以你要开三轮车回去?"

"对。"

"那就一起。"

霍音没拗过程嘉让,最后只能依照对方说的,跟他一起开电动三轮车回镇上。

不过，他出门之前换衣服的时候，她可没有由着病号的性子。程嘉让一开始穿着粗针毛衣和看起来没什么厚度的夹克衫，她坐在床边抱臂摇头，利落地发表了意见："这套不行，太薄了，我们要顶着风骑'敞篷车'好几公里。"霍音说话的时候，软糯的南方口音中时不时蹦出几个具有北京特色的词儿，听起来既怪异又和谐。

"没别的了。"程嘉让似乎比刚刚醒过来的时候状态好了些，此时站在墙边，兀自点了一根烟，随口回道。

霍音不死心："你的行李箱呢？"

对方闻言有些诧异，不过还是指了指桌角，道："那儿。"

"我能打开看一下吗？"

"随便。"

程嘉让的行李箱比她的要小上两圈，不过真的很重，不知道他在里面装了什么。

箱子里东西不多。一边是几件常穿的衣服，叠得还算整齐，毛衣、休闲裤、大衣、夹克衫……最下面放了一件看起来颇为厚实的黑色连帽羽绒服。另一边放了整整五瓶未拆封的洋酒，还有两条烟。

霍音小心地将放在上面的衣服拿起来，取出那件黑色羽绒服，又把其他衣服重新搁进去放好，这才转头看向程嘉让。

"这不是带了羽绒服，你怎么不穿？"

大约是生了病，他比往常更言简意赅："不爱穿。"

出门之前，程嘉让特意把行李箱里的洋酒和烟全拿了出来，大概是不想空手去她家。霍音几番劝说无果，最后他们只能各退一步，一个答应让他少带点儿烟和酒去她家，另一个承诺今天就穿羽绒服。

程嘉让将烟和酒一齐放到电动三轮车的车厢里，霍音看了，到底没忍住，问道："你从北京到这边也没几天……要带这么多烟酒吗？"

"没办法。"程嘉让扬了一下眉，手臂撑着车厢的栏杆，轻而易举翻身进了后车厢。他随手戴上帽子，道："家里的阿姨对我是酒鬼的印象过于深刻。"

去县城的时候，霍音一路上开得颇为艰难，却不像现在这样，战战兢兢的。后车厢里坐了人，她要对他的安全负责。霍音因此开了最低速，车子缓缓驶过回镇的必经之路。

一眼望不到头的柏油马路上，电动三轮车开得比人走路还慢。程嘉让背对着霍音坐在车厢里，倚在围栏上，低哑的声音听起来漫不经心："车没电啦？"

"啊？"霍音看了一眼电量，疑惑地开口，"还有百分之八十五的电。"

"开快点儿。"

霍音突然想起程嘉让是赛车手，这或许是他坐过最慢的车了。

她听他的话，给车提速。

车速一上来，霍音对车的掌控力就变得更差了，车不时往两边歪。还好这条新修的柏油马路很宽敞，现在路上也没有别的车，霍音尚且能有惊无险地往前开。

饶是如此，她这一路还是提心吊胆，甚至后悔拒绝程嘉让开车载她回去的请求了。谁让她非要逞能的？

她将注意力全部放在如何控制车辆以及看前面的路上，注意到有其他车的时候，对方的车已经只落后她的车半个身位了。霍音在反光镜里瞥见了那辆车，那是一辆小型货车，红色的，比三轮车大了三四倍。

霍音一下子慌了，三轮车再次偏离路线，刚好往右手边小型货车的方向偏。

霍音一时间整个人僵住了，连手脚都不知该往哪儿放。三轮车和小货车之间的距离迅速缩短，感觉下一秒就要撞上。

电光石火之间，三轮车的车把被另一只手控制，程嘉让操纵三轮车转换方向，最终成功地避免了一场车祸。

危机化解。程嘉让翻过护栏，利落地从后车厢进入驾驶位，在座位上空着的地方坐下。

"坐稳了。"他将手伸进护手套里，操控车把手。她的手还没取出来，他就直接覆上来，将车速开到最大。

与此同时，北京某别墅内，大大的行李箱被打开摆在卧室内，穿白色衬衫配学院风毛衣、戴银边细框眼镜的男人正将衣柜里的衣服往行李箱里装。紧闭的房门被人从外面推开，一位衣着光鲜亮丽的中年贵妇推门进来，因为这场景吃了一惊。

贵妇人上前两步，指着行李箱问："儿子，你们不是初五才上班，怎么今儿个就收拾行李啊？"

"妈，我有事，要出一趟门，会尽快回来看您跟爸的。"林珩语气平和，手里的动作也没停，"不是还没吃完饭吗？您赶紧下去吃吧！"

林母夺过林珩手里的衣服搁在床边，不解地道："今天是大年三十，明天就是初一，你要跟你爸走亲戚的。你现在收拾行李，是要去哪儿？

"妈，我的事您就不要管了，办完了我自然会回来。"林珩从床边拿起衣服，放进行李箱里，"不过您放心，我这次去办的是好事，您就别拦着我了。"

"不拦着你？儿子，你跟妈说，你到底是准备去哪儿？"林母有些不悦，"明璇一家都在咱们家，明璇还是特意来找你玩的，大家坐一起正说话呢，你突然跑到楼上来收拾行李，你这是什么意思？你让人家明璇怎么想？"

林珩闻言抬头看向林母，终于将一直憋在心里的话说了出来："妈，你们是不是都喜欢夏明璇，想让我明天就把她娶回家？我们家跟夏家有合作，你们希望这种合作关系永远不要断，最好的方式就是让两家人成为一家人，让我跟夏明璇结婚，来绑定两家集团。"

"儿子，你说什么呢？什么叫我们喜欢，什么叫绑定合作，你不是喜欢明璇吗？"

"我喜欢？"林珩哭笑不得，"我跟您说过多少次？我只是把夏明璇当妹妹，我亲生的妹妹。"

他想起刚刚在客厅的情形，那种被扼住喉咙的窒息感持续到现在。

他们两家人聚在他家客厅，不论一开始的话题是股票投资，还是医疗美容，最后总要落在他和夏明璇身上。长辈们会看着他们，笑得无比慈爱，然后你一言我一语，夸他们两个是天造地设的一对，像是恨不得他们立刻结婚。

他真的已经厌倦了这样的场面，往常还可以不以为意，应付过去。可现在，阿音已经提出分手快一个月了，还拉黑了他的联系方式，他觉得自己似乎真的要失去阿音了。

他在想，那次他和阿音闹别扭后，原本有希望破冰的。如果那天他没有带夏明璇去医院，而是准时赴约，也许后面没这么多的麻烦。他现在一看到夏明璇就会想起阿音，一听到长辈说那些话就很不舒服。

不过林母好像不是很能理解他的意思，听他说了这么多，反而欣慰地说："那你恼什么，这不是好事吗？你把明璇当妹妹，说明你对她是有感情的，正好明璇也对你有感情，这不是正合适？"

"妈，我说我把夏明璇当妹妹，就真的只是妹妹，不可能变成男女之间的喜欢，您懂了吗？"

"可你也不排斥跟她相处啊，感情是可以培养的。"林母说到这儿突然反应过来，"你突然这样，不会是在外头招惹其他小姑娘了吧？"

林母虽然不怎么过问林珩的事，但对儿子多少是有些了解的。林珩长相英俊，人又温文尔雅，对他有意思的小姑娘有很多。

"儿子，妈妈不反对你谈恋爱，反正妈妈也没准备让你现在就结婚。结婚之前，你只要不太过火，怎么着都行。可这跟你和明璇的关系并不冲突啊！"

"我真是跟你讲不清楚。"林珩被林母说得很无语，好半晌才反应过来，干脆不再理林母，兀自加快速度收拾行李，"反正我今天是走定了，你们谁也别想拦我。"

霍音和程嘉让开着三轮车回到镇上。

路上，程嘉让的车速让呼号的冷风来得更猛烈，那风几乎将霍音特地戴的洋红色毛线帽吹落。

她想起坐他的车去悦龙山庄的那天，她上车前，岑月还特意嘱咐她一定要系好安全带。她那回还感觉他开车又快又稳，跟其他人描述的形象毫不沾边儿，直到今天⋯⋯

这年的最后一天，程嘉让将一辆电动三轮车当成赛车开，速度快到要飞起来。明明两个人开的是同一辆车，她去的时候用了一个多小时，他载她回家的时候硬是连四十分钟也没用就到了。

霍音下车的时候，全身控制不住地发软。他们先将车停到她阿嬷家门口，再步行回家。这短短一两分钟路程，霍音速度极慢，比程嘉让更像一个病号。

浔镇的春节是这里一年里最热闹的日子，从小年起，镇上就开始张灯结彩，时不时有人在夜里放些烟花爆竹。阿嬷家到她家的这条路上，每家每户门口都挂上了红灯笼，门上还贴了崭新的春联。

一排接一排灰白相间的房屋被红色的灯笼、对联点缀，像极了文艺电影里的场景。

高墙之下，一对年轻漂亮的男女拐进一条窄巷子里。霍音长长的头发被风一吹，发尾扫过道边的红灯笼，激起一阵静电声。

伸手将头发弄好后，她突然感觉走在身后的男人停在了原地。霍音跟着停下来，转头看过去，温声问道："怎么不走啦？"

半米外，男人将左手拎着的两个硬纸袋挂在手腕上，然后从外衣口袋里掏出钱夹。

霍音并未多问，只是站在一边疑惑地看着他。紧接着，男人打开钱夹，从中取出一张纸巾，确切地说是一张写了字的纸巾。

霍音一下反应过来，知道这纸巾上的字是谁写的了。

程嘉让将纸巾递到她眼前，用喑哑的声音说："你现在还有撕毁这份字据的机会。"

"呃，你……"霍音不太没明白对方的意图，说话没过脑子，"你是不是不敢进呀？"

然后，她就见到程嘉让径直越过她，大步进了她家的门。

Chapter 05

软软

"霍软软，怎么不说话？"

大年三十，天气格外好，气温虽低，却没有刺骨的北风，只是偶尔会有一阵微风拂过。

霍音和程嘉让在霍音家的院子里遇见了霍音的阿公。阿公、阿嬷就是祖父、祖母的意思。

因为刚刚的小插曲，程嘉让走在前头，单手插兜，长腿一迈，先霍音一步进了院门，才刚走了两步就骤然停了下来，以至于霍音一时没刹住，直接撞到他的背上。

还好他们冬天穿得多，他的外套又很软，霍音没有被磕疼。霍音从口袋里伸出手，用露出来的三根手指轻轻地揉了揉自己的鼻头，嘟囔："怎么突然停啦？"

霍音说着退后半步，一抬眼就看到程嘉让侧头向她看过来，还挑了挑眉。

霍音有些疑惑，往前一看，发现了在他们前方拄着拐杖站着的六旬老人。

霍音张了张口，咬了咬嘴唇。她面对的明明是跟她最亲近的人，这时却忸怩起来，将温软的声线压低，糯糯地叫了一声："阿公啊！"

她家世代生活在这里，父母、祖父母、外祖父母一直现在还全生活在镇上。他们平时并不生活在同一房子里，但逢年过节还是会齐聚到霍音父母的家里。所以他们在这里遇到她阿公一点儿也不奇怪。

她说完顿了半秒钟，想到自己今天不是一个人回来的，小心地瞥了一眼程嘉让，低声解释："这是我阿公，你叫他……"

"阿公好。"她话没说完，他直接开口叫了人，语气严肃、态度端正，完全不见平时散漫的模样。

"软软啊！"霍爷爷拄着拐杖往前走了两步，将他们两个上下打量了几遍，方才问霍音，"这位是……？"

霍音忙道："阿公，这位是我的大学学长，程嘉让。"

"小程啊。"霍爷爷点点头，又看了几眼程嘉让，赞叹道："长得真是一表人才啊！"

老人家话锋一转，问："软软啊，你把电动车骑走，是去接小程啊？"

早上，霍音一起床就直奔阿公家，都没跟两位老人说话，骑了车就出了门。这时候撞见阿公，还被问起这件事，霍音只好点头应了下来。

阿公一脸震惊，脱口而出："软软啊，你这是……换对象啦？"

话音落地，霍音足足愣了三秒钟才算弄懂阿公是什么意思，等回过神来时，他们齐齐看着她。程嘉让还轻佻地扬了扬眉毛，似乎在等她说话。

霍音张了张口，心想她怎么忘了这一茬儿。阿公患有脑血栓，去年有段时间进京看病，家里人让霍音多多照看阿公。霍音还要上课，实在忙不过来时会让林珩送她去医院，或者让他代她办个手续。阿公因此见过林珩。

"阿公，我……我早就分手了。"她说完又觉得不对，补充了一句，"这位真是我学长，不是……男朋友。"

霍音说完低下头，将自己缩进外套宽大的帽子里，开始装鹌鹑。

气氛正尴尬时，屋门倏然被打开，霍俊滔的声音很快传来："阿爸、软软，还有……你们这是？"

霍音生怕阿公说出什么让霍俊滔误会的话，当即道："爸爸，我们碰见阿公了，就跟阿公说两句话。您出来做什么？要不要我帮忙？"她没等霍俊滔说什么，已牢牢将话语权掌控在自己手里，甚至在对方发问之前抢先解释，"爸爸，这就是我之前跟你说的程学长。学长昨天生病了，就没过来吃饭，今天我好说歹说，他才答应来咱们家吃饭。好多人以为我跟学长……关系非比寻常，其实是学长人太好了，经常帮我的忙，所以我们请学长吃饭也是应该的，爸爸您说对不对？"

霍音察觉程嘉让看她的目光逐渐变得散漫，还带着一丝戏谑之意。她说到后头，似乎还听见他笑了一声。好在她在长辈面前一向是伶牙俐齿、讨人喜欢的小姑娘形象，这一套话说下来，霍俊滔虽然愣了一下，但没怀疑，只是招呼他们进屋吃饭。

阿公要去取他的老酒，霍音就趁霍俊滔转身进门的工夫，小声嘱咐阿公："阿公，别忘了我跟您说的啊！"

霍爷爷闻言，看了一眼站在一旁的程嘉让，道："知道了。"

阿公在北京住院结束，准备回皖南的时候，霍音特意跟阿公说过，先别跟她爸妈提林珩的事。李美兰如果知道她有男朋友了，一定会追着她问。当时，她希望等他们都毕业了，稳定下来了，再找合适的机会跟父母说，没想到会分手。

霍音家是典型的皖南民居，单层平房小院，从外头能看见青砖白漆，古色古香。屋里面与他们之前去过的刘家的那种老式装潢不同，整体是现代简约的装修风格——冷白墙，浅色的原木地板，其他软装也都是浅色系的，看起来十分素净整洁，收拾得很干净。

霍音和程嘉让进门的时候家里已经非常热闹了，她爸妈、外公外婆和阿嬷都在，看样子已吃过午饭，正坐在客厅的沙发上，嗑着瓜子看电视。

为了防止被各位长辈无休止地盘问，霍音再次先发制人，将他们能问的都提前说了，然后抛出新问题给他们："妈妈，你们已经吃过午饭啦？我连早饭都没吃，现在厨房里还有东西吃吗？"

"小程吃过没？厨房里有年糕、汤圆，还有你爸爸炖的鸡腿，我去给你们热热。"李美兰一边说一边起身，眼睛一直往程嘉让那边瞟。

不单单是李美兰，一屋子长辈全有意无意地看他，颇为热情地招呼他到沙发上坐。

霍音拦住李美兰："妈妈，不用，我自己热就行。"她说完看向程嘉让，担心他不习惯这个氛围，小心翼翼地说："那你先在这里坐一下……我去热点儿东西来吃。"

"好。"

霍音家面积不大，三室一厅，客厅最宽敞，连接着开放式餐厅，再往前走就是厨房。

霍音进了厨房，将汤圆下锅煮了，又将放了年糕和鸡腿的锅点着，再从储物柜里翻出一包红糖姜茶茶包，用开水冲了一碗。听说姜有驱寒的功效，她不太确定是不是真的，不过喝一碗热茶总没坏处。

她端着红糖姜茶从厨房出来，长辈们全围着程嘉让说话。她本以为他肯定不会喜欢这样的场合，没想到他举止大方，应对自如。

端着一碗热茶，她的手逐渐被烫得痒痒的，有些疼。好在已经到他跟前了，霍音直接道："好烫好烫，程嘉让，快接一下。"

她态度自然地将东西递给他，他也很自然地接过去。

二人四目相对，霍音将手指放到唇边轻轻呼气，傻气地冲他笑，轻声细语道："你喝，听说这个可以驱寒。"说完，她又想起碗太烫，指着不远处的茶几补充道，"对了，这个现在太烫了，你等一下再喝。"

程嘉让按照她说的将茶碗放到一旁的茶几上，目光没移开。小姑娘身上的寒气还未散尽，进门就跟家里人解释了一通，随后急匆匆跑进厨房，说是热饭吃，倒先给他泡了姜茶。

霍俊滔突然问："小程是做什么的，还在读书吗？这会儿是研究生？我们家软软……"

"哎呀，爸。"霍音打断道，"学长是我们学校医学院重点培养的高才生，您可别提我的成绩，在他面前都不够看。"

软软？

原来她在家里叫这个名字。

小而温暖的客厅里，五六个人挤在沙发上坐着，霍音没位子了，坐在一旁的木墩上。

程嘉让看着女孩子，兀自出神。

他家的客厅比这里大五倍，坐五六个人应该不会很挤，不过他从来没见过他们一家人聚在一起的样子。

见程嘉让正出神，霍音打算替他回答霍俊滔的问题，毕竟他现在还生着病，看着病恹恹的。

她张口，还没发出声音，就听程嘉让不疾不徐地答道："读的是八年制的，今年是第六年，理论课程基本上没了，目前在临床实践。"

见他这样，霍音稍稍放下心，坐在一旁安安静静地听着。

霍俊滔在镇上的小诊所干了小半辈子，只读过三年医专，听程嘉让说这些，不免有了兴趣："年少有为啊！所以你相当于已经工作啦？在什么科室呢？"

"对，平时跟着导师做课题，替人看病。

"在胸外科。"

……

汤圆的馅料是熟的，在锅里煮一会儿就熟了，霍音借着吃饭的由头把被长辈围着的程嘉让拉到饭厅，盯着他喝了姜茶、吃了汤圆。

霍音想跟他说，如果她家人的问题让他觉得被冒犯了，那就随口应付过去就好。今天是她长这么大第一次把男生带回家，家人显然以为他是她的男朋友，或者是以后的男朋友。她跟他们讲不清了。

她还没来得及跟他说，程嘉让又被李美兰叫去了，说是切好了水果，让他过去吃。

霍音洗好碗筷出来的时候，他们正在讨论包饺子的问题。霍音家这边不怎么吃饺子，逢年过节就自己在家里做汤圆。今年李美兰看了一个西北的美食博主做的视频，闹着要吃酸汤水饺。

他们似乎上午就拌好了馅料，只是还没包——李美兰和霍俊滔包饺子的手艺很差。

说起来，家里饺子包得最好的人就是她这个在北方生活过几年的人。

霍音之前参加校刊编辑部的团建活动，跟着顾师姐学会了包饺子，虽然包得不算好看，但还是能吃的。

李美兰拌了馅料，大约是等着她包呢。

果然，李美兰看见她，直接道："软软，你前几天不是说想吃饺子吗？妈妈今天特意调了馅料，面也醒着呢，你这会儿没事就去包，晚上咱们看晚会时吃。"说完还使唤霍俊滔去厨房把馅料和面团端出来，让霍音在茶几附近包。

这大半盆馅料，霍音估计自己得包到晚上。他们一家七口人，再加上程嘉让，今天晚上不用吃其他东西了，光吃饺子也能饱。

霍俊滔过来把面揉成条，又切成小块。不过到了擀面皮这一步，他就不会了，只好交给霍音来做。

霍音上回学了一点儿，却不会打着转儿擀皮，只能笨拙地往前推两又往后推两下，弄了半天，才擀出一个形状不大好看的饺子皮。霍音在皮里放上馅儿，小心翼翼地包了一个扁扁的饺子，放在一旁的盘子里。她再擀下一个饺子皮时，面疙瘩却沾到了擀面杖上。

擀皮工作寸步难行，她愁眉不展，身后蓦地传来一声带着鼻音的嗤笑。她回过头，程嘉让看着她，冲她抬了抬下巴。

"搁到那儿吧，我来！"他声音有些嘶哑，却依旧动听。

霍音动作一顿，指甲掐在擀面杖上，留下一道浅浅的痕迹。

他是客人，客人要帮她包饺子，她却连客套话也忘了说。

程嘉让洗了手，回来的时候，长腿轻巧地将放在沙发边的另一个木墩踢到茶几前，随手扯过袖子，就从霍音手中拿过工具和食材。

霍音的目光始终落在他身上，直到他在她身边落座。

厚重的羽绒服他已经脱了，现在身穿一件烟灰色的宽松粗线中领毛衣，袖子被拉上去，露出一截小臂。他手指修长，根根分明，像是能工巧匠精雕细琢的白玉伞骨。

他一只手握着擀面杖，另一只手取了一把面粉撒在案板上，面团被轻巧地按成饼状。然后他双手互相配合，一只手捏着面饼的一角，另一只手握着擀面杖有节奏地滚动。一会儿，一张漂亮匀称的面皮就擀出来了。

霍音在一旁看得移不开眼，下意识地倾身向前，凑到他身旁。等对方停下动作的时候，她就在他的耳畔。他们之间距离很近，男人浓黑的短发都快要拂到她的脸上了。

面皮被放到她的手上，男人将手移开时无意间擦过她的掌心。霍音感觉手心猛地麻了一下，慌乱不已，迅速转过头去包饺子。

她这个饺子包得委实有些粗糙，比上一个看起来还要软，浪费了他擀得无可挑剔的皮儿。

她犹豫要不要将手里这个并不怎么成功的饺子放进盘子里时，程嘉让的声音再度响起。

"捏好之后，两手虎口从两边往回收一下，这样饺子会圆润很多。"他看着她道，"试试。"

兴许是看不下去他们两个人包这么多饺子，又或许是看程嘉让包饺子的方式很简单，到后来，其他人都加入包饺子的行列。

他们认认真真地看着程嘉让，等他传授包饺子的方法。他便又利落地擀了一张皮儿，并不像霍音那样笨拙地将饺子皮放在手心，只用食指、中指和无名指托住，再筷子挑了些馅料放进去，然后道："先合中间部分的，然后两手一起往里收，这个方法最不容易出错。"

大家按程嘉让教的方法包，都包出了漂亮的饺子。

霍俊滔看着手上元宝似的饺子，高兴地夸程嘉让："小程这孩子也太厉害了！我看你来自大城市，又是高才生，以为你十指不沾阳春水呢，没想到你这饺子包得这么好，看来在家经常做饭。是谁教的你？"

程嘉让将最后一个饺子放进盘里，抽了一张纸巾擦干净手上的面粉，道："其实只会这一样，是我爷爷教的。"

时间过得很快，他们下午的时间几乎都被饺子偷走了。大家又聊了几句，没多久就忙碌着做年夜饭。

等饭菜上桌的时候已经是晚上九点多了。电视被嵌在客厅的墙壁中央，音量被调得很大，里面正播放着春节联欢晚会，欢声笑语将大年夜的气氛烘托得很热烈。

最后端上桌的是热气腾腾的水饺，此时电视里正在播戏曲类节目，穿朱色华贵戏服的是一个京剧名旦，声音婉转。

霍俊滔将温好的酒放上桌。霍音就心道不好，果然，还没等她给霍俊滔使眼色，她爸就先斟了一杯递往程嘉让的方向。

霍音连忙摇头，语速加快不少："爸，程……学长生病了，不好喝酒的。"

虽然他第一次来就拎了两瓶超高度数的洋酒，又一副很能喝酒的样子，可是他今天确实不大方便喝。

霍俊滔是医生，听霍音这么一说，便不再强求。

可是霍音的阿公和外公并不懂这些，张口劝道："今天是除夕夜，多好的日子，少喝一点儿没事的。"

"来，就喝一点儿，大老爷们儿，生个小病怕什么？"

霍音闻言眉头微蹙，当即要阻拦，手已经伸出去了，忽听耳边传来他很低的声音："一点儿酒而已，没事。"

程嘉让从霍俊滔的手里接过酒杯，冲桌上的长辈们颔首，然后干脆利落地一饮而尽。

霍音知道他时常跟朋友去夜店喝酒，却是第一次见他喝这么辛辣的酒。他一口闷下，脸上无不适的神情。

霍俊滔忍不住提醒："年轻人别喝这么猛，你们这个年纪没练过酒量，容易醉。"

可是后来，酒过三巡，程嘉让除了看起来眼神呆滞，没有任何问题。霍俊滔却满脸发红地拍着人家的肩膀，煞有介事地笑说："让哥啊，以后我女儿就交给你了。"

浔镇燃放烟花爆竹的习俗与北方相差无几。夜里十一点，外面就开始陆陆续续地响起爆竹声。而十一点半到十二点半这一个小时内则是漫天烟火，炮声难绝，说是这座沉静的水乡小镇一年中最热闹的时刻也不为过。

霍音和程嘉让从家里出去，走到巷口的时候，十一点的钟声刚刚敲响。几位长辈都醉了，没有余力像往年一样跟街坊邻居一同到街口放烟花。习俗不可废，这担子自然落到霍音的头上。

担心程嘉让自己待在她家会不习惯，霍音干脆将他叫了出来。不过她刚走到巷口就后悔了，外面温度颇低，他还生着病。

"要不要回屋里？外面太冷了。"霍音将抱着的几个烟花放到地上，转头小声跟程嘉让说着话，"你回去吧，待不惯的话可以去客房，我刚刚已经收拾过了，你今晚就住那里。"

她开始摆弄地上的烟花，一时没找到火线，半晌才弄明白这些烟花的燃放方式。

程嘉让没回话，霍音又问："你的打火机可以借我用一下吗？"她刚刚忘了找霍俊滔要打火机。

"我来点吧！"说话间，程嘉让直接上前，金属打火机啪的一声开盖，点燃他另一只手里夹着的细烟。

"我没想到外面这么冷，你生病了，还是不要在外面待着了。"霍音冲程嘉让摇了摇头，又指指地上放了一摞的各式烟花，"这些交给我就可以了。"

"我是什么娇滴滴的小姑娘吗？"程嘉让蓦地低笑了一声，目光落到女孩子纤细莹白的后颈上，倏尔又移开，抽了一口烟，"我也不像你。"

见她还蹲在烟花前，程嘉让冲另一个方向一仰下颌："往后站站。"

程嘉让借着烟，点燃烟花的引线……

烟花急速升空，如一颗灿烂的星，又瞬间炸裂，绽放一片花火。

虽然才十一点，街上已出来了不少人，有不时点燃爆竹的大人，有追逐玩闹的孩童。整片夜空被接连升空的各式烟花织成一片浩瀚的花海。

霍音跟程嘉让站在这片夜空之下，头顶是转瞬即逝的美景。她的目光不知何时落到他的手背上，他的手温凉、干燥，沾染了并不惹人讨厌的烟气。

她的手和他的手，隔着半米的距离。

霍音记得他手心的触感。她想起了在悦龙山庄看烟火的那夜。

她移开目光，却正好跟程嘉让下垂的目光撞上。

又有人点燃烟花的引线，人造星星再度冲上夜空，在穹顶深处轰然炸开，燃成灰烬。

霍音收回目光，为了化解尴尬，慌忙寻了个话题："我是第一次带男生回家，所以我的家人可能会……会有些激动，误会了我们的关系。"她斟酌着用词，继续道，"他们问了好多问题，你会不会觉得比较烦？"

这是她一直想问但没找到机会问的问题，她没想到会在这个情形下问出来。

今天家里人问了他很多问题，而且他明明是客人，还帮忙包了那么多饺子。她为自己和家人对他的冒犯感到抱歉。

霍音问完，久久没得到回应，紧张得开始暗暗掐自己的手指。

一直到她快要忍不住去看他为什么还不回答的时候，她才听到耳边传来很低的声音："没有。"程嘉让吸了一口烟，从容地补充道，"我觉得这样很好，很温暖。"

他将烟灭了，扬手丢进空空的烟花盒子里。她家给人一种很温暖的感觉，难怪能养出柔软乖巧的小姑娘。

温暖，爷爷过世后，他第一次有这样的感觉。

时间流逝，霍音看着手表上的时间，还不到十一点半。周围越发热闹了。

霍音裹紧身上的外套。周遭的爆竹声、寒暄声、追逐吵嚷声不绝于耳，她却没有听进去。这些声音一律沦为背景音，她只听得见程嘉让的声音。

他问她："新年愿望，你有吗？"

新年愿望吗？她当然有。

霍音仰头望向夜空，双手在眼前合十，虔诚且温柔地道："希望我在乎的人和在乎我的人身体健康，岁岁平安。"

程嘉让道："一定会实现。"

霍音脸上的笑意未消，重重点头："嗯，一定会实现的。"她说完又问他，"那你呢，你的新年愿望是什么？"

程嘉让看着她，目光灼灼，像那些猛然升空的烟花，热烈得要将她点燃。

她无意识地咬住下唇，这才听见对方开口许愿。他不像她双手合十，一脸傻气，只笔直地站着，语气淡定，却暗藏野性与张狂："我一向没什么欲望，不过今年，"他的目光汹涌而热烈，"我希望我想要的，都归我。"

他看起来有种属于天之骄子的势在必得的气势，好像现在说的并不是新年愿望，而是昭然若揭的蓬勃野心。天地万物在这一刻，一并噤了声。

霍音咬咬下唇，看着他开口道："那我要再加一个新年愿望。"

话音落下，她似乎听见他嗤笑出声。他调侃她："还能再加？"

"当然可以。"霍音摸摸鼻尖，嘟囔，"物种多样，上天也要允许有贪心的人。"

"行，说出来听听，看你能有多贪心。"

霍音再次双手合十，虔诚地许愿："新的愿望，祝程嘉让……所愿得偿。"

发现程嘉让其实还是喝多了的时候，是霍音请他帮忙点燃仙女棒，他走过来的时候却一不小心晃了一下身体。虽然他很快稳住，但还是被她看出来了。他很善于伪装，在醉酒后用慢条斯理的举动来掩饰意识的迟缓。

"程嘉让？"霍音本能地去扶眼前的人，即便对方身材高大，足以将她的视线遮挡，"你是不是喝得有点儿多？"

"没事。这点儿酒，还不至于让我醉。"他话虽这样说，眉头却紧皱着，看起来状态不大好。

她知道他酒量很好。不过，他大约喝不惯今晚的酒。他们今晚喝的酒是她家自己酿的，不像洋酒那么容易上头，但后劲足，喝的时候没什么事，喝完之后就抑制不住地眩晕了。

她之前喝过一次，只是喝了大半杯，那天晚上直接从七点睡到第二天中午十二点。她酒量差，可这酒的度数也可见一斑。

她皱着眉，正想再说话，倏然灵光一闪，将身侧的人扶稳，又将手上的一把仙女棒全交到他手里。

"你在这里别动，等我一下。"

霍音说话慢，动作却快，急匆匆转身往巷子里头走，进门前还不忘嘱咐他："别动啊，等我！"

家里，霍俊滔、外公和阿公已经喝得不大清醒。李美兰、外婆和阿嬷也喝了些酒，看起来也有些头晕，正缓缓地收拾桌上的残局。

霍音趁着大家没注意到她，小心地上前，从霍俊滔的口袋里摸出一串钥匙就往外跑。

外面，她见着了程嘉让，忍不住笑起来："快，跟我走。"

男人不明所以，问她："去哪儿？"

"哎呀，"霍音见他那副晕乎乎的样子，干脆一把拉起人，道，"跟我走就行了。"

浔镇真的很小，但霍音一路从家所在的城东跑到城西的诊所，也累得气喘吁吁，还不如喝得半醉的程嘉让。他被她拉着跑过来，似乎只是呼吸紊乱了一下，很快就恢复正常了。

"怎么来这儿了？"

霍音扶着诊所的外墙直喘气，冲程嘉让摆摆手，回答："你……你等我……一下就知道了。"

她掏出一大串钥匙，一把把地试，门一开就一溜烟钻了进去。

程嘉让垂眼，目光落在重影的腕表表盘上，晚上十一点三十分。

夜空中各色烟火炸裂时，小姑娘从诊所里跑出来，双手捧着个小盒子举到他眼前。

她眼睛弯成月牙，献宝似的笑着道："程嘉让，你喝这个就不晕啦！"

这一年的除夕夜是在爆竹声中，以几句平淡的对话结束的，地点是霍音家温馨的小客厅里，长辈回家的回家，睡觉的睡觉。霍音的房间和程嘉让住的客房分别在客厅的两边，中间隔着两三米，遥遥相望。

霍音按住门把，开门进去之前，倏然转过身去："程嘉让。"

穿灰色毛衣的年轻男人偏过头，眉梢微挑："嗯？"

"晚安！"霍音笑起来，道。她笑的时候，原本温软的声音就会平添一丝清甜，像牛奶糖。

"晚安。"

"新年快乐！"

"新年快乐！"

大年初一的清早，霍音被窗外噼里啪啦的鞭炮声吵醒，摸出手机一看时间，刚刚六点三十八分——距离她往常的起床时间还有三个小时。霍音一把拉起被子蒙到头上，准备继续赴梦，却在半分钟之后掀开被子，猛地从床上坐起来——程嘉让还在她家。

今天是大年初一，家里会有亲戚过来拜访，爸妈七点钟就会开始做早餐，她似乎应该去叫他起床。思及此，饶是现在头脑还不大清醒，霍音还是叠好被子，换了一身米白色的毛衣和同色的阔腿毛线裤，穿着拖鞋出了门。

这个时间点，外面一片喧闹，家里却格外安静。大约昨晚赵美兰和霍俊滔都喝了酒，现在还没醒，主卧那边一点儿动静也听不见。

霍音睡眼惺忪，整个人半梦半醒，打着哈欠穿过客厅，径直走到客房门口。

"咚咚——"她撑着困意敲了两下门，半晌没得到回应。

他昨晚喝了不少酒，还生着病，大约睡得沉。霍音揉揉眼睛，又是"咚咚——"两声，还是没人回应。

一直到现在，她还是处于不清醒的状态，头倚着客房的房门，有种随时要睡着的感觉。她径直拧动门把手，开了客房的门。

客房的窗帘没拉严实，从中间照进来一道两寸见宽的光，映到男人冷白劲瘦、肌肉匀称、一丝不挂的上身上。

霍音推开门的一瞬间，对方的注意力就已经落到了她的身上。他身前的被子上放着一件毛衣，而他未着衣物的上身肌肉多一分过多，少一分太少，像是经过无数台精密机器无数次测算后，得出来的完美结果。

霍音咬着下唇站在门边，下意识地咽了一口口水，对上对方的目光，在门边"你你你……"半晌，也没说出个所以然来。

对方的目光从她脸上掠过，很不留情面地道："还没看够？"

好不容易等到对方开口，霍音只需要随便接一句话，就可以完美化解尴尬。她当即反应过来，道："看……看够了！"她说完恨不得狠狠地往自己的脑门上拍一巴掌，"你……你继续换衣服吧，我就不打扰了！"她慌到当即退后两步，一把关上门，发出"砰"的一声响，还好没有惊动李美兰和霍俊滔。

霍音站在客房门口，顿了顿，刚刚发生的一切在她脑海里极速闪过——昏暗的房间、一缕晨光、上身赤裸的年轻男人。

她正欲转身离开，房间里却又传来声音："可以了，进来。"

霍音用微微发颤的手推开房门的时候，程嘉让已经换好了衣服，站在床边。她却频频想起刚刚的场景，吓得站在门口没动。

这时，主卧那边传来脚步声，似乎很快就会有人从房间里出来。程嘉让看着她，似乎在邀请她？总之，霍音鬼使神差地跑了进去，直接把门关上不说，还从里头落了锁。

她终于看清了他的面容，那是一张棱角分明的脸，神情是一贯的冷峻疏离。此时他尚在病中，眉眼之间染上几分病容，不减俊朗，却让人忍不住想关心他。

霍音走上前，拉近距离再看他，将对方的病态看得更加仔细。她舔了一下自己略显干燥的唇，温声问道："你现在感觉怎么样？有没有哪里不舒服？"

"没事儿，只是头有点儿晕。"

"那你还说没事儿？"霍音走上前，不满地小声道。她刚刚睡醒，声音里还带着浓浓的鼻音，慢吞吞地同他说："还有没有哪里不舒服，现在要不要吃药？我不知道怎么治病，但你是医生，你知道。我可以给你打下手，你可以使唤我。"

霍音说完，小心翼翼地伸出手，想探一下对方额头的温度，看看他有没有发烧，未料眼前的人轻轻巧巧地侧头躲过。他顿了一下，看向她，问："干吗？"

霍音的手停在空中，收回来。她先探了一下自己额头的温度，然后才小声解释："我试试还烫不烫。"

这回她伸手，程嘉让没再躲开。不过霍音连试了好几个来回，愣是没对比出来对方到底是不是还发烧。

她自言自语："没比我的额头烫多少啊，这是烧还是不烧呢……"

她还没弄明白，思绪突然被外面嘈杂的声音带偏。

声音不大耳熟，大概是有亲戚来拜访了，不知为什么来这么早。他们说的话也莫名其妙："俊滔、美兰，你们家小囡可真够有出息的，瞧瞧这帅小伙，他说是特意来你家找小囡的，刚才在镇上迷了路。我一听说他是来找咱们霍音的，就赶紧把人带来了。"

霍音听得云里雾里，余光瞥见程嘉让皱起的眉头。

就在这时，一个熟悉又陌生的声音隔着墙壁传进来。

"伯父、伯母，你们好，我是霍音的男朋友，我叫林珩。"

霍音拧起眉，唇微张，下意识地看向程嘉让。对方恰好也在看她，眼中神情莫辨。他们很默契地谁也没有开口说话。

门外的对话声还在继续。

李美兰有些迟疑："软软的男朋友？没听她提起过……"

"伯母，"林珩道，"阿音总说还没到合适的时候把我介绍给您二位，我们最近闹了点儿别扭，我实在联系不到阿音，担心她有什么事，这才贸然过来，不好意思，会不会打扰到伯父伯母？"

"啊，不会不会，当然不会。林……小林是吧？快坐。这么远过来，渴了吧？我去给你倒杯水。"

"伯母，不用这么麻烦，我想见见阿音。伯母，阿音在家吗？"

霍音的心蓦地一沉。她咬着下唇，将无措两个字写在眉间。林珩看起来温文尔雅、稳重得体，又是那样的说法，在长辈眼里，大约颇有说服力。

如果只是她爸妈见到林珩还好，她解释一下，他们会信的。可还有其他亲戚在，他们见到了林珩，事情就变得麻烦了。

霍音看着眼前的男人，程嘉让跟林珩是朋友，不时一起出去聚会，林珩见了他也要喊一声"让哥"。她和林珩分手，是因为她觉得他们没必要强行维持名不副实的情侣关系，和其他人没有关系。可如果林珩发现程嘉让在这里，一定会觉得她是因为程嘉让才跟他分手的。

霍音不担心被当成见异思迁的人，可不想让程嘉让被牵扯进来，徒添麻烦。所以，她不可以让林珩发现程嘉让在她家里。当务之急，她要出去，把林珩的事解释清楚，让他离开这里，不再纠缠自己。

霍音心一横，攥紧了手，将指甲陷进掌心。她有些不自然地开口："你先在这里等我一会儿，可以吗？我不知道林珩怎么会突然来，要出去跟他讲清楚。"

男人正看着她，狭长的眼微挑，淡声问："要我帮忙吗？"

他提起"帮忙"，她倏然想起了不久前的那个晚上。

林珩喝了酒打电话过来，他朋友借着酒劲儿说了些不大好听的醉话。那天晚上，程嘉让就问她，要不要他帮忙。她很感激他帮了忙，可是不希望她和林珩的事把无辜的人牵扯进来。

她当即摇了摇头："谢谢，我自己可以处理好。"

"嗯。"

"那……你待在这里，暂时不要出门，可以吗？"

"可以。"

霍音打开门。不远处，林珩已经在沙发上落座，周围还有李美兰、霍俊滔、阿公，以及远房表姑和表叔。

林珩穿了一件咖色大衣，戴细边眼镜，看起来温和有礼，正同其他人喝茶聊天。

霍音反手将客房的门带上，众人的目光都落到她的身上。

表姑和表叔有几年没见她了，现在一开口就是漂亮话。

"这是你们家小囡？好几年没见过了，都这么大啦？"

"大哥，你是不是老糊涂了？人家小囡的男朋友都在这儿坐着了，当然是大姑娘了。"

"小囡很小的时候我见过，当时就知道她是个美人坯子，长大了果然漂亮。"

"难怪能找到这么个一表人才的男朋友。女儿、女婿都这么优秀，俊滔真是有福气。"

霍音站在原地，一口气悬在心口，上不去也下不来。林珩闹了这么一出，现在她家的亲戚对他是她男朋友这件事果真深信不疑。

"小囡怎么不过来坐，不认识我们啦？"

"软软，快点儿过来跟你表姑、表叔打个招呼。"

林珩看着她，低声说："阿音，好久不见。"

霍音避开林珩的目光，走上前，先礼貌地跟亲戚们打了招呼。大年初一，亲戚们喜笑颜开，连忙站起来给霍音腾位子。

"小囡快坐下。"

"来，我们让个座，小囡挨着你对象坐。"

霍音听了这话，当即开口："表姑，他不……"

李美兰径直打断她的话："软软，你一大早起来，连口水都没喝吧？来，喝点儿水。"

霍音跟着李美兰去厨房喝水的时候，李美兰才小声问她："霍音你给我说说，这到底是怎么回事？这个小林说是你男朋友，那小程呢？到底哪个是你的男朋友啊？"

"哎呀，妈。"霍音接过杯子，"都不是。"

"那这个小林是怎么回事？他怎么一上来就说是你的男朋友？"

"我跟他说过分手了。妈妈，你别打断我说话，表姑、表叔他们都信了，我要解释！"

"你要说什么，也等你表叔、表姑他们走了再说，当着长辈的面说多不好看！"

"可是我们分手是事实……"

"可是什么可是？就按我说的。"

霍音很想立刻跟林珩清楚地表态，不想再跟他纠缠。他们分手之前的好长一段时间里，他的态度已经很清楚明确了，他对她敷衍、懈怠、出尔反尔……面对这些迹象，霍音很难不认为他早已对他们那段感情没有什么留恋了。所以他分手之后又来一次次纠缠她，到底有什么意思呢？她不明白，也不想再跟林珩有更多的交集。

可她不得不承认，李美兰说得有道理。她现在当着长辈的面儿跟林珩说清楚，真的很不好看。思来想去，霍音只好重新回到沙发前坐下。不过她没坐到林珩那边，跟着李美兰，坐到了她边上。

表姑问林珩："小林，你是做什么的？还在读书吗？你们是怎么认识的？"

"我在A大医学系读书，我是本硕博连读的，现在已经上临床工作了。"

A大是全国顶尖学府，A大医学院更是全国医学专业排行第一的二级学院，出过无数医学顶尖人才。

听了林珩的话，表姑、表叔他们看林珩的眼神瞬间变得不大一样了。

"我和阿音是在一次聚会上认识的。阿音这么漂亮的女孩儿，我一眼就注意到了。"

林珩说这话的时候有意识地看向霍音，目光半晌不见移开，惹得在场的长辈一阵哄笑。

霍音避开林珩的目光，焦虑地想着要怎么应对现在这个局面。其他人欢声笑语，好像跟她处于两个世界。霍音正沉浸在自己的世界里，林珩不知道怎么突然聊起了程嘉让。

"我的成绩算不了什么。在我们学校，真正厉害的人有机会被保送到西国交流学习。今年全系只有三个名额，顶尖的人才才能去。我同学程嘉让就是这种千里挑一的天才。"

林珩在提到"程嘉让"三个字的时候加重了语气，目光在她的脸上逡巡。

林珩又补充了一句："说起来，我的这位同学跟阿音也蛮熟的，你说是吧，阿音？"

他这样试探，简直是把她当成了傻瓜。

"他不是你的朋友吗？"霍音不疾不徐地说，"我跟你的朋友，一点儿也不熟。"

別恋 … 184

她不想让程嘉让被人误会。

"怎么不熟？他开车送你。他受伤了，你还帮他包扎。"林珩笑了一下，看起来风轻云淡，"看你跟我的朋友相处得好，我还挺高兴的。"

霍音的父母、阿公昨天才见过程嘉让，现在又听林珩提起程嘉让，还说了这么两句话，虽然语气听起来还算正常，但大家总觉得不大对劲。

霍音学对方的语气，说："你这么说，我想起来了。这么算起来，我跟他是很熟。我还帮他点过烟，当着十几个校友的面。阿珩，那还是你要求的。"

那天，长长的沙发上坐满了人，全是林珩的朋友。程嘉让找他借打火机，而他的打火机刚好在她的包里。他原本可以直接让她把打火机递给程嘉让，却在众目睽睽之下大言不惭地跟她说"给让哥点上"。她觉得难堪，迟疑了一会儿，还被他一脸不耐烦地看着。

她是个好脾气的姑娘，脸皮儿薄，很难在那种场合当着大家的面因为这事跟他闹起来。可她其实一直记得那天的事，因为那真的让她很难堪。

外面的对话终结于林珩的提议。

"我跟表姑说好了，今天中午去表姑家的饭店吃饭，伯父、伯母、霍爷爷，昨晚没机会跟各位一起吃年夜饭，大家今天就赏个脸吧！"

……

门外终于重归安宁。

可程嘉让的耳边，小姑娘温柔的声音却一遍遍浮现。

"他不是你的朋友吗？"

"我跟你的朋友，一点儿也不熟。"

"你这么说，我想起来了。这么算起来，我跟他是很熟。我还帮他点过烟，当着十几个校友的面。阿珩，那还是你要求的。"

他攥紧手里不断震动的手机，手机在他的掌心印出浅红色的痕迹。程嘉让从口袋里摸出烟盒，取出烟之前突然顿住，又将烟盒塞回口袋里。

　　与此同时，北京 A 大附院十二楼的胸外科住院部，刚刚结束两台大手术的科主任瘫在办公室的座椅上，第二遍拨去电话，终于被对方接通。

　　科主任迅速开口："最近科里忙得要命，西国那边情况又严重了，你一时半会儿去不了。你这假休得够久了，过了初三就回来上班吧！"

　　电话那头的人沉默两秒，声音低沉："我最近病了。"

　　"严不严重？最近学校要办校庆，咱们学院这边也要出力，忙得昏天黑地。我再给你两天假，你初五回来上班怎么样？"

　　霍音一家人被林珩请去饭店吃午饭。原本，依照霍家人的做事风格，他们不会答应林珩的邀约。只不过，林珩当着所有人的面说要请霍家的人去表姑家开的饭店吃饭，他们如果不答应，看起来像是不照顾表姑的生意，不给表姑面子，所以才答应了。

　　这顿饭霍音吃得如同嚼蜡，她几次在席上暗示林珩出去跟她单独谈谈，对方都假装不懂，极力维持看似和谐的场面。

　　从开始吃饭到最后，他一直没有给霍音一个跟他私下聊聊的机会。霍音很想像李美兰说的那样，在长辈面前留几分体面，可是散场之前还是忍无可忍了。

　　林珩当时在跟长辈说话："阿音这么乖巧懂事，多亏长辈们教得好，阿音能当我的女朋友，我真的很开心。"他今天看起来俨然好男友，好像以前跟她断联、放她鸽子去找夏明璇、弄丢她送的礼物的人不是他。

　　霍音听完，没理会李美兰的阻拦，不卑不亢地开口："我不知道你今天为什么会来，可是林珩，我跟你说过，我们分手了。今天我家人都在，我知道这样不太好，可是你真的不用努力扮演一个好男朋友，我现在不需要了。"

她刻意忽略其他人惊讶或尴尬的表情，一口气将话说完，转身就走。

从饭店出来，霍音是一路跑回家的。程嘉让还生着病，没有吃药，刚刚被迫待在屋子里，现在不知道情况如何。

方才所有人在外面，他自己待在客房里。她的本意是不让他被牵扯进来，可是让发高烧的病人独自在家待着怎么都不好。好在饭店和霍音家的距离不远，她气喘吁吁地跑回家，第一眼看到的是被锁上的旧式大锁。

她家的锁平日就挂在大门的门把手上。家里没人的时候，他们才会把院门彻底锁上。刚刚出门的时候，霍音特意走在最后面，那时门上没有落锁。可是现在……

她掏出钥匙开锁，却怎么也打不开。

足足花了半分钟，霍音才终于开锁、进门。

房子里空空荡荡的。霍音走到客房门前，顿了顿，犹豫着敲响了房门。无人回应。

最后，她在客房的柜子上发现了被压在杯子底下的字条。字条上只有几个字，字迹遒劲有力。

回北京了，感谢款待。

回北京了。

她在心里默念这几个字。

那分明是最简单的字，她却花了好秒钟才弄懂意思。他回北京了。

他这么快回去，是因为林珩突然来了吗？

邻居家又开始放爆竹，声音震耳欲聋。霍音忘记捂住耳朵，兀自掏出手机打开微信，想找到程嘉让。翻了片刻她才反应过来，她没有他的联系方式。

她有些失神，握着手机怔在原地。

这时，手机突然响了起来。霍音抬起手，有一瞬间目光没敢落到手机屏幕上，下一秒看过去，才发现是顾师姐的电话。

顾师姐言简意赅："小音，学校五十周年校庆的事你知道吧？原本是交给学生会那边负责的，但他们说人手不够，志愿者也招不到，跟学校申请了支援，其中就包括我们校刊。小音，你最早什么时候回来？正月十六日开学，十八日就办校庆，时间紧迫，我刚刚粗略扫了一眼发给我们的任务，还真的不少。"

霍音顿了两秒钟，反应过来对方的意思，开口轻声问："师姐需要我哪天回？"

"当然是越快越好。如果不行，我希望明天就能见到你。"

霍音缓了缓神，思量片刻，说道："好，那就明天。"

"什么？"

"我今天出发，明天应该可以到北京。"

霍音说完挂掉电话，将字条揣进口袋里，回到房间收拾行装。

不到十分钟，她就将行李打包好了。

重新锁上院门时霍音还在想，这样一来，林珩的事情也解决了——她都不在浔镇了，林珩也就用不着再在这里纠缠她父母了。这好像是最好的解决方法。

破旧的银色面包车里，座椅上的罩子黑黑的，看起来有些年头没清洗了。霍音坐在后排靠右的位子上，看着窗外灰蒙蒙的景色。

这是从浔镇去市区的班车，她要回北京。皖南和北京隔着上千里，县城没有直达北京的车，没有高铁站、机场，她得去市里坐车。

在大年初一返城求学务工的人不多，面包车上除了霍音和司机就只有一对夫妻。他们的目的地跟她相同，北京。

她收回目光，将手机里编辑了很多遍的微信消息发了出去。

这条消息她改了很多遍，最后只留了一句话。

妈妈，学校那边要办校庆，我先回去了，过一阵子再回家。

随后，她点开徐老的对话框。对方没回她消息。

几个小时前，她问徐老要程嘉让的联系方式，还问徐老是否知道他回北京了会去哪里。可是程老没有回复她。霍音不敢因为私事催促教授，只能时不时拿起手机，焦急地看有没有收到新消息。

教授没理她，刚刚被她从黑名单里放出来的林珩反倒发来了一堆消息。

她上车前告诉他自己回北京了，希望他赶紧离开自己的家。对方发了很多消息过来，她都没回。她没力气继续跟他纠缠，那样会让她感到很困扰。

从小镇到市区足足花了三个半小时，霍音往常都是坐大巴，很少坐这种面包车。到了车上，她满脑子都是以前看过的各种与黑车有关的社会新闻，一路上不敢睡觉。

霍音一路奔波，一直折腾到半夜才坐上今日返京的末班飞机。她一直惦记着徐老的回应，但直到上飞机也没有收到消息。

飞机在大兴机场落地的时候是凌晨四点钟，天还没亮，世间万物都被阴沉的天色笼罩，失去了颜色。这个点没有地铁或公交车，霍音忍痛打了一辆出租车回学校，千叮咛万嘱咐司机一定要打表。

冬天，天亮得晚，出租车开出去好久，霍音也没看见远天有亮光。她看着出租车中控台小屏幕上显示的时间，关了手机。

现在这个时间，她也没办法出去找人。

她带着行李，想回学校看看宿舍有没有开放。往年 A 大会在假期开放宿舍，方便留下来打工或是考研学习的同学。出乎她意料的是，今年 A 大宿舍以及教学楼、自习室全部关了的时候。

已经六点钟了，出租车停在马路边，霍音从看门大爷那儿知道宿舍没办法住的时候，有一瞬间觉得无措，不过很快就恢复过来。

宿舍不能住，她可以暂时住在民宿或青旅里，天无绝人之路，她总不会被冻死在首都的路边。

顾师姐可能还没有睡醒，霍音发消息告知对方她到北京了，现在也没有收到回复。

她现在只在意两件事，找地方落脚，以及看看程嘉让现在是什么情况。他发着高烧，匆忙从她家离开，于情于理，她觉得自己有必要关心一下他的情况。可是现在，她很难联系到他。

出租车司机似乎看出了她尴尬的处境，问："姑娘，现在去哪儿？你还带着行李，要不先找一个宾馆住下？"

霍音想了想，决定碰运气，道："师傅，麻烦您去 A 大附属医院。"

在 A 大附属医院楼下见到岑月的时候，霍音已经在医院楼下的花坛边吹了一个多小时的冷风了，脚冻得发麻，双手轻搓取暖。

她知道程嘉让之前可能是休假，不然不会一连待在浔镇那么多天。其实他来附院的可能性很小，可是她想不到其他联系他的方式，只能坐在这里碰运气。

岑月看到她的时候，面上的震惊不加掩饰，匆匆忙忙跑出来道："哎呀，霍学妹，你这是怎么了？怎么不进大厅里等着，在这里冻坏了怎么办？我昨天晚上值夜班，白天补觉，刚刚才看到你发的微信。"

霍音摇摇头，努力牵动被冻得僵硬的面部肌肉，站起身冲岑月笑了笑："刚刚才从大厅里出来，我会不会打扰学姐补觉了？"

她撒了谎，她没有在大厅里待着，一直在这里。

附院的大厅真的很大，各个方向开了好几扇门，她待在大厅等待区里固然不冷，却很难注意到从每个门进出的人，只有这里是进出医院的必经之路。

"怎么会？我正好准备回家。你要找嘉让学弟？什么事这么急啊？我开了车，送你过去吧！"

"谢谢学姐，"霍音忙摆了摆冻得快要没有知觉的手，"不能那么麻烦学姐，学姐能不能借手机给我打一下电话？我的手机没电了。"

大约因为她在室外冻了好久，她的声音隐隐有些发颤。她原本就生了一张人畜无害的脸，这样一来，看起来像是被遗落荒野的宠物，可怜又无助。

岑月收回目光，连忙掏出手机，找到程嘉让的号码，将手机递过去："这个就是，你打过去。"

电话拨通之前，小姑娘还在诚恳地道谢："学姐，真的很感谢你。"

电话铃声响了三秒，霍音将手机贴在耳边，听筒中的嘟嘟声被无限放大。每一秒钟都过得很慢。

霍音在心里默默数数，数到第三秒，电话终于被接通。听筒中传来他淡漠且散漫的声音："喂？主任打过电话了，我初五上班。"

他生着病，声音嘶哑，有掩饰不住的疲倦，看来病还没有好。

岑学姐还跟着她冻着，霍音不敢耽误，小声道："是我，霍音。"

电话那头的人沉默了一秒钟。

霍音深吸了一口气，赶在对方开口之前，说道："你……你走得好突然，我就是想问一下，你的身体有没有好一点儿？如果还没好，你需不需要帮忙？"她说到这里，感觉有点不对，可是话已经到这里了，只好继续说，"你之前没好好吃药，那样不太行。如果你需要帮忙，就告诉我。"

"我回北京了。"她有点语无伦次，是真的觉得他需要人照顾。她之前带他去家里，也是希望可以照顾他，没想到……

"我没有你的联系方式，只好来麻烦岑学姐。没有别的事情了，你不想说话的话……"

"你在哪儿？"对方突然开口。

霍音一时没懂对方的意思："什么？"

"你在哪儿？"程嘉让的声音低却坚定，"我过来接你。"

"妈妈，我想要两份薯条。"

"不行，就一份。"

"两份！两份嘛！妈妈，你想让我跟那个姐姐一样可怜吗？"

"什么姐姐？"

"就窗边的那个姐姐，她只买得起一杯饮料。"

正是早高峰时间，医院门口的麦当劳很嘈杂。霍音坐在窗边，听见那对母子的话，默默地低头喝了一口桌上的热咖啡。

是程嘉让叫她来这里等他的。她原本不想让他来找自己，却被他猜到在医院了，然后事情就成了现在这样。

她在这里坐了几分钟，被干燥的暖风吹着，快要被冻僵的身体渐渐暖和过来。手机快没电了，她不敢看，就这么干坐着。

飞机在机场落地的时候太早了，但现在已经八点多钟，她理应跟家里人说一声。她打开手机，给李美兰发了一条微信。

妈妈，我到北京了，已经回宿舍收拾好了。家里有什么事的话，您就打电话给我。

她也注意到，原来李美兰在她坐飞机的时候给她发了不少消息。

有什么要紧事得大年初一就赶回北京啊？

回就回吧，你也没跟我要生活费。

随后李美兰给她转了两千块钱。

自己在外面照顾好自己。

这个年过得……

软软啊，妈妈想了想，昨天确实是我做得不对。我不应该怕你表姑、表叔看笑话，就拦着你说真话。我跟你表姑、表叔他们郑重地说过了，那个小林不是你的男朋友。

还有小程，我们把人家一个人扔在家里，实在是招待不周。你帮妈妈跟人家道个歉吧！

霍音百感交集，在对话框里打出几个字，又删掉，再打，再删……

奇怪的情绪在她心里翻涌。那明明是她最熟悉、最亲近的家人，这个时候她却突然不知道该怎么样面对对方。第三次打字上去，还是觉得不对，正要删掉，她倏然听见一道微微沙哑的男声："霍音。"

霍音下意识地转头，在餐厅里四下张望一圈，没找见叫她的人。她捂捂刚刚在外面冻得发红的耳朵，唯恐是耳朵出了问题。

"咚咚——"耳边传来两道不疾不徐地敲击硬物的声音。大约因为声音的源头距离她太近，她甚至感觉到了些微震动，她很快找到了声音传来的方向。

霍音转过头，与站在外面的年轻男人四目相对。他们距离很近，就隔着一扇窗，一天未见就显得有些陌生的男人站在窗外。

程嘉让穿的还是那天她在他的行李箱里翻出来的那件黑色羽绒服，拉链停在领口处，露出一截脖颈。他戴了天蓝色的口罩，浓黑的眉毛断了一截，虽面带病容，但依旧可辨出几分桀骜，像是丛林中沉睡方醒的孤狼，浑身透着"生人勿近"的气息。

方才的响声，大约是他用食指和中指指背轻叩了两下玻璃，手还未来得及收回去。霍音看过去的时候，他漫不经心地站在室外，身后是行色匆匆的路人。

他们隔着一整扇落地玻璃，视线相交。

这玻璃不大隔音，她看见他对自己扬扬下颌，嗓音中透出冬日的凉意："这儿呢！"

程嘉让的车就停在马路边，是一辆黑色的越野车，底盘很高，她每次上车都有些费力。他好像格外喜欢这样的车，那也确实与他狂放不羁的性子相配。霍音从麦当劳出来的时候，对方已经先一步往越野车的方向走去。

她突然想起被困在悦龙山庄盘山道上的那一次，也是这样，他要开车载她，一个人走在前头，一句多余的话也没有说。那时他们讲过的话，加起来不超过三句。他惜字如金，跟她说的每句话不超过五个字。

他们在皖南的事好像突然之间被抹掉了，无人在意。

数九寒冬，凛冽的狂风不合时宜地侵袭而来，霍音一手拉着行李箱，顶着风艰难前行，裸露在外的右手被这寒风一吹，几欲皲裂，冷得发疼。

霍音跟上去，试图化解尴尬的氛围，问："你的病，有没有好一些？"

对方已经打开后备厢，没应她的话，伞骨一样修长的手探过来。他想接过行李箱，却正好与她的手贴在一起。

她的手刚刚被店里的暖风吹得有了些温度，现在又冷得像刚从冰水里抽出来一样。男人的手不经意地擦过的一瞬间，她像是突然被烫了一下。

不过，她被这股西北风吹得很清醒，礼貌地拒绝道："我自己来就可以，这个很重，你生病了。"

她话音还没落下，手里的行李箱已被男人夺过去，轻轻松松地放进后备厢里。

男人看了她一眼，微挑的断眉像是在说：以为我拎不动，嗯？

车上，她将安全带扣好，车子如离弦之箭，飞速驶出。

封闭且狭小的空间里十分安静，连一丁点儿声响也被无限放大。

驾驶座上，程嘉让的目光从霍音冻得发紫的手背上掠过，回到正前方。他单手打着方向盘，另一只手探到中控台附近，将暖风开到最大，又点开车载 FM。

两个人谁也没有开口说话。车里的暖风一点点将霍音被冻得发凉的身体唤醒。

车载 FM 中正播着晨间新闻，电台主播字正腔圆，一条接着一条播报。霍音靠在宽阔的副驾驶座上，听得昏昏欲睡。

主播的声音戛然而止，静谧的空间内只剩下暖风吹出的声音。

电台停了，霍音下意识地看向中控台，恰好捕捉到男人关掉电台后，还没完全收回去的手。

收回目光之前，她听到了程嘉让说的话，声音中听不出情绪："怎么突然回北京了？"

男人说着利落地打着方向盘，车向右转弯。

"那个⋯⋯是顾师姐。"霍音照实说，"顾师姐打电话给我，说学校要举办五十周年校庆，找我还有几个人过来帮忙。师姐说工作很多，希望我能早些回北京。"

"刚到？"

"你怎么知道？"霍音脱口而出。她问完才反应过来，她是拉着行李箱过来的，很明显是刚下飞机。她否认道："没，我到了有一会儿了。"

"有一会儿⋯⋯你一直在这儿？"程嘉让眉头微蹙，面色冷峻地看着她。

　　闻言，霍音摆摆手，解释道："没有一直在这儿，我四点钟下的飞机，打车回了学校。学校宿舍不开放，我才又坐车来了这边，到的时候已经六点多了。"

　　她说完，发觉车子里的气氛好像跟刚刚不大一样了，瞥了他一眼，感觉男人的脸色好像比刚刚更沉了。

　　很快，她听到对方用低沉的声音说："所以，你在医院楼下待了两个小时。"

　　霍音小声道："其实也没有那么久。"

　　"没那么久？"男人吸了一口气，舌尖抵住腮，像是在控制情绪，"你知不知道外面多少度？"

　　"温度是有点低，但我没感觉有多冷……"

　　"没感觉有多冷？"

　　他们前面的车开得出奇地慢，程嘉让不耐烦地按了两声汽笛，随后用余光瞥了霍音一眼。他紧锁着眉，语气也有些冷："为什么不找个室内待着？"他完全不给霍音说话的机会，一句连着一句，"学校宿舍没开门，你为什么不先找个地方放好行李，安顿下来？你到附院找岑月，那如果岑月没来呢？你就一直在外面等着？"

　　他好像生气了，是因为之前的事情吗？还是因为这么冷的天，她打了电话过去，他不得已来接她？

　　霍音咬咬唇，忍不住小声辩解道："我……我就是在想，我带你去我家过年，是想你的病能好起来。可是突然出状况了，你直接回了北京，还生着病。你帮了我那么多次，我觉得我至少应该问问你。"

　　他刚刚语气不太好，有点凶，霍音说着话，脑海里还是他凶她的样子。她很轻地吸了吸鼻子，垂下眼，道："但我……我没有你的联络方式。"

　　驾驶座上的人突然安静下来。前面挡路的车已经开远了，程嘉让转动方向盘，车向左转弯。

良久，车开进一个高档小区朝苑华府，霍音垂着头，恍惚间听见身边的人无奈地叹了一口气。

越野车在十三号楼前停下。霍音后知后觉，问："这里是……？"

男人反应平淡："我家。"

"啊？"霍音讶然转头，看向身边的年轻男人。对方停稳车，拔下钥匙，解开安全带，却没有下车，反而扭头看过来，冲着她手的方向挑了挑眉。

霍音没懂他的意思。

程嘉让淡淡地开口："手机给我。"

"我的手机吗？"

"对。"

霍音不知道他要做什么，顿了一下，还是从包里掏出手机递给他。

程嘉让接过，很快又递到她面前，言简意赅道："解锁。"

霍音解开指纹锁，乖巧地小声说"好了"，然后便看到程嘉让拿着她的手机，手指在屏幕上飞快地敲着什么，半晌才将手机递回她手上。

霍音问："你干什么了？"

男人下车之前撂下一句话："我两个手机号都存上了，还有微信，也加上了。"

时间回溯到前一晚，三里屯的一家酒吧开业，男男女女扎堆。

陈阳正搂着美女喝得不亦乐乎，手机铃声突然响起来。他咒骂了一声，掏出手机，一看来电显示，立刻放开美女，拿着手机出门。

到了安静的地方，陈阳才接起电话，脸上带着几分笑意："哟，阿珩啊，你还有时间给我打电话呢？不是忙着追妻吗？怎么样了，哄好了？"

电话那头，林珩的情绪听起来不大好："有事找你。你在哪儿？"

"你不会是已经回北京了吧？"陈阳有些惊讶，"我还能在哪儿，三里屯新开一酒吧，跟哥儿几个在这儿喝点儿。"

"没，我还在路上，没赶上飞机，现在在高铁上。你跟谁喝酒，有江子安没？"

"江子安？在这儿呢，场子里喝得最起劲的就是他。咋了你，找他有事？"

"他在就行。你帮我个忙。"

"什么忙？你说。"陈阳握着手机，等林珩说话。

"你多叫几个人，让江子安明天带你们一起去一趟程嘉让家。"

"啊？"陈阳不懂林珩的意思，"去让哥家干吗？再说了，你没事让江子安带那么多人去让哥家，江子安肯吗？"

"你可以跟江子安说，让他庆祝一下程嘉让回北京啊，理由多了，你随便想想。总之，别说是我让你办的，也别提到我。"

"可以是可以，不过为啥啊？"

对面的人沉默了两秒钟，才说："你就顺便帮我看看，霍音是不是在程嘉让家。"

"什么，霍音？"陈阳作为林珩最好的兄弟，当然知道霍音是林珩的女朋友，是以一听到这话，十分惊讶，"你女朋友怎么会在程嘉让家？等等，她跟程嘉让……"

"我也不知道，现在还不能确定，所以才要你帮忙。"

陈阳低声骂了一声，道："阿珩，你放心，这事儿包在我身上，我现在就去办。"

"谢了兄弟，你记得，千万别提我。"

"好。"

北三环，朝苑华府某栋楼内，电梯停在十一楼。

一下车，程嘉让就把她的行李箱拎走上楼，霍音默默跟在他后头。

一梯一户，他们出了电梯，走在前头的男人拎着行李箱进门，直接换鞋、脱外套。

霍音跟进去，带上门，轻声问："我要换鞋吗？"

"不用。"年轻男人走到半开放式的厨房里，没回头，说，"我这儿没给小姑娘穿的鞋。"

霍音哦了一声，慢吞吞地走进客厅。

"坐，喝水吗？"程嘉让问她的时候，已经开了冰箱门，从冷藏柜里拿出两瓶冰矿泉水。

他准备往沙发的方向走，突然顿住了，回到中岛台前，拧开盖子将水倒进热水壶里加热，这才转身走到沙发前，坐到离霍音不远的地方。

他随口问："水还得烧一会儿，你饿吗？"

霍音摇摇头。她刚刚在麦当劳喝了一杯咖啡，现在不想吃东西。然而她刚摇完头，肚子便很不争气地响了两声，在安静的房间里格外明显。

霍音尴尬地扭过头，听见男人散漫地笑了一声。

他掏出手机，淡淡地道："我这里只有方便面，你想吃什么？我叫外卖。"

听见这话，霍音连忙回过头，摆摆手："不用不用，方便面就可以。"

"行。"程嘉让撂下手机，"等着。"

"那个，"麻烦人家动手有些不好意思，霍音小声问，"你会煮吗，要不要我……？"

她话还没说完，就被人打断："看不起谁呢？"

程嘉让去了厨房，煮了一碗方便面，还很大方地打了两个鸡蛋进去。等端着面回到沙发前时，他却发现小姑娘在沙发上睡着了。

早上，阳光越过落地窗争先恐后地闯进室内，为这黑白灰三色为主的房间里添了几抹亮色。

除了上午的阳光，为公寓增色的还有窝在沙发上睡觉的姑娘。宽阔柔软的灰色布艺沙发上，女孩子只占了很小的一角。她还穿着鼓囊囊的奶黄色厚羽绒服，半张脸缩进高高的衣领里，只露出光洁的额头和冷冻发红的鼻尖。

她呼吸很轻，蜷缩成很小的一团，像熟睡的猫。

程嘉让将刚刚煮好的面轻轻放在一旁的茶几上，又看向睡着的小姑娘。

窗外风声阵阵，他将人抱进卧室，放到床上，替她盖好被子。出来后，他倚在沙发上点燃一支烟，猛吸一口，烟草烧掉一大截，烟灰被弹进烟灰缸里。

无人听见男人低叹。静谧的公寓里，香烟燃烧的声音被无限放大。

这样的环境里，突如其来的敲门声就显得格外突兀，瞬间把人的注意力吸引过去。

程嘉让灭了烟头，瞥了一眼主卧的方向，起身大步走到门前，将门打开。

门外没人，程嘉让浓眉一皱，正欲关门，门却被人抵住，紧接着是震耳欲聋的一声："惊喜来了，让哥！"

程嘉让的手上被塞了一大束红玫瑰，同时，江子安跟一群朋友从角落蹦出来。江子安站在最前面，领着后面的人道："来来来，欢迎我们英俊潇洒仅次于我的让哥回京！俗话说，一日不见，如隔三秋，这一个月不见，我可想死让哥了。"

江子安后头跟着六七个人，有两三个程嘉让眼生一些，是经常跟林珩一起玩的，比如陈阳。

江子安平时最能活跃气氛，可以说是一呼百应，话刚说完，后头几个人就跟着起哄。

"欢迎让哥——"六七个成年人一齐起哄，声音很大，似要掀破屋顶。

程嘉让眉头皱得更紧了，转头看了一眼身后紧闭的卧室门，又回过头，目光最终落在江子安身上。他拖长尾音问："今儿唱的哪一出？"

江子安扬了扬手里的一大瓶罗曼尼康帝："这不是好久没见了？咱今儿个大出血，特意整瓶好酒，哥儿几个陪你高兴高兴。要不再叫几个妹子过来一起玩？我说让哥，咋了，不让进？金屋藏娇呢？"

程嘉让把手里那一大束玫瑰丢回江子安的怀里，道："少把你泡小姑娘那一套用在爷身上。"

"咱这是给你的惊喜，快快快，整点儿水喝，开俩小时车过来的，一口水没喝。"

"楼下超市自己买去。"程嘉让抬抬下颌，散漫地开口，"我病了，你们几个晚上找个场子聚吧，我关门了。"

"让哥，这你可就不地道了，哥几个远道而来，就为跟你聚聚……"江子安还在说话，陈阳已经借机挤进了门。

江子安原本只想多贫嘴两句，随后就带其他人去别处玩，陈阳这突然的动作弄得他有些蒙。他尴尬地挠挠头，看向程嘉让："让哥，这……"

程嘉让瞥了他一眼，撂下一句"进来"，转身往里走。

陈阳越过玄关溜进了客厅，扫视一圈，目光落到角落里随意摆放的行李箱上——粉红色的，显然不是程嘉让的。不过这个行李箱也不一定就是霍音的。

他正想再四处看看，其他人已经过来了。看他这样，有人笑着调侃道："陈阳，你一进让哥家就到处溜达，咋回事？成天跟阿珩在一起，没学会点儿礼貌？"

林珩温文尔雅，是典型的绅士，陈阳是他最好的兄弟，旁人自然习惯拿林珩来调侃陈阳。

提起林珩，很快有人问："不对，阿珩这几天怎么见不着人呢？他不是在北京吗，也不出来玩，无不无聊啊？"

"阿珩正跟对象闹分手，估计没心思出来玩吧？"

"他跟对象闹分手？他那个对象我有印象，叫什么音，好像是新传的'系花'，漂亮得很。"

这些话一出，陈阳有了些被人识破般的尴尬。程嘉让冷冷地看着他，他咽了一口唾沫，避开程嘉让的目光，故作轻松地指了指角落里那个粉红色的行李箱，说道："我这不是看到让哥家里放了一个粉红色的行李箱，有点好奇吗？让哥会用这么粉嫩的东西？不会真是金屋藏娇吧？"

其他人听了，起哄道："咱也是真想看看，到底是啥样的姑娘，能把我让哥降服了。"

"让哥，嫂子在你就直说啊，我们闯进来，没耽误你办正事儿吧？"

"让哥交女朋友了，不叫出来认识认识啊？"

程嘉让没有搭话，瞥了一眼主卧室，随后往沙发上一坐，长腿交叠，兀自点了一根烟。

江子安坐到程嘉让身边，突然一拍沙发，激动地指着茶几上那碗坨掉的方便面道："让哥，你要是没情况，兄弟我跟你姓。

"你不是吃方便面都恨不得用凉水泡的主儿吗？现在竟然煮了，还准备了鸡蛋，这是谁给你做的？"

程嘉让瞥他一眼："老子自己。"

"你说话就好好说，别那么大声。不对，你不是不爱吃鸡蛋吗？"

"我乐意。"程嘉让踹了他一脚，"换口味了。"

"你这口味挺别致。"

与此同时，主卧里，厚厚的灰色遮光窗帘被拉上，遮住了两面落地窗。原本阳光充盈的房间此时光线昏暗。宽足两米的席梦思大床上，身形纤瘦的小姑娘侧卧着，正在睡觉。霍音睡了有一会儿了，此时在厚厚的被子里蜷缩成一小团，深深地陷在梦中。

光怪陆离的梦境里，她频繁地梦见一个人——程嘉让。

她的梦境好像是由记忆深处的碎片拼凑起来的。

比如，西郊山下，她的碎花裙被夏日暖风扬起，她亲眼看着他用力一扳，将人脱臼的胳膊给接回去；冬雪漫地的深夜，盘山道上，他开着越野车一往无前；别墅里，古怪的声音传来，他将他的耳机借给了她；还有皖南小县城新修的柏油马路上，他开着电动三轮车载她回家……

或远或近的记忆碎片交错着闪过，大脑中甚至浮现霍音自己都没有见过的错乱画面——昏暗的卧室内，程嘉让穿着一件烟色的衬衫，有力的手臂横在她的脊背、腿窝，轻而易举地将她抱进到卧室，放在宽阔的大床上。她分明在梦中，却好像五感未失，嗅得见男人身上淡淡的茶树香以及烟草气。

他呼吸很重，嘴角噙着笑，目光在她的身上流转，随后二人呼吸交错，他俯身而来……

门外，罗曼尼康帝已经开了瓶，几个人人手一杯。大半杯酒下去，众人都上头了，气氛比刚刚还要热闹。

有人仗着平时没少跟程嘉让一起喝酒，不怕死地开口问："让哥，你大方点儿说，咱嫂子这会儿是不是在卧室呢？你还怕哥几个吵到她，这么宝贝呢？"

程嘉让浅抿了一口酒，闻言，将酒杯重重地往对方的杯子上一撞，眼神散漫且危险，声音不咸不淡："要喝酒就喝酒，喝完酒赶紧滚。"他目光扫过在场的每一个人，说话不带什么情绪，却让人轻易察觉到威胁感，"把人吵醒了，今晚爷让你们谁都别想睡觉。"

"好家伙，所以说卧室还是有人吧？"

"要你管？"

众人继续喝酒，笑成一团。

程嘉让没让人出来见他们，他们虽然好奇，但也只是调侃两句，并没有将卧室的事当一回事。

谁也未承想，最后一口酒下肚，众人正要从公寓撤离时，卧室里突然传来一道女声。那声音又娇又软，还带着一丝甜意，像是在迷糊地撒娇，光是听着都叫人觉得骨头都酥了。

"程嘉让，嗯……你别这样呀！"

客厅里安静了三秒，众人随后开始起哄。而一向不苟言笑的程大少爷用舌尖抵着腮，面上的笑意遮掩不住。

昏暗且陌生的卧室里，霍音倏然起身。她从梦中惊醒，迷蒙的双眼看向周围的一切。这里和她刚刚在梦里看到的场景很像。

她有些恍惚，分不清楚是梦境还是现实。

她刚刚……梦到他了。程嘉让抱着她，把她放到……床上，然后压到她身上，很热烈地亲她。

霍音突然注意到自己现在就坐在一张宽敞的大床上。她咽了一口唾沫，不知所措，随后听到门外嘈杂的声音。有人正激动地起哄："哎呀，让哥，你再演啊！"

"好家伙，我直接好家伙。"

"我让哥终于不用把大摩托当老婆了。"

他们调侃够了，稍稍安静下来的时候，她才终于听到一道熟悉的声音。男人的声音中有微不可察的笑意，隔着紧闭的房门传来："你们赶紧的，自个儿找别的地儿玩去。我去看看她。"

霍音的大脑捕捉到最后几个字，飞速运转起来。

他要来看她。可他为什么要来看她？

随后霍音猛地想起她从梦中惊醒的那一瞬间，程嘉让单手将她的两只手腕按在头顶，文胸的细肩带被他长指指尖扯开。她羞赧地挣扎，他慢慢松开手，随后她开口拒绝道："程嘉让，嗯……你别这样呀！"

她想起来了，她好像真的喊了那么一句话，还是在外面有那么多人的情况下。她的语气好暧昧，难怪他们要起哄，原来是在笑她！

完全回想起自己刚刚做了什么，说了什么，又引发了什么后果时，霍音注意到脚步声已经到了门前。

咔嗒一声，房门被人从外面打开，略显刺眼的光线冲了进来。

房门只开了一道缝，又高又瘦的男人侧身进来。他逆着光，身形被细细勾勒，俊秀的脸上带着一丝笑意。

他反手关上房门，二人四目相对。霍音满脑子里都是眼前人刚刚扯开她的肩带，用力制住她的模样。她的第一反应是一把扯上被子，整个人重新缩进被窝里。

狭小的空间里，所有感觉被无限放大。霍音紧张地呼吸，在被子中嗅到浅浅的混着烟草味的茶树香气，跟程嘉让身上的味道一模一样，很好闻。

她攥紧的手指倏然很轻地战栗了一下，然后就听见被子外的男人低声笑了："怎么还躲起来了？"

霍音缩在被子里一声不出，装鹌鹑。

他今天好像格外有耐心，说话不疾不徐："霍软软，怎么不说话？"

"软软"这个小名她从小听到大，很长一段时间里，没人叫她霍音，都是叫软软。这是她无比熟悉的名字，可是今天听到他喊，霍音咬住唇，心跳不由得漏掉一拍。

一股力道捏住被角，被子被掀开一道缝。有风吹进来，霍音感受到后颈处的凉意，一把将被子扯回来掖好。

她的声音自被子里发出，闷闷的："我睡着了。"

"睡着了还说话？"

"我说的是梦话。"说完她就后悔了。什么梦话，她怎么哪壶不开提哪壶？

不过，被子外面的人好像就此放过她了，半晌没说话，扯被角的力道也被收回了。

理智告诉她，要继续躲在被子里不能出去，她的身体却难以负荷。

被子里的氧气快没了，霍音又忍了十几秒，发现外面没什么响动了。或许程嘉让已经出去了。那她就可以出来呼吸了。

霍音带着几分侥幸，小心翼翼地拉下被子探出头。

她刚吸了半口清新的空气，便对上了年轻男人戏谑的目光。

程嘉让单手插兜，居高临下地看着她。他用略显喑哑的嗓音说："你刚刚的梦话，说得挺好。"

Chapter 06

男朋友

"不，程嘉让不是我的男朋友。"

01

　　宽阔的双人床上，灰色床单铺得平平整整的。小姑娘身量纤细，正躺在大床里侧，双手捏着被角，只露出困意浓郁的双眼，看着他。

　　那帮闹腾的家伙刚刚已经跟他道别离开了，客厅里早就安静下来，整栋房子里又只剩下他们两个了。

　　程嘉让双手抱臂，下颌一扬，随口问："是起来吃饭，还是再睡一会儿？"

　　"我……还是好困。"霍音细声细气地回应。理智告诉她这里是他的卧室、他的床，她睡在这里不大合适。可是她从皖南到北京，一个人赶路，也不敢睡觉，一路舟车劳顿，实在有些累。没躺下的时候还好，现在她睡到一半，理智完全不能战胜本能。她说话的时候困到眼睛都闭了起来，声音含混不清："可是……我睡这里，会不会……不太好？"

　　再度睡着之前，她似乎听见程嘉让撂下了一句话："有废话的工夫，早就睡上了。"

　　关上卧室门，程嘉让重新回到客厅。方才一片狼藉的茶几不知被谁简单收拾过，上面只剩下空酒瓶，还有他未喝完的半杯酒。

　　他想起了几分钟前的情形，一大帮人坐在这里喝酒，屋里的小姑娘突然来了那么一句。

　　程嘉让坐到沙发上，两肘撑在膝盖上，很低地笑了一声。

　　他端起刚才没来得及喝的半杯酒，一口喝完，酒香在唇齿之间四溢。

酒瓶里再也倒不出酒了，程嘉让干脆起身，到厨房的酒柜里拿了一瓶白兰地。他染了风寒不便饮酒，不过今天开了头，便懒得再顾忌。

这瓶度数不低，刚两杯下去，他便觉得有点上头，脑海里有各种信息浮现。

他想起了很多以前的事。

后海那一面之前，程嘉让只见过霍音几次。他们离得最近的一次是她凑上来给他点烟，那时她垂着头，点完烟后朝林珩笑，手腕纤细得像他一把就能捏断。有时候在学校见到她，他会漫不经心地多看她两眼，偶尔闪过一些放荡的想法，他便从口袋里掏出烟，点上抽一口。

他今天这酒喝得委实有些上头，不光因为之前的事，还因为昨天听到的那些话。

"他不是你的朋友吗？"

"我跟你的朋友，一点儿也不熟。"

"你这么说，我想起来了。这么算起来，我跟他是很熟。我还帮他点过烟，当着十几个校友的面。阿珩，那还是你要求的。"

程嘉让没注意到手上的烟快要烧完了，下垂的手指猝不及防地被火星烫到。

他皱了一下眉，将烟蒂丢进烟灰缸里，看向被烫到的指间，另一只手在受伤的指腹上重重一抹，浓眉皱起来，重新点了一根烟。

霍音睡醒了，小心翼翼地整理程嘉让的床单、被子，穿上鞋，轻手轻脚地走出门。她这一觉睡得实在太沉，到他家的时候似乎不到十点，而现在，天色已是一望无际的黑。不过，人间尚有霓虹灯火，将整座城市照得五彩斑斓。

客厅里没有开灯，整个房间看起来很黑，她只能借着窗外霓虹灯的光，勉强看清屋子里的情形。年轻男人倚在沙发上，身前的茶几上摆了两个酒瓶。她看过去的时候，他恰好也在抬眼看她。

霍音轻轻地拍了两下心口，像怕吵到谁似的，小声问："你喝酒了吗？"

即使对方不回答，这个问题的答案也昭然若揭——屋子里弥漫的酒气是最好的证明。

男人的声音中听不出醉意："一点点。"

"可你还在生病，吃了药喝酒，会不会有影响？"

"我没事，这么些酒，我还死不了。"他在沙发上坐好，淡声道，"过来。"

霍音摸不清他到底有没有喝醉，不过很敏感地觉得，现在的气氛有点不对。

她张了张口，慢吞吞地上前两步，走到他跟前，忍不住开口问："你真的还好吗？要不要喝点醒酒汤？冰箱里有东西吗？我去煮。"

"不用。"

霍音将信将疑，到沙发上坐下，跟身边的男人隔了一点儿距离。她的眼睛几乎适应了黑暗，这个距离看过去，勉强可以看清对方的轮廓。

他看起来不对劲。但是他好像真的如他所说，并没有醉，眼神很清明，淡漠地凝视着她。

"你怎么啦？"

"没事。"程嘉让顿了一下，声音喑哑，"只是在想，霍音，我应该向你道歉。"

霍音，我应该向你道歉。

好突兀的话。

霍音从来没想过程嘉让会说这样的话。她不明所以，问："什么？"他为什么要向她道歉？

"真的很抱歉，"男人眉头微皱，狭长的双目凝视着她，声音低沉得如同窗外晦暗的天色，"那天我应该，拒绝你帮我点烟。"

什么？那天他应该……拒绝她给他点烟？

那天的事，她以为只有她一个人记得。其实她想过等林珩跟她道歉，可是一直到今天都没有等到。她从来没有想过，为这件事跟她道歉的人，会是程嘉让。

霍音不自觉地咬住下唇。她是在自己的声音出来的时候，才发觉自己情绪不对的。她只是很轻地"啊"了一声，出声的时候才发现声音不受控制地发涩。

帮他点烟，那是好久之前的事情了，她好难堪。霍音以为自己已经释怀，可是听到他这样说的时候，本能的反应毫不留情地出卖了她。

霍音觉得喉咙好苦，眼睛也涩涩的，愣了两秒钟才胡乱地摆两下手，语无伦次地道："怎……怎么突然提起这个了？我都已经忘了，太突然了。我……我也应该向你道歉的。"她吸了一下鼻子，声音好着急，"程嘉让，对不起，我不应该把你一个人扔在家里，对不起……"

她是很感性、很容易情绪激动的小姑娘，一不小心就混乱了，情绪全写到脸上。

话说出去，她才感觉自己有点过激，捂着心口调整自己的呼吸节奏。

眼前的人在这个时候回应她的道歉，云淡风轻，像是没放在心上："这有什么？"他似乎被她可怜巴巴的样子逗笑了，开口问，"我的错误更严重。那为了表示歉意，我带你去吃夜宵，好吗？"

北三环，高楼鳞次栉比，一眼望不到琼楼玉宇的边界。在这座历久弥新的城市，晚上九点钟，属于城市的夜生活才刚刚开始。

霍音跟着程嘉让从朝苑华府来到附近最繁华的商圈，一眼便能看到周围有数家大型商场，巨型 LED 屏幕上播放着一条又一条商品广告，代言人全是一线明星。

霍音被银泰百货二楼的大型白色广告牌吸引了目光，广告牌上只有一块低调奢华的男士手表和一行品牌名称。霍音对奢侈品了解不多，但也知道这个牌子的手表，每一块都价值不菲。广告牌上的那块手表，她见程嘉让戴过。

她看着广告牌，有些出神，以至于外卖骑手骑着车风驰电掣地从她身边驶过的时候，她险些被撞倒在地。

千钧一发之际，她被程嘉让拉了一下。程嘉让是扯住了她的帽子，霍音被这股力道拽着跟跄了一下，有惊无险地停到了程嘉让身边。

不过她还没站稳，对方的大手不知什么时候从帽子处移到她的小臂上。他又轻描淡写地一拉，她就站到了他的左边——道路里侧。

戴蓝色一次性口罩的男人转过头，断眉一皱："想什么呢？"

霍音摇摇头。

"你今天晚上住哪儿？"程嘉让突然换了话题。

"我去外……"她当然是住酒店。不过，她还没说完话，就被身边的人径直打断："住我家好了。"

霍音听见他这么说，惊得连声咳嗽。

宽大的奶黄色棉衣包裹着她纤细的身子，北风吹得她几乎快要站不稳，她看起来比他还要像个病号。在霍音看来，孤男寡女一起住，真的很离谱。她止住咳，斟酌着开口道："谢谢。不过这样太麻烦你了，也不太方便，我去外面随便找个酒店就可以了。"

两个人有一搭没一搭地说着话，不知不觉间已经走到了露天的步行街上。

"你知道有句老话吗？"程嘉让看了霍音一眼，"肥水不流外人田。我最近手头紧，你住在我那儿，我按酒店的价格收费，但给你打八折。"

"啊？"他缺钱？

霍音想起之前，眼前这位包下一整个冰糖葫芦摊子。那天她问他为什么买那么多糖葫芦，他说他就是钱多得没处花。

　　"一天八十元，很合适，你考虑一下？"

　　"你在我家那边住的酒店也没有这么便宜啊。"霍音忍不住小声说。

　　这里可是寸土寸金的北京城。

　　对方一脸不以为意，道："这不是看你小姑娘一个吗？"

　　与此同时，几百米外，银泰百货三楼的一家连锁咖啡厅内，两个年纪不大的男人并排坐在吸烟区，一人一根烟，有一句没一句地说着话。

　　陈阳吐了一口烟，忍不住问："阿珩，你怎么就觉得你女朋友会跟程嘉让扯上关系呢？他们俩除了认识你，简直八竿子也打不着啊！况且，程嘉让那种脾气，怎么看也不会喜欢乖乖女啊。"

　　林珩看向对方，被他气笑了："不喜欢阿音那种乖乖女……那你觉得他喜欢什么样的？"

　　"我觉得怎么着也得喜欢野一点儿的，他那样的，一般人也降不住啊！"

　　"那如果我说，程嘉让用阿音的手机跟我通过电话呢？"林珩推了推眼镜，转头看向楼下热闹的步行街。

　　"什么，程嘉让用霍音的手机跟你通过电话？他是怎么说的？"陈阳不解，"你当时为什么不直接问他是什么意思？"

　　"他没有说他是程嘉让，只是我听出来了。用那种口气说话的，除了程嘉让，我找不出第二个。"林珩又抽了一口烟才继续说，"就是上回，咱们喝多了，你们非让我给阿音打电话。我话说到一半，突然有个男人把她的手机夺过去，跟我放了两句狠话。"

　　"说的什么？"

　　"说'再给我对象打电话，老子现在飞过去干你'。那天我说有事走了，其实只是回家。我在回去的路上又给阿音打电话，没打通。"

　　陈阳闻言，愣了须臾才讪讪地开口："还别说，这事真像那位能干出来的。不过只是声音，还是不能证明那个人就是程嘉让。"

"这不指望你吗？谁知道你去他家跑了一趟，什么也没发现。"

"那个，其实……"陈阳顿了一下。

今天从程嘉让的公寓出来之后，他就跟林珩通了电话。

不过，当时想着卧室里虽然真的有女孩儿，可是他没见到人，也不清楚霍音的声音，不确定那个人是不是霍音，所以就只提起了女式行李箱的事。现在听林珩这样说，陈阳忍不住说："其实程嘉让家里好像确实有个姑娘。"

"什么？"看着步行街上成双成对的年轻男女，林珩心里五味杂陈。他瞥见一个穿着奶黄色棉衣的娇小身影，觉得眼熟，正欲多看一眼，被陈阳的话吸引，又转头去看对方，问："你上午的时候怎么没说？"

"主要是我也没真的见到人，想着多一事不如少一事。万一根本不是，我说了岂不尴尬？"

"说仔细一点儿。"

"其实也没什么，就是我们过去的时候，大家一起闹腾，然后程嘉让提醒大家小声说话，大家就调侃他金屋藏娇。"陈阳瞥见林珩的神情明显冷了下来，吸了一口烟，继续说道，"不过大家只是调侃一下，没觉得屋里真的有女人。没想到，我们要走的时候，卧室里真的有个姑娘突然说话了。"

"说的什么？"

"其实也没什么，估计是说梦话。"

"我问你说什么了。"

"就……就是一句跟程嘉让撒娇的话，你确定要听？"

林珩重重地推了一下眼镜："说。"

霍音是在跟程嘉让一起买烟的时候遇见 A 大医学院的李主任的，彼时那个刚刚说完"我最近手头紧"的人路过一家烟酒超市，张口就问老板"有没'九五'"。一百多元一盒的烟，少爷眼也不眨地买了两盒，完全不像缺钱的样子。不过，他这么花钱，会缺钱实属正常。

李主任在霍音拍摄医学院的招生宣传片时跟她对接过，所以霍音对他有些印象。李主任正从步行街的另一个方向走来，似乎也对霍音有印象，远远就看了过来。

二人四目相对，霍音礼貌地打招呼，道："李主任，好巧。"

程嘉让从烟酒超市出来，先瞥了一眼霍音，然后才顺着她的目光看了过去。

"李主任，有阵子没见着了。"

"小霍，程嘉让？"李主任的目光在霍音和程嘉让之间来回移动，"你们俩这是？"

看起来，李主任误会了。

霍音下意识地看了一眼身边的年轻男人，开口解释："我们两个刚好遇……"

"我们出来吃夜宵。"程嘉让接过话，很快将话题引到李主任身上，"领导最近忙什么呢？"

说话间，李主任走到他们面前。他似乎和程嘉让颇为相熟，一看到他就打开了话匣子，皱着眉开口道："哎呀，你可别提了，我最近真是忙得焦头烂额。"

"什么事能让我们李主任忙得焦头烂额？"程嘉让随手将刚刚买的两盒烟递了一盒过去，漫不经心地问，"校庆的事？"

"你怎么知道？"

"还没开学，除了这件事，还能有什么事？"

李主任像是终于找到了能说话的人，当即开始吐苦水："还别说，就是这个！学校不开放学生宿舍，但又要我们招几百个志愿者。志愿者都是来帮忙的，不住宿舍，总不能自掏腰包住酒店吧？"

"学校没批经费吗？"

"批了，但那些钱够干什么？现在我只能先找地方，能安置几个是几个，实在不行再从别的地方挤些经费出来。"

霍音默默听着，没说话。李主任还有事，又说了几句后就走了。霍音听见程嘉让慵懒地开口道："看见没，住在我那儿，给领导省点儿事。八十元一天，买不了吃亏，买不了上当。"

霍音咬咬下唇："一百元一天，不能再少了。"

程嘉让低笑一声，调侃道："你挺会过日子啊！"

03

北京城的天气转变，总是来得很突然。进了正月，那些寒风呼啸的日子突然就一去不复返了。

大年初二，步行街上张灯结彩，年味还没散。走在四处装点得红火的大街上，与熙攘的人群摩肩接踵，被热闹的气氛浸透，人似乎不觉得冷。

霍音和程嘉让今天的晚餐是在银泰百货四楼的一家法菜馆吃的。这家餐厅占了商场这层一半的位置，装潢考究，比学校附近的那家西餐厅还要高档。

"先生、小姐，两位这边请。"他们甫一进门，便有服务员热情地引路，将他们安排在一个靠窗的位子上，然后给他们各自递上一份菜单。

"两位需要吃点儿什么，跟我讲就可以。"

霍音温和地点点头："好，谢谢。"

她还没来得及打开菜单，便听到坐在对面的年轻男人淡声问："想吃什么？"

"我都可以。"霍音注意到旁边的服务员正在和她的同事讲话，干脆往前探探身子，小声同程嘉让说，"我没吃过法国菜，不知道该点什么，你吃什么我就吃什么。"

男人的目光在她的脸上停了片刻，他微微一笑，颔首道："那我帮你点。"

"好。"霍音柔柔地笑了起来，"谢谢。"

程嘉让垂眸，餐桌上空略显昏黄的吊灯灯光直直打下来，照得他高挺的鼻梁上那颗褐色的小痣时隐时现。

男人慢条斯理地翻开菜单，扫过一眼，又问霍音："有没有什么忌口的？"

"我不吃香菜和胡萝卜。"

对方应道："好。"

霍音打开菜单，听见程嘉让开始点餐。

"长岛冰茶、玛格丽特各一杯。"

霍音先粗略扫了菜单一眼，大约弄明白了吃法餐颇有仪式感，菜品要分成——开胃酒、餐前酒、餐前小吃、前菜、主菜、配菜、奶酪、甜点、咖啡、餐后酒。

菜单最后面有餐厅搭配好的套餐供客人选择，不过程嘉让应该是要从头到尾自己点，刚刚他点的长岛冰茶和玛格丽特应该就是开胃酒。

霍音看向菜单：长岛冰茶 89 元一杯，玛格丽特 79 元一杯。

对面的男人继续点餐："海陆牛排七分熟、法式煎鹅肝、酥皮洋葱汤、圣雅克扇贝、烤卡芒贝尔奶酪……暂时先点这些。"

"好的先生，两位稍等。"

霍音只是扫了一眼，便被价格惊到了。这些菜随便一道的单价都超过四百元，这一顿下来，他们少说也要花五千元。

霍音不懂吃法国菜的规矩，看程嘉让点菜，也不敢随便叫停，一直到服务员拿着菜单离开，才小声问程嘉让："这样会不会太破费了？我刚刚看到菜单，都好贵。"

程嘉让却不以为意，漫不经心地道："再贵，也得让你吃饱啊！"

"可……可你不是说，最近手头紧吗？"

"嗯，"对方并没否认，还大言不惭，"吃完这顿就没了。"

"那你还点这么贵的。"霍音觑他一眼，小声道，"细水方能长流，这样花好多钱吃一顿大餐之前，要考虑之后没钱的日子怎么过，你这样子是不行的。"

她家里虽然不贫困，可是从小李美兰和霍俊滔就教导她要懂得理财，钱拿到手里，不仅要考虑今天，更要过一天看三天，这样才不至于轻易陷入困窘的境地。

霍音不知道程嘉让是真的没有钱了还是唬她的，不过他花了那么多钱请她吃饭，之后如果没有钱了，她觉得自己有责任。

是以，她没有想太多，直接道："不过还是要谢谢你请我吃饭。而且，我这阵子住在你家，还要给你添麻烦，所以如果你吃饭的钱不够了，我的饭可以分你一半。"

听到这话，程嘉让眉梢一挑，舌尖抵腮，未置可否，好久才很低很低地笑了一声。

他长这么大，还是头一回听到，有人要分一半的饭给他。

霍音喝了酒，头有些晕，原本白皙透亮的脸变得红扑扑的，看起来很可爱。

她跟程嘉让一起乘电梯下楼，出商场侧门的时候，接到了顾姝彤的电话。

商场外，迎面而来的风吹得霍音一颤。她接了电话，将半只手缩进衣袖里，只露出三根手指在外面，捏住冰块似的手机。酒后，女孩子声音软软糯糯的，对着听筒温声招呼："师姐吗？"

"小音？"电话那头，顾姝彤的声音很快传来，"我这边都忙疯了，忘了问你。昨天你说坐上车了，现在呢，到没到北京？"

学校会应学生会的要求，紧急抽调校刊等几个学生组织的成员赶来筹备学校五十周年校庆的事，一定是因为需要准备的事情实在过多。顾师姐这个校刊负责人、学生会成员忙翻了，也是正常的。

霍音想到自己下午直接睡过去了，没去帮忙，有些不好意思，连忙开口道："师姐，我到北京了。我这边有些事在忙，就忘了跟师姐讲。不过明天我就没什么事了，可以去帮你。"

"真的吗？"顾姝彤喜出望外。

"当然是真的，不过我早上去过学校，大门封着，我们应该在哪里见面呢，还是电话沟通？"

"这可太好了，还是我师妹靠谱。小音，我跟你说，你是不知道，这一天快给我整疯了，原本说好要回来帮忙的人我一个没见着，咱们编辑部现在加上我一共就三个人，还赶不上其他部门的零头。偏偏摄影社的人一个没来，那都是技术活，现在也交到我们这边了，我恨不得一个人变成八个人。"顾姝彤忍不住吐槽了几句现在的处境，然后开始说明天的安排，"学校西门那边是封了，你明天从北门进来就可以，咱们在北区五号办公楼那边有集合点，你找得到吧？"

大学这三年多，霍音在校刊做事，几乎跑遍整个 A 大，对师姐说的地方并不陌生。

"知道，那几点过去呢？"

"时间紧迫，咱们早上七点就得集合，你起得来吗？实在起不来，稍微晚些过来也没关系。"顾姝彤顿了顿，道，"对了，学校宿舍没有开放，你今天晚上住在哪儿呢？是学校附近的酒店吗？我就住在离北门最近的酒店，你要不要过来跟我一起住？我们两个人也有个照应。"

霍音听到这些问题的时候，已经和程嘉让一起走到了朝苑华府门口。

霍音今晚就住在这儿，但这话显然不能说给师姐听。师姐的状态似乎没有之前那么糟了，可她到底因为程嘉让堂哥的事情伤心，霍音不太方便提起与那件事相关的人，免得又勾起师姐不愉快的记忆。况且，虽然她和程嘉让都清楚，他们住在一起时关系非常纯洁，可是说给旁人听好像实在有些奇怪。

霍音下意识地转头去看走在身边的男人，顿了顿，不得已撒了一个小谎："不用啦师姐，我已经找到住的地方了，现在再搬去那边，有点不方便。"

"啊？那你住在哪里，有人一起吗？"

"我住在北三环。"霍音看了一眼程嘉让，说话的时候避开对方的眼神，小声道，"和我闺密。"

04

朝苑华府，整间公寓的灯被尽数点亮。

客厅里，程嘉让单手插兜，白色打底衫外罩一件浅咖色的开衫。他抬抬下颌，问霍音："你今天睡觉的房间是我平时住的，除此之外，隔壁有一间，二楼还有一间，二楼的书房里也有床。不过，书房和二楼那间没有独立卫浴，你只能到一楼洗澡，可能不太方便。你自己看看，想住哪儿？"

霍音顺着程嘉让的目光看过去，似乎只有他房间隔壁的那间卧室最适合。

她迟疑地指了指主卧旁的房间，说："那……就那间好了。"说完，她双手合十，小声同对方说道，"给你添麻烦了。那个……费用是每天支付，还是最后结呢？"

"不急。"程嘉让随意地摆摆手，"搬走的时候再说。"

他说完径直越过霍音，头也未回地进了主卧室。霍音愣了片刻，猜测他这是"各自回房睡觉，互不打扰"的意思，便从角落拉回自己的行李箱，不急不缓地进入自己的房间。

　　房里，简约的白炽灯散发出淡淡的暖光，霎时照亮了整个房间。这个房间也是以黑、白、灰三色为主，和主卧一样是套间，只是面积小了些。

　　霍音将行李箱打开，准备拿几件换洗的衣服和洗漱用品。不过她离家时太着急，将东西摆放得乱七八糟的。她还没整理出个所以然，房门被人从外面叩响。

　　随后是程嘉让低哑的声音："可以进来吗？"

　　程嘉让抱着一大堆东西推门进来，毫不客气地将东西往霍音敞开的行李箱内一放。霍音看清他放下的东西——折叠整齐的被子、牙刷、牙膏、浴巾、毛巾、抽纸、一双崭新的男式拖鞋……总而言之，就是各类生活用品。

　　霍音不解地抬头，指指面前的生活用品，小声道："其实洗漱的东西我有带，你不用这么麻烦的。"

　　"哦，你不用就放着。"程嘉让挑了挑眉，"这是酒店的基本服务。"

　　"被子是洗过放起来的，其他东西都是新的。这鞋是阿姨买的，我没穿过，你不嫌丑就随便穿穿。"

　　霍音顺着他的目光看向那双黑色的毛绒拖鞋，是卡通版大嘴猴的造型，也许是为了保暖，大嘴猴被改成了长毛生物。

　　程嘉让瞥了这拖鞋一眼，站起身前还不忘摇摇头，低语一声："蠢死了。"

　　在程嘉让家住的第一夜，霍音因为白天睡了太久，晚上失眠了。她躺在床上玩了大半夜的手机，才艰难地有了困意。静谧的长夜中，想起自己与程嘉让仅一墙之隔，霍音无端生出一种奇怪的恍惚感。

　　不知道是什么时候入了梦，她再醒来的时候，是被手机里一遍遍响起的闹铃叫醒的。五点，她掀开窗帘往外看，古老的城市才刚刚苏醒，遥遥望去，远方的街道上已有行人和车辆。

顾师姐说七点在学校集合，虽然特意强调可以稍微晚一些，但她不想迟到。况且这里离学校不近，她对这边的路又不太熟，起来还要洗漱、穿戴、赶车，这个时间起床，她比较安心。

霍音本就是个慢性子的姑娘，洗漱、穿戴，再加上化淡妆，她一不小心就折腾到快六点。

她出门的时候很着急，险些忘了换鞋，还是程嘉让边戴口罩边提醒道："你打算穿着这个蠢鞋去见人？"

霍音这才发现，程嘉让跟她一样已经穿戴整齐了，一副准备出门的样子。

她张了张口，道："啊，差点忘了换鞋，谢谢……不过，你也要出门吗？"

说话的工夫，对方已经三两步走到她面前，反问："你说呢？"

"看起来是的……"

程嘉让瞥她一眼，淡淡地道："我到车里等你。"

"啊，等我？"

"废话，赶紧换鞋，不是赶着去学校吗？"

"其实不用这么麻烦的，我自己坐公交车过去就可以了。"

"别磨蹭了。"男人打开房门，道，"这是酒店服务。"

"没……没看过哪家酒店有这种服务……"

"这是收费服务。"对方瞥她一眼，长腿迈出门，只撂下一句，"多废话一句，房费少五十元。"

霍音愣在原地。他这酒店……是挺会收费的。

这个冬天号称北半球十年内最冷的一个冬天。过年前，这里又下了一场大暴雪，如今积雪还没完全化开。

霍音进入还处于半封闭状态的 A 大，依旧能看到暴雪之后的痕迹。

她绕过积雪，正要进入五号办公楼，没承想会看见夏明璇。夏明璇没有发现她，从另外一边先一步走了进去。在皖南的时候，霍音见不着这些人，对他们没什么浓烈的情绪，现在一回来就遇到并不想见到的人，霍音本能地选择避开。

霍音慢了两分钟进入师姐说的那间办公室，到的时候，人还没有来齐。一直到七点一刻，校刊编辑部统共才来了五个人。

人到齐之后，顾师姐开始讲话："我说一下，咱们组负责宣传，领导希望我们能够通过校庆这个活动大力宣传我校的优秀校风、校纪以及各方面的优点，吸引更多优秀的学子。当然，我们的宣传手段必须正当，不能有抹黑学校的行为、言论等，要有正向的输出和反馈，宣传过程中有任何需要可以要求学生会协助。我们只有五个人，肯定是要学生会协助的，大家只管想方案，学生会那边我负责跟他们沟通。对了，尽量控制成本。活动经费大多用在校庆现场的准备上了，其他方面肯定要压缩，我们尽量利用学校里能利用的资源。"顾姝彤看向霍音，笑了一下，"教授的报纸绝对是好资源，我昨天跟老爷子提过一嘴，回头商定下来，稿件就交给师妹。"

霍音第一个被派了活儿，温和地点点头，道："没问题的，师姐。"

顾姝彤点点头："师妹办事我放心。"又看向其他人说："单单一张报纸肯定是不行的，咱们集思广益，看看有没有其他有效的宣传方式，我们尽量完成好领导交代的任务。"

话音一落，很快就有人举手发言。其他人被调动起来，一个比一个积极。

"之前霍音帮医学院拍的宣传片效果不是挺好的吗？咱们再拍一次。"

"有道理，我看网友对医学院的程学长很感兴趣，领导不是说要校内资源吗？这么好的校内资源可别放着不用。"

"你们以为程学长那么好请吗？他不是出了名的难伺候的少爷吗？别回头折腾半天没拍成，还要写脚本、剪片子。上回霍学姐的脚本写了半个星期，我们哪有那么多时间去搞？"

"要不然请明星发微博帮我们宣传吧！他粉丝那么多，宣传力度一定很广。"

"说正经事呢，别扯到追星上，再说了，咱们哪儿请得起？"

大家热情高涨，但这些提议似乎都不可行。

霍音在草稿纸上写写画画半晌，趁着大家都安静下来的空当，缓缓开口道："不如现场直播？我们做一个学生视角的七十二小时直击校庆现场直播。"

会议室里安静了三秒钟，随后激动的声音纷至沓来。

"还得是霍学姐！"

"这个主意好啊，七十二小时无间断，听着就很有意思！"

"霍学姐就是靠谱。"

霍音的想法得到所有人的认同，全票通过。上级领导得知这个计划后，也十分认可。顾姝彤跟学生会那边的人沟通后，众人便投入进直播计划中。

半个小时后，三楼的另一间会议室内，学生会宣传部部长站在台前讲话："各位学弟学妹，是这样的，刚刚校刊的负责人发来消息，说他们那边想到了方案，要在校庆上做七十二小时学生视角的直播，需要我们这边协助。他们的人大多是新传学院的，术业有专攻，直播的事就交给他们。我们准备一下，负责找一些适合做直播的地点、视角，看哪里适合放机位，以及做一下直播之前的造势，将观众的兴趣调动起来。"

话音刚刚落地，下头就有人小声道："什么找直播机位点，给直播造势，一听就很累，我不想去，谁爱去谁去。"夏明璇一边低头玩手机，一边跟坐在身边不太相熟的学生会宣传部的组员吐槽，"不过这个七十二小时全程直播倒是挺有意思的，也不知道是谁想出来的，人才啊！"

那个人也在玩手机，闻言翻了一下聊天记录，随口道："好像是个叫霍音的，听说是新传系的学霸兼'系花'。"

"啊？"夏明璇皱着眉，愣在当场，"你说是谁？"

在经过一番讨论，将初步方案敲定以后，校刊编辑部这五个人就进入了紧张的工作状态，不断地提出假设，采用假设，或者否定假设。

这个七十二小时直播计划大家都很感兴趣，热情洋溢，五花八门的想法不断往外冒，像怎么也聊不完似的，连午饭也是坐在一起边讨论边吃的。

霍音一向喜欢将手机设置为静音模式，因此，看到手机上未读的数条微信消息时，已经是晚上六点了。

窗外，乌蒙蒙的长天沉沉压下来，最远处云雾缭绕的山边，靡丽的云霞绚烂地燃烧着。霍音的目光从窗外收回，掠过在座的其他人，垂头落到手机屏幕上。

其他人还在不知疲倦地聊方案："咱们直播的时候不是有采访环节吗？我觉得可以提前找好人，用校方的名义邀请。到时候咱们可以采访学术大拿，或者学校里有名的、长得好看的校友，还有那些咱们平时采访不到的领导。"

"可以，不过咱们得分工，谁去沟通、谁去采访也是个大问题。"

"我看可以，那派我去和程学长沟通吧！学长既是'学霸'，又是'校草'，采访他，关注度肯定高。既然你们都觉得这个任务困难，那就交给我好了。"

"你天天就惦记人家程学长，我跟你说，程学长眼光高着呢。学校里追他的女生多了去了，有播音系的'系花'、在校园歌手大赛里拿了第一名的那个'女神'，数都数不过来，你见他看上过哪个？"

"大哥，程学长对我来说是不可亵玩的，我只是欣赏他，又不是想当他的女朋友。"

"好了好了，其他问题咱们可以再商榷，现在先想想今晚吃什么。这一天可给我累坏了，咱们几个晚上下馆子吃一顿？"

"我看可以，吃什么？涮羊肉怎么样？大冷天的，就想来点儿热乎的。"

几个人一拍即合。霍音低头看着手机上的微信消息，并没有加入他们的聊天。

她的微信聊天列表中，纯白色的头像在列表的最上方，消息不止一条。想到自己这一天都没看手机，霍音连忙点进对话框，入眼就是对方发来的一连串消息。

吃饭了吗？

还没结束？

你要分我一半的饭呢？

爷快饿死了。

扫过这些消息发过来的时间，霍音连忙打字回复：不好意思！我这就回去，你等我四十分钟。你想吃什么？我买回去。

她刚发完消息，就被身边的人戳了一下肩膀，大家都在等着她说话。

见她心思没在这儿，顾姝彤重复了一遍刚刚的问题："小音，我们在说一会儿一起出去吃个饭，你也一起吧。对了，你不是和闺密住在一起，要不要喊她一起来？"

师姐还不知道她口中的"闺密"是谁，霍音撒了谎，有些心虚，忙摆手道："不用不用，你们去吧，我就不去了。今天我和我……闺密约好了一起吃饭。"

这话说完，她垂眼扫过手机，刚好收到对方的回信：**快点。北门。**

霍音愣了一下，半秒钟后才反应过来，回道：**你的意思是你现在在北门吗？**

虽然这样问，但她心里已经有八九分确认。

顾师姐放了人："既然你们已经约好了，那你就回去吧，反正咱们这个活儿还要弄好多天，有的是机会一起吃饭。不过你住那么远，怎么回去呀？"

霍音听了立刻起身，一把抄起放在椅子上的背包，一边笑着跟师姐和其他人道别，一边快步往外走，道："谢谢师姐，下回一定和大家一起出去。他过来接我，我要赶紧走啦，大家拜拜！"

她一溜烟似的从办公楼跑出来，气喘吁吁地跑到北门，一眼就看到了停在对面的红色跑车。

霍音不确定那辆车是不是程嘉让的。她和程嘉让认识之后，没见他开过这种跑车。不过旁人都说他酷爱赛车，家里有好多辆豪车。现在学校有几百名志愿者准备回家，北门外停满了出租或网约车。霍音没看见程嘉让的那辆越野车，目光扫过周围，觉得只有那辆跑车像是他会开的车。不过此时这车门窗紧闭，她完全看不见里面的情形。

她往前走了两步，倏然听到跑车鸣了一声笛，这才坚定了想法，继续往前走。她和那辆车之间还隔着两三米，车窗陡然降下来，开车的是个年轻女孩儿，竟然是夏明璇。

即使是走到分手那一步，霍音都没有跟林珩追究过他和夏明璇的事。她不喜欢和人恶语相向，闹得很难看。现在他们已经分手多日，霍音自然不想再跟林珩或是夏明璇有任何交集。是以看清对方是谁的一瞬间，霍音立刻想走。

可是还没等霍音转身，对方先一步开口道："看什么看？"

副驾驶座上的人似乎是夏明璇的好友，从旁帮腔："笑死，她凑上来看什么啊。看看那副穷酸样，她不会是想上来'钓凯子'吧？真是尴尬。不过她想看两眼我也能理解，毕竟是乡下人，说不定第一回见呢！"

女孩尖细的声音不大不小，恰好被路过的人听见，一道道带着探究或鄙夷的目光向霍音投来。

这些目光霍音并不陌生，很久之前的记忆霎时重新浮现。有那么一瞬间，霍音觉得自己回到了当年，被造谣，被诋毁，被鄙夷，孤立无援。不过还好，在承受了那些东西以后，她已经有了忽略所有目光转身就走的勇气。

那辆跑车擦过她的衣角飞驰而过，霍音刚往另外一个方向走了两步，就撞见迎面走过来的程嘉让。男人步子很快，脸色不大好看，走到她跟前说的第一句就是："刚才那两个人跟你说什么了？"

天色已经暗了下来，路灯暂时未打开，霍音借着马路上来往车辆转瞬即逝的车灯，勉强看清眼前人愠怒的脸色。

她们说了很侮辱人的话，很不好听，霍音复述不来，只是摇摇头，道："没什么，我们回去吧！"

"说。"

"真的没什么……"

"快点儿。"程嘉让的声音冷得不像话。

霍音说不出话来。对于夏明璇她们的嘲讽，霍音恼火归恼火，却并不想搭理她们。可是现在，有人这样问起来，她突然就觉得鼻子好酸，连句完整的话也说不出来。

她将两只手像小扇子一样在眼前扇了好几下，平复好心情后才断断续续地道："她们就……就是说我看什么看，是穷酸乡下人，是不是没有见过那种车，想过去……过去'钓凯子'。"

可是，她明明只是认错了而已。

程嘉让低声咒骂了一句，就拉着她到他停在远处的车上。他系好安全带，打火，踩油门，一系列动作一气呵成。

校庆准备工作开展的第二天，霍音按照前一天的节奏，和其他人一起结束工作。

霍音以为今天不会再遇到什么糟心的事，可以平平淡淡地度过，没想到刚走出校门，就看到大门正对面停了一辆分外吸引人眼球的黑色跑车，看上去比昨天那辆还要高级。

周围的人议论纷纷。

"是限量款，听说全国就这么一辆，有生之年竟然见到真的了……"

"这车得多少钱啊？"

"最起码也得三千万啊！"

有了昨天的教训，霍音下意识地转头就走，忽然注意到另外两个人。

夏明璇和昨天一起羞辱霍音的那个女生正手挽着手站在车边，霍音可以听见她们的对话。

"喜欢就上，我就不信有什么男人是你搞不定的。"

"不行啊，明璇，我真的搞不定他。这个车是他的，你不知道吗？车主就是……"

她话说到一半，一直紧闭车窗的黑色超跑突然降下了窗。霍音下意识地抬眼望过去，蓦地被男人冷峻的面容吸引了目光。车内露出程嘉让棱角分明的脸，他的眼神淡漠而疏离。

众目睽睽之下，他朝眼前那两个人吐出几个字："看什么看？"

霍音站在不远处看着，突然发现程嘉让在说完话后，目光向她投了过来。

他朝她扬扬下颌，刚刚还冷漠的声音中倏然染上笑意，道："宝贝，怎么还不过来？"

超跑车厢空间狭窄，静谧如斯。霍音坐在副驾驶座上，手指紧攥着身前的安全带，小心翼翼地侧头去看身边正在开车的人。

入目是男人冷白瘦削、紧绷的侧脸，他此时目不斜视，正看着前方的道路。

他好像生气了。

霍音手上的力道不自觉地加重，觉得他会生气，好像是因为她刚刚说的话。她说很感谢他帮她出气，但是其实他不用这样做，因为她并不计较那些事。他为她大费周章，她觉得很过意不去。

可是他好像不大喜欢听这些话。刚刚的话题结束后，他有半分钟没说话。

霍音斟酌片刻，试图解释："我没有说你这样做不好的意思，我只是不想你因为这些无关的人与事费心。只要我不计较，她们便会觉得没意思，之后就不会这样了。"

超跑在车流如织的环道上穿梭，程嘉让重重地按了一下喇叭，猛一打方向盘，超过前车，进入下一路段。

程嘉让车技很好，就连超车的时候也开得很稳。但霍音还是很紧张，一只手默默地按住车门上的把手。

程嘉让的声音伴着风声而来："为什么不计较？"他的语气听起来比凛冽的风还要冷上几分。

"因为……"

道路正前方是明晃晃的红灯，车子稳稳停下。在霍音的话说完之前，驾驶座上的男人偏过头，挑挑眉，话说得不容置喙："可我偏要计较。"

霍音辩解的话到了喉头，被生生堵住，好半晌才小声说："什么？"

霍音咬着下唇，直到车重新启动，才听见他用低哑的声音说："我偏要计较，就是看不得别人欺负你。"

他的声音好小，伴着超跑启动的声音，霍音听得不是很清晰。

霍音张了张口，想回应些什么，可是转头看过去，对方目不斜视，正认真地开着车，她便又觉得他好像什么也没说过。

因为这段插曲，接下来的路程里，两个人谁也没说话。

车驶进地下停车场。下车后，霍音默默跟在程嘉让身边，走进不知为何比平时黑了一倍的楼道里。

楼道里有声控灯，人一进来，灯一般会应声亮起来。可今天他们进了楼道，往前走了好几步，灯迟迟没反应。黑暗之中，霍音看不清路，只能紧紧地跟着身边唯一可以抓住的人。

他人高腿长，走得比她快。霍音本能想喊他，出声之前，倏然感觉手被他握住了。

他虎口处细微的薄茧磨着她柔嫩的掌心，霍音怔在原地，须臾才低声唤他："程嘉让……"

男人手上的力道加重半分："跟紧我。"

与此同时，A大新校区附近的某高档小区内，林珩开锁进门。他换好鞋，径直走进客厅，连外套也没脱，直接在沙发上坐下。

春节期间，在医院里值班的医生不多，他忙得不得了，现在下班后，疲惫到完全不想动。

口袋里的手机不合时宜地响了起来，林珩瘫在沙发上，任由手机铃声响了足足一分钟，才不耐烦地掏出了手机，没看来电显示就接了电话。

对方的声音立刻从听筒中传来："阿珩哥哥，你干什么呢，怎么这么久才接电话？"

夏明璇。

林珩靠到沙发上，沉声问："什么事？"

"没事就不能找你了？"

"到底什么事？"

电话那头，夏明璇的声音听起来有些委屈："你今天怎么这么不耐烦啊？是不是你已经知道了？"

"知道什么？"

"你那个前女友霍音的事啊！"夏明璇因为傍晚在学校门口的事憋着一口气，计算着林珩下班的时间打电话过来，"阿珩哥哥，她的人品也太差了。才跟你分手几天，她就已经跟别的男人好上了，那个人还是你兄弟……"

"你说谁？"林珩坐直了，皱紧眉头问对方。

"还能有谁？你那个好阿音啊。"

"你说清楚些。"

"我在校学生会，被拉过去当校庆的志愿者，你前女友也在那边。"夏明璇省略她认为不必要说的事，直接说重点，"我今天看到了她和她的新对象。你知道人家的新对象有多夸张吗？那个人直接开着限量款跑车来学校门口接她，还一口一个宝贝。哥哥，你真的别想着她了，她不值得。"

林珩叹了一口气，试探着问："程嘉让？"

"阿珩哥哥，你知道了？"夏明璇惊讶地道，"如果没有你，她怎么能认识程嘉让？她会不会早就勾搭上程嘉让了，所以才跟你提分手？我就说她这种人靠不住。"

"她跟我分手是因为你。"林珩没了耐心，语气陡然加重，直截了当地道。

"你说什么？"

"她为什么跟我分手，你还不清楚吗？那些侮辱人的短信，不是你发的吗？你故意让我扶着你，再叫人录视频传遍朋友圈，不是吗？当然，我也有问题，我从一开始就不该因为你年纪小而一再迁就你。"林珩生气地道，"阿音她脾气好，不跟你一般见识，你现在又是来的哪一出？"

他说完最后一句话，径直挂断电话，将手机关机后扔在一边。

在他心中，阿音是个温柔乖巧、正直善良的姑娘，根本就不是夏明璇说的那样。

林珩想起陈阳之前说过的话。现在有程嘉让横亘在他们之间，他想追回阿音，不能操之过急。他坚信，不管怎么样，阿音最终都会是他的。

晚上十点，朝苑华府。小区突然停电了，霍音跟程嘉让一路开着手机上的手电筒，爬了十三层楼梯上来。

她到八楼的时候就开始体力不支，后面几乎是程嘉让拉着她上来的。

家里没有蜡烛，他们又不想下楼买，晚饭都是就着窗外依稀的灯火吃的。

房间里一片漆黑。刚刚两个人在一起，霍音还没太大的感觉，等晚饭结束，霍音一个人回到房间里后，才开始觉得害怕。

她躺到床上，对黑夜的恐惧被完全放大。她睡觉时有开小夜灯的习惯，就算是匆匆从家里回北京，收拾行李的时候也特意装上了小夜灯。

就在这时，房门被人从外面敲响，霍音一瞬间紧绷起来。

程嘉让的声音传来："方便进去吗？"

闻言，霍音下意识地摸了摸自己身上的睡衣，坐起身，点了点头："方便的。"

房门被打开，她依稀可以辨出他高瘦的身影。他手里拎着什么东西走进来，在床角停下。

"晚上可能会冷，昨天买了毯子忘了给你。"

毯子被他放在床角，一角恰好压在她的左脚上，像是在她的脚上挠痒痒。

霍音连谢谢都忘了讲，在对方踏出房门前，蓦然开口叫住他："程嘉让，等等……"

门口的身影顿住。

她一开口就开始后悔，不知道下一句该说什么，尤其是听到对方"嗯"了一声之后。她有点语无伦次："其实也没什么，就是……就是今天有些……"

她话还未说完，被对方用两个字打断："怕黑？"他言简意赅，一语中的。

霍音只好轻轻地点点头，意识到对方可能根本看不清，才小声应道："有一些。"

"等着。"对方撂下这么一句话，转身出门。

脚步声由大变小，又由远及近。再进门的时候，程嘉让手上不知拿了什么，大步走到霍音床前。许是因为刚刚洗过澡，他身上的烟草味淡了，只剩下沐浴乳的茶树香。霍音闻着他身上独特的气味，似乎听见自己的身体里有什么声音如同紧密的鼓点，不停地传来。

男人的大手捏住被角，霍音慌忙伸出手，按住对方的手腕。

"不可以。"她抬起眼，目光顺着对方的手臂上移，最终看向他的眼睛。

二人的目光在空气中交缠，直到"吧嗒"一声，有什么东西的开关被打开。下一秒，一个光线微弱的台灯可怜地亮了起来。

"你……"意识到自己刚刚误会他了，霍音一时间一句完整的话都吐不出来，只能亲眼看着程嘉让的目光下移，落到他被她按住的手腕上。

"不然，你以为我要做什么？"他问得她半个字都回答不出来。

过了好久，他才好心地放过她，转头出门。不过他没有严实地关上门，只道："行了，我睡沙发，你害怕就跟我说话。"

"各位直播间的观众朋友大家好，欢迎收看 A 大五十周年校庆的特别直播节目。本次直播将从此刻开始，等校庆活动结束后结束。从一名普通 A 大学子的视角，回看 A 大历史五十年，领略校史风云人物的魅力，也与您一同见证 A 大的灿烂明天。我是今天的主持人，霍音。"

镜头前，穿鹅黄色牛角扣羊毛大衣的年轻女孩儿扎着蓬松的高马尾，笑靥如花，再加上温和舒缓的声线，给人一种非常舒适的感觉。

"好了，可以了。"镜头后，顾姝彤带头鼓掌，毫不吝啬赞叹之语，"我知道我们小音形象好、气质佳，又这么纯良，上镜效果一定好得很。小音就是咱们直播节目的最佳开场主持人，各位，换班的主持人也要按这个标准给我找。"

这次直播七十二小时不间断，霍音需要一位搭档跟她换班。

直播的开场效果很重要，顾姝彤力荐霍音担任。霍音不是播音专业的学生，但好在这次直播所需的主持人其实更像场外记者，这完全是霍音的强项。

霍音的试录效果无人不满意。

顾姝彤说完，大家夸赞的声音争先恐后地冒了出来。

"霍学姐真的好适合，人美声音甜，谁看了不说一声'爱了'？不过这个手机的镜头太差了，上镜完全赶不上真人漂亮。"

"回头再弄一个高清的外接镜头上去。不过这个造型这么简单她都能好看成这样，到时候搞了妆发过来，那还不得美疯了啊！"

"我们班有两个男生知道我认识霍学姐，又听说学姐单身，疯狂地问我打听学姐的联系方式。学姐，你看能给吗？"

霍音尴尬地摇头，称自己不敢当。在一片嘈杂的声音中，霍音听到一道熟悉又陌生的男声。

对方的声音中带着笑意："我早就说过你很适合站在镜头前，现在看来，我的眼光果然没错。"来人穿着一件灰色的双排扣大衣，戴细框眼镜，话说得不急不缓。

霍音蹙着眉，循声望去，那竟是林珩。

"阿音怎么好像不太欢迎我？"林珩径直走到霍音面前，道，"我今天特地跟人调了班来的。各位累了一下午，我请大家去外面的咖啡厅喝下午茶。"

这场下午茶他们当然没喝起来。校刊编辑部的人都跟霍音很熟，知道她和林珩分得不太愉快，并不愿意给林珩这个面子。而且，有了之前的经验，霍音实在不想搭理林珩。

只不过，他们碰面的视频不知道被谁录了下来，还传到了网络上。仅仅一下午的时间，A大的校内论坛上就出现一个回复量颇多的帖子，标题是《这是什么"究极"美人祸水》。

这个帖子从发出来的那一刻起，热度就始终不降，一直在论坛首页。

帖子里有一段话和两段视频——

话说咱们学校的这位是什么"究极"美人祸水？前两天有"校草"开豪车撑腰，这两天前男友就来献殷勤。

那两段视频，一段拍的是林珩上前来跟霍音说话的画面，另一段则是程嘉让坐在跑车里，而她远远地朝他跑过去的样子。两段视频画质都不清晰，没有拍到霍音的正脸，但认识霍音的人一眼便能认出她。

视频中的另外两个人大家都知道，一个是校学生会的前任主席，另一个是大家公认的"校草"。

他们三个人都是学校里的风云人物，现在搅和在一起，一下点燃了学生们的八卦之魂。

第二个视频真的假的？看不太清啊。不过程学长谁不知道？我就没见他开车接过哪个女同学。

这可不是普通的女同学，这位是新传系的"系花"！

"系花"怎么了，追少爷的"系花"还少吗？

楼上可能搞错了重点，这位确实不是普通的女同学，而是少爷好兄弟的前女友。

四楼别瞎扯，程嘉让什么时候这么饥不择食，去找兄弟的前女友了？

我这儿有个近距离拍的视频，别说，还真是程嘉让！

有人上传了另一个视角的视频，确实能认出那辆跑车里的人就是程嘉让，甚至连他那句"宝贝"都录了进去。

A 大最离经叛道的浪子，生了一副人神共愤的好皮囊，是 A 大公认的"校草"。这么多年以来，追程嘉让的女生多如牛毛，可也没见谁真的追上过。大家只见过他疏离冷漠、不苟言笑的一面，第一次看到不可一世的少爷这么温柔宠溺地跟人讲话。

夏明璇又翻了几页帖子，烦躁地把手机扔到床上。她想到什么，突然起身，捞起手机给校学生会宣传部的部长打了个电话。

"喂，部长吗？之前校刊那边不是说他们直播的时候缺一个换班的主持人吗？"

"怎么，你有兴趣？"

"不是，我认识一个朋友，是播音系的'系花'，你应该知道吧？我想这次她去再合适不过。"

"可以，太合适了，我这就联系一下。"

时间飞逝，A 大五十周年校庆在霍音和一干志愿者的繁忙准备下拉开序幕。

校庆为期三天，农历正月十八这天是开幕日。早上六点多，霍音细致地化好妆，换了顾师姐特意借给她的裙子。

她站在玄关边的穿衣镜前，镜子里的她唇红齿白，一头黑色长发被尽数梳拢，穿一条天蓝色的吊带连衣裙。看着镜子里的她，她觉得有点别扭。

她很少穿吊带裙，那两根细细的肩带勒在白皙的肌肤上，让人随时担心它会断掉。

她是在穿衣镜中与从后面走来的程嘉让视线相撞的。他已经换好了衣服，正抱臂看着她。

霍音又瞥了一眼镜中的自己，顿了一下，下意识地转移话题："校庆今天开幕，你要去吗？"

屋里只亮着冷色调的顶灯，为室内添了几分冷意。霍音只穿了这么一件裙子，像是被四面八方的冷空气侵袭。

闻言，程嘉让扬了扬眉，淡声道："我要出诊。"

霍音眼睫下垂，心想：那他就是不会去了吧？

他从初五便开始上班了，每天忙得脚不沾地。他们同住在一个屋檐下，虽然因为工作不常见面，她也将他的辛苦看在眼里。

霍音咬了咬唇，小声说："这样啊，那……祝你工作顺利。"

"嗯。"男人漫不经心地应了一声，随即迈开步子走过来，目光在她赤裸的肩颈之间缓慢地移动，像是玩世不恭的浪荡子。

霍音被他看得不知所措，只想往后退，却被对方捏着手腕一把拉过去。她圆睁着双目愣在当场，直到男人修长的食指勾着她不知何时滑落的肩带缓缓上移。

很痒，她真的很痒。霍音下意识地屏住呼吸。

她抬眼看过去的时候，眼前的男人正挑着眉，看着她道："友情提示，今天零下一度。"

这天气温零下一度，校庆活动现场倒是热火朝天。借着刚刚过去的元宵节的喜气，整个校园内张灯结彩，到处都是红彩带、红灯笼，还有电子礼炮，光是校门口和校庆主会场的电子礼炮就有一百八十响。

A 大是学术氛围很浓的学校，平日里活动不多。这回校庆，校方下了血本，堪称三年内最盛大的活动。

本次校庆分为多个会场，邀请了 A 大建校以来的所有知名校友，负责发邀请函的二十几个志愿者整整忙了五天才搞定。

主会场安排在看台区足够容纳三千人的北区操场，校领导和一些受邀而来的校友在主会场观看现场表演的节目。还有几个分会场在学校的另外三个区域，不同学院设置不同的活动。校庆第三天晚上，大礼堂内有校庆舞会。

霍音作为直播活动的主持人，主要在主会场附近活动，对其他分会场并不太了解。

此时，她站在主会场的舞台下，台下的领导坐在舞台正后方。她在天蓝色的吊带裙外加了一件并不是很厚的白色针织开衫，背对着舞台和领导，眼前是举着手机拍摄的摄影师和以顾姝彤为首的几个校刊编辑部的同学。

今天是个顶好的晴天，九点的朝阳照射下方，整个主会场都散发着勃勃的生机。

霍音站在镜头前，刘海被微风吹乱，顾姝彤伸手帮她整理。她用余光瞥见负责摄影的同学远远地跟舞台方向的工作人员比了个手势。随后，摄影师道："霍学姐，时间差不多了，咱们可以开始了。"

霍音朝顾师姐笑了一下，对摄影师道："好的，我这边随时可以开始。"

"好，3……2……1，开播。"

直播平台是微博，用 A 大的官方账号。直播的预热活动是由校学生会宣传部做的，十几天前，他们就不断在 A 大的微博官方账号上发一些花絮，还做转发抽奖的活动，找了一些知名校友帮忙转发消息。

经过多方十几天的努力，今天上午开播之前，本次直播的总预约人数达到四十万人。从开播起，直播间里就源源不断有观众进来。

直播的手机由摄影师手持，背对着霍音，她看不到观众的反馈。

霍音先展示了主会场的全貌，再简单地介绍了一下现场各个区域的情况。两分钟后，直播间的观看人数达到十万人，她才正式开始直播。

"直播间的朋友们大家好，这里是 A 大五十周年校庆活动的现场，我们所在的地点是校园北区的操场，也是我们此次校庆的主会场。我是本次直播的主持人，霍音。"

话音落下，镜头移到舞台的方向。一如他们彩排时商量好的那样，主持人介绍结束的下一秒，舞台周围的电子礼花齐声怒放，A 大五十周年校庆轰轰烈烈地开场了。

霍音看不到直播间里飞速滚动的各种弹幕。

A 大好漂亮，不愧是我梦想中的大学！

在此许愿高考能上 A 大！

人在看台，母校好牛！

这个女主持人好漂亮、好温柔啊，都说 A 大美女多，看来是真的！

舞台上的主持人说过祝词之后，直播镜头重新切回霍音身上。

现在直播间里的观看人数虽然还在增长，但如果之后没有特别有看点的内容，观众恐怕会流失很多。所以，他们在直播开始前就设定好了一些流程。

"大家如果有兴趣观看我们现场的节目，可以前往 'A 大学生会'

这个账号的直播间，里面会全程直播今明两天的节目。但现在，我们先来玩个大的。"

霍音说完，抬手指向领导的席位，如数家珍一般介绍道："先给大家介绍一下，第一排坐的是我校的各位领导，分别是校党委副书记武平先生、副校长兼新传学院院长刘晓红女士、医学院院长兼 A 大第一附属医院副院长宋明东先生、校长张建国先生……旁边是嘉宾席，有大家熟悉的我校荣誉校友赵林梦小姐……"她顿了一下，转入正题，"学校的领导今天都坐在这里了，如果直播间的热度达到三百万，我们就在弹幕区抽取一名幸运观众，由这位幸运观众指定我去采访哪位领导。"

直播间的热度是由观看人数、观众评论数、观众送礼物数等综合量化而成的，霍音刚刚介绍的领导、校友都是有名有姓的大人物，有不少观众对他们感兴趣，还有一部分观众觉得霍音这样做无异于玩"大冒险"。

直播间里的热度很快被调动起来，弹幕飞速刷过——

主播很大胆啊，要我说，今天就给我采访……校长！

真的想去 A 大学新闻，求求姐姐采访一下新闻系的领导！

采访我女神赵姐！

负责拍摄的同学暗暗给霍音竖了竖大拇指，低声跟旁边的顾姝彤道："还得是霍学姐，这招太绝了，直播间一下子热闹起来了。"

就这样，直播间的热度很快突破三百万，并且还在不断上涨。

霍音抬起被冻得发红的手指比画数字，道："那我们就要截取幸运观众了，3……2……1……停！"

其他人将被选中的账号名称拿给霍音看，霍音扫过一眼，念道："恭喜'朝阳区王祖贤'成为我们的幸运观众，我们现在就应幸运观众的要求，去采访一下医学院院长宋东明先生。"

霍音说这话的时候，宋院长刚好起身，直奔操场出口。她带着摄影师跟过去，恰好录到宋院长在接电话。

"去学院那边讲话？好，我现在就过去。"

得知宋院长离开是要去医学院讲话，霍音带着摄影师远远跟在宋院长身后。

医学院在学校北区，离操场很近。霍音一边走，一边给直播间的观众介绍路上的环境。

穿着吊带裙和开衫在室外待了将近半个小时，霍音露在外面的锁骨、前颈、下颌还有耳朵都被冻得发红。她原本就肤色白，这么一冻，上镜的时候更显得楚楚动人。

霍音和摄影师远远跟着宋院长进了医学院，直奔二号教学楼。医学院这边排了长长的队，比刚刚的主会场还热闹。

绕过人群行至二教楼下，他们方才看见大门上方拉了一个长长的红色横幅，上面写着一行大字——"A 大医学院 &A 大第一附属医院联合义诊"。门口还放了个立牌，写着提示事项。

本次义诊不用挂号、不设门槛，请戴好口罩互相保持一米的距离，排好队按顺序进场。

义诊医生为本校优秀学子及附院临床一线医生。

霍音看了一眼立牌旁穿着白大褂的工作人员，礼貌地询问道："您好，我们是校刊编辑部的，负责校庆的全程直播事宜，请问方便让我们进去拍一下吗？"

"当然可以，请进。进门右转，101 大阶梯教室就是我们的义诊现场。"

"好的，谢谢。"

宋院长走在他们前面，比他们先一步进入二教。等到霍音和摄影师得到允许进门的时候，宋院长早已进了阶梯教室。

阶梯教室能容纳五百人，教室前门、后门都开着，长长的队伍从里面排到外面。从窗户看进去，他们瞧见了好几排穿着白大褂的医生。

宋院长这时已经走上台准备发言了。霍音连忙收回目光，冲镜头的方向播报一句"下面我们来听听宋院长的讲话"，随后带着摄影师快步从后门进了阶梯教室。

　　他们绕过长队，在教室里找了一个绝佳的拍摄点。霍音挪挪身子，退出镜头的拍摄范围，示意摄影师拍摄正在讲话的宋院长。她则站在一边，伸手焐一焐快要冻僵的耳朵。

　　手刚刚挪到耳朵上，她猝不及防地听到一道低低的男声："还知道冷呢？"

　　这个声音……霍音愣了一下，循声望过去。穿着白大褂的男人写好最后一个字，将手里的单子递给患者，嘱咐道："每日三次，不可过量。"随后，他将目光移过来，好整以暇地看着她。

　　霍音下意识地捂住嘴，笑眼弯弯，脱口而出："你怎么来了！"

　　男人坐在霍音所站那一排的最外侧，扣子一丝不苟地扣好，只露出天蓝色衬衫的领口。他个性张扬，一般人很难想到他是医生，可是他穿起白大褂的时候，看起来淡漠、克制，不似平常。

　　程嘉让抬起手，食指和中指的指背轻轻掠过她冻得发红的前颈。他目光灼灼地看着她，低声道："好凉。"

　　霍音在口罩下的脸瞬间红透了，她憋了两三秒钟才干巴巴地开口："程嘉让，现……现在在直播。"

　　现在他们应该没有正对着镜头。不过，霍音还是不幸地被镜头拍到一角，以至于直播间里炸开了锅。

　　右下角，我看到了什么？

　　这是我能免费看的吗？

　　不懂就问，这是主持人的男朋友吗？好帅啊！

　　救命！

还在正月，首都的气温并未回升多少，人在外面多站一会儿，都觉得四肢僵硬。尤其是霍音这种大冷天穿单裙、薄开衫的，简直只能靠意志力坚强地生存。

不过料峭的寒意并没有阻挡今天特地来医学院看病的市民，教室里，每一位医生的桌前都排了好多人。

其他人虽然不像她穿得这么少，但在外头排了半天的队，进来的时候都带着寒气，多少有些着急。是以，霍音的尴尬并没有持续多久就被一位患者打断。

来人是个三十来岁的大哥，一口京片子，很健谈："终于轮到咱了。大夫，我没打扰您二位吧？"

霍音借机悄悄退了半步，抬起手，无意识地拨弄了两下额前的碎发，目光落到程嘉让桌前立着的名牌上。名牌上面写着一行字：胸外科程嘉让。

很快，程嘉让淡然地道："不会。哪儿不舒服？说说您是什么情况。"

霍音将手虚掩在额前，暗自抬头看向程嘉让，很不巧地撞见对方的目光。

程嘉让看过去，患者大哥也看过去，霍音将刘海拨到一边，尴尬地冲大哥干笑了一声。

"去暖气边烤烤。"程嘉让冲窗边的方向扬了扬下颌，低声道。

霍音闻言，收回视线，重重点头："好，那你先忙。"

霍音说完，捂着冻红的耳朵绕过直播的镜头，走到窗边的老式暖气片旁。

她走得太急，并未听见后面的对话。

患者大哥说："大夫，这是您女朋友吧？长得可真漂亮。"

程嘉让从旁取过一张"疫情防控调查单"，放到对方面前的桌上，摇头一笑，淡淡地道："谢谢。"

他顺手给在后头排队的病人发了两张单子，示意他们填。

那位大哥正在填表，继续问："大夫，您女朋友大冷天穿这么漂亮，是不是因为你们学校在办校庆活动？她是不是女演员啊？"

程嘉让接过对方递过来的单子，冷冷地回了一句："问这么多干什么？"

"这不是跟您唠唠吗？"

程嘉让的目光掠过不远处的姑娘，他顿了顿，说："不是演员，是很优秀的记者。"

这种老式暖气片一般看起来不大干净，不过这个教室里的暖气片倒是不同，边边角角都被清理得很干净。霍音不是第一次来医学院，却是第一次认真地观察医学院学生上课的地方。台上，宋院长还在滔滔不绝地讲话，霍音的思绪逐渐飘远。

突然，岑月拍了拍霍音的肩膀，将她拉回现实。

岑月也是医学院的，霍音会在这里看到她再正常不过。只是霍音刚刚有些出神，是以现在看到岑月，有些惊讶。霍音惊喜地笑着跟她打招呼："岑学姐，你今天也是来义诊的？"

"可不是吗？"岑月抱臂在胸前，"校领导那边让我们学院出节目，结果我们学院的人要么忙得跟狗似的，要么两耳不闻窗外事，谁也不乐意出节目。"她瞥了一眼周围正在问诊的医生，摇着头继续说，"这不，院里没办法，才搞了义诊。瞧瞧，连嘉让学弟都被叫过来了。"

霍音忍不住笑了一声，道："你们可真是太辛苦了，要义诊到什么时候呢？"

"就这两天，别的学院演节目，我们就看病。不过我们是轮班，下午会换一批医生过来。"

"这样啊!"

"对,你快过去,那边那个是不是跟你一块儿来的?"岑月指了指不远处正在拍摄的摄影师,"他刚刚托我叫你,好像有事。"

"好,我这就过去,谢谢学姐了。"

"客气什么,快去吧!"

霍音过去后才知道摄影师内急,他小声交代了一句"霍学姐,我要去卫生间,你先拍着,我十分钟后就回来",便把拍摄器材塞到霍音的手里,头也不回地往后门跑。

霍音终于能看直播间内的情况了,目光快速扫过弹幕。

这个院长好专业啊,说了这么多专业术语,我都听不懂。

当然专业了,这位可是国内顶尖的心内科专家。不过听说他现在半隐退,主要负责教学,偶尔出诊,一号难求。

在认真讨论宋院长讲话的弹幕中,也有一些并不大正经的弹幕。

家人们,右下角那个医生好帅啊!

我早就注意到了,虽然只有个侧脸,但是那下颌线、那手,一看就是大帅哥啊!

你们一看就是刚刚才进来的,这个帅哥不就是主持人妹妹的男朋友吗?别的不说,他是真的帅!

很快,有不少人聊起了这个话题。

霍音正想往视频右下角的方向看,弹幕不知道怎么回事,突然飞速地刷了起来。

啊啊啊啊啊啊!

妈妈,帅哥刚刚看我了!

救命,他刚刚看过来了!

我不管,帅哥一定在看我……

上面的,别做梦了,我刚刚好像听见摄影师让人拿一下机器,会不会是主持人在拍？

所以帅哥医生在看他的女朋友？好深情啊！

霍音看到这些疯狂滚动的弹幕，蒙了一瞬，在意识回笼之前，本能地看向屏幕右下角。

穿白大褂、天蓝色衬衫的年轻男人合上笔盖，慢条斯理地将黑色的水笔别在上衣的口袋上。他的视线始终对着镜头，没有移动过。

霍音下意识地咬住唇，将机器稍稍往下移，直接看向程嘉让。他们距离不远，以至于她可以在略显嘈杂的大教室里听见他的声音。

"下午，等我。"他跟以前一样，言简意赅。

弹幕上不出意料，又瞬间炸开。

啊，好好听！

这声音媲美声优。

帅哥怎么连声音都这么完美？

不，帅哥有一个致命的缺点——不属于我。

前面的醒醒，人家女朋友也超级漂亮！

等等，我突然想起来 A 大的'校草'就是学医的，不会就是这位吧？

好像是的！

我只能说，校园小说照进现实了。

霍音愣了片刻，后知后觉地朝程嘉让的方向点了点头。

讲台上，宋院长的讲话还在继续，不知道何时才会接近尾声。

霍音小声找旁边穿着护士服的女生打听，才知道宋院长在医学院是出了名的能说，就算没稿子也能空口讲上一两个小时，他还在上一届的新生开学典礼上讲了整整一下午。

霍音等摄影师回来，二人简单地商量了一下，决定先去别的地方转一转，等一下再回来采访宋院长。

霍音和摄影师出了教室，站在排满病人的走廊上。霍音对着镜头道："十分抱歉，我们是临时决定采访院长的，没有跟他沟通过。院长讲话还需要一些时间，所以我们决定先带大家去别的地方看看，晚些再回来采访院长。"

她这话刚刚说完，对面正在拍摄的摄影师突然笑了起来。

霍音有些不明所以，还不敢直接问对方怎么了，只能睁大眼睛看着他。好在对方很快开口："学姐，直播间的朋友们让你采访你的男朋友。"

"啊？"

摄影师憋着笑，补充一句："他们让你问问他还缺不缺女朋友。"

"不，程嘉让不是我的男朋友。"霍音忙摇头解释。

摄影师明显愣了一下，道："学姐，我没说是程学长……"

（下册）

梁稚禾——

著

江苏凤凰文艺出版社
JIANGSU PHOENIX LITERATURE AND
ART PUBLISHING

Chapter 07

阿让

"程慕让，快点儿，我们……回家吧！"

01

　　冬末春初，夜来得快，程嘉让的目光从操场入口的树影上移开，长指轻巧地从口袋里掏出手机。他单手在屏幕上利落地打字："人呢？"他还是一贯的言简意赅。

　　程嘉让原本在医院，是被调来学校参加义诊的。他只用待一上午的，但下午医院那边缺人，来换班的同学过不来，他便又在医学院待了一下午。一直到半小时前，他才随便吃了些东西，得了空闲。

　　他被霍音叫到校庆主会场，也就是北区操场，在这里坐了十来分钟，霍音却连面都没露。

　　白天几乎坐满人的看台上罕见人影，操场上只有数十人，全部坐在操场中央正对着舞台的位子上。这些桌椅是布置现场的人特意搬来的，桌上蒙着红布，是领导和嘉宾的座位。

　　程嘉让挨着江子安，往第二排最边上的位置上一坐，跷着二郎腿。桌上的名牌没收起来，程嘉让随手拿起眼前的那个一看，上面写着"宋东明"。

　　宋东明是医学院院长。江子安看见后乐了，道："让哥，老宋的位子你都敢坐。"

　　程嘉让瞥他一眼，跟看傻子似的。程嘉让随手拿起他面前的牌子，在上面敲了两下，道："也不看看你坐在哪儿。"

　　"你不说，我都不知道坐的是'灭绝师太'的位子。"

　　手机响了两声，程嘉让收回目光，看向手机屏幕。微信里，他刚刚收到了两条消息。他点进那个粉红色漫画女生头像的对话框里，入眼就是对方回复的消息，是两条语音。

他信手点开，女孩子温柔甜妹的声音从扬声器中传出来，是一贯不紧不慢的说话语速。她在解释。

"晚上有篝火晚会，我师姐跟晚会的负责人认识，他们有个节目的两名演员身体不舒服，我跟师姐被抓过来救场了。"

"放你鸽子了，抱歉。你累不累？要不先回家休息？"

这片坐了几十个人，有不少人是为了参加篝火晚会来的。很多人在聊天，现场略显嘈杂。饶是如此，霍音的声音还是被很多人听了个清楚。不巧的是，程嘉让周围有不少人是江子安喊来的，是江子安的朋友。

听完语音，江子安带头起哄："累不累啊，让哥？"

其他人纷纷接话。

"等等，嫂子也是我们学校的？行啊，让哥，什么时候勾搭上的？连我们都瞒着！"

"今天晚上能见着嫂子的庐山真面目？"

"让嫂的声音可真甜，难怪把让哥拿捏得死死的。"

"嫂子的声音确实甜，不过，有些耳熟啊！"

江子安开了个头就在一旁听着，听到这里，猛地一拍脑门，一副恍然大悟的样子。

"我刚才就想说，这声音真的很耳熟，总觉得在哪儿听过。这会儿有人一说，我突然想起来了。"

程嘉让打字的手顿住，眉头微皱，目光在江子安的脸上停顿片刻。紧接着，他听见对方说："我突然想起来，这个声音咱们不是在让哥家里听过吗？你说我这脑子。"

程嘉让抿唇，瞪了江子安一眼。程嘉让想了想，干脆删掉刚刚打的字，按住语音键，低声道："我不累。你慢慢来，我不急。"

他说完，毫不意外地发现旁边几个小子又开始起哄。

"我就没见过咱们让哥这么跟人说话。"

"废话，人家现在可是在跟小心肝说话。"

"我还以为让哥的小心肝得是他的大摩托呢，我还是单纯了。"

旁边人正笑闹着，倏然被不远处低着头小跑过来的陌生姑娘吸引了注意力。

那姑娘直奔他们而来，还没等众人反应过来，已经站到程嘉让跟前，一脸羞怯地双手递上手机，紧张地开口："程学长，我是医学院的学生，跟学长是一个辅导员。我从入学就听说学长了，今天终于见到了，可以加学长的微信吗？这是我的微信二维码。"

程嘉让抬眼看过去，漫不经心地扬了扬手里的手机，语气冷淡："抱歉，管很严。"

刚刚来要微信的姑娘离开后，程嘉让又收到了霍音发过来的微信消息，这回不是语音了。

"那你等等我。"

程嘉让回了个"嗯"，收起手机，就听见江子安在旁边小声吐槽："这是今天晚上的第三个了，让哥'害人不浅'啊。"

"看来嫂子压力很大啊！"

"让哥，嫂子不会也是个学妹吧？"

他们这帮人虽然平时基本不上校内论坛，不过对程嘉让在学校的超高人气还是略有耳闻。这不，还不到两分钟，又有人过来了。

这回来的女生算不上陌生，甚至可以算他们的熟人，正是追了程嘉让三年的播音系"系花"。

对方一过来，江子安先一步开口："妹子，又来找我们让哥啊？"

女生手里拎了一个精致的小袋子，冲江子安笑了一下，将袋子递到程嘉让面前，说："程嘉让，今天很冷，我买了奶茶，给你！"

"谢谢，但我不喝甜的。"程嘉让依旧态度冷漠，身上带着一股旁人无法靠近的疏离。

"那你要不要喝咖啡？北门那边有很好喝的手磨咖啡。"

"什么都不用，谢谢。"

"这是今晚的第四个了……"江子安看着播音系"系花"的背影，摇头叹气，"大家要是知道名'草'有主了，得多伤心啊！这'系花'长得多美啊，咱让哥就是看不上，我看不如让我去抚慰一下她受伤的心灵。"

他话音刚落，后脑勺就被人狠狠地拍了一下。众人看过去，岑月正站在他身后，收回手，没好气地说："我看你是想妹子想疯了，江子安！"

"我说岑月，你说话就说话，打我干什么？把我这聪明的脑子打傻了怎么办？"

"天天岑月岑月，连学姐都不叫，江子安，我看你是想死！"

江子安捂着脑袋，道："不就一声学姐吗，你至于打人吗？"

"啪——"

程嘉让在另一边打了江子安一下，看热闹不嫌事大，道："学姐打你，你就受着。"

"喂。"岑月突然看向程嘉让，叫了他一声。

程嘉让抬眸看过去，岑月略显不满地指指江子安，问："你干吗打他？"

程嘉让舔了舔左腮，突然福至心灵，直接道："这就护上了？"

江子安看了一眼程嘉让，又看了一眼岑月，后知后觉地开口："岑月，你这么护着我？怎么，看上你学弟我了？"

"滚。"岑月白了江子安一眼，从拎着的纸袋里掏出一杯奶茶，放在江子安面前的桌子上，道，"喝奶茶，堵住你那张破嘴。"

说完，她不等其他人说话，直接给周围认识的人发奶茶。她刚刚是出去给大家买奶茶了，结果一回来就听见江子安在那儿胡说八道。

岑月发到程嘉让的时候，还是没什么好气："喂，程嘉让，你喝不喝？"

程嘉让一个"不"字已经到了嘴边，突然想到什么，道："等等。"

他单手打字，发了一条微信给霍音："喝不喝奶茶？"

这回对方回得很快："喝！"

"要什么口味的？"

"草莓！"

"好。"

程嘉让重新看向岑月，问："草莓的有吗？"

不出意外，他又被江子安调侃了："你不是不喝甜的吗？刚才'系花'问你喝不喝奶茶，你说你不喝甜的，现在要喝草莓口味的？"

"江子安，"程嘉让被他气笑了，"你上辈子是哑巴吗？"

他们正说着话，不远处的舞台上灯光骤然亮起。程嘉让看过去，一眼注意到穿着红色毛线裙的小姑娘。她站在台上，笑靥如花。

程嘉让拿着奶茶，手上不自觉地用力，几乎要捏破塑料杯。

江子安也看见了霍音，感慨道："台上那不是霍妹妹吗？这也太漂亮了。霍妹妹怎么好像在看我们这边？这边只有我一个帅哥，她肯定在看我。霍妹妹是不是暗恋我啊？"

他的后脑勺很快又挨了程嘉让的一记爆栗。

江子安困惑地转头看过去，只见一向不喜欢和女生扯上关系的程嘉让得意扬扬地开口道："不好意思，在看我。"

02

晚上说是要办篝火晚会，其实更像一场没有领导、嘉宾的小型狂欢会。比起白天的校庆节目，学生们似乎对这个小型晚会更感兴趣。即便操场上还有风，气温也不高，但人还是逐渐多了起来。不少人提前找了座位坐好，等待节目开始。

　　入夜，偌大的操场上没什么光，只有舞台周围点了一盏不算明亮的灯，吸引了所有人的注意力。

　　晚上都是一些简单的小节目，不算正式，所以从没跳过舞的霍音才会被拉去凑数。她全程跟着前面的人比画，比做广播体操时还要敷衍。台下的人看着这粗制滥造的节目，笑得不行。

　　从上台到下台，一共不到三分钟，霍音这回虽然穿上了针织连衣裙，可是要应对北京二月的天气，还是差得甚远。尤其是舞台正对着风口，霍音还踩着高跟鞋，被晚间的凉风一吹，几乎有些发抖。

　　下台的时候，她全神贯注地看着脚下，终于稳稳地在台下站稳后，才长长地出了一口气。她鬼使神差地看向座位的方向，刚好看见不远处高大的年轻男人起身。

　　他穿着深咖色的夹克衫、黑色长裤和黑色短靴，步子很大，直接走向她。

　　光线很暗，霍音看不清他的面容，只能瞧见他又高又瘦的身形。霍音的目光好似被锁定在男人身上，他身后的重重树影、昏暗长天、一众同学，全被虚了焦。天地之间，在这几秒钟里，只此一人披星戴月而来。

　　待人到了跟前，霍音还没反应过来，对方已经将温热的奶茶塞进她的手里。

　　她下意识地看向手里的奶茶，因为现在略显不寻常的气氛而愣了愣，随后小声道谢："谢谢……只给我买了吗？你不喝吗？"

　　霍音话音刚落，忽地一阵风吹来，她和他的距离迅速拉近。淡淡的消毒水味扑面而来，她还没反应过来，男人已经利落地脱下外套披在她的身上。

　　他身上只剩一件天蓝色的衬衫，正是白天穿在白大褂里的那件。风中，他整个人看起来格外单薄。霍音一时不知如何反应，支吾了半晌，最终被顾师姐的电话救了。

手机铃声响起来的时候，她冲他干笑两声，接起电话："喂，师姐，怎么啦？"她们刚刚是一同上台的，但师姐表演完后直接去了后台——她之后还要上一个节目。

师姐的声音很快传来："小音，你去哪儿了？我怎么找不着你了？我是想说，这两天宿舍开放了，跟我一起住酒店的同学都搬回宿舍了，我……你能不能来陪我住两晚？顺便帮我想想之后租什么房子。"

顾师姐之前从学校的研究生宿舍里搬出去了，住在程霖给她租的房子里，但后来出了那件事……师姐读本科时交的朋友大多没读研，甚至没留京，师姐也不是本地人，现在能找的只有霍音。

霍音没有拒绝的理由。不过，她回答之前下意识地看了看程嘉让，对方站在一边，一副看不懂她眼神的样子。

霍音忙对电话那头的人说了一句："师姐，等我一下。"随后她捂住手机，小声对程嘉让说："师姐说只剩她一个人住酒店了，她还要找房子，想让我过去陪她两天。"

他现在是她的房东，她出去住，有必要跟他说一声。事实上，现在宿舍开放了，如果不是因为这两天太忙，她早就收拾东西搬回宿舍了。

男人瞥了她一眼，终是微微颔首，低声道："去吧！"

霍音扬起唇，冲对方点点头，随后对顾姝彤道："没问题，师姐，不过我得回去拿些东西……"

她话还没说完，就被对方打断："什么都不用拿，你过来，我帮你准备。"

"哦，好，那我等一下就过去找你。"

电话挂断，霍音一抬头，注意到程嘉让被寒风吹得发红的喉结。她莫名其妙地用放在背后的右手掐了掐自己的左手，白皙的皮肤上留下一道淡淡的指甲印。

她回过神来，慌忙将身上的外套脱下来，塞回对方手里，语速也快了："太冷了，你快穿上。"没等对方拒绝，她又指了指后台的方向，

"我的外套在后台，我去换一下就可以了。"

"我送你过去。"

"什么？"

黑暗中，外套被重新披到她的身上，随后，她被程嘉让伸手一揽，径直向后台的方向走去。

03

时光飞逝，气温从零下转入零上。校庆的最后一项重大活动来了——校庆舞会，这是一场空前盛大的晚宴。由于在校学生数量众多，学校开放了每个学院的礼堂，连体育馆都被设为晚宴场地。

不过，最主要的场地是东区的大礼堂，这是一栋独立的三层小楼，去年才重新装修过。这里能容纳的人数有限，是校内所有晚宴会场中唯一设有准入门槛的，校庆志愿者以及校内学生组织的成员有优先入场券。

霍音被顾姝彤拉着，一路从北门外的酒店直奔大礼堂。

这是大礼堂重新装修后，霍音第一次来这里。即使早就听说这里变得很美，真正进门的时候，霍音还是有些惊讶。大礼堂内部被设计成中空的样式，二楼、三楼上有环形围栏，站在上面可以俯视一楼。

礼堂内部呈欧式复古风格，进门后就是石灰雕花和锦簇花团，像是中世纪古堡。

会场是志愿者精心布置的，中央放了长桌、吧台，上面有各色菜肴和酒，早来的同学已经三五成群围坐在一起，欢声笑语。今天的晚宴没有主题，没有流程，学生自由活动。

雕花窗边的长桌周围坐了一群男生，他们各自端着一杯酒，正有一搭没一搭地聊着天。

程嘉让将威士忌当水一样喝，一口喝了小半杯，随后把杯子放下。江子安看着他，找了个机会开口问："让哥，你跟霍妹妹到底是咋回事啊？跟哥们儿说说。"

程嘉让手指轻轻敲着酒杯，闻言，不动声色地看他一眼，撂下一句："你管呢？"

"不是，你这样对得起嫂子吗？"

程嘉让扬眉。

"让哥啊让哥，就算你放荡不羁爱自由，也不能辜负人家小姑娘。而且不说嫂子，就说人家霍妹妹，她刚被林珩那小子欺负了，你现在又来祸害人家，"江子安凑过去，小声道，"是不是不太厚道？"

程嘉让看了他好几眼，从桌上的干果盘里抓了个没开的核桃往江子安的怀里扔。

江子安一把接住核桃，问："怎么，想让我闭嘴？忠言逆耳啊。"

程嘉让往椅背上一靠，长腿交叠，食指慢条斯理地点了点自己的太阳穴，说："脑子是个好东西。"

"不是，"江子安被他搞蒙了，"什么意思啊？"

"没什么意思，就是觉得以后交朋友需要设置智商准入门槛。"

"程嘉让，你这张嘴是真的缺德。"

"过奖。"程嘉让懒得再跟江子安瞎扯，漫不经心地转过头，看向门口。

两分钟后，他身边的人猛地一拍脑袋，再度开口："让哥，嫂子其实就是霍妹妹吧？"

闻言，程嘉让再瞥他一眼，懒得回答。

"你也太牛了，她跟林珩才分手几天啊，你就给搞过来了？"

他声音有些大，周围人的注意力被吸引过来，程嘉让皱眉，道："别瞎说，八字没一撇。"

"来了。"

"什么？"

"你兄弟的前女友兼你未来的对象来了。"

程嘉让先在江子安的脑袋上来个一记爆栗，才转过头，顺着江子安指的方向看过去。刚刚进门的年轻姑娘穿了一条水红色的小洋裙，黑发松松垮垮地扎起来，雪白的颈项在发间若隐若现。她正站在门口，茫然地张望。

霍音进了门，众人赤裸裸的目光齐齐落到她的身上。程嘉让皱着眉扯了扯衣领，正欲起身迎她，顾姝彤直接拉着她走了过来。

霍音四处看了看，一眼就看到被玫红色郁金香包围的长桌旁，程嘉让正跷着二郎腿，好整以暇地看过来。前天晚上他揽着她从操场走到后台，她可以说是落荒而逃。之后她又是采访徐教授，又是陪顾师姐看房子，算起来，已经两天没有见过他了。

她莹润的唇微张，尚未出声，便被其他人打断了思绪。有人伸手在她眼前摆了摆，霍音看过去，正好看见江子安。

"霍妹妹，我们那边还有位置，过来玩会儿吧？"江子安指了指窗边的长桌，"那边有让哥、岑月，都是熟人，来吧？"

霍音下意识地看向顾姝彤，师姐跟医学院的人并不熟。况且，程嘉让是程霖的堂弟……

她还没开口拒绝，江子安抢先道："来呀，愣着干啥？这是你师姐，我见过的，一起去吧，我们这儿最欢迎美女了。"

江子安边说边拉着她们往窗边走。盛情难却，霍音只好过去了。

江子安跟谁都是自来熟，带她们过去后便热情地把她们介绍给周围的人："来来来，给大家介绍一下，这是新传学院的学姐……"江子安看着顾姝彤，顿了顿。

"顾姝彤。"

"对，顾学姐。"他说完看向霍音，又道，"这位大家应该比较熟悉了，霍妹妹，也是……"

"喀喀。"程嘉让低声咳嗽两声。

霍音看向程嘉让，程嘉让却正看着江子安快要握住她手腕的那只手。随后他视线不紧不慢地上移，与江子安对视。江子安很快便悻悻地收回手。

霍音的目光在他们俩之间来回移动。突然，她被身后的力道一拉，连退两步，在即将撞到椅子时，又被一个人稳稳地扶住后腰。

霍音只觉耳根立刻烫了起来，有些不知所措。程嘉让很快放开扶在她腰上的手，顺势拉开旁边的椅子，低声提醒道："你坐这儿。"

霍音红着脸点头，目光不经意间与笑得暧昧的顾师姐撞上，霍音只能尴尬地干笑两声。

长桌旁只容得下十来个人，霍音和顾姝彤落座以后，这里便没几个空位了。

众人相顾无言，江子安开口道："干坐着太无聊了，要不咱们来喝酒、玩游戏吧？"说完，他竟然从上衣口袋里摸出一副扑克牌，道，"玩真心话大冒险怎么样？看哪个倒霉蛋会抽到大小王。"

众人自然没什么意见。

不过在游戏开始之前，有人远远地开口问："方不方便带我一个？"

众人朝声音发出的方向看过去，面色都有些微妙。不远处站着的人，他们都熟悉得很。

"林珩？"顾姝彤看到站在那边的林珩，当即去拉霍音的袖子，小声道，"他怎么来了？"

霍音不知是在回应还是在自言自语："我看到了。"

刚刚颇为热闹的气氛瞬间被打破，四周陷入诡异的沉默。大家的目光在霍音、程嘉让和林珩三个人之间移动，为原本就诡异的气氛添加了一分窒息之感。

霍音将目光从林珩的身上收回来，又无意间扫了身边的程嘉让一眼，迅速垂下眼。

林珩已经走了过来，不知是有意还是无意，站到了霍音身后。他将手撑在她的椅背上，碰了碰她拢起的发丝，淡定地问："怎么，大家看起来好像不太欢迎我？"

众人面面相觑，谁也没有开口说话。

这边的人大多是经常和程嘉让一起玩的，和林珩的关系没有多亲近。但这些人认识程嘉让，认识林珩，也认识霍音，自然知道霍音和林珩的事情。

霍音咬着唇，没说法，心中感慨万千。这里的气氛原本很好，是因为她和林珩才逐渐变得尴尬。或许她应该离开，去林珩不在的地方待着。既然她拒绝几次还是说不动他，那惹不起还躲不起吗？

她正要起身，左手猛地被身边的人抓住。

她看过去，只见程嘉让瞥了林珩一眼，声音沉稳又疏离，听起来有些危险："不是要玩吗，废什么话？"

"来。"

沉默终于被打破，其他人陆续开口讲话。不过，不单是霍音，在场的每一个人都能清晰地察觉空气中沉沉的压迫感。

霍音左边是程嘉让，右边是顾姝彤，正对面的是一个经常跟程嘉让、江子安一起玩的男生。那个男生的右边有个空位，靠近窗，比较冷，没有人愿意坐。

其实长桌的另外一头还有两个空位，不冷，位置更佳。可是林珩还是坐到了窗边的位子上，就在霍音的斜前方。

她能够感受到在座其他人投过来的目光。

林珩却好似浑然未觉，推推鼻梁上的眼镜，看着江子安道："不是要玩真心话大冒险吗？开始吧。不过我不太清楚你们今天的玩法，你跟我讲讲？"

江子安看了程嘉让一眼，见他至少脸上没写着愠意，这才开口："这里有十一个人，我们挑出十一张牌，包含大王、小王两张牌和九张随机的牌。咱们一人一张牌，拿到小王的出题，拿到大王的回答问题或者进行大冒险。如果有人不想答，也不想冒险，干了眼前这杯威士忌也算过关。

"游戏尺度我不说，但是大家自己把握分寸，有小姑娘在呢，别太过分啊！"

众人点头同意。

一阵清脆的洗牌声过后，纸牌依次发下来。这一轮，霍音收到的牌是黑桃五。她捏着手中的牌，良久，暗自松了一口气。

霍音今晚手气好，连着玩了七八轮，收到的牌不是红桃就是方片，连大小王的影子都没见过。

真心话的问题无非是"今天的内裤是什么颜色？""有什么不为人知的小癖好？""做过最丢脸的事情是什么？""你和在场某个人最亲密的肢体活动是什么？"或者"谈过几个对象？"等，颇为无聊。而大冒险的活动不过是"去跟五点钟方向的妹子要个微信""给通信列表第一位打电话说'我爱你'"以及"亲在场任意一个人一下"等。

程嘉让两次抽中大王牌，都选了大冒险，却在听到题目后面不改色地喝了两大杯洋酒；顾姝彤脸不红心不跳地说出自己穿的是粉红色的蕾丝内裤；江子安更是拨通了岑月的电话，吊儿郎当地对她连说了十遍"我爱你"。霍音在一旁坐着，毫无参与感。

新一轮开始，江子安陆续发牌。霍音还没拿到牌，便有个男生兴奋地将自己的牌往桌上一拍，扬声说："终于轮到我拿小王牌了！你们之前问的都是什么破问题？一点儿技术含量都没有。我这回整个厉害的，谁抽着大王牌了就给我回答一下上一回做爱是什么时候。"

在场的多是男生，一听这话就开始起哄。

霍音在一阵起哄声中拿到牌，想也没想就翻开——大王牌。

霍音朱唇微张，愣愣地看着手里这张牌，闭了闭眼。她正想认命地向其他人展示自己的牌，左脚忽然被人在桌下踢了踢。

霍音看向左侧的年轻男人，他从桌下递来一张绝对安全的梅花三。她愣了愣，他便趁人不注意将她拿牌的手拉到桌下，直接换掉她手中的牌。

大王牌被他丢在桌上，众人的目光齐齐被吸引过来。

霍音这才反应过来，一把将手按在牌上。一个问题而已，别人可以答，她也可以。

霍音抢在程嘉让前面开口："这张牌是我的。"

她没有什么不敢回答或不敢面对的，所以避开程嘉让不悦的目光，转头看向提出问题的那个人。

"你的问题……"

她话还没说完，便被对方打断道："你……我刚刚瞎说的，换个问题也行，你让我想想。"

"不用了。"霍音很轻地吸了一口气，"我没做过。"

"什么？"

"刚刚的问题，这是答案。"

她说完，明显感觉气氛再度变得诡异。不知道是谁心直口快，脱口而出："林珩，你这也不行啊！"

这话一出，这桌的人都安静了，周围其他人吃喝玩乐的声音变成背景音。江子安见势头不对，重新开始发牌，试图借此化尴尬。可惜霍音不知道是中了什么邪，在接下来的三轮游戏中都拿到了大王牌。

第二轮时，拿着小王牌的人还没提问，程嘉让已经一把端起眼前的杯子，干净利落地将酒喝完，随后淡淡地道："不用问了，我替她喝了。"

他喝完，又替自己满上。他喝酒不上脸，今晚差不多喝了一瓶威士忌，也未露出多少醉意。只有近距离看他，才能发现他的眼神不太清明。

谁也没想到霍音会第三次拿到大王牌，这回更不巧，小王牌在林珩手里。林珩亮牌之前就放了话："代喝酒这种事，一次就算了，次数多了可不太好。"

霍音深吸了一口气，将抽到的牌轻轻地放到桌子上，一抬眼就望进林珩意味不明的眸子里。她有一种不祥的预感，当即开口："我选大冒险。"

"好。"林珩扶了一下架在鼻梁上的眼镜，在众目睽睽之下，大言不惭地开口，"阿音，亲我。"

现场一瞬间再度安静下来，霍音甚至听见有人倒吸了一口凉气。紧接着，她听见程嘉让用冰冷的声音一字一句地说："林珩，别玩邪的。"

"这是在规则以内的。她选了大冒险，我就可以指定她做任何事。"林珩捻着手里的牌，似乎也较上了劲儿，"让她亲我，有什么问题？又不是没亲过。"

霍音坐在座位上，前胸因为情绪激动而剧烈地起伏。

程嘉让用力地将手里的牌往桌上一扔。赶在他发作之前，霍音端起他面前斟满酒的酒杯，将一整杯酒灌进口中，然后在众人的注视下撑着桌子站起身，说了句"不好意思，先失陪一下"，就踩着高跟鞋逃离了现场。

她不懂林珩为什么总有办法让她难堪。

霍音来到洗手间，用凉水往脸上泼了三遍，脑中仍然混混沌沌的。她酒量实在差，今天那酒的度数高得很，她又喝得那么猛，现在还能有意识，已算不易。

她晕晕乎乎地从洗手间出去，一眼看见了林珩。对方离她七八步远，站在洗手间外的走廊上，应该是在等她。

霍音站在原地没动，依稀听见林珩说："阿音，现在就连亲我，都让你那么为难吗？"

她扶着墙壁，没心思回答他的问题。

对方似乎察觉她身体不适，很快道："我送你回去，好不好？"

"不好。"男洗手间的门突然被人从里面推开，程嘉让走了出来，直接去了她身边。

他身上有和她如出一辙的酒气。然后，男人将头凑到她耳边，像是很多天以前那样，轻声问她："要我帮忙吗？"

这一次，霍音重重地点了头。她心想，如果她拉着程嘉让的手出去，林珩应该不会有理由再拦住她。

她下意识地伸出手，去拉眼前的男人。即使他们不是第一次有身体接触，霍音在握住他的手的那一刻，还是感受到一阵酥麻。

霍音未承想，男人顺势拉住了她，一把将她按在墙上。她好似有一瞬间的清明，瞥到眼前人鼻梁上的褐色小痣骤然放大。

唇被紧紧贴住的那一刻，她才后知后觉，原来这种接触比手指相接要摄魄夺魂上千倍。

狭窄逼仄的过道延续着整个大礼堂的中世纪古堡风，白石灰表层被能工巧匠精雕细琢，在头顶昏黄顶灯的映照下，有些迷幻。

大礼堂环境很好，即使是洗手间外也被打扫得纤尘不染。过道上摆着许多霍音叫不上名的鲜花，正不遗余力地散发着不同的芳香。

霍音被刚才那杯威士忌猛烈的酒劲儿冲到头晕，眼皮沉重得要睁不开。她只是模糊地感觉到手腕好似被禁锢在墙壁上，身子也被人压着，动弹不得，而仅剩的注意力此时此刻集中到双唇上。

她正被人放肆地吻着。这个吻热烈、蛮横，侵占欲十足，勾起她喉头心间丝丝缕缕的燥意。霍音本能地将手伸到领口处，无措地扯着，莹白的肌肤上落下几道显眼的浅粉色印记。

须臾，这手也被男人强行拉开，两手手腕一并，被他按在头上。

程嘉让单手托住的怀中人，下颌抵在女孩子的头顶，偏头低语，气息打在霍音的耳朵上："两天期限到了，我带你回家？"

她紧闭着双眼，含混不清地嘟囔，像是在回应他的话："回……回家！"

"嗯。"

"回家。"

她在同龄女孩子中个子中等偏高，不过在他面前足足矮了一个头，穿了高跟鞋也才到他的下颌处。她很瘦，小小的一只，他轻而易举就揽住人，带着她往回程的方向走去。越过林珩的时候，他连一个眼神都没有给对方。他揽着她走回窗边的长桌前，不出两秒钟，就被其他人团团围上来。

最先说话的是顾姝彤："小音醉了吧？她酒量很差，几乎一杯倒，刚刚那个酒又那么烈，我先带她回去休息吧！"

程嘉让浓眉轻挑，搭在霍音腰上的手没动。看来她没跟她师姐说过，她住在他那儿的事。他淡漠地开口："不用，我会照顾她。"

闻言，顾姝彤明显愣了一下，须臾，似乎弄懂了他的意思，方才板着脸开口："程同学，你跟小音是什么关系？据我所知，你们认识没多久吧？她醉成这样，你觉得我放心让她被一个不太熟悉的男人带走吗？"

气氛开始变得剑拔弩张。不过他们只是立场不同，谁也没有问题。

很快，江子安道："让哥，怎么了这是？"

岑月也说："嘉让学弟的人品大家都放心。不过嘉让，你和霍学妹……这样会不会不太好？还是让顾同学带霍学妹回去吧。"

双方陷入僵持时，一直缩在程嘉让怀里闭目不语的霍音，突然喃喃道："程嘉让，快点儿带我回家。"

现场鸦雀无声。

一秒钟后，顾姝彤蹙着眉，小声问霍音："小音，你说什么？"

"我说程嘉让，快点儿，我们……回家吧！"

江子安的目光在几个当事人身上扫了一圈，最后他看向顾姝彤，劝道："那个……顾学姐，其实让哥跟霍学妹的关系，咱们谁也没有他们本人清楚。不过他们肯定是比较熟了，我看，咱们就别管他们的事了。你还没怎么吃东西吧？来吃点儿！"

顾姝彤没有接话，其他人也沉默着。长桌周围仿佛有一面无形的墙，将外界的声音尽数隔绝。

程嘉让单手搂住霍音，另一只手取走她挂在椅背上的白色链条挎包，挂在胸前。带霍音离开之前，程嘉让慢条斯理地对顾姝彤说："关系嘛，或许你听过，闺密。"

霍音不是跟顾姝彤说过，她跟她"闺密"一起住吗？程嘉让相信顾姝彤听得懂他的意思。

他揽着走路跟跟跄跄的小姑娘出了大礼堂，呼啸的冷风席卷而来。她只穿了一条小洋裙，冷得缩成一团，兀自嘟囔着"冷死了"。

程嘉让皱着眉睨她一眼，将人稍稍推开，利落地脱掉大衣披到霍音身上，淡声提醒她伸手。他握住她乱晃的手，将其塞进衣袖中。他才给她穿好一边袖子，小姑娘的另一只手不知什么时候探到他的胸前，没有章法地乱摸。

程嘉让深吸了一口气，警告道："霍软软，你给我老实点儿。"

他没想过这话竟然打开了她的话匣子。霍音睐着眼，手指在他的胸上重重地戳了几下，道："你……你干吗叫我的小名？"她说话还是慢吞吞的，不过一句接着一句，"你是我爸爸吗？"

"废话。"

"啊？"

"当然不是。"

他话音落下，胸口就被她锤了一下。她继续道："那你干吗叫我软软？"

"行。"他给她穿好大衣，将扣子扣好，说，"那我不叫了。"

"不行！你叫得好听，我要听你叫！"

"哦？霍音，你看清楚，我是谁？"

程嘉让一只手拉住眼前人，另一只手恣意地插进裤袋中，仰着下颌问她。

"嘻嘻……你是程嘉让！"霍音弯着笑眼，也不知道有没有看清，又伸出手指在他面前比了一个"1"，口齿不清地回应，"我记得的。你长得好好看，我一眼就认出来了。"

程嘉让薄唇轻扬，很低地笑了一声。

她像在跟他讲，也像在自言自语，他认真地听着。

"你都叫我软软了，我也要叫你的小名。你叫什么？嗯……我知道了，让哥。"她语速慢得很，但一句接着一句，不给他插话的机会，"你的小名是叫让哥吗？大家为什么都这样叫？你爸爸也这么叫你吗？可是不行，这样叫我很亏。"

"霍软软，你是话痨吗？"程嘉让扶她站好，低声道，"上辈子是小哑巴？"

她还在纠结刚刚的问题，沉默半晌，突然来了一句："阿让，阿让好听。"小姑娘声音温柔，不紧不慢。

程嘉让舌尖抵着腮，顿了一下，才淡淡地道："可以。"

"阿让，我脚好疼。"霍音右手撑在程嘉让身上，左手指指自己抬起的脚，闷闷地抱怨，"我讨厌穿高跟鞋。"

"上来。"程嘉让不大熟练地弯下腰，低声道，"我背你。"

醉酒后的她成了话痨，乖巧懂事的一面消失。她毫不客气地爬上程嘉让略显清瘦的背，两手想也没想就搭到他的脖子上。

"起飞！谢谢你啦！"

从 A 大到朝苑华府，他们打车回去，一路上，霍音那张小嘴就没停过。

出租车后排，程嘉让抱臂在旁边看着她，觉得她太可怜了，跟没说过话一样。

"我讨厌玩真心话大冒险，总抽到我，总抽到我！干吗问我上一次做……"

程嘉让适时捂住了她的嘴，在后视镜中与司机疑惑的目光短暂交会，尴尬地朝人家点点头。

车开进朝苑华府，他们下车。程嘉让轻松地扶着她上电梯、回家，又把人安置到沙发上。

她说的话逐渐离谱："程嘉让，你……亲我是不是喜欢我？你是不是想包养我？"

"包养？"程嘉让本想去烧水，闻言，动作一顿，在霍音旁边坐下，"霍软软，从哪儿学的词？"

"要你管。程嘉让就是想……想包养我。"她闭着眼睛连连点头，莹白的脸上红通通的。

"你想跟我……那个吗？"

程嘉让有些惊讶，目光从小姑娘的胸口移到她那双醉后迷蒙的杏眼上。

没等他回答，霍音突然凑近，一边盯着他的眼睛，一边伸手戳他的胸口，道："你的思想很危险！"

程嘉让被她气笑了，慢条斯理地摇头："我很好奇，我在你心里究竟是什么样的？"

屋子里有地暖，气温舒适，他随手帮她解开外衣扣子，撂下一句"自己在这儿待一会儿，我去烧水"，就准备起身去到中岛台烧水。

未承想，他起身之前，身边的人突然凑过来，钻到他的胸前，双手还拖着长长的袖子，穿过他的手臂往背上一搂，呢喃道："好累，要睡啦！"

程嘉让觉得时间都停滞了。

他略微僵硬地垂下头，扫过眼前人的睫毛、鼻尖，再到红润的唇，良久，自言自语："如果我趁你喝醉了亲你，会不会显得很卑鄙？"半秒钟后，他含住她的唇，"算了，我就卑鄙了。"

06

北京城，初春。

上午九点多钟，城市已经彻底苏醒，街道上车水马龙，行人如织。一些老街上，摊贩度过忙碌的早晨，已经开始收摊。

朝苑华府，十三楼的次卧内，厚重的深咖色遮光帘随意地拉着，左右两片窗帘之间露出一道不宽不窄的缝隙。晨光借着这道缝隙穿进来，为昏暗的卧室提供一缕明媚的光。

霍音被手机刺耳的铃声叫醒，闭着眼睛，本能地往床头的方向摸。宿醉之后，她头昏脑涨，连来电显示也无力睁眼看，直接接通电话。

她的声音还带着刚刚睡醒时特有的沙哑，接通电话后抢先开口："喂，谁呀？"

"是我。小音，你还好吗？昨天晚上我没拦下来，程嘉让没……对你怎么样吧？"

霍音听得出来，电话那头是顾师姐。她以往也常常大清早接到师姐的电话，一般是因为公事。霍音头脑不大清醒，揉着惺忪的睡眼，特地清了清嗓子，想开口问顾姝彤是不是有什么重要的事。

刚刚吐出一个"师姐"，她才回味起师姐刚刚说的话。师姐刚刚说了什么？

程嘉让没对你怎么样吧？

霍音一脸疑惑地蹙起眉，艰难地坐起身，伸手捂住还有些疼的左额，脑海里的画面走马灯似的浮现。

昨晚，她去了大礼堂，一桌子的人玩"真心话大冒险"。面对林珩的刁难，酒量不好的她一口喝了一整杯酒。

事情从这里开始变得一发不可收拾。

大礼堂的洗手间外，光线昏黄的狭窄过道里，穿深色大衣的年轻男人将她的手压在墙上，俯下身，热烈地亲吻了她。

霍音扶着额头，两颊上的潮红不知何时散开了，一不留神已蔓延到耳边。

她后面的记忆更加模糊了。程嘉让似乎从顾师姐面前将她带走，一路背着她从大礼堂走到了校门口。在车上，他突然捂住她的嘴，带她回到家后，又……又亲了她。

她伸手捏紧被子，不幸地想起了自己昨天喝醉后讲的那些话。

"你都叫我软软了，我也要叫你的小名……阿让，阿让好听……程嘉让，你亲我是不是喜欢我？……你是不是想包养我？"

救命，这些话怎么一句比一句离谱？有那么一瞬间，霍音很羡慕言情小说里那些动不动就酒后失忆的主角。如果她活在一本小说里，也希望作者能删掉她的那些记忆。

"小音，你没事吧，怎么不说话？你怎么了，出什么事了？跟我说。"顾姝彤颇为紧张的声音传过来。

霍音的思绪被拉回现实。看来师姐好像误会她出事了。

霍音连忙开口解释："没有没有，师姐，你放心吧，我没事，就是刚刚才醒来，头有些晕。"

"真的？你不会是发生了什么事，不敢跟我讲吧？"电话那头，顾师姐将信将疑，又问道。

"怎么会呢？师姐不用担心……程嘉让真的没有把我怎么样。其……其实我没有什么闺密，这几天我是住在程嘉让的家里。不过，我跟他真的没有什么……"她说到这里突然顿住了，因为他昨天亲了她……两次。她甚至还记得当时的感觉。

这样算的话，他们之间好像不算什么都没有。算了，她还是别解释了，越解释越乱。

霍音干脆撂下一句"师姐，我现在脑子不太清醒，等见面的时候再跟你解释"，随后将电话挂断。

然而一秒钟后，又有电话打进来。她一眼扫过来电显示，手机上赫然是三个大字：**程嘉让。**

霍音开始后悔刚刚挂了师姐的电话。她坐在床上，深吸一口气，咬紧唇，这才接起电话。

昨晚那些离谱的记忆不合时宜、不遗余力地涌现，霍音有些心虚，小声问："喂，有什么事吗？"在对方开口说话之前，霍音屏住呼吸，心脏却仍不安分地剧烈跳动着。

两秒钟之后，电话那头传来男人慵懒的声音："没事就不能打电话？"

"没事当然也可以打电话……"霍音咽了一口唾沫，努力让声音听起来足够镇定，"不过，你真的没什么事吗？"

这回他很快回答道："还真有。"

"什么？"

"我昨晚穿的那件大衣的口袋里有一个U盘，今天开会要用，你方便帮我送来医院吗？"男人不疾不徐地道。

霍音平日跟他讲话时，没格外注意听他的声音，此时与他打电话，才发觉他的声音好似天然带有一种蛊惑人心的力量。以至于她听完他的话，想都没想便脱口而出："方便。"

她说完才觉得不对，她现在去给他送U盘，岂不是马上就要见到他了？昨晚的事她还没弄明白呢，现在突然过去见他，恐怕要更混乱了。

是以她连忙改口，因为颇为紧张，语速比平时快了一倍："那个……我突然想起来师姐刚刚给我打了电话，说徐教授有重要的事交给我办，我现在要立刻过去。你那个U盘有急用吗？你要不自己回来取一下？"

她说自己有正事要办，他应该不会强人所难吧？霍音这样一想，稍稍放松了一点儿。

"是吗？我怎么记得老爷子昨天说了要休假，现在恐怕已经到三亚了？"

啊，她竟然忘了这回事。

"那……那可能是我刚刚没听清楚，总之师姐真的找我有事，"她想了个两全其美的法子，道，"要不这样吧，我把你的U盘找出来，待会儿叫跑腿的给你送过去。"

可惜这个办法很快又被他否决："不行。"程嘉让未假思索，"我没钱，你忘了？"

前几天刚刚花了几千元请她吃法餐的人，现在说自己没钱……霍音心里腹诽，嘴上还是道："我出钱就行！"

"可以是可以，不过，我的U盘里装了我搜集整理了大半年的写论文用的资料，"男人慢条斯理地道，"如果丢了的话……"他虽然没有直说，可这摆明了是告诉她，非要她送去不可。

霍音闭了闭眼，把心一横："我现在就给你送过去。"

"非常感谢。我在胸外科，你务必把东西交到我手上。有一个小手术，我先挂了。"

霍音一只手拿着手机，另一只手掀开被子起身。她没找到拖鞋，光着脚站到地上。这会儿头脑稍稍清醒了，她反应过来，程嘉让在电话里只字未提昨天晚上的事。他会不会……想直接将昨晚的事情忘记，当作什么也没发生过？还是说他不记得昨晚的事情了？他昨晚喝的酒可比她多，完全有这种可能。如果这样，就最好了。

霍音不确定到底是哪一种情况，想试探一下，赶在他挂断电话之前叫住了他。

"程嘉让，等等。"

"嗯，怎么了？"

"啊……没事。"她一开口就后悔了，怕被对方识破后搞得他们之间关系更尴尬，突然灵机一动，想了个理由，"就是……如果我现在去你们那儿，可能进不去，没办法当面把 U 盘交给你。"

"没事，我和护士说过了，会放你进来的。"男人很快回答。

"那我知道了。你做手术去吧，一切顺利，我先挂了！"

程嘉让"嗯"了一声。

霍音说完"拜拜"，一口气终于松下来，正准备将电话挂断，又倏然被对方叫住。

"霍软软。"

"啊？"

程嘉让散漫的声音传入霍音的耳中："你怎么又叫我程嘉让？你昨天不是'阿让''阿让'，叫得很高兴吗？"

霍音只觉脑海里轰鸣一声。看来，他全都记得！

上午十点，霍音抵达 A 大第一附属医院。她穿过缴费大厅、门诊区，上了胸外科科住院部的电梯。她要去第十三层。

这个时间点，电梯里人不少，十分拥挤，霍音难免觉得有些不舒服。人挤着人，霍音假装认真地玩着手机，才没觉得那么尴尬。

电梯不断往上，又有人挤了进来。霍音艰难挪动时，不经意间瞥见了一张有些熟悉的脸孔。

那是个很漂亮的女孩子，长有记忆点的一张脸。霍音上次见到对方，是在校庆上做直播时，这个人正是跟霍音换班的主持人。霍音跟她只是点头之交，连她的名字都叫不上来，只知道其他人说她是播音系的"系花"。

霍音还未来得及收回目光，对方也看见了她，二人四目相对。

"叮——"电梯在九楼停下，几个医护人员一起下去了，原本拥挤的空间瞬间空了许多。

在这里遇见校友，出于礼貌，霍音扬唇朝对方颔首，算是打了招呼。那个女生笑了笑，开口问道："你是霍音？"

霍音没想到对方会记得自己的名字，低声道："对，怎么了？"

又是一声提示音，电梯门随之打开。霍音抬头看了一眼楼层，电梯到第十三层了。霍音赶紧往外走，出电梯之前下意识地看了一眼"系花"。对方的目光也落在她身上。

"系花"也要下电梯，一边往外走，一边意味深长地看着霍音。她眼里的情绪，在霍音看来，可以用"戒备"这个词语来形容。

她似乎从见到霍音的第一眼起，就对霍音充满戒备。霍音有些蒙，不知道对方为什么会这样。

对方先霍音一步走出电梯，随后直接问："霍同学来胸外科，是探病，还是来找什么人？"

在整个住院部，无非三种人——病人，病人家属，还有医护工作者。

霍音一瞬间福至心灵，弄懂了对方眼里满是戒备的理由。她直接把问题抛给对方："那同学你呢？你来这边是探病，还是来找什么人？"

女生转过头，瞥了一眼不远处胸外科的门禁口，扬声道："当然是找人，有很重要的人叫我过来。"她说这句话时，眼中除了戒备，还带着一丝挑衅的意味。

霍音不太喜欢别人用这种眼神看自己。她收起出于礼貌而露出的微笑，再次学对方说道："那很巧，我也是来找人的。跟你一样，是很重要的人叫我过来的。"

对方的语气中多了两分不善："你是来找程嘉让的，对吗？"

这时，霍音突然想起江子安曾提过，有一个"系花"追了程嘉让好久。霍音当时没有在意，现在看来，江子安说的应该就是眼前的这位。

"对。"霍音不假思索地道。

"你还真是来找他的……""系花"眉头紧锁，凑上前来，声音不自觉地提高了，"你们在一起了？"

周围有人朝她们这边投来目光。

霍音暗自皱眉，心想：在一起？没有。

不过，霍音看向对方道："我们在不在一起，是我们的事，和你好像没有什么关系。"她一向温暾，性子柔，但她也并非毫无底线，任人揉扁搓圆。

"和我没关系？怎么可能和我没关系？全校谁不知道我喜欢程嘉让？三年前我就在追他，你在这里横插一脚，算怎么一回事？"

霍音的手放在外衣口袋里，正紧握着程嘉让托她带过来的 U 盘。

她不想跟眼前这位有过多无意义的交流，是以听到对方这样说，干脆转身，直奔科室。

可惜她没走几步，就被对方拦了下来。

"等一下，我话还没说完，你怎么就要走？你不是和林珩在一起挺久了吗，怎么突然把主意打到程嘉让身上？还是说，从一开始，你的目标就是程嘉让，林珩只是你的跳板？"她越说越离谱了。

霍音正欲反驳，却被其他人抢先一步："阿音学妹，今天怎么有空来找你家阿让？"

霍音看过去，岑月穿着一身白大褂，正从电梯那边走过来。岑月越过播音系"系花"，走到霍音面前，指了指科室大门，说道："怎么不赶紧进去？难道阿让忘了跟在门口负责登记的实习生说，对方不让你进来？"

"学姐，"看到岑月，霍音笑了起来，"我刚刚才到。学姐怎么是从外面过来的？"

"我在楼下跟老师一起问诊，老师让我上来取东西。"岑月拉着霍音径直往前走，"别在这儿傻站着了，走啊，进去。"

霍音被岑月带着进了科里，而播音系"系花"直接被实习护士拦在门口。

护士问她是哪床病人的家属，有没有预约过，还告诉她闲杂人等不得入内。"系花"说是来找程嘉让的。她根本没有预约过，不过已经到了这儿，怎么着也得试一试。

未承想护士一听，当即放行："原来是找程医生的，他早上跟我说过了，今天会有一位年轻女孩儿过来找他。您在这里登记一下就可以了。"

另一边，霍音被岑月安排在护士站里等着，还嘱咐她说："霍学妹，你先在这里坐着等一会儿。嘉让学弟要给老师当助手，做一个小手术，不过估计快结束了。你从这里往外看，他一下电梯，你就可以看到他。"

"好，谢谢学姐。"霍音点点头，笑着说，"学姐，快去忙你的吧！你这么忙，还抽空来关照我，我太不好意思了。"

"举手之劳。那你先在这里等着，我下去给老师送东西，晚点儿再上来。我如果见着程嘉让了，就给他带个话，说你来了。"

"好，学姐快去忙吧。"

其他人都很忙碌，在自己的岗位上工作，霍音应该是这里最闲的人。就在这时，播音系"系花"走了过来，手上拎着一个牛皮纸袋，一直看着电梯的方向。

霍音没有管她，掏出手机看今天的新闻热点。学这个专业以来，她每天早晨不管多忙都要看看新闻，这个习惯已经保持了整整四年。不过今天她不知为何，怎么也看不下去。

与此同时，住院部三楼，手术室大多安排在这一层。岑月抱着一摞书从电梯里走出来，迎面撞见了穿着一身绿色手术服的程嘉让。她当即把对方叫住："嘉让学弟，你的手术结束了？"

"嗯，刚结束，衣服还没来得及换。"

"霍学妹来了，一看就是过来找你的，你还不赶紧回去看看人家？"

"这么快？她已经在科里了？"

"可不是吗？老师要给见习生讲课，我上去拿书，正好看见学妹过来，就把她带进科里了。她现在正在护士站那边坐着呢。"

"行。"程嘉让擦干净手，淡声道，"那我先过去。"

"等等。"岑月叫住程嘉让。

"怎么了？"

"我话还没说完呢。今天来的可不只霍学妹一个。"岑月边说边摇头，"我说你胆子挺大啊，怎么敢同时叫两个妹子一起来医院？"

程嘉让扬眉："说什么呢？"

"你不知道？播音系那个追了你三年的妹子也来了，我还听见她跟学妹说了一些不太好听的话。"

程嘉让道："仔细说说。"

"她问学妹为什么突然跟林珩分手，到你们中间来横插一脚。还问学妹是不是拿林珩当跳板，一开始就是为了接近你。"程嘉让听了，瞬间冷下脸。岑月顿了顿，试探道："你生气了？你回科室的时候还是收敛点儿。那么多同事在，闹起来不好看。"

"我知道了。"

"行，那我走了。"

"谢了，回头请学姐和江子吃饭。"

"行！"岑月立刻答应下来，又突然反应过来，"不对啊，是我帮了你，你请他吃饭干什么？"

"喂，您好，这里是胸外科护士站。李大夫？你拨错号了，我给你转到主任那边去。"

"53床的老爷子行动不方便，叫了床旁摄片。你给影像科打个电话，叫他们过来吧。"

"好的，我这就打。"

霍音坐在椅子上，目光所及之处，医生、护士、患者、家属行色匆匆。霍音兀自出神，倏然被身边一道奶声奶气的声音拉回现实。

"姐姐，能帮我个忙吗？"

霍音循声看过去，只见一个戴着粉红色蝴蝶发卡的小姑娘站在她跟前，手里举着一个草莓味的棒棒糖，正眼巴巴地看着她。

"姐姐，帮我把这个棒棒糖打开可以吗？"

霍音下意识地看了一眼电梯的方向，随后转头接过小姑娘手里的棒棒糖，点头道："当然可以，稍等一下。"

这种棒棒糖的糖纸包得很紧，难怪小姑娘打不开，霍音借着自己的长指甲才勉强打开。她随后将棒棒糖交到小姑娘的手里，温声说道："好了，吃吧！"

话音刚落，霍音听到附近"叮"了两声，抬头一看，电梯门和玻璃门都开了。

她远远看过去，一眼就看见了穿绿色手术服、外罩白衣的年轻男人，他眉头微皱，正朝着科室的方向走来。不过看他的眼神，他好像并未注意到她。

一个人影飞快走过去，到了程嘉让身前。霍音本能地站起身，想出门跟过去。

可她刚刚站起来，便感觉到衣服似乎被人拉住了。她转头看过去，只见刚刚那个小姑娘正拉着她的衣摆，一张圆乎乎的笑脸正对着她。

她又看了一眼门外的方向，语速加快，询问小姑娘："小妹妹，怎么了，还有别的事情吗？"

"姐姐，这个给你。"小姑娘从口袋里掏出另一个没有拆封的棒棒糖，放到霍音手上，继续说，"妈妈说要学会感恩，感谢姐姐帮我打开棒棒糖，所以这个送给你。"

"只是举手之劳，你不用这么客气的。"霍音飞速说完这句话，将棒棒糖塞回小女孩儿的手里，快步向着门口的方向走去。

她距离玻璃感应门不远，几步就到了门口。

又是叮的一声，玻璃门应声打开。霍音出门时，程嘉让已经跟着那个女生进了楼梯间，霍音根本来不及叫住他。

霍音握着程嘉让的 U 盘，力度逐渐加大。

楼梯间灰白色的大门自动关上，发出清脆的一声响。霍音站在这里，能够将里面的对话声听得一清二楚。

偷听别人讲话是很不礼貌的，这个道理霍音从小就懂，可是这一刻，她的双脚沉重得像是灌了铅，怎么也移动不了。

程嘉让的声音淡漠又疏离，他道："你叫我来，有什么事？"

女生的声音听起来有些紧张："其实也没什么事，我是不是耽误你工作了？我昨天家里有事，没去参加校庆晚宴。我听别人说你好像喝了很多酒，那样对身体不好。我担心你昨天晚上喝了那么多酒，今天如果不吃早餐，身体扛不住，就想给你送早餐来。但我过来时堵在路上了，不知道现在给你还来不来得及。"

原来她手里拎着的是给程嘉让带的早餐。

霍音看着自己空着的手，秀气的眉毛微微蹙起，掌心不自觉地沁出一层薄薄的汗。

女生说完后，楼梯间那边足足安静了四五秒。霍音的心蓦地一沉，不知为何，她脑海里突然浮现昨天晚上在大礼堂内窄窄的过道里，他俯身下来，肆意索取的样子。

她脑海里的画面还未停止，楼梯间里终于再度传来声音，这次是程嘉让的。他总是言简意赅，短短几个字就直入主题："你想做我的女朋友？"

他声音不大，语气还似往常那般淡漠。可不知为何，霍音攥紧了手指，指甲陷进手心柔软的肉里，落下四道弯曲的淡红色痕迹。

"系花"似乎没有反应过来，没想到事情会突然发展到这一步，停顿了两三秒才说："程嘉让，我确实喜欢你，可我有我的骄傲，所以一直没有跟你明说。我喜欢你两年多了，想当你的女朋友，可以吗？"

听到这里，霍音后知后觉，原来她一不小心见证了一场现场告白。在理智的驱使下，她开始往后退，却在听到下一句话后，彻底停下脚步。

尽管隔着一扇门，年轻男人漫不经心的声音还是轻而易举地传进了霍音的耳中："行啊！"

他只说了这两个字。

霍音愣在原地，大脑一时之间宕机。

"系花"说喜欢程嘉让，想当他的女朋友，他说"行啊"。霍音有一瞬间手足无措，不知道该做何反应，不过她很快就明白，自己应该赶紧离开，离开这个本不应该来的地方，最好也能摆脱那种快要窒息的感觉。

她慌忙转身，往前走了两步，便撞见刚刚从电梯里出来的岑月。

对方一看到她便快步迎过来，说道："霍学妹，你怎么在这儿站着？嘉让学弟呢？他不是比我先上来吗，你俩没见着？"

岑月的声音比较大，楼梯间里的人一定可以听到。霍音咬着唇，深吸一口气，从口袋里掏出程嘉让的 U 盘，一把塞进岑月的手里，声音有些干涩："学姐，麻烦你把这个转交给程嘉让，我先走了。"

电梯就停在这一层，霍音直接进去，按了关门键。电梯门合上，她听见岑月在外面说："学妹，怎么回事啊，怎么这就走了？"

霍音没有回应，更没有听见楼梯间里后续的对话。

楼梯间里，程嘉让冷漠地吐出一句"行啊"，下一句话还未说出口，突然听见外面传来一道熟悉的女声："霍学妹，你怎么在这儿站着？嘉让学弟呢？他不是比我先上来的吗，你俩没见着？"

程嘉让皱起眉，看了一眼楼梯间的门，补了一句："梦里当吧！"

"什么？程嘉让，你什么意思？"

程嘉让沉声反问："被言语中伤，很不好受对吗？那你就记住了，你喜欢我，并不是你中伤别人的理由。"他说完直接转身，一把拉开那扇灰白色的大门。

环顾四周，不见霍音的身影，程嘉让看向愣在一边的岑月，问："她呢？"

"你说霍学妹？刚走。"岑月看了一眼电梯的方向，又看了看楼梯间，一脸不解地问，"这是什么情况啊？你在里面跟谁说话？霍学妹好像听到什么了，脸色很不好看，把东西塞给我就走了。"她说完将手里的 U 盘递到程嘉让面前，道，"快去追吧，现在下去还来得及。"

程嘉让接过 U 盘，迅速按电梯。就在这时，又是叮的一声轻响，玻璃门应声打开。

科室里有护士快步走出来，径直走向程嘉让，道："程大夫，赵主任找你，说有重要的事。他现在在三楼，你赶紧过去吧！"

程嘉让顿了一下，点了下头算是应了。

电梯到了，他大步迈进去，迅速从口袋里掏出手机，略显急躁地拨打了霍音的电话。

医院外的马路上，车辆奔流不息，市民行色匆匆。

每个人都有独属于自己的道路。有的人像两道平行线，不会有交集，却可以永远并肩而行；有的人则在短暂地相遇后，背道而驰。

霍音出了医院，直奔不远处的地铁站。她过安检时，工作人员好心提醒她手机响了。霍音刚开始没反应过来，出了安检口，才想起来要回答。

她被人群推着走到关卡前，机械地在口袋里翻找公交卡，却没找着。

后面的乘客开始不耐烦地抱怨道："不知道提前把卡准备好吗？"

"找不到能不能别挡路？快点儿，大家急着呢！"

人人都有自己的事情要办，被陌生人耽误时间，自然感到不悦。霍音回过神来，慌忙从队伍中退出来，一边低声道歉，一边往外走。

手机铃声还在不知疲倦地响着，霍音恍若未闻。她突然想起来，她的公交卡在宿舍里。她刚刚过来的时候，是买了单程票。

对，单程票。她咬着唇，抬眼环顾四周，目光落在一台自助购票机上。走到机器前，霍音未假思索，上前操作。

起始站是这里，那目的地呢？霍音选好起始站后，手指落在屏幕上，不知该去哪里。

霍音静静地从购票机前离开，走到墙边。她对着墙壁，倏然抬起手，在眼前重重地抹了一把，鼻尖激动得发红。好久后，她咬着牙自言自语："骗子！程嘉让，大骗子。"

霍音深呼吸，等心情平复下来后，方才跑到人工售票处，买了去程嘉让家那一站的单程票。

她一进门就直奔次卧，收拾行李。她匆匆地来，走的时候也很匆忙。好在她没带多少东西过来。整个套间里，竟然只有几件衣服、洗漱用品、化妆品，还有那个粉红色的行李箱是她的。

霍音将属于她的东西收入行李箱，瞬间有些恍惚。房间里属于她的痕迹几乎完全消失了，她甚至觉得自己好像从没有来过。

她跟程嘉让像是偶然相交的两条线，短暂地接触后，很快便背道而驰。

霍音将屋子里里外外地打扫了一遍，拖着行李箱出门前，目光落到那双深褐色的大嘴猴毛绒拖鞋上。那双拖鞋很大，却很软，穿上去像是踩在柔软的云上。她记得程嘉让把这双拖鞋拿给她的时候，将它丢在地上，嫌弃地说："蠢死了。"

霍音停顿片刻，想了想，将行李箱放到地上打开，又从箱子里找出收纳袋，将这双拖鞋装了进去。这双鞋她已经穿过了，再留在这里，好像更加奇怪。

霍音带着行李箱回了 A 大。

她在宿舍楼下花园边的长椅上坐下，倾身趴在行李箱上，从口袋里掏出手机。

手机早就开了静音模式，她一路上都没看过。手机屏幕上提示"您有十七个未接来电"，霍音没管，直接打开了微信。

通信栏最上方，纯白色的头像边，红色的未读信息数殊为显眼。她点进消息界面，见到数通未接微信电话的提醒，后面是对方发来的文字消息。

不是你听到的那样。

软软，你先接电话。

主任叫我开会，你去哪儿了？把地址发给我，我等一下过来找你。

霍音看了两遍，目光从那句"我等一下过来找你"上移开，再度趴到行李箱上。

沉默良久，她重新坐好，拿出手机回复消息。

北京的天气已经没有之前那样冷了，可是霍音好似看见眼前飘起了鹅毛大雪。她像是回到了那一天。她也是现在这样，孑然一身。寒意无孔不入，侵入她全身，可这都赶不上她心里无法言说的窒息感。

不过她在做好决定的时候，总是看起来理智冷酷得不可思议。

她给程嘉让转了两千五百元过去，随后回消息道：听到了，你不用跟我解释。U盘，我交给了岑学姐。我已经把我的东西收拾好，今晚搬回宿舍，你记得改大门密码。

你之前拿给我的毛巾、牙刷，还有拖鞋，我想我都用过了，不好再留在你家，就一并拿走了。两千元是我们约定好的住宿费，其他的算是你开车载我的费用。我不清楚具体需要多少，你看一下，不够的话再跟我讲，我可以补上。

真的非常非常感谢你对我的照顾和帮助，你放心，我在你家借住过的事情，我不会跟你女朋友乱讲的。

还有昨天，我喝醉了，什么也不记得了。

发完最后一条，她收起手机，一遍又一遍地告诉自己：霍音，回到自己的生活里，就像什么也没发生过。

已经开学四天了，其他人早已搬回宿舍。霍音跟室友的关系一向不好，所以将行李箱在宿舍放下后，便去了校刊编辑部。

她大四了，没什么课。徐教授那边暂时还没有通知她正式上班，她也没有什么事要做。

以前也是这样，她无处可去、无事可做的时候，就会去校刊那边。和室友关系最差的那阵子，她干脆在办公室的椅子上面过夜。后来顾师姐知道了，自费在编辑部里放了一张可折叠的沙发床。

校庆结束之后，暂时没什么大型活动，校刊这边也没有事情要忙。所以霍音过来的时候，整个编辑部一个人都没有。

她百无聊赖地待了一下午，饿了，不得不出门吃东西。

霍音来到食堂，随便找了个窗口排队，正要拿出手机付款的时候，一不小心接通了程嘉让的电话。她不是故意的，只是手机没拿稳，手一滑就按了接听键。

霍音的第一反应是赶紧挂断，但在挂断之前，她突然听见一道略显虚弱的男声在叫她。

"软软，别挂。"

霍音握着手机，手上力道一紧，喉间漫上一股无边的涩意。鬼使神差地，她将手机放到耳边。

对方的声音清晰起来，他收敛了平日里的傲气，很认真地说："你只听了一半，我拒绝她了。怪我，我不应该说可能会让你误会的话。软软，别生气了。"

霍音从队伍中退出来，站在食堂角落，张了张口，说不出话来。她重重吸了一口气，方才开口："不是说过你不用跟我解释的吗？"她开口后才发现，她的声音竟然这样沙哑。

食堂内声音嘈杂，霍音的声音夹杂着食堂的背景音一起传至程嘉让的耳中。

除了霍音的声音，程嘉让竟然听见一道略显熟悉的声音。那个女生一边说话一边抽泣，似乎很伤心："真的，他就是那么跟我说的。他问我想不想当他的女朋友，我头脑一热就表白了，结果他说'行，你到梦里当吧'。明璇，你说他过不过分？他肯定是被那个女的骗了！"

竟然是播音系"系花"。"系花"背对着霍音而坐，正跟人打电话。她的声音并不小，连程嘉让都听见了，那霍音自然也听见了。

"看来上天也不想我被误会。你那边那么吵，你在食堂？"

"嗯……"她闷闷地应道。

"三食堂？"

"对。"

"在哪个门那边？"程嘉让顿了一下，继续低声问。

"西门。"

"那你出来看看。"

天色已晚，路灯散发出暖黄色的光，学生成群结队经过这里，沉睡一冬的校园重新有了活力。程嘉让就站在路灯旁，烟夹在指间。

霍音走到他跟前，还在赌气道："程嘉让，我再也不想理你了。"

她被人一把拉进怀里，鼻子磕到对方结实的胸膛上。她恍惚间听见对方嗤笑一声，低声道："你是不是傻？我想要谁，你还不清楚吗？"

Chapter 08

春夜

"我帮你搬家，回我家！"

旖旎春夜，北京城乍暖还寒。晚来无事的学生借着月光与路灯的灯光，在校园里散步、聊天。

"我刚才好像在三食堂西门看见少爷了。"

"程嘉让啊？"

"除了他还能有谁？你猜他跟谁在一起？"

"他们那帮富二代呗，还能有谁？"

"新传的那个'系花'，叫什么音的。"

"霍音？她不跟学生会前主席在一起吗？说不定人家只是碰上了。"

"大姐，他们都抱到一起了，少爷还牵了她的手！"

"上次论坛上说的那件事是真的？"

三食堂西门外，昏黄的路灯下，霍音被男人按着脑袋搂在怀里，本能地屏住呼吸，连半点动作也未敢有。好半晌，在窒息之前，她终于被对方放开。

霍音慢了好多拍，不大自然地开口问："你……你干吗？"

她平时虽然说不上伶牙俐齿，可也能流畅地讲话，但到他面前，便会不自觉地紧张。他好像自带一股压迫力与一种无以言说的蛊惑感，让人下意识地想逃，又无可抑制地被引诱。

这话一问出口，霍音就后悔了。她好刻意。

男人的目光徐徐在她脸上扫过，他放开她，倚到路灯杆上，吸了一口烟，好整以暇地看她。

"霍软软，吃干抹净，你跟我这儿装傻？"

这个人太高，她不得不仰着头看他，杏眼圆睁，一脸讶然地反驳对方的话："我什么时候吃干抹净了？还有，什么叫……吃干抹净？你不要乱用词。"

程嘉让大言不惭："你昨天亲我了。"

眼圈还红着，她仰着头跟他讲话。程嘉让俯首挑眉，看着她。

"你这个人怎么胡说？昨天明明是你亲我的。"

"你也亲了，两次！"

"程嘉让，你怎么这样？"

霍音气结，整张脸红透了，还在叽叽喳喳着反驳。不过她很快就后悔自己这样了。

只见眼前的人咬了一下腮肉，笑了一声，轻巧地反问："昨晚的事你不是记得挺清楚的吗？还骗我说断片了。"

霍音又羞又窘，好在一道手机铃声打断了他们的对话。

程嘉让朝她微微颔首，从长裤口袋里掏出手机，瞥了一眼屏幕上的来电提醒，将电话接起来。

他语气随意，不过好像多了一丝微不可察的笑意："你掂量着点儿，今儿要是没什么正经事找我，下回肯定抽你。"

夜色夹杂着初春入骨的寒气弥散开来。

江子安熟悉的声音传了过来："哟，让哥脾气渐暴啊，一副欲求不满的样子。怎么，哥们儿耽误你办事啦？"

程嘉让瞥了一眼霍音，淡淡地开口道："有事说事，别扯淡。"

"我找你能有什么要紧事？汉宴华庭，吃饭，都是熟人，你来不来？"

汉宴华庭是这边一家知名的大酒楼，离学校不远。江子安这个人没什么别的爱好，唯一爱干的事就是组局，隔三岔五就要叫一群人出去吃饭喝酒。

"行是行……"程嘉让慢条斯理地道，"不过我跟别人在一起，我问她一声。"

"不是，让哥，你跟谁一起呢？你平时不就跟我在一起的时间最多吗？"江子安是个话痨，"你是不是背着我有别人了？"

"闭嘴。"

程嘉让说完将手机拿远，一改刚刚和江子安说话的语气，温和地对霍音道："霍软软，要跟我好吗？"

霍音当然听得懂这句话的意思，只是眼前这个人说完，她的脑子却宕机了，一时之间反应不过来。

"我……"

对方再度开口，补充道："好还是不好？你只能说一个字。"

他玩起了套路，霍音忍不住笑出声，轻轻点了几下头。

笑是会传染的，她这么一笑，男人也忍俊不禁。他目光灼灼，看着霍音，重新将手机放到耳边。

江子安激动得不行："程嘉让，你可真行啊，套路这么多。还有，你表白就表白，能不能别在跟我打电话的时候表白？兄弟我还是单身，你理解一下好吧？"

程嘉让等对方终于安静下来后，才不急不缓地说："看来你都听见了，我跟我女朋友一起呢！"

霍音听了，忍着笑意别过头，连耳根都红透了，整个人不自然到了极点。而电话那边的人沉默两秒钟，吼道："有女朋友了不起啊？"

"你有了就懂了。"程嘉让得意地道，"不过，有女朋友是有点儿麻烦的，我得请示一下。"

程嘉让说完看向霍音，挑了挑眉，问："江子安想请我们吃饭，你想去吗？都是熟人。你不去也行，我带你去吃好吃的。"

单独跟他去吃东西，霍音想想都手足无措，是以当即给了答案："去，有饭蹭为什么不去？"

"行。"程嘉让随后对着手机道:"我女朋友说去,你等着吧!"

"程嘉让,你能别张口闭口都是女朋友吗?"江子安刚回过味儿来,道,"不对啊,初二那天,她不是都睡在你卧室里了吗?怎么今天才成为你的女朋友?程嘉让,你不行啊!等等,你刚才表白的时候叫的谁?霍什么?我们都认识的妹子中可就那一个姓霍的,你别告诉我就是我想的那一个。"

"你这脑子……"程嘉让将空出的那只手朝霍音伸过去,拉着她的手腕往外走,继续道,"就别惦记我对象了。"

程嘉让挂断电话,拉着霍音往校门的方向走去。

他回过头看她,目光掠过霍音露在外面的锁骨、脖颈,微哑着声音开口:"行李放在哪儿了?"

"什么?"

"我帮你搬家,回我家!"

晚高峰,程嘉让开车载着霍音,在路上堵了一个多小时才抵达目的地。其他人同样被困在路上,餐厅里来了不到一半的人。

霍音是为了避免跟程嘉让单独相处,才答应来吃饭的,现在到了门口,反倒犯了难。

程嘉让准备推门进去,霍音伸手拉住男人的衣袖,小声问:"我们就这么进去吗?"

程嘉让不明所以,扬了扬眉,在她反应过来之前,将手搭到霍音的肩膀上一搂,问:"那这样?"

天气渐暖，程嘉让今天穿了一件烟色的中长款羊毛外套，里面是一件燕麦色的半高领套头毛衣。猛然被他搂入温暖的怀中，霍音杏眼睁大，仰头看程嘉让。

包厢里大多数人已经发现了他们，疯狂起哄，更有人走出来，迎着他们进去，连座位都给他们安排好了。

霍音自然挨着程嘉让坐，左手边是岑月。在场的确实都是熟人，跟霍音在大礼堂内见过，还一起玩过游戏。只是有很多人的名字，霍音仍旧分不清楚。

众人明里暗里观察霍音，她几乎成了全场的焦点。她原本就是慢热的人，哪里受得住这个，有些手足无措地看向程嘉让，向他求助。

下一秒，程嘉让用手机在桌上轻敲两下，提醒众人，道："差不多得了。"说完，他又睨了霍音一眼，向其他人示意，"小姑娘脸皮薄。"

大家瞬间笑了起来，感慨程嘉让确实不同了，心细。

人逐渐到齐了，服务员陆续将菜、酒水饮料端上来，东西摆了满满一桌。江子安还不忘问："让哥，你看看还要加什么菜不？"

程嘉让慢条斯理地倒了一杯水，放到霍音眼前，淡声回应江子安的话："不用了。"

霍音将杯子端起来，放在唇边小口小口地喝了起来。

未料江子安又看向她，问："嫂子呢？不清楚你的口味，嫂子看看还想吃什么？"

闻言，霍音忙放下杯子，笑着摆摆手，柔声回答："不用不用，这里都是我喜欢吃的。"

"真的假的？嫂子也太客气了。"

"真的。"

"那嫂子你快吃，多吃点儿。"江子安现在跟霍音说话时都多了几分客气。他还招呼一旁的岑月，道："岑月，你也多吃点儿，别整天跟小鸡啄米似的，多吃两口长不了几两肉。还有，你多照顾照顾嫂子。"

这是霍音和程嘉让第一次以男女朋友的身份参加聚会，霍音在喝过一轮酒之后，后知后觉，她好像成了这场聚会的主角。即使这次聚会请客的人不是她或程嘉让，也总有人把话题扯到他们这边。还有人主动来敬她跟程嘉让酒。不出意外，他们张口闭口都是"嫂子"。

　　霍音不大习惯这个场面。她和林珩在一起的时候，林珩身边的人甚至连她的名字都叫不对。很多时候，她跟林珩一起出去聚会，她就像一个透明人。在这里，她真的感受到了程嘉让这些朋友对她的尊重和欢迎。

　　不过，程嘉让发现霍音状态不对后，忍不住开口提醒其他人："别张口闭口'嫂子'，人家有名字。"

　　男人说罢，递了一个眼神过来，霍音弄懂他的意思，适时道："我叫霍音。"

　　这里确实有人不知道她的名字，她没想到程嘉让会特意给她创造一个介绍自己的机会。

　　江子安举着酒杯，笑道："哟，还是咱让哥懂。行，我改口。我自罚一杯，以后还是喊霍妹妹。"他说完把杯子里的酒直接干了，看向正慵懒地坐着的程嘉让，道，"你说这样行不，妹夫？"

　　在场众人听了这句话，愣了半晌，反应过来之后忍不住笑了起来。

　　程嘉让跟江子安之间只隔了一个人，他扬起手臂，直接给了江子安一个爆栗。

　　"你，狗嘴里吐不出象牙。"

　　霍音被岑月拉着去了卫生间。回来的路上，岑月很好奇她跟程嘉让的事，问："学妹，你跟我说说，你是怎么搞定他的？"

　　这个问题，霍音答不上来。她好像真的没有做什么。可是岑月一直很照顾她，她不想让对方尴尬，只能支支吾吾地道："其实仔细想想，我好像说不上来。我其实……其实也没做什么……"

　　她话还没有说完，就被另一个人的声音打断："过来。"

霍音和岑月同时转头看了过去。只见程嘉让站在前方，唇畔挂着一抹笑。

霍音有些失神，一时间未反应过来要说什么。还是岑月先无语地摆手，道："行了，你这么一笑我就懂了。"

霍音不知道岑月懂了什么，现在也不大想深究，只是看着程嘉让。

岑月接到电话，跟他们打了声招呼后离开。程嘉让朝霍音招招手，她睁着杏眼，不明所以。

"过来。"

他今天状态不大对，往常千杯不醉，今天才喝了小半瓶酒，眼神看起来就不太清明了。

霍音有种说不上来的感觉，听见他的话，本能地按照对方的意思去做。

走到他身边后，霍音羞赧地停下了脚步。只是对方显然对她现在所在的位置并不满意，又不疾不徐地道："不够，再过来点儿。"

霍音再度往他那边挪了挪脚步，与他近到能够看清他鼻梁上那颗褐色的小痣。可对方仍觉得不够，干脆伸手拉住她细白的手腕，将她往身边一带。

蓦地，她的耳朵来到他的唇边。男人酒后灼热的气息喷在她的耳朵上，她只觉得痒痒麻麻的，四肢百骸都忍不住轻颤。她咬着唇，僵硬地别过头，耳边传来男人的声音："你还没做什么？"他又微不可察地笑了笑，目光掠过她白皙的颈项，落到手上，继续道，"现在不是你背着其他人偷摸哥哥手的时候了？"

霍音的大脑瞬间宕机。很快，那些昔日的画面重新在她的脑海中浮现出来。

寒冷的冬夜，半山腰上的度假山庄。酒过三巡，众人一齐站在山庄的草地上，看着远处的烟火。她就在所有人看烟火的时候，一不小心拉错了他的手。那是无心之失，霍音没想到他到现在还记得。

霍音的脸瞬间红透了，她本能地想要开口辩驳，只是还没来得及，就被其他人起哄的声音淹没。

"背着我们说什么呢？"

"让哥这是说什么话了，让人家的脸红成这样？"

"说出来大家一起听听。"

霍音更尴尬了，程嘉让则懒散地撂下一句："扯淡，这是能给你听的？"

霍音想逃了，称岑月接到电话时看起来情绪不好，追去外面看，并未听到其他人之后说的话。

有人趁霍音出去，借酒壮胆，对程嘉让说："让哥，你是真狠，我以前没看出你对霍音有意思啊，你不是不喜欢她吗？"

程嘉让答得轻巧自然："我什么时候不喜欢她了？"

"上回……林珩说他们吵架了，跟你抱怨，你说处不了就赶紧分。大家那时候可都在呢！"

"对啊！"程嘉让从桌上拿起一杯酒，喝了一口，慢条斯理地道，"处不了就赶紧分，有什么问题？"

在场众人愣住了，又倏然之间弄懂了他的意思。

这个人，腹黑！

灯火通明的大楼内，霍音站在走廊上扫了一圈，瞥见阳台上有一抹纤细的身影。霍音深吸了一口气，手背轻碰脸颊，觉得不怎么热了，才加快步子匆匆赶去。

岑月的声音传进霍音耳中。

"我说过不会再过去找你了……你喝了多少？"

霍音犹豫了。她不应该听岑学姐讲电话，可学姐的情绪看起很不对，声音干涩。

她进也不是，退也不是，就这么站着。那边，岑月说"地址发过来，我现在过去找你"，随后直接挂断电话转过身，正好与霍音四目相对。

霍音看起来像是特地来偷听的。她迅速摆摆手，解释道："学姐，我刚刚看你情绪不大对……"

她还未说完，岑月的目光已经从她身上移开，落到她身后的方向。霍音转头一看，她身后的人抢先开口："你要去哪儿？那孙子又找你了是吗？"

是江子安。他语气严肃，与往常大不相同，脸上带着前所未有的戾气。

霍音愣了一秒，江子安大步走来，当着霍音的面抢走岑月的手机，怒气冲冲地问："来，你给我说说，这回是要去哪个场子找他？这北京还没有我不熟的场子。"

岑月没回答，一把夺回手机，深呼吸，伸手推了推江子安，道："你今天不是组了局？快回去吧，大家都等着你呢，我的事我自己解决就可以了。"

他们像在打哑谜，霍音根本听不懂。此刻，霍音觉得自己更尴尬了。她顿了一下，干脆退开一步，试图把自己当成透明人，悄无声息地逃离这里。

未料霍音刚刚退后一步，江子安便一把拉着岑月的衣袖，拽着她往电梯的方向走去，音调也提高了几分，道："说啊，去哪儿？走，你带我一起去！"

他们突然之间闹了起来。

霍音有些担心岑月，慌忙跑过去，试图分开他们："你们别这样，有什么话好好说。"

可惜她力气小，根本没办法影响江子安。江子安不耐烦地跟她说："这件事你别管。"

岑月被江子安拉到电梯边，他们的情绪看起来都不是很好。霍音慌忙往包厢的方向跑去。

霍音回到包厢，其他人仍旧欢声笑语，完全不知道刚刚在外面发生的事。

霍音的目光落到程嘉让的身上。他喝了几杯酒，身上的羊毛大衣早已脱掉，随意地搭在椅背上。他刚才跟人比划拳，输掉之后只字未言，将眼前的酒一口喝掉……

霍音担心会打扰其他人，迅速回到自己的座位上，小声地叫身边的人："程嘉让……"

程嘉让略一倾身，低声问："怎么了？"

刚刚同他一起划拳的人还在招呼他喝酒。霍音心一横，凑到对方的耳边道："刚刚江子安拉着岑学姐出去了，很生气的样子。我看他们两个情绪都很不好，会不会出什么事？"

她跟岑月之间交情算不上深，但学姐每次见到她都会帮她，她不想看到学姐出什么事。

程嘉让很快放下手中的杯盏，浓眉紧蹙，看了过来。他们离得很近，他夹杂着酒气的气息喷到她的脸上。

很快，她听见他问："怎么回事，他们有没有说什么？"

"岑学姐接了一个电话，好像要去找谁。"霍音道，"江子安听到了，就拉着学姐，说要跟学姐一起去找那个人。"

"说要去什么地方了吗？"

"没有。"霍音摇摇头，"只说要去什么场子。"

"出事了。"程嘉让迅速起身，拎起椅背上搭着的外套，拉着霍音往外走。

"我有事，先走了，今天这顿挂到我的账上。"

霍音一路被程嘉让拉进停车场。他腿长，一步抵她三步。他一边快步往下走，一边一遍遍拨打电话。霍音被他拉着，一路小跑才勉强跟上。

程嘉让喝了酒，只能让霍音开车了。霍音被推入黑色越野车的驾驶座，脑子都是蒙的。她愣愣地看向副驾驶座上的程嘉让，没说话。

程嘉让先在电话里跟江子安确认了地点，随后道："他们去了工体，你知道怎么走吗？"

霍音摇摇头。

对方帮她插上车钥匙打火，道："我帮你导航。你系好安全带。"他语气很急，一副刻不容缓的架势。

霍音想到江子安和岑月离开时的状态，不敢耽搁半分，一遍遍回忆着驾校教练讲过的东西，不太熟练地上手操作。

驾驶证是高中毕业那年考的，霍音真正上路的次数屈指可数。今天时间紧迫，霍音也是硬着头皮上的。一路上，程嘉让在一旁小心指导，霍音原本忐忑不安的心逐渐平静。

最终，他们有惊无险地到了目的地。

霍音将车开到他指定的地点停下，随后他利落地解开安全带，撂下一句"在车上等我"，就准备下车。他似乎不打算让她跟过去。

看着车窗外黑漆漆的天色以及形形色色的人群，霍音只觉心跳蓦地加快，焦躁与不安感又涌了上来。右眼皮一直跳，她总觉得好像有什么事要发生。

身体比头脑先一步反应过来，赶在对方彻底下车之前，她已经解开了身上的安全带。

"我跟你一起去。"霍音蹙起眉，环视四周，寻了个理由，"这里有些黑，走吧！"

　　穿过有些拥挤的过街天桥，霍音被一路拉着进了一家灯红酒绿的夜场。

　　音乐声震耳欲聋，舞池中央有人正在热烈地跳舞。

　　进了夜场大门，霍音感觉程嘉让握着她手腕的力道加重了不少。

　　工作人员似乎认得他，见他们进门，自然地迎上前来问："程少，就您二位吗？给您安排卡座还是包厢？"

　　场子里灯光昏暗，一片嘈杂，两个人对话时颇为困难。

　　程嘉让不知问了什么，工作人员怎么也听清，自然也无法回答。程嘉让干脆不再问，拉着霍音径往里走。

　　有人跳舞，有人喝酒，有人三三两两贴耳交谈。他们从中经过，偶尔会有人看过来。程嘉不以为意，只是在走过一条窄道的时候，叮嘱霍音一定要跟紧他。

　　霍音乖巧地应了下来，知道他大概是在找江子安和岑月。她一路上也有留意，可是毫无收获。

　　在舞池周围绕了一圈，他们没找到人。程嘉让并未停留，拉着霍音走到宽敞的走廊里。这里的灯光比外面还要昏暗，深蓝色的地灯只能让人注意到脚下的路况，避免摔跤。这边都是包厢，他们才往里面走了几步，声音便小了许多，显得格外安静。

　　一间包厢的房门被打开，服务员端着托盘进去。里面的声音传了出来，特别刺耳。霍音听见一道熟悉的声音，那个人正高声诋毁她。

　　"也就你还信霍音纯。我可听说了，她的私生活，乱得很！谁知道她是怎么勾搭上程嘉让的……"

　　类似的话，霍音其实听到过很多次。所以，她没想到自己现在再听到时，还是会觉得恼怒、难堪、无法忍受。其实她在好久以前，在因为反驳而被羞辱得更厉害的时候，就学会了沉默与忍耐。

　　她以前不明白他们为什么针对她，解释过，躲在被子里无声地哭过，甚至幼稚地上山求佛，祈求神明庇佑。现在她依旧不明白他们为什么要那样恶意地揣测她，只是她已经学会了假装，假装自己什么也听不见。

霍音回忆了一下，这个讲话的人，应该是林珩的好兄弟陈阳吧。

程嘉让就在她身边，她窘迫地垂下头，觉得羞愧，不敢看他的眼睛，即使陈阳说的都是假的。

陈阳的声音还在继续，程嘉让已经三步并作两步，径直闯进包厢。

羞辱霍音的声音戛然而止，取而代之的是一阵噼里啪啦的声音。瓜子、酒杯、盘子散落在地，里面传出拳脚相加的声音以及旁人的惊呼声。

霍音强行压住心中苦涩的情绪，咬紧唇，匆忙跑进去。室内一片狼藉，程嘉让黑色的短靴踩在陈阳的腿上，青筋隐现，单手攥着对方的衣领。

他的拳头正欲落下，声音低沉得如同恶魔低语："你是不是想死？"

昏暗迷乱的包厢里只开着一盏四处摇晃的灯。

里面有很多人，但霍音都看不见。她眼里只有那个穿着烟色大衣，满身桀骜，正欲挥拳的男人。

从在门外听到那些话到现在，他对她没有怀疑，没有质问，甚至连一个探究的眼神也没有，第一反应是冲进包厢，抓住污蔑她的人。

霍音注意到陈阳的半边脸上已经浮现红色的印痕，还在流鼻血。她进来之前程嘉让应该已经动过手了。

她是很想让陈阳得到教训，可更想程嘉让生活平稳，不要因此惹上是非。所以在他挥出下一拳之前，她义无反顾地跑过去，从背后紧紧抱住男人的腰。

霓虹灯闪烁，照亮包厢里不同人的脸，又在下一秒移开。室内有种不真实的迷幻感。

霍音没想到自己开口的时候声音都染上不自然的涩涩声调，听起来带一种掩盖不住的急迫。

"阿让！不要——"

他很高，她这样从身后抱他，脸堪堪贴到他的肩胛，并不能阻止他的动作。只不过，她突然抱住他，他动作一顿，身体因为调整呼吸而略微起伏。男人微微转过头，淡淡开口："到外面等我。"

"不要。"霍音摇头，下唇被她咬得发紫，她强行憋着眼里的泪，几乎是从齿缝里蹦出几个字，"阿让，我们回家吧，我想回去了……"

她不想再待在这个混乱不堪的地方，见这些她并不想见到的人，听到那些不想听到的话。她现在只想跟他一起，待在只有他们两个的地方。

男人语气加重："听话。"

"我不要……"

"好，那你就在这里看着。"程嘉让头也未回，将霍音的手拉开，道，"往后站，免得伤着。"

其他人慌作一团，直到现在才反应过来要拉架。

试图分开他们的是林珩，但作用甚微，林珩还被程嘉让一把甩开。林珩不死心，继续上前，程嘉让反手一拳挥了过去，将人打翻在地。

鲜少有人知道，程嘉让是早产儿，从小体弱多病，几次差点没命。后来他被他妈送去练跆拳道，一练就是八年，陈阳跟林珩一起都不是程嘉让的对手。

程嘉让走到陈阳面前，蹲下，淡漠地问："跟我说说，长没长记性？"

"长……长记性了……"

他慢条斯理地在陈阳的衣服上擦擦手，这才注意到手背上不知什么时候被刮伤，正在淌血。他没在意，继续问："以后还敢散播霍音的谣言吗？"

"不……不敢了！"

程嘉让这才有放过对方的意思，起身前用没受伤的手拍了拍对方的脸，道："再有下回，老子让你横着出去。"

程嘉让和林珩先后起身。程嘉让拉着霍音走出包厢时重重地撞过林珩，只撂下一句："还有你，以前也没这样，装给谁看？"

二人出了包厢，霍音听程嘉让接了个电话才得知，江子安他们没找到人，早已各回各家了。这叫什么事儿？气势汹汹过来的人什么也没干，来找人的反而跟别人大打出手。

程嘉让挂断电话，想将手机放回外衣口袋，一不小心将手背上的血蹭到他的浅色内搭上。霍音这才发现他的手受了伤。她下意识地伸手拉他的手臂，被对方躲过。

她直接道："你的手受伤了，让我看看。"那么大的伤口，他一定很疼。

程嘉让背过手，毫不在意地道："小伤，没事。"

血还没止住，正在往外流。霍音拉着他不肯撒手："快点儿，给我看一下。"

"我是医生。我看了，小问题。"

"程嘉让！"

被点到名字的人稍稍正色，嘴上还是不以为意："真的是小问题。"

"可你的血还没止住，"霍音抬眼看向对方，"那你跟我去医院，你得包扎一下。"

"不去。难得不用上夜班，你还叫我去医院。"

"你的伤必须马上处理。"

"回家你给我包一下不就行了？死不了。"

程嘉让发觉他惹人生气了，是在他帮她拎行李箱上楼的时候。好脾气的小姑娘自打上车后，一路上气鼓鼓的，一句话都没跟他说。她猛踩油门，将车开得飞快，好在路上车少，没发生危险。二人没一会儿就到了家。

　　此外，下了车，她还非要自己拎行李箱。那个箱子有半个她大，她光是从后备厢里把箱子拿出来都费劲。他将箱子抢过来，她还憋着一口气，走在前头去按电梯。

　　到家后，霍音进门了也不说话，紧抿着唇，伸手指了指沙发。

　　程嘉让疑惑："嗯？"

　　她直接拉着人坐到沙发上，又起身走去书柜旁，从上面取下小药箱。霍音拎着药箱走回沙发前，能感觉到对方的目光一直落在她的身上。霍音垂着头，闷闷地从小药箱里掏出碘酊球、绷带、纱布、止痛药，一声不吭地给他包扎。

　　对方还开口逗她："技术不错。要不你跨专业考个研，来附院给我当助手？"

　　霍音没理他，手上动作不停。

　　"生气了？"程嘉让低下头，想观察她的神情，被霍音躲过去也不恼，只淡声问，"因为我跟人打架了？那种人，你就得给他打服了。"

　　霍音的肩膀开始不受控制地颤抖，身前的人还在同她讲话："好了，别气了，多大点儿事。"

　　他见她一直不肯理他，伸手将她两边的鬓发别好，摆正她的身子。

　　二人四目相对，程嘉让愣在原地，只见眼前的姑娘双肩微微颤抖，两颊、鼻尖、眼眶处晕着不自然的红。

　　她的眼泪扑簌簌往下落，他蓦地呼吸一窒，连声音也不自觉地低了："怎么还哭了？"

　　下一秒，她的小拳头就落到他的胸膛上，小姑娘带着哭腔抱怨道："你干吗那么冲动？你要是因为打人被抓起来了怎么办……你还受伤了，我让你去医院你为什么不去？你一直……一直流血，要是失血过多了怎么办……"

宽敞的客厅里，屋顶的大灯照亮整个房间，将落地窗外试图涌入的寒冷与黑暗隔绝在外。几百平方米的大房子里只有他们两个，略显空荡的同时，让霍音的声音显得格外清晰。

"程嘉让，你这个人怎么这样？"

眼前的姑娘哭得梨花带雨，一双眼睛红得跟兔子似的。程嘉让眉头微皱，顿了顿，一只手轻巧地包裹住她的手，又在她眼前晃了晃他刚刚包扎好的手。

"你看看，这不是没什么事？包得还挺好看。"

他将手伸到她眼前。伤口包扎得确实挺好看的，最后一截纱布被打成蝴蝶结。

北三环上发生车祸的那个傍晚，她也这样给他包扎伤口的。还有她在皖南，割破手指了，也这样包扎的，手法不太专业，但是格外可爱。

程嘉让的目光从手上的蝴蝶结上移开，重新落到小姑娘梨花带雨的脸上，他这样安慰好像不大管用。

霍音听完，刚刚收起力气的手又开始在他的手心里挣扎，人也哭得更凶了，哭着凶他："你还说！"

她声音柔和，情绪强烈的时候会有些磕巴，现在急了，不自觉地暴露了南方口音，听起来委屈又可怜。

"好。"程嘉让忙改口，"我不说了，不说了。"

小姑娘还在落泪，他突然有种说不上来的滋味。她在夜场的包厢外听到那些难听的话没哭，看他跟人打架时没哭，倒是因为他受了伤却不肯去医院而哭了。程嘉让眸光渐黯，倾身上前，伸出受伤的那只手，用手背轻轻揩去她面上的泪水。

　　他的声音有些哑，道："别哭了。"

　　霍音一听见这句话，立马止住了哭声。她早就觉得他有蛊惑人心的魔力，总能轻而易举地令人对他举械投降。

　　不过哭声止住了，但霍音的身体依旧不受控制地抽噎着。她极力忍耐，却始终无法控制自己，整张脸憋得很红。

　　她用一双泪眼看着眼前的男人，他则继续哄她，一句接着一句："别哭了。我不是冲动。

　　"他们敢那么说你，我不打他，成什么人了，下一个林珩？"

　　他一本正经地哄她，还不忘说一下林珩。

　　霍音被他的话逗得笑了一声。

　　这笑声虽短促，还是被对方敏锐地捕捉到。他还刻意凑近了来看她，意有所指道："我们阿音这么好哄啊！"

　　天气预报说今晚北京有三到四级的西北风，落地窗挡住了冷风，风声却不遗余力地从缝隙里钻进来，狂吼不止，听起来有些骇人。

　　霍音不自觉地缩起双臂。她被眼前的男人看得不好意思，只好转移话题："那你下次不可以这样了。"

　　话音落下，她的心蓦地一沉。

　　"下次不可以这样了"……可是，他们真的有下次吗？他们真的有以后？

　　今天是他们在一起的第一天，就发生了这样的事。不只如此，好像自从她来到这座城市后，各种麻烦就纷至沓来。陈阳说的那些话，她听过无数遍，比那更过分的也听过，她甚至害怕再听下去她自己也要相信了。即便她清楚，她从来没有那样做过。

可是程嘉让真的会相信她吗？

霍音的手被程嘉让紧紧攥着。她的手心被自己无意识地掐过无数次，但她还是不长记性，不记得将尖尖的指甲剪短，掌心又一次被掐出深深的月牙印。

她闭了闭眼，赶在对方回应之前开口："程嘉让，你……其实你可以再考虑一下的。"

"什么？考虑什么？"

窗外风声呼啸，几乎要将屋子里的人说话的声音盖住。

"就是……"霍音咬住唇，艰难地开口，"我跟你……你现在反悔还来得及。"

她说话的时候不敢看他，双眼低垂，长长的睫毛被灯光照着，投下一小片阴影。如果可以，此时此刻，她甚至想捂住耳朵，不去听他接下来的话。

两秒钟过去，霍音却觉得过了好久。男人的声音中听不出情绪："我为什么要反悔？"

霍音吸了一口气，鼓起勇气道："我不知道，但是你可以反悔的。我……我都没关系，我们可以当成什么都没有发生过。"

她能感受到他握着她的手的力道加重，声音渐沉："可是，我为什么要当什么也没发生？"

霍音的心脏骤然一沉，她不明白他的意思。他这样毫无波澜地反问她，无声无息地将她刚刚搭建起来的心理防线再一次击垮，翻涌的洪水奔腾而出。

她仅剩的克制情绪被摧毁，不知从哪儿来的勇气，抬眼看他，语气也急切起来："那些人从很久之前起就那样说我，说我以前交过很多男朋友，被有钱的男人养，私生活不检点，还说我打……"她不自觉地哽咽了一下，那个词还是讲不出口，只好深吸一口气，道，"说了很多好过分好过分的话。

"我不知道我做错了什么，但是我的名声一直很不好。你如果和我在一起的话，那些人就算表面上不讲，背地里也一定会编派你。我不想其他人那样说你，所以你如果现在后悔了，还来得及。"

　　霍音一鼓作气地讲完这一大段话，喉咙里哽住一口气，上不来也下不去，像是生吞了鱼刺。

　　她就这样看着眼前人良久，终于在呼啸的风声中听到他的声音。

　　"所以呢？"他又是反问。

　　她再也说不出话来。

　　程嘉让深吸了一口气，继续道："因为那些碎嘴的人胡扯，我就要放弃我长这么大，唯一渴求的人？凭什么？"男人的声音渐重，往日的散漫尽数消失，放肆桀骜到极点。

　　"霍音我告诉你，那些说闲话的人，你得把他们打服，要让他们为自己说过的话付出代价。旁人说我什么我不在意，可谁敢在我面前说霍音半个不字，老子就要教他做人。而你呢……"程嘉让拉着她的手，将两个人的距离拉近，一字一句地道，"你没做过的事情为什么要认？来，你告诉我，你为什么要因为那些烂人惩罚自己？"

　　霍音怔在原地。从来没有人跟她说过这样的话，哪怕是为数不多的朋友。朋友们会温和地宽慰她，让她捂住耳朵、闭上眼睛，当什么也没听过。那些人觉得无趣了，自然不会再说了。她一开始想要抗争的心思在一次次反抗失败后逐渐消失。

　　只有程嘉让，他甚至没有问过她一句，就直接说："你没有做过的事情为什么要认？"

　　下唇快要被她咬破了，霍音艰难地开口："你真的觉得我没有那样？"

　　"真的。"

　　她本能地仰起下颌，稳住眼眶中不安分的东西，却在听到接下来的话时，所有为稳定情绪而做的举动都不约而同地毁于一旦。

　　他说："有或没有，在我这里都不重要。你说什么，我就信什么。"

他无条件地信任她。

霍音的情绪在这一刻终于绷不住了，嘴角不受控地向下，微微颤抖，隐藏的心思在这一刻爆发，说话的时候染上哭腔，委屈得不可思议："我没有……我真的没有，他们说的都不是真的……"

"我知道。软软，别哭了。"

"我也不想……可是，我……我停不住。"

男人终于放开她的手，用一种她从未在他身上见过的无以言表的温柔语气说："那我抱抱你，好吗？"

那些委屈，她一忍受就是四年，可是他的一句"抱抱"，轻易地将她从数九寒天中拉了出来。

06

北京城的初春带有北方城市特有的凉意。晨曦和朝露一同开启了崭新的一天。

一大清早，霍音就被手机的闹铃声吵醒。

虽然她平时在学业和事业上花的心思与时间比较多，可以说很拼，给人一副劳模的印象，可本质上跟同年龄段的其他小姑娘一样，贪睡，想赖床。

昨夜她睡得沉，被闹铃声吵醒的时候，睡意还没有散去。她有些恼火地伸出手，一把将被子拉到头上，试图将耳朵捂住，让自己听不见声音，好再度进入梦中。

五分钟后，因为她没关掉闹钟，闹铃声再度响起。霍音闭着眼，秀眉紧皱，一把将刚刚自己蒙到脸上的被子掀开，伸手去摸手机。

闭着眼睛将闹钟关掉以后，本应该继续睡，霍音却眯了眯眼睛，猛地从床上坐起身。

等等，她为什么在床上？

霍音艰难地睁开眼，视线扫过整个房间。虽然房间内看起来比之前空，但霍音还是能够一眼认出来，这里是程嘉让公寓的次卧，也就是她之前一直住的房间。

霍音揉揉肿胀发疼的眼睛，因为睡梦变得迟缓的记忆开始浮现。

昨晚发生了好多事。江子安拉着岑月从餐厅出去。她跟程嘉让追到夜场，没找到江子安和岑月，却听见陈阳说出那些话，然后程嘉让打了陈阳和林珩。再后来，她给程嘉让包扎伤口，哭了一场。

这间公寓里现在只有她和程嘉让两个人。她怎么到床上的，她猜都猜得到。

霍音的困意散了大半，思及此，她下意识地低头看了一眼身上的衣服。谢天谢地，她穿的还是昨晚的衣服，只是少了外套。

她还在想昨晚在程嘉让的怀里哭到睡着的事，手机铃声冷不防地响了起来。这回不是闹钟，是微信消息。她打开手机，消息映入眼帘。

小音，《首都日报》那边通知你今天上午过去报到。

大概是九点钟，你尽快准备！

发来消息的人是顾师姐。

霍音现在反应不太灵敏，看着手机上的两条消息，愣了一下才弄懂师姐的意思——《首都日报》通知自己今天过去报到。也就是说，霍音今天就要开始上班了。

《首都日报》是徐老爷子一手创办的报刊，霍音跟着老爷子读研，要去《首都日报》做事也是意料之中的。霍音早就从顾师姐那儿得到消息，今年一开学她就会被安排到那边上班。只是，今天报到，她现在才收到通知……

她顿了一下，回复道：**好的，师姐。**

不过，怎么这么突然？

很快，她收到顾姝彤的回复：听说是前几天就通知了，但这两天老爷子去三亚了，社里估计是把这事给忘了。

他们想起来的时候，发现没你的电话，又不敢去问老爷子，这才托我跟你讲。

这样啊！霍音轻快地打字回复，顺带瞟了一眼手机右上角显示的时间——七点半。很好，这里距离报社少说也要十几站地铁。她要迟到了！

死线是第一生产力。因为马上就要迟到，霍音这种性子慢吞吞的人只用了十分钟洗漱，又花了五分钟化了个淡妆。捯饬一新，推门出去的时候，她看了一眼时间，刚刚八点零五分。

她动作太急，以至于一开门就撞上了程嘉让。

他似乎早已整装待发，与平日的打扮风格不同，他上班的时候总是穿得格外规整。正如今日，男人穿着深蓝色条纹衬衫和烟灰色西装长裤，像是清冷克制的都市精英，将少年意气尽数收敛。他棱角分明的面容上，桀骜与不羁之感呼之欲出。

霍音将房门打开，男人正抬着手，衬衫上移，露出冷白的手腕。他似乎要叩门，手未来得及收回。

霍音的视线与他交会，大脑中疯狂地叫嚣，提醒着她眼前的男人是她交往第二天的男朋友。他们在一起的第一天，她就当着他的面哭成了"傻子"。

霍音的第一反应是转身回到房间，跟男人保持距离。她暂时不大适应他们的关系。只是，她刚刚退后半步，就被眼前的人一把拉住，从房间里拽了出来。

程嘉让的目光在她身上扫过，他看她一身正装，扬了扬眉，淡声问："今天要去什么重要场合？"

霍音的手腕被对方握着，她抽了抽手，没成功，只好解释道："《首

都日报》通知我今天过去报到。第一天上班，所以我想穿得正式一点
儿。"说到这里，她好像找到了理由，忙补充道，"我九点钟要到报社，
快来不及了。你今天也要上班吧？我们赶紧出发吧！"

"《首都日报》？"程嘉让倏然放开她，走到不远处的开放式餐厅内，
从餐桌上拿起一个塑料袋，走回来塞到霍音的手上，"我送你过去。"

他说完，冲公寓大门的方向抬了抬下颌，先一步出发。

霍音看了一眼塑料袋，发现里面装着厚切吐司片和一盒墨绿色包装
的牛奶。

对方已经走到门口了，修长的手指搭在金属门把手上，转过头，漫
不经心地看着她。

霍音将袋子收好，快步追上去，不忘说："可是现在已经很晚了，
你早上不用……查房什么的吗？送我的话，会不会耽误你？我自己坐地
铁就可以。"

她说话间，"吧嗒"一声，公寓大门的把手被男人按下去，房门应
声打开。

他侧身给她让路，关门，到电梯前按下按钮，又抬起左手看了一眼
腕表上显示的时间，说："现在是八点十分，你再多废话两句，我确实
有可能迟到。"

霍音到达《首都日报》办公楼下后，才发觉程嘉让刚刚那些话是在
唬她。他似乎对从他家到《首都日报》的路熟得很，开车载她穿了几条
小道，没用二十分钟就到了目的地。

近年来纸媒式微，可《首都日报》在业界的影响力依旧举足轻重，
堪称行业风向标。它乘着互联网的东风做起了平台账号，顺利得到广大
网民的关注，弥补了纸媒衰落带来的某些不良影响。

程嘉让不单对从他家到报社楼下的路熟悉，连报社在哪一栋、哪一
层都清楚。他带着霍音上楼，直奔报社，跟他一会儿不用上班一样。

　　二人走进电梯，程嘉让利落地按下"9"。

　　霍音的目光从他的手上移向正缓缓关闭的电梯门，她忍不住开口："你要跟我一起上去吗？你们医院几点上班？我记得上次我去医院，遇到岑学姐，她好早就在那边了。"

　　闻言，对方淡淡地看了她一眼，缓缓开口："这楼里能给你转晕了。"

　　"怎么可能……"霍音不满地反驳，"我都多大的人了，怎么可能转晕？再说了，就算我转晕了，你也不用冒着迟到的风险过来送我上楼吧？"

　　眼前的人一副吊儿郎当的样子，道："这有什么……"

　　"可是……"霍音还想说什么，电梯已经顺利到达九楼。

　　这楼里确实弯弯绕绕的，但程嘉对这里很熟悉，带着她，没用一分钟便走到一处挂着《首都日报》编辑部牌子的大门前。

　　到了门口，霍音想让程嘉让赶紧下楼去上班，倏然听到一道陌生的声音："小程？你今天怎么有空过来了？"

　　霍音愣了一下，看过去。只见坐在编辑部门口的面目和善的阿姨正看着程嘉让，声音温和："你不是去医院当医生了吗？今天怎么有空过来？"

　　他们看起来很熟的样子。霍音看向程嘉让，心想：他应该经常去徐老爷子家里，也经常来这个地方。

　　阿姨格外热情，没等程嘉让开口，又问道："你是来看徐主编的吗？他这两天去三亚休假了，不在这里。"阿姨说到这里，终于注意到霍音，问，"这个小姑娘是？小程，这是你媳妇吗？"

　　"媳妇"二字一出，大家安静了两秒钟。霍音下意识地伸手拉住程嘉让的衣袖，尴尬地看着他，却见对方抬了一下眉，慢条斯理地开口："今天不找三姥爷，今天送我媳妇上班。"

"霍音是吧? 那我叫你小霍? 实在不好意思, 最近刚刚复工, 我们太忙了, 把你实习的事情耽搁了, 今天才匆匆问了你师姐。"一个穿着一身焦糖色西服套装的年轻女人对霍音说道。她那一头干练的短发伴随走路的动作轻轻摇晃。

　　女人在说话的时候, 霍音的目光始终礼貌地放在对方身上。等到她说完, 霍音才道: "没关系。老师, 怎么称呼您?"

　　说话间, 霍音已经跟着年轻女人从报社大门口穿过亮堂的长廊, 长廊两侧是发行部、广告部、通联部、经济部、文化部等。长廊尽头, 百叶窗关得严丝合缝的总编室旁边的要闻部, 正是她们要去的地方。

　　《首都日报》办公区的装修以黑白色调为主, 简洁明快, 是新中式风格。

　　年轻女人在写着"文化部"的金属牌子前停下来, 笑着回答霍音: "瞧我这记性, 忘了跟你自我介绍。我叫余响, 是要闻部二组的记者, 徐主编通知由我带你, 你可以跟其他人一样叫我响姐。"

　　霍音眼一弯, 适时接话: "响姐好。"

　　闻言, 余响看她一眼, 忍俊不禁: "以后工作上有问题随时问我, 咱们这边的工作也不难, 我听小顾说, 你之前已经熟悉过跑一线的流程了?"

　　"对。"霍音点点头, 温顺地说, "我可以给响姐打下手。"

　　"哪儿敢让徐主编的学生给我打下手? 你今天刚来, 具体的工作事宜咱们到里面拿到资料后, 我再跟你细说。"余响抬手指了指要闻部门口, 补充道, "走吧, 先去认识一下同事。"

　　要闻部占地面积很大。从门口进去, 霍音一眼望去, 感觉这里至少有四间大阶梯教室那么大。不过这个大空间被分成了几个区，包含了数个多人办公室和几个独立的单人办公室。

刚刚余响说她是要闻组二组的记者，看来分区是为了分开各组成员。

上午九点钟，所有人都坐在各自的工位上，做着今天的工作。有人厚重的外套还没脱，看起来进来不久，一直站在座位边收拾东西，大概是要出去跑新闻。

要闻组二组的办公区在整个要闻组办公区的最里边。越过其他各组的办公区，霍音表面上维持着淡淡的表情，内里早已暗潮汹涌。

以前，老师在课堂上问起"你们的梦想是什么"，其他人争着说要做科学家、画家、作家或歌唱家时，霍音的想法就已经是要做一个再普通不过的记者。

她小时候读过几本书，懵懂地意识到，这个世界上有很多平凡的人正承受着命运倾轧之痛，在泥沼深潭里挣扎。他们力量渺小，需要有人站出来，为他们讲话、发声，为他们在这个尘世间求一份公道。

这个想法持续到高考结束。

父母希望霍音可以留在南方，去省内的一所双一流师范大学念中文系，毕业以后回到县城或者小镇上当一个中学语文教师。他们觉得女孩子该留在家乡，有一份稳定的工作，这是他们能为她想到的最好出路。

霍音却背着父母偷偷将志愿改成了 A 大新传学院，毅然决然地填了"不接受调剂"，带着一腔孤勇北上学新闻专业。从大一到现在，她在校刊做过事，跟着顾师姐跑过新闻，拍个宣传片能包揽前期、后期各项工作，在主流刊物上发表过几篇文章。她其实已经算得上是一个记者，虽然是实习记者。

即便如此，此时此刻，她站在首都乃至全国首屈一指的报社里，还是有一种无法言说的感觉，好像数年的旧梦终于落在了实处。

思绪被余响的话打断，霍音抬头望过去的时候，发觉自己跟着对方进了要闻组二组的办公区。余响关上二组集体办公室的门，霍音下意识地站直身子，腼腆地冲投来目光的人微笑。

　　余响拍了拍手，将其他埋头工作的人的注意力都吸引到这边，又将霍音往前拉了拉。

　　"来，大家先停一下手头的工作。我给大家介绍一下，这是我们新来的实习生小霍，是主编下半年要带的研究生。小姑娘大四还没毕业，大家多多照顾啊！"

　　短暂的自我介绍结束之后，霍音被安排在距离余响办公室最近的工位上。不知道是不是因为她是徐教授亲自带的学生，分明大家都很忙，余响留给她的工作却并不多，无非是帮忙整理一些资料，然后转发给其他记者。

　　这些事情，霍音不管是在校刊，还是以前私下给顾师姐帮忙的时候都做过，早就轻车熟路了。

　　她没用多久就整理好了，略显无聊地坐在电脑前，仔细翻看刚刚整理好的资料。顾师姐发来了微信消息，但霍音一直到午休时间才注意到。

　　小音，今天第一天上班，感觉怎么样？

　　早上迟到了吗？

　　你有什么不懂的就问余响姐，如果觉得一直问会不好意思，就过来问我。

　　霍音揉了揉眼睛，忙打字回复：没迟到。我感觉挺好的，大家都很照顾我，响姐交给我做的工作也不难。

　　她很快收到顾师姐的回复。

　　那就好。你就在那边待到大四结束就好了。等你实习期过了，就可以跟我一样，用不着每天过去坐班了。

　　对了，校领导那边来了消息，说要为校庆志愿者组织一次庆功宴，就在后天，也就是这周六。你要不要过去？我们可以一起。

　　这周六，霍音想了想，周六应该没有什么事情。

　　好，具体时间、地点定了吗？

霍音刚刚回完，突然又收到两条程嘉让发来的消息：*江子安想周六叫我们出去玩。*

你想去吗？

又是周六。她刚刚答应顾师姐周六要去参加庆功会，总不好瞬间反悔。是以她顿了一下，只能回复道：*只能周六吗？可是我刚刚才答应顾师姐，这周六要去参加校庆志愿者的庆功会。*

霍音委婉地拒绝对方后又想了想，这是他们在一起后他第一次约她出去，她这样会不会不太好？

霍音还在纠结，两秒钟后就收到了对方的回复：*那就今天。*

啥？

今天晚上有空吗？

嗯……有。

行，晚上我过去接你。

程嘉让今天上早班，下午五点四十准时下班。他家距离医院很近，六点十分时，他已然站在家里的穿衣镜前，一只手握着手机打电话，另一只手拿着两个衣架。衣架上分别挂着一件灰色的粗针毛衣和一件纯黑色的衬衫。

电话还没有打通，他瞥了一眼此时正跷着二郎腿坐在沙发上的江子安，扬扬下颌，淡淡地问："江子，别玩了，看看哪件合适。"他说着，长指轻巧地分开两件衣服，各自在身前比了两下。

沙发上的江子安正要开口，程嘉让手里的电话突然被接通，他抬抬手示意对方噤声："等下。"

不多时，听筒里传来了霍音温柔甜美的声音："喂，怎么打电话过来了？"

程嘉让扬了一下眉，瞥了一眼半张着嘴的江子安，放缓声音道："中午的时候忘记问你几点下班了，有没打扰到你工作？"

"没有打扰，不过我一般都是六点半才下班。你今天下班这么早吗？"她好像在忙，一边讲话，一边还在噼里啪啦地打字。

　　程嘉让将手里的两件衣服搁到一边，无视江子安撇嘴的表情，道：
"嗯，我今天上早班。你先忙，我现在过去接你。"

　　"不用急，我这边还有事情没处理完。"电话那头的小姑娘叫住他，
"江子安那边急不急？要不我下了班直接过去找你们？"

　　"他有什么可急的。"程嘉让再度无视江子安的叫声，不咸不淡地
说，"他说上回凶了你，要给你赔罪，当然一切听你的。"

　　"那好，我先处理工作，你过十分钟出发就好。"

　　"嗯。"

　　"挂了。"

　　"等等……"

　　程嘉让重新将手机贴到耳边，问："怎么了？"

　　"阿让。"电话那头的女孩子短促地笑了一声，声音很小，"路上要
小心。"

　　程嘉让闻言，顿了顿，薄唇边弧度浅浅的。他突然笑了一声，道：
"知道了。"

　　程嘉让挂断电话，另一个人瞬间阴阳怪气地道："中午忘了问你几
点下班，我的宝贝……

　　"亲亲宝贝，我有没有打扰你工作啊？

　　"我现在就过去接你……"

　　他的话被程嘉让扔过去的砂糖橘打断。程嘉让脸上的笑意还未来得

及收，一咬牙，凝视着他道："再说一句，爷把牙给你打掉。"

那边，江子安信手接到他扔过去的砂糖橘，大大咧咧地剥开皮，一瓣接一瓣往嘴里塞，边吃边继续道："哟，这就要打掉我的牙了？看看你这有了媳妇忘了兄弟的死样子。回头媳妇一高兴，你是不是还得把我的皮扒了，给你媳妇做衣服啊？"

"不好意思，"程嘉让重新拎起刚刚被他搁到一旁的衣服，不忘噎回去，"你这身皮不好看，我媳妇不稀罕。"

"程嘉让，你咋就长了这么张破嘴？"

程嘉让将话题拉回来："给我看看，今天穿哪件合适？"

"随便穿一件，你跟霍音又不是网恋，弄得跟人家没见过你似的。"

程嘉让面向穿衣镜，将黑色衬衣拿到身前，停顿须臾，兀自皱了一下眉，摇头道："这个不行，颜色素了。"他将黑色衬衣随手扔到一边，看着浅灰色毛衣，又皱眉摇头，"这个也不行，太随意。"

江子安一个橘子没吃够，又剥了一个，边吃边吐槽："您事真多！"

程嘉让撂下一句"你当了十辈子哑巴，这辈子成现在这样"后，兀自走到衣柜边，重新打开柜门。他从上到下扫过整个衣柜，觉得没一件合适的，准备关上衣柜。

"关上干吗，这件不是挺好看的？"江子安不知什么时候从旁边过来了，直接从衣柜最角落拿出一件白色的中长款双排扣大衣，"看看，多精神，你穿上这件，那霍妹妹还不得爱你爱得不要不要的？"

那件大衣的颜色比墙都白，是程嘉让的母亲不知道什么时候买给他的，他一次也没穿过，是以想也没想就拒绝了："不穿。"

"哎哟，你穿吧，让霍妹妹惊艳一把！"

"不穿。"

"穿！"

十分钟马上就到了，程嘉让在江子安的软磨硬泡之下，最终选了那件白色大衣。他挑完其他衣服，进入洗手间。

江子安抽完两根烟，程嘉让还没出来。江子安忍无可忍，推门冲了进去，把正在抓头发的程嘉让拉了出来，开门出发。

　　程嘉让外面是白色大衣，里面是一件浅灰色的高领薄毛衫，搭在一起分外和谐。不过江子安有点后悔让程嘉让穿这身衣服了——程嘉让现在比平时还招人，十个姑娘路过，就有十个回头看他。

　　下午六点四十分，夜幕降临，写字楼里不断有打扮干练的白领下班出门。

　　霍音站在写字楼下的马路边，拢了拢身上有些透风的毛衣外套，两手放在唇边呼出一口气，忍不住探头看向马路的另一个方向。

　　半分钟后，她终于看见了程嘉让的车。他的车后面还跟着一辆车，应该是江子安的。

　　两辆车停在路边，他们先后下车。霍音的目光一直在程嘉让身上。

　　程嘉让的车恰好停在某咖啡广告的灯牌下，灯光打到男人棱角分明的脸上，分外迷人。他额角的碎发被晚风吹起来，人正抿着唇，一脸淡漠。

　　注意到她后，他脸上终于有了表情。霍音暗自搓了搓手，看着对方向自己走来，没来由地有些紧张，以至于忘了迎上去。

　　她回过神来后，对方已经走到她跟前。他垂眼扫过腕表，说的第一句话是："在这儿冻半天了？下次我来早一点儿。"

　　霍音深深地吸了一口气，挤进鼻腔的空气像是碎冰，鼻子有些疼。她仰头看着眼前的男人，还没回答，话头便被旁边的江子安抢去。

　　"你还知道下回得来早点儿啊？为了自己打扮，可把人家妹子冻惨了。"

　　霍音的目光刚落到江子安身上，就听啪的一声，程嘉让的大手已经拍到人家的脑袋后面去了。程嘉让收回手的同时，还不忘狡辩道："爷从不打扮。"

　　"老子又不瞎。"江子安忍不住辩驳，指着程嘉让身上那件纯白色的双排扣大衣道，"霍妹妹，你看看这个人，出门打扮花了半个小时。你看看他的衣服，看看他的头发，要不是我拉着他出来，他还在那儿抹发胶呢！你赶紧夸夸他吧。看看他为了跟你约个会，都骚成啥样了。"

这话一出，大家一度沉默了两秒。霍音忍不住低笑出声，程嘉让则拎着江子安的后衣领，冲霍音淡淡地道："先去车里等我。我收拾完这小子就来。"

昨天晚上吃饭的时候，江子安凶巴巴地把岑月从餐厅拉走的事，霍音暂时很难忘掉。不过，当着江子安的面，她不敢问。一直到她跟程嘉让一前一后上了车，车里只有他们两个人的时候，她才试探着开口："今天……就我们三个人吗？会不会有点儿尴尬？怎么没叫岑学姐？"

所谓三人行，必有电灯泡。他们三个人一起出去玩，关于谁是电灯泡这个问题，似乎没有讨论的必要。岑月学姐平时跟他们几个玩得不错，和江子安的关系格外好。这个时候如果要叫其他人出来，那最合适的一定是岑月。不过霍音也没有现在就叫岑月的意思，只是私下找程嘉让八卦一下。

未承想她这边刚问完，江子安那边的车载电话刚好拨过来。程嘉让眼也不眨就问出口："怎么不叫岑月一起出来？你昨个儿不是对人家更凶吗？"

江子安请他们俩出来玩的理由，是昨天一着急凶了霍音，今天想要赔礼认罪。程嘉让正是知道这点，才有此一问。

江子安没有立刻回答，霍音觉得有些尴尬，甚至有些紧张。但很快，江子安开口了，扬声器导致他的声音传遍整个车厢。

"叫那个傻子干什么？没她，我自由得很，随便约妹子出来玩。谁跟她那个'恋爱脑'一起玩啊，我要让她知道，一个人才是真的爽得飞起。"

霍音、程嘉让听了，相视一笑，没说话。

二十分钟后，他们三个一起进入一家音乐主题的餐厅。

略显幽暗的环境下，霍音跟程嘉让坐在一边，江子安独自坐在桌子的另外一边。

餐厅老板出手阔绰，今天不知道花了多少钱，直接请来一支小有名气的乐队现场表演。

一曲毕，餐厅内安静下来。程嘉让好整以暇地看向江子安，调侃道："看你多抠门，给我们家阿音赔罪，就请我们来这么个小地方，这哪行？"

程嘉让说完，转头看向霍音，慢条斯理地问："有没有想看的演出，比如演唱会、演奏会或者戏曲？不论你想看什么，江子安都能给你搞到票。"

霍音的注意力落到了后半句，讶然："这么厉害？"

"嗯。"程嘉让眼也没眨，一本正经地说，"他大舅是黄牛。"

"程嘉让，你又说瞎话，咱那是自己神通广大好吗？"

他们说话间，不远处的舞台上，乐队的下一首曲目又响起了前奏。

霍音凑到程嘉让的耳边，说："不过我还真的有点儿想看京剧，从来没看过现场版的。"

"可以。"不远处，乐队的声音逐渐变大，程嘉让也凑到她耳旁说话，温热的呼吸喷到她耳边。他总能把一句很正经的话，说得听起来不那么正经。正如此时，他声音低哑，漫不经心地道："最近长安剧院好像有个程派的迟老板有演出，很值得一听。我们一起去，好吗？"

他们两个这样讲话，从旁人的角度来看，就像是耳鬓厮磨。

江子安看了他们两个人一眼，气鼓鼓地转过头。

这种音乐主题餐厅光线暗，气氛足，很适合约会，到这里的情侣居多。

乐队唱完一首低沉凄婉的曲子，如泣如诉，引得不少女孩儿感动地垂泪，靠到男朋友的身上。

霍音看向舞台的方向，一眼就能看见斜前方的位子上，一个女孩子缓缓地将头靠到了旁边的男人身上。她微不可察地缩了缩胳膊，假装不经意地瞥了程嘉让一眼，发觉对方没看她，又悻悻地将目光收回。

主唱唱到副歌部分，气氛瞬间到达顶点。霍音正听着，倏然间感觉到鬓边传来一道力量。下一秒，她已经被程嘉让的大手按着靠到他的肩膀上，程嘉让还不疾不徐地来了一句："想靠就靠。"

霍音因为这句话羞赧得闭上眼，自然没有看到男人在动作结束后，向着另一个方向略一转头，唇边挂着不必言说的窃喜。

当然，无人注意到他们对面，江子安喃喃自语："有对象了不起啊？"

转眼间到了两天后。

A大老校区，川菜烧得最好的东区第一食堂，一如既往，人声鼎沸。

江子安用食指挂着跑车的钥匙打转，一副吊儿郎当的样子。他原本跟程嘉让他们是一级的，很不幸因为前年期末考八科全挂，不得不留级重修。现在其他人都去医院了，只剩下他自己还在学校里读书。

此时，江子安吃饱喝足，正大摇大摆地从第一食堂的二楼往楼梯间的方向走去。已过午饭点，食堂里的人比较少，他越往楼梯间的方向走越显空荡。四周比较安静，那周遭稍有声响，听起来便格外清晰。

江子安刚刚走到楼梯口，就被突然听到的交谈声吸引，顿在原地。虽然他平时被兄弟们吐槽爱听八卦，但确实不是什么爱听墙脚的人。只不过，楼梯间里的人提到了一个让他没办法不听墙脚的名字。

这个食堂两边都有楼梯，这边平时走的人比较少，江子安因为车刚好停在这个方向，才舍近求远，走这边的楼梯。楼梯间里的人可能认定了这一点，才肆无忌惮地在这边交谈。

江子安听到那个名字，意识到问题的严重性，当即靠到墙边，掏出手机假意玩着，听着楼梯间里的对话。

"你真的打算就这么忍了？拜托，我的好学姐，程嘉让现在跟她在一起了。你追了程嘉让那么久，现在他被人挖墙脚，你就这么忍了吗？"这个女人的声音有些尖锐。

江子安一边在心里感叹在哪儿都能听见让哥的八卦，一边打开手机的录音软件。

对话还在继续，接下来说话的是一个声音温柔的女生。

"可是你也说了，他们已经在一起了，我不忍又能怎么样？我追了他三年，他都没有回应。难道他现在跟霍音在一起了，就会对我有感觉了吗？"

那个女人回道："你不试试怎么知道？姐姐，你清醒点儿，你可是'系花'，那里不如那个人？你为什么不为自己争取一下？"

江子安听着暗自点了点头。一听对方提到"系花"，江子安便有了印象，那个人应该是播音系的"系花"。她正常说话的时候也带点儿播音腔，很有特点。"系花"似乎因为另一个女人刚刚的话动摇了，再开口的时候，语气变成了试探："可是，我还能怎么争取呢？我该试的都试过了，可是他……他甚至警告我不要为难霍音。"

"他那是当局者迷。"声音尖锐的女人再度开口，"程嘉让不是被她骗得五迷三道吗？我们就让他看清楚霍音的真面目。"

"你想怎么做？"

"她不是不肯承认她以前做的那些事吗？我偏要把那些人都请到她面前来，看她还怎么赖账。今晚校庆志愿者的庆功宴就是大好的机会。

到时候我叫人把视频拍下来发给程嘉让，我就不信他看了这些，还会喜欢她。"

"可是我们怎么请到你说的那些人呢？"

"这还不简单？只要钱到位就行。不过我才大一，人脉不多，我们先得找到人。这就要靠学姐你了。"

两个人的对话终止于此，她们说完便直接下楼了。江子安等她们都离开了，才小心翼翼地下了楼，回到自己的车上。

他关上车门，连忙掏出手机给程嘉让打电话。

"您好，您拨打的电话无人接听，请稍后再拨……"

江子安一连打了五遍，程嘉让的电话都无人接听。他只好将刚刚录的音频发到程嘉让的微信上，又发了两条文字消息。

让哥，嫂子有难，看到速回！

英雄救美的机会摆在这儿了，别怪兄弟没提醒你！

四个小时后，下午七点钟，A 大附属医院胸外科更衣室内，年轻男人脱下绿色的套头手术服，冷白精壮的上半身暴露在空气中。

他双目微阖，眉宇间带了点儿倦意。昨晚上值了个大夜，他今天又跟着主任连上了三台手术，直接来了个二十四小时连轴转。

程嘉让慢条斯理地套上燕麦色的高领毛衣，正欲穿外套，却被震动的手机吸引了注意。

他滑开屏幕，利落地点进微信界面，入眼就是霍音发来的消息。

我和顾师姐准备出发去庆功宴了。

你下班了吗？要记得吃晚饭。

程嘉让停下穿衣的动作，按下语音键，将手机放到唇边。

"我刚下班，你几点回家？我去接你。"

消息发过去后，他将外衣穿好，又瞥了一眼手机。他没收到霍音的回复，退出到消息列表页面，看到了江子安发来的消息。

让哥，嫂子有难，看到速回！

英雄救美的机会摆在这儿了，别怪兄弟没提醒你！

消息上面还有一段几分钟的音频。

程嘉让没听音频，浓眉紧皱，当即拨打了江子安的电话。

对方接起电话，立刻开口道："让哥，你可算看到消息了。"

"你给我发的微信，"程嘉让直接切入正题，"什么意思？"

"你没听我给你发的录音？你不会还在医院吧？"

"还没来得及，我刚下手术。"程嘉让单手锁上储物柜的柜门，"你直接跟我说。"

"现在已经七点了，你可得快点儿了。"江子安加快了语速，道，"简而言之呢，就是你这个祸水，又给嫂子惹事了。之前追你的那个播音系'系花'和一个大一的学妹，可能就是林珩的那个小青梅，她俩密谋被我听见了。她们说要在校庆志愿者的庆功宴上让嫂子好看……让哥，你怎么不说话？"

程嘉让大步跨出更衣间，只沉声说了一句："没事，我过去看看。"

与此同时，A大老校区附近一家主打北京烤鸭的大饭店门前，人来人往。这家店今晚被A大的领导包场了，宴请学生。

霍音、顾姝彤下了出租车，走到饭店门前。

霍音正欲进门，身边的顾姝彤说："小音，今天晚上……夏明璇也在，她今年进了学生会的宣传部。你负责的直播项目效果超出预期，是校庆的功臣，今晚也必须到场。一会儿你要是觉得不舒服就跟我说，咱们提前走是没问题的。"

霍音闻言轻轻地点点头。顾师姐知道她跟林珩分手的原因，自然也知道夏明璇在这件事中充当了什么角色。

"没关系，师姐。她来她的，我们来我们的，井水不犯河水就好了。"

"嗯。"顾师姐拍了拍她的手，"那我们进去吧！"

其实这家饭店以往的评价很一般，店里没有什么突出的菜品，也没有周到的服务，但大型宴席举办得多。前年新传系年末举办的同学会就在这儿，霍音来过一次。听闻这里今年重新装修了，霍音进门一看，里面果然与记忆中的样子有很大的出入。

霍音和顾师姐一道进门的时候，宴席已经快开始了。占据二楼一整层的宴会厅内，十几张大圆桌前已经坐满了人。

霍音她们跟坐在主桌上的领导打过招呼，便看到校刊的同学在不远处的另一张桌子旁冲她们招手。

"顾学姐、霍学姐，这边。"

霍音跟着顾师姐的脚步走过去。这桌几乎坐满了，只留下了两个位子。霍音沉默地看向其他人——校刊的人很少，算上她和顾师姐，统共才六个人。

这桌能坐十二个人，除了空位和校刊的其他成员，另外几个人都是男的，且似乎都与校庆无关。霍音淡淡地扫过这些人的面容，不禁皱起眉头。

如果她没有记错，那几个男生，她好像都算认识。她确定他们和校庆志愿者没有半分关系，这里面甚至有人已经毕业两年了。

这些人，顾师姐也认识。

落座的时候，师姐抢先指了指挥着校刊成员的位子，冲霍音道："小音，你坐这边。"

霍音和顾师姐认识这几个男生，但校刊的其他成员不认识。跟陌生人坐在一桌，大家都略显不自在，不是埋头吃饭，就是埋头玩手机。

坐在霍音旁边的校刊小学妹玩了一会儿手机，凑过来小声问霍音："霍学姐，对面那几个人你认识吗？你们来之前，他们说是特意来看你的，怎么现在也不说话呢？"

"特意来看我的？"霍音从进门起就感受到这些人时不时落在她身上的目光，这时听到小学妹的话，越发觉得不对。她不大想见到这些人，低声说："我也不认识他们。"

"不认识？霍学姐真是贵人多忘事啊，是不是因为勾搭过太多男人，所以不记得了？"霍音的斜前方突然传来一道略显尖锐的声音。

霍音抬头一看，是夏明璇，对方端着一个高脚杯，双手抱臂，语气不善地冲霍音说："是不是啊，霍学姐？"

夏明璇的声音不大不小，周围几桌有不少人听见了，纷纷看向霍音这边。

霍音吸了一口气，下颌稍仰，不卑不亢地反问："你是什么意思？"

"我是什么意思？霍学姐，你倒是问起我来了。这几位学长特意来看你，你怎么连理都不理人家？"夏明璇指着那几个男生，声音提高了，"还是说，你忘了自己是什么货色，忘了以前勾搭过多少男人？你以为自己攀上程嘉让，就飞上枝头变凤凰了？"

霍音张了张口，还未出声，坐在她身边的顾师姐先站起身，愤怒地冲夏明璇道："你这个人是不是脑子有病？今天上赶着来招惹人？"

顾姝彤说完，没等夏明璇说话，兀自拉起霍音，道："今儿这顿饭看来是没法吃了，小音，我们走。"

这边闹得这样难看，霍音被顾师姐拉起来的时候，甚至看见有校友正举着手机录视频。

夏明璇走到她们面前，开口冲顾师姐道："你又来犯什么贱，上次何姐姐没把你的脸扇烂吗？"

周围人投来的目光变得异样。霍音没被顾师姐拉住的那只手紧紧攥住，指节发白。她见顾师姐脸上青白相接，似乎就要绷不住了。

从前夏明璇给霍音发几百条辱骂她的短信，霍音没理会；夏明璇在霍音和林珩还在一起的时候，半夜约林珩出去，霍音当时只觉得自己应该管好男朋友；夏明璇要走林珩送给霍音的手镯，霍音也只当这段感情应该结束了。

她不是喜欢歇斯底里地跟别人争一个男人的人。可是她的容忍、克制，换来的是对方一次次的伤害，甚至这一次，对方将战火蔓延到她身边的人身上，还对师姐恶语相向。

赶在师姐情绪失控开口之前，霍音看向夏明璇，秀眉紧紧地皱起，说话掷地有声："夏明璇，我以前不跟你计较，是我觉得，我跟林珩之间本来就有问题。可是你今天这样说，那我觉得有必要跟你掰扯一下。师姐和程霖在一起的时候，根本不知道何方怡的事情。可你不一样，你从头至尾，都知道我和林珩在一起。你恬不知耻地半夜约他出门，给他发暧昧的消息，甚至发几百条辱骂我的短信给我，这些事，有哪一件我跟你计较过吗？你说我师姐该被打，那你说，我现在是不是应该把你的嘴都撕烂？"

今晚是庆功晚会，来的除了志愿者，就是 A 大的校友。林珩是校学生会前任主席，这里自然有不少人认得他，也知道他的事。

方才一直看热闹的人听到这里，忍不住你一言我一语起来。

"霍'系花'就是脾气太好了，这要是换了我，早就揍这个上蹿下跳的人了。"

"她今天为什么要闹这么一出？她抢人家的对象还有理了？"

"行了，这个夏学妹，你那点儿破事谁不知道啊？快别在这儿丢人了。"

"就是，也不知道林珩到底看上她什么了，长得不如人家，性格不如人家，林珩真是瞎了眼。"

众人都看不下去了，连领导都在那边当起了和事佬。

夏明璇恼羞成怒，大概因为情绪激动，声音听起来更为尖锐了："你们这些人知道什么？我跟阿珩哥哥是青梅竹马，明明是霍音破坏了我们。你们当她是什么好人吗？来，姓霍的，看着这些人，你敢说你跟他们什么都没有？你敢说你没跟他们睡过？"

霍音深吸了一口气，指甲几乎嵌进掌心。众目睽睽之下，夏明璇这样说，无异于当众将她的衣服扒光。这些污言秽语，从她大一开始便有了，一直到她快要毕业都没有消失，多次令她十分难堪，如坐针毡。

可是这一回，霍音突然之间觉得好像也没有那么难堪，她从没做过那些事，为什么要为了那些谣言而谨小慎微，惩罚自己？

她突然想起那夜程嘉让跟她说过的话。

"霍音我告诉你，那些说闲话的人，你得把他们打服，要让他们为自己说过的话付出代价。……你没做过的事情为什么要认？来，你告诉我，你为什么要因为那些烂人惩罚自己？"

这些话在她的脑海中一遍遍响起，将跪在泥潭里的她拉起来。他分明不在这里，却好像就在她身后。

对，她没做过的事，为什么要认？他们该为自己说过的话，付出应有的代价。

霍音咬了咬唇，迎向众人探究的目光。再开口的时候，她连语气都强硬了不少。

霍音看了一眼夏明璇，又将目光转向坐在桌对面的几个男生，手指依次指过去，不卑不亢地开口："这个人，我大一的时候，他见我第一面就说喜欢我。我说我不想谈恋爱，他就拦在我上完晚自习回宿舍的路上，试图猥亵我。幸好有同学经过，我才侥幸逃脱。

"这个人，赵学长，是吧？赵学长很有钱，追我的时候，各种礼物跟不要钱似的送，我没有收，从始至终都拒绝了他，他便到处散播谣言，说我跟他在一起过，只不过他后来玩腻了我。

"还有这个人，我忘记叫什么了。这位学长更厉害，毕业，已婚，开价一个月两万元，要我做他的情人。我拒绝以后，学长恼羞成怒，跟他的太太说是我勾引他，四处跟人说我是个花钱就可以得到的女人，说他只是没有开够价。"

现场一度鸦雀无声。

霍音又指了指第四个人，看向夏明璇，道："还要我继续说吗？如果这就是你所说的'私生活混乱'，那我无话可说。"

此时此刻，一辆黑色的越野车驶入饭店的停车场。因为速度过快，车停在车位上的时候，车轮与地面摩擦，隐约燃起蓝色的火星。

霍音的电话还是打不通。

程嘉让迅速下车，三步并做两步，直奔饭店大门。他找服务员指路之后，又快步上了二楼。

程嘉让站到宴厅门口，目光扫过在场的众人，最终落在她身上。

他垂下眼，握着拳，踏入宴厅。

他走了过去，刚好看到霍音握着她对面那人的手，一把将对方端着的高脚杯里的红酒泼到对方的脸上。接下来，霍音一字一句地道："这些莫名其妙、举止卑劣的人中，还有一个你，夏明璇。我知道，你是因为林珩才一直给我发信息，说忘不掉我，觉得很不甘心。之前，你每一次向我发难，我都很生气。可是现在，我一点儿也不觉得你可恶了。每个人都应该为自己而活，你的世界却只围着一个男人转。夏明璇，你真的很可怜。"

一段视频里，一个女孩子沉着冷静，言辞犀利，将为难她的人说得无地自容。

正在床上玩手机的林珩似乎听见了熟悉的声音，顿了顿，从床上坐起来，看向卧室门口的方向。

房门口，林母正拿着平板电脑看视频，刚刚的声音就是从她的平板电脑中传出来的。

林珩抬头看过去时，林母刚好皱着眉看过来。二人的目光相撞后，还是林珩先开口，问："妈，你看的是什么？"

他从床头柜上取来金丝眼镜戴上，重新看过去。刚刚的声音是阿音的。虽然阿音平常温声细语，从不用这种语气讲话，可他还是一瞬间就听出在视频中讲话的人是阿音。

阿音刚刚似乎提到了夏明璇……

他抛出去的问题被对方抛了回来："你不知道这是什么？"

林珩道："给我看看。"

"给你看可以，但是小珩，你得跟妈妈说，你跟视频里的这个女孩儿之间到底是怎么回事。"

"你先给我看。"

将平板电脑交到他手上后，林母坐到他床边的位子上。林珩皱着眉，推了推眼镜，将视频的进度条拉到开头部分。

这是一段手机录制的视频，一开头镜头便不太稳。视频是从霍音的侧面拍的，背景是一个金碧辉煌的宴会厅。从视频里可以看出，事情发生时，似乎有很多人正举着手机拍摄。

视频一侧是夏明璇，另一侧站着霍音和她的师姐顾姝彤。

林珩没管夏明璇和顾姝彤，目光锁定在霍音身上。

视频一开始，是顾姝彤想拉着霍音立场。但夏明璇拦住她们的去路，又说了一堆不大好听的言语。紧接着就是霍音忍无可忍，又不卑不亢的声音。

霍音说他们在一起的时候，夏明璇总在深夜约他，给他发暧昧信息，甚至给霍音发了几百条骚扰短信，挑衅霍音。

这些事，除了他们在 A 大旁的那家粤菜馆里见面后吵架的那次，她没有再跟他抱怨过。

她一向温声细语，是个润物无声的南方姑娘。他和她在一起的时候，她对他永远温柔妥帖，永远笑脸相迎。他也听其他兄弟甜蜜地抱怨过女朋友爱闹，平日里还黏人。可是阿音从来不会那样，她很懂事、很听话，性格温和，令人如沐春风。以至于他们在一起久了，他都忘记了，原来这段感情也需要维系。

他后知后觉，原来阿音也会受伤，也会难过，会在他一次次犯浑之后暗自疗伤。

可是他把那些当成理所应当的，甚至当成他游戏人间的资本。在他看来，无论他怎么样，阿音都不会真的生气。反正他惹了阿音，哄一哄，她总会好的。

视频还在播放，画面里，夏明璇伸手指着霍音，声音格外大："你以为自己攀上程嘉让，就飞上枝头变凤凰了？"

程嘉让……她跟程嘉让……

林珩的心蓦地一沉，他攥着平板电脑的手倏忽一紧，指节泛出白色。兴许是手上力道太大，他的眼眶跟着泛红。

他把阿音弄丢了……

上一回，在学校的大礼堂内，他亲眼看着程嘉让亲吻她，看着程嘉让带着她与他擦身而过。他回去之后就跟医院请了年假，在家待着。一直到现在，他都很难接受阿音跟程嘉让在一起了的事实。

他喜欢阿音。两年多了，他已经习惯她在他身边，从来没有想过原来阿音也可能会走。所以她真的走的时候，他如此难以接受。

这些天，他每天待在卧室里，躺在床上，午夜梦回，很想回到这个冬天之前的时光。他在想，如果他能对阿音好一点儿，多关心她，不让她在大雪天里一个人回家，不因为其他女孩儿暧昧不清的关系惹她伤心，那结果会不会不是现在这样？

可是现在，他想这些，好像都已经晚了。阿音不再是他的阿音。他成了她不愿提起的陌生人。

视频已经播放完了，林母凑过来，小声问："小珩，你怎么还哭了？这个女孩儿是谁？"

林母的声音将林珩从思绪中拉出来。

房间中安静了足足两分钟。林珩再开口的时候，声音低得几不可闻："这是我……弄丢的宝贝。"

如果可以，他很想问阿音，能不能原谅他，能不能再给他一次机会。

他真的很后悔。

"你干吗？"霍音偏头，唇边带着笑，略显无措地看向坐在驾驶座上的男人，"干吗一直看着我笑？"

在她泼了夏明璇一杯酒，又撂下一通狠话之后，程嘉让出现在宴厅大门口，当着众人的面，带着她和顾师姐离开。

送顾师姐回去的路上，他尚且有所收敛，只在停车等绿灯时，噙着笑转头看她几眼。等顾师姐下车回去后，车里只剩下他们两个人了。他直接将车子停在师姐家附近的马路边。

程嘉让不急着走，就笑着看她。霍音被他看得发毛，不禁开口问了那句话。

见对方没有开口的意思，她忍不住伸手扯了扯男人的衣襟，柔声问："你怎么不说话？是不是在笑我刚刚……我是不是太凶了？"

"我是在笑……"程嘉让不急不缓地抬起手，笑道，"我们家软软今天不软了，跟夯毛的猫似的。"

男人白皙的手指最终落到霍音的发顶，揉了两下，将她原本就凌乱的头发拨得更乱。

说到这里，他话锋一转，低沉的声音中带着肯定的意味："不过，你做得很好，这世上的人大多欺软怕硬，你足够强硬，他们就不敢欺负你。"

"可是你会不会……你真的不觉得我刚刚的样子好凶？"霍音将信将疑。夏明璇对她做了那么多过分的事情，她觉得自己泼夏明璇酒、说那些话，都算是客气的。可是在内心深处，她还是不希望程嘉让看到她凶巴巴的样子。

霍音说完，发现程嘉让的目光仍旧落在她的脸上，似乎在细细端详。她羞赧地避开他的视线。

程嘉让将手肘撑在方向盘上，托着下巴看她，若有所思地缓缓点了点头。

"是凶了一点儿。"男人的目光在她的脖颈上扫过，他慢条斯理地低声道，"我在想，我们软软大概偶尔也……野得起来。"他凑到她的颈边，温热的气息喷了出来。

偶尔也……野得起来？这几个字在霍音的脑海中串联起来，一遍遍地闪过。

她足足用了两秒钟，大脑才终于顺利地解析出其中隐藏的含义，脸颊和耳根瞬间红了。

她捂住唇，扯住男人的衣衫，羞红着脸道："程嘉让！你……你这个人怎么这样？"

她以前怎么不知道他这么孟浪……

这个小插曲最终以程嘉让伸手轻巧地按住霍音的小拳头，将人在座位上按住，薄唇染着笑叫停结束。

"好了好了，不闹了，我带你去个地方。"

越野车再度启动，从北京城区的繁华地带出发，一直开出去近两个小时。

一路上，霍音出声询问目的地，只收到一句"你去了就知道了"。

车这么开着，他们最后到了西郊。

北京城很大，霍音了解的地方，仅限于 A 大附近一公里内。还有，她大概了解全城的地铁交通线路。除此之外，霍音知之甚少。所以，在看到西郊那座不知名的山之前，霍音一直不知道他们的目的地是哪儿。

直到她的目光越过车辆的风挡玻璃，借着当空皓月皎皎的光，勉强看清半山腰处显眼的寺庙群，她才终于认出这里。

她来过这里。

那年，她受流言蜚语的困扰，偶然听说这里有座很灵的寺庙，便想着过来祈求神明庇佑。那时她还没有见过程嘉让，更不知道这里就是他跟他那群朋友赛车的场地。

　　那是她第一次见到眼前这位，可能会惊艳她后半生的人。

　　他跟她在一起后，她一开始觉得像在做梦。后来夜深人静时，住在他隔壁的房间里，她会想，她遇到程嘉让，不知道是幸运还是不幸。

　　他是人间亿万星河中最为璀璨夺目的一颗。遇见他，往后余生，她很难再看见其他任何人。

　　这一生，遇见程嘉让，再看谁，她都觉得黯然失色。

Chapter 09

西郊的赌注

"宣音，有我在，没人敢欺负你……"
"程嘉让，我也喜欢你……"

01

京城西郊，霓虹尽头，是被暗夜吞噬的山野。西郊这座不知名的山上，路灯与路灯之间隔着大片大片的黑暗。

车从山脚开上去，霍音有些紧张，下意识地握住右上方的扶手，看着窗外黑漆漆的景色，不禁开口问："我们还要上山吗？"

黑色的越野车又驶过一段路，重新进入路灯下。

开着车的男人转过头，看她一眼："坐稳，瞧好了。"

这座山与这座城市中的大多数山一样，有人工修建的痕迹，自山脚起，一直到他们目的地半山腰，都是水泥路，所以他们一路畅行无阻。

车停在寺庙群对面，有植被环绕的平台上。

程嘉让稳稳地停下车，利落地拔下钥匙，解开安全带，冲她道："下车。"

现在已经将近晚上十点钟，从这个位置瞧不见什么光线。霍音将信将疑，跟着他下了车，问："怎么这么晚还上山来？"

她关上车门，踏上平台时，见程嘉让已经走到车后方。他打开后备厢，从中取出一个轮胎。似乎是瞧见了她，他顿了一下，接着又取出一个轮胎，将车后盖合上。

男人将两个轮胎丢到驾驶座车门外的地上，瞥了她一眼，随后将深色的短靴踩上轮胎，两手扶住车顶，轻巧地爬了上去。

霍音一脸惊讶地看着他，微启的双唇还未来得及合上。

对方单膝跪在车顶，拍了拍手上的灰，冲她伸出手："来。"

地上只叠放着两个轮胎，越野车又格外高。霍音看了一眼轮胎，又看了一眼车顶，犯了难。

程嘉让俯身，看着在车下咬着唇的姑娘，薄唇一勾，淡声开口："站上来，把手给我。放心，不会让你摔着的。"

天空中有星星闪烁，忽明，忽暗，像是在呼吸。霍音深吸了一口气，终于鼓起勇气，小心翼翼地踩到轮胎上，踮着脚伸手去拉程嘉让的手。她的手还未触碰到他，就被男人倏然紧握。

他手上的力道加重，声音落在她的耳际："阿音，拉紧我。"

然后他朝她探身，另一条胳膊一把搂上她的腰。霍音本能闭眼低呼，再睁开眼时，已经稳稳地上了越野车还算宽阔的车顶。她半跪着，大半个身子扑进男人的怀里。

大概是在医院加班好久，他身上的茶树香已经散去，被并不刺鼻的淡淡的消毒水味占据。他好像有某种神奇的体质，即便是消毒水的味道，到他身上似乎也变得好闻了。

霍音的左耳贴在程嘉让的心口处，属于男人的有力的心跳声，越过衣裳，落入她的耳中，一声接着一声。

他们只是待在这里，举止未有半分逾矩。可是霍音听着他的心跳，就觉得他们好像什么都做了，好像在荒山野岭，无人的山腰上肆意缠绵。

她不知道自己怎么会有这么荒唐又放肆的想法，只是通红的双颊和耳根已经将她出卖了。还好现在夜色浓，她脸上的红晕能够被轻易遮掩。

即便如此，霍音还是慌忙直起身，别扭地坐到一边，与对方保持安全的距离。

半山腰上只有他们两个人，十分静谧。

程嘉让转头看过来，声音与夜色融为一体："怎么不坐在我这边？"

"啊？"霍音撑着车顶的手无意识地捏紧散开的衣角，小声回应，"我这不是正坐在你这边吗？"

她说着话，头已转到另一个方向。远方一阵晚风吹来，树叶缓缓晃动，沙沙作响。

她听见程嘉让似乎嗤笑了一声，问："霍音，跟我装傻是不是？"

饶是被对方戳破了心思，霍音依旧没松口，低声道："我装什么傻？"

"你真不知道？"程嘉让的拇指在霍音的左手手背上轻轻摩挲，再开口时直接道，"那……要坐在我腿上吗？"

"我……"

霍音没想到他会问得这么直接，攥紧衣角，心跳加速。

"我坐在这边也挺好的。"

"我不好。"

"什么？"她无意识地屏住呼吸。

"很冷。"男人探过身来看她，目光炯炯，"所以阿音，真的不要坐过来吗？"

他像童话世界里有魔力的妖精，身怀摄人心魄的本领，勾勾手指，便有人凑上前去。霍音就是道行不足的凡人，因为他用这样的声音跟她讲话，因为他在无边夜色中这样看她，她就忍不住鬼使神差地点了点头。

下一秒，她倏然感到腰上一紧，反应过来的时候，已经稳稳地坐在了程嘉让的怀里。她本能地转头看他。这是第一次，她在上，他在下，她需要低下头看他，看他的额头和略微凸起的眉骨。有那么一瞬间，霍音觉得她的手有些不受控，直接伸了过去，很轻很轻地落在对方浓黑的眉上。他的左眉上断了一小截，她觉得这样有一股桀骜之气。

这样近的距离下，她细细看的时候方才注意到，原来断掉的那个地方有一道疤痕，藏在浓密的眉间。

霍音的手轻轻落到男人的断眉处，碰了碰，方才问："这里是怎么弄的？"

"眉毛？"

"嗯。"

"小时候看上了我爷爷书房里的砚台，我要了几回，他不肯给我。"程嘉让一只手搭在霍音的腰间，另一只手拉着她的手，娓娓道来，"我那时候淘得很，在老爷子出门后溜进书房，想把砚台偷出来跟朋友显摆。没想到老爷子精明得很，看出我那天不对劲，提前回来抓我。"

"我慌了，往外跑，"他很低地笑了一声，顿了顿，方才继续道，"一不小心磕在桌角上。我摔到地上，砚台也被打翻了，我满脸墨，眉上也落了疤。后来我听说那块砚台是古董，是清朝一位书法家用过的。因为这件事，老爷子气得俩礼拜没跟我说话。"

霍音手心沁出一层薄汗。不过，她还是在认真地听他讲话，听到这里，失笑道："想不到你小时候是这样的。"

"想不到？我以为我一直是纨绔的代名词。"

霍音轻笑出声："因为学校里的人这么讲吗？他们太夸张了。"

"嗯，不知道是谁传出来的。"

"你还没告诉我，怎么突然带我来这里？"霍音敛敛眉，试探着问，"因为这里，浪漫？"

对方很快反问道："你觉得这里很浪漫？"

"浪漫。"这里有星，有月，有山，有草木，有人间，当然浪漫。

"在这儿能看见大半个北京城。"程嘉让放开霍音的手，指了指正前方，"看万家灯火，当然浪漫。我第一次来这里，是我爷爷带我过来的。老爷子那会儿身体还好，满北京爬山。我被迫跟着。我们爬到这儿的时候，他说全北京就这座山最有意思。"

霍音忍不住问："为什么？"

"因为看似在浮华中，又仿佛置身事外。"

"那爷爷他……？"

"我上初中的时候，他走了。"男人的声音喑哑起来。

"怎么会？对不起。"

"这有什么？"程嘉让笑了一声，"我爸把他气死了，都没说过一声对不起。"

他不动声色，换了话题："阿音今天真的令我刮目相看。"

"我……我是兔子急了，跳墙了。还有，要感谢你，我今天跟夏明璇说那些话的时候，一直感觉你就在我身后。有那么多人在，我其实……有点儿害怕。可是我想起你跟我说的，就觉得没那么怕了。"

"是吗？看来我居功至伟啊。说说，你准备怎么报答我？"他说这话的时候，搂在她腰间的手力道加重，她很难不懂他的暗示。

"程嘉让！"她皱眉瞪过去。

对方迅速投降："好了，我不逗你了。"他回归正色，道，"阿音，你知道吗？我以前不像现在这样，很长一段时间，我被爷爷要求成长为靠谱、懂事、埋头学习的家族接班人。一天二十四个小时，我只睡五个小时，其他时间被送去学各种东西。爷爷说我爸是败家子，所以只好培养我。"

霍音没想到程嘉让的成长过程中还有这样一段，很认真地听着。

"那时候我每天只知道学习，就是个书呆子。后来，老爷子没了，家里的产业被瓜分。在爷爷的葬礼上，我平生第一次被奚落、嘲讽，我妈在灵堂上举着刀把那些看热闹的人全赶出去。后来，她用了十年经营企业，才能像今天这样人人称服。她很少管我，唯一教过我的就是，这个世界弱肉强食，你要足够强大，别人才不敢看轻你。"

四周安静下来，霍音不知道如何接话，循着他目光的方向，看向城市里的旖旎灯火。

他在旁边点燃打火机，兀自点了一根烟。

她就在烟气中诚恳地说："程嘉让，真的很谢谢你。"

他闻言，只是又吸了一口烟，沉默地看着她。

似乎注意到她看过去的眼神，他扬了扬手里的烟，漫不经心地说："想试试？"

她刚刚听到他点烟的声音，想起他们在夜场见面时的样子。她一直对烟没什么兴趣，今夜却格外想试一试。

　　霍音点点头："嗯。"

　　"小姑娘，"男人微微挑眉，"我是让你硬气一点儿，你快进到学坏了？"

　　话是这样说，程嘉让已经将另一只手探到口袋里去摸烟了。

　　霍音的目光落在他夹着香烟的手指上。兴许是今夜晚风习习，委实上头，她不知道从哪儿来的勇气，倏然握住男人的手，往自己身前带，就着他的手猛地吸了一口烟。她从未吸过烟，这样一来，被呛得连声咳嗽，好久才在对方的安抚下平静下来。

　　短短几十秒钟，她暗自在心里告诉自己：往后余生，不再碰烟草这种东西。然而下一秒，她就见男人又将夹烟的手伸到她眼前，轻声道："吸一口。"

　　她很没出息地听了他的话。

　　下一秒钟，她被对方按住后颈。温热的唇舌覆上来之前，她听见他哑着声音蛊惑道："阿音，给我。"

　　她也不知道，他指的是不是她嘴里的烟。

　　深夜，空荡的山间平台上，明月晚星做伴。越野车亮着温黄色的远光灯。无人知晓，车顶一对年轻男女风月无边。

　　霍音攥着他的衣襟，紧张得双眼紧闭，身子不受控地僵硬起来。这个吻不受控地不断加深。待到一吻结束，霍音的身子软得如水，她本能地扶着男人的肩，力气全无。

她再次满脸通红起来，被皎白的月光一映，分外显眼。

他跟她这样近的距离，一定已经将她没出息的样子一览无余。霍音咬住自己被吻得肿胀的下唇，本能地用双手勾住程嘉让的脖颈，软软地往对方的怀里一扑，恨不得将整张脸都埋到男人的颈窝里。

很不幸，她还是听到了来自对方的"嘲笑"。但她靠在他的颈项间，隔着并不算厚的衬衣、夹克衫，很清楚地感受到对方胸腔的震颤。

他还明知故问："害羞啦？"

霍音当即否认："我没有！"

"没有？"他的手从她的后颈处滑下，落到背上，轻而易举将她的身体托起来，也毫不留情地低声拆穿她的话，"那你躲什么呢？"

"我……我就是没有！"她语无伦次，被逼得南方口音都出来了，温温糯糯的，每一个字都像在撒娇。

"没有就没有吧！"程嘉让声音很低，带着动情时特有的喑哑，不急不缓地引诱道，"那……要不要试试……更害羞的？"

"什么？"霍音将大半张脸埋在对方的颈窝上，现在头脑有点儿短路，一时之间没弄明白对方的意思，脱口而出。然而，她问完又立刻反应过来，悔得肠子发青。

"你说呢？"

"我……我哪儿知道啊？"

"你想想。"对方态度散漫地开口，"你跟我，只有我们两个人能做的事，要试试吗？"

你跟我，只有我们两个人能做的事，要试试吗？

这句话在霍音的脑海中一遍遍播放。她脑子里有一黑一白两个小人，一个缩着身子说他们发展得太快了，这样子是不行的；另一个说，不要说废话，跟他在一起，怎么样都可以。

出于本能，她选择了迂回的方式，用试探的口气小心翼翼地开口问："就在这里……吗？"

话音落下，他们都沉默了两秒钟，然后她听到程嘉让低低地笑出声来。他还问："在这儿？霍软软，玩这么野？"

听了这句话，霍音原本就羞红的脸，此时更是几乎在一瞬间红透了。她嘴笨，容易害羞，脸皮还薄，哪里是他这种浪荡公子哥的对手？他不过两三句话，就能将她撩拨得一句话都说不出来。

最后她恼羞成怒，在他的颈上不轻不重地咬了一口。借着月光，她隐约能看见，他冷白修长的脖颈上，有一个浅浅的粉红色齿痕。

随后，她听见对方哑着声音说："你再这样，我真的要跟你玩野的了。"

与山郊气氛全然不同的市中心，一栋高档别墅二楼的卧室内，一个年轻男人穿着一身居家服，金丝框架眼镜被随意地扔在床边。他正靠在床头上，温润清俊的面容染上灰败的白。他看着失魂落魄的，直发愣。

房间的门紧紧关着，只剩他一个人被困在这方寸之地。他其实可以随意去任何地方，可是他不知道还有什么地方可以去。

林珩再回过神来，是被手机刺耳的铃声提醒了。林珩看到来电显示上赫然写着"陈阳"，略显迟缓地将电话接通。

电话另一头的声音火速从听筒传入耳中，陈阳的语气听起来有些急："阿珩，出事了，你现在在哪儿呢？你有没有听说那件事？"

陈阳不是临床专业的，最近几天没跟林珩见面，是以不知道林珩最近一直请假在家。

林珩大约知道对方想说什么，机械地回应道："听说了。"

"啊？谁这么快就把消息传到你那边了？你那个小学妹？"

"不是。"林珩像是没什么力气，"有人拍了视频，不知道怎么传到了我妈那里，她就给我看了。"

"这样啊，看来你已经知道了。阿珩，虽然你已经跟霍音分手了，但你跟小学妹不是青梅竹马吗？这件事多少跟你有点儿关系，我看迟早会闹到你面前来，你怎么看？"

林珩迟迟没有出声。两秒钟后，陈阳忍不住问："阿珩，你怎么不说话？"

"没有。我在想，我这个男朋友是不是当得太失败了？"林珩顿了顿，补充道，"所以我身边的人才会肆无忌惮地诋毁阿音，上回你是这样，这回夏明璇也是这样。"

"你什么意思？"

"没有什么意思，我只是觉得很后悔，觉得很对不起她。"林珩叹了一口气，沉默两秒，方才继续说，"可惜现在，我说什么好像都已经太晚了。"

"事情到了这个地步，你不会还在想前女友吧？"陈阳很疑惑，"她已经跟别的男人在一起了，你还想着她，你们的感情有这么深吗？"

"你说呢？我们在一起了两年。我只跟阿音在一起两年。"林珩声音很低，不知道是说给陈阳听的，还是在自言自语。

"可你们在一起的时候，我也没见你对她多上心啊。那时候你不是照样把人晾在一边，跟那个学妹混在一起？"陈阳跟林珩认识多年，清楚林珩跟霍音之间的事，现在看林珩分手之后一副要死不活的样子，终于忍不住了，"阿珩，我说实话，你别不高兴，你肯定是喜欢人家的，但可能真的没到非她不可的地步。要我说，你会这样，是因为得不到她，因为她跟了程嘉而你不甘心。不过，不论如何，你这么难受下去也不是办法，不如听我的，再堂堂正正争取一次。"

"好，我听你的。我就堂堂正正再争取一次，最后一次。"

下山回公寓的路上，霍音一直有些恍惚，好在程嘉还是清醒的。到了后，他轻巧地跳下车，又轻轻松松地抱她下车。

他们就这样莫名其妙地同居了。明明他们在一起还不到半个月，却好像比其他情侣的进度快了很多。

　　霍音跟在程嘉让身后出了电梯，站到公寓门口。她甚至不敢抬头，不知道进门之后他们应该……做些什么，真要像他说的那样？她好像真的好难拒绝他的要求。

　　公寓大门被打开，两个人一前一后进了屋。没有开灯，整个房间一片漆黑。

　　黑暗之中，霍音倏然感觉手被走在前头的人拉住了。

　　她听见他说："阿音，去洗澡。"

　　成人之间的暗示，似乎正是这句话。她这样想着，以至于洗澡时都紧张起来，足足磨蹭了一个小时才从浴室里出来。

　　房间里的灯依旧没开，她借着窗外透进来的光，勉强看清年轻男人正坐在沙发上。霍音试探着缓缓走过去，突然被对方拉进怀里。

　　她的声音很小："阿让，我们……"

　　她并未收到回应，只是身体被对方抱紧。他就枕在她的肩上，没有要出声的意思，只是放在腿上的手机突然亮起了屏幕。霍音下意识地看过去，无意间发现，原来是林珩给程嘉让发了微信消息。

　　程嘉让，周六晚上九点，去西郊比一场，敢不敢？

　　霍音试图提醒他，却被对方低声打断道："软软，别吵，就陪我睡一会儿。"

　　那晚，程嘉让因为太累，直接靠着霍音睡着了。

　　此后，他们的工作都进入了忙碌期，两个人三天两头加班，明明住在同一屋檐下，有时却忙到一整天也见不到一面。

周五下午，《首都日报》要闻部办公室内，大家都一脸疲态，却没有休息，依旧在处理各自手头上的工作。

霍音看着手里被第三次打回来的新闻稿，端起咖啡喝了两大口，深吸一口气，重新修改起来。这几天，社里太忙，她不用再做那些无关紧要的资料整理工作，反而临危受命，帮余响写要闻的初稿。这篇改过之后，她还有两篇要写。

霍音瞄了一眼屏幕右下角的时间，现在已经是下午三点四十分，这显然又是需要加班的一天。

花了二十分钟，霍音字斟句酌地将稿子又修改了一遍，又从头到尾看了两遍，这才紧张地将文档保存好，发送给余响。

"响姐，这篇稿子我又改了一遍，您看一下还有没有其他要修改的地方。"

五分钟后，霍音收到对方的回复，只有简单几个字："来我办公室一趟。"

霍音的工位是余响特意安排的，距离余响的办公室最近。

收到消息后，霍音立刻起身，前往余响的办公室。敲门进去时，霍音特别紧张。她对新业务不熟，稿子写得不太符合领导的心意，前几篇还好，这篇她直接改到第四稿，甚至担心余响一会儿会骂她。

不过事情与她想象中不大一样。她走进去后，正伏案敲键盘的余响打下最后一个句号，才抬头看向她，同她说话："这稿子不好改吧？"

霍音点点头："是有点儿困难，不过响姐放心，我会好好改的，您有什么要求尽管提。"

"过来。"余响招招手，"你们学院派啊，稿件写得标准是标准，就是呢，不够犀利。"

她打开霍音刚刚发过来的文档，道："你看看，这个是第一版，这个是现在的版本，是不是现在改的版本读上去比较吸引人？

"咱们写新闻稿，标准是一回事，可读性又是一回事。辛辛苦苦跑了现场，做了采访，回头稿子刊登上去没人看，那不是白忙活？"

霍音扫过两版稿子，轻轻点头："响姐说得是。我懂响姐的意思了，那这篇还要再改吗？"

"这篇现在就挺好的了，我连润色都省了。以后记住了，就按这个标准去写。"

"好的，响姐。"

"这是给你的。"霍音正不知自己这时是不是应该出去了，余响突然从旁递过来一个文件夹。霍音伸手接过来，问："这是？"

"徐主编今天来电话了，程、何两家联姻那件事，是你负责的吧？"

霍音闻言，当即点点头："对的，是我负责的。"

"嗯，他们那边发来了的合作资料，不知道出了什么问题，说要将方案提前。"余响指指霍音手里的文件夹，"你先看看吧，那边通知下周开始执行。下周你就不用管社里的其他事了，专心处理这个。细节部分你再跟他们沟通，这上面有对方负责人的联络方式。"

"好的，响姐，我今天晚上回去就看。"

"嗯。"余响摆弄着桌上的一箱子文件夹，点点头，"好好干吧小姑娘，这可是好差事啊，干好了，少不了你的好处。你导师对你确实好，瞧瞧我这儿，堆了一大堆累活儿，其他同事都不乐意接呢！"

忙碌的一周结束，周五晚上，霍音到家的时候，程嘉让还没有回家，偌大的公寓里就她一个人。给他发微信也没有收到回复，霍音躺在床上看了一会儿余响给的文件，不知道什么时候睡着了。

大约是因为这周太忙，睡眠不足，霍音这一觉睡得格外沉，再醒过来的时候，已经是第二天下午三点了。

她揉着惺忪的睡眼，掀开被子下床，先去客厅、厨房转了一圈，又到程嘉让的房间前去敲门。

没有人回应，他好像不在家。霍音隐约记得前两天他们俩难得下班时间撞到一起，一起吃了一顿晚餐。他当时好像说，忙过这几天，周六要带她出去玩。今天是周六，按理说他应该是在家的。

霍音拿出手机，正准备打电话给他的时候，才看到微信上对方发来的消息。

朋友叫我出去，咱们的计划恐怕要取消。

吃的东西在厨房，你醒来后记得吃。

霍音看了一眼时间，是一个小时前。他不是喜欢失约的人，他们有约在先，他怎么会临时被朋友叫出去，还连理由都不给她一个呢？

霍音看着手机屏幕上的内容，倏然想起那天晚上，程嘉让睡着后，她无意间在他的手机上瞥到的消息。

程嘉让，周六晚上九点，去西郊比一场，敢不敢？

那条消息是林珩发给他的，比赛地点是西郊。他们两个都喜欢骑摩托车，西郊是他们常一起赛车的地方。霍音不用猜，也知道他们要比什么。

虽然在看到微信的第二天，她就跟程嘉让摊牌了，说她无意间看到了那条微信，让他不要参加这种无聊的比赛。只要他们不理会，林珩再怎么样也折腾不起来。程嘉让对林珩的提议嗤之以鼻，当着她的面把聊天记录删掉，跟她说他不会去参加那个比赛。

程嘉让那个时候言之凿凿，霍音自然信以为真，可是今天他突然说要出去，她便想起了这件事。直觉告诉她，程嘉让一定是去赴林珩的约了。

如果换个时间，等她和林珩的关系变得不再敏感了，她不会管程嘉让和林珩是否比赛。可是现在，这个节骨眼上，霍音无法对此事置之不理，是以当即给程嘉让拨了电话过去。

铃声响了十几秒，电话终于被对方接起来，霍音抢先将问题抛出去："你在哪儿？"

程嘉让沉默片刻，很快，散漫的声音传来："外面呢！"

"具体在哪儿？是在哪个区、哪条街、哪个地方，跟哪个朋友在一起，我认不认识，叫什么名字？"担心他再跟她打太极，霍音干脆一口气将问题问完，让对方没办法糊弄她。

电话那头的人被逗笑了，试图蒙混过关："在外面玩！跟一帮兄弟，你认识的只有江子安。放心，全是男的。"

霍音心里确定，他就是去了西郊。不过，她一向说话委婉，只是问："那我可以过去吗？"

程嘉让短暂地沉默了一会儿才回答道："你还是别过来了，天气冷，这边也没什么好玩的。我过一会儿就回去了，到家后陪你出去吃饭。"

他那边的声音有些嘈杂，仔细听的话，还能听到风声，显然是在室外。

见对方还在敷衍自己，霍音深吸了一口气，捏紧手里的手机，忍不住直接问出口："程嘉让，你为什么骗我？你是不是跟林珩在一起，要去西郊赛车？"

"怎么可能？你看爷像是会搭理那小子的人？"

程嘉让话音落下，霍音隐约听见对面传来一道骂人的声音。她重新开口的时候，语气中多了几分郑重："程嘉让，我再给你最后一次机会。"

"阿音，生气了？"

"我数到三，你再不说，就永远别说了。"她的声音还是一贯的温柔，语速也不快，可落在某人的耳中，多了一股威慑力。

"不是，阿音，我真没……"

霍音秀气的眉毛轻轻皱起来，径直打断对方的话："三……"

电话那头没了声。

"二……"

"我是在这儿！你真生气了？"听筒里传来程嘉让压低的试探声。

霍音叹了一口气，说："你在那边别走，我现在就过来。"说完，她并不管对方还要说什么话，径直将电话挂掉，快步走回房间换衣服。

西郊距离这里很远，她恨不得现在就飞去那边。

与此同时，西郊山脚下，程嘉让看着手机屏幕，又瞥了一眼林珩，扬了扬眉，说："不好意思。知道我跟你在一块儿，我媳妇太担心我了。"

04

从北三环到西郊，坐地铁得花两个小时，但乘出租车要花一百多元。霍音平时为了省钱，出门很少打车，但今天为了去找程嘉让，想也没想，出门就拦了一辆出租车，还让司机加速，说她去西郊有急事。

在霍音的催促之下，司机开得快了些。一个小时出头，她就到了目的地。

车停在离未名山两百米的地方。见山脚站着一大群人，司机说什么也不肯开过去。霍音只得匆匆付了钱，拿起背包，往那一大群人的方向走去。

江子安也到了没多久，正站在程嘉让的摩托车旁说："让哥，你是真的不够意思啊，出了这么大的事，你竟然不叫我过来。我还是从别人那儿听说的。林珩这孙子挑衅你，我能不来吗？你是不是瞧不起我？"

程嘉让跨坐在摩托车上，嘴里叼着一根烟，食指在车把上有节奏地敲打，正想开口回应时，对方突然换了话题："让哥你看，那边那个妹子，像不像嫂子啊？"

江子安指指不远处，那个刚刚从出租车上下来，穿着天蓝色羊羔毛连帽外套和白色休闲裤，正一路小跑着过来的扎着高马尾的姑娘。

"你们俩较量，还把嫂子叫过来啊？"他说这话的时候，脸看着林珩的方向，显然是故意说给林珩听的。

此时，三四米外，陈阳忍不住接话："他们俩的事，本来就跟霍音有关系，她来不是很正常吗？"陈阳声音不大不小，刚好让在场众人都听见了。

众人闻言，不约而同地看向程嘉让的方向。

众目睽睽之下，穿黑色夹克衫的男人取下嘴里叼着的烟，不疾不徐地转头看向陈阳，断眉微扬。他语气平淡，却带着一种无言的压迫力："你说话注意点儿，霍音跟我有关系，"程嘉让抬起手，点了一下林珩的方向，话说得漫不经心，"跟他，没关系。"

陈阳张了张口，似乎还想说什么，但对上程嘉让淡漠的眼，须臾又闭上嘴，看向旁处。

霍音下车后便一路往人群的方向跑。她视力没那么好，隔着近百米看过去，无法看清人脸。只不过即便视线模糊，她还是一眼认出了在马路中央跨坐在摩托车上的年轻男人，那正是她要找的人。

霍音当即朝对方的方向跑去。

最终，二人四目相对，他抬眼看着她，低声问："跑那么快干吗？我不是老老实实在这儿等你了？"

霍音气喘吁吁，站定以后便捂着胸口，喘了几大口气。平复下来后，霍音皱眉看向对方，顿了一下，又微微倾身过去，用只有他们两个人听得见的声音问他："不比可以吗？"

她说话的时候，不动声色地扫过周围这群人。瞧着这架势，他们今天恐怕非比不可了。可是她上过这座山，知道这里山路陡峭，也知道他们玩赛车的都追求速度、刺激，跟玩命似的。她不想程嘉让因为她而参加这种危险又无意义的比赛，更不想他有什么危险。即便知道现在没有回头路，她还是忍不住问了一遍。但得到的结果果然如她所料。

程嘉让抬手，冷白的手背轻轻拭去她额上薄薄的汗，照旧一副慵懒又随意的样子。

"恐怕不太行。不过，你觉得我赢不过他吗？"

霍音刚刚说话的时候刻意压低了声音，但程嘉让回答的时候是正常音量，不但如此，他说后一句话的时候还仰着下颌，瞟了一眼林珩的方向，似乎担心对方听不见。

果不其然，他说完这句话，几米之外直直看着他们的林珩皱着眉头开口："你说要等阿音来了再比，现在她来了，你还在磨叽什么？程嘉让，你不会不敢吧？"

"哎哟，真是笑死人了。"未等程嘉让开口，旁边的江子安听不下去了，"林珩，你哪回赢过让哥？我让哥可是未名山车神，跟秋名山车神就差一个字的那种。开始比赛吧，别废话了。"

程嘉让笑着瞥了江子安一眼，示意可以了，然后才看向林珩，不怒自威："还没有爷不敢做的事，比就比。"程嘉让顿了顿，继续说，"不过，在开始之前，我需要提醒你一句，别张口闭口阿音阿音的，人家跟你熟吗？"

他看向霍音，轻声道："阿音，你说。"

霍音闻言，看向程嘉让棱角分明的脸，十分配合地轻轻摇了摇头，声音不大不小："不熟。"她再看向林珩的时候，发觉对方的脸色忽青忽白，不大好看。

"瞧见了吧？"程嘉让的手指在霍音的小臂上轻轻摩挲，"往后站，小心一会儿碰着你。"

今天的天气并不好，下午时分，天色阴沉，浓云密布。

一阵阴凉的风刮过，草木簌簌作响，周围的看客不禁打了个寒战，只觉此刻颇有武侠大片里大战将至，一触即发的架势。

霍音眉眼间的忧虑之色一时下不去，咬咬唇，终是开口嘱咐道："阿让，一定一定要注意安全。输赢不重要的，你……你最重要。"

"我知道了。"

摩托车已经打火，轰隆隆的声音传来。

程嘉让将那根未点燃的烟随手塞进江子安手里。

林珩那边已经蓄势待发，程嘉让却倏然搂住霍音的腰，一把将人拉过来，蜻蜓点水似的在姑娘的唇上落了一吻。

很快，程嘉让出发了，还在发愣的霍音被江子安拉到旁边。她后知后觉，程嘉让亲完她，在离开前撂下了一句话："宝贝，别担心。"

程嘉让在比赛开始时停下来亲她，耽误了时间。林珩先程嘉让一步出发，与他拉开距离。

霍音看向他们离开的方向，眼角眉梢的忧虑比刚才还浓。

江子安见她这样，试图开解她："嫂子别太担心了，你没见过让哥赛车吧？那可是很猛的！今儿就是来十个林珩，让哥也不怕。"

"我知道他很厉害。"霍音吸了一口气，低声道，"我只是不想他因为我而参加这么危险的比赛。"

江子安很快道："嫂子，你就放宽心吧，不用想这么多。我们平时玩得可比今天刺激。这是一场男人之间的较量，你就站在这儿瞧好吧！"

这种比赛，会有专门的人掐表，用的是体育老师专门用来计时的那种表。

霍音越来越紧张，一遍又一遍地低头看手机上的时间。

一分钟……两分钟……三分钟……

时间一分一秒地过去，路上还是完全不见人影。她问江子安这段路是怎么样的，往常通过需要多少时间。

江子安简单将路线描述给她听，又道："正常情况下，跑完一圈需要七分多钟……让哥比较厉害，我记得他最好的成绩是六分三十几秒。"

六分多钟……这种剧情，霍音只在电影里看过。

五分钟过去，手机上显示的时间马上突破六分，霍音几乎是看一眼手机，就要看一眼回程的方向。目光再次落在手机左上角的时间上，她倏然听见周边传来阵阵惊呼声。

站在她旁边的江子安突然叫了起来："让哥牛啊！

"五分五十四秒，破纪录！

"让哥这是飞过来的吧！"

霍音一抬眼，恰好对上刚刹住车，骑在摩托车上一脸无畏的男人的眼。他看着她，淡淡地说："阿音，我赢了。"

一分钟后，众人终于在回程的方向看见林珩时，霍音已经听程嘉让的话，坐上他的摩托车后座，双手被他拉着，塞进了他夹克外套的口袋里。

林珩停下车，一脸不甘地看向他们，冲程嘉让道："要不要再比一局？"又抬手指向霍音，补充道，"谁赢了，霍音就跟谁。我一定会全力……"

霍音深吸一口气，心想：这个人是在拿她当赌注吗？

还未等林珩说完，程嘉让已经开车驶了出去。林珩见状，开车跟了上去。

等林珩终于在一个红灯前追上程嘉让时，霍音听见程嘉让用前所未有的冷漠语气说："我有病？这是我媳妇，我拿她当赌注？"

05

城郊，略显空荡的街道上，霍音坐在程嘉让的摩托车后座上，双手放在他的夹克口袋里。她看着眼前暗潮汹涌的一幕，缄默不语。

程嘉让刚才冷冷地反问林珩，一字一句，她全都听在耳中。而不远处，林珩将车横在他们前面，一脸不甘。听着程嘉让的话，他微微张开口，半晌没有说话。

绿灯到了，摩托车重新启动。从林珩的车边经过时，霍音将手从程嘉让的夹克口袋里拿出来，很轻地扯了扯他的衣服。

对方回过头，她便低声道："等一下。"

"要干什么？"

"有两句话想说。"

"行。"程嘉让熄了火，道，"说吧！"

霍音兀自颔了一下首，目光移向林珩的方向。林珩依旧是刚刚那样，一副不知道该说什么的样子。

顿了顿，霍音方才扬声道："林珩。"

林珩看向她。

二人视线相交，霍音语气平静地道："不要再做这些无聊的事情了。比起做这些，你真的不如好好了解一下如何尊重别人。"

霍音收回目光，双手用力地搂住身前男人的腰，轻声说："我没有别的话要讲了，阿让，我们走吧！"

程嘉让握住她的手，往前一带，应道："好，抱紧了。"

摩托车再一次向前，没有一丝留恋。

车穿过略显空荡的街道，穿过绵延不绝的青山，终于，后视镜里再也看不见林珩的影子了。

霍音轻轻一扯程嘉让的衣服，叫停："停车。"

很快，骑车的人便在道旁刹车停下。稳住车之时，他转过头来看她，问："怎么了？"

霍音并未急着开口，先将双手从程嘉让的夹克口袋中伸出来，扶着车座翻身下车，这才迎着男人疑惑的目光说："为什么让你停车，你不知道吗？"

"还在生气呢？"程嘉让眼角眉梢带着笑意，态度颇为温和。

不过霍音不吃他这一套，板着脸反问道："这是我生不生气的问题吗？程嘉让，你觉得你今天做错了没有？"

她性格温柔、声音软糯，生气时板着一张脸，自以为横眉怒目，实际上像一只参了毛的小橘猫。

程嘉让唇边笑意渐浓，抬了抬手以示投降，认错认得极快："错了，大错特错。"

"哦，是吗？"

霍音没想到对方认错态度这么积极，刚刚想好的词都不知道该怎么说了，顿了顿才重新开口："那你说，你错在哪儿了？"

"错在刚才听林珩说那句浑话的时候，我没揍他。"

霍音忍不住瞪他，道："什么？给你最后一次机会。"

"这回正经了。"程嘉让还清了清嗓子，"错在没让林珩那小子输得更彻底。"

"程嘉让，你还想着输赢的事，我看你根本没觉得自己错了。"霍音白了他一眼，重重吐出一口气，转身就走。

可惜她还没走出两步，就被男人拉住手臂，一把扯了回来。未等她再次发作，对方抢先开口："错了错了，不逗你了。我错就错在，为了一时意气，跟林珩搞这种危险的比赛，害得我们软软担心。"程嘉让的手从霍音的手臂上移开，落到她的头发上，他的声音不自觉地放轻，"放心，下次不会了。"

这个回答比刚刚那些答案靠谱，霍音瞥了他一眼，闷声道："这还差不多。还有呢？"

"不应该骗你。"

"知道就好。"霍音深吸了一口气，最终道，"重要的不是我会不会担心，而是你。你明知道那样做很危险，为什么还要去？我们现在这样已经很好了，不用管林珩说什么、做什么。"

她说完，程嘉让答得飞快："知道，你说得都对。"

霍音忍不住多说了几句："赛车是你的爱好，我不会干涉你。但是，你以后不许再这样跟人玩命比赛。你再这样，我就……就……"

她不擅长放狠话，说了个开头就卡住了。须臾，她被早春的冷风吹得发凉的手倏然被眼前的人拉起来，整个人被带往他的方向。

男人嘴角噙着笑，不急不缓地开口："那你就揍我，好吗？"

霍音被他这副样子惹得低笑出声："谁要揍你？"

其实她没有真的生气，只是……关心则乱。她下意识地转头不看他，偷偷憋住笑。

"行了，想笑就笑。"程嘉让无奈地摇摇头，觑了霍音一眼，倏然指着身下的摩托车说，"虽然是有点儿危险，不过，很刺激。你要不要试试？"

霍音看了一眼那辆造型夸张的摩托车，终于在对方的催促下，梗着脖子点了点头。

与此同时，西郊的未名山下，今天这场比赛的主角已经离场，其他人留在这里也没什么意思，便分成几批各自散去了。

江子安百无聊赖，给程嘉让发信息，问他那边怎么样了。随后，江子安看也没看，跟着人最多的一批随意地往前走。

巧合的是，他跟着的人就是平时跟陈阳玩得好的那几个。他们刚走出去没几步，连停车场都没到，就撞见了将车停在路边，正垂头丧气地坐在车上的林珩。

陈阳火速凑过去，询问情况："阿珩，怎么回事？怎么就只剩你自己在这儿，程嘉让和霍音呢？"

江子安这才看见陈阳，低声说了一句"晦气"，随后跟着其他人上前凑热闹。

林珩脸上的金丝眼镜不见了，双眼失神，不知在想什么，往日的矜贵气质荡然无存。

陈阳等了半天没听见回应，重新问了一遍："阿珩，你说话啊，怎么回事？程嘉让怎么你了，他是不是动了你？"

陈阳语气不善，一副认定林珩被程嘉让欺负了，要去找程嘉让报仇的架势。

江子安心里不爽，想也没想就开口道："怎么着？陈阳，你要找程嘉让麻烦？"

"江子安，你跟过来干什么？"

"你管我？"江子安没好气地说，"就算程嘉让今天动他了，那又怎么了？他刚才在赛场上，说的那是人话吗？"

他这话说完，未料方才一直沉默的林珩抬起头，一副江子安形容不上来的神情，问："你也觉得我刚刚说的话很过分，是吗？"

"你说那是人话吗？别说霍音是我嫂子，就算她现在还是你的对象，你也不能拿她来赌！"江子安很无语，忍不住继续道，"你把人家当成什么了？"

林珩没说话，倒是陈阳听不下去了，反驳道："江子安，你在这儿说什么呢？"

林珩抬手拦住陈阳："陈阳，别说了。他骂得对。"又看向江子安，说："你说得对，阿音和程嘉让说得也对。这么久了，我好像真的没有尊重过阿音。"

程嘉让的摩托车后备箱里有一个崭新的粉红色头盔，他取出来给霍音戴上了。

这是她第三次坐上他的摩托车后座，却是第一次感受他追逐的速度。

在开车穿过城市的大小街道时，他们各自收到一条短信。

程嘉让，我祝你们幸福。

阿音，对不起。

天色已晚。摩托车从西郊开进市区，经过一座座高楼大厦，背景是一眼望不尽的蓝。车行在晚上的车流中，二人耳中都是发动机的声音和风声，连互相对话都不行。

霍音双手紧抱男人的腰，感受着因为速度快而从四面八方挤过来的晚风，兴奋地凑上前跟他说："原来真的这么刺激，怪不得你会喜欢。"

两秒钟后，她收到对方延迟的回复："什么？大点声！"

"我说，真的好刺激！"

声音被风挤到对方的耳中，不多时，她听见了程嘉让爽朗的笑声。

"这才哪儿到哪儿？"

摩托车从立交桥下飞速驶过，留给路过的行人两道背影。

这座城市既冰冷又温暖，既真实又虚无，真真假假，假假真真，一切都被藏进道旁看不清晰的霓虹中。周围的一切好像变得并不重要了，她只能听见程嘉让扬声同她说："阿音，你知道在摩托车上最有意思的事情是什么吗？"

"是什么？"

"是你可以肆无忌惮，大声讲你想讲的话。没人能听清你说了什么，或者认出你。"

霍音闭上眼睛，领略着速度带来的奇妙感受，也扯着嗓子回应道："真的吗？"

"当然了。像我这样。霍音，有我在，没人可以欺负你——"

他的声音散落在风里，好久没有收到回应。

直到他们开车驶过宽阔的大桥，他才听见她空灵得不可思议的声音。

"程嘉让，我也喜欢你——"

翌日上午七点，新的一周开始了。

拥挤的地铁四号线上，霍音用握着公交卡的左手将刚刚被挤得滑到肩下的包带拉起来。

手机铃声在这个时候响起，霍音手忙脚乱地掏出蓝牙耳机戴上，接了余响打来的电话。

对方清脆的声音传来："喂，小霍，今天是周一，你要去程家那边，不用来社里上班。你没忘吧？"

这件事，余响上周五就交代过，霍音利用周末时间认真地查看了相关资料。这是徐教授交给她的第二项任务，她可不能再出差错，毕竟那第一项任务被她搞砸了。

余响在工作上对霍音颇为照顾，今天还特地打电话来提醒她。

霍音闻言，忙答道："已经在地铁上了，谢谢响姐大早上提醒我。响姐，你那边忙不忙？"

"我这边还行，从其他部门抽调了俩实习生过来帮几天忙。你放心忙你的，有什么问题，随时给我打电话。"

"好的，谢谢响姐！"

"行了，你忙吧。程家那边有一位太太负责这件事，你过去之后，一定谨言慎行。"

电话挂断后，霍音又坐了几站地铁，在七点半收到程嘉让的微信。

他言简意赅：怎么不叫我送你上班？

自己偷偷走啦？

霍音在人群中勉强站稳，低头看着手机上的两行字，兀自摇了摇头。

昨天上午她就在他面前提过，她今天要去他家老宅工作，负责宣传程、何两家联姻的事。他现在显然是明知故问，在故意逗她。

她摇摇头，在手机上打字：你又明知故问！

你不知道我今天要去哪儿吗？我怎么让你送我？

不到半分钟，她就再次收到对方的回复。

你今天去哪儿？哦，去我家啊！

地铁到站，一批人下去了。霍音寻了个空位坐上去，重新看向程嘉让发来的一连串消息。

果然，她现在对这个人有了些深刻的了解。霍音抿抿唇，继续回复。

你都知道了还说？我过去工作，如果你送我时被你家里人看到了，那我还怎么工作？

这有什么？ 程嘉让很快打字过来。

霍音还未想好怎么回，他又连续发来两条语音。

霍音没太多想，当即点开了语音条。

"媳妇，你倒是提醒我了，我还没来得及跟我妈讲。我现在就给她打电话。"

他声音沉稳，带着晨间特有的沙哑，讲话的时候态度散漫，有种旁人形容不上来的蛊惑感。

霍音刚刚不小心点了外放，声音不大不小，周围的人能够听到。她关掉声音的时候，明显发觉坐在她旁边的两个小姑娘眼神很亮。她们看了她两眼，又转过头去窃窃私语。

霍音收回目光，仔细去想程嘉让刚刚的话。她没理解错的话，他是要在她去他家工作的第一天，跟他妈妈讲他们两个的事。而且，显然她之后还会多次去他家。

思及此，霍音不禁慌乱起来，身体比大脑先一步做出反应，回过神来的时候，已经给程嘉让拨了微信电话。

电话很快就被接通，对方的声音传来："怎么了？"

"你……你刚刚的语音是什么意思？你要跟你妈妈讲我们的事吗？"

"当然了。"对方大大咧咧地道，"你都要上门了，她还不知道，算怎么回事？"

"不是，这样会不会太早了？我们才刚刚……才刚刚在一起没多久。"

"怎么了？"听筒中，程嘉让拖着调子不急不缓地道，"霍软软，你还准备以后跟我分手吗？"

闻言，霍音未假思索，当即开口："我当然没有了。"

"这不结了？我也不打算。既然我们不会分手，我早说晚说，有什么区别？"

他这样说好像也有点儿道理，他总是有办法说服她。可她今天是去工作的，如果被他家里人知道他们的关系，恐怕会不方便。

霍音反应过来，不禁开口："你说的是有点儿道理。可是我最近要去你家沟通工作，公开跟你的关系后好像会不太方便。过一阵再说好吗？等我做完工作。"

她慢吞吞地讲完，又担心他没听进去，回头给她来个先斩后奏，是以干脆将手挡在唇边，压低声音说："好不好，阿让？"

"行吧，听你的。"

霍音这才放下心，带着笑意问对方："那你……你最近会回你家吗？"

他们在一起以来，他大多时间在医院工作，有时被朋友叫出去聚会，偶尔回学校，似乎唯独没回过老宅。

她很快收到对方的回答："你什么时候见我回去了？"

"啊？"霍音没问过他与家里的关系如何，不过大概知道他们这种大家族内部其实并不和谐。

她从小家庭和睦，很难理解为何有人有家不回，忍不住小声问："那你一般什么时候才会回家？"

听筒里传来一阵窸窸窣窣的声音，快到上班时间了，他约莫在收拾东西出门。

思及此，她又抬眼看了一下地铁门上的路线图，还有两站她就要下地铁了，再去乘公交车。

"让我回去，那可得出点儿大事。"

"大事？比如呢？"

"比如你跟我妈打起来了，"男人答得吊儿郎当，"那我肯定以最快的速度赶回去。"

"别胡说，怎么可能。"

新的一站到达，机械音又响起。霍音起身，往门边走去，预备在下一站下车。

"你快上班了吧？我先不跟你说了，你赶快过去，别迟到了。"

"行。"

"晚上见。"

"嗯，晚上见。"

霍音扶住地铁门边的扶手，正欲挂断电话，又被电话那头的人叫住："霍软软。"

"怎么啦？"

"没什么。"程嘉让漫不经心地低笑一声，"我就是想说，去我家，你提前适应一下。"

这日天朗气清，万里不见飞云。霍音从地铁站内出来，换乘公交车，坐了两站，终于到了程家老宅的小区门口。

现在的高档小区大多讲究环境优美、交通方便，宣传语是"位于地铁站旁"。相比起来，程家老宅所在的这个小区内部很绕。大约是能在北京买得起这样的房子的人非富即贵，家家户户都有车，可以忽略这个问题。

霍音并不是只用跟程家派出来的人对接，确切地说，她代表媒体方，需要跟程家的负责人和程家请的总策划公司的人对接。

策划公司负责策划整个宣传方案，霍音负责执行，并尽量扩大事件的影响力。程家的负责人则是监工，他们两方做什么，都需要程家的负责人点头。

霍音到程家的时候，策划公司派来的人也刚刚到。他们在小区门口碰头，被一起带进程家的别墅。

这是一幢三层别墅，宽大的院子里有花园和游泳池。霍音跟在策划公司的人后面走进去一层的客厅，一眼就看到沙发上坐着一个端庄的中年美妇人。

策划公司的人抢先开口："程太您好，我是凌远公司负责宣传策划的工作人员。"

霍音暗自吸了一口气，待到妇人的目光落到她身上的时候，尽力镇定地开口道："程太您好，我是《首都日报》的记者，也是徐教授的学生，我叫霍音，负责这次的宣传工作。"

这位端方美丽的太太看着四十几岁。霍音之前看过程家人的资料，但不是每个人的资料中都配有照片，比如，程太太就没有。

程太太的身份昭然若揭。以至于霍音说话的时候，紧张得指甲几乎嵌进掌心。

话音落下，霍音察觉到对方逡巡过来的目光。

不多时，对方意味深长地说："霍音？我知道你。"

07

时间过得很快，转眼就到了黄昏时分。阳光透过窗户照射进来，在别墅里铺上一层暖黄的光。

今天算是项目正式开始的第一天。这一整天，霍音跟策划公司的人一起听程太说明基本情况及核心诉求，随后几个人一起讨论出初步的宣传方案。几个人谈到媒体资源时，霍音解释道："我们报社除了招牌的《首都日报》，还有《首都财经报》《首都娱乐报》等多个报刊，纸媒、网媒领域都有深度耕耘。"霍音温和但坚定地开口道，"宣传期一旦敲定，我社一定以最快的速度配合宣传计划。"

徐教授是程嘉让的三姥爷，也就是程太太的亲舅舅，霍音来之前就被余响提醒过，这次的事情，除了社里的主流刊物，其他渠道也会全力配合。

坐在沙发东侧的程太拢了拢身上的披肩，似乎对霍音的回答还算满意，道："既然找到你们，那我自然是放心的。

"今天这么晚了，各位留下来吃个晚饭再走吧。"

中午霍音他们就是在程家吃的午饭，现在到了下班时间，程太又邀请大家吃晚饭。霍音今天工作时简直可以说是如履薄冰。程太说知道她，可能是因为顾师姐的事，霍音心里七上八下的。

此时，她不好意思再留下吃晚饭，也有些疲于应对程太，是以打定主意委婉地拒绝。

她还没来得及开口，别墅的大门突然被打开，西装革履的年轻男人进门，管家的声音回荡在客厅里。

"小霖回来了。冷不冷？快进来，太太就等你吃饭呢。"

霍音与客厅里其他人一同望向门口的方向。进门的男人霍音见过，他是顾师姐的前男友，也是程嘉让的堂哥——程霖。

霍音投去的目光不经意间与来人相接，她未能从对方微挑的眉梢中看出他的情绪。她收回目光，听着其他人开口奉承。

"这位想必就是霖少爷吧？真是一表人才。何小姐我们先前见过，您二位果然是天造地设的一双。"

"程氏后继有人，程太真是有福气。"

程霖一表人才，程太有福气？程太只是他的二婶啊。霍音坐在一旁腹诽，却在程霖开口的时候，彻底愣在当场。

只见程霖对着策划公司的人微一颔首，须臾转向坐在沙发上的程太，淡淡地开口："妈，你们从早上聊到现在吗？"

妈？霍音陷入沉思，有一瞬间没有反应过来他们的关系。她的思绪转换过来之前，又被另一道开门声打断。

管家热情地道："二太太回来啦！我还准备去公司给您送饭呢，结果您今天竟然没加班，可太好了。"

在望向来人的一瞬间，霍音弄明白她是搞混了。程家老爷子育有两子一女，程霖的爸爸是长子，程嘉让的爸爸是次子。

之前家里只有程太，管家没有喊什么"大太太"。霍音又听说程嘉让的妈妈是程家真正的掌权人，便先入为主地弄混了。

二太太看起来比大太太年轻，黑发梳成发髻留在脑后，穿着白色的西服套装，脚上一双细高跟鞋，整个人给人一种无形的压力。

霍音看向二太太冷白精致的脸上那双狭长淡漠的眼，确定这就是程嘉让的妈妈。她与他不仅眉眼之间有几分相似，就连眼中淡漠的神情都如出一辙。

策划公司的人显然也知道这位是程氏目前真正的掌权人，自我介绍时都比刚刚多了三分热情。

程二太太听了，浅浅地颔首。她早已在沙发的角落处落座。

众人自我介绍一轮，最后轮到了霍音。霍音默默地掐住自己的手指，不知是否因为程二太太气场太强，霍音比早上见到程大太太的时候还要紧张。

"二太太您好，我是项目的宣传负责人，来自《首都日报》的霍音。"

程二太抬眼看过去，霍音掐手的力道不自觉地加重，甚至觉得有些喘不上来气。还好对方的目光很快就移开，程二太只是点点头，没说什么。

准备吃晚饭了，策划公司的人客套两句后纷纷坐到餐桌前，霍音觉得单独说要离开似乎不大好，是以跟着其他人一起落座。

他们在谈事情的时候，程家的厨师就开始准备晚餐了。等他们落座时，长桌上已经摆满了琳琅满目的菜肴。

今天在场的有程霖、程大太太、二太太、霍音以及策划公司的三位工作人员，统共七个人。

策划公司的负责人很会讲话，动筷之前，先举杯冲程家的几位主人热情地敬酒："感谢两位程太和霖少爷今天的款待，我们代表公司敬三位一杯，预祝我们接下来的合作一切顺利。"说完，那人看向霍音，道："小霍姑娘一起吧？"

酒杯相撞，一轮饮罢，桌上的话语声未曾停过。不过讲话的人大多是策划公司的三位工作人员和程大太太，二太太偶尔被问到，也只是淡淡地回应几句，并未多言。

霍音和程霖则各自坐在自己的位子上，像是与此无关的局外人。

酒桌上的欢声笑语被一道突如其来的声音打断："哟，挺热闹。"

霍音端着酒杯的手才刚刚抬起来，杯沿还未碰到唇，就被这声音一惊，手顿在原地。这是谁的声音，她再清楚不过。

管家的声音很快响起，这下，她比刚刚程霖和二太太回来的时候还要激动。

"今天是什么好日子？小让竟然回来了！虽说开春了，天还凉呢，小让，你怎么穿这么点儿？"

众人噤声，齐齐转头看向此时正站在餐桌边，穿着黑色夹克及同色长裤的年轻男人。他单手插兜，正漫不经心地看着众人。

从长相上看，他与程霖有一两分相似，与二太太有四五分相似。但不同于程霖的成熟内敛，更不同于二太太的雷厉风行，他身上有一种独一无二的放浪桀骜的气质。

他目光散漫地扫过众人，淡淡地一笑，回应管家："陈姨，怎么过了个年，更年轻了？"

管家笑得合不拢嘴。

策划公司的人回过神来，开口问："这位是？"

一直只是随口回应的二太太脸上多了一丝笑意，目光落在程嘉让身上，她开口道："这是我儿子，程嘉让。"说完，她又同程嘉让介绍道："这几位是负责程、何联姻宣传工作的工作人员。"

程二太太简单介绍了一下策划公司的三位工作人员，看向霍音时，却顿住了。

霍音见状，礼貌地轻声接话道："我叫霍音，是《首都日报》的记者。"

"对，这位是《首都日报》的霍记者，你三姥爷的学生。"二太太说完又看向程嘉让，"你今天怎么有空回家？不值班？吃饭没有？坐下来吃点儿。"

程二太太话音落地，一旁的管家抢先上前，拉开程霖旁边的椅子，笑着招呼道："是啊，小让，快坐下来，陈姨去给你盛饭。"

餐桌上，程二太太坐在正东方的主位上，两侧由东往西，依次坐着程大太太、策划公司最年长的一位员工和霍音，外侧则坐着策划公司的另外两位员工，最边上是程霖。

程嘉让站在餐桌外侧，管家拉开的椅子又在程霖边上，那已经算是最合适的位子。

程二太太扬扬下颌，示意程嘉让坐下。程嘉让却挑挑眉，迎着众人的目光绕了半圈，单手拉开了霍音旁边的椅子。

他刚才没看霍音，霍音以为他把她在电话跟他讲的话听进去了，未承想他突然来了这么一出。霍音已经感受到来自桌上其他人投来的探究目光，以程二太太那边的最盛。

她轻咬下唇，拧着眉看向他，试图用眼神示意对方不要搞得这么明显。对方却不以为意地落座，倚着椅背长腿交叠，不管其他人的目光，只是淡淡地了一眼管家。

他慢条斯理地开口："谢谢陈姨，不过我习惯坐在里边。"程嘉让说完，终于转过头看向霍音。

二人目光相撞，谁也未出声，却好像正通过眼神无声地交流。

"阿让，你在搞哪一出？"

"女朋友来我家，我当然要回来看看。"

"那……那你也不用刻意坐我旁边！"

"刚才不是说了吗？我习惯坐在里面。"

男人的嘴角露出些许笑意，霍音暗道不好，还未来得及阻止，便听程嘉让笑了一声，冲程二太太道："妈，你刚才说这个小姑娘叫什么来着？"

霍音没敢看二太太的眼睛，只听见对方疑惑地道："霍记者，怎么了？"

"霍小姐，"程嘉让举起面前的酒杯，在霍音的杯子上清脆地一碰，"长得挺眼熟。"

男人将杯中酒喝掉一小半，又将酒杯放到桌上。其他人齐齐看向他们。

霍音咬咬牙，深吸了一口气，一边转头看他一边轻声道："大概因为我们算是校友？我之前见过程……少爷。"

他大概是被她这声"少爷"逗笑了，单手托着头看她。

坐在霍音另一边的是策划公司里一个年纪稍长的姐姐，听他们这样说，颇为惊讶地道："原来小霍姑娘跟程少爷是校友，那可真是太巧了。你们是哪个学校的？"

霍音连忙顺着对方的话道："A 大的。"

"A 大，名校啊。对，你刚刚说你是徐主编的学生。我才反应过来，徐主编正是 A 大的教授！"

A 大有新闻传播、医学两大王牌专业，许多理工类学科在全国高校中也是名列前茅。新闻传播学是 A 大的王牌专业，《首都日报》又是北京近十年来影响力最大的纸媒，这位姐姐是做策划的，知道徐老这种业界泰斗是 A 大的教授也不足为奇。

霍音想借此机会彻底转移话题，未料旁边的姐姐又问道："你们真的太厉害了，小霍是学新闻的，那程少爷呢？你们在学校里见过，是同系的同学吗？"

闻言，霍音当即摇摇头："不是的。"

策划公司另外两位也跟着道："我就说嘛，程少爷看起来不像是学新闻专业的，像是学理工科的。"

"你真是跟我想到一块儿去了，我就觉得程少爷像是在研究所里做实验的。"

"所以少爷学的是什么专业？能不能满足一下我们的好奇心？"

那两位男士你一言我一语，程嘉让则兀自喝着杯里的酒，没有要回答的意思。场面一度陷入尴尬，那两位还在努力找补，给自己圆场。

霍音没有多想，脱口而出："他是很厉害的医生。"话音一落，她就后悔得想咬自己的舌头，这下换她开口找补，"他在我们学校很有名，我听其他人说过。"

"哦。"年轻男人笑了一声，下一秒便随口说道，"想不到霍小姐对我还挺了解。"

"不敢当不敢当。"说出这句话以后，霍音在心里告诉自己，今天无论如何不能再接程嘉让的话了，免得他再当着二太太的面说出什么不合适的话。二太太那样敏锐，她担心他们露馅。好在经过刚刚的交谈，策划公司的人似乎不敢再将话题往程嘉让的身上引了。

霍音像他没来的时候那样，低着头，专心吃菜，装鹌鹑。

桌上的话题重新回到工作上。

策划公司的领导道："二太太、大太太，咱们跟何氏那边谈过吗？是这样的，我们来之前已经见过何氏的何太和何小姐，她们对项目的看法似乎跟大太太跟我们提的有些出入。我们在想，如果两位还没有跟何氏那边沟通，我们可以做中间人，帮两方达成共识。"

策划公司的几位工作人员比霍音想的还要敬业，即使是在吃饭，也没有忘记项目的事。相比起来，霍音就显得有些"咸鱼"，现在真的只是在认真地吃饭。

程家大厨的水平很高，这一大桌子菜，没有一道失手。霍音正前方摆的那道清蒸鲈鱼，将食材的鲜美发挥到极致，又颇为清淡，很符合霍音这个南方人的口味。

她正认真地挑鱼刺，以至于在大腿上落下一只大手两秒钟后才反应过来。霍音惊讶地看向自己的腿。

被浅蓝色紧身牛仔裤包裹的腿上，年轻男人的手放在上面，大拇指在外侧的边裤线上挲摩。霍音目光上移，最终落在年轻男人波澜不惊的侧脸上。他面色自然，看起来好像什么也没做，甚至没看她，随手夹了一块糖醋里脊，放在口中不疾不徐地咀嚼。

霍音生怕程二太太发现什么蛛丝马迹，只好紧张地将目光移回自己的碗上，将未拿筷子的手悄悄探下去，想将他的手推开。然而她的手刚刚碰到他，就被对方猛然握住。他原本摩挲她牛仔裤裤线的拇指无比自然地摩挲起她温热的掌心。其他人聊得热火朝天，他则在餐桌的掩饰下，一遍遍捏着她的掌心。

手心传来阵阵酥麻的感觉，她偷看了一眼程二太太的方向，发觉对方正在听策划公司的人讲话，并没有注意到他们这边，这才忍无可忍地转过头，看向始作俑者。

她又挣了两次，挣不开，只好皱着眉看他，用只有他们能听见的声音说："你……你干吗呀？这么多人在这里。"

对方将她的整只手握住，倾身看她，用只有他们听得见的声音说："那又怎么样？"

"你明知故问。"霍音蹙眉瞪他，"被二太太发现就惨了。"

"怕什么？"

他们正低声交谈，霍音突然听见对面传来笑声。

霍音抬头，一眼就看到了坐在她正对面的程霖，他面上的笑意还未来得及收。程霖知道他们的关系。

霍音避开程霖的目光，微微转头，把手往回一抽，僵着身子小声对程嘉让说："程嘉让，你再这样，我就不理你了。"

她总有一天要以他女朋友的身份见程二太太，但不能是今天，这样公私不分。

"阿音？"她这边狠话放出去没多久，程嘉让便压低声音说，"真恼啦？"

"你先不要跟我讲话。"

对方似乎真的把她的话听进去了，后来的几分钟，真的没有再小声跟她讲话，也没有将手伸过去。霍音开始放松警惕。

然而没过多久，霍音忽然发现对方将手伸了过来，指尖还碰到了她的手背。与此同时，长桌另一边的程二太太正看向他们。

霍音条件反射一般收回手，在确定程二太太没再看他们的时候，皱着眉瞪他："跟你说过别这样。"

她听见对方低声解释："我想给你倒橙汁。"

他手上确实拿着一大杯橙汁，还未来得及放下。霍音还紧张着，此时脱口而出："不用！"

"行吧！"

霍音强装镇定，有人同她讲话的时候就随口答几句，没人跟她讲话的时候就继续低头装鹌鹑。他今天一直在这样的场合逗她，她心里有些恼，便没有再跟他有什么交流。

直到身边传来"嘶"的一声，霍音转头看过去，只见还散发着热气的茶杯倒在桌面上，程嘉让的手背被茶水烫得发红。她本能地拉起他被烫伤的手，放在唇边小心地吹了两下，眼圈急得泛红，连语速都快了几分："怎么弄的？疼不疼？"

Chapter 10

洛乡

做了记者，总要做点儿有意思的事。

最终，霍音跟程嘉让的关系在众人面前猝不及防地曝光。程嘉让慢条斯理地说出一句"不好意思，小姑娘就是太心疼我了"，彻底坐实了他们的关系。霍音不得不硬着头皮，接受程家两位长辈的审视和问询。

大太太拉着她问了好多问题，看起来比聊程霖的事情时还感兴趣。二太太知晓以后瞥了她一眼，没说可以，也没说不可以，只是表示知道了。

从程家老宅出来以后，霍音问了程嘉让好几遍他刚刚是不是故意的。这个人嘴角噙着笑，咬定自己不是故意的，还"安慰"她说她这样的小姑娘没人不喜欢。

程嘉让说，他最了解他母亲的性格，她知道儿子有对象，肯定高兴得不得了，只是她从来不把情绪挂在脸上。程嘉让这番表现堪称巧舌如簧，气得霍音一晚上没搭理他。

次日，上班之前，霍音收到通知，策划公司的人准备拿着初步拟定的宣传计划去何家，霍音暂时不用去程家了。她一大早给余响打了电话说明情况，随后被程嘉让开车送去了社里。

霍音的时间都分给联姻项目了，社里暂时没给霍音安排别的工作。她今天来了，也只是帮余响打下手，比如整理资料、改稿等。

午餐时间快到时，顾姝彤来社里找余响拿资料。她直奔余响的办公室，出来的时候才发现霍音就坐在不远的工位上。

"小音，你不是要……出外勤吗？怎么今天来社里了？"

霍音刚刚整理完厚厚一沓资料，冷不防听到这么一句话，转过头才发现顾姝彤正站在她身后，笑意盈盈地看着她。

"师姐，你今天怎么过来了？"霍音惊讶过后，回答了师姐的问题，"那边通知我今天不用过去，我就来这边帮帮响姐。"

顾姝彤笑了一下，道："我们小音可真勤快。"

"师姐呢？师姐今天过来是找响姐的？"

"我呀……"顾姝彤扬了扬手里的文件，"你响姐给我打电话，说她这儿积攒了一大堆的活，没人肯干，让我来挑挑，帮她解决一些。"

霍音上周五听余响提起过，她手里有好多无人愿意跟进的选题，都是一些比较苦、累的活。思及此，她不禁问顾姝彤："上回我听响姐说那几个选题都是长线工作，师姐选的是哪个？"

顾姝彤还没有回答，另一道声音打断了她们的对话。

"小顾，我想起来了，你那个选题的线索资料，剩下的那部分应该在主编家里。上次我给主编送过去，他扣下了一部分，说想先看一下。"

高跟鞋的声音清脆落地，霍音抬眼就看见余响推开门，快步从办公室里走出来，直奔她们所在的方向。

"在老爷子那儿啊，行，我现在过去取。"顾姝彤点头道。

"嗯，那你路上慢点儿。"余响扬扬手，显然还在忙，撂下这句话就要往回走，刚走两步又回过头来，对霍音说："你也跟着去吧。"

"啊？"霍音突然被点到名，没弄明白怎么回事。

余响解释道："小顾不是要去洺乡吗？少说也得去两个月。正好你们今天撞上了，就一起去吧。这儿的事，一会儿我自己就搞定了。"

霍音点点头。

顾姝彤开车带霍音前往徐老家。

路上，霍音坐在副驾驶座上，皱着眉翻看手上的文件，问："学姐，你真的要去洺乡吗？"

霍音知道那个地方，是国内拐卖妇女儿童的重灾区。洺乡市位于高原地区，多山，洺乡更是处于大山的夹缝之中，经济发展速度缓慢，封建思想根深蒂固。据统计，二十世纪时，全国被拐卖且已寻回的妇女、儿童，有百分之八九十是被卖到洺乡去的。

进入二十一世纪后，这种情况较之以前有改善，但类似拐卖案件依旧比较多。

不知为何，霍音总觉得洺乡的事绝非两个月能查清的。她忍不住小声说："一定要自己一个人过去吗？可是这样真的有些危险。"

师姐要去那边做调查、拍摄相关纪录片，必然要深入其中。那个地方比较偏远，且民风淳朴，师姐孤身一人，如果遇上危险，后果不堪设想。

车过了十字路口，顾师姐放慢车速，转头看了她一眼。

师姐很轻地笑了一声，话语里却并无笑意："是危险，但这些事总得有人去做，不然那些被拐走的女性怎么办呢？她们会永远像没破土的萝卜，被埋在土里，永远不见天日。"

被埋在土里，永远不见天日，霍音只是想一想，都觉得无法呼吸。霍音是学新闻专业的，每天都看新闻，闲暇时也会翻看以前的一些消息。

拐卖妇女的新闻她看过很多，相关的影视、文学作品也接触过很多。那些女孩子被拐走的时候，大多正年轻，她们的未来原本拥有无限种可能，却全被毁了。

霍音吸了一口气，觉得有什么卡在喉间，说不出话来。

倒是顾姝彤补充道："小音，你不用担心我。我当然会把自己的安全放在第一位。"

霍音半晌才说出一句："那就好。"

霍音跟顾姝彤到达徐老爷子家的别墅时，刚刚下午两点。

老爷子前阵子一声不响地飞到三亚度假，至今未归，好在家里一直有人。

从社里出发之前，顾姝彤就给管家赵姨打过电话。等她们到的时候，赵姨已经沏好茶水了。

赵姨依旧热情，开门见了她们两个，连忙招呼她们进来："最近倒春寒，外头还挺冷的，快点儿进来。哎呀，这年过得快，过年以来，我还是第一次见你们俩呢！"

霍音和顾姝彤进了屋子，喝过阿姨给她们倒的茶水，这才提起正事。

顾姝彤道："赵姨，我们今天是过来取资料的，就是余响姐之前送来的那份关于'被拐妇女'的资料。响姐给老爷子打过电话，老爷子说您知道东西在哪儿。麻烦您帮我们找一下。"

话音落下，赵姨很快点头，抬手指指楼梯的方向："不麻烦，先生给我通过电话了，你们要找的资料应该是放在先生的书房里。不过，类似的资料有好多份，我分不清哪个是你们要的。你们跟我上楼看一下吧。"

徐老的书房霍音是第一次进，几乎有一楼的客厅那么大。书房内一面是窗，另外三面墙边都放着高至天花板的大书架，书架上摆满了各种书籍和文件。

赵姨引着她们走到方形写字台前，指了指桌上那一排文件夹，说道："你们要找的应该在这里。我虽然帮先生收拾书房，但这些资料我没看过，你们自己看看哪个是你们要的吧！"

她们是徐教授的亲传弟子，赵姨才允许她们翻看文件的。不过赵姨说完，却没走，始终站在一边看着她们。

老爷子摆在桌上的一排文件各不相同，有十几年前的旧闻，还有还未刊发的消息。

霍音跟顾师姐一人站在一头，从不同的方向开始翻找。霍音翻开了第五个文件夹，里面的资料依旧不是她们要找的。她正欲将文件夹合上放回原位，倏然看见一张纸片从文件夹里掉下来。那是一个看起来有些皱的白色信封。封口已拆，里面的信纸一齐掉落下来。

霍音立刻俯身去捡，却听到赵姨略显紧张的声音："哎，那个好像不能看，先生就是看了这个才跑到三亚去的。"

可惜已经晚了，信纸上的两行字已经落入霍音的眼中。

"实在对不起，这么多年一直没有说出口。小徐，谢谢你来看我这个老太太。我想，我再不说出来，这些话就要埋进土里了。我家咏琴难产，并不是因为身体不好，她身体很好的，她是因为心里难过，给你写了很多封信，被杀千刀的老屠户看到。他们父子把我可怜的咏琴打到快死了。"

这封信没有落款，但写信的人是谁，非常明显。

一九八五年，刘咏琴难产，大出血而亡。按照写信人的意思，她被殴打的时候，已经怀有八个月的身孕。

霍音突然想起校庆第二天，徐教授被安排当众讲话。她直播去采访另外的领导，无意中瞥见后台里的古稀老人对着一张纸哭得声泪俱下。她那时着急，现在才想到，原来是她的教授。

这桩二十世纪的昔年秘密终于穿过时光的洪流，在三十七年后，到了老爷子眼前。

"小音，你也知道老爷子年轻时的事，是吗？"

一家门庭若市的港式餐厅内，因为顾姝彤提前三天订了位子，霍音跟顾姝彤得以坐在窗边采光最佳的位置上。顾姝彤的朋友爽约了，还好她今天遇到了霍音。

霍音端起手边的奶茶，喝了一口。奶茶分明含糖量很高，却不甜腻，反而淡得像掺了苦瓜汁的白开水。

随后，霍音很轻地点了一下头。她当然知道，正是因为知道，刚刚在老爷子的书房里看到那张皱皱巴巴的信纸后，才会那么无所适从。她只是听过那个故事，看到纸上那些话后便觉得心上压着千斤巨石，难以想象教授看到后会有多难过。

"就是因为这件事，他才坚持要做这个选题的吧？"顾姝彤翻开方才从徐老家取出来的资料，动作缓慢，语气沉重。

霍音弄懂师姐的意思，又喝了一口奶茶，仍觉得没有什么味道，好久才道："教授一定是希望，不要再有这样的悲剧了。"

"是啊，他们两个一个死于非命，一个孤独终老，苦他们两个就够了。老爷子的爱人跟被拐卖的那些女人有什么区别呢？除了她是被亲人卖掉的这一点，他们一样不幸。"

霍音静静地听着顾师姐的话。她刚刚还觉得师姐去洺乡太危险了，现在却觉得自己根本没有劝阻师姐的理由。不但如此，霍音还为自己帮不上忙而有了一种说不出的无力感。她好半晌吐出一句："师姐，你去洺乡一定要照顾好自己，如果有什么我能做的，你一定要告诉我。"

"这不是当然的吗？"顾姝彤轻笑一声，"我有事要人帮忙，一定第一个想到我们小音。到时候啊，你想躲都躲不掉。"

她们正说着话，放在桌上的手机倏然震动起来。霍音将手机拿起来一看，是程嘉让发来了微信消息。

江子推荐了一家皖南菜馆，你今天下班后要不要一起去尝尝？

她为昨晚在他家发生的事闹了脾气，他发这个过来，看起来是在求和。

霍音略带歉意地对顾姝彤说："不好意思师姐，等我一下，我回个消息。"

"没事，你回你的。"

这时，服务员上了菜，顾姝彤拿起筷子，吃了起来。霍音这才放心地低下头，打字回复程嘉让。

好。你今天几点下班？要我去附院找你吗？

她嘴上说不想理他，其实心里并不怎么生气，是以他一问，她想也没想就答应下来。

她将消息发送出去后，不出十秒，就收到了对方的回复。

不生气啦？

你不用找我，你快下班时给我打电话，我去接你。

霍音抿了抿唇，犹豫片刻，方才继续打字道：不生气了。我现在在外面。顾师姐要出差，我陪她吃点儿东西。吃完我就没什么事了。

她们今天来的这家港式餐厅位于市中心，生意很红火，窗外不远处就是马路，时不时有豪车驶过。

霍音无意间瞥了窗外一眼，目光很快重新落到手机上。

程嘉让刚刚又发了消息过来：那你回家等我吧！

我下了班就回家接你。

霍音还未打字回复，又收到两条对方的语音消息。她没多想，随手点开，扬声器里立刻传出熟悉的声音。

"软软，你真消气了？"

顾师姐听到语音，很快反应过来，轻笑一声，道："你跟程嘉让在一起后，好像跟以前不大一样了。"

霍音刚刚打完字，按了发送键，冷不防听到顾师姐这么说，愣了愣才笑着问："有吗？哪里不一样？"

"比以前开朗，也比以前更像恋爱中的小女生。"顾姝彤摇摇头，"你看看你现在，微信聊天时，嘴角都下不来。"

闻言，霍音下意识地抬手摸了摸自己的唇角，的确如顾师姐所说，上扬着下不来。她有些不好意思，伸手捂住下半张脸："我……我这是……"

"行啦，在我面前不用害羞。我以前觉得你跟林珩性子很像，却没有觉得你跟他很合适。可是现在，你跟程嘉让这性格可以算是千差万别了，我却觉得你们俩在一起格外登对。而且阿音，我看得出来，你好像真的很喜欢他。"

霍音沉默片刻，这次没有再觉得不好意思，反而大大方方地开口："是的，他那么张扬热烈，我真的很难不喜欢他。"

他是浮华城市里永远年轻、永远热烈、永远骄傲的少年。仅仅是不喜欢他这件事，她用尽力气，还是以失败告终。她当然喜欢他。

这家餐厅开业有一段时间了，靠着绝对优越的地理位置和铺天盖地的营销活动，一跃成为网红餐厅。即使不在饭点来用餐，顾客都需要提前约时间，有特殊情况时，店家还会询问有无客人愿意拼桌。

霍音和顾姝彤坐在全餐厅最好的地方上聊天，并未注意到一个全身名牌的年轻女人踩着高跟鞋进了门。

她跟在餐厅服务员身后，即便戴着墨镜，也掩盖不住不耐烦的神情。

服务员向她道歉："何小姐，真的不好意思，您要的座位目前被客人占了。我先带您去休息室好吗？我们保证尽快将位子腾出来。"

何方怡单手推了推墨镜，不悦地说："我说你们，工作疏漏到这种程度，很难不被开除吧？你不用讲这些废话，我的时间可比你的值钱得多。去找你们经理，告诉他五分钟内我要的座位如果还是没有，我就让你们这家餐厅在北京开不下去。"

"对不起何小姐，请您先到休息室休息。"服务员又鞠了一躬道歉，然后拿起别在腰上的对讲机说："白经理，何小姐来了，可是现在暂时没有何小姐想坐的空位。何小姐赶时间，您快下来一趟吧！"

这家餐厅一共有三层，霍音、顾姝彤所在的地方以及休息室都在二楼。服务员跟经理通过电话以后，便引着何方怡上二楼。突然，不知道哪根筋不对，服务员说了一句："如果何小姐不介意，我可以去问问有没有客人愿意拼桌。"

话音刚落，服务员恨不得把自己的舌头咬断。

果然，对方回应道："你疯了？"

服务员也觉得自己疯了，才问了那么一句话。

可何方怡刚说完，突然停下脚步，下一秒，指着靠窗的一个座位说："不，我要拼，就那桌。不管她们说什么，我坐定那一桌了。"

服务员开始犯难："这……"

"我希望你不要再耽误我的时间，好吗？"

"好，何小姐，我这就去。"

另一边，霍音以奶茶代酒跟顾姝彤碰了杯，为她饯行。

可霍音还没把奶茶喝下去，就被突然走过来的服务员打断了动作。

"两位小姐，打扰一下。因为我们这边座位都坐满了，有位小姐想问可不可以跟您二位拼个桌？"

"拼桌？"顾姝彤下意识地瞥了一眼桌上放着的文件，这些都是未经刊发的保密资料，如果泄露出去，影响虽不大，却有可能被同行抢占先机，是以她摇了摇头，"拼桌可能不太方便，实在不好意思。"

"小姐，这……"服务员话还没说完，倏然被不远处的另一道声音打断。

"拼个桌觉得不方便，抢别人的男人，就不觉得不方便？"对方语气强硬，声音听起来有些耳熟。

霍音循声看过去，只见何方怡单手摘掉脸上的墨镜，向她们的方向走过来。

霍音认出来人就是程霖的联姻对象，也就是何氏集团的千金何方怡。何方怡跟顾师姐有过节，霍音自然清楚，是以在看清来人之后，下意识地看向坐在自己对面的顾师姐。

师姐的脸色不受控地发白，她听了对方的话，沉默两秒之后才有些沮丧地开口道："我解释过很多遍了。我当时真的不知道，事情不是你想的那样。"

自餐厅二楼的落地窗往楼下望，深灰色的柏油马路上川流不息。原本嘈杂的餐厅因为这出闹剧，瞬间安静下来，众人全部看向这里。

何方怡其实远不如夏明璇过分，可是此刻，霍音的无力感与窒息感比以往任何时候都强得多。

面对夏明璇的诋毁，霍音可以一句一句地反驳回去，可是现在很难反驳何方怡的话。

何方怡让她们师姐妹不要做麻雀变凤凰的美梦，说即便她现在和程嘉让在一起，也不会被程嘉让的家庭接受……

流言蜚语她可以驳斥，但实话呢？

何方怡的矛头不知什么时候转到了霍音的身上，她甚至说霍音是靠着程嘉让的关系才得了这份实习的工作。何方怡说她自己最讨厌菟丝花，所以当着霍音和顾姝彤的面给程太太打了电话，说程、何两家联姻的项目，有她没霍音，有霍音没她。

霍音跟程嘉让关系特殊，大太太左右为难。何方怡便要将事情闹到徐老那边去。徐老在三亚散心，霍音实在不忍打扰他，干脆告知大太太自己可以主动退出。

霍音丢了项目，师姐看了后气不过，最终忍无可忍，和对方起了肢体冲突。霍音担心事情闹大，从旁拉着师姐，最后三个人都不同程度地挂了彩。

霍音伤势最轻，只是在拉架的时候不小心碰洒了桌上的汤，小臂上有一片区域被烫红。

何方怡和师姐的伤势差不多，何方怡被餐厅经理搀扶着去医院，师姐则是腰撞上了桌角，疼得几乎站不起来。

霍音没有提起自己被烫到的事，直接带顾师姐去最近的医院就医。

师姐看了医生，被告知要回家静养。霍音又开着顾师姐的车送她回家，将顾师姐安顿好后，再坐地铁回到程嘉让的公寓。

这时已经是下午五点半了。

她一打开房门就看见了程嘉让。他大约也是刚刚回来，身上还穿着略显厚重的棒球外套，正站在茶几前皱着眉接电话。

这样的距离下，她听得清他说的话。

"行了，你的生日我能忘？昨天把阿音惹生气了，我今天不得哄哄？我吃完饭就过去，挂了。"

霍音关门的声音提醒了程嘉让。他转头看她一眼，直接挂掉电话，不假思索地将手机扔进外套兜里，大步朝她走去。

"回来啦？你不是说下午没什么事，怎么这么晚才回来？你跑哪儿去了，也不接电话。"

霍音闻言，取出口袋里的手机，这才发现手机电量过低自动关机了。

"手机没电了。你刚刚下班吗？"

她的手机好像昨晚便没充电。下午，她安顿好顾师姐后给余响打了电话，说了何方怡要求换人的事。余响答应派其他同事去跟进这个项目，之后再安排新项目给她。那通电话之后，霍音的手机就只剩不到百分之十的电了，之后估计自动关机了。

程嘉让来到她面前，取下她身上背的帆布包，往旁边的架子上一挂，然后拉住了她的手——就是她在餐厅里被汤烫到的那只手。霍音忍不住嘶了一声，本能地收回手。

"软软，怎么了？"

霍音将受伤的手往身后藏，咬着下唇，摇摇头："没，我没事。"

"手伸出来，我看看。"

"我真的没事。"

"快点儿。"

霍音拗不过他，只好小心地将手伸过去。

她的毛呢外套里是一件白色的娃娃领衬衫，长袖将整条手臂包住。手背上被烫伤的痕迹露出来，而小臂上扎眼的红痕被她掩盖住了。不过，白衬衫袖子上的浅褐色汤渍终究出卖了她。

程嘉让眉头一皱，再伸手握住她的胳膊时，动作轻了不少。他轻轻地捏她的指尖，另一只手缓缓地解开衬衫的袖扣，将袖子拉起来。

霍音细白的小臂上，红色的烫痕格外显眼，像是起了一整片红疹。程嘉让的目光从霍音的手臂上移到她的脸上，他们对视半秒钟，他低声问她："怎么弄的？"

随后，他径直拉着她在沙发上坐下，然后大步走到柜边取了药箱，给她处理伤口。他动作谨慎，但干脆利索，认真得像在做手术。

一直到程嘉让帮她处理好伤，霍音都没有想好说辞。她不擅长说谎，尤其是在与他面对面的情形下。她说谎时，全身会控制不住地轻颤，眼神躲闪。

可是她真的很难讲出实话。何方怡在那家餐厅里讲的那些话，她好难复述出来，好难当着他的面讲出来。

程嘉让没有追问，先开车载她去了那家皖南菜馆，二人面对面地坐下。

点完菜，霍音终于斟酌着开口："手上的项目，我不打算做了。"

程嘉让右手拎起桌边的茶壶，往面前的水杯里倒了一点儿，摇了两圈，涮过杯子，再将水倒进旁边的垃圾桶里。随后，他重新倒水进去，将杯子放到霍音面前，随口道："不做就不做吧。程霖那点儿破事，你去办，才是屈才。"

对于他的态度，霍音有些惊讶，甚至有一瞬间冲动得想干脆说出她接下来的打算。

不过她还未开口，就被对方接下来的话打断："怎么突然不想干啦？"他说着，给自己也倒了一杯茶水，抿了一口。

霍音迟迟没开口，程嘉让一脸狐疑地看向她被烫伤的手臂，声音低沉，问："霍软软，你是不是有什么事瞒着我？"

"我……没有。"

"谁欺负你了？"

"什……什么谁欺负我？怎么会？"

霍音不太想提起今天的事，尤其是在他面前。如果他知道了，一定会去找何方怡算账，把事情弄得更麻烦。霍音一向怕麻烦。

她干脆转移了话题："拜托……我现在是程嘉让的女朋友，谁敢欺负我？我是听说师姐要去洺乡跟进一个拐卖案，我也想去，所以就跟领导讲了。"

听完霍音的话，程嘉让面色凝重，沉默了三秒，才问："你说你要去哪儿？"

"洺乡市。"

"是什么案子？"

"一起拐卖妇女的案件。"霍音见对方皱起眉，当即开口解释，"今天师姐不小心受了伤，她这样去洺乡还挺危险的，我不放心，所以……"

程嘉让打断她："你还知道危险呢？"

这顿饭二人吃得并不开心，程嘉让觉得她去洺乡太危险了，希望她再考虑考虑。以至于他们从饭馆出来，去参加江子安的生日聚会时，还各自生着闷气。

他们到的时候，包厢里松松散散地坐了十来个人。霍音跟江子安说完"生日快乐"之后，就坐到了岑月身边。程嘉让则被江子安拉着坐到了沙发的另一边。

程嘉让坐下后，长腿交叠，上身往后一靠，随手接过江子安递来的一根烟，散漫地开口："怎么还抽这破玩意儿？借个火。"

手指在金属打火机的滚轮上滑动两下，摇摇晃晃的火苗亮起，越过打火机发出的火光，他看见不远处霍音跟岑月一前一后出了门。

江子安看出他们今天不对劲，问："你跟嫂子今儿怎么了，前两天不是还浓情蜜意吗？"

程嘉让抽了一口烟，随口说："小姑娘闹脾气。"

江子安撇嘴，摇摇头："事实证明，某位哲人说得对，女人就是麻烦。没想到嫂子这种乖乖女也闹脾气……"

话还没说完，他当头吃了一爆栗。江子安看过去的时候，程嘉让低声骂了一句，紧接着用拿烟的手弹了一下他的脑门。

"程嘉让，你弹我干吗？"

程嘉让收回手，瞪他一眼："谁让你说我们家阿音？"

"我真是……程嘉让，你个孙子是真的不能处，有了媳妇你是真的忘了爹。"

二人正闹着，包厢的房门被人从外面一把推开。紧接着，有人风风火火地进来，环视一圈，最后朝程嘉让和江子安的方向大步过去。

程嘉让往烟灰缸里弹了弹烟灰，扫了一眼过去。

进门那人是江子安的表弟，还没走到他俩旁边，话已经过来了，语气激动得不行："我哥过个生日，怎么爱神就眷顾我了？"

程嘉让对此没什么兴趣，随口应付："说重点。"

"重点就是我刚才遇到了一个特漂亮的妹子，好家伙，我愣是没敢多看一眼。我本来想着，萍水相逢就算了，没想到去个洗手间，又在外面碰见她一回，这就是缘分啊！"

不知道江子安家有什么特殊的基因，他的表弟比他本人还能瞎扯。

程嘉让没好气地说："想发展就去找人家要微信，别跑到这儿鬼哭狼嚎。"

江子安也说:"就是,喜欢就上,别在这儿烦我。"

表弟被骂得动心,将信将疑地问:"两位哥哥说真的呢?"

"废话。"

"行!"表弟信心十足,起身预备出门。

程嘉让和江子安摇摇头,道:"看他那屄样。"

十秒钟后,霍音推门进来,表弟当即冲上去问人家要微信。

程嘉让见状,舌尖抵着左腮顿了一秒,完全忘了他还在生气,三步并作两步冲过去,在表弟的屁股上不轻不重地来了一脚,顺带一把将霍音拉开。

"这是我媳妇。"

霍音跟程嘉让一整晚都在生闷气。晚上回到家,二人各自回房,谁也没有求和的意思。

他们谁也没有不理谁,一切如常。吃饭的时候,她照旧给他递纸巾;坐车的时候,她照旧坐在他的副驾驶座上;他跟平常一样提醒她系安全带,主动帮她开车门……可空气中就是弥散着一种说不上来的微妙情绪。熟悉的人一眼便能看出,这两个人在闹别扭。

霍音站在房门边按下窗帘的开关,遮光帘自动合上,遮住窗外最后一丝光,整个房间陷入无边的黑暗。她将手探到微凉的金属门把上,犹豫要不要开门去找程嘉让。

她想了片刻,手上力道加重,往下按。

然而就在这时，房门被人从外面敲响。霍音立刻反应过来，当即放开门把手，往床的方向跑。

　　门外，男人的声音像是追着她传来。

　　"睡了吗？"

　　霍音跑得急，一直到拉开被子躺到床上，才有空闷闷地回应他："已经睡了！"随后，她将被子拉到遮住半张脸，屏住呼吸。

　　"睡了还说话？"

　　霍音噘噘嘴，说："被你吵醒了。"

　　静谧的夜，整间公寓里只能听见他们讲话的声音。

　　时间过了好久，久到霍音以为对方已经回去睡觉了，才冷不防又听见男人低沉的声音："能进去吗？"

　　深夜，孤男寡女，又是情侣的关系，她知道放他进来可能意味着什么。可是此时此刻，她脑海里有一道声音正疯狂地叫嚣，以至于她沉默了片刻，小声说："可以的。"

　　话音落下，她听见清脆的开门声。她的脸还藏在被子底下，眼睛已经适应了黑暗的环境，隐约看清高瘦的男人开门进来，单手抱了一个什么东西。

　　他走近了，她才看清他抱的是枕头。

　　枕头？他要睡在这边吗？他们同居有一段时间了，却从来没有睡在一起过。霍音被惊得瞬间清醒起来。

　　她猛地从床上坐起身，靠在床头上："你……你怎么还带枕头过来？我有枕头。"

　　对方没回应这句话，取而代之的是将门关上并反锁。他走到床边，不容置喙地道："去里边躺着。"

　　霍音只是愣了一下，未承想对方直接把手里的枕头往床上一扔，将她连人带枕头打横抱了起来，放到床的另一边。

　　这张一米八的双人床，里侧紧贴着墙，霍音一个人睡的时候可以随意翻滚。程嘉让上来之后，她却局促得一动也不敢动。尤其是他轻巧地掀开被子进来后，她恨不得直接缩到墙边。

深夜，情侣，双人床……

霍音紧张到开始"胡言乱语"："你今天……你怎么突然到我这边？你不会是因为我要去洺乡的事，要惩罚我吧？"

这话一说出口，她就后悔了。果不其然，很快，对方抓住了她话里的重点。

"惩罚？霍音，我怎么觉得你话里有话？"

她试图蒙混过关："什么意思？"

"没什么，我就是觉得你说这俩字时挺有深意的。"男人突然支起身，迅速靠近她，用很低的声音说，"好像我不做些什么，都对不起你的这份深意。"

察觉对方的动作，霍音将双手抵在胸前，双眼随着手上的动作紧紧闭上。

床对面的墙上有一个挂钟，她闭着眼睛，似乎能听见指针接连不断地发出声响。指针响了三声，她耳边的响动渐渐停止，霍音睁开眼，就看到程嘉让正在看她。

他们之间不到十厘米，她能嗅见他呼吸间浅淡的烟草味。那是一种不惹人讨厌的味道，在此刻甚至有一种令人无法形容的诱惑力。

霍音突然想起，她跟他第一次离得这样的近，是她给他点烟。打火机的火光后，是男人淡漠疏离的眼睛。那时候她不会想到，有朝一日，他们会在一起。

现在没有打火机，她也看不清他的眼睛，只能听见他低声调侃她："我拉一下枕头，你想什么呢？"

这样近的距离，霍音觉得自己能感受到程嘉让的体温。

他们这两天在闹脾气，在此之前又忙于工作，连一起吃个饭都好难。在一起以来，他们这样什么都不做，只待在一起的机会好少。他亲她次数好少，抱她次数也好少。

霍音没说过，其实她很喜欢他的怀抱，很喜欢他亲近她。

她往常总是羞于主动，羞于启齿，可是现在，在夜色的怂恿下，她突然之间就有了想做什么就做什么的勇气。

没有回应他调侃她的话，霍音吸了一口气，倏然凑过去，勾着对方的脖子钻到他的怀里。

她将头埋在他的颈项间，小心翼翼地嗅。霍音感觉他因为她的动作顿了一下，恍惚之间，他的心跳似乎停了一拍。然后，她头顶的发丝上印下一吻，腰和脑后被人搂住。

程嘉让温柔得不可思议。

"宝宝。"他在叫她。

霍音突然就讲不出话来，在他的颈项间深吸一口气，好半晌才低声道："要是可以一直这样就好了。"

他抱得更紧，薄唇贴在她的耳边，说："说什么傻话呢？当然可以一直这样。"

"真的吗？"

"千真万确。"

大概是因为他言语间掩盖不住的笃定，他的"千真万确"让她有一种前所未有的安全感。

"阿让。"她觉得怎么往他身上贴都不够，"我……我好喜欢好喜欢你抱我。"

不等人回应，她打开了话匣子："好多时候，我好开心，因为阿让现在是我的。"她说着说着，情绪逐渐低落起来，"有时候我好害怕，我不够优秀，平凡、愚钝，还不懂得讨好人……你太好了，如果以后我们分手了，我可能一辈子也没有办法忘记你。"

阿让，遇见过你，我已经是三生有幸了啊！

霍音吸了吸鼻子，像抱着玩具死活不肯撒手的小孩儿："程嘉让，我真的很喜欢很喜欢你。"

　　何方怡的那些话、那些设想，让霍音听到快要崩溃。然后她才发现，原来她比想象之中，还要喜欢他。

　　话音落地，两个人都沉默了两秒钟。随后，霍音听见程嘉让无比认真地说："那糟了，程嘉让也很喜欢很喜欢霍音。所以关于分手那一段，宝宝你白难过了。"

　　霍音被他说得不好意思，头埋在男人的颈间羞赧地轻蹭，身体往他的方向越贴越紧。

　　好久好久，直到她终于因为乱动被他忍无可忍地按住，他才问她："你想试试吗？"

　　试试什么？这个情形下，答案昭然若揭。

　　霍音没有直接回答他。黑暗之中，小姑娘一双澄澈的眼睛抬起来，纯洁又无辜地看着他，似乎要将他心里那点儿杂念看个彻底。

　　程嘉让启唇，想收回方才的话，揽在霍音腰上的右手倏然被她握住。再然后，她拉着他的手，探进她上衣的衣摆……

　　这一次，天雷勾地火……但一切止步于霍音突然响起的手机铃声。

　　程嘉让忍无可忍，从床头柜上拿起手机，看到来电显示上显眼的"徐教授"三个大字时，恨不得自己接通电话，问问老头子为什么大半夜给他媳妇打电话。

　　他这傻媳妇倒是二十四小时随叫随到，从床上爬起来，端端正正地坐好，顺带把他的手拉出来，清了清嗓子才敢接起电话。

　　霍音忍着笑，避开程嘉让郁闷的目光，略带忐忑地接起电话，接电话的过程中还瞟了一眼时间。

　　快十二点了，教授怎么会特地打电话过来？

　　霍音有点儿担心教授是因为她退出了联姻项目，特意打电话来教训她。她战战兢兢地问："喂，教授，这么晚了，您还没有睡吗？"

　　徐老的声音很快从听筒中传来："小霍啊，我是不是打扰你睡觉了？"老年人听力下降，在和别人讲话的时候总是会下意识地加大声音，所以徐老讲的话程嘉让都能听见。

霍音看到他撇着嘴摇头，有点儿想笑，赶紧别过头去，对徐老说："没有没有，我还没睡，教授是有什么要紧的事找我办吗？"

"也不算要紧事。就是你工作安排有变动的事情，我听说了。你既然想去洺乡，那就去吧！我们做了记者，总要做点儿有意思的事。联姻那件事，如果不是看小云的面子上，我都懒得管。你就跟小顾一起好好干，有什么问题就打电话过来。"

霍音千恩万谢之后挂掉电话，一回头便见程嘉让正瞪着她。

二人相对无言。

最终，他先开口，问："我们……继续？"

霍音当然知道他要继续做什么。如果刚刚他们没有被打断，她就……顺其自然了，可是现在……

她斟酌了半晌才小声开口："阿让，如果我说，我有点儿想睡觉了，你会生气吗？"

他当然没生气。

最终，他去冲了个冷水澡。他回来以后，她钻入他的怀里，枕着他的胳膊入睡。

第二天，程嘉让起了个大早，气鼓鼓地问霍音，洺乡是非去不可吗？霍音点头之后，他又气鼓鼓地跑出去，快一个小时后才回来，一回来就把正在化妆，准备去找顾师姐的霍音从屋子里拎出去。

霍音被他拉着往前走，问："你要带我去哪儿？怎么这么着急？现在距离上班时间不是还早吗？"

对方还在跟她卖关子："一会儿你就知道了。"

公寓楼下，他们走到程嘉让经常开的那辆黑色越野车前。他一把打开后备厢。

霍音顺着他的目光看过去，只见越野车宽敞的后备厢里堆着各式各样的没拆封的商品。

霍音："你这是……"

程嘉让打断她的话，随手从里面拿出一口锅，没好气地说："你不是非要去吗？我不是拦不住你吗？去可以，你带点儿行李总行吧？"

05

后备厢里，上至床上用品，下至锅碗瓢盆，只有霍音想不到的，没有程嘉让没买的。如果不是霍音动作快，餐盒险些直接摔到地上。

霍音在后备厢里找了一个勉强能够塞下餐盒的位子，将其塞进去，然后为难地看向程嘉让，说道："行李会不会有些多？我是出差，不是要搬家啊！"

程嘉让只是看了她一眼，都未开口讲什么，霍音已经改口，道："你挑的东西看起来都是我会喜欢的。不过真的有些多，你不在我身边，我一个人拎不动！"

程嘉让："你问问你师姐到时候你们住在哪儿，我找快递给你运过去。"

"那样太麻烦了。这样，我挑几样特别喜欢的带上好吗？"她说这些话的时候，刻意放缓语速，听起来像是在很温柔地哄小孩儿。

对方顿了顿，终于松口："行吧！"

霍音走近看了看，从中挑了几样小巧的物品，如粉红色的电动牙刷、玫红色的毛巾、洗衣皂、成套的内衣裤等等。

拿起那件浅藕色的蕾丝文胸的时候，霍音迟疑了一下。他没问过她的尺码……

她疑惑的表情被对方捕捉到，下一瞬间，霍音听见程嘉让大言不惭地说："拿着吧，是你的尺码。"

"啊？你……你没问过我尺码啊！"

"最小码。昨天晚上……爷又不是傻子。"

这话一出，霍音的脸色瞬间变红。男人还皱着眉，指着手里的锅没好气地说："你就拿那么点儿？这锅得带上，万一吃不惯那边的东西，还能自己煮点儿。你可饿肚子了哭着给我打电话。"

霍音听到这儿，终于忍不住开口："阿让啊，有没有一种可能，洺乡也是现代社会呢？这些东西我可以过去了再买。"

"被你气昏头了，行吧……"

见对方一脸无语地看着她，霍音勾着唇笑了笑，凑上前去，低声细语："我看你是被我气傻了，连被子都买了新的。就算要带被子，我直接把家里的带过去不就好了？"

对方闷声道："霍音，你还打算把被子搬走？什么东西都带走，那还叫家吗？"

霍音的手机铃声不合时宜地响起，她慢吞吞地从口袋里掏出手机，看了程嘉让一眼。对方哼了一声，随口道："接。"

打电话过来的是顾师姐，霍音赶在对方开口之前打了招呼："师姐。刚刚不是说九点我过去找你吗，你怎么又打电话过来，是哪里不舒服吗？"

顾师姐昨天跟何方怡起了争执，受了伤，饶是如此，也没有放弃调查计划。从昨晚起，她就在微信上一再跟霍音强调，计划一定要如期推进。

霍音说完，顾姝彤很快道："小音，是这样的，我们昨天说要在三天之内出发。"

"怎么了师姐，是计划有变吗？"

"对，计划有变。"顾姝彤顿了顿，继续说，"社里觉得我们两个女孩子过去不安全，所以给我们找了一个同行的男同事。他叫韩宇，是余响姐年后招进来的实习生。这孩子是个急性子，觉得我们进度慢，就过来问我可不可以提前走，他觉得最好是提前到今天。"

"今天？"

计划赶不上变化，这一点霍音非常理解。只是霍音没想到，出发时间会提前到今天。

她看了一眼站在一边的程嘉让，忍不住轻声道："今天就出发的话，会不会有些赶？"

霍音虽然这么问，但昨晚睡觉之前就将出差要带的东西收拾得差不多了，就算今天匆忙出发，也是没有太多问题的。

"应该是非今天出发不可了。"顾姝彤那边传过来窸窸窣窣的背景音，听起来在收拾什么东西，"原本我不准备采纳韩宇的意见，但响姐刚才给我打电话，说另一家媒体也打算做这个选题。因为最近网络上有相关的事件，引起了轩然大波，所以他们打算借这个风口调查一下。事实上，这个项目我们筹备了很久，早在网络舆论发酵之前。"

霍音听懂了顾师姐的意思。做新闻讲究时效性，抢占先机殊为重要。

顾姝彤还在解释："你也知道的，老爷子一直想做这个选题，不管怎么样，我们既然把这个工作接下来了，就要尽力做到最好。所以我们也尽量早一点儿出发，动作快一点儿，争取早日结束。"

霍音听着，不自觉地点了两下头，直到对方说话的声音戛然而止，才反应过来对方根本看不见她的动作。

霍音避开程嘉让的目光，另一只手轻轻摸了摸自己的鼻尖，很痛快地答应道："好的师姐，我知道了。我其实已经收拾好了。我们出发的具体时间定下来了吗？乘什么交通工具过去？"

对方很快回答道："出发不着急，下午两点就可以。交通工具就是高铁，社里能报销车费。不过这个你不用担心，韩宇这次的工作，除了照顾我们两个，保护我们的人身安全，还有一点就是会搞定食宿问题。他算是我们的生活助理，到时候有什么问题，你直接跟他讲就可以了。"

"对了，我把他的微信推给你。下午一点二十分，我们在南站见面就可以了。"

回家后，程嘉让没去上班，请了半天假，一定要送霍音去南站。

霍音跟林珩在一起的时候总是该见面时见面，该分开时分开，一切按部就班，完全不会舍不得对方。甚至连寒暑假放假回家的时候，他们明知接下来有一两个月的时间不能见面，也能一切如常。各自回家以后，他们隔三岔五地在微信上聊两句，无聊得不像二十多岁的情侣。

霍音也是后来才发现，也许她和林珩从一开始就是一个错误。他们之间本来就没有什么感情，她觉得他温柔细致，他则对她见色起意，他们的感情就像一杯白开水。终于有一天，水洒了，人也就散了。

霍音以为男女之间的感情大多如此，以为她跟程嘉让之间也会平平淡淡、无波无澜地走下去。可是这段感情给了她太多的惊喜。她以为自己是寡淡内敛的人，可是在他身边，她总是克制不住地表露自己的心思，克制不住地想靠近他、依赖他……

从皖南来北京，她很舍不得陪伴她长大的家人；从北京去洺乡，她也很舍不得程嘉让。这是一种前所未有的感受，以至于霍音出发前的几个小时里，不管对方做什么，霍音都要扯着他的衣袖跟着他。

跟她比起来，程嘉让看着淡定得多，没有依依不舍地缠着她，也没有抱着她不肯撒手。他把她的行李箱敞开放在茶几上，随后在整个公寓里走来走去，没有停过。

他是在帮她收东西。比如，他把她的紧身牛仔裤拿出来，换成他刚刚给她买的灰色运动裤。

他说她不用出镜，可能要去村子里住，一切要方便舒适为主。况且牛仔裤不好洗，如果没有洗衣机，她洗起来会很费力。

她的行李箱用了几年，有些旧了，轮子拉起来很不灵活。他就满屋子找工具，给她把轮子修好了。

程嘉让今天早上出去买的那些东西，大多数霍音带不过去。但是霍音还是从中挑出了几样比较方便携带的，装进自己的行李箱里。

程嘉让帮她整理箱子时看到了，就把她用不着却很重的东西一样样挑出去，态度非常认真。

箱子里空间有限，程嘉让又进卧室翻了好半天，找出一个大号托特包，放到霍音面前。

"这是我妈上次给我装东西的，你把证件、手机放到这里面，方便一点儿。"

霍音忙摆摆手："不用，证件和手机我装在外套口袋里就好了！这个包贵，还是你妈妈的东西，你快点儿把它收起来吧！"

最后，霍音还是哄着程嘉让将包收起来了。一上午的时间转瞬即逝，他们两个不过是一起收拾了行李，转眼就到了该去车站的时间。

从公寓开车去火车站的路上，程嘉让几乎没怎么说话。只是霍音朝他的方向看过去时，总会跟他的目光在空中相撞。然后他很快收回目光，看向前方，仿佛刚刚根本没有转过头看她。

一点十分，黑色越野车停在车站的地下停车场内。

程嘉让单手解开安全带，利落地拔掉钥匙，低声道："下车。"

他这样简洁且不带感情地讲话，霍音瞬间有些恍惚，觉得现在像极了他们去悦龙山庄的那次。那时他们还不熟。

在对方打开车门之前，霍音倏然伸出手，一把拉住对方的手臂。男人双眼扫过她，淡声问："干吗？"

霍音停顿了一下，很轻地摇了一下头，好久才小声说："我……我有点儿舍不得你。"

她文静内敛，跟他在一起后，却学到了几分外放张扬。

霍音说完，没等眼前的男人回应，不知哪里来的勇气，倏然倾身过去，小心翼翼地在他的脸颊上落下一吻，很轻。

她想将这个吻当告别吻，毕竟她一去少则两个月，多则半年。这个吻结束以后，霍音准备下车去找师姐。未承想，还没来得及重新在副驾驶座上坐好，霍音突然觉得手腕一紧，然后是一阵天旋地转。她被他抵在车窗上，刚刚拉他的手被握住。

停车场内车辆来往不绝，如果有人从前挡风玻璃那儿看过来，完全可以看见他们两个在做什么。

霍音本能地屏住呼吸，咬着下唇，抬眼看程嘉让。

"阿让，你要干什……"她剩下的话被尽数吞了下去。

这个吻热烈汹涌，带着一股侵略之感，几乎要将她的呼吸尽数夺走。

霍音闭着眼，身体软成一团，沉浸其中。直到快要喘不上气了，她才终于被对方放开。

车内，两个人的气息都不太稳。霍音的眼里蓄上一层薄薄的水雾，看起来亮晶晶的，带了一丝可怜的感觉。

程嘉让的目光扫过她的眼睛，落到她被吮得殷红的唇上。她的口红没了，但唇色看起来比刚刚涂过口红后还要红。

他抬起手，伸出食指，慢条斯理地揩过霍音有些肿的下唇。

下车之前，他撂下一句威胁的话："三秒钟之内，下车。"

"什么？"

"多一秒，我都可能会反悔。"

程嘉让帮霍音提着行李箱从地下停车场去了车站内。他们见到了顾师姐和韩宇，打过招呼后，程嘉让就匆匆回去了，大概是真的担心自己会反悔吧。

到了高铁站，霍音的洺乡之行才算真正拉开了序幕。

其实她也没想到事情会发展得这样快。明明之前她的主要工作还是联姻项目，前天晚上还在为她跟程嘉让的关系曝光了而苦恼。没想到才过了一天，一切就发生了天翻地覆的变化。

霍音知道，徐教授之前将联姻项目交给她负责，社里有不少记者羡慕，觉得那是个轻松又赚钱的项目。反观这个纪录片，愿意拍的人少之又少。

但不知为何，霍音更喜欢洺乡这个项目。真正坐到去往洺乡市的高铁上时，霍音心里有一种说不上来的安心感。

她想起教授昨天半夜打电话来跟她讲的话："我们做了记者，总要做点儿有意思的事情。"

去洺乡，是有意思且有意义的事情。

如顾师姐所说，这次跟她们同行的同事韩宇，算是她们两个的生活助理。

高铁票是他买的，听师姐说，韩宇是个"富二代"，就是出来体验生活的，一听说要买票，第一反应是买一等座。师姐说二等座的车票社里可以统一报销，这位少爷还要自掏腰包，把她们俩的车票都包了。顾师姐好说歹说，才把他拦下来。

他们买了同一排的三个座位，霍音坐在里侧靠窗的位子，顾师姐坐在中间，韩宇则坐在顾师姐的另一边。刚刚他们赶着检票上车，没说什么话。现在终于在车厢里坐好，没有其他事情，顾师姐才用他们三个听得清的声音说："刚才上车太匆忙了，还没来得及给你们介绍。"

顾师姐先看了一眼韩宇，指着霍音道："小韩，这是霍音，徐主编的学生，也是我的嫡系师妹。你们俩年纪差不多大，你就叫她……"

顾姝彤正因为不知道霍音和韩宇谁的年纪更大而犹豫，话陡然被韩宇打断："顾姝彤，第三次了，你能不能别叫我小韩？我就比你小九个月，我们都是九六级的，那我肯定比你师妹大。"

"你这小孩儿，还什么第三次。我说了五次了，别直呼我大名，你见谁在职场上直呼领导大名？"顾姝彤瞥了对方一眼，摇摇头，"没大没小。"

这两个人说了好几句，才想起霍音。

　　霍音正坐在一旁安静地听着，就见韩宇越过顾姝彤，朝她看过来。韩宇全身上下都是名牌，看起来格外张扬，亏得他长得白净端正，穿这身衣服也没有暴发户的气质。

　　对方摆摆手，主动冲她打招呼："你好啊，小霍记者，以后一起工作，请多多关照。"

　　霍音学着对方的样子摆了摆手："你好……我应该怎么称呼你？"

　　靠在椅背上，一脸生无可恋的顾师姐这才开口："这位是韩大少爷，虽然名为我们俩的生活助理，但由于常年养尊处优，不找咱俩照顾他，咱们就烧高香吧！他现在跟你同级，但之前留过两次级，所以比你大两岁。你怎么称呼他，还是让他自己说吧！"

　　韩宇适时接话："叫我小韩就行。"

　　他说完，无视顾姝彤一脸无语地瞪着他的表情，看向霍音，转移话题道："小霍记者，刚才送你过来的，是你对象？"

　　程嘉让刚才跟他们打过照面。霍音淡笑着点点头，说："对。"

　　"你对象不错，长得可真帅。"

　　他说完便被顾姝彤白了一眼，她道："这还用得着你说？小音她男朋友是我们学校的'校草'，懂吗？"

　　霍音在《首都日报》实习没多久，除了第一天上班的时候被余响带着在社里转了一圈，基本上一直待在要闻部，没有去过其他部门，所以也没有在社里见过韩宇。

　　但顾姝彤和韩宇，似乎不是刚刚认识的。

　　现在气氛好，霍音忍不住问："师姐、小韩，你们两个是之前就认识吗？怎么感觉你们今天不像是第一次见面？"

　　"小音，你不要误会，虽然我跟他今天不是第一次见面，但是我们不熟。这里还是咱俩关系最好。"

　　"咱们不就是短暂地当过邻居？这有什么不能说的。"

"韩宇，你真的是废话太多了，现在请你住嘴。"顾姝彤说完取出笔记本电脑，"我们现在来讲一讲正事。这次去洺乡市的任务，大家应该已经清楚了——做一期以'拐卖妇女'为主题的报道。我跟徐老爷子交流过，我们一致觉得，单是文字报道，还不太够，所以我们决定拍摄一个纪录短片，真实地将被拐妇女的生活环境呈现给大家。我们这次选择的拍摄地点是洺乡市下的一个村子，那里曾经解救出三名被拐妇女。保险起见，我们这次要伪装成支教教师，来拍摄呈现这个村庄的风土人情……"

这次他们去洺乡，需要注意的事众多，顾师姐单是讲注意事项就用了二十分钟。

休息时间，霍音打开手机，看到一条支付消息，来自程嘉让。

他竟然给她转了五万块钱，还发了两条文字消息。

在外面要照顾好自己，工作结束后我过去接你。

敢不收款，你就死定了！

Chapter 11

我愿意

我们谁都不要做阻碍对方往前走的人。

在洺乡待了两个月零五天后，霍音逐渐适应了这里的生活。

洺乡市不同于北京，也不同于皖南，是高原高山地形地貌。霍音、顾姝彤、韩宇一行人于二月末抵达洺乡，只在洺乡市区歇了两天，就乘车到了洺乡市下面一个叫"鱼门庄"的小村子，也就是他们此行的目的地。

鱼门庄在大山里面，霍音一行人从市区乘专线大巴到达村子所属的小镇，又从小镇上找了一辆常跑这条路线的车——一辆比霍音在皖南坐的还要破旧几分的银白色面包车。

面包车司机将车停在蠡营村。他们从这里出发去鱼门庄，还需要再翻过两道山梁。

司机给霍音他们找了一个本地人当向导。向导赶驴车，载着他们过了山梁，又把驴车解开，牵着驴引着他们徒步十几分钟，走过一条林间的羊肠小道，这才终于到达他们要去的鱼门庄。

霍音他们按照计划，以下乡支教的老师身份进入村子。村主任热情地接待了他们，安排他们住进村民家里。

第二天，他们就开始"上班"了。霍音了解到，因为缺老师，附近几个村子的小学在七八年前合并为"蠡营中心校"，就建在蠡营村那边。不过，蠡营中心校只设有一年级到六年级，学生如果想上初中，要去更远的镇上住读。

中心校的设立本是整合教育资源的好事，可鱼门庄情况特殊。鱼门庄位于深山，离学校远，山路还弯弯绕绕的，若是没有向导带路，很容易迷路。这里草木茂盛，靠近亚热带，山林之间有什么野生动物也未可知。鱼门庄一些年纪很小的孩子无法自己去蠹营读书，家长又没时间送他们上学，于是村里保留了一所简陋的小学。

"学校"就在村主任家的前院里，是用石头砌的老房子，外带一个不大的院子，看起来跟村里其他人的家别无二致。校门在房子的正中间，东西两间是正房，中间的一间平常人家会用作厨房。学校有一至四年级的学生，一、二年级在东屋，三、四年级在西屋，中间那间屋子里摆了一张快要报废的木头桌子，算是老师的办公室。

这个学校的学生有十来个，却只有一个女老师，也就是胡老师。胡老师语文、数学、英语都教。由于她分身乏术，十几个孩子常常在一个教室里上课。

霍音、顾姝彤和韩宇到了这里之后，这种情况总算得到改善。霍音和顾姝彤分别负责所有年级的英语课和数学课，语文课还是由胡老师负责。令人出乎意料的是韩宇，韩宇是艺术生，本科学的是美术专业，也不知道是怎么跑报社来实习的。总之，他身上散发着富二代玩票的不靠谱气息，但谁也没想到，他教起美术课来很像那么回事。此外，他还负责上体育课和音乐课。

来到鱼门庄之后，霍音他们白天带学生上课，下课之后便以"拍摄作业"为由，进行取景拍摄。不过刚开始的时候，他们摸不清这里的风俗习惯及相关禁忌事项，不敢放肆，便先拍摄了一些村庄景致以及村民的日常生活画面当素材。

到这里的第十天，他们才进入正题。

在霍音的建议下，他们先从学生那边摸清了村子里的人员情况。他们带过来的资料里有那三位被拐受害人的姓名及买家信息，所以很快便对上号。可惜这几位已经被解救出去好多年了，时移世易，很多事情早已被时间掩埋。更何况，这些事情村民哪里会说给孩子们听？

霍音本想找孩子们进一步了解情况，却险些被胡老师怀疑。

那天，霍音正利用休息时间问一个小姑娘的家庭情况。她问到小姑娘的妈妈，原本一直在另一间教室里上课的胡老师突然冲进教室，不由分说地把小姑娘拉走了。

胡老师顶着一头看起来乱糟糟的短发，常穿一件前襟上挂了黑釉的深粉色花夹袄，三十岁左右。

胡老师是霍音他们在鱼门庄接触最多的成年人，不大爱说话。她家住在距离学校比较远的一个山岗上，与霍音他们借住的地方很近。为了更多地了解这边的情况，霍音他们偶尔会叫胡老师和胡老师的婆婆一起走回住处。但胡老师一般很少讲话，她婆婆说得多一些。

霍音算了算，这段时间以来，胡老师跟霍音说过的话一共不超过十句，还没有霍音跟程嘉让打长途电话的次数多。

不过，霍音跟程嘉让最近通电话的机会不多，甚至连微信聊天也很少。他总是很忙，有时候打电话过来，刚刚讲两句话就被人叫走。他还经常昼夜颠倒，凌晨才有空给她回消息。

她跟他明明生活在同一个国度，却好像隔着一整个太平洋，见上一面难如登天。

好在虽然他们在这里没有什么重大发现，但也有惊无险地拍摄了整个纪录片需要的素材，这代表着他们归期可定，很快便可以回归正常的生活，见想见的人。

他们拍摄的素材包括整个村子的情况、村民的日常生活、受害人曾经住过的地方。这并非苦大仇深、刻意煽情的影片，只是真实地展现了一些东西。

霍音认为，这些平凡又真实的贫困山村生活的影像可以直达观众的心灵——如果那天晚上他们没有出事的话。

出事那晚是他们来到鱼门庄的第六十五天，也是他们准备启程离开村子的前一晚。

霍音他们住在村民李天宝家新建的房子里，她与顾姝彤一同住在房子西边最里面的那间，韩宇则住在她们隔壁，为的是相互照应。那晚，顾姝彤已经睡下，霍音披着外衣经过韩宇的房间，到走廊上给程嘉让打电话。

也许因为终于快要跟他见面了，又也许因为白天跟学校里的学生告别时哭得肝肠寸断的，还有可能是因为自从他们说要回去起，村主任和不少乡亲便来找过他们很多次，从好言央求到言辞激烈，霍音心里五味杂陈。

已经十一点了，她说什么也睡不着，靠在走廊的墙壁上，拨通了程嘉让的电话。

熟悉的声音传进耳中，霍音一直不安的心总算踏实了些。

"宝宝，还没睡啊？"

霍音在心里将他的话回味了好几遍，方才压低声音开口："阿让，明天我就要回去了。"

年轻男人轻笑一声，带着鼻音的声音好听得不可思议："这是因为要回来了，高兴坏了？你都跟我说三遍了。"

他一笑，她也跟着轻声笑了："我当然高兴了。"

电话那头的人沉默两秒，方才说："我怎么觉得，你好像有点儿不开心？"

闻言，霍音摇头，没有意识到对方根本看不见，好久才说："没有，我……讲不清楚。等我们见面了，我再跟你讲吧。"

"嗯。"程嘉让应了一声，不紧不慢地说，"乖乖睡觉，我明天飞去那边接你。"也许是因为带着鼻音，他的声音听起来有种形容不上来的温柔。

这美妙的气氛是被激烈的敲门声打破的。房子的主人李天宝披着衣服打开门时，霍音听见敲门的人用方言说："天宝，快点儿来帮忙，跑了！那个谁跑了！"

02

跑了……谁跑了，需要这么兴师动众？村子里民风淳朴，牲畜跑了，其他村民会帮忙寻找，但绝不会闹出这样大的阵仗。

霍音心里早已有了猜想，但故作疑惑地问他们："什么跑了，需不需要我们帮忙？"

门外的村民看起来比李天宝大不少，他看看李天宝，又看看霍音，最终摇了摇头，没说话。

霍音并不气馁，转而看向李天宝。他跟他们三个年纪相仿，平日里也比较好说话。

霍音放软声音问道："李哥，有什么不方便跟我讲的吗？我只是在想，我们在李哥你这边白吃白住，特别不好意思，听到有事就想帮忙。如果你不方便讲的话，就当我没说过！"

霍音决定以退为进，瞥了一眼门边的两位，用手捂着嘴，打着呵欠往房间里走去。她还没走到门边，对方就已经松了口。

李天宝叫住霍音，语气中不自觉地带着一丝恼怒："还能是谁跑了？村里的婆娘啊！一个个不知在想什么，跟发了疯似的往外面跑！"

霍音抓住他话里的重点，看似漫不经心地反问道："一个个？"

门外的人已经不耐烦了，又催促了几句。李天宝骂骂咧咧地道："可不是一个个吗？就像我那个该死的妈，扔下一个烂摊子就跑了。"说完，李天宝风风火火地出去了。

霍音看了一眼被重重带上的门，不自觉地皱起眉。

李天宝最后那句"我那个该死的妈"，让她很难不多想。据那些调查资料显示，李天宝和拐卖事件是有些关系的，他的"婶婶"正是第一个从这座大山里被解救出去的女性。目前，李天宝的叔叔独自抚养三个儿子，而李天宝的父母都在村子里，就住在这间房子后面的老院子里。

霍音不禁想，其中一定有什么资料上没有记载的隐情。

不过，现在并不是她探究这个问题的时候，如果真的是被拐妇女正在逃跑，他们务必出去帮助对方，也能拍下一些珍贵的画面素材。所以，霍音火速将顾姝彤和韩宇叫起来，三个人一起去外面帮忙。

村里教师紧缺，即便是这两天他们因为要走的事跟村民闹了些不虞，他们认真问起来，村民还是很快回答了。

原来，逃跑的不是鱼门庄的人，是蠡营村的一个年轻寡妇。据村民说，她是十年前被卖到这里的，孩子都生了两个。去年，她的丈夫在工地被高空坠物砸死，公婆担心她不安分，过了年就安排她跟结了婚的"小叔子"一起生活。

听说，这不是她第一次逃跑。而且，村民很团结，不管是哪村哪家的媳妇跑了，大家都会互相帮忙去抓。

霍音他们出门之后，也加入了找人的队伍中。安全起见，他们三个一直在一起，跟着一个平日里比较和善的村民。

找人的过程中，霍音、顾姝彤和韩宇三个人各自举着拍摄设备，记录下众人漫山遍野找人的场面。霍音随身带了录音笔，始终开着。

走在他们前头的村民手拿老式银铁皮手电筒，射出不大稳定的焦黄色光线，在深夜只能说是聊胜于无。这样的情形下，他们在山中走散再正常不过。

彼时，霍音站在路边茂盛的灌木丛后，看见村民们举着简陋的火把和手电筒，声势浩大地从村里唯一的大路上走过。霍音屏住呼吸，将相机举高，小心翼翼地拍下这令人胆战心惊的一幕。

拍完视频，霍音才发现顾师姐和韩宇不见了。她不敢乱走，从上衣口袋里摸出手机。

霍音一打开手机，就收到了师姐发来的微信消息："小音，你到哪里去了？刚刚没跟上吗？"

"你还在不在刚刚的地方？如果在的话，你千万别动，我们过去找你。"

"你现在一个人太危险了。小音，看到我的消息赶快回复我。"

霍音正欲打字回复，对方突然又发来消息："只是隔壁村的人跑了，鱼门庄真的需要全员出来帮忙找人吗？"

"小音，你觉不觉得这事很不对劲？"

"每个人都那么着急。我刚刚撞见胡老师的婆婆了，老太太边找人边抹泪。"

师姐虽然没有明说，但霍音大概明白她的意思。

她想起胡老师之前问她，拍的东西会不会在电视上播；想起明明回家路上全无交流，胡老师的婆婆却每天接送胡老师上下班。

如果她们的猜想属实，那胡老师也许……

霍音深吸一口气，按住微信的语音键，压低声音说："胡老师问过我好几次，我们的片子会不会在电视上播。师姐，你觉……啊……"她话未说完，手不自觉地松开，将消息发送出去。

霍音讲话的时候猛然瞥见两米外的黑影，本能地惊呼出声。对方听见她的叫声，立刻上前捂住了她的嘴。

好久，直到霍音快要窒息了，才听见背后的人开口："你们其实是记者，对吧？你别叫，我放开你，行吗？"说话的女声也带着乡音，可是仔细听，口音与本地人不太相似。

霍音忐忑地点点头，对方放开了手。

霍音大口呼吸时，借着月光看清了眼前的人："胡……胡老师？"

对方面无表情，又问："你们是记者，对吗？"

霍音深吸了一口气，点了点头。

"你们来这儿是干什么的？"

"你问这个干什么？"

"我让你说你就说。"

"拍纪录片。"

"什么纪录片？"

眼前的人压着声音，但霍音还是可以敏锐地察觉，对方的声音正因为紧张而轻颤。

这一回，霍音没再回答胡老师的问题，反问道："你怎么会在这里？你是去帮他们找逃走的被拐妇女的吗？"

她声音不大，一边说，一边观察对方的表情。

在她说到最后几个字的时候，对方明显有些动容，似乎想开口说什么，但最终忍住了。

霍音继续道："或许，他们今天如此兴师动众，是为了找你。"

"你们拍的是什么纪录片，电视上能看到吗？"又是这个问题。

这个地方的人鲜少使用网络，胡老师大概来这里很久了，认知还停留在电视媒体的时代。

霍音点点头："可以。全国人民都可以看到。"

山风不知从哪个方向吹来，枝杈被吹得张牙舞爪。

对方沉默良久，才吐出几个字："真的吗？"

"真的。"霍音小声道，"我帮你吧！"

眼前的人抬起头，一脸不解："帮我？你不怕我把你骗到老光棍家卖了吗？"

霍音松开手，将刚刚偷偷录下的语音发给顾师姐，淡淡地说："帮你，我可能会有危险；可是不帮你，我此后余生，会因为今天没有帮你而后悔。我不喜欢后悔。"

霍音跟在胡老师身后，摸黑从树林深处往山下走，好几次都险些被灌木丛绊倒。

体力快要耗尽时，她们终于找到了林子的出口，却在那里撞见一个熟悉的人——李天宝。

李天宝早就等在出口处了，一把抓住走在前头的胡老师，大声质问她到底为什么要跑出去。李天宝说，她男人、她公婆，没有一个薄待她，如果她跑了，村里的孩子便没有老师了，长大以后连出去的机会也没有。他还骂胡老师狠心，想要扔下才几岁大的孩子。

霍音不知道哪里来的勇气，捡起一根小臂粗的木棍，重重砸向李天宝的头。在对方彻底陷入昏迷之前，霍音忍不住说了一句："因为人活着，首先是要为了自己。"

没有人生来就应该无条件地付出。没有人应该因为别人所谓的好，就违背自己的意愿。大家可以赞颂自愿付出的人伟大，但没有人必须燃烧自己，成就别人。

李天宝晕倒以后，胡老师却迟疑了。

天已见白。

"胡老师，再不走，真的要来不及了。"

"可是……如果我走了，那些孩子……"

霍音见过那些孩子求知若渴的眼睛，也见过他们央求自己不要离开的样子。她和师姐尚且为之动容，何况那些孩子里还有胡老师的女儿。

胡老师个人的幸福，与孩子们的成长空间，代表着天平的两边。霍音忍不住为属于胡老师自己的那一边加码。

"孩子们的事情，我来想办法。我是记者，只要握紧手中的笔，就会有办法。我们可以去社会上募捐，可以邀请支教教师过来，还可以送他们去寄宿学校……甚至如果你愿意，你可以出去后再回到这里，堂堂正正地当他们的老师，而不是像现在这样。胡老师，我们这一生，要先是我们自己，然后才是谁的女儿、谁的妻子、谁的母亲！"

胡老师听得热泪盈眶，终于点了点头，决定离开。

为了帮助胡老师逃跑，霍音跟她换了衣服。在穿过蠡营村旁边高耸的山岗时，她们被从远处赶来的村民发现。霍音体力耗尽，与胡老师分成两路逃跑。

胡老师越过山梁时回头看了她一眼。那时，曙光已至，年轻的女人翻越山梁，分明体力所剩不多，却比任何时候都要神采奕奕。

霍音有幸拍下这样直击灵魂的一幕。在往后的日子里，她只要颓丧无力了，总要将这张相片拿出来看看。

后来，霍音因为要躲避村民，失足摔下山。她左腿受伤，难以行走，手机信号时有时无，联系不上人，便躲在小山洼里。

她全身发抖，从天明待到天黑，从清醒变得恍惚。

她想起这一生中最遗憾的三件事：没有好好照顾父母；读了小半生书，还没有成为一个好记者；太晚遇到程嘉让。

突然，手机有了信号，一通电话打来。

她拖着疲惫的身躯，很不清醒地接了那通电话。

再后来，一辆陌生的车停在山洼不远处，远光灯将整片黑夜照亮。

霍音的视线先落到男人的黑色短靴上，他踏光而来，找到她，抱住她，跟她说："阿音，我来晚了。"

那一刻，她知道今晚的一切她永永远远也忘不掉了。正如他们在皖南的那个除夕夜，他当着她的面，自负且骄傲地说希望他想要的都归他的那一刻。

小镇的夜晚，不到九点钟，长街便陷入沉寂，只剩几家商铺亮着灯牌。

程嘉让已经开车带她离开了鱼门庄，来到镇上，将车停在一家仍在营业的便利店门前。便利店和药店连着，是整条街上最亮的地方。

驾驶座上的年轻男人解开安全带，一路紧绷的面容终于放松了一些，但浓眉还皱着。

他转过头，扫了她一眼，下车之前抬起手，很轻地摸了摸她的头发。

"在车上等我。"他动作轻，声音也轻，好像她是一碰就碎的瓷人，所以他一举一动都要小心翼翼的。

程嘉让下车去买东西，霍音就坐在车里，将身上胡老师那件玫红色的碎花棉袄脱下来叠好，放在腿上。

在那个小山洼里待了十几个小时，她整个人几乎脱力，只能倚在副驾驶座上，艰难地呼吸。她知道程嘉让也不轻松。他说昨晚被噩梦惊醒，又打不通她的电话，实在担心，干脆开了一夜的车去邻省省会城市，赶上最早一班到洺乡市的飞机，到达时间提前了一个小时。

他之前就问过她的地址，一下飞机就联系她和顾姝彤，又租了一辆车，从白天找到黑夜，才在小山洼里找到她，折腾了一天一夜。

程嘉让开了车门进来，塞了一瓶水和一个饭团到她的手里。很快，他又拿回水，将瓶盖拧开后再递给她，说："先吃一点儿，恢复体力。"

霍音抿了一口水，呆呆地看着他，问："那你呢？"

"我不饿，你快吃吧！"程嘉让说着从口袋里拿出刚刚买的药瓶子，伸手扶住她的腿，说，"腿给我看看。"他看起来是要给她上药。

她跑的时候崴了脚，他已经帮她扭正过。她那时脚踝疼，没想那么多，现在清醒了，第一反应是她的腿现在肯定很脏。

她本能地往后一缩，摇了摇头："好脏。晚上我洗完澡，自己上药就好了。"

程嘉让正要说话，被陡然响起的铃声打断，是霍音放在中控台上充电的手机响了起来。

他们现在到了镇上，信号好了很多。师姐大概是收到了她发去报平安的微信消息，现在打来了电话。

霍音看了程嘉让一眼，接通电话。

顾师姐着急的声音很快传来："小音，你还好吗，现在安不安全？我跟韩宇到处找你找不到，我真的要吓死了。"

顾师姐说着，声音中不自觉地带了哭腔，说起话来语无伦次。霍音甚至能听见电话那头，韩宇正催促师姐问她现在在哪里。

没等师姐问，霍音清了一下嗓子，连忙道："师姐放心吧，我真的没事！昨天出了一点儿意外，手机也没有信号，我不是故意不接师姐电话的。我现在在镇上，师姐你和小韩呢？还在村子里吗？"

"我们也到镇上了。小音，你在哪里？我们现在就去找你。"听她这样说，顾师姐的声音中难得带了一丝喜气，"不过你昨天出了什么意外，严不严重？你一个人怎么去镇上的？你不会是走过去的吧。"

"没有！"霍音扬起唇角，低笑了一声，下意识地转头看向程嘉让。他正坐在驾驶座上，百无聊赖地看跌打损伤药的说明书。话到嘴边，她又羞于启齿，掩饰似的笑了一声，方才小声说："是阿让过来接我了。"

几乎是被提到的瞬间，他就转过头来看她。二人的视线在车内短暂地相撞、纠缠，他抬起手，手指刮过她的脸颊……

霍音和顾师姐他们约好的见面地点，是小镇最大的一家宾馆。顾姝彤和韩宇在宾馆一楼的休息区等他们，霍音和程嘉让到了后，跟着顾姝彤他们上楼。

四人进入二楼一个标间内，霍音才知道跟顾姝彤他们一起来的还有一个人——李天宝。

大概是因为昨晚打晕了对方，霍音现在看到李天宝后，有点儿发怵，本能地往程嘉让的身后躲了一下。她的小动作被他察觉，他伸手，将她往身边带了带。

顾师姐从旁解释道："我们今天下山带的东西有些多，李哥帮我们拿东西，又跟我们一起找你。现在没有回山上的车了，他就跟着住下来了，这里就是李哥跟韩宇的房间。"

……

接下来的一个多小时，霍音跟顾姝彤互相讲述失联这两天发生的事情。因为李天宝在，霍音没讲自己跟胡老师互换衣服，帮胡老师逃走的事。

霍音说到自己摔进了山洼，还崴了脚不能动弹的部分，顾师姐拉着她的手，泣不成声。

霍音跟程嘉让走的时候，只有顾师姐跟着出了房间送他们。趁李天宝没在，顾姝彤让霍音放心，称自己已经报了警。警方很快就会展开调查。目前，不管是蠡营村的受害人还是胡老师，都没有任何消息。而没有消息，就是最好的消息。

时间不早了，霍音跟程嘉让决定在这里先住一晚。

这里不是什么旅游胜地，宾馆里住客不多，空余的房间多得是。韩宇是为了顾师姐的安全，才跟李天宝住一间房的。霍音跟程嘉让没有这个顾虑，开了两间挨着的大床房。

他们的房间在四楼。办好手续后上楼的时候，他们在二楼的拐角处碰见了李天宝。

霍音被吓了一跳，捂着嘴低呼一声，还没缓过神，就见对方双手递来一个布包裹。她仔细一看，才从布包裹的缝隙里看出这是一沓现金。她瞥了一眼厚度，估计有一两万元。

这笔钱在他们看来不是很多，但对于一直在山上生活的村民来说，是一笔巨款。

她惊讶地问："这是……什么意思？"

对方抬抬手，霍音还没动，就被程嘉让带到他身后。

李天宝的目光最终落在霍音的身上，他道："能不能麻烦你，帮我把这个交给赵秀兰？"

霍音记得赵秀兰这个名字，是于九零年代末被救出鱼门庄的女人。

她懂李天宝的意思："可是……"霍音迟疑了一下，她不知道把这些钱寄给赵秀兰到底好还是不好。

"算我求你。"

"……"

她很难拒绝对方，何况他们转身上楼之前，她还听见李天宝说："不要说钱是我寄的，拜托了。"

在门口互道晚安之后，程嘉让跟霍音各自回房。

房间是典型的旧式宾馆装潢，有些简陋，还好看上去还算干净。

程嘉让进门，随手脱了外套扔到床上。他没控制好力道，外套落在床头，碰到床头柜上的贩售盒。香烟跟安全套一齐掉落到地上，发出一阵声响。

程嘉让站在床边顿了一下，弯腰捡起东西，随手丢回床头柜上。他原本想歇息一下，突然没了心思，干脆去浴室洗澡。他洗澡时喜欢用有些烫的水。

浴帘被拉上，窄小的空间里，水蒸气狂热升腾。程嘉让站在花洒下，任由热水劈头淋下。

这样的情形下，他却觉得无比清醒。他清醒地记得，跟霍音断联的近二十个小时里，他每一分每一秒都过得无比煎熬。

他又想起了在学校接到老师的电话，被告知爷爷病危的那天，他借了同学的摩托车，一路加速赶去了医院。

他十几岁时体会过的心情，在二十几岁时又体会了一遍。

程嘉让洗完澡，穿着浴袍坐到窗前抽烟。霍音敲门问他拿药，他开门放她进来，指了指扔在床上的外套，让她去口袋里拿。随后，他坐回到窗前的位子上，继续抽剩下的半根烟。

窗外是沾了灰的彩灯，他吸一口烟，不疾不徐地吐出眼圈，给彩灯蒙上一层灰色。

程嘉让的目光落在窗玻璃上映出的小姑娘身上。

她拿了药，没走，反倒走上前来，宽大的短袖里露出细白的手臂。她渐渐靠近他，一手攥着药瓶子，咬着下唇，从他的身后搂住了他的脖子。

"阿让，我好想你。"

她的话如羽毛，挠在人的心口上。

他没理她，又吸了一口烟，然后手指猛地收紧，把没抽完的烟灭了。

魔盒一旦被打开，有什么东西就再也无法受控了。那天晚上，他们好像都疯了。

小镇老旧的宾馆，窗帘被严丝合缝地拉上，灯熄灭，整个房间瞬间被黑暗笼罩。

那晚，霍音真真切切地体会到了男人和女人在体力上的差距。

他们第二天就回了北京，一切恢复如常，与之前没有什么区别，除了她现在搬到了程嘉让的房间。

他不管多晚下班都会回家，轻手轻脚地上床。只要他轻轻一捞，她就会在半梦半醒中呓语着钻到他的怀里。

不过，他们两个最近好像都更忙了。霍音忙于处理洺乡之行的后续工作，要剪片子，要跟顾师姐商定新闻稿，要想怎么让鱼门庄的孩子们有学上。

人越长大，烦恼似乎就越多。你能做的事情多了，需要你去做的事情也就多了。

霍音的时间被排得满满当当的，她连坐下来好好吃一顿饭，都变得很奢侈。程嘉让也是这样，每天早出晚归。

其实仔细想想，好像从她去洺乡市之后没多久他就忙起来了。那阵子，他每天都会打电话确认她是否安全，可是确认完毕后，连多说两句话的时间也没有，就又陷入忙碌。

霍音的工作也在紧张地推进。最终，她赶在五一放假之前，把影片和新闻稿件一齐交了上去，等着总编也就是徐教授审核。

余响做主，给霍音、顾姝彤、韩宇放了十天假。

放假当天晚上，霍音在回家的路上去超市买了一大包菜，准备一边看教程一边烧菜，给程嘉让一个大惊喜。

未承想她连第一道菜都没做好，程嘉让就一个电话打过来，问她今天晚上要不要吃什么夜宵。他要加班到凌晨两点，她想吃夜宵的话，他可以给她打包回来。

听他这么说，霍音干脆提议，称她可以做好饭菜后给他送过去。程嘉让欣然答应，让她九点多到胸外科的值班室找他。

挂掉电话以后，霍音便照着菜谱一步一步做菜。

从下午六点到晚上八点半，她勉强做了三道菜：炒煳了的糖醋里脊、切得不太好的豆腐，还有一份冲出来的罗宋汤，跟泡面汤的味道一模一样。

程嘉让的公寓距离医院并不远。霍音拎着两个保温桶出门，坐两站地铁就到了。

八点五十几分，霍音到了科室门外，依旧拨不通程嘉让的电话，也就进不去。

霍音站在门口等待时，遇上了从科室里出来的岑月，对方行色匆匆。霍音见状，没敢打扰她，还是岑月先叫住了霍音。

"霍学妹，你怎么在这儿？"

"学姐，我来给程嘉让送夜宵，他在里面吗？"

"不在啊，他每天这个点都在徐阿姨的病房那边。"

徐阿姨的病房？难道程嘉让的妈妈生病住院了？

霍音有些错愕，一时没反应过来，便没接话。

岑月怔了怔，问："学弟没告诉你吗？"

"告诉我什么？"霍音咬咬唇，吸了一口气，"应该没有吧！"

岑月试图安慰她："那他应该是怕你知道了会担心。你不知道的，他就是什么事都自己扛的人。"

"学姐，到底出了什么事，你可以跟我讲吗？"

"这个……"岑月面露难色，拍了拍脑门，改口道，"算了，我告诉你吧！"她似乎是下定了决心，要跟霍音说这件事。

岑月拉着霍音的手往电梯的方向走去。

"徐阿姨的病房在四楼，学妹，我们边走边说。"

"好，谢谢学姐。"

二人进了电梯，岑月按下去四楼的按钮，道："简单来说就是徐阿姨工作压力太大，身体不堪重负，在两个星期前过来住院了。嘉让上班时间在科室，下班后就去楼下守着。最近学妹你回来了，他回家的次数才多了起来。徐阿姨住院，程叔叔也不让人省心，学弟被架在中间，这阵子真的忙得昏天黑地。"

霍音听懂了岑月的话。之前在西郊未名山上时，程嘉让跟她说过，他爷爷去世后，是他妈妈撑起了集团，成了程氏真正的掌权人。

程二太太生病住院，于公于私，影响都很大。

"对了，嘉让的父母离婚了的事，你应该知道吧？他们离婚好久了，但是当年程老爷子将家里的产业交给徐阿姨打理，还把程叔叔赶出了程家。后来程叔叔再婚，一直没插手程氏，最近大约是因为徐阿姨病了，便频频找过来，像是想趁火打劫。"

四楼到了，电梯门打开。霍音跟在岑月身后出了电梯，温声道谢：

"谢谢学姐，我知道了。"

这些事她刚刚知道，一时间难以消化。但她更心疼程嘉让，他的父母关系不睦，他夹在中间，一定很难过。

听了霍音的话，对方点了点头，道："没什么大问题，别担心。学弟一定是觉得自己能搞定，才没跟你讲。对了，学妹，听说你们之前去南边出差了，怎么样，好玩吗？"

"学姐放心，我没事。南边……挺好的。"

"那就好！"

霍音正打算说什么，被不远处一阵吵嚷的声音吸引了注意力。

"你跟他啰唆什么？没爹的人果然不行。老公，改天再教育他，别忘了我们今天是来干什么的。"

霍音皱起眉，跟岑月对视一眼，齐齐快步走去。

吵嚷声还在继续，这回是一道陌生的中年男声，听起来很凶："现在你连你老子的话都敢不听了？你给老子让开，我要去问问徐朝云，怎么把我儿子教成了这样。"

霍音有不好的预感，心跳开始不受控地加快。

霍音从小到大，只要听到旁人大声讲话，便会不自觉地屏住呼吸。现在听到这种带有侮辱意味的话，她控制不住地手心出汗，脚上速度加快，几乎跑了起来。

越来越多人赶去那边，你一言我一语地劝阻，霍音一句也没听清。

霍音跟岑月拐过弯，就看见人群中心，一个穿白衣的年轻男人站在一间病房前，正一脸无畏地与一对中年男女对峙。

她第一次在他的脸上看到这样的神情。他穿上那身白衣时，总会收敛身上的桀骜气息，可是今天，即便每一颗扣子严丝合缝地扣着，白衣板正地穿在身上，他身上那与生俱来的孤傲，依旧展示得淋漓尽致。

程嘉让看着那对中年男女，一字一句地警告道："我说了，我妈需要静养。你们少找事。"男人声音不大，却有一种令人不容忽视的气场。

他眼神冷漠，像是随时可以跟你玩命一样。

似乎是被程嘉让的话震慑住了，刚刚一直叫嚣的中年女人不自觉地放低声音，指责道："你……你怎么跟你爸说话的？程嘉让，这是你爸！"

中年男人没说话，陡然上前，下重手推了程嘉让一把。程嘉让没设防，直接撞到身后紧闭的病房门上。

霍音一口气卡在喉咙里，眼圈瞬间红了。

保温桶被随手扔到地上，她冲过去的时候，对方正挥拳要打过来。她不知道哪里来的勇气和力气，挡在程嘉让身前，一把将对方推开。

忽略周围的人惊讶的神情，霍音指着对面凶神恶煞的中年男人，声音比那个女人还要尖："你为什么推他？啊？

"你凭什么动手打人？这么多双眼睛看着，你想动手打他？"

程嘉让被突然冲到他身前的纤细身影晃到眼。她那么小一个人，站在他面前，堪堪到他的肩膀处。她根本拦不住程志高，此刻拼命质问程志高的样子，看起来甚至有点儿滑稽。

他觉得好笑，可是开口时声音哑得不可思议："阿音，干什么呢？到我身后来。"

她这回没听他的话。

他伸手拉她，这个细胳膊细腿的小姑娘，他愣是没拉动。小姑娘眼圈赤红，指着程志高的手都在发抖，一遍遍地问程志高为什么要推他。

这个小姑娘，还保护起他来了。

他又有点儿想笑，可嗓子里像是卡着什么东西，火辣辣的，发不出声音。

他没忘记，她一向胆小又温柔。她从来不跟别人大声讲话，不敢和人吵架，被人欺负了都要忍气吞声，一个人偷偷躲着哭，今天这是在干什么呢？

霍音只觉得浑身的血液涌上头。她听到自己的声音，很尖锐很难听，但这不重要。她从来不敢跟人吵架，可是今天竟然觉得不解气，没忍住推了对方一把。

保安这时才赶来，将人群疏散，也将那两个人拉走。

直到所有人都离开了，走廊里只剩下他们两个，霍音才重重地抹了一把脸上的泪。

她没有抬头看程嘉让，只是尽力控制着情绪同他讲："把衣服脱了，我看看伤着没有。"

"用不着，这算得了什么？"

霍音顿时更难受了，忍不住自己动手，想脱下他的外套，却被对方一把搂进怀里。

后来，程嘉让问她怎么敢跟人动手。霍音就带着哭腔说了她这辈子说过最狠的话："因为只要霍音活着，谁都不能欺负程嘉让。如果谁想欺负程嘉让，只能等我死了。"

……

程二太太卧病在床，程嘉让不放心将所有事交给护工或保镖，每天下班后都会去病房陪母亲，顺便阻止程志高闹事。

程志高是典型的花花公子，一直没干过什么正事。程氏如果被交到程志高手上，估计早就破产了。程嘉让的妈妈掌权后，耗费十几年的心力，把集团建设得越来越好。现在她生病了，程志高又生出了别的心思，程嘉让当然不可能让父亲得逞。

那天之后，霍音主动提出，可以替他去照顾程二太太，反正她有十天假。程嘉让欣然应允。

但其实，琐事有护工做，餐饮有厨子送，霍音只用每天到医院陪程二太太一起吃饭，在对方醒着的时候跟对方说说话。

脱去西装，换上病号服后，程二太太的身上多了几分温和。

她依旧话少，一天下来除了处理工作，没说几句话。可是霍音明显感觉到，对方跟刚刚见面的时候不同了。

程嘉让下班后会来病房，有时候会跟她们一起吃饭。这边偶尔会有人来探病，他们不认得霍音，以为她是程二太太的亲戚。每当这个时候，程二太太便会解释，说霍音是阿让的女朋友。后来，程二太太让霍音不要叫自己"二太太"，跟程嘉让的朋友一样，叫"徐姨"就好。

霍音在医院照顾徐姨的这几天，程志高又来闹过一次，还带着人拍照、录像。大众对豪门秘密的好奇程度不亚于娱乐圈八卦，这些事一发出来，就闹得沸沸扬扬的。

一天晚上，霍音半夜醒了，听到程嘉让在卫生间里跟律师打电话，说要告那几家乱写的媒体。

霍音坐在床上叹气。那些乱写的媒体，他们当然要告，可现在最应该做的，是用舆论反制舆论。她是记者，应该能为程嘉让做些什么。

霍音第二天就写好稿子，递给社里的财经部和娱乐部负责人。她还没得到那边的消息，反而先接到了徐教授的电话。教授说，这份稿子他亲自审核，这件事，也要算他一份。毕竟他是徐朝云的三叔。

这场没有硝烟的舆论战争并没有持续多久，就以程氏集团掌权人病情好转，恢复工作而告终。

徐朝云回公司上班的第一个周末，在某五星级酒店包了一层，宴请宾客。

本市有头有脸的人物几乎都到了，徐朝云还请来了当红歌手梁亦辞到现场献唱。不过，霍音没有认真听歌，因为她今晚见到了几个并不是很想见到的人——林珩、何方怡。

晚宴上，程嘉让因为要上晚班，迟迟没来。霍音则一直跟在徐姨身边。徐姨敬别人酒，她就跟着喝，不怎么说话，只乖巧地做徐姨的陪衬。霍音没想到，即便已经努力降低自己的存在感了，还是有人发难。

徐姨去了洗手间，霍音坐在宴厅的长桌边，听其他人聊天。

何方怡就坐在霍音的斜对面，见徐姨走了，立刻跟小姐妹一起对霍音指指点点。

"今天这场晚宴哪儿都好，就是安保不太好，什么阿猫、阿狗都能进来。"

"那种爱攀高枝的乡下丫头也能来，真是好笑。"

她们说话时，一直眼神不善地看着霍音的方向，引得其他人纷纷看向霍音。

霍音只觉得脸上火辣辣的，张了张口，想反驳回去，却一时之间想不到该说什么。她正思考着，突然听见不远处传来一道熟悉又陌生的声音。

"何方怡，你够了，适可而止吧。"

说话的人是林珩。

霍音一时无言。讽刺的是，这是她认识林珩以后，他第一次帮她说话。

"林珩，这关你什么事？怎么，这乡下丫头把你的魂勾走了？我说你……"

何方怡话说到一半，被另一道声音径直打断："保安。"来人声音清亮，不怒自威，带着绝对的掌控力，"这位，麻烦帮我请出去。"

这次，说话的人是程二太太。

何方怡错愕地看向徐朝云，愣了两秒才问："程二太太，您这是什么意思？"

"没什么意思，就是想告诉你，我们程家的事还轮不到你插手，我身边的人，也轮不到你来诋毁。"

这样的晚宴，来的都是有头有脸的人物，徐朝云直接将人赶出去，可以说是极不给面子了。何方怡的脸色瞬间变得难看。

旁边有不少人窃窃私语："活该，欺负人家小姑娘。"

"何大小姐被他们家惯坏了，成天把自己当公主，今天算是踢到铁板了。"

"谁说不是呢？就该让程二太太好好教她做人。"

徐朝云说完，又瞥了一眼保安，道："还愣着干什么？请她出去。"

05

霍音和程嘉让的感情稳中向好。霍音觉得，连他妈妈都不反对他们在一起了，那他们现在什么也不用担心了，直到她发现程嘉让收到了来自西国顶级医学院的录取通知书。与此同时，她也接到了徐教授的邀请电话。

鱼门庄的纪录片和新闻稿一出，便引起社会各界激烈地讨论，加之近来有相关案件曝光，鱼门庄事件的关注度达到高峰。与此同时，业内和大众记住了霍音、顾姝彤、韩宇这三个名字。他们以身涉险，拍摄到了珍贵的影像资料，让所有人看到了真实且震撼的一幕。霍音更是凭借那张胡老师翻越山岗的照片，斩获国内权威的新闻奖项。

一时之间，霍音风头无两。而那张照片被业内知名前辈赐名"希望"。老前辈说，一看到这张照片就觉得有无限的希望，说要谢谢霍音给这个女人希望。

鱼门庄那些读不了书的孩子也被社会大众关注到了。各界人士捐款捐物，霍音也从所获的三十万元奖金中拿出了十五万元，捐给鱼门庄的学校。

至于胡老师，警方介入以后，不管是胡老师还是从蠡营村逃跑的女人，都顺利地回家了。胡老师的父母发在"宝贝回家"网站上的求助消息终于被撤下。十几年了，年近花甲的老夫妻终于接回了自己的宝贝。

徐教授在霍音获奖时就跟她提过，说他最近拿到了一些资料，需要派人去 D 国跟踪报道。这趟 D 国之行，少则八个月，多则一年。霍音想也没想就委婉地拒绝了。教授却让她先不要着急，可以再考虑一段时间。

霍音再次接到徐教授的电话时，正跟程嘉让在外面吃火锅。程嘉让最近很反常，一直没加班，就连夜班也不用上，每天都准时下班带她出去吃喝玩乐，大有要将他所有的工资全部花光的架势。霍音虽然拒绝他送自己贵重的礼物，却没有拒绝他带自己出去玩。

徐教授邀请她去 D 国的事在她心里埋下了种子，霍音很喜欢这段疯狂且浪漫的时光，好像每一天都是最后一天。

这种感觉一直持续到六月二十日的晚上。那天晚上，霍音梦见自己和徐教授去了兵荒马乱的 D 国，在一次动乱中，被子弹射穿心脏，到死也没能回国。濒死的恐惧感与窒息感将她吞噬，她几乎一瞬间从床上惊醒，随后猛地掀开盖在脸上的被子，大口大口地呼吸。

霍音惊魂未定，低声呼唤程嘉让，却没有得到回应。霍音屏住呼吸，发现房间里安静得过分。她伸手往身旁摸了摸，床上只剩一点儿余温。

霍音轻手轻脚地下了床，连拖鞋也忘了穿。卫生间里没人。霍音轻轻打开房间门，走进客厅，借着银白色的月光看见了正在阳台上讲电话的年轻男人。他背对她站着，手里拿着一份文件。

阳台上的玻璃门被关上了，他的声音显得特别小。霍音一直走到沙发边，才勉强听清他说的话。

"主任，我已经说了，我不想去。您不是说等着去的人有一大把吗？那就让他们去！"

"您不用再让学校的领导来跟我讲了，我没什么远大的理想，用不着去国外镀金。"

"为什么我非要去一趟西国，才算是学业圆满？那么多人没去过，他们的学业就不圆满吗？"

电话那头的人不知道说了什么，程嘉让沉默了好久，才语气低沉地说："是，我就是舍不得她。"

听到这句话，霍音觉得自己的心似乎漏跳了一拍。

听程嘉让在电话里提到西国，霍音才恍然想起来，这件事她好早之前就听说过。

那时她和林珩还没分手。林珩来找她求和，他们碰巧遇上了陈阳。陈阳说程嘉让都被保送去西国了，林珩还在这儿风花雪月。后来，西国疫情严重，这件事暂时搁置，霍音便慢慢忘了，直到此刻才想起来……

这个夜晚，他躲在阳台上极力拒绝。她躲在沙发旁流着眼泪偷听。他说要把那份同意书撕掉的时候，她终于忍不住跑去阻止了他。西国医疗技术殊为发达，去西国交流的机会多少医学生求之不得，她不可以让他因为她而自毁前程。

所以接下来的两天，她用近乎冷酷的态度告诉他，她要跟徐教授去D国做深度报道，他也必须去西国交流学习。

"阿让，答应我，我们谁都不要做阻碍对方往前走的人。"

程嘉让去西国的时间在霍音去D国之前。他出发的前一晚，他们在北三环的这间公寓里彻夜疯狂。

霍音有时候会怪自己那晚玩得太疯了，以至于在D国无法见他的一年零八个月里，她都想他想到难以入眠。

是的，霍音和徐教授最后在D国待了一年零八个月。

这一年多，她跟徐老看着嫌疑人一步一步疯狂，看着警方步步收网，整个犯罪群体渐近走向灭亡。她好想回国，好想去西国见他，可是也好想拍下所有珍贵的画面。所以，她回国的日子拖了一天又一天。

而她也因为这项工作的保密性和特殊性，没有办法去西国看他，也没有办法让他涉险前来。她在D国而他在西国的一年零八个月里，他们一面也没有见过。

他们距离最近的时候，是她跟徐老的住处附近新建了信号塔，她终于可以在闲暇的时候，肆无忌惮地跟他视频通话。

霍音在D国最高兴的事，是徐教授请她到当地最贵的一家饭馆吃饭。

教授跟她说："我年纪大了，也就再做这么一件大事了，以后就要靠你们这些年轻人了。我当时劝你来 D 国，嘉让那小子肯定恨死我了。现在事情处理得差不多了，苦日子熬到头了，老头子我不拘着你了，你明天就可以收拾东西离开。你回国或者去找那小子，都可以。"

那是他们在 D 国吃得最好的一顿。

霍音吃完饭，跑回他们租住的破旧小楼，一边拨打程嘉让的电话，一边收拾行李。

电话接通以后，他问她有什么事那么高兴，怎么笑得跟傻子似的。

她说，傻就傻吧，傻子明天就启程去西国找你。

他沉默了好久，最后说："那我先准备准备。"

"准备什么？"

男人的声音很轻，语气却无比郑重："准备一见到你就跟你求婚。"

霍音被他说得又哭又笑，抹了一把眼泪，道："哪有你这样的人，要求婚还提前告诉我。求婚不都是惊喜吗？"

她笑了，程嘉让跟着她笑，说那就拜托她假装刚刚什么话也没听到，到时候配合他一下。

那天他好像不忙，他们隔着手机，隔着一年零八个月的时光，从白天聊到黑夜。没有话可聊的时候，他们宁愿无声地傻笑，也不愿意挂断电话。

霍音在堆着她的衣服和生活用品的大床上进入梦乡，手机不知什么时候因为没电而自动关机，电话也因此挂断。

然而，霍音再醒过来的时候，天都变了。

天好像亮了，又好像没有亮。徐教授就在她的隔壁，特地打电话过来说："小霍，真对不起。D 国疫情突然爆发，我今天一大早接到通知，这边全面封锁，我们回不去了。"

霍音愣了好久，挂断电话，径直推门出去，敲响隔壁房间的门。

她没有考虑教授年迈，无法第一时间打开门，没有在意自己敲门是否会吵到其他房间的租客，仿佛没有痛感似的，疯狂地拍教授房间的门，情绪彻底失控："教授，来 D 国之前，您告诉我少则八个月，多则一年，可现在已经一年零八个月了。您昨天告诉我可以回国，我不知道有多高兴。可是您今天又告诉我不可以了。教授，您能不能告诉我，到底什么时候，我们才能回去啊？"

虽然隔着一道厚厚的门板，她还是听见教授在房间里无力地叹息了一声，道："小霍，对不起。这次是全国封锁，任何人都无法出入国境。"

"那我什么时候才能回去？"

"对不起，我不知道。"

霍音后来因此事向教授道过歉，教授也表示理解。

被迫留在 D 国的每一天，霍音都无比绝望。所有人被强制隔离在住所，霍音跟程嘉让几乎进入"断联"状态。

他得知她无法出境后，给她发了一条微信，称"阿音，我会去接你"，然后就消失了。

霍音试图用工作麻痹自己，将他们在这里拍摄下来的所有资料整合起来，写了一篇徐教授看过后拍手称赞的新闻稿。稿子发到国内的那天，小城解封了。

霍音听见那个跟她相熟的八岁小女孩儿站在院子里大声喊她的名字，用她教的中文对她说："阿音，你快下来，这边来了一个好漂亮的中国医生。"

小女孩儿还弄不清"漂亮"的用法。

霍音鬼使神差地跟着她出了门，然后在小城那条破败的主干道上，看见了那个男人。夕阳斜照在他身上。那个男人穿着蓝白相间的防护服，正摘下口罩，倚在马路边笔直的白桦树上抽烟。

那天她才知道，程嘉让加入了西国的医疗援助团，不远万里来到 D 国，没日没夜地救人一个多月，终于在解封的第一天见到了她。

他看她的第一眼，眼睛就红了，取下烟，直愣愣地看着她。

大概是太久没见她了，他哑着嗓子跟她说的第一句话是："还要抽烟吗？"

而她见到他后的第一句话是："我愿意。"

霍音在 D 国的最后一项工作是采访西国胸外科杰出医生史蒂夫教授的关门弟子，也就是攻克了胸外科十多年来一大技术难题，大大提高了多种疾病手术成功率的中国青年医生程嘉让。

这次采访由《首都日报》的总编辑徐辉教授掌镜。

霍音举着话筒问："那么请问程医生，您在医学领域做过的最不后悔的事是什么？"

对方的目光落在她的脸上，他道："跟医疗支援队来 D 国。"

"为什么？"

"因为这里有我最喜欢事和人。"

"是什么？"

"治病救人，还有……我的宝贝。"

霍音的声音开始发涩："那你……不害怕吗？"

没有等到程嘉让回答，镜头后面传来画外音："他啊，明知山有虎，偏向虎山行！"

故事的结尾简单得不能再简单，他做了一名好医生，她做了一名好记者。

走向前路的途中，何其有幸，他们有彼此相伴。

何其有幸，他们都在这段爱情里，成了更好的自己。

Extra episode

她们仨

01

国王游戏

八月中旬，一趟自 D 国首府西黎飞往中国北京的航班于上午十点三十分落地首都国际机场。

这天天气顶好，湛蓝的晴空一眼难望尽头，温度不低。

霍音一出机场，就被从四面八方涌来的热浪包裹。

她抬起手在脸颊旁扇了扇风，看向身后一前一后出来的程嘉让跟徐教授。

程嘉让一个人推着三个人的行李箱，虽然看上去游刃有余，但霍音仍忍不住小跑两步过去，将手伸到其中一个行李箱边。

"我来拿吧！"

程嘉让的头发剪短了一些，身上穿着一件宽大的纯白色 T 配黑色九分裤，是简单到极致的穿搭风格。可这身衣服配上他那张脸，在人来人往的机场门口，依旧十分惹人注目。

程嘉让闻言，看了霍音一眼，散漫地道："什么时候让你拿过？"

他说完将霍音那边的行李箱又往他身边拉了拉，跟宣示主权似的。

没等霍音应声，他又朝着她身后的方向抬抬下颌，问："老头儿，你摇什么头呢？"

霍音顺着他的目光看过去，只见徐教授又摇了两下头。

老爷子看看霍音，又看看程嘉让，来了一句："今天可以列入我今年最后悔的日子排行榜前三。我就不应该跟你们俩一起走。"

"我俩招你惹你了？"

"你们俩'虐狗'。"徐老爷子这话一出口，他们三个人都忍不住笑出声。

不愧是当代新闻界的泰斗级的人物，整天"冲浪"，这网络词语用得很贴切。

"徐先生、小程、小霍，你们可算是到了。"他们正说着话，徐教授家的管家从马路边的一辆车里下来，迎面向他们走来，"我今天一大早上就出门等着了，可算把你们盼回来了。"

霍音和程嘉让原本的计划是下了飞机后直接叫车回家。后来，江子安知道他们要回来，说什么也要亲自来接。就在这时，程嘉让收到了江子安发来的微信。

"让哥，不行，计划有变！我这儿出了人命关天的事，去不了了，你跟嫂子自己打个车回去吧。"

"不过晚上的局你们还要来啊，晚上我有重要的事宣布，谁都不能缺席。"

这个不靠谱的人临时取消了接机计划，程嘉让跟霍音干脆蹭了老爷子的车。管家阿姨实在太热情，留他们在徐家吃午饭不说，连晚饭都一起留了。

盛情难却，霍音跟程嘉让出来的时候，江子安那边的局已经开始了。

江子安特别爱去夜场，两年过去了，一点儿没变。所以这回，聚会地点还是在一家夜场内。

江子安组这个局，是为了欢迎程嘉让回北京。大概因为程嘉让跟霍音是主角，所以江子安把聚会地点安排得离他们很近。场地就在北三环，是程嘉让公寓边上的商圈。程嘉让跟霍音步行一会儿就能到。

他们去的时候，场子里已经来了不少熟悉的脸孔，都是往日玩得好的，江子安、岑月、顾姝彤以及韩宇都在。

霍音跟程嘉让进了门，突然不大确定他们俩是不是今天的主角。因为在他们还没到的时候，大家就已经很开心了。

江子安已经喝了大半瓶红酒，站在包厢中间，拍了几下手，让其他人安静下来。

"来来来，大家安静一下啊，今天我有一件大事要宣布。这件事非常重要，所以希望大家都认真听一下啊！喀喀……那我就说了啊！"

程嘉让倚在墙边，不耐烦地开口："有这工夫，你早说完了。"

江子安转过来的时候，猛地拍了一把自己的脑袋，再次开口："看我这脑子，都忘了我让哥、让嫂了。不过，这不重要，你俩自己找地方坐着去，别耽误我宣布大事。"

霍音跟程嘉让到门对面的长沙发上坐下，霍音的右手边是程嘉让，左手边是岑月，再往左就是顾师姐和韩宇。总之周边全是熟人，连她这种不爱参加聚会的人都觉得颇为放松。

霍音一落座，岑月就递了一杯橙汁到她手边，依旧跟两年前一样笑着跟霍音打招呼："外边热吧？来，快喝点儿饮料。"

"谢谢学姐！"

霍音喝了一口饮料，跟顾师姐打了个招呼，这才小声问岑月："学姐，江子安今天要宣布什么事情啊？这么神秘。"

岑月瞥了一眼江子安，从果盘里抓了一大把瓜子塞到霍音的手里，随口回道："他能有什么正经事？"

"今天，我要宣布的是，我跟岑月要结婚了！"江子安的语速快了起来，他明明说是自己跟岑月的事，眼睛愣是没朝岑月这边看，"以及，我就要当爹了！不好意思，各位，这次小爷我要领先了。"

江子安说完这些话，现场再没有其他人说话。大家都沉默了。

霍音两年没在国内，从来没听到过江子安跟岑月在一起了的消息，他们怎么突然就开始孕育下一代了？

岑月险些被瓜子呛死，咳嗽了好久才恢复过来，指着江子安骂了一分钟。

"江子安，你是不是有病？这么多人在呢，你怎么什么都说？"

"你疯了吧？谁要跟你结婚，你跟我求婚了吗？"

江子安挠了挠头，问："我不是前天求的吗？你这么快就忘了？"

"我管你是哪天求的，我没答应！"

"那你前天都拉着我一起睡觉了，还不算答应啊？"

"江子安！"

这场突如其来的闹剧，最终在程霖进门后终结。不过，在场其他人似乎都希望这场闹剧不要结束，因为岑月跟江子安掐架，大家喜闻乐见。可程霖一来，包厢里的气氛瞬间变了，空气中散发着无以言表的尴尬气息。

岑月把江子安拉到一边，声音由大变小。饶是如此，霍音还是听清了她是怎么骂的人："江子安，你是不是脑子有病？你忘了程霖跟那个谁的事了？你把他们俩弄到一块儿，是嫌死得不够快？"

在场的都是知情人，均因为这件事紧张起来。霍音下意识地看向程霖，又暗暗看向师姐。反倒是他们两个当事人要淡定得多。

他们一脸漠然，当作没有看到对方、没有听到那些话，当作一切都没有发生过。

霍音不知道他们是不是真的释怀了，只是她好像看到坐在角落的程霖，表面上在喝酒，却暗暗看过师姐好多次。

不过，师姐一次也没看他。

包厢里，深蓝色的激光灯扫过房间的每一个角落。众人只是因为程霖进来，短暂地尴尬了一会儿，很快又恢复正常，重新玩乐起来。

岑月教训了江子安足足五分钟，随后重新坐到霍音他们旁边。江子安则被岑月撵到韩宇那边去坐了。

岑月之前提过，说江子安跟韩宇一见如故。霍音看向那两个人，发现他们今天都穿了同一个品牌的衣服。霍音在心里感叹：他们不一见如故才奇怪。

霍音想到刚刚江子安宣布的两个消息：他和岑月要结婚了以及他要当爸爸了。

霍音这才注意到，一向苗条的岑月今天穿了一件宽大的白色衬衫，脸上未施粉黛，看起来颇为素净。霍音以前就觉得江子安和岑学姐关系不一般，他们两个人在一起时，吵得比谁都厉害；但不在一起了，又比谁都挂念对方。在外面这两年，霍音偶尔会跟他们联系，可是从没有听说过他们在一起的消息。在场的几乎都是他们的好友，大家都一脸惊讶的样子，大概都没有听到什么风声。

岑月似乎因为刚刚的事情有点儿不自然，想跟霍音聊天，来转移注意力。

"你知道的，江子安就是有病，满嘴跑火车，你别听他的。"岑月又问霍音，"你们俩呢？跑到国外待了两年，这次回来了，有什么打算？"

岑月嘴上一直在吐槽江子安，但霍音总觉得，这些话里多少带了些甜。

霍音忍不住笑了一下，道："学姐，我们这次回来，真的哪里都不去了。哪里都没有我们的国家好。"

"哈哈，我还以为你就喜欢到处跑呢。安定下来好，偶尔去外地出个差可以，但长期生活在异国他乡，感觉还是太难受了。"岑月朝程嘉让的方向看了看，问，"他呢？你们俩打算什么时候结婚？"

结婚……她在 D 国隔离之前，他们视频通话时他说要求婚，后来他还没求，她就先答应了。他不远万里，无惧艰险，见她有危险就来了，她不可能不感动。

饶是如此，霍音听了岑月的话，还是觉得结婚离他们还有些遥远。霍音正不知该如何回答时，身后的男人陡然插了句话："你跟江子，神速啊。"

岑月顿了一秒钟，道："学弟，你怎么哪壶不开提哪壶啊！"

程嘉让将手搭在霍音的肩上，道："怎么回事，说说？"

"你什么时候这么八卦了，你不是对这些不感兴趣吗？"

"这得分人。"

岑月不相信程嘉让是真的对这件事感兴趣，正想张口糊弄过去，却发现霍音睁大了眼睛，正眼巴巴地望着自己。

好家伙，原来程嘉让是想让她说给霍音听啊！

岑月无奈地摇了摇头，感叹道："喝酒误事啊！"

程嘉让挑了一下眉："学姐应该知道，酒后怀的孩子不适合要。"

"不是那次……"

话题逐步展开，霍音在旁边听得面红耳赤，而他们两个学医的，完全一副讨论正经话题的样子。好在这个话题很快被江子安的一句话打断——

那边，江子安跟韩宇喝高兴了，脱口而出："宇哥啊，就冲咱俩今天一见如故，兄弟我必须说一句，你跟顾姐真是天造地设的一对，你们站在一起，就是一道亮丽的风景啊！"

他嗓门不小，在场其他人几乎全听见了，刚刚缓和的气氛又瞬间变得尴尬。大家看看韩宇，又看看程霖，窃窃私语。

岑月气得指着江子安对霍音他们说："学妹、学弟，等我一会儿啊，江子安又乱说话了，我先去教育他一下。"

音乐声震耳欲聋，所有人仿佛彼此隔绝，唯有贴近对方才能勉强交流。霍音坐在程嘉让身边，灯光不时照到男人棱角分明的侧脸上。

她看到他从口袋里掏出烟，抽出一根叼着，另一只手在找打火机。

现在，这样近的距离，周围无人打扰，他们像在独处。但事实上，他们已经有两年多没有独处过。

即使是前两日在 D 国的边陲小镇，他们也只是匆匆见了面。她等他工作收尾，又忙于收拾行李，准备采访和回国方面的事宜。

回来的航班上，他们并排而坐，可教授在旁边，她不敢放肆，就只敢闭着眼睛任由他拉着她的手。

算起来，此时此刻竟然是他俩两年多以来最像独处的一次。

霍音没讲话，默默地从放在一旁的手包夹层里掏出一条男款"项链"。那是很简单的款式，链条上坠着一个小胶囊模样的银质挂坠。

身边的男人还没找到打火机，有些烦躁，正仰头看向不远处的江子安。

"阿让。"霍音扯扯程嘉让的袖子，将项链塞到对方的手里，手指短暂地摩擦过男人温热的掌心，猝不及防地被烫到。她对他还有一种奇异的陌生感，未收回手，倏然之间已被对方握住。

程嘉让转头看过来。霍音两颊微微泛红，还好在这样的环境下看得并不明显。

"这是什么？"他看看手心的东西，问她。

"是我在 D 国的时候，偶然在街上看到的，买了好久了，给你。"

"项链？我们阿音就是有眼光。"这其实是一条很普通的项链，材质是银，做工也很一般，是她从 D 国的小摊上买的，还不如他的两包烟贵。

可是他一贯会说好听的话来哄她，她也不清楚他是不是真的喜欢她送他的礼物。

霍音用目光瞥见程嘉让手腕上略微显旧的那块腕表。那年，她在洛乡市拍摄的纪录片和照片获得了国内的重要奖项，她还拿到了徐教授代表报社发的奖金，加起来有三十万元。她花了十五万元给鱼门庄的小学校添砖加瓦，又拿了十万元给妈妈补贴家用。剩下的五万元，她买了一块手表，在程嘉让过生日的时候送他。

霍音知道他除了摩托车，还喜欢腕表，一直有收藏名表的习惯。他的每一块腕表都价格昂贵，比她送的那块表贵十多倍。

可是，自从她送了那块表以后，其他的手表都被他收起来了，他再也没戴过。现在，他看起来很喜欢她送的项链，拿在手里翻看两遍，作势要戴。

霍音伸手拦下来："你不用戴这个，这个是我在小摊上买的……我只是觉得好玩。"她把项链拿回手中，扭开那个小圆柱吊坠。盖子打开以后，是一个超小的旧式打火机。

他总是忘带打火机，她送他这个，其实是把它当成一个打火机。

打火机对他们来说，有非同一般的意义。

"嚯，这小玩意儿。"程嘉让低笑，想接过。

霍音拿着小打火机的手却已经伸到他面前，她道："我帮你点。"

"不用。"他若有所思，道，"我自己来。"

霍音知道他在想什么，摇摇头："没关系的。"

"阿音……"

"哎呀，快点儿！"

对方将信将疑。

霍音试了好几次，终于将火点燃。很小的火苗，只够将他的烟点燃。她想起第一次帮他点烟时，蓝黄相间的火苗横亘在他们两个之间，放肆地飘着。

她点完烟，拿打火机的手再度被握住，男人的指腹贴上她的手背，一下一下地摩挲起来。他开口跟她说话的时候，声音被迷乱的氛围衬得无比勾人："阿音，你不知道我有多想你。"

他这样看她，眼睛里的漩涡像是要将她吸进去，让她溺死在他无尽的温柔里。

霍音看他一眼，匆匆收回目光，暗自扫过周围，发现大家正各玩各的，没有注意他们，这才从程嘉让的手里抽回手，张开了双臂，钻入男人的怀里。

程嘉让将烟拿远，以防烫到霍音，未拿烟的手顺势揽住她，手指插进女孩子柔软的发间。

她又软又小，他能轻而易举地将她揽入怀里。

隔着薄薄的夏衫，他们能够感觉到彼此的体温。

霍音趴在程嘉让的肩膀上，凑到他的耳边，用只有他们两个人可以听到的声音问他："嗯……那……今天晚上……要不要一起睡觉？"

话音落下的一刻，她明显感觉他停顿了半秒。半秒钟后，她只觉脖颈一痛，猝不及防被咬了一下。

她抬眼瞪他的时候，听见他说："走。"

"啊，去哪儿？"

程嘉让将人拉起来，声音与温热的气息一并落入霍音的耳畔："现在就回家。"

霍音跟程嘉让最终没有提前走成。原因在于江子安今天可能是高兴得昏了头，以至于哪壶不开提哪壶，非要在这种情形下玩游戏。

这边霍音被程嘉让从沙发上拉起来，正准备往外走，还没迈出步子，就听到江子安不嫌事大地扬声说："大家就这么各玩各的，多没意思，咱们来玩游戏吧？真心话大冒险？不行，这个都玩腻了。狼人杀吧，玩不玩？"

旁边有人说不知道规则。

江子安想了半天，倏然灵机一动，猛一拍手，道："玩国王游戏怎么样？好久没玩了。好不容易让哥跟霍妹妹回来了，大家人这么齐，一起玩！"

他说完，注意到这时站起身的霍音跟程嘉让，指着他们两个说道："让哥、霍妹妹，这是要上哪儿去？我跟你们讲，你们俩可是今天的主角，谁也不许走啊！"

霍音下意识地看向顾姝彤。但顾师姐一向比较内敛，脸上没什么表情，所以霍音看不懂师姐的心思。不过，霍音想到当年校庆时，在学校的大礼堂里，自己跟程嘉让、林珩一起玩真心话大冒险，场面一度十分尴尬。

她推己及人，觉得没什么人会想遇到这种事。是以，在江子安跟他们说话的时候，霍音试图转移话题："没，我们俩没想走。不过听你说起国王游戏，我才想起好久没见你们打牌了，上次你们玩的……五十K，我没有玩过，想试试。"

　　她其实对打牌没有什么兴趣，不过一群人一起打牌至少不会像玩桌游那么尴尬，场面也不会太难看。

　　未料还没等江子安回答，霍音先听到了另外一道声音。这是一道近乎陌生的声音，霍音循声看过去，才认清说话的人是谁。

　　程霖坐在角落，不知道什么时候站起身，拖了一把凳子坐到玻璃茶几前，深邃的目光扫过在场的每一个人，最终落到霍音的身上。他面无表情地开口道："弟妹想打五十K，回去让程三教你。今天这么多人在，玩五十K有什么意思？我看，他刚刚说的国王游戏就不错，一起玩玩？"

　　程霖说完，其他人都没接话，气氛一时之间十分尴尬。

　　两秒钟后，程嘉让散漫地开口道："程霖，你还有空跑出来玩？我妈这个点了都在公司加班，你也一把年纪了，回去好好挣钱，玩什么玩？"

　　大家听得出来，他这是想将话题引到别处去。可惜程霖似乎并不想这样，目光扫过程嘉让，话却不知是在对谁说："我加了两年多的班，才休息这么一天，也无可厚非吧？"

　　程霖说完，未等程嘉让回应，继续道："怎么我一说玩游戏，你们一个两个都把话题往别处扯？"他话说到一半，顿了一下，原本一直看着霍音和程嘉让，此时陡然转头看向包厢的另一边——韩宇和顾姝彤并排坐在那边。

　　程霖低沉的嗓音中不乏挑衅的意味："怎么，是不敢？"

　　顾姝彤没来得及阻止，一旁的韩宇脱口反问："有什么不敢的？"

　　"哦？既然敢，那就一起玩玩。"

　　"玩就玩！"

　　众人原本没有看热闹的心思，都想阻止程霖、韩宇和顾姝彤在一起玩游戏，不想场面变得太尴尬。不过现在既然连韩宇本人都开口应下了，其他人也没有什么话说了。众人干脆各自找好座位，围着茶几，坐成一个椭圆形的圈。

霍音担心会出问题，拉着程嘉让坐到顾师姐身边。

于是包厢里的位次就成了这样——霍音坐在沙发中央，右边是程嘉让，左边是顾姝彤。顾姝彤的左边是韩宇，对面则是程霖。岑月和江子安以及其他朋友围坐在剩余的位置上。

众人坐好后，刚刚剑拔弩张的微妙气氛有所缓和，大家纷纷开口。几个霍音叫不上来名字的人你一言我一语地聊了起来。

"刚才江子安说玩什么游戏来着？我没听清。"

"是玩国王游戏，还是真心话大冒险？"

"国王游戏。"

"对，是国王游戏。怎么玩啊这个？"

"不是吧，这你都不会，这么多年白出来玩了？"

这话被程霖听入耳中，他瞥了江子安一眼，出声道："给大伙讲讲规则。"

江子安有些懊恼自己刚刚乱讲话了。但这时大家都已坐到茶几前等着玩游戏了，木已成舟，他也没有办法，只好顺着程霖的话跟大家解释。

恰好侍者送来一副扑克牌，江子安接过，将牌打开。他数了一下，在场一共是十一个人，便从扑克牌中抽取了红桃 A、2、3、4……一直到 J，再加上大王，一共十二张牌。

江子安把剩下的牌扔在一边，拿起刚刚抽出来的十二张牌，单手铺开，放在众人面前。

随后，他介绍道："国王游戏很简单。咱们不是有十一个人吗？就先挑出十二张牌，分别是红桃 A 到红桃 J 这十一张，以及鬼牌，也就是大王牌，加起来一共有十二张牌。

"然后我们把红桃 A 到 J 看作从 1 到 11 的十一个号码。A 是 1 号，J 是 11 号。

"洗牌之后将牌倒扣，随后每个人都要抽一张牌当自己的暗牌，不能将牌告诉别人。如果有人抽到的暗牌是鬼牌，那这个人是国王，需要亮牌。其他人抽完牌，桌上剩下的那张牌就是国王的号码牌。这张牌谁都不能看。

"但是，如果谁都没有抽到国王牌，那就是说，桌子上剩下的那张是国王牌，大家需要洗牌重来。

"国王可以指定任意两个人或者三个人做某件事，前提是不能看任何人的号码牌。做什么事都是国王自己决定的。其实这就相当于大冒险，不过有意思的点在于，国王自己也不知道自己的号码，很可能坑别人不成，反而坑到自己。"

江子安平时就是一个话痨，程嘉让常常嫌他话多。这回程霖让江子安讲游戏规则，可算是给了江子安机会。江子安滔滔不绝，十分激动。

有男生忍不住吐槽道："行了啊，江子安，差不多得了。你真当我们都是傻子呢？"

另一个人解围道："好了，我觉得子安讲解得不错啊，我好像听懂了。赶紧开始！"

"对对对，快开始。"

就这样，"国王游戏"拉开序幕。

霍音瞥了一眼表面不动声色实际全身紧绷的顾师姐，伸出左手，握住师姐的手。随后，霍音在第一个人开始抽牌之前开口问："如果遇到不想做的事情，我们能用喝酒替代吗？"

霍音看程霖那副样子，担心他看到顾师姐和小韩坐在一起会心情不好，一会儿像林珩那天那样，说一些让大家都尴尬的话。

喝酒总比到时候大家难堪好。

这点江子安刚刚忘记说了。被霍音这么一提醒，江子安很快想起来，连忙补充道："霍妹妹说得对，刚才我忘记说了。我们这个游戏跟'真心话大冒险'的规则差不多，大家如果遇到实在觉得为难的事，选喝酒就可以了。"

第一轮抽到国王牌的是坐在江子安旁边的灰衣男。

他拿到国王牌后还有点儿为难，在其他人的催促下才破罐子破摔地说："那我就随便说了啊！五号和七号，互相说一下你们有没有喜欢过对方。"

话音刚落，江子安就把牌扔到桌上，正是红桃7。江子安顺手推了灰衣男一把，不服气地道："我说你小子挺会说啊，不是偷看我的牌了吧？

"五号呢，五号是谁？赶紧亮出来！不过我先说好啊，我老婆在这儿，你得注意言辞啊！"

他说完就被岑月在后脑勺上打了一巴掌。

"谁是你老婆？"

大伙纷纷笑了。

霍音见五号没出来，心虚地悄悄看一眼牌，红桃A，还好。

突然，她旁边的人甩出一张牌。她定睛一看，确实是红桃5。

霍音听见程嘉让骂了一声，紧接着，他将胳膊搭到霍音的肩上，随意指了指江子安的方向，话讲得漫不经心："我媳妇也在这儿呢，你注意点儿言辞。"

江子安看到程嘉让扔了牌出来，笑得前仰后合，此时听了这话，笑道："搞得这么绝情干吗？让哥，不是我说，兄弟我这辈子也就是托生成男的了，我要是个女的，肯定求着嫁给你。"

众人自在地哄笑起来。

"那真是不好意思了。"程嘉让闻言，一把将霍音搂进怀里，道，"睁开眼看看爷的择偶标准。你够不上。"

新一轮游戏很快开始。这回江子安抽到了国王牌。

没等其他人抽完牌，他就迫不及待地把牌往桌上一撂，得意扬扬地指着牌道："不好意思，各位。咱这手气真是太好了。咱就是天生的主角命，承让承让啊！"

他一副看热闹不嫌事大的神情，将周围的人扫视了一圈。岑月拼命在旁边给他使眼色，生怕他搞出什么幺蛾子。

江子安却跟没当回事似的，冲岑月仰仰下颔，表示自己知道了，然后继续吊儿郎当地说："既然这张牌到了我手里，那我就不客气了啊，各位。"

"一号和十一号。"

江子安点到两个人，但暂时无人认领号码。

霍音又看了一眼自己手上的那张红桃 3，有些庆幸，可是不知道为什么，总觉得一颗心提着，好像随时要有什么不得了的事情发生。

她是在担心顾师姐。她不希望曾经在自己身上发生的事情重演，不希望师姐继续被他人纠缠。

在 D 国的时候，霍音不是没有关心过师姐这两年的情况，还几次委婉地问过师姐。师姐只是说，她现在只想好好搞自己的事业，没有心思放在感情上面，说她觉得人活一辈子，不一定要有另一半陪着，一个人也可以很好，有朋友、亲人在身边就够了，非要找人一起过，是给自己添烦恼。

霍音知道韩宇对顾师姐的心思。

韩宇跟师姐完全是两种人，不敏感、不委婉，直接又热烈，喜怒全写在脸上。他对顾师姐的心思更是不加掩饰。

不过每回霍音提起他们的关系，师姐都说只是把韩宇当成弟弟。即使她们都清楚，韩宇跟师姐一样大，根本不是什么弟弟。

霍音的思绪一下子飘出很远，还是在江子安再度开口说话的时候被拉了回来。

"选定了，一号和十一号，也不用做别的，管我老婆叫一声'奶奶'

就行了。"

霍音终于松了一口气，悬着的一颗心也稍稍沉了下去。余光扫见身旁的师姐，她似乎看到师姐紧绷的身子略微动了动。

江子安说完，看了一眼岑月，邀功似的道："宝贝，你看我对你好吧？这回咱俩白得两个孙子，你就瞧好了吧！我说各位，一号和十一号，倒是赶紧亮牌啊！"

程霖不紧不慢地翻开手里的牌，牌上写着一个不大不小的"J"。很不巧，他就是江子安点中的十一号。

在座的大多二十来岁，最大的便是程霖。程霖是程嘉让的堂哥，今年三十出头。他叫岑月"奶奶"，实在有些奇怪。

没等众人反应过来，程霖已经随手取来桌上的一瓶威士忌，自己倒了大半杯，端起来一饮而尽。

"干了。"

在程霖面前，江子安不敢造次，连忙点头："好嘞，哥。"

江子安说完才反应过来，他刚刚点到的一号，也就是红桃 A 的持有者，一直到现在还没有承认自己的身份。

于是，江子安又问了一遍："一号怎么还没出来？不会是不敢出来了吧？"

又过了一段时间，还是没人出来认领红桃 A。

大家随口调侃起来："又看了一眼，一号不是我啊。那到底是你们谁的牌，还不赶紧认领一下？"

"就是，快点儿，叫声奶奶又没什么。"

"一号赶紧出来，我们好开始玩下一局啊。"

"……"

最后还是霍音忍不住小声开口："会不会……"

她指了指现在还被扣在茶几中央的最后一张牌，那正是"国王"的号码牌。

"会不会是那张？"她将信将疑地问。

江子安一听这话，心里咯噔一声。他咽了一口唾沫，试图安慰自己："怎么可能？我运气这么好，怎么可能碰见这么离谱的事？"

程嘉让将霍音搂在怀里，将头搁在她的头顶，下巴细细摩擦过她头顶的发丝。程嘉让随口冲江子安道："是不是，你打开看看不就知道了？"

这回换成岑月看热闹不嫌事大了。她脸带笑意，顺着程嘉让的话对江子安道："对啊，是不是，你打开看看不就知道了？在这儿磨蹭什么呢。"

江子安一听这话，顿时就道："岑月，你跟谁一伙儿的？你怎么能不帮你老公说话，还帮着他啊？"

"我这是帮理不帮亲。"岑月伸手把那张倒扣的牌带过来，放在江子安面前，"来，少废话，你自己翻开看看这是什么牌。"

"我……"

"快点儿！"

江子安没办法，眼睛一闭，将手伸出去，捏住牌。

众人齐齐看向茶几中央，江子安还在倒数："3……2……1……"

啪的一声，扑克牌被掀开，赫然是一张红桃 A。

江子安抬手拍了两下脑门，懊恼不已。这才玩到第二局，他就已经把自己套路进去了。

一看是这样的结果，大家开始起哄："哈哈，这个游戏说实话挺无聊的，但是有了江哥，其乐无穷啊！"

"谁说不是呢？江哥刚说什么来着，对，要叫岑月'奶奶'。江哥，别愣着了，叫啊！"

"叫一个！叫一个！"

"……"

"你们几个，别瞎起哄啊，我跟我老婆这关系，她能让我叫她奶奶吗？"

江子安说着话，学着程嘉让的样子，将自己的手伸过去，搭在岑月的肩上，刻意凑到岑月身边，问："月月，你说是不是，这声'奶奶'不能让我叫吧？"

众人不服，抗议道："江哥，不带这么玩的啊，你这不是钻空子吗？"

"江子安，你怎么回事，是不是玩不起？你俩这关系，你叫她一声'奶奶'怎么了？也不吃亏啊！"

"就是。叫一个！叫一个！"

江子安耍无赖，道："我说你们几个，爱看热闹是吧？等着，等一会儿你们也中招了，我看你们几个还起不起哄。"

江子安跟那几个男生闹了起来，话刚说完，脸上的笑意还在，倏然听见旁边的岑月说："我倒是觉得他们说得挺对的，咱俩都是这种关系了，你叫我一声'奶奶'怎么了？你也不吃亏呀。"

江子安不敢置信："岑月，你也学坏啦？"

"江子安，你少废话，快点儿，我等着听呢！"

"不是，月月啊，这么多人，给我点儿面子。回家后，你让我怎么叫都行。"

旁边有人吹起了口哨，调侃道："想不到江哥好这口啊！"

"去去去，别瞎扯。"江子安又对岑月说："月月，你看看，我直接喝酒行不？两杯……三杯……或者四杯……"

他是没想到，岑月完全不吃他这一套。

没等他继续加码，岑月就直接道："行了，愿赌服输，大男人这么玩不起？江子安，你别以为我不知你的小心思。你不是最爱喝酒吗，让你喝酒不是正合你意？别废话了，赶紧给我叫。"

旁边几个男生边笑边摇头。

想当年，他们江哥也算是这一片有名的纨绔，抓鸡逗狗样样不落的主儿，那时候除了让哥的话，谁的话都不听，现在照样被岑月治得服服帖帖的，得规规矩矩地管人家叫"奶奶"。

被江子安搞了这么一出，包厢里算是彻底热闹起来了，就连跟大多数人不熟的顾姝彤，脸上也有了笑意，看起来放松了不少。

大家玩着玩着，胆子逐渐大了起来，游戏的尺度也逐渐加大。

有一局，岑月抽到国王牌，点了两个人接吻，正好是霍音跟程嘉让。

程嘉让酒都端起来了，发现另一个人是霍音，干脆喝了一小口，将霍音抵在椅子上吻下去，不急不缓地喂她酒，看得在场的其他人闹着要离场。

新的一局又开始了，霍音酒量差得很，刚刚被程嘉让喂了一小口威士忌，身子就软得不行了。在场的都是熟人，她干脆不再避讳，理所当然地倚到程嘉让的怀里，细软的发丝在他的脖颈间有一下没一下地轻蹭。

霍音似乎听见程嘉让凑到她耳边，用只有他们两个人听得见的声音说："霍软软，今天晚上，你别想睡觉了。"

霍音则一脸迷糊地看着他，似乎没反应过来是什么意思。

另一边，有人抽到国王牌了，是一个霍音叫不出名字的男生。也不知道怎么回事，这几个人她明明见过几次，就是记不清人家的名字。她还没去 D 国的时候，有一次出去玩，还不小心把几个人的名字叫混，她为这事懊恼了好一阵。

不知名大哥一开口就是劲爆的话题："四号和七号，说一下你们和几个异性上过床。"

他一说起这种话题，霍音瞬间就想起来了。当年 A 大校庆，在学校的大礼堂里，一整个长桌旁坐满人，一起玩"真心话大冒险"，就是这位大哥问她"上一次做爱是什么时候"。

那天，因为这个问题，场面一度尴尬至极，霍音没想到他还敢问这种大尺度的问题。

还好她没被抽中，而且她偷看了一眼程嘉让的牌，发现程嘉让也没被抽到，这才放下心来。

然而一秒钟后，顾师姐和程霖双双掀开手上的底牌……

谁能想到，程霖、顾师姐和韩宇他们三个刚才玩了十几盘，一直相安无事，没有同时被抽到过。而尺度刚刚变大，"国王"就抽到了他们两个。

那位大哥一如两年前，问问题的时候一时爽，看到被抽中的人后，尴尬得眉毛、眼睛都不知道怎么放了，连忙解释："那个什么……我刚刚又想了一下，这个问题不好，不够刺激，我换一个。两位先别急啊。"

可是人越是着急，脑子越是不好使，这位大哥大概也是如此。他嘴上说着让程霖、顾师姐等他再想一个问题，却怎么都想不出来新的问题。后来，他破罐子破摔，问："那个什么，我现在重新抽个人，还来得及吗？"

有人看不下去了，听他这么一说，赶紧帮他找补："换换换，不过两位刚刚是不是没听清啊，我怎么听他刚才抽到的是三号和八号啊？要不您二位合上牌，我们换成三号和八号吧。"

"对啊，我听到的也是三号和八号。我同意，就换三号和八号说吧。"

霍音小心翼翼地看看顾师姐，又看向程霖。

霍音手里的牌刚好是红桃八。她正想开口救场，未料刚刚一直没说话的程霖倏然抬头，看了一眼抽到国王牌的大哥，眼中意味不明。

须臾，程霖用一种很平静的语气开口道："这有什么不好说的？一个。"

霍音对程霖的了解仅限于他是阿让的堂哥以及顾师姐的前男友。

霍音认识程霖的时候，顾师姐就已经跟他在一起了。他们分开之后，除了何方怡，霍音没有听说程霖跟其他女人有什么交集。

其他人似乎对程霖的答案十分惊讶，一个个捂着嘴，目光不时瞟向顾师姐的方向，都不敢说话。

只有江子安不怕死，刚听程霖说完就脱口而出："程二哥，咱们玩这个游戏，得讲究诚信，必须说实话啊！"

"怀疑我？"程霖低笑了一声，目光移向江子安的过程中，掠过顾姝彤，但并未停留，径直转过去，继续对江子安道，"我说一个就是一个，有什么可撒谎的？"

这下，其他人的目光全都不受控地看向顾师姐。

霍音懂他们的意思，程霖看似花花公子，实际上只钟情一个人，而那个人恰巧就在这里，谁能忍住不看？而且，另外一个要回答问题的人正是顾师姐，其他人也有足够的理由去看她。

没等顾师姐说话，一直坐在她旁边的韩宇一边给自己倒酒，一边拦在顾师姐身前说："小姑娘脸皮薄，不好意思回答这种问题。这杯酒我替她喝了，再有这种问题，你们别问她，问我。"

韩宇说话的语气很随意，态度似乎也不算认真，可是霍音很感动。

她后来想了想，会感动大概有两个原因。一是韩宇在这种时候挺身而出维护师姐的样子，让霍音一下子想起程嘉让。不管旁人如何诋毁她，程嘉让总是不假思索地维护她。面对这种无条件的信任和守护，没有人会不感动。二是她为师姐感到开心，因为有人愿意这样无条件地信任和守护师姐。

她想起那年，在西二环那家叫风华的夜场里，如果也有人这样守护师姐，师姐就不会被何方怡欺负成那个样子。

她稍稍走了神，那边，江子安跟另外几个人见韩宇给了台阶，当即顺着他的话说："就是，咱小韩哥说得对，这个问题不合适，咱们就此揭过。"

"对对对，这杯酒也甭喝了，来，咱们直接开始下一局吧！"

"你说说，都怪这小子。"

谁也没有想到，就在他们准备洗牌的时候，程霖突然抬起头，挑衅地看向韩宇的方向。他身上有种不怒自威的气场，沉声道："你是她的什么人，凭什么替她喝这杯酒？"

程霖说完，将手里的大半杯威士忌一饮而尽，喝完继续盯着韩宇，不急不躁地说："我干了。这杯算我的。"

刚刚还算和谐的气氛因为程霖的举动变得紧张起来。

江子安想开口调节气氛，被岑月暗暗拉住袖子制止。

程霖刚刚讲的话堪称挑衅，韩宇也不是什么脾气好的，一听这话，当即冷冷地道："我是她的什么人？那请问你又是她什么人，凭什么帮阿妹喝这杯酒？"韩宇平日里总是穿着一身花里胡哨的大牌服装，讲话做事看着也不着调，没想到认真起来时与平日全然不同，气场张扬放肆、无所畏惧，即便对上沉稳老练的程霖，看起来也没有落了下乘。

两个人剑拔弩张，火药味十足，好像下一秒就能打起来。

霍音看得心惊肉跳，缩在程嘉让的怀里，凑到他的耳边小声说："阿让，这可怎么办？你快想想办法，他们不是要打起来了吧？"

程嘉让看起来比她淡定得多，照样大大咧咧地倚着座位，不以为意地搂着她，闻言，也只是在她的耳边安抚道："放心吧，打不起来。"

包厢的隔音效果没那么好，外面的音乐声传进来，里面有人小声讲话，其他人也听不见。

"那要是真的打起来了怎么办？"霍音小声说，眼角眉梢都皱着，她连他们打起来的画面都想象出来了。霍音忍不住又往程嘉让的怀里缩了缩，小声问："真的打起来了，你帮谁？"

程嘉让被小姑娘的话逗笑了，微不可察地低笑了一声，故意逗她："那我肯定帮韩宇。你知道的，我这个人，大义灭亲。"

"啊？"霍音倒吸了一口气，莹润的脸上满是惊讶，慢吞吞地小声说，"可是你跟韩宇不熟，为什么要帮他？而且……程霖是你哥，你哥跟人打架，你帮别人，他会好伤心的吧？"

"嗯，你说得也有点儿道理。"程嘉让故作姿态地点点头，顺着她的话继续说，"那我就听你的，帮程霖吧，反正韩宇这小身板，我一个打十个。"

"啊？可是这里的人程霖都认识，韩宇没认识几个，那大家肯定都帮程霖了。韩宇也太惨了吧？"

　　程嘉让险些笑出声，无奈地摇摇头："那我知道了，我把他们俩一起打了，然后好好教育他们，做人不要想着使用暴力。"

　　他话音刚落，脑门上突然吃了一记爆栗。小姑娘的手软软的，力气小得很，打他一下跟挠痒痒似的。

　　他笑着垂眼看她，只见她用慧黠的双眼瞪着他，低声教训他道："程嘉让，我就是试探一下你，没想到你还想着用暴力解决问题！你死定了。"

　　"长本事了，搁这儿耍我玩呢？"

　　"我这是'钓鱼执法'。你一会儿既不许帮程霖，也不许帮韩宇，更不许把他们俩都打了。他们俩如果打起来，你要去帮忙拉开他们，知道了吗？"

　　闻言，程嘉让挑了一下眉。不远处，程霖跟韩宇开始拼酒，五十来度的洋酒，他们喝得比程嘉让还猛。程嘉让收回目光，垂眼看向霍音，低声道："你这个方案也不对。"

　　"那你说我应该怎么样？"

　　"要我说，一会儿他们打起来，我就带着你先跑。"

　　"啊？"

　　"出去买点儿碘酒、纱布，等他们打得差不多了，我们回来给他们包扎。"

　　霍音闭了闭眼，想着自己就不该听他说这些不着调的话。

　　程霖跟韩宇还在喝着，顾姝彤怎么也拦不下来，一大瓶洋酒下去一大半。

　　其他人苦口婆心地劝道："你们俩可别这么喝啊。程二哥，你不是挺稳重的吗？怎么也放飞自我了？"

　　"这酒不是这么喝的，你们这么喝，身体受不了的，快别喝了。"

　　"别喝了别喝了，再喝下去，要去医院洗胃了。"

"行了，今天是个高兴的日子，你们俩在整什么呢？"

然而，他们就像跟这个世界隔绝了似的，完全不听劝，只是喝自己的酒，完全没有要停下来的意思。江子安试图从旁夺走他们的酒瓶、酒杯，没成功。

顾姝彤忍无可忍，一把抢走韩宇手里的酒瓶，砸到地上。酒瓶被砸碎的声音响起，玻璃片飞了起来。

还好酒瓶扔得远，没有对包厢里的人产生什么影响，只是让刚刚疯狂拼酒的程霖和韩宇停了下来。

所有人的目光集中到顾姝彤的身上。她一不做二不休，从韩宇手里夺过他刚刚斟满酒的酒杯，端起来一饮而尽。

喝完之后，她将酒杯往桌上重重一放，声音冰冷："应该回答问题的人是我，如果不想回答，该喝酒的也是我。我不需要任何人帮我喝，更不想看其他人惺惺作态。"

顾姝彤说最后这句话时看着程霖，意思不言而喻。她利落地拿起放在沙发上的包包和手机，转头往外走。

绕过其他人，路过程霖的时候，她脚步一顿，声音不大不小地说道："还有，故作深情只能感动自己。刚刚的问题，我的回答是，两个。"

未等众人反应过来，顾姝彤已经踩着高跟鞋，大步出了包厢，径自往外走。

霍音今天喝了点儿酒，反应变得迟缓，一直到包厢门被重重关上的时候，才慌忙起身，想追出去。不过，她刚刚从座位上站起身，就被程嘉让一把拉了回去。

她急得看看房门的方向，又转头看他，道："我……我去看看师姐，她这么跑出去，我不放心呀！"现在快到晚上十一点了，师姐一个女孩子，又生着气，独自跑出去很不安全，她不可能放任师姐不管。

"当然要去看。"

"不过即便要去，也不是你去。"

程嘉让把霍音按回位子上坐好。

韩宇已经追出去了。程嘉让看了一眼还皱着眉坐在座位上的程霖，手指敲了敲玻璃茶几，吸引了程霖的注意力。

程嘉让向门的方向抬抬下颌，道："还愣着干什么呢，程二？赶紧出去看看。"

那天散场很匆忙。回到家，等收到韩宇的消息，说已经带顾师姐回家了，霍音才放下心来。

她躺到床上，盖好被子，放下手机，靠进程嘉让的怀里，忧心忡忡地问："阿让，你觉得你二哥和韩宇，师姐到底会选谁啊？"

"韩宇。"

"为什么？"

"程二不是良配。我们家就出了一个大情种，已经被你碰上了。"

"去你的。"霍音拍了一下男人的胸膛，继续道，"可我觉得，师姐在见到你二哥后，情绪不是很稳得住。"

"哦。那算你赢好了。"

"什么叫算我赢？你态度好敷衍。"

话音落下，宽大的被子倏然盖过他们的头。黑暗中，她好似听见他说："阿音，现在不是讨论这个的时候。"

02

做我的妻子

北京城，这种惬意的生活，霍音不知不觉地过了半个月。

霍音将在 D 国的工作做了全方位的收尾，准备在三天之后，休年假回皖南老家看家人。在 D 国两年多，她不仅一直没有机会见程嘉让，更没有机会见远在皖南的亲人。未承想，她在定下机票之前接到了岑月学姐的电话。

上次聚会结束后，就连一向不怕死的江子安都跟程嘉让立誓，保证再也不把程霖、韩宇和顾姝彤凑到一起了——这几个人在一起，势必会砸场子。所以这半个月里，大家各自忙着自己的事情，没有见面。

霍音接到岑月的电话时，刚刚上午十点，程嘉让早就起床上班去了。她难得睡了个懒觉，刚起床，穿着拖鞋去厨房里找吃的。

她接通电话，那头的人抢先开了口："学妹，好几天没见到人，你最近在忙什么呢？"

霍音刚醒没几分钟，脑子还不大清醒。她清了清嗓子，一边给自己倒了一杯水，一边温和地回应："学姐早，我这几天都在做一些收尾工作，昨天晚上才弄好。学姐最近在忙什么？"

"哈哈哈，学妹，我正等着你问我呢！"

"啊？"

"是这样的，学妹，我有一个小忙想找你帮，可以吗？"

"你说吧！"自打她们认识起，岑月就帮了霍音不少忙，霍音之前和程嘉让他们都不怎么熟，每次出去岑月都会格外照顾她，所以这时岑月说要她帮忙，霍音欣然答应，"只要是能办到的，我一定办。"

"其实也不是什么大事……"岑月似乎有些不好意思，继续道，"就是我和江子安不是要结婚了吗，但是现在还没有找到伴娘。你也知道我性格比较野，大学的时候总跟他们那群男生一起，根本没什么女性朋友。所以学妹……你愿不愿意当我的伴娘？"岑月说完，似乎担心霍音不愿意，又迅速补充道，"你放心，不会很累的。所有的准备我来做，礼服、鞋子、首饰都由我提供。你只需要提前试一下礼服，在婚礼当天准时过来就可以了！"

霍音其实没有想到岑月会邀请她做伴娘。因为在她的印象里，岑月开朗大方，看起来有很多朋友，跟她这种内敛敏感的人不一样。而且，她一直以为，她对岑月来说可能只是学弟的女朋友，连朋友都算不上。今天收到岑月的伴娘邀约，她说不出有多高兴。

这是霍音人生中第一次被人邀请做伴娘。

在 D 国边陲小镇生活的日子让霍音比从前更加享受祖国的城市烟火，现在的她比之前更在乎生活，也更在乎身边的人。

"学姐，我最近都有空，当然可以当你的伴娘。需要我去试伴娘服的时候，你就给我打电话，我随叫随到。"

她在外工作两年多，不辞辛劳，教授为了补偿她，这次直接给她放了两个月的假。所以不管是回家看亲人，还是参加岑月和江子安的婚礼，她都有充足的时间。

思及此，霍音又补充道："学姐，婚礼上如果有需要帮忙的地方，你也可以给我打电话。我把工作都处理完了，现在闲得不得了。"

"太好了，谢谢学妹！学妹你放心，我担心过段时间要显怀，订好的婚纱穿不了，所以婚礼就安排在最近，不会耽误学妹太久的！"

"哪有什么耽误不耽误的？这是喜事，我过去帮忙也可以沾沾喜气。"霍音笑着道，"那就这么定了，学姐需要帮忙时，直接喊我就好。"

"好的学妹，那我们说好了！对了，为了婚礼现场的惊喜感，我们所有的服装造型都要保密，千万不可以告诉其他人，包括嘉让学弟。"

"没问题，我保证不告诉他。"

挂断电话以后，霍音无奈地摇摇头。

事实上，即使她想告诉程嘉让，也没有什么机会。程嘉让最近早出晚归，忙得脚不沾地。如果不是自己因为 D 国项目收尾的事情连熬几个通宵，她一定会怀疑程嘉让有什么事情瞒着她。

岑月和江子安的婚期就定在这个月下旬。就算是完整地跟完婚礼全程，霍音还有四十多天假期。

她给家里人通过视频电话，告知他们缘由，说要晚一些再回去。她以为妈妈会因此伤心，没想到妈妈什么也没说，淡定地答应了。倒是爸爸在旁边欲言又止，似乎想说什么，却很快被她妈妈推到一边。

霍音觉得，他们有些奇怪。

不过，霍音没追问，接到岑月的邀请电话后，第二天就出去试伴娘礼服了。

试礼服的地点在 A 大东区医学院的宿舍楼。

霍音知道地点是那里的时候，觉得匪夷所思。不过岑月说，最近放暑假了，整个校园里绝大部分教学楼和宿舍楼空着，而她跟江子安一拍即合，决定在 A 大举行校园婚礼。他们的朋友大多是 A 大的学生，这样举行婚礼的时候，大家还能一起怀念青春，简直太美好了。

听说岑月这个想法一提出来，就被她的父母否定了，说她胡闹，哪有人跑到学校里去办婚礼的？谁都想在学校办婚礼，那学校还上不上课了？

岑月正愁无法说服父母，没想到江子安知道这件事的第二天就找了专门办校园婚礼的公司，经过一番协商，租下 A 大老校区的一片场地，用来举办婚礼。

知道了前因后果，霍音去医学院的宿舍试礼服时，也不觉得奇怪了。

她早就知道江子安和岑月都是不把钱当回事的人，他俩的婚礼，夸张一些实属正常。可是她没想到，就是试礼服，他们也能花样百出。

她下了地铁，直奔学校东门，刚走到门口就被四五个保安拦了下来。这些人显然不是学校的门卫，一身黑西装，更像安保公司的人。

他们告诉霍音，此时这里不可以随便出入。霍音跟岑月通了一个电话，这些人的态度来了个一百八十度大转弯，他们不仅放她进去，还派了一辆车送她去东区。

东区是学校最早的一批建筑，前年整体修葺过。

岑月的试衣间和婚礼时出嫁的房间都安排在医学院的博士生宿舍楼

内。那是全校条件最好的宿舍楼，里面大多是单人间或双人间。试衣间就是学院打算安排给她的宿舍，不过她在校外有房子，一直住在那儿，这间宿舍大多数时间空着。

霍音走到走廊上的时候还没有什么特别的感觉，打开宿舍门后，瞬间愣在原地。

她以为岑月喊她来这边试礼服，肯定是婚纱店的人送了几件比较合适的过来让她挑，没想到岑月直接把这里弄成了"婚纱店"。

霍音进门，入眼就是琳琅满目的各式礼服，摆放整齐。窗边放着一个贵气、带点儿欧洲中世纪风格的白色梳妆台，房间里连假人模特都有。

岑月就坐在梳妆台旁的椅子上，没有穿礼服，只是穿着一条简单的休闲风小裙子，一看到霍音就热情地迎上来，道："学妹，你可算来了，我俩都来半天了，就等你了！"

"你们俩？"

岑月没跟她说过还有其他伴娘。

霍音随手带上房门。岑月朝里间那边招招手，扬声道："快点儿，学妹都来了。"

她话音落下，里间传来一道熟悉的声音："来了。"

霍音看到顾师姐的时候，满脸惊讶。她看了一眼岑月，又看了一眼顾姝彤，忍不住问道："师姐？学姐，这是怎么回事？"

"江子安说好事成双，让我找两个伴娘。我没有什么要好的女性朋友，就只有你们两个。怎么样，惊不惊喜，意不意外？"

在这里见到顾师姐，霍音确实很惊讶。在霍音的印象里，顾师姐和岑学姐完全是两个圈子里的人，她们两个见面的次数也屈指可数。

不过，这个疑问很快就被解答了。

顾师姐已经走过来，拉着霍音的手往梳妆台那边走去："我之前不是跟你提过吗？你去 D 国这两年，我主要做医疗题材的新闻，去 A 大附院的次数多了，久而久之就跟阿月熟了。"

霍音有些惊讶，回忆了一下，道："难道师姐你之前跟我说的，你在北京认识的新朋友就是岑学姐？"

"可不是吗？"

顾姝彤和岑月都穿着休闲装，霍音忍不住问她们："今天不是要过来试礼服吗？你们这是在等我，还没试，还是已经试完了？"

闻言，顾姝彤把霍音按到梳妆台旁边的椅子上坐下，又打开了桌上的大号化妆箱，道："我的试完了，阿月的尺寸不合适，刚刚叫人拿回去改了，就差你了！不过，我们今天有的是时间，就陪你把这些礼服好好试完。你看看你，出门挺着急？连个防晒霜都没涂吧？坐好了，我给你化妆。"

"啊，试礼服还要化妆吗？"霍音愣了一下，问。

岑月跟她约的时间就是下午六点，她昨天熬夜追剧，起来后随便收拾了一下就匆匆赶过来了。她没穿过礼服，如果知道试礼服还需要化妆，一定早点儿起来。

岑月把梳妆台上另一个装着各种化妆刷的包包打开，推到顾姝彤手边，道："当然要化妆！即便你天生丽质，脸上也需要一点儿妆，这样才能更好地呈现你的美啊！你顾师姐的服务，你就好好享受吧！她可是我的御用化妆师。"

顾师姐是精致的大美人，很善于打扮自己，化妆技术很好。给岑学姐化新娘妆，顾师姐当然可以胜任。

听了岑月的话，顾姝彤一边给霍音上底妆，一边说："小音，你看看你学姐，平时一掷千金，结婚还要我免费当她的化妆师。"

她们三个人认识已久，颇为熟悉，很快便笑闹起来。

这精致的妆容花了她们两个小时，霍音化完妆，天已经黑了。有一屋子的小礼服等着霍音挑。

看到粉色或紫色的又仙又美的小裙子，霍音自然心动。不过她还记得她是伴娘，不可以抢新娘的风头，所以尽量挑简单大方的款式。

但岑学姐不依，铆足了劲儿给霍音挑好看的，还督促她试了十几条裙子。最终，霍音选中了一条浅藕色的欧根纱小洋裙。

霍音是清丽、温柔带点儿甜美的长相，这条小裙子一上身，再加上师姐精心捯饬的妆容、发型，精致得像是橱窗里的洋娃娃。

顾师姐和岑学姐一致表示霍音这身太完美了。霍音想发表意见，师姐却说"忙活了一下午，快要饿死了，咱们出去吃东西"。霍音连衣服都来不及换，就被她们俩一左一右架着胳膊出了门。

三个人走出宿舍楼大门。

天早就黑了。有人说看风景其实看的是心情，心情好时，看破败的老街，都觉得别有风情；心情不好时看满街琼楼玉宇，也觉得闷得喘不过来气。

霍音现在心情很好，所以遥望天幕下的万家灯火，没有觉得凄哀，只觉得夏夜的旖旎晚风拂面而来，身心轻松愉悦。

她整个人都是很放松的状态，嗯，除了穿着高跟鞋的脚。

她这两年在 D 国，几乎每天走好几万步，只能穿运动鞋。所以现在，即便她穿着只有三四厘米高的白色玛丽珍鞋，也觉得行动颇为受限。

岑月可能是婚期将近，过于兴奋，今晚的想法格外离谱。她道："难得整个学校都没多少人在，我们去你们学院的那个天台上吃晚饭吧！"

岑月仰头看着空中弯弯的月牙，指着正前方的新传学院教学楼，满脸兴奋地说："你们学院的那个天台不是号称全校最浪漫的约会地点吗？之前学校里人那么多，咱们也没机会去，今天机会难得，我们点好外卖，拿上去吃吧！"

岑月说的地方霍音知道——新传学院一教的天台，被 A 大学子称为全 A 大最浪漫的约会地点。

一教那栋八层高的旧楼上有全校最开阔的天台，还占据着全校最优越的地理位置，从那里可以看到全北京最大的一座摩天轮和附近最显眼的大楼。

大楼正对着 A 大的方向，上面有一块巨型 LED 显示屏，常有人花重金在屏幕上投广告，播放滚动词条。在这里，大家既可以雪月风花，又可以窥见他人千金博笑的无边风月。所以即便后来学校里有了桦树林，有了雕梁画栋的小方亭……但这些地方都无法取代一教天台在情侣心中的位置。

不过，霍音对那里最深刻的印象与这些无关。

很多年以前，摩天轮还没有修建，商场大楼上还没有安上 LED 显示屏，徐辉和刘咏琴就到那个地方谈过恋爱。

霍音没有亲眼见过他们恋爱的场景，甚至连刘咏琴的面容都不清楚。这段往事，她只是听程嘉让稍稍提过，便好久都难以忘掉。

兴许是看到她在出神，岑月伸手在她眼前晃了晃，问她："学妹，想什么呢？"

霍音这才回过神。

夏夜温和的晚风将她露在外面的肢体包裹起来，她吸了吸气，忙开口回道："没什么。学姐，你刚刚说什么了？"

"还说没什么，我刚才说的话你都没听清。"岑月笑着瞪她一眼，"我是说咱们整天下馆子，学校旁边那些店我都去腻了。我想去你们学院的那个天台，咱们点外卖，让安保送上来，怎么样？"

岑月说完，一脸期待地等她回答。

霍音有些犹豫。岑月催促道："快点儿，你们学新闻的，不讲究时效性吗？"

霍音暗自摇了摇头。

新传学院一教是 A 大建校后第一批建成的老楼，虽然这么多年来里里外外翻新过几次，从外面看起来并不会显得老旧，可毕竟是老楼。

楼里没有电梯，天台又在顶层，她们要自己爬上去。爬楼梯不是问题，问题是岑月现在的身体状况不太适合。

不过，岑月本人显然没有这种自觉。

霍音没说话，看向站在自己另一边的顾姝彤，问："师姐觉得呢？"

"还真别说，我本来挺饿的，想随便吃一口填饱肚子。但听月月这么一说，我真的有点儿想去。"顾姝彤指指挂在天边的月亮，继续说，"咱们白在这儿上了好几年学，都没有一起去过天台，今天的月亮这么漂亮，我看不如就听月月的，一起去天台看月亮？"

霍音无奈地摇摇头，看了这两个人一眼，不紧不慢地道："学姐呀，过几天就要办婚礼了，婚礼之前要忙的事情多着呢，你要注意身体。上一教天台要爬八楼，你让我怎么放心地让你去爬？还有，师姐，她不懂事你还不懂事啊？跟着凑热闹。"

霍音话音刚落，岑月就开始反驳："我这个孕妇不娇气，才八楼而已，学妹，我一会儿就爬给你看。"

"不行。"霍音拒绝得非常干脆，"君子不立危墙之下，大晚上的，别折腾了。"

"孕妇可以适当运动的！"顾姝彤在一旁帮腔。

"对啊，慢点儿上楼，问题不大。"

"不行。适当运动是可以的，但没见哪个孕妇非要大晚上爬八层楼的。而且学姐，你这才什么月份呀，哪里好折腾？"

"哎呀，学妹，你是医生还是我是医生？"

"你是医生也不能胡闹。"

"学妹，我真的好想去。我在学校读了八年书都没去过，今天好不容易才有机会。过几天我就要结婚了，就当是结婚前的狂欢行不行？"

虽然霍音不知道这和结婚前的狂欢有什么关系，但还是因为岑月的话迟疑了片刻。

岑月瞬间抓住机会，跟顾姝彤一左一右架着霍音往一教的方向走去。

两个人一边走，一边吐槽霍音。

"我们小音从 D 国回来之后，真是越来越沉稳了。"

"谁说不是呢？瞧瞧现在，真唠叨！"

"我看她倒更像学姐了。"

霍音被她们逗得笑了起来，忍不住道："那我也是担心学姐啊。咱们真的要去一教吗？"

岑月道："当然要去！今晚好不容易不用见到江子安那个傻子，我们三个一起浪漫一下还不行吗？"

"就是，再说了，小音你不也好久没回学校、没回院里了吗？正好趁今天，我们一起回去看看。"

"学妹，你走快点儿，还让孕妇拉着你，可真好意思！"

"你再不快点儿，我们俩自己去了啊！"

霍音拗不过她们，一边往前走，一边道："可是我真的有点儿不放心学姐。而且一会儿还要下楼。学姐，江子安呢？要不要叫他过来？一会儿他还能抱你下楼。"

似乎没想到霍音会一本正经地说这种话，岑月不无惊讶地跟顾姝彤对视一眼，道："没想到啊，学妹也学坏了，调侃起我来了。"

霍音正要接话，手机铃声突然响起。三个人不约而同地各自低头看手机。

岑月从裤子口袋里掏出手机，看了霍音一眼，接起电话："喂，干吗？"

"快了快了。哎呀，很快就回家，别催了！"

"我们马上就吃饭了。"

"正在往吃饭的地方走，现在刚从宿舍里出来。你管好你那边，别催我了。"

电话被挂断。

岑月将手机重新放回口袋里，转过头来催促她们："咱们就不能提这个人。就提了一句，他的电话马上打过来了。好啦，我们走快点儿。看看你们俩，还没有我一个孕妇走得快。"

霍音的目光一直落在岑月的身上。不知为何，霍音敏锐地觉得岑月在躲避她的目光，怪怪的。

霍音眉头微皱，觉得顾姝彤今晚好像也有些奇怪。霍音形容不出来她们到底哪儿怪，总之，就是觉得不对劲。她有一种奇怪的预感，好像有什么事情要发生，或者已经发生了什么事情。

这几年来，霍音经历了一些事情，在处事方式上有了很大的改变。她不再将所有话藏在心里，会选择合适的时机，将想法直接说出口。

正如此时，察觉岑月和顾姝彤都有些不对劲，霍音思考片刻，忍不住脱口而出："师姐、学姐，你们两个是不是有什么事情瞒着我？为什么今天我总觉得你们怪怪的？"

话音落地，三个人同时沉默了两秒钟。

随后，岑月和顾姝彤迅速开口补救："怎么可能，哪里怪？学妹，你不是在 D 国学坏了吧？你下一句可别给我整一个'怪好看的'。"

"你怎么把我的台词抢了？我刚才就想说，小音今天怪好看的呢！"

"行了行了，什么怪不怪的？我现在只觉得怪饿的，走快点儿，要饿死了。"

霍音听得出来，她们在努力地扯开话题。可她们两个越是这样，霍音心里就越是觉得不对劲。

她一遍遍地在脑海中搜索答案。

为什么岑月和顾姝彤会突然变得奇怪？一定是有什么事情瞒着她。

什么样的事情值得她们这样遮遮掩掩的，一副什么也不能说的样子？

直觉告诉霍音，这件事一定跟程嘉让有关。

霍音将所有信息串联起来：这件事与程嘉让有关，岑月和顾姝彤都知道，只有她不知道……

答案是什么，似乎昭然若揭。

霍音深吸一口气，没有回应她们两个，而是坚定地道："你们有事瞒着我。"

这不是疑问句，是陈述句。

随后，没有等她们两个再度反驳，霍音直截了当地说："是跟程嘉让有关的事情，你们两个都知道，只有我不知道，你们需要瞒着我，我说得对吧？"

那两个人反应很快，迅速否定道："怎么突然扯到你们家程嘉让身上去了？今天这儿只有我们三个人，程嘉让、江子安，还有那个什么宇，今天都不存在！这里只有姐妹。"

"是啊，小音，你们不会一日不见，如隔三秋吧？一会儿回家了，你不就见着他了？"

岑月看起来还想再说什么，不过话未出口，就被霍音打断道："看来我猜得没错，就是和程嘉让有关的事。"

"小音，你……"

"学妹……"

"打住！"霍音先看看顾姝彤，再看看岑月，继续道，"师姐，学姐，我知道有些惊喜是不能提前泄露的，但我是这件事的一分子啊，我一定要参加的……"

这段话被夜风裹挟着，在她们三个人中间回荡，清楚明了地传入每个人的耳中。

这一回，岑月和顾姝彤真的愣在原地，面面相觑，各自在想到底是哪个环节出了问题，是她俩演技太差，还是什么时候走漏了风声？

她们之前就想过霍音可能会猜到，所以很快反应过来，准备将计划和盘托出，没想到这时霍音抢先道："师姐、学姐，你们就实话实说吧。你们是不是背着我给程嘉让准备生日惊喜了？"

她低头看了看自己，心想：难怪她们两个今天把自己打扮成这样。可惜，她一不小心就猜到了答案。

"你们把我打扮成这样，是因为我就是那个生日礼物，我猜得没错吧？"

他的生日就在春末夏初，但是出国这两年，他们显然没有机会一起庆祝。

岑月和顾姝彤刚刚还提着一颗心，甚至有点儿绝望，在听完霍音的话后，变得极度无语。

三个人在极度无语的情况下一起走到了新传学院。

一号教学楼是早期建设的，位于新传学院大门的左手边，穿过白石灰拱门，一眼就能看到。

因为要照顾岑月，她们走得很慢。从医学院到新传学院，原本十多分钟的路程，她们硬是走了二十分钟才到达终点，更不用说后面爬楼梯的时间。

霍音生怕岑月不舒服，所以爬楼时走走停停，折腾了很久。

起先霍音还缠着她们两个，追问她猜测得对不对，后来看到她们无奈地摇头，半天不肯说话，便暗暗想：这两个人一定是看她这么轻易便识破了计划，无话可说。

她们终于爬到七楼了，再往上走十几级台阶，就能到达目的地了。

霍音继续往上爬，忍不住开口问："你们安排的地方就在顶楼吗？给他过生日的话，是不是要办一个聚会，叫很多很多朋友来，弄得很热闹？怎么上面什么声音都没有啊？"

霍音读本科的时候有很多课在这栋教学楼内上，这里的隔音条件并不好。有时候她坐在教室的最后一排，甚至可以听见隔壁教室的讲课声。现在整栋楼里没多少人，却安静得只听得见她们三个人的脚步声和喘气声。

如果有很多朋友一起在天台聚会，不应该这么安静啊。

岑月和顾姝彤对视一眼。岑月单手叉着腰，抬起头来，随口道："这是惊喜，主角还没到场，大家都憋着没出声呢！"

"阿让还没来？"霍音点点头，上前扶着岑月，问，"你们联络过他了吗？他今天一大早就出门了，我到现在还没见着他呢。要我打电话给他吗？"

顾姝彤轻轻地拍了拍霍音，学着岑月刚刚讲话的语气说道："放心吧，都安排妥了，我们现在上去就行了。"

"好。"

只剩十几级台阶了，霍音跟顾姝彤一个扶着岑月，一个跟在后边护着，磨蹭了一分钟才终于踏上最后一级台阶，进入天台。

岑月身体好，怀孕两个月，爬完八层楼看起来也没什么问题。

反倒是霍音，穿着高跟鞋不说，还要担心岑月的安全，踏上天台的时候，觉得自己比岑月这个孕妇还要虚弱。

天台四周安装了加固的防护栏，正中央有个大烟囱。似乎因为来这里约会、放风的学生太多，学校还在上面安装了几个公共座椅。所以整个天台看上去并没有空荡荡的荒芜感，反而更像是繁华城市中不染世俗的一隅。

霍音扶着岑月走在前面，气喘吁吁地捂着心口环顾四周。

视线被天台中央的大烟囱挡住，霍音看不见烟囱那边有没有人，也看不见另外一个楼梯口。

霍音没看到其他人，觉得奇怪，正想开口问岑月。未承想，岑月突然扬声说了一句："终于上来了！"

天台上一片宁静，霍音能听见的声音唯有远处马路上不时传来的汽笛声，以及裹挟着尘土扑面而来的风声。

岑月的话像打开了什么不知名的开关，话音刚刚落下，汽笛声和风声中就加入了另外一种声音，是悠扬轻快、时隐时现的音乐声——听起来像有小提琴、钢琴，还有单簧管的演奏声……

霍音不精于此道，只是觉得找不到这声音的来源，悠悠的乐声就像是从耳道侵入她的大脑，在大脑中的每一个角落里播放着。

霍音没怎么参加过多人聚会，但是大概知道，一般聚会不会放这样的曲子。

她觉得不对，又形容不上来这种感觉，只能问身边的人："哪儿来的音乐声？这也是你们今天的安排吗？"说完，似乎又担心自己幻听，霍音补充一句，"你们有没有听到音乐声？好像有人在拉小提琴。"

霍音听着听着，觉得这乐曲并不像是音响播放出来的，反而像是真的有一支乐队藏在她看不见的地方演奏着。曲子她很熟悉，总觉得好像在哪儿听过，但她没想起来。

岑月指着西北方，喊霍音："学妹，快看那边！"

霍音被岑月的声音吸引了注意力，顺着对方指的方向看过去。空中，月牙快要看不见了，但一个整齐有序的"小星星"方阵逐渐浮现。

"小星星"闪着银白色的光，与月光如出一辙，列好方阵以后，很快就开始移动。

它们各自飞行，几秒之后，就从略显凌乱的一团亮光，变成两个很亮眼的字——霍音。

霍音后知后觉，原来一整个方阵的"小星星"，是人为控制的小型无人机。

她慢半拍，一直到看到这些，心里才隐隐有了些猜想。但她也没仔细琢磨，只是怔怔地看着仍在变换队形的无人机方阵。

每一次变换队形的时候，无人机的灯会变成闪烁的状态，当所有闪烁着的光点重新聚成一个新的队形，灯光就会变成常亮模式。无人机挂在天空中，像是带着荧光的棋盘。

霍音安安静静地看着，将每一次变出的文字默默地记在心里。

霍音。

平安喜乐。

万事胜意。

然后无人机方阵变成了一个大大的爱心形状。

霍音深深地吸了一口气，晚风再次拂来，她恍惚间有一种不在人间的飘飘欲仙之感。

乐曲似乎进入高潮部分，节奏逐渐变得激烈。

岑月激动地喊她看另一边："学妹，快看！快看那里！"

霍音看向对方指着的那个巨大的 LED 屏幕，屏幕上的每一个字她都能看清。

霍音双眼含泪，模模糊糊地看着上面的几个大字——还有，霍音，做我的妻子。

霍音。

平安喜乐。

万事胜意。

还有，霍音，做我的妻子。

霍音有些不合时宜地想起了这首曲子的名字：《水边的阿狄丽娜》。

她记得这首曲子，除了今天，她只听过一次。那时，她第一次去徐教授家，他们坐在略显老旧的钢琴前，程嘉让不急不缓地弹给她听。

她很念旧，过去发生的那些事情，值得回忆的她都会藏在心里，不时回味。

想起曲名的时候，她突然有一种无法形容的奇怪感觉。

这个世界上好像有那么一个人，非常珍爱她。他用有限的生命记挂着她，以及他们之间发生的美好的事。

她知道人生而平凡，被爱是一种奢望，而她三生有幸，被爱神眷顾了。

视线越来越模糊，霍音刚移开目光，就撞进年轻男人很黑很亮的眼睛里。

她抬手抹了一把眼泪，试图令视线重新清晰起来，然后发现男人穿了一身黑色的正装。霍音鲜少见他如此打扮。

　　程嘉让手里抱着一大束明黄色的向日葵，朝她走来。就在他走过来的几秒钟里，霍音好像看见他之前无数次走向她的画面。

　　旧雪未消、新雪已落的盘山公路上，他踏过满地的积雪向她而来。

　　皖南的冬夜，河里倒映出他的影子，影子和人一起一步一步向她走来。

　　还有异乡的山坳里，他找到她，奔向她。

　　D 国的边陲小镇因疫情全面封锁，他跟着医疗队，偏向虎山行。

　　……

　　一个个他走向她的身影在此时此刻，汇聚到一个人身上。

　　霍音不记得她是怎么接过那束花的，只记得这个她心心念念的男人在她眼前单膝下跪。

　　沉稳如他，此时连声音都在轻轻发抖："阿音，嫁给我，可以吗？"

　　可以，她当然可以。

　　她未假思索，重重点头。

　　众人欢呼的时候，霍音才发现，原来他从天台的另一侧上来时，身后还跟着很多人——她的爸爸、妈妈、阿公、阿嬷、外公、外婆，还有他的朋友，以及教授、程霖、徐姨等等。

　　他们生命中所有重要的人，在于他们而言无比重要的一天，都出现在了这里。

　　霍音被程嘉让抱起来转圈圈的时候，哭得一塌糊涂。岑月和顾姝彤也在哭。霍音的妈妈没哭，倒是爸爸一边哭着抹泪，一边告诉程嘉让一定要好好对她。徐姨也在哭，躲在角落里抹眼泪。

　　程嘉让的那群朋友倒是情绪高涨，一直在起哄。

　　所有人沉浸在温馨感动的氛围中，没有人注意到，数百米外，巨型 LED 显示屏上面显示的文字悄然改变：*霍音，程嘉让永远爱你。*

一个人的精彩

"各位面试官好。"

"顾小姐，你好，麻烦简单地做一下自我介绍。"

窗明几净的办公室里，阳光穿过百叶窗，肆无忌惮地照在每个人的身上。

顾姝彤抿抿唇，笑着开口："好的。我叫顾姝彤，今年二十七岁，本硕毕业于 A 大新闻传播系，研究生期间就跟随我的导师徐辉教授就职于《首都日报》，没有其他工作经历。"

声音落地，面试间内短暂地安静下来。

面试官们都翻看起她递交的简历。几秒钟后，坐在中间的男面试官抬头看向顾姝彤，略带疑惑地问她："据我的了解，《首都日报》是业内顶尖的媒体，你的导师徐辉教授也是声名斐然的业界大拿。顾记者，我们非常好奇，为什么你会放弃一份前程光明、薪资优渥又专业对口的工作，选择来到我们的杂志社当摄影师？"

顾姝彤沉默片刻，轻笑了一下，道："我也不知道。想来，所以就来了。"

不知道是从哪一刻开始，她做出决定，不再做自扰的庸人，心里想做什么，就放任自己做什么。

"好的，你的情况我们大致了解了，请回去等消息。三个工作日内一定会有回复。"

"好的，再见。"

"再见。"

下了电梯，走出写字楼大门，顾姝彤转身看向这栋并不起眼的写字楼——这里比起《首都日报》的办公楼，差距甚远。可是不知道为什么，她很喜欢这里。

顾姝彤踩着高跟鞋往外走，温暖的阳光打在她的身上。顾姝彤本能地抬手挡光，未料手抬到一半，包里的手机猝不及防地响了起来。

顾姝彤伸手掏出手机，是岑月打来电话了。

电话刚接通，岑月便着急忙慌地道："姝彤，你去哪儿了？我给你打了好几个电话也打不通，你又玩消失啊？"

顾姝彤闻言低笑了一声，瞥了一眼前方的杂志社广告牌，回道："忘记跟你讲了，我今天去面试了。"

"面试？你不是在《首都日报》工作吗？"

"那份工作我辞了，我本来想等找到新工作了再跟你说的。"

"啊？"岑月不无惊讶，"怎么突然把工作辞了，不是一直在那边干得好好的？"

"没什么。"一辆出租车驶来，顾姝彤把车拦下，边上车边说，"我就是觉得在那儿干了这么多年，腻了，想做点儿别的。"

"别的？"岑月顺着她的话往下问，"你准备做什么，化妆师？"

顾姝彤忍俊不禁："你放心吧，我这辈子就给你当一回化妆师。"

"你不能这么说，学妹还在边上呢，你不怕她吃醋？"

"那我就当三回。"

"我一回，学妹一回，还有呢？顾姝彤，你还有别的好姐妹？"

"没有，我自己不用结婚吗？"

"对，这倒也是。不过你要加把劲儿了，现在只有你没对象了。"

"你天天都要借这件事挤对我一下？"顾姝彤关上出租车门，无奈地吐槽岑月后，压低声音同前排的司机道："去希名清泉。"

希名清泉是北京近两年最火的度假山庄，位于城东郊区，环境优美，又有天然温泉，是休闲娱乐的好去处。不过，顾姝彤这次去希名清泉并不是为了放松，而是要去参加岑月的婚礼。希名清泉似乎是江子安家里的产业。

岑月原本想在学校里举行婚礼，但两家长辈均不同意，直呼"胡闹"。最终，考虑到岑月的身体状况以及宾客的接待问题，婚礼地点改为希名清泉。希名清泉面积大，可以接待更多的宾客。

明天是岑月正式举办婚礼的日子，所有宾客的邀请函相当于希名清泉度假山庄的两天三夜畅玩券。

第一天是婚礼，第二天是宴会。婚礼开始前一天晚上宾客便可以入住，第二天宴会结束之后，宾客也可以留宿一晚。

江子安的那帮朋友听说了，一个个兴奋得不得了，最开心的就是韩宇。

顾姝彤报出地点后，很快收到司机师傅的回答："好，有点儿远，坐稳咯。"

岑月还没挂电话，听见对方的声音，问："听见你跟司机说话了，你现在过来了吗？到山下时，你帮我带几杯奶茶过来。"

"你点外卖不是更快吗？"

"不行，江子不让我喝。我都跟他说了，少喝一点儿不会有问题的，他不信。"岑月抱怨道。

可能连岑月自己都没有发现，她平日里都是一副大大咧咧的样子，只有提到或者见到江子安的时候，会变成另外一副样子。

但顾姝彤不敢当着岑月的面那样说，只敢在心里想想。

顾姝彤摇了摇头，从后视镜里看见自己凌乱的长发，随手将其别到耳后，无奈地对电话那头的人说："又给我塞了一口'狗粮'，不买！万一你老公发现了，我怎么说？挂了。"

从杂志社到希名清泉度假山庄，车程一个多小时。顾姝彤忙碌了一上午，有点儿困，但一个人坐车也不敢睡觉，只好在手机上有一搭没一搭地跟韩宇聊天。

只是小妹：阿月和江子安的婚礼，你是今天晚上过去，还是明天跟其他人一起过去啊?

韩宇有一个特点——闲,而且可以说是非常闲。所以每回她给他发消息,他基本上都会立刻回复。

正如此时,这条消息发出去不到十秒钟,她就看到对话框上方显示出"对方正在讲话⋯⋯"的提示。

对了,韩宇还有一个特点——爱发语音消息,动不动就是几十秒的长语音,说的还都是些没有什么营养的废话。

不过这两年,在顾姝彤的屡次劝导之下,韩宇爱发语音的特点终于有了改变。比如现在,她亲眼看着对话框上方的"对方正在讲话⋯⋯"变成了"对方正在输入中⋯⋯"。

半分钟后,顾姝彤收到了微信好友"你宇哥最牛"的文字消息。"你宇哥最牛"不是顾姝彤给韩宇的备注,而是他的微信名。

你宇哥最牛:我都准备过去了,我爸突然给我打电话,让我回一趟老宅,去看看我奶奶。我每次回老宅都得住下,只能明天白天再过去了。

你宇哥最牛:不过你放心,你宇哥我一定会过去罩着你的,你就放心大胆地当你的伴娘。明天早上不到,我是你孙子。

顾姝彤这辈子都没这么无语过。

只是小妹:你是不是我孙子这件事并不重要,重要的是你是不是忘了,你是婚礼司仪了?

顾姝彤至今也不能理解为什么江子安要选韩宇当司仪,这不是没事找事吗?韩宇一副吊儿郎当的样子,除了那张脸,到底有哪里符合司仪的标准?

你宇哥最牛:你不说,我还真忘了⋯⋯

只是小妹:大哥,算我求你,你靠谱点儿!别回头把人家的婚礼搞砸了。

你宇哥最牛:放心好了,哥哥我肯定不给你丢面子。

他可真是答非所问的高手。

只是小姝：那你明天大概几点能到？他们的婚礼好像七八点就要开始走流程，你一定得提前过来，知道吗？

顾姝彤无奈地摇摇头，很快收到回复。

你宇哥最牛：知道，放心吧，明天一大早咱们就能见面了。知道你对哥一日不见，如隔三秋，我会早点儿过去的。

只是小姝：滚。

出租车开到山下了，顾姝彤看了看窗外，继续发消息。

只是小姝：我差不多到地方了，不跟你说了，你记得明天一定早点儿过来。

你宇哥最牛：明天我到了给你打电话。

只是小姝：好。

你宇哥最牛：你别什么活都抢着干，回头又累成狗。要学会偷懒！

只是小姝：我又不是傻子。

你宇哥最牛：在偷奸耍滑这方面，你确实不太行。

只是小姝：行了，知道了，我不跟你说了。

顾姝彤收起手机，看了一眼街边，瞥见一家奶茶店，冲司机道："师傅，麻烦您在那边的那家奶茶店旁停一下车，等我一下。我朋友让我给她带几杯奶茶。"

司机是个痛快人，还没有答话，方向盘已经往顾姝彤指的方向转了。

"姑娘，你一会儿是要直接到那个希名清泉山庄里边是吧？"

"对的。"

出租车很快在奶茶店旁停下，司机却道："那要不我就先把你送到这儿吧？上山还得好一会儿，我赶不及回家吃饭了。"

他应该是不想等她了。顾姝彤顿了一下，没强求："好，那我不耽误您时间了，多少钱？我微信转给您。"

下车后，顾姝彤看见街边有一个人上了车，随后，车往山下开去。

看来等一会儿，她要重新找一辆愿意上山的出租车了。

她进了奶茶店，想到今天提前到山庄的朋友应该不少，于是各种口味的加起来点了十几杯。

从奶茶店出来的时候，顾姝彤一手提着一个大袋子，沉得不行。

刚刚还偶尔有出租车经过，现在路上连一辆车也见不着了，顾姝彤等了几分钟，又腾不出手来拿手机叫车，有些着急。

她之前去过希名清泉度假山庄两次，知道路怎么走，干脆踩着高跟鞋步行上山。

岑月跟江子安邀请的宾客很多，今天就有不少进山庄的，说不准她运气好，能搭上谁的顺风车。而且，在顾姝彤的认知里，这里距离山庄好像不是特别远，她走个十来分钟估计就到了。

穿着细高跟鞋在山路上走出几百米之后，顾姝彤认为自己刚刚的想法是极其愚蠢的。

九月的午后，秋老虎虎视眈眈，阳光很盛，顾姝彤觉得她这一年的防晒"事业"都在今天毁了。现在这个位置前不着村后不着店，她开始后悔自己这么鲁莽就决定走路上山了。事已至此，她准备找个地方将奶茶放下，拿出手机叫车。

她左顾右盼，找不到一个可以放东西的地点，不知道怎么办时，身后突然响起汽笛声。

顾姝彤先是怔了一下，很快便转过头，一辆银色迈巴赫从山下开了上来。

车稳稳停在离她一米的地方，驾驶座的车窗缓缓降下来，一个其貌不扬的中年男人很客套地道："小姐，上车吧，载你一程。"

顾姝彤没见过他。不过，对方能解她燃眉之急，她立刻礼貌地表示感谢："太感谢了，我要去希名清泉山庄，您方便捎我过去吗？"

"从这条路走，除了那个山庄，也没有其他地方可去了。"中年男人说完，瞥了一眼她手里的袋子，直接下车道，"快上车吧。"

他打开后排的车门，恭谨地做了一个"请"的姿势，道："不用谢我，要谢就谢我们老板吧。"

车厢里的光线比外面暗了很多，可霍音还是一眼便看清了后座上坐了一个年轻的男人。

男人穿着笔挺的深色西装，白衬衫上开着两颗扣子，没有系领带。无边框的眼镜下藏着他目光幽暗的眸子，有种形容不出的深邃感。

顾姝彤花了三秒钟认出车上的男人——程霖。她觉得有些讽刺，曾经与她耳鬓厮磨抵死缠绵的男人，她现在要花上一些时间才认得出。

程霖正在看她，目光掠过她拎着两大包奶茶的手，最终落到她的脸上。

二人目光相接，顾姝彤听见程霖道："上车。"

她看了他一眼，转身就走。

司机有些不明所以，连忙开口："小姐，怎么走了？我们老板好心载你……"

他话未说完，就被程霖打断："你想这么上去，累到帮不了新娘子的忙？

"犯不着因为厌恶我，耽误了人家的正事。"

程霖讲话时总是不疾不徐的，带一种对万事万物的绝对掌控感。

司机听到这里才明白，原来他们两个人认识，且看起来关系很不一般。难怪他这个一向待人冷淡的老板今天突发善心，让他停下车，载路边的女孩子上山。

司机看向已经往前走出好几步的年轻女孩子，这是一个身材高挑的姑娘，留着一头玫瑰红的长直发，皮肤白得像是会发光。他刚刚看过她的脸，她长相明艳，跟女明星差不多。

司机不知道这个女孩子什么来路，只觉得单凭这万里挑一的相貌，难怪会入小程总的法眼。

程霖说完，也不着急，没有叫司机关上车门，只长腿交叠，静静地倚在后座上，不知在想什么。

　　司机看了一眼程总，又看了一眼那个已经走出好几米的年轻姑娘，正不知该不该说点儿什么时，那个姑娘突然转头回来了。她快速走到车边，利落地上了车，还不忘对他道谢："谢谢。"

　　车门被关上，午后刺眼的阳光被汽车暗色的玻璃薄膜挡住，车厢内原本就逼仄狭窄的空间，因为这昏暗的光线，显得更加局促了。

　　顾姝彤跟程霖并排坐在车后座上，还好中间有一个小型置物台，勉强将他们两个隔开。

　　她确实不想再跟程霖有什么瓜葛，可不得不承认，他说服了她。比起不想靠近程霖，她更不想影响岑月的婚礼。

　　车重新出发，车里安静得不可思议。

　　从这里到希名清泉山庄，路说长不长，说短不短，开车只需要几分钟。顾姝彤上车两分钟后，程霖再度开口同她讲话。男人的声音不大，听不出情绪："最近……过得如何？"

　　顾姝彤静静地坐在自己的位子上，没急着回答。

　　那件事情之后，她跟程霖至少有两年没有见过面。霍音回来以后，她才重新遇见程霖，但算上今天这次，也才三次。而距离他们上次见面，仅仅过去了十几天。

　　顾姝彤转头看向窗外，暗色的玻璃薄膜将窗外明媚的景色覆盖上一层灰。她看着那些无精打采的花花草草，试图让自己的视线里不再有半点儿程霖的影子。

　　她在几秒钟后出声应答，声音很低："很好，不劳关心。"

　　顾姝彤计算了时间，从她上车到车停在度假山庄门口的露天停车场，一共九分二十一秒。

　　这一路上，她跟程霖只说过两句话，如果算上她那句礼貌且疏离的"谢谢"，那应该是三句话。

　　停车场旁就是大门，顾姝彤一下车，远远就听见岑月的妈妈跟人寒暄的声音。这两年她见过岑月妈妈几次，对方很和善，跟什么人都聊得来。

顾姝彤拎着十几杯奶茶，用右手手肘带上车门，远远看见岑月妈妈身边围了不少宾客，男女老少都有。他们寒暄的声音不大不小，顾姝彤刚好听得清。

"哎呀，岑太太，几年没见，你怎么越来越年轻了？怎么保养的？脸上一条皱纹也没有。你看看我这满脸的皱纹、雀斑。"

"我还不是靠成天泡在美容院？度假村里就有美容院，回头我打电话把我那位美容师请过来，带你体验一下。"

"这可太好了，那我就恭敬不如从命了。"

"行了，快进去吧，外面怪热的。房间都给你安排了，你先歇着。"

顾姝彤的脚后跟被磨破皮了，现在她走起路来有些不适。为了不显得很奇怪，她只能放缓速度。

另一边，岑月妈妈迎上一个领着孩子的男士，道："周先生？哎呀，我们真是好多年没见了，要不是我家月月办婚礼，我们还不知道什么时候能见上面呢！这孩子是你家小庭吗？都长这么大了啊。我上次见他，他还不会走路呢。"

"岑太太，确实是好久不见了。不过这不是我家小庭，小庭已经十八岁了，这是老二。"

"哈哈哈，是老二啊，我说呢。快进去吧，周先生，外面太晒了。"

顾姝彤每次见到岑太太，她都一副在社交场上如鱼得水的样子，没想到这次"翻车"了。

顾姝彤走过去。岑太太刚送周先生进去，立刻盯上了她。

"哎哟，让我看看是谁来了。"岑太太好像完全没有因为刚刚的事感到尴尬，看向顾姝彤的时候又换上笑脸，"我当是哪来的大美女呢，原来是小姝。小姝，你来了后，这方圆十里的花花草草都黯淡无光了啊！"

听得岑太太这话，顾姝彤忍俊不禁："有阿姨您在这儿，这方圆十里早就黯淡无光了。"

没有人不爱听赞美的话，岑太太自然也是。她一听这话，笑得合不拢嘴："小妹可真会说话，比我们家月月嘴甜多了，阿姨要有你这么个女儿就好了。"

"我这都是跟阿姨学的。"

"哈哈哈，你这孩子太有意思了。你是自己过来的吗？"岑太太注意到顾姝彤手上拎着两大袋子奶茶，"怎么买这么多？还自己拎着。阿姨帮你拿着。"

"月月让我带过来的，说很想喝。我想着她那边应该来了不少朋友，就多买了点儿。"顾姝彤看了一眼快要停满的露天停车场，"现在看来好像不够。"

"我就知道又是月月整出来的幺蛾子，成天使唤这个使唤那个，怀了孕以后嘴刁得很。小江被使唤得一天跑出去八百趟。"岑太太一边笑着数落岑月，一边试图接过顾姝彤手里的奶茶，"来，阿姨帮你拿。"

顾姝彤正准备拒绝，另一个人的声音传来："阿姨、小妹，我来拿。"

听到这个声音，顾姝彤不用转头看也知道是谁来了。

男人修长的手已经探了过来，落在顾姝彤的手边，指腹无意识地扫过她的手背。

顾姝彤拧着眉挪开收，立刻果断地拒绝了他的帮助："不用。"因为开口太快，完全未假思索，她直接暴露了对他的排斥态度。

场面一度陷入尴尬。还好岑太太在，她只愣了一会儿，就抬眼看向刚刚走过来的程霖，用刚刚那种热情的口吻招呼道："小霖啊，我刚才都没看出来是你。你这个大忙人，怎么来这么早？"

北京城说大也大，说小也小，有名有姓的家族成员间相互认识，再正常不过。所以，岑太太认识程霖也很正常。

程霖笑了，礼貌地道："还要感谢小月办婚礼，让我有个正当的理由偷懒。"

"你们这些孩子，怎么一个比一个会说话。"

岑太太看出顾姝彤的别扭与尴尬，也看出程霖的不同往常，尽力收起自己暧昧的目光，从顾姝彤手里拿过奶茶，递到程霖的手上，这才又看向顾姝彤，笑道："他想做绅士就让他做，反正是他自己乐意的，咱可没占他便宜。"

就这么一句话，即使岑太太刚才极力掩饰自己暧昧的眼神，顾姝彤还是弄明白了。这个圈子已经小到连岑太太这种长辈也知道她跟程霖的八卦了。顾姝彤瞬间尴尬得不知道该说什么。

好在岑太太下一句话就给她找好了台阶："你们俩也是，别在这儿耽误时间了，快进去吧。小霖的房间小江安排了，小姝的房间……月月非要跟你和小霍一起睡，你直接去月月的房间，就是顶层最里边的那间。你如果找不到，就让前台的人带你去。"

顾姝彤还没来得及说话，一旁的程霖抢先开口："放心吧阿姨，我知道怎么走，我送她过去。"

"好的，快去吧你们。"

就这样，他们进入山庄主楼。顾姝彤刚进大堂，就转身看向程霖道："不用麻烦你了，我自己可以。"她说着伸出手，想将奶茶拿回来。

十几杯奶茶，挺重的东西，他单手拎着，似乎完全没有压力。不仅如此，他还将另一只手插进西装裤兜里，好整以暇地看着她，道："这算什么麻烦？上楼。"

顾姝彤想开口争论，未料对方根本不给她这个机会，径直往电梯的方向走去。

她倔强地站在原地，没有跟上去，一直到电梯门开了，男人转过头，出声问她："还不走吗？"顾姝彤这才瞥了他一眼，迈着步子走过去。她没多看他一眼，径直走进旁边那台刚好也开了门的电梯里。

三楼到了。新娘子在这层，侍者、宾客以及各种相关人员来来往往，比其他地方都要热闹。

"叮——"

"叮——"

一连两声提示音响起，两台电梯几乎同时停在三楼。

顾姝彤跟程霖一前一后地踏出电梯。他还帮顾姝彤拎着东西，顾姝彤一句话也不想多讲。就像岑太太说的那样，他愿意做绅士，就让他做绅士，她乐得清闲。

一出电梯，她便转过头，一句话也没说，径直往前走。

"小姐！"

顾姝彤刚刚走出两步，陡然听见耳边有陌生的声音低呼一声。她正准备循声看过去，还未转过头，只觉得手臂上倏然一紧，反应过来的时候，已经被人拽着手臂一把拉过去。对方动作太急，她重重地撞到男人的胸膛上。

倚靠在男人身上站稳后，顾姝彤一眼就看见了刚才低呼的人。

一个正端着饭菜托盘的男服务员稳住身子，发觉她的目光，连忙道歉："不好意思，小姐、先生，我刚刚没有仔细看路，真的太抱歉了。小姐，您没有被烫到吧？"

顾姝彤惊魂未定，深吸了一口气。

这个服务员看起来年纪很小，被吓得语无伦次。顾姝彤觉得自己也没有什么事，不欲为难对方，是以当即想告诉对方自己没事，让对方不用自责。然而，她开口之前，身侧那个男人熟悉的声音传来，听起来有些急促。

"你没事吧？"

他像是在问她。

顾姝彤这才回过神来，原来千钧一发之际，是程霖一把将她拉了过来。此时此刻，她正靠在程霖的胸膛上。夏衫薄，她能感受到他的体温与心跳，而他没有拿东西的一只手正搭在她的肩上，以一种保护的姿态。

顾姝彤意识到这一点，当即从程霖的身边挪开，站到离对方一米之外的地方，与他保持距离。

她拧着眉，大约是为了掩饰刚刚的尴尬，像是抓住了救命稻草一般，看向那个服务员说道："放心吧，我没事，你不用紧张，赶紧去做事吧。"

服务员抬头看了不远处的程霖一眼，仍然站在原地，又道歉道："小姐，真的很对不起。我不是有意要冲撞您的，求您千万不要向经理投诉我。"

顾姝彤笑了笑，正是这番对话让她很快从慌乱、尴尬的情绪中抽离出来。她重回理智，顺着服务员的目光转头看了一眼。只见程霖正冷眼看着服务员，难怪服务员会害怕。

顾姝彤往旁边走了一步，挡住程霖，再度开口道："我真的没事，不会投诉你的。你也不用担心他会投诉你，这件事情跟他没有任何关系。"

服务员十分感激，又说了两句对不起，这才下了电梯。

这段小插曲就这样过去，然而，顾姝彤跟程霖之间的气氛却比之前还要微妙和尴尬。

顾姝彤不禁回想起刚刚隔着衬衫，触碰到的躯体。随后她暗自皱眉，试图将这些奇怪的想法从脑海里驱逐出去。

顾姝彤没再看程霖。这一回，为了防止刚刚那样尴尬的情况再次发生，她仔细看路，见两侧都没有其他人走过，这才迈开步子准备往走廊的最里处走。

她刚走两步，便听见身后传来一阵脚步声。

这个度假山庄占地面积非常大，主楼由东西南北四个方向的四栋楼组合而成，四栋楼之间有悬空的连廊连接彼此。此外，这四栋楼的每一层都有一个连接所有房间的巨型回字走廊。

岑太太说岑月的房间在三楼的最里处，却没有讲清楚在哪个走廊的最里边。偏偏建筑物面积太大，每条走廊都一眼看不到头。顾姝彤站在电梯不远处的分叉路口，一时之间不知道该走哪个方向。

旁边不时有穿着工作服的侍者经过，顾姝彤看见一个离她最近的年轻姑娘，正欲开口问路，身后的男人突然又开口了："走左边。"

顾姝彤头也没回，依旧叫住那个姑娘，礼貌地问道："不好意思，打扰一下，我是新娘的朋友，也是她的化妆师，请问新娘的房间应该怎么走。"

"您是……顾小姐？"姑娘稍稍睁大眼睛，看顾姝彤的时候，余光见站在她身后穿着一身藏青色西装的英气逼人的男人。对方的气场太过强大，她连讲话的时候都变得有些紧张："顾小姐，沿着左边这条路一直往里走，不用转弯，最里面的那一间就是岑小姐的房间了。岑小姐一直在等您。"

这个答案和程霖刚刚告诉她的一样。

顾姝彤礼貌地道过谢，便准备往里走。突然，这个年轻的姑娘又开口问她："不过这位是……？岑小姐说今天有点儿累，不想太多人过去。"

她问话的时候看着程霖的方向，显然是在问顾姝彤程霖是谁。她似乎又担心顾姝彤听到这个问题不太高兴，补充了一句："不过，如果是您男朋友的话，就没有关系了。"

顾姝彤突然觉得有点儿好笑。她跟程霖，从始至终都不是男女朋友的关系。他高高在上，对她招之即来，挥之即去。她那时还单纯地以为自己会像言情小说的女主角那样，逐步打动他，让他对自己死心塌地。

两年前的那件事彻底打碎了她的美梦，将她唤醒，让她发现原来自己根本不是什么女主角。她曾经因为当年那些事自暴自弃、自轻自贱，做了一些很没有必要的事情。

但两年过去了，她已经成长了，并且恍然大悟，发觉原来错不在自己。事实上，每个女孩子都是自己故事里的女主角，错就错在程霖并不是属于她的男主角。

她一向记仇，所以现在不管程霖想做什么来博取她的原谅，她也不想。或者说，她觉得自己根本没有必要原谅他。反正他们以后不过是偶尔打照面的陌生人。

所以，面对这个问题，顾姝彤当即回答道："他不是，我们不熟。"

话音落下，场面一度陷入尴尬。最终，程霖淡淡地说："我不进去打扰她，把手上的东西放下就走。"

年轻姑娘赶紧接话："啊，没问题的，那二位就过去吧。"说完，她一溜烟地逃离了现场。

去岑月的房间的路上，顾姝彤没有跟程霖说一句话。他们一前一后走着，安静得只听得见两个人轻重不一的脚步声。顾姝彤不禁感慨，这条路可真长啊！

终于到了最后那个房间门口，顾姝彤没有回头看程霖，兀自抬起手，不轻不重地叩了叩门。

几秒钟，房间里传来一阵急促的脚步声，由远及近。与脚步声一起响起的还有一道熟悉的女声："是谁啊？"与此同时，房门已经打开，露出一张笑容清甜的脸。

这个小姑娘顾姝彤再熟悉不过。

对方一看到她，也是喜笑颜开，道："师姐，你可终于来了，我都等你好久了。"霍音说话的时候，声音甜甜的，一听就是高兴极了。

顾姝彤也不吝啬笑容，热情地回应道："这么想我，还不知道下楼去迎接我？"

"我这不是被学姐缠住了吗？要陪她啊。"霍音笑意更甚，缠着顾姝彤撒娇。

不过很快，霍音就笑不出来了，因为她看见了顾姝彤背后的程霖。霍音愣了一会儿，反应过来以后才干巴巴地叫了一声："二哥。"

程嘉让向霍音求婚以后，霍音便跟着程嘉让改口，叫程霖"二哥"了。

男人低低地应了一声："嗯。"又问，"程三呢？"

霍音看了顾姝彤一眼，不动声色地把人往她那边拉了拉，这才开口道："阿让和江子安一起去一楼打牌了。长辈们说婚礼前一天，新郎、新娘不能见面，所以叫阿让去看着江子安。"

"哦，行。"程霖颔首，"他们在一楼的哪个房间？我过去看看。"

"我记不太清楚了。等会儿你问一下前台的工作人员，他们应该知道。"

"好。"程霖将手里的奶茶递出去，道："我不方便进去，这些你们拿进去吧。"

见顾姝彤看都没看程霖，霍音忙上前将东西接到手里，道："二哥给我就行，那我们就进去啦。"

"嗯。"

"二哥再见。"

"再见。"

"师姐，你关一下门。"

房门被关上之前，另外一道声音传来。

"怎么开个门这么久？是谁来了，还不进来？"一边从屋子里往外走一边说话的是一个短发的女人。

顾姝彤不认识她，在对方看向自己的时候，出于礼貌勾了勾唇角，算是打了招呼。短发女人的目光从顾姝彤的身上移到程霖身上。

顾姝彤用眼神问霍音：这是谁？霍音凑到她的耳边小声解释："这是学姐的大表姐，比我们年纪都大，你一会儿跟着叫姐就可以了。今天来了不少人，你进去就知道了。"

霍音小声说话时，岑月的大表姐已经走到门口，惊讶地看向程霖，问："程霖，你怎么跑到这儿来了？"大表姐说完就反应过来了，视线重新落到顾姝彤的身上，理所当然地问，"送你女朋友过来？"

大表姐看起来和程霖比较熟悉。

程霖见到她的时候，礼貌地叫了一声："大姐。"

大表姐继续说道："行，你跟阿让的眼光都很不错，女朋友都这么漂亮。今天这里不方便请你进来，你要是没什么事，就去楼下找阿让他们玩。放心吧，你女朋友留在这里，我们都会帮你照顾的。"

其他三个人听了，愣是一句话也讲不出来，面面相觑。

程霖若有所思地点点头，转身走了。大表姐把房门关上，拉顾姝彤和霍音进入套间。

套间里面果真如霍音所说，来了很多人，大多是岑月家的亲戚，还有以前的同学，都是女生。她们来得比较早，就过来看看新娘子，陪岑月聊聊天。

霍音今天来得比较，早早跟其他人打过招呼了。顾姝彤则是第一次见到屋子里的这些人。

好在大家都很友善，顾姝彤才进来，便有人热情地问："月月，这位就是你说的要帮你化妆的朋友吧？"

"怎么你的朋友都长得这么好看？"

"快快快，小美女快坐下。"

霍音将奶茶放下，跟顾姝彤一起分给在场的人。大家一起聊了聊，渐渐熟络起来。

顾姝彤跟霍音坐在床边，挨着岑月。霍音现在像个小管家婆，身负看着岑月的重任，所以在看到岑月猛喝了两大口奶茶之后，就将手伸到岑月面前，毫不留情地说："好了，今天的份额已经喝完了，交出来吧！"

"霍……软……软。"岑月听程嘉让叫过霍音几次"霍软软"，知道这是霍音的小名，她一脸不舍地把奶茶往怀里收，道，"你是跟谁学的？是不是江子安教你的？"

"学姐啊！"霍音摇摇头，带着笑将岑月怀里的奶茶拿走，悠悠开口，"姐夫交代的任务，我可得好好完成。"

"行啊你，霍软软，一口一个姐夫，你这么快就被他收买了？"岑月生无可恋地看向霍音，"老实交代，他出了多少钱收买你，我出双倍。"

霍音老实得很，当即就说了："姐夫答应明天敬酒的时候，把兑水的酒壶给我家阿让。"

"就这？别告诉我你这么容易就被收买了，这好处还没到你自己这儿呢！"

"还有，姐夫说到时候让二哥帮他拦酒。"

"程霖啊？很好。"岑月满意地点点头。她知道顾姝彤和程霖之前的事情，对程霖颇有微词，此时听到霍音这么说，满意地表扬道："江子安终于有件事办到我心坎上了。"

岑月跟霍音笑了起来，正准备揭过这个话题，大表姐突然暧昧地看向顾姝彤，笑着调侃道："你们俩这么一唱一和，就把人家程霖安排好了，人家女朋友还在旁边坐着呢，你们也不怕她生气？"

"生气，生什么气？"岑月一向嘴比大脑反应快，当即脱口而出，说完才觉得奇怪，"姐，你说什么女朋友？程霖找女朋友了？"

见大表姐暧昧的目光落到顾姝彤的身上，岑月拍拍脑袋，摇了摇头，道："姐，你乱猜什么呢！"

顾姝彤终于得了机会解释，也没说太多，只道："我上山的路上碰巧遇见他，他就顺路载我一程。"

众人一起在套间里聊了一会儿，岑太太也来了，叫大家去吃饭。

众人一起吃过晚饭，岑太太叮嘱了几句后便带着其他人离开。服务员进了套间，将屋子重新收拾、布置了一番。这么一折腾，转眼天就黑了。

套间内，霍音扶着岑月，岑月指挥服务员布置房间。顾姝彤在角落里，无所事事地给韩宇发着消息。

准确地说，是韩宇先给她发的消息。他先发过来一张饭菜的照片，那是一大桌子中餐。照片右下角，年迈的老太太正用布满皱纹的手给他夹菜。

她之前听韩宇说过，他们家老太太有三个儿子、两个女儿，但这些孩子不是早夭就是丁克。最后，他成了老太太唯一的孙子，所以从小就得老太太宠爱。

顾姝彤看着照片上笑意盈盈的老太太，不禁跟着轻笑了一下。

照片下面还有一条韩宇发来的文字消息。

你宇哥最牛：顾小妹，吃晚饭了没？

只是小妹：吃的大闸蟹。

你宇哥最牛：行啊，出息了你，背着我吃我最爱的大闸蟹。

只是小妹：纠正一下，不是背着你。

你宇哥最牛：行，大闸蟹是吧？回头我买一大箱，蒸好了送你家去让你吃。

只是小妹：我今天见到程霖了。

这条消息发出去以后，对方破天荒地没有秒回。两分钟后，顾姝彤才收到两条几秒钟的语音消息。

顾姝彤没想太多，随手点开。声音很小，她顺手点了扬声器。

整个房间里颇为安静，所以在顾姝彤外放语音消息的下一秒，韩宇的声音就传入了套房里每个人的耳中："我刚才扶我奶奶上楼去了。程霖那孙子又找你了？"

这句话被服务员听见其实无所谓，问题是现在房间里还有霍音和岑月。

顾姝彤有些许尴尬，更让她尴尬的是一向快人快语的岑月当即调侃道："你别说，小韩平时看起来吊儿郎当的，凶起来还挺帅。"

顾姝彤无奈地摇摇头，瞥了岑月一眼，嗔怪道："你快布置你的房间吧，别关注这些没用的。"

岑月憋着笑，道："也不知道是谁，说是来帮我忙的，最后自己跟男人聊得热火朝天。"

顾姝彤不再跟她瞎扯，重新在微信对话框里打字。

只是小妹：没有，应该只是碰巧遇到的，他要当江子安的伴郎！

是的，很不巧，这场婚礼一共有两个伴娘和两个伴郎，分别是顾姝彤和霍音，以及程嘉让跟程霖。韩宇则是司仪。

你宇哥最牛：……

你宇哥最牛：早知道我就坚持当伴郎了。

他们又有一搭没一搭地聊了一会儿。

等到岑月指挥着服务员重新将房间布置好，偌大的套间里就只剩下岑月、霍音、顾姝彤三个人了。

顾姝彤的手机被岑月"没收"，岑月给了一个顾姝彤无法拒绝的理由："我说你们俩，我这辈子应该就结这么一回婚，你们都不许玩手机，陪我聊聊天。"

套房的床大得足够几个人躺着随便滚，顾姝彤和霍音被岑月招呼着躺到同一个被窝里。

山月高悬。窗帘没有拉上，月光照进房间里。外面蝉鸣阵阵，为这个独特的夜晚增添了一丝情调。

这是她们三个人认识以来第一次一起躺在同一张床上，彼此都有一种奇妙且欣喜的感觉。

岑月最为兴奋，躺在大床中央来回翻身，左看右看，将她们两个都看过好几遍以后，终于忍不住激动地开口："明天我就要结婚了，今天晚上我们就来个闺密间的真心话夜聊，怎么样啊两位？"

今天气氛很好，顾姝彤和霍音本就是特意来陪岑月的，听她这样说，当然欣然答应。

"好啊！"

"怎么个玩法？现在也没法抽牌。"

岑月脱口而出："反正我们只有三个人，就玩'剪刀、石头、布'吧。正好没拉窗帘，我们能借着外面的光。"

顾姝彤对这种游戏没什么感觉，可能因为她是记者，工作就是深挖一些事件，因此在生活中反而疲于探究其他人的私人问题。对这种游戏，她谈不上喜欢，也谈不上讨厌，别人想玩，她就陪着玩。

但是今天，大床上只有她们三个女孩子，一个是她认识多年当成亲妹妹的同门师妹，另一个是一见如故的知交好友，她突然觉得这个游戏也挺有意思的，甚至有点儿期待。

岑月又左右各自看了一眼，然后才道："那我们现在开始？"

"来。"

"开始吧。"

"石头、剪刀、布——"

因为有三个人，总是会出现平局，她们连来了三次，才选出第一个倒霉蛋。

岑月出了剪刀，顾姝彤跟霍音都出了石头。她们两个人都可以问岑月一个问题。

"学姐，其实我一直想问，你跟江子安是怎么开始的？我好奇这个问题好久了。"

顾姝彤乐了："还是我们小音会问，快点儿，坦白从宽。"

岑月没想到会搬起石头砸自己的脚，带着些羞赧，无奈地开口："就是……有一次，我那个前男友又来找我，想让我帮忙还赌债，他知道后，就把对方打了一顿，回来后好凶地跟我讲，让我不许再跟前男友联络了。我当时看他那么凶，也有了脾气，就问他凭什么管我的事？我是三岁小孩儿吗？不能自己处理吗？然后他一生气，就……就亲了我。"

顾姝彤可能不知道，霍音却听程嘉让讲过，岑月跟江子安从小就认识，江子安是岑月的小跟班。他们长大以后，一天不斗嘴就难受，各自也没少谈对象，谁也没想到他们最后真的能走到一起。

顾姝彤在旁边听得捂着嘴笑，边笑边问："这就没了？"

"我俩就是这么在一起的啊，还要往下讲啥？"岑月白了她一眼，隔着被子轻轻拍了一下自己的肚子，"要不要讲讲这个小东西是怎么来的？"

顾姝彤笑得说不出话，躺在另一边的霍音是个老实人，脱口而出："讲讲也不是不行……"

霍音被岑月揍了一顿。

顾姝彤缓过劲儿来，说："我还能问一个问题。你就给我说说，你们亲完后，发生什么了？"

"还能怎么？我这暴脾气，是他说亲就能亲的人吗？我跟你们讲，我当时就恼了，直接……"

顾姝彤和霍音都对这个答案有些失望，继续玩起了游戏。

第二局很快就出了结果，岑月大获全胜。霍音跟顾姝彤出了石头，只有岑月出了布，所以岑月可以问她们两个人一人一个问题。

听着岑月那不怀好意的笑声，顾姝彤有种不祥的预感。

果然，下一秒岑月"不友善"的问题就落到了霍音的头上。

"最多的时候，一夜几次？"

霍音拉着被子盖过半张脸，回答道："四……四次吧。"

岑月完全不害臊地笑了起来，还不忘说一句："那你老公还挺猛的。"

劲爆的话题紧接着来到了顾姝彤这边。一定是出于报复，岑月这次问的问题同样尺度很大："上回欢迎霍软软他俩回国的局上，不是也玩'真心话大冒险'了吗？当时有人问你睡过几个男人，你说两个，那都是谁？"

没等顾姝彤回答，岑月跟霍音两个人先激动地蹬蹬腿，不住地窃笑起来。

顾姝彤无奈地叹了一口气，在她们的笑声中淡定地开口："一个是你们都知道的那个；另一个，也是你们都知道的那个。"

顾姝彤说了，又像没说。岑月忍不住从旁摇着顾姝彤的手臂，道："哎呀，别卖关子了，老实说！"

"程霖。"

"这个大家都知道，还有一个呢？快说快说。"

"好奇死了。"

顾姝彤没好气地道："韩宇。"

"我的天！这么劲爆的吗？"

"总觉得这个答案既合理又不合理！我的天啊！"

旁边两个人激动到不行，顾姝彤无语得脑门上似乎有乌鸦飞过。

"不是吧，你俩至于这么激动吗？尤其是你，岑月，你可悠着点儿。"

"哎呀，我知道，这不是太意外了吗？谁能想到？这话你说出来我们信，要是韩宇说出来，大家都以为他吹牛不带打草稿呢！"岑月激动的时候语速很快，"大家都以为他追了你两年多，爱而不得，很可怜，谁能想到人家已经得逞了呢？

"顾姝彤，你今天有必要交代一下，你俩都那样了，怎么还是朋友关系呢？还有，你俩怎么发展到这一步的？他们俩，谁那方面更好？快说快说，我太好奇了！"

顾姝彤深深地叹了一口气，没想到那两个人八卦到了这个地步。

"岑月，你给我打住，说好了只问一个问题，你这都问了几个了？你自己数数。第一个问题我已经回答完了，剩下的问题，不好意思，本人概不回答。"

顾姝彤说出这句话的时候，没有想到她会那么快被打脸。因为接下来的两局游戏里，她都输得很惨，以至于被迫将岑月刚刚问的那一系列问题一一答了。

她跟韩宇的那一次是意外，他们都喝多了。

之后，她说想好好思考一下他们的关系，决定继续跟他保持朋友关系。

岑月所有刁钻的问题，她都答得上来。唯有最后这个问题，她回答不上来。

"如果抛去过去的恩恩怨怨，程霖和韩宇，你觉得你究竟会选谁？"

这个问题，一直到第二天早上，顾姝彤也没有得出答案。

第二天是个顶顶明媚的好天气，她一大早就接到了韩宇的电话。他在电话里说："顾妹彤，你从窗子里往下看看。"

顾妹彤走到窗边，一眼就看见张扬的大男孩儿站在楼下，正热情地朝她招手。

他的声音传来："顾妹彤，你好漂亮。"

她毫不吝啬地朝他笑，直到无意间发现，楼下高大繁茂的柳树下，程霖正倚着树抽烟。她看过去的时候，他恰好抬眼，黑色的瞳孔正透过镜片看着她。

夏日清早，晨风阵阵，这里的气温比市区低了不少，还有些凉爽。

顾妹彤站在窗边，山风穿过大开的玻璃窗吹到她身上。她只穿了件轻薄的乳白色吊带，瞬间觉得很凉。

顾妹彤站在三层，看着楼下热情地冲她打招呼的男人，又无意识地看了看那个倚在树旁的西装革履的男人，唇角的笑意猛地收回。

她重新看向韩宇，像是从未看见过程霖一样。她甚至希望从未认识过程霖。

她重新将电话贴到自己的耳边，收敛笑意，小声道："你也很好看。"

她没有说谎，也没有恭维对方。韩宇长得很好看，剑眉，圆目，鼻梁挺拔，棱角分明，笑时左边有一个梨涡。

除去醉酒迷情的那一晚，他的眼睛里永远泛着光。那是顾妹彤二十出头时，能透过镜子在自己的眼中看见的光。时过境迁，她眼中的光消失了。所幸那种光依旧在韩宇的眼睛里，她一看就是好多年。

此时此刻，他正站在楼下，顾妹彤一眼就可以望见的位置。

大约因为今天要做司仪，破天荒地，他穿了一身简洁的黑色西装，内搭白色衬衫，没有系领结或领带。

他天生随性，不喜欢被拘束，所以没穿皮鞋，反而穿着白色的板鞋。运动鞋和正装搭配，为他增添了几分少年气。

韩宇跟程霖今天都穿着黑色的西装，但给人的感觉完全不同，一个是鲜衣怒马少年郎，另一个……顾姝彤猛然收回思绪。

为什么她总是无意识地将他们两个人进行比较？这不是什么好想法。她试图将程霖从自己的脑海中挤出去，却事与愿违。她的思绪像是脱缰的野马，漫无目地驰骋起来，踩过的每一粒沙子，都代表着一段难言的往事。

八百多个日夜以前，那段故事开始了。

顾姝彤跟程霖认识的过程很俗气。

那是一个衣香鬓影、名流云集的晚宴。那时，师兄刚毕业，徐老爷子手下只有她一个研究生。他素来不喜欢去这种场合，但又收到了邀请函，不好拂了主办人的面子，所以特地叫她代表《首都日报》去参加晚宴。

那是顾姝彤第一次参加这种级别的晚宴。

她出生于殷实的中产之家，父母都是高级知识分子，分别在律所和高校任职。她从小到大吃穿不愁，无论是想报兴趣班、买漂亮的衣服、假期出去旅游，还是想买车、留学……这些愿望都会被满足。她从来未曾为钱犯过难，但也仅限于此。

在那个晚宴上，她第一次见识到另一种生活方式。对此，她只是有些吃惊，但因为物欲并不强，并不羡慕或自卑。

只不过，她在晚宴上见到了一个男人，他端方有礼、矜贵自持。

顾姝彤从来没有见过这样的男人。他有着贵气的相貌、优雅的举止，像是贵公子，一出现便牵动着她的心。

她对程霖一见钟情。不过很可惜，宴会举行到一半他就离开了，以至于顾姝彤没有要到他的电话。现在回想起来，她觉得如果缘尽于此，对他们而言或许不失为一件好事。他们不用互相纠缠，更不用在许多年后为当年的年少轻狂之举而悔恨。

可是那个时候，顾姝彤真的觉得很可惜。

令顾姝彤没想到的是，晚宴结束后，她站在路边打车，有个其貌不扬的中年男人直白地问她，要不要跟他建立长期的契约关系。对方开价三十万元一个月，是她爸爸一年的薪资。

顾姝彤还是第一次遇到这种事，甚至在心里盘算，怎么样回答，才可以达到回击的效果。

可是在她开口之前，她突然发现，中年男人身后的黑色宾利内，一个年轻男人正好整以暇看着她。那个人就是程霖。

中年男人说："小姐，我需要解释一下，车里那位是我的老板，我只是在向你传达老板的意思。"

鬼使神差地，顾姝彤答应下来。但她直白地说她不缺钱，希望他们是纯粹的恋爱关系。

程霖嗤笑一声，似乎在嘲讽她。

他低声说了一句"幼稚"，她听见了。他又补充了一句，说算了，他并不想谈恋爱。

顾姝彤也笑，道："我也并不想跟人建立与金钱有关的契约关系。你再有钱，也不能随便侮辱人。"

那天晚上，他们真的建立了长期的契约关系。

但这段关系与金钱无关，因为顾姝彤从始至终没有拿过程霖一分钱；这段关系也与爱情也无关，因为从故事的开始，程霖就没有打算付出一丝一毫的真感情。他们会在一起，是对美好皮囊的觊觎，是野兽一般的冲动，是人类的本能。

总之，她跟程霖就这样并不光彩、并不梦幻地开始了。

而更不可思议的是，顾姝彤跟韩宇认识的时间与此仅差一天。也许命运一开始就写好了剧本，冥冥之中，他们会在上天标好的地点相遇。

顾姝彤跟韩宇第一次见面，是在晚宴结束的第二天中午。

晚宴结束当晚，她跟程霖一拍即合，一起回了程霖的公寓，晚上干柴烈火。第二天她醒来的时候，程霖已经不见踪影。她被重重的敲门声吵醒，一脸蒙地打开公寓的大门，一眼就看到了韩宇。

那时，对方皱着眉，目光掠过她颈上的痕迹对上她的眼睛，身上的气势不自觉地变弱了一些。

不过，他讲出来的话还是让她尴尬了好一阵子。那天，韩宇说："昨天晚上是你对吧？这个小区隔音条件不太好，麻烦你跟你男朋友声音小点儿，别人还要睡觉。"

顾姝彤当时颇为难堪，因此直到现在，还能记起韩宇讲那些话时的语气。

顾姝彤的思绪被手机里韩宇的声音拉回现实。

"顾小姝？顾小姝，你想什么呢？"

楼下，韩宇正仰头看着她。不知为何，她下意识地看了一眼不远处的树，树下空无一人。

她慢吞吞地开口："啊，怎么了吗？"

"我刚刚跟你说话，你没听啊？"韩宇怒道。

"我……我刚刚……"顾姝彤找不到理由。她总不能说，她刚刚不小心回想起他们认识的时候……她干脆扯开话题，问："你刚刚说了什么？再说一遍！"

韩宇无奈地瞪了她一眼，摇摇头，说："我是说，你穿得太少了，赶紧回去穿衣服。山里比城里凉，别回头着凉了又怨我。"

"喂，你有没有良心啊？明明就是你叫我来窗边看你的，我着凉了，当然怨你。我不怨你怨谁？"顾姝彤不甘示弱地道。她昨晚跟岑月、霍音聊了大半宿，今天早上起来，战斗力丝毫不减。

她叛逆得很，非但没有听韩宇的话回屋子里穿衣服，反而又往窗边走了两步。

"别贫了你，听话。"

莫名其妙地，顾姝彤这次听了韩宇的话。

这不是顾姝彤第一次参加别人的婚礼。

事实上，她毕业至今，不少同窗、好友已走入婚姻的殿堂。过去，每一次参加婚礼，她都怀着淡淡的祝福。可是这一次，她的感觉很不一样。

新娘是她相见恨晚的好友，新郎是新娘的青梅竹马。他们兜兜转转，蹉跎至今才承认对方是自己的挚爱。

她是伴娘之一，另一位伴娘是她最在意的同门师妹，站在师妹旁边的伴郎是师妹至死不渝的未婚夫。

不管是岑月、江子安，还是霍音、程嘉让，他们都是因为有爱，才走到一起的。

婚礼现场的音乐声响起，顾姝彤听见几步之外，作为司仪的韩宇正在问新郎和新娘，是否无论贫穷还是富有，无论健康还是疾病，都要同舟共济……

顾姝彤豁然开朗。这个世界这样大，最爱的人她无法原谅，爱她的人她不够喜欢，所以为什么她一定要二选一？

是谁规定，一个人一定要走入婚姻？

婚礼结束的那天，风和日丽。她借了岑月的运动鞋徒步下山，路上收到了杂志社的电话。

她还是希望自己可以有很好的爱情，有很爱的人，可是如果没有，那也没关系。

她一个人，也可以活得很精彩。

图书在版编目（CIP）数据

别恋：全二册 / 梁稚禾著 . -- 南京：江苏凤凰文
艺出版社，2024.3

ISBN 978-7-5594-8295-2

Ⅰ.①别… Ⅱ.①梁… Ⅲ.①长篇小说－中国－当代
Ⅳ.① I247.5

中国国家版本馆 CIP 数据核字（2024）第 008348 号

别恋：全二册

梁稚禾 著

责任编辑	朱智贤
特约策划	奔跑的小狐狸制作组
特约编辑	花　花
封面设计	Recns
责任监制	刘　巍
出版发行	江苏凤凰文艺出版社
	南京市中央路 165 号，邮编：210009
网　　址	http://www.jswenyi.com
印　　刷	大厂回族自治县德诚印务有限公司
开　　本	880 毫米 ×1230 毫米 1/32
印　　张	16.25
字　　数	420 千字
版　　次	2024 年 3 月第 1 版
印　　次	2024 年 3 月第 1 次印刷
标准书号	ISBN 978-7-5594-8295-2
定　　价	69.80 元

江苏凤凰文艺版图书凡印刷、装订错误，可向出版社调换，联系电话 025-83280257